U0945666

世界文学名著名译典藏

汤姆叔叔的小屋

[美] 斯托夫人◎著　李自修◎译

長江出版傳媒 | 长江文艺出版社

图书在版编目（CIP）数据

汤姆叔叔的小屋 /（美）斯托夫人著；李自修译
. -- 武汉 ：长江文艺出版社，2018.6(2024.1 重印)
（世界文学名著名译典藏）
ISBN 978-7-5702-0320-8

Ⅰ. ①汤… Ⅱ. ①斯… ②李… Ⅲ. ①长篇小说一美国一近代 Ⅳ. ①I712.44

中国版本图书馆 CIP 数据核字(2018)第 062286 号

责任编辑：李　艳　　　　责任校对：毛季慧
封面设计：刘　垒　　　　责任印制：邱　莉　杨　帆

出版：长江出版传媒 | 长江文艺出版社
地址：武汉市雄楚大街 268 号　　　　邮编：430070
发行：长江文艺出版社
电话：027—87679360
http://www.cjlap.com
印刷：长沙鸿发印务实业有限公司

开本：880 毫米×1230 毫米　1/32　　印张：17
版次：2018 年 6 月第 1 版　　　2024 年 1 月第 2 次印刷
字数：445 千字

定价：52.00 元

译者序

《汤姆叔叔的小屋》是哈丽叶特·比彻·斯托夫人的现实主义杰作巨制。它点燃了美国南北战争解放黑奴的燎原之火，对人类的历史发展进程产生了深远影响。至今仍然是美国历史上里程碑式的32部经典作品之一，是哈佛大学113位教授联名推荐的最富有影响的作品。

一

哈丽叶特·比彻·斯托夫人（1811—1896），出生于美国北部康涅狄格州利奇费尔德市一个牧师家庭，父兄是神职人员。幼年，她举家迁到南部辛辛那提居住，1836年与雷恩学院卡尔文·埃利斯·斯托教授结婚，1850年夫妇二人又回到北方，在缅因州居住。当时，正值美国独立战争以后，北部的资本主义迅速发展，南部却依然实行灭绝人性的奴隶制度，拥护还是反对蓄奴，形成尖锐的南北对峙的时代。因此，她有机会目睹了隔河相望的蓄奴的俄亥俄州黑人遭受奴役和迫害的现状，在心里埋下了仇恨蓄奴制度的种子，萌发了对于黑奴命运的深切同情，为她从事废奴文学创作的生涯奠定了基础。1851年，她在丈夫的大力支持下，用自己的笔投入了高涨的废奴运动，在《民族时代》上连载《汤姆叔叔的小屋》。第二年，这部小说正式出版，立即产生了巨大反响，震撼了一切富有良知的人们的心弦，在启发民众的废除奴隶制情绪上发挥了重大作用。因此，发表十余年后，美国日益高涨的废奴运动便演变成了一场大战。当时的美国总统林肯，在接见作者的时候，曾经把她称为“写了一部书，发动了一场战争的小妇人”。同时，小说也在美国浪漫主义方兴未艾之际，对美国向现实主义文学的发展产生了深刻影响。

《汤姆叔叔的小屋》发表后，为了对维护奴隶制度人士的攻击做出回答，第二年作者又写了《〈汤姆叔叔的小屋〉题解》，运用大量信件、剪报和庭审记录，以辛辣的笔触进一步揭露了奴隶制度的罪行。此外，斯托夫人出版过素描集《五月花》（1843），其他主要著作还有：《德雷德：阴暗的大沼地的故事》（1856）、《牧师求婚记》（1859）、《奥尔岛上的明珠》（1862）、《老镇上的人们》（1869）、《粉色和白色的暴政》（1871）、《山姆·劳森的老镇炉边故事集》（1872），以及1867年出版的《宗教诗选》。她还写过一篇虚构的维护女权的论文《我妻子和我》（1871），今天常常被女权主义者引用。斯托夫人晚年主要住在佛罗里达州，在《棕榈叶》（1873）一书中描写了她在那里的宁静生活。不过，《汤姆叔叔的小屋》这部发出反对奴隶制度最强音的小说，却是让广大读者牢记斯托夫人名字的唯一一部作品。

二

故事发生在肯塔基州的一个庄园。

开篇时，奴隶主谢尔比正与奴隶贩子黑利密谈一笔生意。原来，谢尔比在做投机生意时蚀了本，为偿还债务，不得不把两个心爱的奴隶卖给黑利。一个是谢尔比的黑奴管家汤姆，另外一个是二代混血女奴伊丽莎的儿子哈利。

汤姆为人忠厚，乐于帮助人，深受谢尔比一家与其他奴隶的喜爱，谢尔比的儿子乔治对他更是喜欢，称他为汤姆叔叔。汤姆叔叔住在一间木头房子里，妻子克露婶婶是庄园的厨娘，他们养育了三个子女。小木屋紧靠着主人的大院，木屋前的菜圃里种满了蔬菜和瓜果，呈现出一片温馨的气象。

伊丽莎偶然听到了主人要卖掉汤姆和自己的儿子哈利的消

息，于是连夜带着儿子在奴隶贩子的追捕下跳上浮冰密布的俄亥俄河，逃到自由州，接着逃往加拿大。她丈夫乔治·哈利斯是附近种植场的奴隶，也伺机逃跑。后来与妻子会合，携带着儿子，终于历尽艰险，成功抵达加拿大。

汤姆却选择了另外一条道路。他虽然支持伊丽莎逃走，自己却又不愿意“背叛”主子。他相信奴隶主灌输的基督教说教，对于抵债的命运，没有丝毫怨言，而是一味地听从主人的摆布。他被奴隶贩子黑利带往新奥尔良。途中，汤姆从水里救起了种植园主奥古斯丁·圣克莱的女儿伊娃，于是圣克莱就把他买下来，当了家仆。渐渐地，汤姆和伊娃两人之间建立起了深情厚谊。然而，好景不长，不久之后小伊娃患病死去。在病床上，伊娃要求父亲解放所有的奴隶。圣克莱根据女儿的遗愿，决定把汤姆和其他黑奴解放，让他们获得自由。可是还没等圣克莱办好解放的例行手续，便在一次事故中遭到杀害。他的妻子玛丽便把他们一干人送到了黑奴拍卖市场。汤姆从此落到了一个凶残的棉花种植园主勒格里手中。在那里，逆来顺受的汤姆虽然忍受着毒打和鞭笞，仍然没有想到反抗或者逃亡。种植园的两个女奴凯茜和艾米琳为了逃生，先是躲藏起来，然后寻找机会逃跑。勒格里一时见不到她们，怀疑是汤姆帮助她们逃走，把汤姆鞭打得死去活来，但他始终没有说出真相。在汤姆奄奄一息的时候，他过去的主人谢尔比的儿子乔治赶到种植园来，打算赎回汤姆。不幸的是，遍体鳞伤的汤姆在他面前离开了人世。乔治只好就地掩埋了汤姆的尸体。回到家乡后，他以汤姆的名义解放了庄园上的黑奴。在讲述了汤姆的遭遇和对庄园上所有的人的充满爱心的告别后，乔治说：“每当你们见到汤姆叔叔的小屋时，都要想到你们的自由。让它成为纪念他的一块丰碑。”（第四十四章）

三

《汤姆叔叔的小屋》所刻画的人物多至数十人。其中，“大多以作者或其亲友观察过的人为原型”（第四十五章）。既描写了不同性格的黑奴，也描写了不同类型的奴隶主嘴脸，但作者着力刻画的，却是主人公汤姆和乔治·哈利斯同妻子伊丽莎的命运和归宿。

汤姆是一个性格复杂的人物，对他的描写占了小说三分之二的篇幅。一方面，他勤恳忠厚，任劳任怨，是忠于主子的仆人。同时，由于他笃信宗教，现实生活中的悲惨和不幸，都无法使他精神崩溃。相反，他怀抱着基督教义中来世升入天堂的信念，最终还是抚平了肉体和心灵的创伤。而其中给人印象最深的是，他对于主子们的残忍、粗暴和侮辱，都逆来顺受，毫无反抗意识。因为在他心目中，这种默默的忍受，不但不是对世俗的屈服，反而恰恰是对它的战胜。正因为如此，后来才在激进的黑人中间产生了“汤姆叔叔主义”这一含贬义的谑称。而另一方面，也许正是由于基督教精神的浸染，他又对同伴抱着一种同情和怜悯的正义感。在勒格里种植园里，他不顾自身的安危，偷偷把自己摘的棉花塞到那个年老有病的女奴的篮子里，以免她在收工时受到折磨便是一个例证。但结果还是让勒格里发现了。当勒格里命令他去鞭打那个黑奴女人时，却遭到了汤姆的回绝。因为在汤姆心中，他的灵魂属于上帝，绝不属于勒格里。他的乐于助人的正义感，更为突出地表现在他帮助伊丽莎携带着儿子，以及凯茜同艾米琳逃出虎口等方面。

汤姆先后给谢尔比、圣克莱和勒格里三个奴隶主做过奴隶。如果说前面两个对他比较宽厚的话，那么，后者勒格里就是一个典型的奴隶主。他对汤姆无所不用其极。在种植园里，汤姆一方面把命运交给上帝，另一方面又时时刻刻盼望着谢尔比把他赎回去，结果却惨死在勒格里的皮鞭之下。这种悲剧当然是奴隶制度下黑奴的必然归宿，因此悲剧本身就是对这种万恶制度的控诉。但也与汤姆在宗教上的不抵抗主义不无关系。

乔治和伊丽莎夫妇却与汤姆截然相反。伊丽莎虽然不是一个俯首帖耳的奴隶，但还是在逃亡前念念不忘谢尔比太太，并给她留下条子，表白自己不是忘恩负义的人。她的丈夫乔治则是一个敢于反抗的奴隶典型。血淋淋的现实使他深知，只有依靠自身的斗争才能改变命运，上帝和宗教等都无济于事。因此他诅咒宗教，蔑视所谓的法律，拒不承认美国是他的“祖国”。他凭着机智和勇敢，化名乔装，在废奴派组织的协助下，成功地同妻子儿子一起逃到加拿大。最后前往非洲去创建属于自己的家园。

小说后半部才出现的凯茜，虽然着墨不多，只是淡淡的几笔，却刻画得有血有肉，使她那万千机智的性格，她在人生道路上的艰难跋涉，她所受的屈辱和蹂躏，跃然纸上，让人始而为之欷歔，终而为之庆幸。

四

斯托夫人是讲故事的能手。从结构和布局上看，小说以汤姆和乔治夫妇两条线索交叉轮叙的方式展开，同时穿插以老普露的惨死，凯茜和艾米琳的机智逃亡，伊娃之死的种种动人情节。叙事前后呼应，脉络清晰而且娓娓道来，烘托出了当时美国社会生活的全景画面和众生世相，尤其是在奴隶制度下，黑人在灵魂和肉体上所遭受的摧残和蹂躏。这说明，作者捕捉住了她那个时代的社会现实，用深沉的同情描绘了残喘于社会底层的黑人的悲惨命运，并以满腔的怒火和义愤，无情揭露了专横跋扈的奴隶主和奴隶贩子的丑恶嘴脸，以及他们施加在黑奴身上的暴虐罪行。因此，小说不仅在思想倾向上是一部现实主义力作，在艺术风格上也是富有震撼心灵力量的作品。

当然，小说也存在着某些瑕疵。例如，宗教色彩比较浓厚，流露着宗教劝化的说教。这里，自然不是一般地抹杀宗教在不同历史阶段所起的作用，而是说，如此渲染宗教的精神力量，显然有损小说的成就。再如，对伊娃之死和奥菲丽亚的描写，似显冗长；阿尔弗雷德和亨利克来访，也似乎多余；等等。然而，尽管如此，小说仍然不失为一部生动而深刻地揭露美国奴隶制度下黑奴遭受迫害的血泪历史。

《汤姆叔叔的小屋》一问世就立即引起了轰动，对于推动废奴文学的发展起了很大作用。出版后第一天，便销售了3000册，第一周销售1万册，第一年销售达30万册之多。而且，第一年即译成法文和德文出版。截至今日，已经译成了27种（一说60余种）文字。此外，在出书当年，就改编为戏剧，一连演出数千场。同时还多次被搬上银幕，其中由德、意、南斯拉夫三国联合摄制的《汤姆叔叔的小屋》，基本忠实原著，是比较成功的一种尝试。

在我国，早在1901年就由林纾和魏易翻译成中文，题名《黑奴吁天录》。它也是第一部翻译成中文的美国小说。1907年，我国留日学生社团春柳社把它改编成五幕话剧在东京上演。1932年，又在江西瑞金中央苏区上演。1961年，还进而改编为《黑奴恨》，在舞台上演出。

总之，《汤姆叔叔的小屋》问世一个半多世纪以来，由于其丰富的思想内涵和高超的艺术魅力，已经成为一部享有盛誉的世界文学经典名著。

译者识

2016. 1. 14

原 序

这个故事，正如书名所示，其场景出现于迄今为止为斯文上流社会各集团所遗弃的种族，来自异域的种族。他们生长在热带阳光之下的祖先，所带来并永远遗传给其子孙的，是一种在本质上与残酷而跋扈的盎格鲁-撒克逊人不同的民族气质，因此，多少年来，所赢得的只是后者的误解和蔑视。

然而，一个更加美好的时代，已经露出了曙光。在我们的时代，文学、诗歌和艺术所产生的影响，正在与基督教义中“热爱人类”的伟大主旋律愈发变得一致。

现在，诗人、画家和艺术家，正在寻觅并且渲染经常见于生活的、更为仁爱的事件，在小说的感召下，产生了一种使人温良向善的影响力，对于基督博爱的伟大原理的发展，起到了有利的作用。

在各个角落，都伸出了仁善之手，来寻觅凌辱，昭雪冤屈，铲除痛苦，并使低贱者、受压迫者和遭到遗弃者的命运为世人知晓，以期得到他们的同情。

在这一场普通运动之中，不幸的非洲终于出现在人们的脑海里。在朦胧的远古时代的灰色曙光中，正是非洲，开始了文明与人类进步的进程，然而，几个世纪以来，它却受到束缚，匍匐在皈依基督教义的文明人脚下，流着淋漓的鲜血，徒劳无益地乞求着怜悯。

不过，那曾经是她的征服者，她的狠心主子，而又占据主宰地位的民族的心灵，终于对她产生了怜悯；人们已经认识到，保护弱小者比压迫他们是多么的高尚。感谢上帝，人们终于铲除了奴隶贸易！

这些素描的宗旨，在于唤醒对于同我们一起生活的非洲种族的怜悯与同情，昭示他们在这残忍和不义制度下所遭受的屈辱和痛苦。而这一制度，必然地，也要把黑人最亲密朋友努力为他们所做的善行，予以摧毁和荡涤。

在实现这一宗旨过程中，作者能够毫无愧色地说，对于那些往往不是由于自己的过错，而与法律所规定的奴役关系所产生的麻烦和困窘发生牵连的人们，作者并无任何恶意。

经验向作者证明，往往有些心灵至为高尚的人，也竟然牵扯进去。然而，他们比任何人都更清楚，这些素描之中，所搜集到的奴隶制度的罪恶，尚不及难以讲述、难以言传的全部罪恶的一半。

在北部各州，也许会认为，这里所描绘的是讽刺式的漫画；但在南部各州，却有真实性的目击者在。就作者个人见闻而言，这里所交代的种种情节，究竟有多大程度的真实性，作者将在适当时机公布。

由于多少世代以来，人们的痛苦和冤屈已经伸张了正义，因此，希望类似的素描，将只有作为早已一去不返的事实的纪念，才有价值，这个时代的到来，也是颇为令人快慰的。

在非洲海岸，当一个开明的、皈依基督教的社会，具备了从我们当中汲取的法律、语言和文学之际，对于非洲黑人来说，奴役枷锁的场景，或许会变成以色列人记忆中的埃及①，成为感谢救赎他们的救主的原动力。

因为，当政客们尔虞我诈，人们为利欲的相互角逐的浊浪，弄得随波逐流之际，上帝依然把握着人类解放的伟业，人们这样

① 典出《旧约·出埃及记》，以色列人原系埃及人的奴隶，后逃出埃及，获得自由，故云。

讲述着他：

他绝不会失败或者灰心丧气，
除非在地球上伸张了正义。
他一定会拯救那些为贫穷、
为支援而哭喊着的可怜人。
他定将救其灵魂于欺诈和残暴，
视他们的鲜血为珍宝。

目录

Contents

第一章　一位善良的人

二月，一个天气凛冽的傍晚，有两位绅士正坐在肯塔基州 P 城一间摆设考究的客厅里把酒换盏。他们身边没有仆人，彼此椅子也靠得很近，仿佛在一本正经地商量什么事情。

为了行文方便，我们到现在为止只说是两位“绅士”。不过，倘若挑剔地打量一番，其中的一位，严格说来或许还够不上绅士身份。这人矮小粗壮，五官猥琐，其貌不扬；那矫饰狂妄的做派，说明他是一个蝇营狗苟，一心想跻身于上流社会的小人。他衣饰过分讲究：俗气的花马甲，缀着黄点的刺眼蓝围巾，外加一条向人炫示夸耀的领带，刚好跟他整个派头相吻合。他粗糙肥胖的手上戴了好几枚戒指，身上佩一条沉甸甸的金表链，上面系着一串光怪陆离的惊人大图章。谈得兴浓的时候，习惯地把表链摇晃得叮当作响，流露出一副志得意满的神情。言谈话语之中，随心所欲、信口雌黄地违反莫里氏①语法规则，还时不时夹带着各种亵渎神明的言辞。这些言辞，即使是希望我们叙述得活灵活现的想法，也不可能让我们把它们笔录下来。

他的谈话对手谢尔比先生，却有一副绅士仪表，从他住宅的布

---

① 莫里氏（L. Murray，1745—1826），美国语法学家。

置，以及家务管理的总的情况来看，都表明他的家道小康，甚至于殷实富裕。如前所述，这两个人正在一本正经地交谈着。

“叫我看，事情就这么办吧。”谢尔比先生说。

“我可不能这样做生意，绝对不能，谢尔比先生。”另一个说，一边端起葡萄酒杯对着灯光端详着。

“说实话，黑利，汤姆不比寻常；无论怎么说，肯定都抵得上这笔钱。他踏实可靠，又有本事，我整个庄园他都管理得有条不紊。”

“你是说像黑鬼子那样可靠吧。”黑利说着，喝了一杯白兰地。

“不是这个意思，我是实话实说。汤姆是个踏实虔诚、明白事理的好奴隶。他四年前在一次野营布道会上信了教，我相信他不是假装的。从那以后，我就把所有家产托付给他，钱财也好，房子也好，马匹也好，统统交给他管，允许他在这一带地方出出进进。无论什么事，我发现他总是忠心耿耿、老实厚道。”

“有些人不相信会有虔诚的黑鬼子，谢尔比，”黑利说，一面坦率地挥了挥手，“可我相信。我上次贩到新奥尔良去的那批黑奴当中，就有这样一个家伙。听他的祈祷真跟在教友聚会上一样。那家伙不声不吭的，挺听话的样子，还给我卖了个好价钱。有个人不得不把他卖掉，我就捡了个便宜，把他出手时我赚了六百块钱。是啊，我看要是货真价实的货色，黑鬼子信教倒是好事。”

“唉，汤姆可是个货真价实的货色，再没有什么奴隶能跟他相比了，”谢尔比答道，“就说去年秋天吧，我让他一个人到辛辛那提给我做生意，回家时带回了五百块钱。‘汤姆，我信赖你，’我对他说，‘因为你是基督教徒，你决不骗人。’汤姆自然回来了，我也知道他会回来。听说，有些不三不四的家伙曾经对他说：‘汤姆，你干吗不往加拿大跑?’‘哦，老爷相信我，我不忍心。’这事是别人告诉我的。跟汤姆分手，我心里很难过，真的。你应该让他抵偿债务的全部差额，黑利。要是你还有什么良心，你会这么办的。”

“我告诉你，买卖人能够有多少良心，我就有多少良心。而且，你也清楚，也许只有用来发誓赌咒的那么一点点，”奴贩调侃地打趣，“不过，论起朋友来，只要合情合理，我什么事都愿意干。可是这件事，你瞧，有点太叫人为难，太叫人为难啦。”奴贩若有所思地叹了口气，又倒了些白兰地。

“那么，黑利，你想怎样成交这笔生意？”谢尔比尴尬地沉默了一会儿说。

“难道除了汤姆，你就不能再匀上一个小子或者丫头？”

“得得，我一个也匀不出来。实话实说，要不是处境艰难，我决不愿意出卖奴隶，不想失去人手，这是实情。”

这时门开了，一个二代混血小男孩①，大约四五岁的样子，走进餐厅。小男孩长得分外清秀，招人喜爱。一头黑发，像毛茸茸的丝一般纤细发亮，打着卷儿，贴在长着酒窝的圆脸蛋上。那双又黑又大的眼睛，柔和而炯炯有神，从浓浓的长睫毛下，向厅里好奇地张望着。一袭红黄格子花呢的鲜艳罩衣，精心缝制得十分可身，更加烘托出孩子黧黑的漂亮风采；一副颇为自信的滑稽神情，夹杂着忸怩羞怯，说明孩子对主人的宠爱和眷顾已经习惯。

“嗨，吉姆·克娄！②”谢尔比先生说着吹了一声口哨，丢给他一把葡萄干，“捡起来吧！”

孩子使尽力气，一蹦三跳地朝奖赏奔去，主人这时也朗朗大笑起来。

“过来，吉姆·克娄！”主人说道。孩子走过来，主人拍拍他那鬈毛脑袋，又抚摸了他的下巴一下。

“来，吉姆，给这位先生显显本事，唱唱歌、跳跳舞。”于是，孩子唱起了一支在黑人当中流行的粗犷而又怪异的歌曲，声音清晰洪亮，随着歌声，手脚和整个身子也做出了许多滑稽可笑的动作，但都同音乐旋律完全合拍。

“太棒了！”黑利说，同时把半个橘子扔给他。

---

① 英文 mulatto 指二分之一黑人血统的混血儿；quadroon 指四分之一黑人血统的混血儿。此处原文为后者，姑译“二代混血”。

② 吉姆·克娄（Jim Crow），原系对黑人的蔑称，这里是戏称。

“来，吉姆，学学得风湿病的卡德乔大伯走路。”主人说。

转眼之间，孩子灵活的手脚似乎残废得变了形。他驼起脊背，手里拄着主人的手杖，蹒蹒跚跚在屋里走着，孩子气的脸上满布皱纹，一副发愁的神色，并且学着老人的样子，左一口右一口地吐痰。

两位绅士都哈哈大笑起来。

“来，吉姆，”主人又说，“让我们看看老罗宾斯是怎样领唱赞美诗来着。”孩子把丰满的脸庞拉得老长老长，煞有介事地开始用鼻子哼出一首赞美诗的曲调。

“好！太棒了！多棒的小后生！”黑利说，“我承认，这后生是个好货色。告你说，”他说着说着，用手猛地拍了下谢尔比先生的肩膀，“搭上这后生，我就了结这桩买卖——一定了结。得了吧，这可再公道不过啦。”

就在这当儿，门轻轻地推开了，一个二代混血的年轻女人，年纪约在二十五岁上下，走进屋里。

只需从孩子到女人打量一眼，就能断定她是孩子的母亲。那丰润的黑色圆眼睛，配着长长的睫毛，那丝一般的黑色鬈发，都同孩子的一模一样。棕黄的肤色在她的脸颊上消退了，泛起了一片可以觉察得到的红晕。当她看到那个陌生男人在直勾勾地望着她，狗胆包天地露出毫不掩饰的遐想时，红晕变成了一片绯红。她的衣裙极为整洁合身，益发衬托出她身材的窈窕丽质。纵使是她纤细姣美的酥手，以及她腴瘦合度的玉足和脚踝等外部的细枝末节，也逃脱不了那个奴贩机敏猴精的眼睛。他可谓深通此道，抬眼望去，就能把一个姣美女奴的方方面面一览无余，尽收眼底。

“什么事，伊丽莎？”主人问道。她停下脚步，犹豫不决地望着主人。

“对不起，老爷，我找哈利。”孩子一个箭步，蹿到她跟前，拿出罩衣边沿里兜着的战利品让她看。

“好，那么把他带走吧。”谢尔比先生说。她于是怀里抱着孩子，急急忙忙退出屋去。

“老天哪！”奴贩馋涎欲滴，转身冲着谢尔比说，“真是件好货色！这丫头要在新奥尔良，你随时都可以发一笔财。我平生见过的一手交钱一手交货的丫头，少说也得千把个，可没有一个比这个漂亮。”

“我可不想拿她来发财，”谢尔比先生口气冷淡。他想转变话题，便打开一瓶新鲜葡萄酒，问黑利好喝不好喝。

“棒极了，先生，头等货！”奴贩说，然后转过身来，亲昵地拍了拍谢尔比的肩膀，补充道，“哎，这丫头你打算怎么卖？我出什么价？你要什么价？”

“黑利先生，她不出卖，”谢尔比先生说，“你就是拿出等身的黄金，我太太也不愿跟她分手。”

“啧、啧、啧！娘儿们家总是这样唠叨，她们压根儿算不过账来。要是叫她们知道，等身的金子能买多少手表、衣服、首饰，我看，情况就不一样啦。”

“我跟你说，黑利，这件事从此不要再提，我说不卖就不卖。”谢尔比毫不动摇。

“那么，你总得给我捎上那个小后生吧，”奴贩说，“你一定看得出来，我对他可够大方的了。”

“你要个孩子顶什么用？”谢尔比说。

“我有个朋友打算做这行当生意——想买进漂亮的小后生，养大了到市场上去卖。这可是地地道道的高档货——卖给买得起漂亮后生的有钱人，当个听差什么的。那些大户人家有个真正漂亮的后生开门、听差，照应照应，有多体面！他们能卖一大笔钱，这个会唱歌的小鬼头，是个多么滑稽的小东西，正是件好货色。”

“我可不愿卖掉他，”谢尔比先生若有所思，“说实话，先生，我生性慈善，不愿意把孩子从他妈妈手里夺走，先生。”

“哦，你不愿意——老天，是啊——是这么档子事儿。这我全懂。有时候，跟娘儿们打交道，叫人心里窝火，又吵又嚷的，我啥时候都受不了。她们特别让人不舒心，可我干起买卖来，总是躲开她们，先生。噢，你把那女人支开一天或一个礼拜左右怎么样？那时候，事情就神不知鬼不觉地办利索啦——她回来时，一切都过去啦。你太太可以给她买副耳环，买件新的长外衣，或者买些小首饰，算作补偿。”

“我看不行。”

“上帝保佑你，是不行！这些黑鬼不像白人，这你清楚。事情办得不对头，他们多会儿也忘不掉。人们说，”黑利说着装出一副坦然直率而又推心置腹的样子，“这种买卖会让人心肠变硬，可我压根儿不这样看。说实在的，我从来不按有些人干买卖的样子办。我见他们从女人怀里夺走孩子，把孩子卖掉，女人却一个劲儿地又喊又叫，简直像疯了似的。这办法不好。这会把货物弄坏，有时还会叫孩子们没法听差。有一次，在新奥尔良，我就见过一个顶顶漂亮的丫头就这么给毁了。买她的那家伙不想买她的孩子，可她生起气来，简直让你难以招架。告你说，那女人怀里紧抱着孩子，嘟嘟囔囔，真叫人害怕。一想起这件事，我心里就有点发怵。他们抢走了孩子，把她关起来，她还疯疯癫癫，唠叨个没完，不出一个礼拜就死啦。一千块钱算白搭了，先生，只是由于缺少手段——情况就是这样。发发慈悲总是上帝，先生，这是我自个儿的经验。”说着，奴贩向后靠在椅子上，叉起两只胳膊，露出一副决心积德的神情，俨然自诩为威尔伯福斯①第二。

看来，这个话题引起了黑利的浓厚兴趣，在谢尔比先生若有所思剥着橘子的时候，他仿佛迫于真理力量的使然，却又带着恰到好处的踌躇说了起来。

“一个人夸奖自个儿，看起来不太合适，不过，我这样说又恰恰是实情。我看，在人们买进的黑鬼当中，我买的那一群群黑鬼，算是顶呱呱的——起码人们是这么对我说的。要说我曾经干得漂漂亮亮的，那么屈指算来，这种情况就有上百次——个个情况都很好——膘肥、刮净，赔本的事跟干这一行的买卖人一样，很少很少。

① 威尔伯福斯（Wilberforce，1759—1833），英国政治家兼社会改革家，在英帝国废除奴隶贸易（1807 年）和奴隶制度（1833 年）中，做出了不小的贡献。

我这把它算在我善用手段的账上，先生。我告诉你，先生，慈悲是我经营手段的顶梁柱。”

谢尔比先生一时语塞，只是说：“居然如此！”

“这会儿，人们笑话我的想法，先生，人们责备过我，先生。这些想法不时兴，也不寻常，可是我信守这些想法，先生，我按这些想法去办。这些想法让我发了大财，是这样，先生。我可以说，这些想法叫我一路顺风。”奴贩为自己的打趣大笑起来。

对慈悲的这些解释里，透着泼辣辣的新意，谢尔比先生不禁同黑利一起放声大笑。亲爱的看官，你也许会笑出声来。然而在现今世道上，慈悲以形形色色的奇怪形式表现出来，而慈悲人士的所言所行，就更罄竹难书。

谢尔比先生的笑声为奴贩接着说下去增添了勇气。

“嗨，说来也怪，人们的脑袋里，根本听不进这个去。喏，在纳切兹①，我有个老搭档汤姆·娄克。他可是个精明的家伙。这没错儿，只是对待黑鬼活像个魔鬼——从原则上说是这样，明白吗？因为，好心肠的人从来不砸别人的饭碗。这是他的处事方式，先生。以前我都不断劝汤姆。‘哎，汤姆，’我时常说，‘你的黑丫头片子要是动了气，哭叫起来，打她们的脑袋，给她们皮棰，又有什么用呢？这太荒唐啦！’我说，‘什么好处也没有。哎呀，就是她们哭叫，我看也没什么坏处，’我说，‘哭是天性，’我说，‘而且，天性不从这里发泄，就会从其他地方发泄出来。再者说啦，汤姆，’我说，‘你这么干会毁了你的丫头，她们会生病闹灾、垂头丧气，有时还会变得丑陋难看——特别是那些胆小的丫头。这都是你那魔鬼脾气跟拳打脚踢弄的。得啦，’我说，‘你干吗不哄着她们点，夸夸她们呢？听我的话，汤姆，捎带着发点慈悲比起打骂来管用多了。这样做好处更多，’我说，‘别不信我说的话。’可是，汤姆硬是学不会这种诀窍，给我毁了好些丫头。所以，我不得不跟他散伙，虽说他心肠不错，是个干买卖的好手。”

---

① 纳切兹（Natchez），密西西比河下游的一个港口。

“那么，你是不是觉得你生意经营得比汤姆好?”

“啧，当然啦，先生，可以这样说。你瞧，但只做得到，我总是略微注意一下出手小孩子等这类不愉快的事情——把丫头们带走——这叫眼不见心不乱。等事情办利落，又有补救办法时，她们自然就习惯了。你明白，这可跟白人不一样。白人长大成人后，人们希望他们赡养妻子儿女什么的。可规规矩矩抚养大的黑鬼子呢，你也清楚，什么希望都没有。所以说，这类事情办起来并不费事。”

“那么，恐怕我的黑奴不是规规矩矩抚养成人的。”谢尔比先生说。

“我看也不是，你们肯塔基州的人把黑鬼惯坏了。你们用意是为他们好，可到头来，这并不是真正的仁慈。你明白，一个注定在世上挨打流浪的黑鬼，要是卖给汤姆，或者迪克，或者不论是谁的话，教给他那些想法和希望，根本不是什么仁慈，因为，后来的煎熬跟流浪，他更受不了。我大胆说一句，要是换个地方，你那些黑鬼子肯定会耷拉下脑袋的。可你种植园里的黑鬼子反而会拼命似的又唱又叫。你明白，谢尔比先生，自然人人都觉得自己的办法好，我也觉得自己是按照黑鬼子的身价来对待他们的。”

“能感到满意是再好不过了。”谢尔比先生稍微耸耸肩膀，看得出来，神情之中一副颇不以为然的样子。

“那么，”两人一声不吭，剥了半天干果之后黑利说，“你说怎么办?”

“这件事容我考虑考虑，再跟我太太商量一下，”谢尔比先生说，“同时哪，黑利，如果这件事像你说的那样，悄悄进行的话，那最好别让邻近的人知道，不然会传到男奴耳朵里去。他们一旦知道了，那你睛好，从我这里买走奴隶的买卖就不会悄悄办成了。”

“哦，不会，绝对不会，哼！自然不让人知道。不过，我告诉你，我可他妈的着急着哪，想尽快知道能办到什么程度。”他说着站起身来，披上大衣。

“那今晚六七点钟你来一趟，我给你个答复。”谢尔比先生说。接着奴贩点了点头，走出大厅。

“我真想一脚把这个无耻而自信的家伙踢到台阶下面去，”谢尔比见厅门严严关上后自言自语地说，“可是，他知道他占了我多少上风。不然的话，要是有人对我说，应该把汤姆卖到南方一个下流奴贩手里，我就会说：难道你的仆人是应该做这种事情的狗吗？然而现在，就我所知，事情非如此不可了。伊丽莎的儿子也得这么办。我明白，这件事得跟妻子争执一番，就是汤姆的事，她也会不依不饶的。欠了债，没想到会落个这样的下场，咳！黑利这家伙又瞄准了机会，居然想落井下石哩。”

在肯塔基州，也许能够见到最温和的奴隶制度形式。在那里，缓慢、静谧的农业耕作占据优势，不像它南边各地区的农事那样，需要周而复始的紧张忙碌，这使黑人的劳作更趋合理，也更有益于健康。同时，主人们也满足于一种更加缓慢的聚财方式，由于除了孤苦无助、毫无保障者的利益之外，别无更重要的考虑，他们不会受到诱惑，使自己变得心肠毒辣，而这些诱惑往往在看到转瞬之间能够突然牟利时，战胜了人类脆弱的天性。

凡是到那里的某些庄园造访的人，目睹了主人太太善意的纵容，以及奴隶深情的忠心耿耿之后，都会不由自主地梦想起宗法社会，梦想起常常用寓言讲述这种社会的诗一般的传奇。然而，在这种景象上空，却笼罩着一团不祥的阴影——法律的阴影。而只要法律把这些生灵——热血沸腾、情感奔涌的生灵——视为隶属于主人的诸多事物，只要善良至上主人的破产、不幸、鲁莽或者死亡，可以随时让他们改变生活，变仁慈的庇护和宽容为无望的痛苦和劳顿，那么，即使在管理得井井有条的奴隶制度下，也不会有美好或者值得企盼的生活。

谢尔比先生是个十分普通的人。他心地善良，和蔼可亲，对周围的人平易而宽容，庄园上的黑人在物质享受上，也从来不缺少什么东西。不过，他大手大脚地做过投机生意，结果蚀本甚巨，为数很多的票据落到黑利手里。这条不大的消息，可以解释为什么会有前面所述的那场谈话。

然而，事有凑巧，伊丽莎朝门口走来时，听到了谈话，知道奴贩正向她主人出价买什么人。

出来以后，她很想在门口停下来听听，可是，那时太太正在呼唤她，于是只好匆匆离去。

不过，她仍然认为自己听到奴贩出价买她的儿子——难道她听错了？她的心提到了嗓子眼，怦怦直跳，下意识之中抱紧了孩子，小家伙诧异地盯着她的脸。

“伊丽莎，你这个丫头，今天哪里不舒服？”太太问。这时，伊丽莎弄洒了洗手罐，碰翻了工作台，最后又没有遵照太太的吩咐，从衣柜里拿出那件丝织衣服，偏偏心不在焉地把一件长睡衣递给太太。

伊丽莎吃了一惊。“哦，太太！”她一边说，一边抬起眼睛，接着落起泪来，坐在一把椅子上抽泣起来。

“伊丽莎，孩子，怎么不舒服？”太太说。

“噢！太太，太太，”伊丽莎说，“客厅里有个贩卖奴隶的跟老爷说话哩。我听到他说话来着。”

“唉，傻孩子，就算有又怎么样？”

“哦，太太，你看老爷会把我的哈利卖了吗？”可怜的伊丽莎瘫倒在椅子里，抽搐地哭泣着。

“把他卖掉！不会的，你这个傻丫头！你知道老爷从来不跟那些南方贩奴隶的打交道，只要奴仆们乖乖的，也从来不打算卖掉什么人。唉，你这个傻孩子，你看有谁愿意买哈利？你当是人人都像你那样，一心扑在他身上呀，你这个傻瓜？算啦，别难过啦，把我的衣服扣起来。按着你那天学的漂亮样子，把我后边的头发编起来。可别在门口听人说话啦。”

“好的，不过，太太，你多咱也不会同意——卖——卖——”

“瞎说，孩子，我当然不会。你干吗这样说话？要是那样，我会把我的一个孩子也卖掉。再说，伊丽莎，你也太娇惯那小家伙了，真的。只要有人到家里来，你就认为人家肯定是来买哈利的。”

听到太太自信的口吻，伊丽莎一块石头落了地，开始干净利落地给太太梳头。一边梳头，一边还为自己的担心感到好笑。

谢尔比太太是个高贵的女人，办事既富理智又具道德情操。人们往往认为，肯塔基女人的特点在于心灵上的那种天然高贵和宽宏，而除此之外，谢尔比太太还具有高尚的道德宗教情感和特征，并且干练地、精力充沛地身体力行，付诸实现。她丈夫虽然没有表白自己有什么宗教品格，对她的见解却似乎有些敬畏。自然，对于妻子为了仆人的舒适、教育和上进所做的种种善行，也丝毫不去约束，但自己却从不在这些事务上起决定性的作用。事实上，如果说对于圣徒多行好事所起作用的信条，他并不真正相信的话，那么，无形之中，他的确认为，妻子的虔诚和仁爱足够他们夫妇两人受用，从而隐隐约约地期盼着，通过妻子的丰裕德行升入天堂，而自己却并不特别认为具有这些德行。

跟奴贩谈话以后，可以想见，他心头最沉重的负荷，在于必须向妻子透露拟议中的安排，在于必然会遇到的纠缠和反对，而他也相信肯定会出现这种情况的。

对于丈夫的尴尬处境，谢尔比太太一无所知，而只了解他那大度仁慈的脾性。因此，面对伊丽莎的疑团，从心底里说，她一点儿都不信以为真。实际上，这件事她没再往深一层琢磨，就放在一边了；而且，由于忙着准备晚上出门拜客，这件事在她脑海里已经完全置之度外。

第二章 母亲

伊丽莎是太太从小养大成人的，可谓太太宠幸溺爱的掌上明珠。

到南方旅行的人必定经常发现，那里的一二代混血妇女，在很多情况下，都具有一种特殊的禀赋：别具一格的优雅风度，以及温柔的声音、笑貌和举止。这个二代混血女人的天然魅力，往往混合着光芒四射的美艳，几乎在各个方面，都流露出惹人怜爱的风韵。我们所描绘的伊丽莎，并不是出自幻想的素描，而是出自记忆，因为多年以前，我们曾经在肯塔基见过她。由于太太的庇护和照料，伊丽莎已经安然无恙地发育成熟，没有受到任何诱惑，而对于一个奴隶来说，这些诱惑会把美貌变成一种致人非命的遗赠。她嫁给了一个聪明能干的混血青年。此人是邻近庄园里的奴隶，名叫乔治·哈利斯。

这个小伙子的主人把他转雇出去，在一家麻袋厂里干活。由于头脑灵活，长于别出心裁，他成了厂里首屈一指的人物，发明了清除纤维的机器。鉴于发明者所受的教育和所处的环境，这种机器像惠特尼的轧花机①一样，大大显示出了他发明机器的才华。

他仪表英俊，风度翩翩，在厂里受到普遍喜爱。然而，由于这

① 所描述的这种机械，原是肯塔基一个有色青年的发明。——原注

小伙子，用法律眼光看来，不是一个活人，而是一件东西，因而所有这些优异品格，都听凭一个心胸狭窄、专横跋扈而又卑俗龌龊主子的摆布。此君得悉乔治名噪一时的发明之后，骑马来到工厂，想看看这个聪明智慧的奴才情况怎样。厂主十分热情地接待了他，祝贺他手头有这么一个弥足珍贵的奴隶。

乔治照应着主人参观了工厂，看了里面的机器设备。他精神焕发，谈吐自如，直起腰板，看起来那样潇洒魁梧，而主子则开始感到自愧弗如，心里好不自在。他的奴隶凭什么在这一带乡间平视阔步，发明机器，在绅士行列里摇头晃脑呢？他一定要尽快结束这种情况，把他带回去锄地、挖渠，“看看他还能不能这样八面威风”。因此，当他突然索要乔治的工资，宣称他有意把他带回家去时，厂主和所有有关人员都十分震惊。

“不过，哈利斯先生，”厂主规劝地说，“这件事不太突然了吗？”

“突然又怎么样？难道乔治不是我的人吗？”

“先生，我们愿意增加报酬。”

“我不管报酬不报酬，先生。要是我不愿意，就没必要把我的人雇出去。”

“可是，先生，看来他干这一行特别合适呀。”

“也许合适吧，先生，可是我保证，我分派给他的活儿，他从来没感到合适过。”

“可是你只要想想，是他发明了这种机器的呀！”一个厂工冷不丁地插了嘴。

“哼，是啊，一架节约劳力的机器，对不对？我保证，他乐得发明这种机器哩。多咱也别叫黑鬼闲着捣鼓这玩意儿。他们自己就是节约劳力的机器，有一个算一个。不行，他得走人。”

听到突然宣布自己的厄运，乔治目瞪口呆，愣愣地站在那里，心里明白这是一种无法抗拒的力量。于是抱起双臂，紧咬牙关，胸膛里燃烧着火山一般的憎恨，脉管里喷涌起团团火焰。他呼吸急促，黑色的大眼睛，仿佛是炽热的煤块，熠熠闪光。其时，若不是好心的厂主碰了碰他的胳膊，说不定他会不顾危险，发作一场。只听厂主声音低沉地说道：

“别争了，乔治，现在跟他去吧。我们还会想办法拉你一把的。”

那暴君看到他们窃窃私语，虽然说的什么听不真切，却猜出了其中的含义。因此，暗自铁下心肠，抓住自己的权力不放，来摆布乔治这个受害者。

乔治终于给带回家来，在农场上分派了最最下贱的苦工。虽然他能够遏制自己，嘴里什么不恭敬的话都不说，但他那闪着憎恨的眼睛，他那抑郁忧虑的眉宇，却属于一种与生俱来的组成部分，是无法错位的标记。它再清楚不过地表明，人是不能变成物的。

就是在受雇于工厂的那段欢乐时期，乔治见到了自己的妻子，两人结为夫妇的。在那些日子里，他颇得雇主的垂青，深受信赖，随时随地都可以无拘无束地来来去去。这桩婚事，得到了谢尔比太太的极大赞许。她在玉成良缘这类事情上，不无些许妇人的自鸣得意，把自己宠爱的俏丽女仆婚配给一个与女仆同一身份的男人，一个在方方面面都与女仆旗鼓相当的男人，心里更是十分高兴。于是，他们在太太的大客厅里完了婚。太太还亲自动手，用橘花点缀新娘的秀发，在上面披上婚纱，这种婚纱自然是从未披在如此美丽的粉颈之上的。另外，白色手套、蛋糕和葡萄酒之类，也是应有尽有，也不乏流露出艳羡的宾客。他们夸赞新娘的丽质，对女主人的宽厚大度，无不交口称许。有一两年的时间，伊丽莎能经常见到丈夫，除了两个襁褓中的孩子夭折之外，他们恩恩爱爱，没有任何掣肘。伊丽莎十分珍爱两个失去的孩子，痛惜悲悼之情非常强烈，结果得到了太太的温言规劝。她出于母爱的焦虑，想把伊丽莎自自然然的爱心，限制在理智和教义允许的范围之内。

不过，自从小哈利出世以后，伊丽莎终于渐渐平静安定下来。每一条血缘纽带，每一根悸动的神经，又一次与那个小小的生命缠结在一起，仿佛变得理智健全起来。因此，直到丈夫被粗暴地从善良雇主手里夺走，回到他合法主人的严酷摆布之下的时候，伊丽莎一直是个快活的女人。

工厂主言而有信，就在带走乔治的一两个礼拜以后，拜访了哈利斯先生。当时，他希望那场怒气已经消退，于是他尽量变着法儿劝诱哈利斯先生，让他把乔治送回去，再捡起原先的活计。

“你用不着再费口舌，自找麻烦啦，”哈利斯口吻执拗，“我明白自己该怎么办，先生。”

“这件事我不敢干涉你，先生。我只是想，按照讲定的条件，把你手下的人租给我们，你也该考虑一下给你带来的好处。”

“咦，这件事我可再清楚不过啦。我把他从厂里带出来那天，我见你们又眨眼又交头接耳来着，可你们那样骗不了我。这是个自由的国家，先生；人是我的，我愿意让他干什么就干什么——就这么回事！”

就这样，乔治的最后一线希望破灭了。展现在他面前的不是别的，是一条困顿苦役的生路。但这条生路，也由于暴君智慧所设计出来的所有卑劣严酷的折磨和羞辱而变得越发辛酸痛苦。

一位极为仁慈的法理学家说过：待人的最坏之道，莫过于将他绞死。这话不对，因为还有一种待人之道更加恶毒。

第三章　丈夫与父亲

谢尔比太太出门拜客，伊丽莎心情沮丧，站在阳台上望着渐渐远去的马车，突然，一只手搭在她的肩膀上。她转过身来，一阵欣喜的微笑点燃了她姣美的眼睛。

“乔治，原来是你呀？你把我吓了一大跳！嘿，你来了我真高兴！太太后半晌出去了，到我小屋里来吧，我们可以单独在一块儿。”

她一边说着，一边把他拉进一个通往阳台的小房间。房间里收拾得整整齐齐，是她经常坐在那里缝衣服的地方，也能听到女主人的呼唤。

“我太高兴啦！你干吗哭丧着脸？看看哈利吧，他长得真快。”孩子透过鬈发腼腆地打量着爸爸，紧紧抓住妈妈衣角。“他漂亮吗？”伊丽莎说，一面拽起孩子长长的鬈发亲吻他。

“但愿他没有来到这个世界上，”乔治愤然说，“但愿我自己也没来到这世上！”

伊丽莎既诧异又害怕。她坐下来，头靠在丈夫肩头上，失声痛哭起来。

“好啦，好啦，伊丽莎，我不该叫你不高兴，可怜的姑娘！”他爱抚地说，“太不应该啦。咳，我多么希望从来没见到过你——那样，你会幸福的！”

“乔治！乔治！你怎么说这种话？出了什么事吗？要不就是快出什么事了吧？我敢说，直到最近我们都很幸福呀。”

“我们是很幸福，亲爱的。”乔治说。然后，他把孩子抱到膝头，紧紧盯着他那光芒四射的黑眼睛，用手摩挲着那长长的鬈发。

“真像你，伊丽莎。你是我见过的最漂亮的女人，也是我希望见到的最好的女人。可是，咳，但愿我没见过你，你也没见过我就好啦！”

“哦，乔治，你怎么能这样说？”

“那怎么说，伊丽莎？痛苦、痛苦、痛苦啊！我的命跟艾蒿一样苦，我的生命枯竭了。我可怜，我命苦，是个苦力，谁都不把我放在眼里，只能拉着你跟我受罪，没有别的好处。我们想好好做事，想明白事理，想正经为人，有什么用处？活着又有什么用？倒不如死了利索！”

“哦，别这样，亲爱的乔治，这样说可真罪过！你丢了厂里的差使，我知道你心里不好受，知道你家主子厉害，可我求你耐住性子，说不定——”

“好一个耐住性子！”乔治没让她说下去，“难道说我没耐住性子过？他无缘无故，到了那里就把我带走了，我说过半个‘不’字吗？在厂里，大伙儿对我都挺好，我老老实实，挣的钱一分不差都交给了他——人家都说我干得不错。”

“是啊，是叫人心寒，”伊丽莎说，“可说到头，他还是你家主子呀，你明白吗？”

“我家主子！是谁让他成了我主子的？我琢磨的就是这个——他对我有什么权力？我跟他一样，都是人。我比他为人更好，我做事比他好，我经营比他好，我识字比他多，我写字比他好。这都是我自己习练出来的，根本用不着感谢他——这些都是我拗着他习练出来的，他有什么权力让我忍辱负重，当牛做马？有什么权力不叫我干力所能及的活计，比他干得还好的活计，而叫我干连牛马都能干的活计？他这么做，是要杀杀我的威风，让我丢人现眼。所以，他故意让我干最粗重的活儿，最下贱的活儿，最肮脏的活儿。”

“哦，乔治！乔治！你别吓唬我啦！咳，我还从来没听你这么说过话；我担心你会做出要命的事来。你的心思我都明白，可是，唉，千万要小心一些——千万，千万——为了我，也为了哈利着想。”

“我小心过，也耐过性子，可是，事情却越来越糟糕，有血有肉的人，谁能再忍受下去？凡是能污辱折磨我的机会，他一个都不放过。我原来以为，我能够把活干好，就不吭声算了，也好干完活以后，花点工夫读书学习。然而，他越是见我能干，就越是层层加码。他说，虽然我不声不吭，可他看得出来，我心怀鬼胎，想让我的鬼胎见见天日。总有一天，我的‘鬼胎’会以他不喜欢的方式见到天日的，要不然，就是瞎了眼！”

“哦，亲爱的，我们可怎么办哪？”伊丽莎悲悲凄凄地说。

“就在昨天，”乔治说，“我正忙活着往车上装石头，汤姆少爷在马附近抽鞭子，离得那么近，结果马惊了。我尽量和颜悦色，请他不要抽了，可他还是抽个不停。我又请求了他一次，可他却冲我来了，抬手就打。我抓住了他的手，他又喊又踢，跑到他父亲那里，说我跟他打架来着。他父亲走过来，一副气势汹汹的样子，说要教训教训我，好知道知道谁是我主人。他把我捆在树上，替少爷砍下一些树枝，要他用树枝抽我，抽到没有气力为止——他竟然抽了我！我不会忘了这件事的！”说着，年轻人的眉宇间泛起了一片黑云，燃烧的眼神使年轻的妻子不由战栗起来。“我想弄明白，是谁让这个人成了我的主子？”他说。

“咳，”伊丽莎悲切地说，“我一直觉得非听老爷太太的话不行，不然，我就当不了基督徒。”

“处在你的情况下，这话有些道理，是他们把你当成自己的孩子养大成人的。他们让你吃饱穿好，溺爱你，调教你，你才受到了良好的教育。这就是你归他们所有的原因。可我尝到的却是拳打脚踢和臭骂，充其量也只不过是没人理睬，我到底欠下了什么情？他们养活我，我已经一百多倍地偿还了。我绝不能再忍下去。是的，绝对不能！”

伊丽莎瑟瑟发抖，说不出话来。以前，她从未见过丈夫情绪这么不好，她那一套伦理道德的温和说辞，在如此狂怒的波涛汹涌面前，仿佛芦苇似的被冲弯了。

“你给我的那条狗小卡洛，还记得吧？”乔治又说，“那小东西是我唯一的安慰，夜里跟我一起睡，白天跟我一起到处跑，眼睛盯着我，好像有点明白我的心情。唉，就在前天，我在厨房门口捡了些剩饭喂它，主子走过来说，我养狗破费了他的东西，黑鬼子养狗他负担不起，命令我在狗脖子上拴上石头，丢到池塘里去。”

“噢，乔治，你没有这样干吧？”

“这样干？我才不会哩——是他丢下去的。主子和汤姆还扔石头，去砸可怜的、快要淹死的卡洛。可怜的小东西！它可怜巴巴地望着我，好像不明白我干吗不去救它。由于我没有亲自淹死卡洛，不得不挨了一顿鞭子。我不在乎。主子总会明白过来，我是个鞭子打不服的人。他要是不加小心，总有轮到我的那一天。”

“你要干什么？哦，乔治，可别去作孽，如果你信奉上帝，尽力做好事，他会来拯救你的。”

“我不像你，是个基督徒，伊丽莎。我满心的辛酸痛苦，相信不了上帝。他为什么让世道成了这个样子？”

“噢，乔治，我们得有信仰。太太说，如果我们在什么事情上受了委屈，我们也必须相信，上帝在尽力拯救我们。”

“这对于那些在家坐沙发、出门坐马车的人们来说倒很轻巧，然而，让他们处在我的地位，我琢磨，情况会更难忍受。我希望自己善良，可我的心在燃烧，无论如何，也不能够妥协了。过去你处在我的位置上，你不能够——就是现在，要是我把想说的都告诉你，你也不能够。你还不知道事情的原委。”

“现在会出什么事？”

“唉，近来主子不断地说，他犯傻了，竟然让我在庄园外面结了婚；说他恨谢尔比先生和他所有的族人，因为他们高傲，抬起头来不把他放在眼里；说我那些自以为是的想法，就是从你这里学来的。他还说，多咱也不准我再到这里来，而且我得在他那里娶个妻子住下来。开头，他只是骂骂咧咧、嘟嘟囔囔地说这些话，可是昨天他对我说，我该娶迈娜当妻子，跟她一块在茅屋里住下来，不然的话，就把我卖到沿河的南方去。”

“什么——可是你娶了我呀！你就跟白人一样，是由牧师主持婚礼的。”伊丽莎没有多说。

“难道你不知道奴隶不能结婚？在这个国家里，根本没有奴隶可以结婚的法律，要是他存心拆散我们，我就不能有你这个妻子。所以我希望，但愿从来没得到过你，所以我希望，但愿没出生到世上来。这对咱们俩都好。要是这个可怜的孩子没出生到世上来，对他也好。这一切都会落到他头上的！”

“哦，可是老爷很善良呀！”

“是啊，可谁又说得准哪。老爷会死的，然后说不定孩子会卖给什么人。孩子漂亮、伶俐、聪明，这有什么高兴的？我说，伊丽莎，正是由于我们的孩子诚实、讨人喜欢，或者说具有这些品质，将来，一把利箭才能刺穿伤害你的心灵，这些品质会让他卖个好价钱，你留也留不住他！”

一席话狠狠刺痛了伊丽莎的心，奴贩的影像重又浮现在她的眼前，仿佛什么人给了她致命一击似的，她脸色一片煞白，倒抽着冷气。她心里紧张不安，望着外面的阳台。孩子听腻了他们严肃的谈话，来到了阳台上，正得意扬扬地骑着谢尔比先生的手杖，东奔西跑。她原想把自己的担心告诉丈夫，然而，她克制着自己，没有说出来。

“不行，不行，这已经够他受啦，可怜的人儿！”她心里寻思着，“不行，我不能告诉他。再说，这也不是真的，太太从来不骗我们。”

“所以，伊丽莎，我的人儿，”丈夫声调凄然，“坚强起来，再见了，我要走啦。”

“走？乔治！到哪儿去？”

“去加拿大，”他说道，一面挺直身板，“我到了那边，就把你赎出去。这是我们唯一的希望。你主子心肠好，把你卖掉，他是不会拒绝的。我要把你和儿子赎出去。愿上帝助佑我，我一定把你们赎出去！”

“哦，太危险啦！要是你给逮住，怎么办？”

“我不会给逮住的，伊丽莎，要是那样，我先死给他们看。得不到自由，我就去死！”

“你不会自寻短见吧？”

“没有那个必要。他们很快就会折磨死我，他们多会儿也别想把我活着弄到沿河的南方去！”

“咳，乔治，为了我，你千万当心！什么罪过的事都别干，不要跟自个儿过不去，也别跟别人过不去！你满脑子想逃走，一个心眼儿地想逃走，可是不要——要是你一定得走，可要小心谨慎，愿上帝帮助你。”

“那么，好吧，伊丽莎，你就听听我的打算吧。主子忽然异想天开，派我到这一带来，给西莫斯先生送个信，他就住在离这里一英里的地方。我相信，主子认为我会到这里来，把我的事告诉你。他管谢尔比先生家的人叫‘谢尔比的伙计’，认为这件事肯定会让他们恼火，那他就会感到高兴。我想装出无可奈何的样子回去，好像一切都无可挽回了。这你明白我的用意。我同时已经做了些准备，还有些人愿意帮我的忙。一个礼拜左右以后，我就会突然有一天销声匿迹。为我祈祷吧，伊丽莎，仁慈的上帝也许能听见你的声音。”

“噢，你自个儿也祈祷吧，乔治。要相信上帝，那样，你什么罪过的事就都做不出来了。”

“好吧，那就再见啦。”乔治说着握住了伊丽莎的手，死死盯着她的眼睛，一动不动。他们默然站在那里，最后又叮咛嘱咐了几句，呜呜咽咽，哭得令人心酸。因为这样的生离死别后，再得团圆的希望像蛛网一样渺茫。就这样，夫妻二人相互分别了。

第四章 汤姆叔叔的小屋之夜

汤姆叔叔的小屋是用圆木盖成的，紧紧毗连着“上房”——这个黑人健仆对东家住处所使用的称呼。屋前，是整整齐齐的菜地。每逢夏天，草莓、山莓，以及各种水果和菜蔬，都得到精心栽培，欣欣向荣，一片生机。正面墙上，开满大朵颜色深紫的比格诺藤萝花，还有当地的一种蔷薇花，藤蔓交错，枝叶缠结，把个小屋盖得严严实实，几乎看不到一丝粗糙圆木的痕迹。同时，到了夏天，这里还生长出形形色色的年生花卉，像万寿菊啦，牵牛花啦，紫茉莉啦，等等，在菜地一角茁壮成长，恣意展现各自的绰约风姿。这就是克露婶婶心头的喜悦和骄傲。

列位不妨进入小屋看个究竟。上房的晚饭已过，掌勺主厨克露婶婶张罗着准备好饭菜之后，把清扫洗刷的活计交代给厨房里的下手，便由上房出来，回到自己舒适的领地，“给老头子弄晚饭吃”。因此，你在炉火旁边看到的，无疑就是克露婶婶。她正照料着炖锅里的一些吱吱作响的食物，心急火燎，而又兴趣盎然。不一会儿，又正经八百地想起烤炉，掀开盖子。一股热气冒了出来，提醒人们，肯定是“好吃的东西”。她圆圆的黑脸庞，闪耀着光辉，像自制的茶点饼干一样，光滑细腻得犹如用蛋白浇过似的。头戴浆得挺括的方格头巾，整个丰满的脸上神色飞扬，露出心满意足的神情。而且，如果我们不得不承认的话，在这一带邻里之间，由于克露婶婶是众所公举和承认的主厨，脸上还挂着些许自己对此有所意识的神色。这是与主厨身份十分相宜的。

要说厨师，自然，她从骨子里及灵魂深处，都是一把好手。仓前空场上养的鸡鸭或者火鸡，一见她走过来，个个都黯然失色，显然都仿佛想到了它们的末日。毫无疑问，她总是在盘算怎样缚住它们的翅膀，填塞蒸烤。结果，每一只活的家禽，都愁眉不展，到了心存惊惧的程度。她做的玉米面糕饼各式各样，有烤玉米饼、煎玉米饼和圆玉米饼，以及其他种类的糕饼，多得不胜枚举，对于没大做过这些糕饼的人来说，都是高度机密。说起同行们一心想赶上她的高超手艺，结果白费力气的事，她总是兴冲冲的，带着不加掩饰的自豪，连胖胖的腰身也左摇右晃。

上房来了客人时，安排“时髦的”晚宴或晚餐，会唤起她灵魂中的全部活力；看到走廊上丢着一堆旅行箱笼，最令她感到高兴。因为那样一来，她就会估计到，又要做一番努力，获得新的喜悦了。

此刻，克露婶婶正往烤炉里瞧着。不过，我们想暂且不表她的这种惬意操劳，等列位看过小屋内的光景，再表不迟。

在屋内一角，摆着一张床，上面整齐地罩着雪白的床单，旁边铺着一块尺寸很大的地毯。就是这块地毯，确定了克露婶婶的地位，说明她属于上等人物。事实上，床和旁边的地毯，以至于整个角落，都是经过特殊考虑布置起来的，尽量使它成为圣地，不准孩子们来洗劫、偷袭和亵渎。这角落其实就是小屋里的客厅。屋的另一角，有一张寒碜得多的床，显而易见，目的在于实用。壁炉上方的墙壁上，装点着几幅非常鲜艳的《圣经》故事图片，还有一帧华盛顿将军肖像。肖像的笔触和着色都不精致，倘若这位英雄偶然看到这类肖像，势必会大吃一惊。

在角落的粗糙长凳上，有两个毛头男孩，黑色的眼睛炯炯有神，胖胖的脸蛋闪闪发光，正忙活着指点女娃初次学步的动作。婴儿学步，通常都是先站立起来，稳住身体一会儿，然后扑通一声，摔个屁股墩儿，而每一次连续的失败，都会惹出狂呼大笑，仿佛这是聪明的举动。

炉火前面，拉出了一张饭桌，四条桌腿晃晃悠悠，上面盖着桌布，摆着图案极为漂亮的杯碟。这些，还有别的迹象，都预告着晚饭的来临。就在这桌子旁边，坐着谢尔比的得力仆人汤姆叔叔。由于他是我们故事的主人公，所以得为列位看官精雕细刻一下他的相貌。他，牛高马大，胸膛宽厚，肤色黝黑放光，长得十分健壮；脸上那地道的非洲人的五官，带着严肃、镇定和通晓事理的表情，又透出深深的善良和仁慈。凡举手投足，都表露出某种自尊和高贵，然而又不乏谦恭和以心换心的纯朴。

此刻，他聚精会神，正忙着在面前的石板上，慢慢地，小心翼翼地努力抄完那几个字母。抄写过程中，由乔治少爷指点着。乔治少爷十三岁，聪明伶俐，似乎充分意识到自己当老师这个位置有多么庄严神圣。

“别那么写，汤姆叔叔，别那么写，”汤姆叔叔吃力地把‘g’的尾巴错勾到了另一边时，他连忙说道，“你瞧，那就写成了‘q’啦。”

年轻的老师大笔一挥，为了开导示范，写出了无数个“q”和“g”，“老天，是吗？”汤姆一边神色羡慕而又毕恭毕敬地看着，一边说道。然后，粗笨的手指握起铅笔，开始再一次耐心地写起来。

“白人干起事来，总是那么容易！”克露婶婶烤叉上叉着一块火腿，往烘烤铁箅上擦油的当儿，停下来自豪地盯着乔治少年，说，“喏，他字写得那么好！书念得那么多！晚上还到这里给我们念功课。这么带劲儿！”

“克露婶婶，可我肚子饿极啦，”乔治说，“煎锅里的煎饼快熟了吧？”

“就熟啦，乔治少爷，”克露婶婶掀起锅盖，往里瞧了瞧，说，“焦黄好看，真的，焦黄得可爱，嘿，还是叫我自个儿煎的好。有一天，太太吩咐萨莉做一些煎饼，只是叫她学学，太太说。‘算啦，太太，’我说，‘眼睁睁看着那么好的吃食，就那样给糟蹋了，我心里难受！煎饼一边往外鼓着，一点都不成个样子，就跟我那双鞋子一

样不受看。算啦！’”

克露婶婶对萨莉手艺的生疏，终于露出了不屑一顾的神情。接着一下子揭开烤炉盖子，让人们看到了烤得精致的奶油磅饼①，跟城里糕饼店里糕饼相比，都毫不逊色，显然，是晚宴的主食。于是，克露婶婶在用晚饭的地方忙忙碌碌，一本正经地张罗起来。

“嗨，莫斯跟皮特，你们给我滚蛋！给我走开，你们这些小黑鬼儿！你也走开，波莉，宝贝——妈咪过一会儿给宝贝点东西吃。喏，乔治少爷，你把那些书拿走，跟我老头儿一块坐下，我端过香肠来，再马上把第一炉烤饼放到你们盘子里。”

“你们要我到上房去吃晚饭，”乔治说，“不过，到哪儿吃饭，这我心里有数，克露婶婶。”

“你是很有数——很有数，宝贝，”克露婶婶说着，在他盘子里堆满了热气腾腾的蛋奶饼。“你老婶婶总把最好吃的东西留给你，这你明白。嘿，去你的吧！走呀！”说着，克露婶婶用手指头戳了乔治一下，意思是开个天大的玩笑，随着，又轻快地转过身，去照料烘烤铁箅去了。

“好，吃蛋奶饼吧。”等烘烤铁箅那边的事稍稍清闲一些，乔治少爷说。说着，这个少年舞动大刀，打算切开蛋奶饼。

“上帝保佑你，乔治少爷，”克露婶婶一边说，一边煞有介事地抓住他的胳膊，“你不该用这把又大又重的刀切！这会把它压扁了——蛋奶饼发得这么好看，不就弄坏了嘛！我这里有把薄薄的旧刀，是我特意留着的。来，你瞧！这不就像快刀斩乱麻一样，一下就切开了嘛！喏，吃啊，没有再比这个更好吃的啦。”

“汤姆·林肯说，”乔治说，嘴里塞得满满的，“他们家的吉妮，论起做饭，比你还好哩。”

“林肯家的人没什么了不起的，本来嘛！”克露婶婶不屑地说，“我是指跟咱们的人相比的话。按常理说，他们也够体面的啦，可是

① 磅饼：原指加入奶油、食糖和面粉各一磅而烤制成的糕饼，故姑译如此。

论起干事人时来，他们脑子里还没这根弦。单拿林肯老爷跟谢尔比老爷打个比方吧！我的老天哪！还有那个林肯太太——她能跟我们太太那样迈步走进家里，那样有风度吗？这你明白！得，你算了吧！别再跟我唠叨什么林肯家的人啦！”说着，克露婶婶扬起头来，俨然一个希望自己是见过些世面的人。

“是啊，不过我听你说过，”乔治说，“吉妮是个蛮不赖的做饭的。”

“这也是，”克露婶婶说，“我也能这么说。稀松平常的煎烤烹炸，吉妮干得不错，能把玉米饼烤好，把土豆煮到火候，可她做的玉米糕饼没有什么特色，这会儿也没特色，可也过得去。可是，老天哪，说到烘烤上等糕饼的行当，她究竟能干个啥？不错，她做得了馅饼，稍微会做一些，可是皮儿又怎么样？而她能发得软软和和，到口就化，在嘴里又松又脆吗？得，玛丽小姐结婚那会儿，我到他们那儿去过，可吉妮呢，她只是让我看了她做的结婚馅饼。吉妮跟我交情很深，这你知道。可我压根儿没说过什么，只是我干我的，乔治少爷！唉，要是我做了那样一堆馅饼，一个礼拜，我睡觉都会合不上眼。那根本不叫馅饼。”

“我看，吉妮还准会觉得蛮不错哩。”乔治说。

“哼，觉得蛮不错！定准她会！那会儿，她在那里还傻乎乎地叫我看那些馅饼哩。你瞧，就是这一点，吉妮搞不明白。哎呀，那家子人没什么了不起，人们也不指望她明白这些！这不是她的不是。哦，乔治少爷，你在家里长大成人，受到的宠爱，连一半都不明白呀！”说到这里克露婶婶长出了口气，眼珠儿深情地翻动着。

“我敢说，克露婶婶，我受到宠爱，我全都明白，尝馅饼、吃布丁什么的，”乔治说，“每次见到汤姆·林肯，我都跟他吹一吹牛。不信，你就问问他。”

克露婶婶身朝后仰，靠在椅子上，听到少爷机智的谈吐，尽情大笑起来，笑得眼泪直顺着她那闪光的黑脸膛往下淌。同时，间或爱抚地拍打触摸着乔治少爷，说去你的吧，又说他是个怪人，真乐死人，总有一天会把她乐死。嬉笑怒骂的语言之中，又破涕为笑，夹杂着一阵长似一阵的笑声。后来，乔治真个开始认为，自己是个危险的机灵鬼，对自己“尽量滑稽的”谈吐，应该小心从事才行。

“那么，你跟汤姆说啦，是不？上帝呀，你们这些小东西真有一套！你跟汤姆吹过牛？哦，上帝！乔治少爷，你不让人笑起来没完，才怪哩！”

“吹过，”乔治说，“我跟他说，‘汤姆，你该看看克露婶婶做的馅饼，那才叫正宗哩！’我说。”

“可惜的是汤姆看不见，”克露婶婶说。她心肠慈善，想到汤姆不明她做馅饼的真情，心中久久不能释怀。“改天你应该请他过来吃顿饭，乔治少爷，”她又说道，“这你脸上也光彩，你知道的，乔治少爷。你不该因为得到宠爱，就觉得高人一头。我们得到的宠爱全都是上帝赐给的，多咱也别忘了这一点。”克露婶婶神情肃然。

“对呀，我是想下个礼拜找一天，请汤姆过来，”乔治说，“到时你可要露一露拿手好戏，克露婶婶。让他来个喜出望外。吃了馅饼，半个月还忘不了！”

“对，对，得这么个样，”克露婶婶满心欢喜，“你瞎好吧。上帝呀，还记得咱们请人吃的几顿晚饭吧！我们请诺克斯将军吃饭时，你没忘了我做的鸡肉大馅饼吧？擀皮儿时，我跟太太还差点拌了嘴哩。我不明白，太太们有时候是怎么回事。不过，正跟你说的一样，有些时候，一个人挑的担子最重，正儿八经忙活的时候，可她们偏在那个时候出出进进，横挑鼻子竖挑眼儿的！一会儿吩咐这么干，一会儿吩咐那么干。后来，我有点莽撞，说：‘喏，太太，光瞧瞧你那双漂亮的手吧，长长的手指头，戴着戒指锃光油亮的，跟我养的沾着露水的白水仙一样。再看看我这双粗大的黑手，难道你不觉得，主的意思是让我来做馅饼皮儿，让你坐在客厅里吗？’哎呀！我当时就这么粗鲁，乔治少爷。”

“那妈妈说什么来着？”乔治说。

“说啥？嘿，她的眼睛——她那双漂亮的大眼睛——里，露出了笑容，‘好吧，克露婶婶，我看，这件事你说得八九不离十。’她说，接着走进了客厅。为了我的粗鲁，她本来该敲我的脑袋，不过，事情就是这样。在厨房里，我拿太太们什么办法都没有。”

“不过，那顿晚饭你做得很棒——我记得大伙儿都是这么说的。”乔治说。

“当然啦！那天，我不是躲在餐厅门后吗？不是看到将军拿着盘子要了三回馅饼？他还说：‘你那做饭的想必不同一般，谢尔比太太。’上帝呀，我高兴得笑破了肚子。”

“再说那位将军，他也懂得做饭的手艺，”克露婶婶说，一边很神气地直直身子，“将军可是个好人！他住在弗吉尼亚，是个最古老的家族。他懂得做事情的诀窍，就跟我一样——我说这位将军。你明白，不论什么馅饼，都得有特色，乔治少爷。不过，不是凭什么人都知道这些特色是什么，或者应该是什么。可是将军知道。从他说的话里，我看得出来。不错，他明白这些特色是什么。”

吃到这时候，乔治少爷到了连一口也吃不下去的地步，即便是男孩子，处在特殊情况下，也会出现这种情况。于是，他便有了闲暇，来注意那些目光炯炯的小毛头了。他们躲在屋子对面的角落里，馋涎欲滴，正眼巴巴盯着少爷他们吃饭。

“嗨，莫斯、皮特，”少爷说着撕了好几大块馅饼，丢给他们，“你们想吃点，对不？嗨，克露婶婶，给他们烙点饼吧。”

乔治和汤姆走到壁炉旁边，舒舒服服坐下来。克露婶婶烙了一大摞饼，然后把女娃抱到膝头，一会儿往女娃嘴里塞，一会儿往自己嘴里填，同时把饼分给莫斯和皮特。莫斯和皮特偏偏喜欢钻到桌子底下，连滚带爬地吃，你胳肢我，我胳肢你，还不时拽拽女娃的脚指头。

“哼，滚、滚、滚，行吗？”克露婶婶说。当桌子下面的动静过于骚乱喧嚣时，她还不时轻轻踢上一脚，“白人来看你们，规规矩矩的不行吗？别闹了，嗯？放老实点，你们，不等乔治少爷走就要我狠狠教训教训你们！”

然而，在这种严厉的恐吓之中，到底寓含着什么意思，却难以说得清楚；不过，显而易见，含糊其词的恐吓，对于年幼的罪犯，并没留下深刻印象。

"上帝啊,"汤姆叔叔说,"他们总是这么顽皮打闹,没个规矩。"

突然,小毛头们从桌子底下冒了出来,手上和脸上满是糖浆,使劲地亲起女娃来。

"给我滚开,你们!"他们的妈妈说,一面推搡开他们毛茸茸的脑袋。"你们要是这样,就黏在一起,别想分开啦。滚,到泉水那里洗洗去!"她说道,一边啪地打了一巴掌,来加重她的数落。这一拍响声尽管可怕,可仿佛只是惹出了孩子们更多的笑声。于是,他们仓皇出逃,一骨碌儿跑到门外,乐得大喊大叫。

"有谁见过这么叫人生气的孩子呀?"克露婶婶不无得意地说,一边拿出一条为这些场合备用的旧毛巾,从裂纹的茶壶里倒出一点水,动手把女娃脸上和手上的糖浆擦去。她把女娃擦得锃光发亮,放在汤姆怀里,自己便忙着收拾晚饭的盏碟。女娃利用这些间隙,开始扯汤姆的鼻子,抓他的脸,一双小胖手伸进他羊毛似的头发里。最后这个动作,似乎令她特别满意。

"她可是个活泼的小玩意儿,对不?"汤姆说着,伸平胳膊举着,把她全身打量了一遍。然后站起身来,让孩子骑在自己宽阔的肩膀上,跟她一起手舞足蹈起来。乔治少爷则用手帕在她面前抖落着。莫斯和皮特这时已经回来,跟在孩子后面,狗熊似的一阵吼叫,直到克露婶婶宣布,他们的叫嚷"会把女娃的脑袋吵昏",才告一段落。因为,按照她自己的说法,把人的头吵昏的事儿,在小屋里天天都有,无论说什么,都不能减少这种欢乐于万一,除非人人都滚爬跳跃得使自己复归平静。

"够啦,我看你们是闹够啦,"克露婶婶说着,已经拉出一张粗糙箱子般的脚轮矮床,"现在,你,莫斯,还有你,皮特,都给我上床去,我们要聚会祈祷啦。"

"噢,妈妈,我们不睡觉。我们想等着看祈祷会,祈祷会真好玩,我们喜欢。"

"呃,克露婶婶,把床推进去,让他们等着吧。"乔治少爷斩钉截铁地推了一下粗糙的矮床。

克露婶婶这样保全了面子，也乐得把床推进去。一面推，一面说："那好，祈祷会也许对他们有些好处。"

这会儿，小屋里的人组成了全体委员会，考虑祈祷会的布置和安排。

"椅子不够怎么办？我说，我可没主意。"克露婶婶说。由于好长时期以来，祈祷会都是每个礼拜在汤姆叔叔家里举行一次，椅子总不富裕。这一回，人们仿佛受到了鼓励，希望找到解决办法。

"上个礼拜，老彼得大伯唱诗时，把那把最旧的椅子唱断了两条腿。"莫斯提了个醒。

"去你的！保准是你拽下来的，都是你淘气淘的。"克露婶婶说。

"对啦，只要贴着墙放，椅子还立得起来。"莫斯说。

"可彼得大伯不能坐在上面，他唱起诗来老是拖动椅子。有一天夜里，他差一点把椅子从屋子这头拖到那头去。"皮特说。

"哎呀！就叫他坐在上面好啦，"莫斯说，"那样他就会开口唱：'来吧，圣哲和罪人，听我细说端详。'接着就会扑通一声摔下来。"莫斯毫厘不差地学着彼得老人瓮声瓮气的鼻音，然后一下子倒在地上，来表演想象中的那场灾难。

"去，去，放规矩点，行不行？"克露婶婶说，"也不臊得慌？"

然而，乔治少爷也跟罪人一起哄笑起来，而且还果断地说，莫斯"很了不起"。结果，母亲的训斥，似乎远没收到效果。

"我说，老头子，"克露婶婶说，"你得把那些木桶弄到屋子里来啦。"

"妈妈的木桶就跟那寡妇①的木桶一样。乔治少爷在经书②里念过，它们可真灵。"莫斯在旁边对皮特说。

"我敢保险，上个礼拜，有一只木桶瘪进去了，"皮特说，"唱诗的时候，要是都瘪进去，那就不灵了，是不？"

---

① 典出《旧约·列王记》上，其中叙述有一寡妇之桶内的食物，永远享用不尽。

② 此处指《圣经》。

正当莫斯和皮特在一边说话时，人们把两只木桶滚进小屋，四周垫上石块，防止它们滑动，再在上面铺上木板。安排好之后，又把几只水盆和水桶倒过来，再摆上几把摇摇晃晃的椅子，才算终于准备停当。

“乔治少爷经文念得很好听，我知道他会留下来给我们念经文的，”克露婶婶说，“这就更有意思啦。”

乔治二话没说，表示同意。这孩子只要是使他身价倍增的事，他都一向愿意干。

不久，屋子里便挤满了各色人等，从灰白头发的八旬老者，到年方十五六岁的小姑娘和小伙子，少长咸集。接着人们家长里短，谈起了各种无伤大雅的话题，诸如萨莉婶婶从哪里买到了大红新头巾啦，莉齐的东家太太打算她的罗纱新衣裳做好以后，就把那件细纱点子罩衫送给她啦，谢尔比老爷计划新买一匹栗色小马，让庄园额外风光一番啦，等等，不一而足。有几个教徒是附近一带家族的人。他们得到允许，来参加祈祷会，带来了种种珍贵新闻，虽然是片言只语，但都有关他们东家和庄园上人们的所说所为。这些新闻，跟上等人们当中浅谈辄止的交谈一样，无拘无束地传诵着。

一会儿之后，唱诗开始了。到会的人们，显然都十分高兴。曲调既粗犷又充满生气，即使是壅塞难听的鼻音，也仍然取得了天然好嗓音的效果。有时，歌词是教堂唱的尽人皆知的普通赞美诗，有时是从野营布道会上偶然学来的歌词，风格更加粗犷，更为飘忽不定。

其中一首叠句，唱得精神昂扬、热情奔放。歌词是这样的：

白骨抛疆场，
白骨抛疆场，
我的灵魂哪，
享受着荣光。

还有一首特别爱唱的叠句，不断重复着这样一些词句：

哦，我欲奔赴荣光——
君可愿偕我同往？
君不见天使在招手，
唤我远走他乡？
君不见永恒的岁月，
和那城郭金灿辉煌？

还有其他一些叠句，不断提到“约旦河之岸”和“迦南田园”，以及“新耶路撒冷”① 之类。因为，在黑人热情而富于想象力的心灵中，总是把自己同生动如画的赞美诗和歌词联系起来。他们唱着唱着，有些人大笑起来，有些人哭泣起来，有些人拍起手来，还有些人兴高采烈地相互拉起手来，仿佛已经完全到达了约旦河的彼岸。

人生经验的规劝和诉说，与唱诗前呼后应，交织在一起。一个花白头发的老妇人，早已不能干活，却受到崇敬，认为是历史的化身。她倚着拐棍，站起来说道：

“哎，孩子们！嘿，又一次听到你们唱诗，又一次看到大伙儿，我可真高兴，因为，连我也不知道啥时上西天呀。不过，我都收拾好啦，孩子们，我好像打好了小铺盖卷儿，戴上了帽子，就等时辰一到，带我回家了。有时候，在夜里我觉得听到了吱吱呀呀的车轮声，我一直在巴望着。现在，你们也得准备好，我给你们说，孩子们，”她把拐杖在地上戳得嘎嘎响，“上西天的荣耀可真了不起！是件了不起的事，孩子们，你们根本不明白，那可太妙啦。”那妇人老泪横流，似乎整个心都受到了感动，同时，整个人群开始了唱诗：

哦，迦南，光明的迦南，
我注定前往迦南的田园。

---

① “约旦河之岸”“迦南田园”和“新耶路撒冷”，在《圣经》里均系古以色列人向往的天堂。

由于大伙儿的请求，乔治少爷朗读起《新约·启示录》的最后几章。朗读常常被打断，人们赞叹着："啊呀，上帝！""听听说得多好！""想一想吧！"以及"这一切都快来了吧？"

聪明的乔治在母亲指点下，受过良好的宗教训练，发现自己成了众人赞美的目标，便不时加进自己的解释，脸上露出值得赞佩的肃然正颜。因此，年轻人羡慕他，老年人祝福他，他们异口同声地说："连牧师讲解得也不如他好，可真叫人吃惊！"

在邻里之间，汤姆叔叔是宗教事务上的长者。在他的气质中，道义生来占着突出地位，加之他心胸宽阔，所受的教化又比同伴深厚，人们推崇敬重他，视为他们的牧师；而且，他那纯朴、真诚、发自内心的规劝方式，甚至能启悟受到良好教育的人们。但是，使他特别出类拔萃的还是他做的祈祷。无论什么东西，都无法望其祈祷的项背：朴素动人，至诚得犹如赤子，而又得到了《圣经》语言的丰润。这种语言似乎已经糅进了他的人格，变为他自己的一部分，可不经意地从舌尖唇边脱口而出。用一个虔诚的老黑人的话说，他的"祈祷是直接跟老天说的"。所以，汤姆的祈祷总是左右着听众的虔诚心情，使周围所有的人产生一连串的反应，大有完全淹没在反应当中之势。

正当这一景象在汤姆叔叔小屋里上演出来的时候，老爷上房里，却演出了十分不同的一幕。

在上面表过的餐室里，那奴贩正同谢尔比先生坐在一张桌子旁边，上面摆满了笔墨和纸张。

谢尔比先生忙忙活活，正在清点一沓沓钞票，一边清点，一边推给奴贩，后者也照样清点一番。

"好极了，"奴贩说，"现在，在上面签字吧。"

谢尔比先生急匆匆把卖契拉过来，签上名字，仿佛履行令人讨厌的公务，之后，连钱一起又推过去。黑利从破旧皮包里拿出一张文稿，端量一下，递给谢尔比先生。谢尔比先生怀着克制的急切心情，打了个手势，接到手里。

“好啦，事情办完啦！”奴贩说着站起身来。

“事情办完啦！”谢尔比先生若有所思地说，长长地出了口气之后，又重复了一遍，“事情办完啦！”

“我看，你对这件事好像不大高兴。”奴贩说。

“黑利，”谢尔比先生说，“但愿你忘不了以自己的名誉所作的允诺：如果不了解买汤姆的人，你是决不会把他卖掉的。”

“咦，你刚才不就是这么干的吗，先生？”奴贩说。

“这你完全明白，我是为情况所迫。”谢尔比先生语出轻蔑。

“唉，你也明白，我也是为情况所迫的，”奴贩说，“不管怎么样，我要尽量替汤姆找个好差事。说到我待承汤姆不好，那你就一点也别担心啦。要是有什么值得感谢上帝的话，那就是我压根儿没有一点儿狠心。”

联想到奴贩以前对自己慈善原则所作的解释，这些大言不惭，并没有让谢尔比先生特别放心。不过，由于黑利的话是这件事所能有的最好安慰，他同意奴贩悄悄溜开，独自吸起雪茄来。

第五章　黑奴易主的心情

夜里，谢尔比先生和太太回到了卧室。他坐在安乐椅里，浏览着下午邮班带来的一些信件；她站在镜子面前，梳开伊丽莎替她装束的那些繁复的发辫和鬈发。那夜，太太发现，伊丽莎面色苍白，两眼深陷，便没有让她服侍，而是吩咐她上床睡觉了。梳开头发时，自然提醒了她，使她想起了上午跟伊丽莎的谈话。于是，她朝丈夫转过身去，漫不经心地说：

“对啦，阿瑟，你今天拉到餐桌旁的那个下流坯，叫什么名字？”

“叫黑利。”谢尔比说，一面十分不自在地转过椅子，眼睛依然盯在一封信上。

“黑利！是什么人？他到这儿来做什么，嗯？”

“嗯，我上次到纳切兹时，他给我成交了一笔生意。”谢尔比先生说。

“那他就利用这一点胆敢到这儿来吃饭，就跟到了家一样，嗯？”

“不是，是我约的他，我跟他有些账目要交割。”谢尔比说。

“他是不是买卖奴隶的？”注意到丈夫举动中有些尴尬，谢尔比太太接着问道。

“哦，亲爱的，你怎么会想到这个？”谢尔比眼睛朝上望着，说。

“没什么，只是饭后伊丽莎风风火火，又哭又闹，说你正跟一个贩卖奴隶的人讲话，她听到那个人出价买她儿子——真可笑，这个小傻瓜！”

“她这么说来着，啊？”谢尔比先生说着，又看起信来。有一会儿，他仿佛专心致志地看着信，却没注意信拿倒了。

“事情总会走漏风声的，”他心里琢磨着，“早晚都还不是一样。”

“我跟伊丽莎说过，”谢尔比太太继续梳理着头发，说，“她是个小傻瓜，用不着难过，你跟那号人永远没有什么关系。我当然明白，你多会儿也不会卖掉什么人，更不会卖给这号人。”

“是啊，艾米莉，”丈夫说，“我一向就是这样看的和说的。然而，事实上，不卖掉奴隶，我的种植园就经营不下去了。不卖掉几个人手，就没有法子呀。”

“卖给那个家伙？绝对办不到！谢尔比先生，你肯定只是说说而已。”

“对不起，不是说说而已，”谢尔比先生说，“我已经同意把汤姆出手。”

“什么？出手我们的汤姆？那个忠心耿耿的好人！他从小就是你可靠的仆人！哦，谢尔比先生，你还答应过，给他自由哩。这你跟我跟他说过有一百遍啦。唉，现在我什么都能相信啦，相信你现在也能把可怜的伊丽莎的独生儿子小哈利卖掉！”谢尔比太太说，语调夹杂着难过和义愤。

“好吧，既然你想什么都知道，事情是这样的。我同意把汤姆和哈利他俩都卖掉，可我不明白，为什么我该因此受到数落，好像我是头猛兽似的。我所做的，是很多人天天都在做的事。”

“可干吗不卖别人，偏偏卖掉他俩？”谢尔比太太问，“你如果必须卖人的话，那么庄园上有那么些人，为什么要卖掉他们？”

“因为他们换来的钱，比别的任何人都多，就这么回事。要是你叫我挑，我可以再挑一个。那家伙出了高价要买伊丽莎，如果你觉得这更合意的话。”

“那个可耻的家伙！”谢尔比太太愤愤然。

“不过，这我听不进去，一刻也听不进去，考虑到你的感情，我没听他的。所以，还是相信我一些吧。”

“亲爱的，”谢尔比太太镇静下来，说，“请原谅我，我太性急了。刚才，这件事叫我料想不到，一点没有准备。不过，你自然会允许我，替这两个可怜的人讲讲情呀。汤姆虽说是个黑人，可他心灵高尚，忠实可靠。到了紧急关头，他能为你卖命。我完全相信这一点，谢尔比先生。”

“这我明白，也敢这样说，可这都有什么用？我是身不由己呀。”

“为什么不在花钱上手紧一些呢？就是辛苦一点，我心甘情愿。哦，谢尔比先生，对于这些无依无助、朴素可怜的人儿，我像信教女人应该做的那样，曾经努力——最忠实地努力——尽我的职责：关心他们，教导他们，照料他们。多年以来，了解他们所有的一点一滴的欢乐与忧愁。可是，如今要是为了一点点蝇头小利，就卖掉像可怜的汤姆这样忠实的出色心腹仆人，一下子就抢走我教他们热爱和珍惜的东西，还叫我怎样在他们中间抬起头来呢？我教导过他们，家人、父子和夫妻之间的职责是什么，怎能忍心公开承认，尽管血缘纽带，以及家庭职分和关系，如何如何神圣不可侵犯，可是与金钱相比，我们又对此置若罔闻呢？我跟伊丽莎谈到过她的儿子，要她对儿子恪尽基督徒母亲的责任，照料他，替他祈祷，按照基督徒方式，把他抚养成人。然而，现在，如果你把他抢走，把他的灵与肉一起卖掉，仅只为了一点小钱，卖给一个亵渎神明、毫无原则的人，我又有什么话可说呢？我跟她说，一个灵魂的价值，重于世上所有的金钱。如果她看到我们出尔反尔，卖掉她的儿子，她还能相信我的话吗？要是卖掉他，恐怕他的肉体和灵魂就都会遭到毁灭了。”

“这件事，艾米莉，你觉得难受，我也不自在，心里确实不自在。”谢尔比先生说，“另外，我尊重你的感情，跟你想法差不多，虽说不尽一致。可是，我郑重地告诉你，这都于事无补，我是不得已而为之呀。我原本不想告诉你，艾米莉，然而，实话实说，在卖掉他们两个和全部家当之间，已别无选择。要么卖掉他俩，要么就得卖掉所有的人手。黑利把我的一张抵押借契弄到了手里，要是不马上结清，他会叫我倾家荡产。我凑凑攒攒，东挪挪西借借，就只差没有给人家磕头了，可还得搭上他俩的卖身钱，才能弥补差额。事出无奈，只好卖掉他们。黑利看中了哈利这孩子，只同意这样结账，别的办法都不行。我落在了他手里，只好听他摆布了。把他们卖掉，你还这么难受，但总比把所有的奴隶都卖掉好吧?”

谢尔比太太瞠目结舌，呆呆地站在那里。后来，转身走到梳妆台旁边，两手托腮，呜咽了一声。

“奴隶制是个让人恨之入骨的万恶制度！这是上帝给它带来的诅咒！是给奴隶主带来的诅咒，也是给奴隶带来的诅咒！我竟然以为能够改变这个罪恶渊薮于万一，这太愚蠢了。根据我们的法律蓄养奴隶，简直是罪孽，我向来是这么看的。姑娘时代，我一直这样认为，信教以后更是这么认为。然而我又以为，能够给塑上金身，认为通过仁慈、爱护和教导，能够让咱们庄园上奴隶的待遇比自由人来得更好。我可真傻!”

“我说，太太，你真快成了提倡废奴的人啦。”

“提倡废奴的人！如果他们不如我了解奴隶制度，那就免开尊口！用不着他们对咱们说三道四。你也有数，我从来都没认为奴隶制是正确的，也从来没心思蓄养奴隶。”

“噢，这样说，你就跟不少聪明、虔诚的人不一样了，”谢尔比先生说，“有个礼拜天，B 先生布道，你还记得吧?”

“我才不愿意听这类布道哩，多会儿也不希望听到 B 先生再到我们教堂里来布道了。也许，牧师们对这种罪恶无济于事，跟我们一样，无法疗救这种罪恶，然而还竟然替它辩护！这是与常理相悖。我看，你也不把那次布道放在心上。”

“对呀，”谢尔比先生说，“不得不承认，有时候这些牧师事情办得真绝，比我们这些可怜的作孽人敢做的还厉害呢。我们肉眼凡胎，对不少事，只好使劲装着没有看见，还得对好些不对头的事情，见怪不怪。可是，不管是在谦逊或者道德问题上，女人和牧师们都竟然比我们办得更加露骨，走得更远。这是我们始料所不及的，可又是实情。不过，亲爱的，我相信这会儿你明白了这件事非办不可，明白了处在这些情况下，我能这么办，也算尽力而为了。”

“对，不错，不错!”谢尔比太太说，一边心不在焉而又急匆匆地摩挲着自己的金表，“我没有什么首饰，”她若有所思地补充道，“这块表能管点用吗？当初买的时候，花了不少钱。但凡只要能把伊丽莎的孩子留下来，我的东西什么都舍得。”

“我很难过，艾米莉，很难过，”谢尔比先生说，“这件事叫你这么放心不下，我心里也不是滋味，可是已经无济于事了。事实上，买卖定了盘子，签署的卖契，在黑利手里攥着，事情办到这个分上，没有更糟，你就得谢天谢地了。那家伙想把我们置于死地，也做得到。不过，现在跟他没什么关系啦。假设你跟我一样熟悉他，你肯定会认为，我们这次真是九死一生的。”

“那他就这么歹毒?”

“咳，实际上倒说不上歹毒，而是无情无义，是个只看重做生意、赚大钱的人。不动声色，像从坟里挖出来的死人，办起事来心肠冷酷，说一不二。只要赚得多，连他亲娘都敢卖——倒不是想存心伤害他老太太。”

“忠实的好汤姆和伊丽莎的孩子，竟然到了这个坏蛋的手里!”

“是啊，亲爱的，其实我也于心不忍，不愿意想到这件事。黑利想赶紧把事办完，明天就把他俩弄到手。明天一大早，我就牵出马来骑上出去。说实在的，我不能见汤姆的面了；你最好也安排安排，坐车到什么地方去一趟，再带上伊丽莎，趁她看不见，把事情办完。”

“不行，不行，”谢尔比太太说，“做这桩昧着良心的买卖，我绝对不愿意当个同谋或者帮凶。我要去看看可怜的老汤姆，他遭到了不幸，但愿上帝助佑他！无论怎么说，他们都应该知道，他们的太太可怜他们，跟他们是一条心的。说到伊丽莎，我简直连想都不敢想。主啊，宽恕我们吧！我们不得不这么做，这是作了什么孽呀!”

谢尔比先生和太太完全没有料到，有个人在偷听他们说话。

有个大房间与他们的卧室相通，穿过一扇门，直通外面的走廊。

谢尔比太太打发伊丽莎去睡觉以后，伊丽莎心里狂乱不安，想到了那个大房间，于是藏在里面，耳朵紧贴门缝，谈话一字一句听得都很真切。

谈话声归于寂静之后，伊丽莎站起身，偷偷走了出来。她浑身战栗着，苍白的脸上，神色严峻，紧咬牙关，仿佛完全变成了另外一个人，再也不像以前那样温柔驯顺了。她沿着入口小心翼翼地走着，在太太门口略停了停，无声地举起两手，向苍天求救，接着转过身，轻轻地走进自己房间。这房间与太太的房间处于同一层楼上，整洁而又安静。一边有一扇朝阳的、令人心旷神怡的窗户，她常常坐在那里，唱着歌儿缝缝补补。另一边是一个小书柜，书房摆着各色时新的小玩意儿，都是圣诞节假日期间收到的礼物。还有一边是她简单的衣裙，放在壁橱和抽屉里。简而言之，这就是她的家。而且，总的看来，还曾经是她幸福的家。床上，儿子已经酣然入睡，长长的鬈发，蓬松散乱，紧贴着天真烂漫的脸蛋儿，玫瑰般的小嘴半张着，一双小小的胖手伸到被子以外，整个脸上罩着一抹阳光似的微笑。

“可怜的孩子！可怜的小家伙！”伊丽莎说，“他们把你卖啦！可是妈妈要救你！”

孩子的枕头上，没有掉上一滴眼泪；处在这样的危难之际，她心里流不出眼泪，而只是流血，无声无息地流血，直到干涸。她拿起纸和铅笔匆匆写道：

“哦，太太！亲爱的太太！千万别当我是个忘恩负义的人，千万心里别恨我。今天夜里，你跟老爷说的话，我全都听到了。我要想法救救我的孩子，这你不会责骂我的！愿上帝保佑你，报偿你的一切善行！”

她赶忙叠起信来，写好信封，走到一个抽屉旁边，替儿子收拾了一小包袱衣服，用手帕紧紧缠在腰里。当妈妈的想得真是周到，即使在那种恐慌的时刻，她也没有忘记在小包袱里放上一两件孩子最喜欢的玩具。手头还留着一只画得色彩斑斓的鹦鹉，以便在该叫醒孩子的时候，用它来哄逗孩子。唤醒沉睡的小人儿，却也颇费手脚；不过，孩子终于勉强坐了起来，手里玩弄着鹦鹉，而妈妈这时正在戴上帽子，围上披肩。

“你到哪儿去，妈妈？”当她拿着孩子的小上衣和帽子走到床前时，哈利问道。

妈妈走上前来，肃然盯着孩子的眼睛。顿时，哈利猜想到了情况不同寻常。

“嘘，哈利，”妈妈说，“可别大声说话，要不，他们会听到我们的动静的。有个坏蛋要来把小哈利从妈妈身边夺走，趁天黑把他带到老远的地方去。可妈妈决不让他这么干——妈妈要给她的孩子戴上帽子穿上衣服，跟他一块逃走，这样，那个丑八怪就抓不到小哈利了。”

嘴里这么说着，她已经给孩子穿上了简单的行装，系好了带子，扣上了纽扣，一把把孩子揽在怀里，小声告诉他千万不要出声。接着，她打开房间通往外边走廊的门，鸦雀无声地悄悄走出房间。

夜空，星空闪耀，地上结了一层寒霜。伊丽莎用披肩紧包住哈利。孩子心里怀着一丝淡淡恐惧，一声不吭地使劲搂着妈妈的脖子。

门廊尽头，睡着一只纽芬兰大狗老布鲁诺。伊丽莎走近它身边时，布鲁诺爬起来低低吠叫了一声，伊丽莎于是轻轻唤着它的名字。布鲁诺是她饲养已久的宠物和玩伴，因此，听到呼唤，虽然在它愚蠢的头脑里，老是琢磨这次不检点的深夜出行到底为了什么，但还是立即摇动起尾巴，准备尾随着伊丽莎。对这次行动的轻率和欠妥所抱的模糊想法，让布鲁诺大伤脑筋。所以在伊丽莎悄然前行的时候，它时常停下脚步若有所思地张望，一会儿看看伊丽莎，一会儿又望望上房，终于它仿佛由于思考而定下心来，又跟着伊丽莎嗒、嗒、嗒地跑起来。几分钟之后，他们来到了汤姆叔叔小屋的窗户前面。伊丽莎停下来，轻轻敲了敲窗户上的玻璃。

汤姆叔叔家的祈祷会，由于顺序吟唱赞美诗的缘故，一直持续到很晚才告结束；事后，又由于汤姆叔叔独自一人尽兴唱了几首长长的赞美诗，所以，虽然这会儿已是夜半一点钟以前，他跟他贤惠的老伴还没睡觉。

“老天哪！这是怎么档子事？”克露婶婶一下子坐起来，连忙拉开窗帘，“哎哟哟，这不是伊丽莎吗？穿上衣服，老头子，快！——还有老布鲁诺，正在乱踢乱挠哩，老天爷呀！我要去开门啦。”

说时迟，那时快，门咣当一声打开了，汤姆匆忙中点燃的烛光，落在了逃亡者憔悴的脸和那双疯狂的深色眼睛上面。

“老天保佑你——见到你我真害怕，伊丽莎！你病了还是出了什么事？”

“我想带着孩子逃走，汤姆叔叔和克露婶婶，老爷把他给卖掉啦！”

“把他卖啦？”两人应声道，一边惊愕地扬起了手。

“对啦，把他卖啦！”伊丽莎语气坚定，“今儿夜里，我偷偷到了太太门边的小屋里，听见老爷跟太太说，他把哈利还有你，汤姆叔叔，两个人都卖给奴隶贩子了；还说，今儿早上，他要骑马出去，那家伙今天就来要人。”

说这话的当儿，汤姆叔叔一直扬着手站在那里，睁大了眼睛，仿佛在做梦似的。慢慢地当汤姆叔叔逐渐明白过来话的意思时，与其说他坐到了倒不如说一下子瘫倒在那把破椅子上，脑袋埋在两腿中间。

“仁慈的救世主，你可怜可怜我们吧！”克露婶婶说，“哦！这不像是真的！他到底作了什么孽，会叫老爷把他卖掉啊？”

“他什么孽也没作，事情不出在这里。老爷也不想卖，还有太太，她一向那么好。我听见她替我们求情来着。可老爷对她说，这一点用也不顶；还说，他欠那个家伙的账，那家伙有权力摆弄他，要是他结不清账目，那么，到头来，他就得把庄园和所有的人手都卖掉，离开这里。是这样，我听老爷说，不卖掉他俩，就得卖掉所有的人，没别的办法，那家伙逼得他可真厉害。老爷说，他心里不好受，可是，嘿，太太哪——你真该听到她说的话！她要不是个基督徒和天使的话，那就多咱也没人能配得上啦。我这样离开她，可说是个忘恩负义的女人啦，可我没别的办法。她自己说过，一个人的灵魂比世上所有的东西都更值钱，这孩子有灵魂，要是我让他给别人带走，天晓得会落成个啥样子哩。我这么做，想必是对头的，要是不对头，也只好求上帝宽恕我了，我是万不得已呀！”

“我说，老头子，”克露婶婶说，“你干吗不也逃走呢？你想等着给弄到沿河的南方去吗？在那里，他们用苦差事和饿肚皮活活把黑人给整死。不管啥时候，我宁愿死在这里，也不到那边去。你还有时间，跟伊丽莎一块逃吧，你手里有路条，什么时候出来进去都成。来，快一点儿，我把你们的东西归置起来。”

汤姆慢慢抬起头来，忧伤而又静悄悄地望着身旁，说：

“不，不行，我不走。让伊丽莎走吧，这是她的权利！我决不会说半个不字，让她留下来不走，在情理上说不过去。不过，你听见她的话了吧，要是不把我卖掉，就得把庄园上的人统统卖掉，那情况就糟糕透顶了，所以还是卖掉我吧。我看，我跟别的人一样，还是能够忍受那些折磨的。”他又加上了一句。这时，仿佛是一声抽泣和叹息，使他那宽阔强壮的胸膛抽搐抖动起来，“老爷找我，总是随叫随到，多咱也是这样。从来没有不讲信用，也不会违反自己的话乱用路条，啥时都不会乱用。眼看着庄园七零八散，人给统统卖掉，倒不如我自个儿去的好。可别埋怨老爷，克露，他会照应你和可怜你——”

说到这里，他转眼望着那张挤满毛头小脑袋的粗糙脚轮矮床，失声痛哭起来。他仰在椅子背上，两只大手捂住了脸膛。抽泣声高亢、沉重而沙哑，把椅子弄得摇摇晃晃，大颗大颗的泪珠透过手指流在地上。看官先生，这就是你洒在盛殓着自己头生儿子棺木上的那些泪珠；看官女士，这就是当你听到自己孩子弥留的哭叫时，所流下的那些泪珠。因为，看官先生，汤姆是个男人，而你只不过是另一个男人。看官女士，你虽然穿锦缎佩珠宝，你也只不过是个女人，而且，身处生活中巨大的窘迫和深沉的悲伤时，你也只会感受到同一种痛苦！

“还有，”伊丽莎站在门口，说，“我就在今儿后半晌见到我丈夫的。当时，我也几乎不晓得会出什么事。他们逼迫他，叫他快没了最后落脚的地方。他今天告诉我，他想逃走。要是办得到，请你们一定想法给他带个话，告诉他：我是怎样走的，为什么要走，告诉他我会想方设法到加拿大去。你们务必把我的爱转达给他，就说，要是我再也见不到他，”她转过身去，背冲着他们站了一会儿，然后又声音沙哑地说，“就说千万要他保重，想办法在天国跟我相见。”

“把布鲁诺叫到屋里去，”她补充道，“给它关上门。可怜的布鲁诺！它可不能跟我一块走！”

末了，她又叮咛了几句，洒了几掬眼泪，简单地道了几声别，说了句珍重，便紧紧抱着迷惑吃惊的孩子，无声无息地远去了。

第六章　发觉

前一天夜里，谢尔比先生和太太长谈之后，两人并没有立即入睡，因此，第二天早晨比平素起得晚了一些。

“这是怎么啦？伊丽莎还不来。”谢尔比太太拉了几次铃，见无人应声时，说。

谢尔比先生正站在穿衣镜前，磨着刮脸剃刀。这时，门开了，一个有色少年端着主人用的剃须水进来。

“安迪，”太太说，“到伊丽莎的门口，告诉她我拉了三次铃叫她啦。怪可怜见儿的！”她叹了口气，又自言自语地说。

很快，安迪就返回来，眼睛睁得大大的，一副吃惊的样子。

“老天哪，太太！伊丽莎的抽屉全部都打开啦，东西给弄了一地，我看她是逃走啦！”

就在同时，谢尔比先生和太太一下子明白过来。谢尔比先生大声叫道：

“那么说，她是起了疑心，跑啦！”

“感谢上帝，”谢尔比太太说，“我相信她是跑啦。”

“太太，你净说傻话！她如果跑了，那我就有点难办啦。黑利明明知道我卖这个孩子时有些犹豫不决，他肯定会以为，我是纵容孩子逃跑的。这有损于我的名誉！”说着，他急忙走出了房间。

大约有一刻钟的工夫，人们四处奔跑，弄得人声鼎沸，开门和关门声不绝于耳，到处闪动着各种肤色的面庞。其中，只有一个人本来可以为这件事提供某些线索，却保持着完全的缄默，这就是掌勺主厨克露婶婶。她一声不响，过去欢乐的脸上笼罩着一层浓重的乌云，兀自烘烤着早餐吃的饼子，仿佛对周围的骚动视而不见、听而不闻似的。

很快便有十来个淘气鬼，活像一群乌鸦，盘踞在走廊的栏杆上，人人争先恐后，想第一个把这件倒霉的事报告给那个未来的陌生主人。

“我敢说，他一定会气疯的。”安迪说。

“看他不会大骂一通！”小黑杰克说。

“就是嘛，他可喜欢骂人啦，”鬈发的曼娣说，“昨天吃饭的时候，我就听见他骂人来着。这件事我那时就全听到啦。我在太太放大壶的小屋里，听得一句话不落。”说着，曼娣装出一副智慧超群的气势，来回大摇大摆地走着。而其实，在生活中，她就像一只黑猫，从来没考虑过自己听到的话是什么意思，也没有告诉人们，虽然在那个时候，她确实匍匐在那些大壶中间，却一直酣睡未醒。

当脚蹬马靴、靴带马刺的黑利终于出现时，迎接他的却是来自四面八方的消息。挤在走廊上的那帮小淘气鬼，满足了希望听到黑利“破口大骂”的希望。他骂得出口成章，满腔怒火。这使得淘气鬼们万分惊喜，一面又左右腾挪，躲避着黑利的马鞭。紧接着又一声呐喊，在走廊外面松黄草地上滚成一团，涎皮赖脸，笑个不停，同时伸腿踢脚，吵闹得不亦乐乎。

“这些死小鬼，让我逮住可饶不了你们！”黑利咬牙切齿，嘟嘟囔囔。

“可你还没逮住他们呀！”安迪在这个倒霉的奴贩听不到的地方，得意扬扬地挥动着手臂，说。同时，又冲着黑利背后，扮出一连串难以描绘的鬼脸。

“我说，谢尔比，这可太不像话啦！”黑利闯到客厅里，说，“看样子是那个丫头片子带着她的小东西溜走啦。”

“黑利先生，谢尔比太太在这儿哪。”谢尔比先生说。

“请原谅，夫人，”黑利略一欠身，脸上仍然一副低眉顺眼的神情，“可我得像刚才那样再说一遍，这里的传言很不像话，是不是真的，先生?”

“如果阁下，”谢尔比先生说，“想同我谈话，就必须遵循绅士的一些礼仪。安迪，接过黑利先生的帽子和马鞭。请落座，阁下。是这样，阁下，我遗憾地告诉你，那个年轻女人，由于偷听到这桩生意的情况，也许是别人告诉了她，夜里带着孩子逃走了。”

“坦白地说，我原希望这件事办得公平合理的。”黑利说。

“什么，阁下，”谢尔比先生一下转过身来，冲着黑利说，“这话什么意思？倘若有谁怀疑我的信誉，我对他的答复只有一个。”

奴贩听了这话，有些胆怯，稍稍压低了声音，说：“好歹做了笔好生意，到头来这样受骗上当，心里着实不好受。”

“黑利先生，”谢尔比先生说，“要不是考虑到你心里的不痛快事出有因的话，你今天早上闯到客厅里来的那副粗鲁无礼的架势，我是不能容忍的。不过，既然事关脸面，我得告诉你这样一点：决不允许你跟我含沙射影，就好像在这个勾当中，我是其中一员一样。话虽如此，我仍然认为自己有义务在各方面给你提供帮助。要是为了找回你的财产，你可以使用我的马匹、仆人以及别的东西。长话短说，黑利，”他说话的口气，突然从威严冷漠转为平素的和蔼坦率，“你最好的办法是保持心平气和，先吃点早饭，然后我们再计议怎么办。”

就在这会儿，谢尔比太太站起来，说她还有个约会，那天早晨不能在家吃饭。于是，指派了一个颇知礼数的混血女人，在餐具柜旁照应两位绅士的咖啡之后，便离开了客厅。

“尊夫人一点也不喜欢在下。”黑利忸怩不安，努力摆出非常亲热的样子。

“这样随随便便谈到我太太，我听不惯。”谢尔比先生语气漠然。

“对不住。自然啦，只是开个玩笑。这你明白。”黑利勉强笑起来。

“可有些笑话却不太中听。”谢尔比反唇相讥。

“活见鬼，打我从文书上签字画押起，他就他妈的为所欲为了，”黑利喃喃自语，“打昨天开始，看他神气得什么似的。”

汤姆惨遭厄运的传闻，在庄园同伴中间，引发了一场感情上的轩然大波。其范围之广，较之朝廷上任何一届首相的下台，都有过之而无不及。这成了里里外外、上上下下谈论的话题，连上房和地里的活计也无人过问，只是讨论可能出现的后果。伊丽莎的出逃，是庄园上前所未有的事件，它更是推波助澜，酿成了这场普遍的骚动。

比黑檀子孙更加黑上三分，并因此而得到众人命名的黑山姆，这时，正在心里细细琢磨这件事情的方方面面以及种种结局。他目光远大全面，而且决不忽视自己的切身利益。这种精神，即使对于华盛顿任何具有爱国之心的白人来说，也会使他们脸上增添光彩。

“没错儿，人世间的坏事，并不是对每个人都有害的。”山姆又提了提裤子，煞有介事地说。同时，灵巧地用一颗钉子代替了背带上脱落的纽扣，并且，对这种颇具机械天才的做法感到扬扬自得。

“是啊，人世间的坏事，并不是对每个人都有害的，”他又说了一遍，“这下子，汤姆玩完了。不用说，还得提升个黑人，干吗本人提升不了呢？对，就是这个主意。汤姆穿着上油的靴子，怀里揣着路条，骑马在这带乡间进进出出，神气得什么似的。可他算个什么！山姆我为啥就不能这样？真搞不明白。”

“嗨，山姆，喂，山姆，老爷叫你把比尔和杰丽牵出来。”安迪打断了山姆的自言自语。

“嗨，出了什么事，小家伙？”

“嘿，你还不知道？想必是伊丽莎带着孩子逃走找不着了。”

“还是教训你奶奶去吧，”山姆语气中流露出无限的轻蔑，“跟你比起来，我老早就知道啦。本人是见过世面的，嗯！”

“别废话，反正老爷吩咐把比尔和杰丽套上，叫我和你陪黑利老爷去找她。”

“棒极啦！可到了我的出头之日！”山姆说，“这回用得着我山姆啦。这事只有我才办得成。瞧我逮住逮不住她，老爷得知道知道我的本事。”

“哦，我说山姆，”安迪说，“你还是再考虑考虑的好。太太不愿意人们抓住伊丽莎，要不，太太会跟你没完。”

“嗨，”山姆瞪大眼睛，说，“这你是怎么知道的？”

“是今儿早上，我给老爷端刮脸用的水时亲耳听见的。太太吩咐我去看看，伊丽莎干吗还没来给她穿衣。我告诉她伊丽莎跑了时，太太站了起来，说：‘赞美上帝。’可老爷当真动了气，他说：‘太太，你净说傻话。’可是，说到底太太还是能叫老爷听她的话！我对这些知道得一清二楚，所以，我告诉你，总是站在太太一边保险没错儿。”

听到这里，黑山姆搔了搔他那鬈毛脑袋。这脑袋瓜子里虽说没有装着什么大智大慧，却有着各民族和国家政客所急需的一大堆小聪明，也就是俗话说的“知道哪头炕热”。因此，他也就不再煞有介事地考虑这件事，只是又提了提裤子。这是为帮助他消除心中疑虑，而经常使用的一种有板有眼的办法。

“这个世道可真是没法说，压根儿没法说。”最后他丢下一句。

说起话来，山姆像个贤哲圣人，特别强调“这个”二字，仿佛他对各种不同世道都阅历丰富似的，因此也就得出了深思熟虑的结论。

“我还当是太太准会叫咱们满世界地把伊丽莎追回来哩。”山姆又若有所思地说。

“是想追回来，”安迪说，“你这个黑小子怎么不解事呢？太太只是不愿意让这个黑利老爷把伊丽莎的儿子弄到手。事情出在这里！”

“噢！”山姆说。那语气只有在黑人中间待过的人，才能领悟。

“等会儿我再给你细说，”安迪说，“我看，你最好马上把那两匹马找回来。我听见太太在叫你哪，你在这儿磨蹭了好半天啦。”

听了这话，山姆于是认真行动起来。不一会儿，他便趾高气扬，骑着马朝上房跑来。比尔和杰丽正在疾跑，还没停蹄的意思，山姆就轻灵一跃，跳下马来，一阵旋风似的把两匹马牵到马桩旁边。黑利的那匹马是个胆怯的马驹，见此光景，又蹦又跳，直向后退，使尽力气想挣脱缰绳。

“嘿，嘿！”山姆说，“害怕啦，是不是？”他微笑起来，黑脸上闪出恶作剧的奇异光彩，“看我来调教你！”

院子里，一棵硕大的山毛榉洒满了浓荫，地上厚厚地铺着一层三角形山毛榉果子，小而尖利。山姆手里攥着一只果子，走到那马驹旁边拍打着。表面看来是在连忙抚慰马驹，让它安静下来；其实，他借口整理马鞍，把那颗锋利的小果子偷塞到了鞍子下面。这样一来，在鞍上稍一着力，就会刺激马驹敏感的神经，又留不下任何看得见的伤痕。

“得！”他两眼滴滴乱转，心满意得地笑道，“调教好啦！”

就在这当儿，谢尔比太太出现在阳台上，招手叫他过去。山姆朝阳台走去，拿定主意，要好好向太太献献殷勤。这就好像圣詹姆士宫①或者华盛顿出现空缺时，所有候缺的人一样。

“你怎么耽误了这么长时间，山姆？我打发安迪叫你赶紧过来的。”

“我的天哪，太太，”山姆说，“这两匹马一会儿逮不住哇。它们跑到了南边牧场上，天晓得到哪儿去啦！”

“山姆，我嘱咐过，别再说‘我的天哪’和‘天晓得’之类的话。你得叫我说多少次？这样说罪过。”

“哦，我的天哪，我给忘啦，我给忘啦，太太。我再也不说啦。”

“咳，山姆，你又这样说话了。”

“是吗？哦，天哪！我是说，我不是故意说的。”

“那你得小心一些，山姆。”

“让我歇歇气儿，太太，我再开始好好说话，我会特别小心的。”

“那好，山姆，你得给黑利先生带路，帮帮他的忙。可是别难为这两匹马，山姆。杰丽上个礼拜有点瘸，这你知道，别骑得太快。”

谢尔比太太说最后一句话时，声音压得很低，却特别强调。

---

① 指英国王宫。

“那您放心，让小的去干吧！”山姆说，眼珠意味深长地翻动着，“天晓得！噢，这句话算我没说！”他说着一下子屏住呼吸，诚惶诚恐而又滑稽可笑地挥动着胳膊，逗得太太也情不自禁，笑出声来，“放心，太太，这两匹马我一定照料好！”

“我说，安迪，”山姆回到山毛榉树下的马桩旁边，说，“你瞧，我敢说过会儿那位老爷上马时，这准会把他甩下来。你晓得，安迪，有些马就爱这样。”说着，山姆捅了一下安迪的肋骨，那样子明明白白，是在暗示他什么。

“嗯！”安迪露出立即会意的神色。

“不错，这你知道，安迪，太太是想拖延时间。这点不论什么人听见，心里都会一清二楚的。我想帮帮她的忙。喏，我说，把这些马都解开，让它们到处乱跑，跑到林子里去。这样，我看黑利老爷就没法赶忙动身了。”

安迪咧开嘴笑了起来。

“我说，”山姆说，“我说，安迪，要是黑利老爷的马不听使唤，撒起野来，咱俩就放开咱们的马，去帮他的忙，我们一定得帮这个忙，对不？”说着，山姆和安迪往后仰起了脑袋，忘乎所以地发出一声低低的笑声，打着响指，颠动着脚跟，一副异常开心的样子。

就在此时，走廊上显出黑利的身影。几杯上好的咖啡下肚，他平静了一些，笑着说着走了出来，心情基本上恢复了原状。山姆和安迪习惯于把棕榈叶当帽子戴，这时手里抓着一些破损的叶子，朝马桩飞奔而去，准备“帮老爷个忙”。

山姆心灵手巧，把棕榈叶边沿交织在一起的叶片分散开来，弄得顺顺溜溜，叶梗朝四周张开，立得笔直，俨然一副自由自在而无所畏惧的气派，其惹人注目不亚于任何一届斐济①酋长；而安迪的整个叶边由于全部脱落，他轻捷地一拍，把叶顶扣在头上，得意扬扬，左顾右盼，仿佛在说：“谁说我没有帽子？”

“哎，小的们，”黑利说，“别半死不活的，时间不等人哪！”

---

① 太平洋岛国。

“我才不会半死不活的哩，老爷！”山姆说着把缰绳递到黑利手里，扶住了马镫。这时安迪正在解开另外那两匹马。

黑利刚一碰到马鞍，那头性子强悍的马驹，便突然从地上一跃而起，把主人摔出了好几英尺远，嘴啃泥似的匍匐在干枯而柔软的草地上。山姆一边拼命嚷着，一边飞身去抓马驹的缰绳，结果方才说的那张锐利的棕榈叶刺着了马驹的眼睛，根本无法使它狂乱的神经平静下来。接着，狂暴的马驹又把山姆踢翻在地，轻蔑地长嘶两三声，后蹄腾空，狠狠一踢，朝草地低的一头奋蹄而去。同时，安迪又按照他们约定好的，放开了比尔和杰丽，还威吓地吆三喝四，让两匹马加快速度，紧紧追随着马驹。于是，随之出现了混乱杂沓的场面：山姆和安迪跪着叫着，狗吠声此起彼伏，麦克、摩西、曼娣和范妮，以及庄园上年龄较小的男男女女，也统统出来幸灾乐祸地凑热闹。他们奔跑、拍手，又喊又叫，热情高涨，吵个没完没了。

黑利的坐骑是一匹白色马驹，奔跑迅捷，性子暴烈。这时，它也似乎在精神上以极大热情受到了这场面的感染。前方，大约有半英里之遥的草地，可以任它驰骋。草地坡势平缓，周围是一片漫无边际的森林。当看到自己能够让追赶的人们离它多么近时，马驹仿佛从中体验到了无限快乐；然后，当人们伸手可及时，它又纵身一跃，嘶鸣着，淘气地奔入林间小径的深处。打山姆心眼里说，除非他认为时机特别适宜，否则决不愿意有哪匹马给人们逮住，然而不消说，他在这场奋战之中，又表现得勇武之至。正如狮心王①的利剑总是出现在战斗的前列和鏖战的地方一样，只要有匹马稍有被捉的可能，人们就会在那里瞥见山姆的棕榈叶；他就会疾速飞奔到那里，一边吼叫着：“追上去！抓住它，抓住它呀！”那样子，霎时间把一切都搅成一团乱麻。

黑利咒骂赌誓，东跑西颠，胡乱地跺着脚。谢尔比先生在阳台上大声发出的号令也不见成效。谢尔比太太站在卧室窗前，一会儿大笑，一会儿惊叹，其实她对出现混乱的缘由，也略知一二。

---

① 英王查理一世的称号。

终于，大约十二点钟的光景，山姆骑着杰丽，身边牵着黑利的马驹，胜利凯旋。马驹身上蒸腾着汗气，眼睛暴怒，鼻孔张开，说明还没有完全制服那股野性。

“逮住它了！”他得意扬扬，声高气粗，“要不是我，它们统统都会累熊了，可到底给我逮住了！”

“你！”黑利不怀好意地咆哮一声，“要不是你的话，就根本不会发生这种事。”

“我的天哪，老爷，”山姆完全是一副忧心忡忡的口吻，“可我一直在跑啊追啊，弄得让汗都泡透了！”

“得、得、得，”黑利说，“你该死，你胡闹，让我耽搁了差不多三个钟头。现在咱们动身，别再胡闹啦！”

“什么，老爷，”山姆祈求道，“我猜您是想把我们连人带马都累死呀。我们都快累趴下了，马也都浑身淌汗。老爷，还是吃了午饭再开拔的好。老爷的马也得刷一刷干净，你瞧，它溅得满身泥巴，再说，杰丽也有点瘸。别以为我们太太会愿意我们这样上路，没那门子事儿。老天保佑您，老爷您，哪怕是歇歇脚，也一定能赶上伊丽莎。她走不快。”

谢尔比太太在走廊上听到了这番交谈，心里乐滋滋的，这会儿，她决定要扮演自己的角色了。她迈步走上前去，对黑利发生的意外客客气气地表示了关心，竭力劝他留下吃午饭，说厨子立刻就把午饭端上来。

这样，通盘权衡之后，黑利才不情愿地朝客厅走去，山姆则在背后眼珠滴溜乱转，那意味简直无法言传，随之，煞有介事地把马牵到马厩院子里。

“你瞧见他没有，安迪？瞧见了吗？”山姆远远地走到谷仓的屏障，把马拴在桩上之后，说，“哦，天哪！瞧他那副挥拳踢脚，朝咱们臭骂一通的德行，简直跟祈祷会一样好瞧。你当是我没有听见他骂人吗？骂呀，老不死的（我对自个儿说）；你是这会儿要马，还是等你自己把它逮住？（我说）。天哪，安迪，我觉得他那德行现在还摆在眼前哩。”山姆和安迪靠着谷仓，心满意足地放声大笑起来。

“我牵回马来的当儿，你定准看出来他多么生气。天哪，要是他敢，他肯定会把我揍死。不过，我是装出清清白白、低三下四的样子，站在那里的。”

“天哪，我瞧见你的样子啦，”安迪说，“山姆，你真是个老手。”

“我看是这样，”山姆说，“你瞧见太太站在楼上窗户旁边了吗？我看见她笑来着。”

“没错儿，可我当时正一个劲儿地跑着，什么也没看见。”

“嗯，你瞧，”山姆说着动手认认真真地洗刷起黑利的马驹来，“我已经养成了一种你可以管它叫瞧人脸色办事的习惯，安迪。这是很要紧的习惯，安迪。我劝你也养成这种习惯，你还年轻哪。把它的那只后蹄抬起来，安迪。我说，安迪，在黑人当中，会瞧人脸色办事就完全不一样啦。今儿早上，我不是就看出了风朝哪儿刮了吗？虽说太太压根儿没有明说，我不是就知道她想干什么了吗？这就叫瞧人脸色办事，安迪。我看你可以管它叫能耐。人不一样，能耐也不一样，可是习练能耐却很有用处。”

“我看，今儿早上要不是我帮着瞧人脸色，你就不会这么精明，看准路数了。”安迪说。

“安迪，”山姆说。“你是个有出息的孩子。这一点没错儿。我很看重你，安迪；接受你的想法，我觉得一点也不丢脸。咱们不能小瞧了别人，安迪，因为咱们当中最伶俐的人，有时也难免栽跟头。喏，安迪，咱们这会儿到上房去吧。我敢说，这一回太太定准会给咱们点像样的饭食吃。”

第七章　母亲的奋争

当伊丽莎转身迈步离开汤姆叔叔的小屋时，要想找到一个比她更加孑然一身、更加凄凄惨惨的人儿，简直是无法想象的。

丈夫受到蹂躏，遭遇危险，孩子也前途未卜，这一切都交织在她的心头。在离开自己一生当中唯一的家，以及失去自己敬爱的主的保佑中所冒的风险，使她思绪混乱，手足无措。此外，告别自己所熟悉的环境——自己长大成人的地方，往昔玩耍于其下的树木，还有在那些欢乐岁月里，傍晚依偎在年轻丈夫身旁，多次漫步的丛林——一切的一切都仿佛在明朗而冷冽的星光下责备着她，质问：你离开这样的家打算向何处去？

然而，母爱胜于一切。面临可怕的危险，它一变而成为狂热。孩子已经不小了，本来可以跟在她身边自己走路。平素里，她只要拉着孩子的手就行了。然而，此刻，只要一想到让孩子离开自己的怀抱，她就不寒而栗，于是双手抖动着，把孩子紧紧抱在胸前，一面疾速向前赶路。

脚下铺满霜雪的地面吱吱作响。听到这声音，她不由颤抖起来。每片飘动的树叶，每一摇曳的阴影，都吓得她面无血色，加快了步伐。她仿佛平添了不少力量，连孩子的体重也轻得像一片羽毛，她内心好生奇怪。每一次惧怕的颤抖，都好似增加了这种不可思议的力量，催促自己不断向前。同时，那苍白的嘴唇又不断地向上苍祈祷："愿主保佑，愿主拯救我们！"

列位为人母者，假如明天早晨，一个奴贩要把你的哈利或者威利夺走，假如你已经见过那人，听说契约已经签字画押交付出去，而你只有从半夜到凌晨这段时间可以逃走，那么，你能走多么快呢？在短短的几个钟头之内，你怀里抱着小宝贝，他的脑袋睡在你的肩头，柔嫩的小胳膊信赖地搂着你的脖子，那么，你能走多少英里地呢？

孩子睡着了。起初，新奇和惊讶让他无法入睡，可是妈妈却连忙制止他，让他不要出声，不要喘气太粗，并且让他放心，只要他不出声，她就肯定能救他，于是他静静地搂着她的脖子。只是到了后来，他昏昏欲睡时，才问：

"妈，我不用醒着，对吗？"

"不用，宝贝，想睡就睡好了。"

"可是，妈，要是睡着了，你不会让他带走我吧？"

"哪能啊！但愿上帝保佑我！"母亲的脸色越发苍白，但黑色大眼睛却越发炯炯有神了。

"保证不会吧，妈？"

"保证不会。"母亲说。说话的声音使他十分吃惊，因为，那声音仿佛不是她的声音，而是附体神明的声音，孩子困倦的小脑袋一下子贴在肩头上，很快进入了梦乡。那双温暖胳膊的触摸，以及吹到她脖子上的轻轻的呼吸，给她的行动增添了多少活力和劲头啊！睡梦中信赖她的孩子，每碰她一下，每动弹一下，仿佛都像电流一样，把力量灌输进体内。心灵对肉体的制约是庄严至上的，它在一段时期之内，能使灵与肉坚不可摧，使筋肉硬如钢铁，使弱者变为强者。

她赶着路，农庄的边界、树丛和树林，纷纷从她身旁掠过。然而，她继续朝前走着，熟悉的景物一一别她而去，直到天光放亮，显出一片红晕，她没有放慢速度，没有停住脚步。她来到了开阔的大道上，一切熟悉景物的痕迹，都抛在了好几英里之外。

她曾跟着太太到离俄亥俄河不远的小T庄走过亲戚，因此熟悉这一带道路。到那里去，越过俄亥俄河逃走，是她仓促之中制订的出逃计划的初步轮廓，至于以后怎么样，只好寄希望于上帝了。

人们唯独在心情处于紧张的状态下，感觉才变得十分机敏，似乎带来了某种灵感。当大道上开始有车马来往的时候，伊丽莎意识到，自己急匆匆的步伐和心慌意乱的神情，会惹起人们对她的议论和怀疑。于是，她把孩子放在地上，整了整衣帽，又继续赶路。步伐的快慢，与她认为能够不露痕迹相一致。在小包袱里，放着一些饼干和苹果，她就把苹果当作加快孩子步伐的办法：把苹果滚到面前几码远的地方，孩子就会使尽全身力气追赶。由于不断使用这个计策，他们又走了好几英里。

不久，他们来到一块茂密的森林地带，中间有一条清澈的小溪，汩汩地流淌着穿过森林。这时，孩子嚷着肚子饿了渴了，她就跟孩子跨过篱笆，在一块挡住大道视线的硕大岩石后面坐下来，从小包袱里取出孩子的早饭。孩子见她不吃，感到好生纳闷和沮丧，于是，搂着她的脖子，把饼干硬往她嘴里塞。她不禁感情起伏，好像什么东西哽住了喉咙。

“不，不，哈利宝贝！你不安全，妈妈咽不下去。我们得赶路……赶路，一直赶到河边。”于是，她又急忙来到大道上，仍然克制着自己不紧不慢、平静安详地朝前走。

离开人们熟识她的家乡邻里已有好多英里了。她心里想，万一碰上熟人，谢尔比一家尽人皆知的慈善，本身就是一张避免嫌疑的护身符，人们不可能怀疑她是逃出来的。再说，她肤色白皙，如果不仔细端详，人们不会知道她的黑人家世，孩子也长得很白，所以就更容易不显山、不露水地逃出去。

中午时分，她就在这种推断之下，在一家整洁的农舍前面停下来歇歇脚，同时给孩子和自己买些午饭吃。由于离开家乡遥远了，危险性随之减少，那紧张到极点的神经也松弛下来，顿时她觉得饥肠辘辘，疲惫不堪。

那喜欢唠叨而又心肠和善的农妇，见到有人到家来聊聊，仿佛十分高兴，不假思索地相信了伊丽莎的说法。伊丽莎说，她“还要走一段路，到朋友那儿住一个礼拜”。——伊丽莎心里想，这些话要完全是真的该多好！

太阳落山前一个钟头，伊丽莎走进了俄亥俄河边的T庄。她身上劳累，脚掌酸痛，但心里依然十分坚强。第一眼就是要看一看俄亥俄河，它像约旦一样，横亘在自己和彼岸自由的迦南之间。

时值早春，河水涨满，波涛汹涌，污浊的河水上面，大块的浮冰笨拙地来来回回打着旋儿。由于肯塔基州这边的河岸地势不同一般，陆地缓缓下降，一直伸展到河水深处，因此，大量的冰块在这里受阻滞留起来，绕过河弯的狭窄水道满是冰块，错落交叠，成了阻碍顺流而下冰块的临时屏障，而这些冰块又积聚起来，形成了一座起伏不定的大浮桥，盖住了整个河面，几乎延伸到俄亥俄州的河岸。

伊丽莎站了一会儿，考虑着这一不利的形势，心里立即明白，平日的摆渡想必已经受阻，于是，转身踅进岸边的一家客栈，想打听打听情况。

老板娘正在炉火旁煎炸炖煮，为晚饭做种种准备。伊丽莎甜美而凄婉的说话声吸引了她，于是手里拿着叉子，停下了活计。

“有什么事？”她问。

“这会儿，有没有摆渡或小船载人过河到B村去？”伊丽莎问道。

“自然没有！”那女人说，“船儿都停止摆渡啦。”

伊丽莎沮丧失望的神情打动了那女人，她于是好奇地说道：

“你兴许是想过河吧？有什么人病了？你看起来着急得什么似的。”

“我有个孩子病得厉害。”伊丽莎说，“是昨天夜里才听说的。今天我走了不少路，一心想赶到渡口。”

“咳，这真不走运，”那女人的母亲般的同情心已给大大唤起，“我真替你揪心。索罗门！”她冲着窗户朝后面的小屋高叫一声。一个男人，身上裹着皮围裙，手上脏兮兮的，应声出现在门口。

“我说，索尔，”女人说，“今儿夜里，那个家伙是不是想把那些桶运过河去?"

"他说想试试，要是没有什么危险的话。"男人说。

"有个人住得离这儿不远，要是他胆子大，今儿夜里想把一些货运过河去。今晚他来吃饭，你坐下等等吧。这小家伙多讨人喜欢!"女人说着，递给哈利一块蛋糕。

然而，精疲力竭的哈利却困倦得哭起来。"可怜的孩子，他不习惯赶路，我催他催得很厉害。"伊丽莎说。

"那好，把他抱到这屋里去吧。"女人说，随手打开了一间卧室的门。卧室里，摆着一张舒适的床，伊丽莎把疲惫的孩子放到床上，攥着他的两手，一直到他沉沉睡去。而对于她，却决谈不上休息。一想到后面有人追赶，就像心里升起了一团火，催促她继续往前赶路。她眼里流露出期待的神色，死死地盯着阴郁的奔腾河水，是河水把她同自由分隔开来。

讲到这里，我们暂且按下不表，想追溯一下人们追赶她的情形。

谢尔比太太虽然满口答应赶忙端上午饭，然而正如刚才的情形一样，我们很快明白，买卖需要双方敲定。因此，黑利尽管听见已经明明白白吩咐下去，而且有五六个孩童向克露婶婶通报了消息，可是，这位德高望重的掌厨，鼻子里只是生硬地哼了几声，摇了几下脑袋，仍然以非比寻常的慢条斯理、琐琐碎碎的方式，操作每一道工序。

好生奇怪的是，仆人们中间普遍产生了一种印象，认为耽误点时间，太太也不会特别怪罪。这样，微妙的情况出现了：意外事故频频发生，推迟了备饭的进程。一个倒霉的家伙故意打翻了肉汁，于是不得不小心翼翼、正经八百地重熬肉汁。克露婶婶固执地、一丝不苟地观察火候，搅动肉汁。但凡有人提醒她快一点，她就带理不理地说，她"可不愿意为了帮着捉人，就把不熟的肉汁端到饭桌上去"。有的人把水弄洒了，就得再到井泉打水；还有的冷不防把黄油倒在了碍事的地方。时不时地，让人忍俊不禁的消息传到厨房里，说"黑利老爷神不守舍，在椅子上怎么也坐不住，只是在窗前和门廊里大摇大摆，来回走动"。

“他活该！”克露婶婶慷慨义愤，“总有一天，他会落个更糟的下场，要是他不改邪归正的话。等他的老爷①传唤他时，那才叫他露脸哩！”

“那他就够受的了，定准是。”小杰克说。

“他罪有应得！”克露婶婶语带严峻，“他伤人心伤得太多了——我告诉你们大伙儿说！”她说着停下活计，手里拿起一把竖起来的叉子，“这就跟乔治少爷念的《启示录》说的一样：屈死的魂儿在圣坛下喊冤！祈求主为他们报仇！——主终究会听见他们说的话，一定会的。”

克露婶婶在厨房里备受尊重，人们张着嘴听她说话。这会儿，午饭已经基本端过去，整个房里的人空闲下来，能够跟她聊聊，听听她的议论了。

“这种人就得叫他永远烈火烧身，定准是，对不对？”安迪说。

“但愿我能见到，一定能见到。”小杰克说。

“孩子们！”一个声音让大伙吓了一跳。原来是汤姆叔叔。他早就进来了，正站在门口听大伙说话。

“孩子们，”他说，“恐怕连你们自己也不明白在说什么吧，‘永远’是两个叫人害怕的字眼儿，孩子们。可不敢想这种字眼儿。你们不该用这些话来咒什么人。”

“除了这些人贩子，我们别的谁也不咒。”安迪说，“任何人都不能不这样咒他们，他们坏透了。”

“老天爷不是也大声咒他们吗？”克露婶婶说，“他们把吃奶的孩子从妈妈怀里抢走卖掉，可小不点们哭叫着，抓住妈妈的衣服不放——难道不是他们把孩子抢走卖掉吗？难道不是他们弄得人家夫妻离散吗？”克露婶婶说着放出了悲声，“这是要人的命呀！他们这么干，有一丁点儿善心吗？他们还不是心安理得，又喝酒又抽烟吗？天哪！要是魔鬼不对付这些人，那要他干什么用？”克露婶婶用花格子围裙捂住脸，好不伤心地抽泣起来。

---

① 此处指上帝。

“《圣经》上说，要替污辱你的人祈祷。”汤姆说。

“替他们祈祷!”克露婶婶说，“天哪！这太不近人情啦！替他们祈祷我办不到。”

“这么做是出于天性，克露，人的天性强大，”汤姆说，“可是主的恩泽更强大无边。再者说啦，你也该想想，干这种勾当的可怜虫，他们灵魂的处境有多么可怕——克露，你该感谢上帝，你跟这些人不一样。我敢说，我宁愿让人卖一万回，也不愿意跟那些可怜虫一样，去赎那些没完没了的罪。”

“我也很乐意，”杰克说，“天哪！我们是能够看到他们赎罪的，对不，安迪?”

安迪耸耸肩膀，吹一声口哨表示默认。

“我很高兴，今天上午老爷没有出门，他本来想出门的，”汤姆说，“要是出了门，就比卖我更伤自己的心，是这样。也许，他出门对他来说顺理成章，可那就叫我难过死了，我是从小看着他长大的。可是，我见到老爷，所以这会儿，我有点愿意顺从主的意志了。老爷身不由己呀，他做得对。不过，我担心自己走了以后，局面有些不好收拾。不能指着老爷像我那样到处查看查看，事事都有精神应付。小伙们用意都不错，可也太粗心。这叫我放心不下。”

这时铃声响起来，招呼汤姆到客厅去。

“汤姆，”老爷和善地说，“我想让你明白，我给这位绅士立了字据，如果他找你，你不在场，就要罚我一千块钱。今天，他想照料别的事去，一整天就归你自己支配了。愿意到哪里都行，汤姆。”

“谢谢您，老爷。”汤姆说。

“你给我小心点，”奴贩说，“可别玩黑鬼子的把戏，骗你家老爷。因为，要是你不待在这儿，我就会让他一文不剩。要是当初听我的话，你们什么人他就不该相信——简直滑得像泥鳅!”

“老爷，”汤姆身子站得笔直，“当年老太太把您放到我怀里，那时我刚八岁，您一岁。‘喏，’老太太说，‘这是你少爷，要照顾好他。’她说。眼下，我只想问问您，老爷，我对您说话不算数过吗?违背过您的意愿吗?特别是从我信了基督以后?”

谢尔比先生十分感动，眼里现出了泪花。

“好帮工，”他说，“救世主可以证明，你说的都是实话。但凡有办法，别人用世界上全部财富来买你，我也不卖。”

“我是个信奉基督的女人，”谢尔比太太说，“你放心，一旦想什么办法凑齐了钱，我就立刻赎回你来。”“先生，”她冲黑利说，“好好记下把他卖给谁，告诉我一声。”

“天，这件事倒办得到，”奴贩说，“一年以后，我把他弄回来再卖给你，货也损耗不了多少。”

“那时我跟你做这笔生意，还让你有利可图。”谢尔比太太说。

“那敢情好，”奴贩说，“反正什么对我都一样，要是买卖好做，往北贩运也好，往南贩运也成。我只是谋个生路，你明白，太太。大家都是这样，我看。”

谢尔比先生和太太见奴贩套近乎，这么放肆，两人又羞又怒，然而又都明白，非得克制自己的怒气不可。黑利越是利欲熏心、无情无义得不可造就，谢尔比太太越是怕他抓住伊丽莎和孩子，而且她想用尽妇人的手法来耽误他的用心，自然也就越大。于是，她娴雅地笑着表示同意他的看法，熟络地攀谈起来，竭尽全力让时光在不知不觉中虚度过去。

两点钟的时候，山姆和安迪牵着马来到马桩那里。一上午的奔跑，显然使他们精神为之大振，精力愈益充沛。

山姆刚刚吃过饭加了油，热情洋溢，殷勤备至。黑利走到他们面前时，他正耀武扬威地跟安迪夸海口，说这次追拿显然能大获全胜，因为他已经“整装待发”。

“你们家老爷不养狗吧，我看。”黑利正想上马的时候，若有所思地问。

“多的是，”山姆得意起来，“那是布鲁诺，可能叫唤哩！另外，我们黑人，差不多人人都养一条这样那样的小狗。”

“去去！”黑利说，接着又对方才说的狗骂了一些别的话。见此，山姆嘴里嘟囔起来：

“骂它们啥用都不顶。”

“可是你们家老爷养狗并不是为了追拿黑鬼子。他不养那类狗，这我一清二楚。”

山姆完全明白他的意思，但仍然装出一副认认真真又极为混沌无知的样子。

“俺们的狗在周围闻起东西，鼻子可尖着哩。虽然没有演练过，我看它们就是那类狗。要是您领过头，它们差不多啥事都会干，都是好狗。过来，布鲁诺。”他高声呐喊，朝那条走路蹒跚的纽芬兰狗呼哨一声。布鲁诺吠叫着垂头奔他们而来。

“你真该死!”黑利骂着跨上马，“走，快上马，这会儿。”

山姆应声滚上马鞍，一面在安迪上马的当儿，机敏地胳肢他一下。安迪大笑起来，黑利异常恼火，甩起马鞭抽了他一鞭子。

“你真叫人奇怪，安迪，”山姆说，满脸的严肃认真，“安迪，这事不是闹着玩的，可别当成儿戏。这帮不了老爷的忙。”

“我想抄直路赶到河边，”他们走到庄园边界时，黑利不容异议地说，“我摸透了所有黑人的招数——他们总是通过地下①逃跑。”

“没错儿，”山姆说，“说的是这么回事。黑利老爷可真猜中了。不过，到河边有两条路：一条土路，一条大道。老爷的意思是走哪条?”

安迪听见说这一新的地形情况，颇感意外，茫然抬头望着山姆，可是随即又附和山姆的说法，起劲地重申的确有两条路。

“自然是这样，”山姆说，“我倒想伊丽莎会走土路，这条路人们很少走。”

黑利虽然为人老谋深算，生性多疑，害怕受骗上当，但听了对于情况的这种分析，也很是举棋不定。

“你们这两个家伙没一句他妈的实话!”他思忖了一会儿，深思熟虑地说。

说这话时，他那副沉思默想的腔调，使安迪大为解颐。于是落

① 指当时美国废除黑奴制之前，协助黑人潜逃的地下组织所建立的秘密通道。

在了后面一点，乐得前仰后合，显然顾不上从马上摔下来的危险了。山姆则若无其事，脸上现出极为悲切严肃的神情。

“当然，”山姆说，“老爷可以按自己的意思办。要是老爷觉得好，那就走大道——这对我们没什么两样。细想起来，这会儿我倒觉得走大道最好、最好。”

“她当然要走僻静一点的路。”黑利自言自语地说，没有理会山姆的话。

“这也难说，”山姆说，“女人家难以捉摸。她们干的事你压根儿想不到，往往跟人们想的恰恰不一样。女人生性相反，要是你认为她们走了这条路，事实上却走了另一条路，那就定准能捉住她们。现在，我私下认为，伊丽莎走了土路，所以我看我们最好走大道。”

这番关于女人共同属性的妙论，似乎根本没有使黑利产生要走大道的想法，反而断然宣布要走土路，还向山姆打听，土路离他们有多远。

“前面就是，”山姆说，他冲安迪眨了眨靠近安迪脑袋这边的眼睛，又一本正经地说，“不过，这件事我细想过了，很清楚，我们不该走这条路。我从来没走过。路太僻静，万一迷了路——我们会怎样，只有主才晓得。”

“不论怎么说，”黑利说，“我是要走这条路的。”

“哦，我想起来了。记得听人们说，在小河附近，这条路都有篱笆挡着，对不对，安迪?”

安迪不敢确定，他只是“听说过”这条路，可从来没走过。简而言之，他不能完全随声附和。

黑利惯于在大大小小谎话之间，做出其可能性的权衡判断，仍然认为以走上述土路为佳。他认为自己已经察觉到，就山姆来说，起初提到土路，并非出于情愿，后来想到不愿意连累伊丽莎，山姆心慌意乱之中，又拼命编造出谎言，劝他改变主意。

因此，当山姆指出土路时，黑利就一头直奔土路而去，后面跟着山姆和安迪。

实际上，这条路是以前修的，原是通向河边的通衢，后来铺设了新的大道，土路便废弃多年不用了。骑行大约一个钟头的光景，土路还是畅通无阻的，此后，路面便受到座座农庄和形形色色篱笆的阻隔。山姆对此了如指掌——事实上，这条路已经封闭多年了，连安迪也没听说过。因此，一路之上，山姆带着一副尽职尽责、恭顺从命的神情，只是间或抱怨一声，大叫着说："路太不平了，会硌杰丽的蹄子的。"

"你们给我放老实点，"黑利说，"我都看透了你们。随你们怎么瞎闹，我也绝不会不走这条路——还是给我闭嘴的好！"

"那就照老爷的意思办吧。"山姆沮丧而又恭顺地说，同时又极为怪模怪样地朝安迪眨着眼睛，把安迪逗得直乐，连肚子都快乐炸了。

山姆兴致极好，宣称要十分机警地观察，一会儿大声叫嚷，说在远处高坡顶上，他望见了"一顶女人帽子"，一会儿又对安迪高叫，说："下面凹地上，不是伊丽莎才怪哩。"山姆总是在路面崎岖不平的地方大呼小叫，这样，突然的加速往往使大家特别难受，弄得个黑利不停地手忙脚乱。

如此骑行了一个钟头的工夫，整个队伍人喊马嘶、迤逦向下，来到一个大农庄的谷仓空场上。这里，阒无人迹，人们都在田里忙着；然而明明白白，谷仓不偏不倚挡住了土路，显然，前面的去路已毫无疑问地告一段落。

"这我不是告诉过老爷吗？"山姆带着无辜而受到伤害的神情，说，"一位外地绅士，怎能指望比土生土长的人更了解这一带地形呢？"

"你这个混蛋！"黑利说，"你原来什么都知道。"

"我告诉过您我了解，可您不相信！我给老爷说过，路给封了，有篱笆挡着，我认为走不通——安迪听我说来着。"

这确凿无疑，无须争论。倒霉的黑利只得尽其优雅大度，咽下这口窝囊气。然后三人调头向右，择路朝大道行进。

由于种种延误，这支人马来到乡村酒馆时，伊丽莎已让孩子睡了大约三刻钟的光景。这时， 她正站在窗前，朝另一个方向张望；

山姆眼尖，一下子看到她的身影。黑利和安迪在山姆后边两码远的地方跟着。紧急关头，山姆假装风吹掉了帽子，用他特有的腔调大叫一声，伊丽莎立即惊醒，突然抽身回去；全部人马迅速从窗前掠过，转弯奔向前门。

对于伊丽莎，这真是千钧系于一发的时刻。房间里，有一侧门通向河边，她抱起孩子，跃下台阶，直奔大河。正当她的身影隐没在河堤下面的当儿，奴贩完全看清了她，于是翻身下马，高叫山姆和安迪，像猎狗逐鹿般，一路追去。头脑茫然的刹那间，她仿佛足不点地，转眼来到水边。黑利等人已经逼近，只见她尖叫一声，飞身而起，越过岸边混浊湍流，落在旁边冰块上。那力量仿佛是生死攸关时刻得自神灵的力量。除非对于疯狂和绝望的人，否则这拼命的一跃是谁也无法做到的，黑利、山姆和安迪见她这种光景，都本能地高叫着举起手来。

她飞身落脚的硕大冰块，泛着绿色，一接触到伊丽莎的体重，随即吱吱尖叫不停。不过，她在上面稍一逗留，便狂呼着，拼命使尽全身力气，不断跃上别的冰块——趔趄着，腾挪着，滑跌着，然后又凌空腾起。鞋子不见了，脚上的袜子割破了，每一步都浸着殷殷血迹；但她什么也看不见，什么也感觉不到，最后仿佛在梦幻之中依稀瞥见俄亥俄州一侧的河岸，一个男人协助她来到岸上。

“哦，我不管你是什么人，你可是个天不怕地不怕的姑娘！”那人发誓赌咒地说。

伊丽莎听出了男人的声音，认出了他的面孔。他在离她老家不远的地方，经营着一个农场。

“哦，西莫斯先生！救救我——救我一命——把我藏起来吧！”伊丽莎说。

“噢，出了什么事？”男人说，“哦，这不是谢尔比家的丫头吗？”

“我孩子——这个男孩——他把他给卖了。那就是他老爷，”她说，用手指着肯塔基州河岸，“喏，西莫斯先生，你也有个男孩！”

“是，我也有，”男人一边说，一边粗鲁却有善意地把她拖上陡峭的河堤，“再说，你是个勇敢的女人。无论在什么场合，见到这样的人我都喜欢。”

来到堤岸上以后，男人停下脚步。

“我真愿意帮你的忙，”男人说，“不过，我没有什么地方藏你，充其量只是让你到那边去，”说话时指着一座高大的白房子。那房子孤零零的，远离村中的大街。“到那儿去吧。他们都是好人，只会帮助你，什么危险都没有——他们就是干这个的。”

“愿主保佑你！”伊丽莎诚恳地说。

“别这样，千万别这样，”男人说，“我所做的算不了什么。”

“噢，先生，你一定不会告诉别人吧！”

“那怎么能，姑娘？你把我看成了什么人？当然不会，”男人说，“去吧，去吧，当个懂事可信的姑娘。你还没得到自由，但我要想方设法让你一定得到。”

伊丽莎把孩子抱到怀里，坚定疾速地走了。男人驻足目送着她。

“这会儿，也许谢尔比觉得这是件最不近邻里情谊的事，可叫我能怎么办？要是他抓住那出逃的姑娘，欢迎他一报还一报。一个人后面有狗追着，上气不接下气，拼命想逃出去，这叫我看不下去。再说啦，我有什么理由追拿人家的人？这我干不出。”

这位可怜的、异教徒式的肯塔基老人如此这般地说着。他没有受过宪法权利和义务的教诲，因此误入了歧途，行事仿佛基督徒似的。然而，倘或他地位颇高，又受到颇多开导的话，那定然是不会允许他这么做的。

黑利站在那里，心怀极端的惊异，目睹了这一场面。及至伊丽莎在堤岸上消逝时，他才回过头来，茫然而又询问般地望着山姆和安迪。

“这一手干得还真不赖。”山姆说。

“这丫头片子准是魔附身了，我看！”黑利说，“她跳跃时，多么像只野猫！”

“得，得，”山姆搔着脑袋说，“我们要是不想这样过河，还得望老爷高抬贵手。可别以为这么过河我心里劲头十足，绝不是这样！”

山姆随着发出了沙哑的窃笑声。

“你还跟我笑!”奴贩怒吼一声。

“愿主保佑您，老爷，我是没法子不笑哇。”山姆说，心里长期禁锢的欢乐一发而不可收，“她看起来真怪，又蹦又跳，冰块吱嘎吱嘎地响。只听听她弄出的声音吧：扑通、咔嚓、哗啦几声，随着又跳起来了！天哪！她跳得太妙了!”山姆和安迪笑得眼泪淌下了面颊。

“看我收拾得你们不哭才怪!”奴贩说着挥动马鞭，朝他们头上抽去。

山姆和安迪两人躲着鞭子，呼喊着跑上堤岸，趁黑利还没追上来，翻身上马。

“再见吧，老爷!”山姆一本正经，“我看太太一定很担心杰丽。黑利老爷这会儿用不着我们啦。要是今儿夜里，我们骑着马穿过伊丽莎走过的浮桥，太太肯定不愿听这话。”说罢，滑稽地捅了捅安迪的肋骨，后边跟着安迪，策马飞驰而去——风中隐约传来他们放声大笑的余音。

第八章　伊丽莎出逃

伊丽莎竭尽全力穿过了大河。其时，天已向晚，暮色苍茫。傍晚灰蒙蒙的雾气，从河面上缓缓升腾起来，笼罩住了她在堤岸上消逝的身影。暴涨的波涛和参差错落的硕大冰块，在她和追兵之间形成了一道令人绝望的屏障。于是，黑利怅然若失，慢慢回到了小酒店，打算进一步考虑该如何出手。女店主替他打开了一间小客厅的门。里面铺着磨损了的地毯，地毯上摆一张罩着黑得发亮油布的饭桌，周围是各式细长的高靠背木椅。壁炉台上供着几尊色彩艳丽的泥塑，下面壁炉里飘出淡淡的烟雾。一张硬木长睡椅摆在烟囱旁边，长得有些难以放下。黑利在睡椅上坐定，思忖着：人生希冀和祸福，总的说来，都是变幻无常的。

“我干吗要把那小崽子弄到手，”他自言自语，“结果倒把自个儿弄得像浣熊上树，这么狼狈?”接着，黑利用脏话反复地骂着自己，以求得到解脱。这些话虽然完全有理由认为骂得千真万确，但由于不登大雅，我们只好割爱。

一个男人刺耳的怪叫声，让黑利吃了一惊。显然，那人正在店门口下马。黑利急忙走到窗前。

“哈哈！这真是听常言所说老天爷保佑的时候来到了，”黑利说，“那一定是汤姆·娄克。”

他三步并作两步，由屋内出来。房间一角的酒吧旁，站着一个筋肉虬结的彪形大汉，五大三粗，身长足有六英尺，上身着一件翻毛水牛皮外套，平添了一副粗野的凶相，与他那整个外观仪表恰相吻合。头部和脸上，每一器官和每一轮廓都狰狞到了极限，烘托出他动辄行凶施虐的残忍。的确，看官诸君倘或能够想象出一条哈巴狗，穿衣戴帽，变成人的模样，东奔西突，那么，对此人总的举动和印象，就是一种再恰切不过的说明。他身旁还有一人，是一个在许多方面同他迥然不同的旅伴。那人个子不高，身材纤弱，举手投足猫一般轻巧，漆黑锐利的眼睛，总是东瞧西望，窥探人们的虚实。同他的眼神相一致，脸上的五官似乎也棱角分明，细长的鼻子，向前撅着，仿佛急于把世间万物都洞悉透彻似的，稀疏而光滑的黑头发，也支棱棱往前挺着，神情和举动之间流露出冷漠、精明和谨慎。大块头斟了半平底杯醇酒，二话没说，灌下了肚。小个子踮起脚尖，东瞧西望，用鼻子使劲嗅闻着各色酒瓶的味道，终于声音细弱而颤抖地要了一杯薄荷甜酒，那神情真是慎而又慎。酒斟好后，他拿在手里，显然是在自鸣得意地端详着，好像是做了一件恰到好处而又得当的事，然后开始浅啜慢酌起来。

“嗨，谁能想到我这么走运？喂，娄克，你好吗？”黑利说着迈步向前，朝大块头伸出手去。

“见他妈的鬼！”这算是一声客气的回答，“黑利，是什么风把你刮到这里来了？”

那个探头探脑的家伙，原来名叫马克斯。他一见到黑利，立刻放下酒杯不喝了，向前探出脑袋，狡诈地望着这个新相识，仿佛一只猫有时望着一片被风吹动的树叶，或者一个可以追捕的猎物一样。

“我说，娄克，这可是世上难得的运气。我遇上了麻烦，你可得帮我一把。”

“什么？哼，定准是这么回事！”黑利的老相识一副得意扬扬的腔调，“我敢说，你要是有什么事让人帮忙，准是见了人高高兴兴的，想到要利用人家。这一回出了什么事？”

“噢，你有朋友？”黑利狐疑地盯着马克斯，“合伙人，也许是?”

“是，是有个朋友。喂，马克斯，这是上回跟我在纳切兹一块做生意的。”

“很高兴跟你认识，”马克斯说，随即伸出乌鸦爪子般又细又长的手，“是黑利先生吧?”

“就是本人，先生，”黑利说，“二位，既然这么巧遇，我愿做东，在这个客厅里小聚一下。来，老家伙，”他冲酒吧旁边的伙计说，“给我们来点开水、白糖和雪茄，再多弄几瓶货真价实的酒来，我们要来个一醉方休。”

于是，人们看到，蜡烛点亮了，壁炉的火苗熊熊燃烧起来，桌上摆满了上述促进友情的一切食品，我们的三位要人团团围住桌子坐下来。

可怜兮兮的黑利，开口讲述自己特别倒霉的事情。娄克嘴巴紧闭，注意地听着黑利讲述，态度生硬冷漠。马克斯心急火燎、手忙脚乱，按照自己特殊口味勾兑着一平底杯冰治①，同时抬起头来望着，尖削的鼻子和下巴几乎贴在黑利脸上，对于整个叙述听得极为认真。故事的结局好像叫他兴趣盎然，他一言不发，肩膀和两肋不断颤动，撇着嘴唇，流露出内心得到很大愉悦的神情。

“这么说，你的麻烦可真不小，对不?”他说，“嘿！嘿！嘿！这干得也太棒了。”

“这种生意，买卖孩子会惹不少乱子。”黑利语带沮丧。

“要是我们能弄到一个不疼爱孩子的女人，”马克斯说，“告诉你，我看就我所知那可算是当代最伟大的创举了。”马克斯未语先咯咯一笑，来加强这句笑话的威力。

“正是这样，”黑利说，“可我总不明白，小孩子给她们增添不少麻烦，人们觉得，甩掉孩子她们才高兴哪，可是她们不。大致上说，孩子越是讨厌，越是没用，她们就越是割舍不得。”

“喏，黑利先生，”马克斯说，“请递过开水来。是的，先生，你

① 一种用香料、果汁、酒等兑在一起的甜饮料。

刚才说到我心眼里去了，我也一向这么认为。想当初，我干这一行，有一回买了一个丫头——长得漂亮整齐，十分伶俐。她有个病病歪歪的孩子，还有些驼背什么的。我把孩子送给了人，那人觉得反正不花钱，打算想把孩子抚养成人。没成想，告诉你，那丫头大闹了一场。天哪，你没有见她是怎么个闹法哪！嘿，说真的，她好像正是由于孩子有病，孩子越是要脾气来折磨她，她就越是金贵孩子。她这样也不是做给人看的。她大哭大叫，垂头丧气，好像失去了所有亲近的人。想起来可真叫滑稽。天哪，女人的想法真捉摸不到家。"

"咳，跟我碰到的事一样，"黑利说，"去年夏天，我在南边红河一带买了个丫头。她带着一个十分漂亮的孩子，眼睛跟你的一样明亮，可是，仔细一看，发现是个瞎子。真的，他什么也看不见。所以，你瞧，我想不言不语把他出手，是不会伤害她的。于是，就用他换了一小桶威士忌，还算不赖。然而，从她手里要孩子时，她简直像一只母老虎。那时动身前我还没来得及给黑奴套上链子，你瞧她吧：她像猫一样跳到棉包上，从水手那夺过一把刀子，这样一来，一时之间，吓得大伙东跑西窜。后来，看看没有用处，就转身抱起孩子一头钻进河里——扑通跳进去，压根儿没再露出水来。"

"哼！"汤姆·娄克强压着不屑听完了这些经历，说，"你们俩都是窝囊废！我的那些丫头可不敢这么由着性子来。"

"说的倒也是！那你怎么办？"马克斯尖刻地问。

"怎么办？人是我买的，要是她有孩子可以卖，我就是到她跟前亮出拳头，说：'喂，你当心，要是嘴里说出半个不字，我就揍扁你的脑袋。我不想听你说什么——闭上你的嘴吧。'我就对她们说：'孩子是我的，不是你的，你跟这毫不相干。一有机会，我就想把他卖掉，你记着，可别跟我搅和。不然的话，我要叫你们后悔来世上一趟。'我告你们说，她们知道，一旦落到我手里，就不是闹着玩的。我会治得她们像鱼一样溜在一边儿，大气不敢出一声。要是她们有谁胆敢叫出声来，那么——"说着，娄克先生的皮榧砰地打在桌上，充分表达了没有明言的意思。

“这你可以管它叫强调，”马克斯捅了捅黑利的肋骨，又咯咯笑了一声，“娄克真有一手，嘿！嘿！嘿！我说，娄克，我看你能让她们明白你的意思，黑鬼子个个都是榆木脑袋，可她们完全明白你的意思，娄克。你可真是个恶魔，要不就是恶魔的孪生兄弟，这我敢给你打保票！”

娄克以适度的谦逊接受了这番恭维。同时看上去又变得和蔼可亲了，恰如约翰·班扬①所说，这种和蔼是限制在“他的暴躁脾气”范围之内的。

那天晚上，一直在大喝其酒的黑利，其道德力量开始感到了一种明显的飞跃和拓展——这种现象，对于处在相同的场合下，进行严肃思考的绅士来说，是屡见不鲜的。

“喏，娄克，”他说，“我过去总是给你说，你这样真是太不对头了。你记得，娄克，你我在南边纳切兹的时候，我们常常议论这些事情。我经常给你说明，待黑鬼子好一点儿，我们赔不了钱，还能在世上活得好一点儿。再说，到末了万不得已没什么可捞的时候，也好给升入天堂留个后路。”

“呸！”娄克说，“这我还不知道？别拿你那一套恶心我，我听了反胃。”接着，娄克喝了半杯鲜白兰地。

“我说，”黑利靠在椅子上一本正经地打了个手势说，“我承认，我跟别的人都一样，做生意一向是为了赚钱，这是顶顶要紧的。可也不单是为了做生意，为了赚钱，我们还有灵魂哩。我不管有谁听见我说这话——我才不会在乎哪——倒不如干脆让我说出来的好。我是个信教的教徒，将来总有一天，等我日子混得舒坦些，我想积积阴德，做些好事。所以，只要不是万不得已，何苦再干坏事？我看，这太不小心了。”

“积积阴德！”娄克不屑地重复着，“要在你身上找到灵魂，那得心明眼亮才行——你就别费那份闲心啦。就算小鬼用头发篦子把你

---

① 约翰·班扬（John Bunyan，1628—1688），英国小说家，著有《天路历程》（*The Pilgrims Progress*）等讽喻体小说。

篦一遍，也找不到什么灵魂。”

“哎，娄克，你怎么生气啦?”黑利说，“人家的话是为了你好，你干吗不高兴地听听?”

“给我闭上你那张嘴，”娄克口气生硬，“你说的大半我都受得了，就是别给我唠叨虔诚这一套——还叫人活吗？说到底，你和我有什么不一样？你的心跟我一样狠，肠子跟我一样毒。你想蒙骗小鬼，免遭皮肉之苦，这完全是堕落下作。我看透了你这套把戏！你说的‘信教’，说穿了，对谁都太卑鄙无耻了——一辈子欠了小鬼一身债，到报应的时候还想溜掉！没门儿！”

“得啦，得啦，我说两位老兄，这不是生意人说的话，”马克斯说，“两位晓得，无论什么事，都各有各的看法。黑利先生是个好人，这没错儿，他有他的良心。你呢，娄克，有自己的看法，而且这些看法也挺好。可是，诸位明白，斗嘴什么用都不顶。咱们还是谈生意。喏，黑利先生，是怎么回子事——你想让我们去抓那个丫头?”

“那丫头跟我不相干——她是谢尔比家的，只是要抓那个小子。买了这么个小猢狲，我可真傻!”

“一句话，你是个傻瓜!”娄克悻悻然。

“得、得，娄克，别吹胡子瞪眼啦，”马克斯舔了舔嘴唇，“你瞧，依我看，黑利先生是想让我们露一手。别吱声——安排这些事我可拿手。黑利先生，她长得怎么样？是干什么的?”

“长得自然又白又漂亮——还很有教养。我本来想给谢尔比出八百到一千块钱的价买过来，好好赚一笔钱。”

“又白又漂亮——还很有教养!”马克斯见有可能一试身手，犀利的眼睛、嘴巴和鼻子都挪了位，“你瞧，娄克，开头蛮不错嘛。我们自己还可以做一笔生意：我们把人抓回来，孩子自然给黑利先生，我们把那丫头带到奥尔良去卖，这不蛮好吗?”

谈话的当儿，娄克那张大嘴一直半张着，这时啪嗒一下闭上了，就仿佛一条大狗叼住了一块肉，然后不慌不忙细细琢磨着这个主意。

“我说，”马克斯一边搅动冰治一边冲黑利说，“我说，在沿岸各处我们都有法官，办事很方便，略微有些表示，就会帮点小忙。娄克呢，动胳膊动腿的事由他来管，到了该发誓赌咒的时候，由我出面。到时，我穿戴整齐，皮靴擦得亮亮的，里外都穿上最好的衣服，”马克斯容光焕发，露出职业性的自豪感，“喏，你还不知道我是怎样把大事化小、小事化了的哩。今天我是新奥尔良的特维克姆先生，明天就成了珍珠河畔管辖七百个黑奴的庄园主，然后，改天又成了亨利·克雷①或者肯塔基州什么首领的远亲。你晓得，人的才能各不相同。喏，论起打架斗殴，娄克的名声如雷贯耳；但论起说瞎话，他可不在行，他做不来。你明白，这跟他生性不符。不过，天哪，要是在天底下，想找到一个对什么事情都能发誓赌咒，还能绷着脸，把情况说得详详细细、天花乱坠的人，能吹牛到底、比我吹得还好的人，那就要看马克斯的了，事情就这么怪！我相信，就算是法官不肯通融，我也能畅行无阻混过去。不过，有时我倒愿意他们找找碴儿，要是那样才更有意思，才更好玩哩，明白吗？”

正如我们前面所说，汤姆·娄克是个思想迟钝、行动缓慢的人。听到这里，他打断了马克斯的话，把拳头重重地擂在桌子上，把杯盘碗盏震得叮当作响。“够啦，够啦！”他说。

“我的天哪，娄克，你何必要把酒杯都给打碎哪！”马克斯，“留着拳头到必要时再用吧。”

“我说，两位老兄，我也得有一份钱赚吧？”

“替你抓住孩子还不够吗？”娄克说，“你还要什么？”

“喏，”黑利说，“要是我给你们这个差使，也总值几个钱呀——比方说，刨去花销，赚的钱就按百分之十分成吧。”

“什么？”娄克说着狠狠骂了一声娘，拳头也同时重重擂在桌子上，“你当是我不认识的呀，丹·黑利？别在我面前耍乖占便宜！盘算着让马克斯和我去干抓人的营生，我为讨好你这样的大人物，我们自个儿什么也捞不着？——没门儿！我们得要那个丫头，你少啰唆，不然的话，你瞧着好了，我们就两个都要——看有谁敢出来阻

---

① 亨利·克雷（Henry Clay，1777—1852），美国政治家兼演说家。

拦！你不是告诉我们那两个猎物了吗？那我看，你可以随便去追，我们也可以随便去追呀。要是你或者谢尔比去追我们，那小心，别找不利索①，只要是你们能追上他们或者我们，随你们的便好了。”

“噢，当然，当然，就这么办算啦，”黑利心里惊恐起来，“你的事是抓住孩子——你说话算数，娄克，跟我打交道，也一向十分公平。”

“你知道就好，”娄克说，“我可装不出你那些假惺惺的样子，就是到了小鬼给我算账的时候，我也绝不说瞎话。我说得到做得到，一定做得到，这你是明白的，丹·黑利。”

“没错儿，没错儿，我不也是这么说的嘛，娄克，”黑利说，“只要你答应在一个礼拜之内替我把孩子抓到，随便你说在哪里交给我都成，没别的要求。”

“不过，跟我的要求还差得远哩，”娄克说，“你当是我跟你在南边纳切兹做生意白做啦，黑利？我学会了抓住泥鳅就不能撒手。你得拿出五十块现钱，要不然，孩子的事甭想。我了解你。”

“什么？娄克，你手上找到了营生干，能净赚一千到一千六百块钱，还要我拿钱？你也太不讲道理了。”黑利说。

“没错儿，可这营生得花三个礼拜哩。我们只能这么干。要是我们把别的事都搁下，专门到树丛里抓孩子，到头来又抓不到那个丫头——丫头们总是鬼得抓不到——又怎么办？你愿意给我们一分钱吗？你愿意吗？我看你不愿意。哼！没门儿，没门儿，你得马上丢下五十块钱，要是我们事情办得顺手赚了钱，再把钱还给你；要是办不成，就算我们的辛苦钱——这才叫公平，是不是，马克斯？”

“当然，当然，”马克斯带着挑衅的口吻说，“这只是预付费，明白吗？嘿！嘿！嘿！我们是律师，知道吗，喏，我们仨都不能感情用事——要心平气和，知道吗？娄克替你把孩子抓住，在哪儿交割，

---

① 此处原文为：Look where the partridges was（即 were）last year partidges，又称 partidge berry，指北美一种蔓生植物蔓虎刺。意思是“小心去年的蔓虎刺（把你绊倒）”。故姑译如上。

凭你一句话，对不对，娄克？”

“要是抓住那孩子，我们就把他带到辛辛那提，放在码头上贝尔彻大娘家里。”娄克说。

马克斯从口袋里掏出油渍麻花的皮夹，拿出一张长长的字条坐下来，然后一边用犀利的黑眼睛盯着字条，一边开始含含糊糊地念着上面写的内容：

“巴恩斯，谢尔比郡，男黑奴，无论死活均酬洋三百元。”

“爱德华夫妇迪克和露茜，赏洋六百元；女奴波莉及其两个孩子，活捉该女奴或交来她的首级，均酬洋六百元。”

“我只是核对核对我们要办的差使，看能不能顺便把你的事办了。娄克，”他停顿了一下，“我们只好派亚当斯和斯普林格去追拿这几个人了，人家托付给我们已经有些时间了。”

“那他们会狠要钱的。”娄克说。

“这由我来应付。他们干这一行还是雏，绝不会要价太高，”马克斯说着继续往下念，“还有三桩生意很容易做成，因为所做的只是开枪打死他们，或者发誓已经打死了他们，这他们自然不会要价太高的。至于别的生意，”他把字条折叠起来，“还可以往后放一阵子。所以，这会儿，咱们就来考虑一下细节吧。黑利先生，你看清你的那个丫头到了对岸吗？”

“当然看清啦——就跟看清你一样。”

“有个男人扶她上了岸？”娄克问道。

“不错，是这样。”

“很有可能，”马克斯说，“她藏在了什么地方，不过，问题是藏在哪里。娄克，你看怎么办？”

“今儿夜里，我们一定得渡过河去，这没错儿。”娄克说。

“可附近没有船，”马克斯说，“冰块移动得劲头又大，娄克，这有点危险吧？”

“这我不知道，只是一定得渡过去。”娄克斩钉截铁。

“哎呀，”马克斯坐立不安，“这会儿——我说，”他说着走到窗前，“外面黑得像在狼嘴里，而且，娄克——”

“甭说长道短，反正你是害怕了，马克斯，可我这没办法——你一定得过河。你是想等一两天，等那个丫头通过地下道给运到桑达斯基①，你再动身！”

“不，不是的，我一点儿都不害怕，”马克斯说，“只是——”

“只是什么？”娄克问道。

“嗯，只是船的事。你瞧什么船都没有。”

“我听那女人说，今晚有一条船过来，有个人想过河。舍不得孩子，打不着狼，我们一定得跟那人过河。”娄克说。

“我估计你们有好猎狗吧。”黑利说。

“呱呱叫的猎狗，”马克斯说，“可这管啥用？你又没有她的什么东西让猎狗闻一闻。”

“不，我有，”黑利洋洋得意地说，“这是她匆忙中丢在床上的披肩，还丢下了帽子。”

“那可真走运，”娄克说，“拿过来。”

“可是，要是猎狗无意当中碰上那丫头，会把她咬坏的。”

“这倒值得考虑，”马克斯说，“有一回在南边摩比尔②，我们还没来得及把狗拖开，就把一个家伙撕成了两半。”

“那你瞧，像这类靠长相赚钱的丫头，这么干就不对头了，知道吗？”黑利说。

“我当然知道，”马克斯说，“再说，她要是藏起来，也就啥办法都没有啦。在黑奴给运到的北边那些州里，猎狗派不上用场，自然也就找不到他们的下落。猎狗只在南方种植园里才有用处。在那里，黑鬼子逃跑的话，得自个儿逃，没人帮忙。”

“好啦，”娄克说，他刚才出去到酒吧间打听过消息，“听说那人带着船来啦。所以，马克斯——”

那位要人沮丧地望了一眼即将离开的舒适角落，驯顺地站起身

① 美国俄亥俄州北部一小城，北邻加拿大，是奴隶逃入加拿大的必由之地。

② 亚拉巴马州的一个城市。

来。为下一步的安排略略交换意见之后，黑利显然带着不情愿的神情，把五十块钱交给娄克。于是，三位要人当夜告别。

在高尚的基督徒看官中，如果有谁反对在这样一个场面里，引荐他们与这些人打交道的话，我们就必须请求他们及时打消这些偏见。恕我提醒他们，追捕逃亡黑奴这一行，已经上升为合法而又具尊严的爱国职业。处于密西西比河和太平洋之间的广袤土地，如果变成一个肉体和灵魂的辽阔市场，如果把人当成财产仍然保持着当今19世纪向前推进的趋势，那么，奴隶贩子和黑奴追捕者则将跻身于我们的贵族之列。

当酒馆的这一幕进行的时候，山姆和安迪也正庆幸无比，寻路回家。

山姆情绪极端兴奋。他嘴里不可思议地发出种种大喊大叫，整个身子扭动着，做出各式奇怪动作，来表达自己疯狂的喜悦。有时候，他倒骑着马，脸冲着马尾巴和屁股，接着又呐喊一声，一个筋斗翻过来，端坐在马背上，脸上神情肃然，开始高谈阔论般地教训安迪，说他不该大笑，不该出洋相。不久，又抡起胳膊拍打着两肋，一阵阵放声大笑，连路上经过的古老森林也随之轰然作响。他们种种动作，使座下的两匹马全速奔驰。十点到十一点钟的光景，马蹄声在阳台一端的石子路上回荡起来。谢尔比太太飞身来到护栏旁边。

“是你吗，山姆？他们人呢？”

“黑利老爷在酒馆里歇着哩。他太累了，太太。”

“伊丽莎呢，山姆？”

“哦，她已经渡过了约旦河。跟人们说的那样，到了迦南福地。”

“啊，山姆，你说的什么意思？”谢尔比太太倒抽了一口气说。她想到这两句话当中可能包含的意思，差一点昏厥过去。

“噢，太太，主会保护自己孩子的。伊丽莎已经过到了俄亥俄。她干得真漂亮，就好像用双套风火轮车把她载过去一样。”

当着太太的面，山姆的虔诚情绪总是异乎寻常的炽热，而且还能充分利用《圣经》里的比喻和形象。

“上来，山姆，”跟到走廊上来的谢尔比先生说，“上来把太太想

知道的告诉她。你看，你看，艾米莉，”他用一只胳膊挽着她，“你冷得浑身发抖，你也太激动了。”

“激动了？我难道不是个女人——不是个妈妈吗？对这个可怜的姑娘，我们俩在上帝面前难道就没有责任？我的上帝！别让我们承担这种罪名吧。”

“什么罪名，艾米莉？你自己也明白，我们只是做了万不得已的事。”

“可总是有一种可怕的作孽感觉，”谢尔比太太说，“我没办法解脱。”

“喏，安迪，你这个黑小子，别半死不活的，”山姆在走廊下面叫道，“把马牵到谷仓那边去，你没听见老爷的吩咐吗？”说着，山姆手持棕榈叶，出现在客厅门口。

“喂，山姆，一五一十地把事情经过告诉我们，”谢尔比先生说，“你知道伊丽莎在哪儿吗？”

“噢，老爷，我是亲眼看见她踩着浮冰过河的。她过河过得太漂亮啦，简直是个奇迹。我还看见一个男人帮着她走上俄亥俄岸。后来天黑了，我看不到她了。”

“山姆，我看这简直不可思议——这是个奇迹。踩着浮冰过河谈何容易。”谢尔比先生说。

“容易！没有主的保佑，谁也过不去。喏，经过是这样的，”山姆说，“黑利老爷跟我还有安迪，我们来到了河边的酒馆。我骑着马在他们前头一点儿——对于追上伊丽莎，我十分热心，怎么也控制不住自个儿，所以走在前头。我绕过酒馆窗户时，果然清清楚楚看见她在里头。这时他们俩也从后面赶了上来。不巧，我的帽子掉了，于是我大喊了一声——这一喊声连死人也能给喊活过来。伊丽莎当然听到了喊声，她一下子缩回身子去。可黑利老爷进门的时候，告诉你们吧，伊丽莎一闪身从旁门跑了。她走下了河堤，黑利老爷瞧见她，便哇哇大叫。于是，他带着我跟安迪就追过去。她跑到河边，只见岸边一条十英尺宽的激流，往那边看，是来来往往、咔叭咔叭响的冰块，有点像个大冰岛。我们一直来到她后边，我心里捉摸，黑利老爷这下定准能抓住她了。可是，她尖叫了一声——这叫声我从来没有听到过——已经跳过激流，站在了冰块上，接着一边叫一边跳地朝前冲。冰块噼里、啪啦、咕咚、咔嚓地响着！她像头鹿似的向前闯。天哪，叫我说，伊丽莎跳得可真不同一般。”

山姆讲述事情经过时，谢尔比太太坐在那里，一声不吭，紧张得脸上失去了血色。

“赞美上帝，她没有死，”她说，“可这个可怜的孩子现在在哪里呢？”

“主一定会保佑的，”山姆的眼珠虔诚地滚动着，“就像我说的，这是天意，没错儿。太太也一向这么教导我们。无论什么时候，都有执行主的意志的人出现。喏，今天要不是我的话，她会给抓住十好几次了。今儿早上，不是我弄惊了马，让他们一直追到快吃午饭的时候吗？后半晌，不是我让黑利老爷离开大道走了五英里冤枉路吗？要不然，他会跟狗追浣熊一样，抓住伊丽莎，什么事都不用费。这些都是天意呀！”

“你别老是开口天意闭口天意的，山姆师傅。在我的庄园上，我不准跟老爷先生们这么说话。”谢尔比先生在这种场合下，尽量露出严厉的神情，说。

不过，假装跟黑人生气，就跟假装跟孩子生气一样，是毫无用处的。尽管两人竭尽全力，顾左右而言他，却都本能地看清了事情的真相。山姆对于这种训斥，心里一点也不沮丧，但还是装出可怜巴巴而又一本正经的样子，耷拉着嘴角站在那里，仿佛后悔莫及似的。

“老爷说得很对——很对，我真是讨人嫌——这没二话。老爷跟太太自然决不纵容这些做法，这我心里明白。可是碰到黑利老爷这样闹得人家不得安生的人，像我这样的黑人，有时又会不由自主地干出不成体统的事来。他压根儿算不上什么老爷先生。不管是谁，只要有我这样的教养，都会看穿这一点。”

“好啦，山姆，”谢尔比太太说，“你既然对错误有了正确认识，那就去告诉克露婶婶，让她把今天午饭剩下的火腿给你点吃。你和安迪想必肚子饿了。”

“太太的恩情太大了。”山姆欣然鞠躬，离开了客厅。

正如前面所交代的，人们肯定能觉察到，山姆具有一种天生的才能，使他无论遇到发生的什么情况，都能应付自如，利用机会以博得特殊的褒扬和荣耀；若在政治生涯中，这种才能则无疑会使他升迁至赫赫有名的地位。他自信方才在客厅里虔敬忠诚和忍辱负重的表演，一定使老爷太太十分满意，便啪的一声把棕榈叶扣在头上，扬扬自得、自由自在地朝克露婶婶的领地挺进，想在厨房里大大显一显威风。

“现在机会来了，”山姆自言自语，“我要给黑小子们发表一通演说了。天哪，我一定能锦上添花，说得他们目瞪口呆。”

这里必须插上一笔，山姆的一个特殊爱好，是跟随老爷参加各种政治集会。在会场上，他或者趴在围栏篱笆上，或者高踞于树上，观察发表讲演的人。显而易见，他对此道极有兴致。下到地上后，便在因为同一差使而聚集在一起的黑人兄弟们中间，沉着、认真、严肃地模仿那些演讲者令人喷饭的滑稽神色和动作，来训诫他们，取悦他们。一般说来，虽然紧靠他身旁的听众都是清一色的黑人，外边也往往里三层、外三层地围着脸色白皙的白人。他们一边听着，一边哈哈大笑、眉飞色舞，弄得个山姆暗自庆幸自己的巨大成功。实际上，山姆认为讲演是自己的天职，因此，从不放过机会来展示才华。

不过，从古以来，在山姆和克露婶婶之间就存在某种历久不息的旧恨，或者不如说是显而易见的冷漠。可是，由于山姆内心认为，饮食部门显然是他活动的不可或缺的基础，所以在目前情况下，决定采取明显的息事宁人的态度。因为，他十分清楚，“太太的吩咐”虽然会不折不扣地照办，然而能够得到克露婶婶的配合，却使他受益匪浅。于是，他来到克露婶婶面前时，那副逆来顺受、驯服屈从而令人感动的样子，俨然为遭到迫害的同胞受尽了苦楚似的——他大肆渲染，说太太吩咐自己到克露婶婶这里来，看看有什么吃的，喝的，来平衡机体的需要——这样，就明明白白，确认了她在膳食部门，以及一切相关部门的权力和至高无上的地位。

这一计谋取得了相应的成效。山姆师傅用阿谀奉承博得了克露婶婶的欢心。这比竞选政客用备至殷勤，来哄骗纯朴善良、可怜巴巴的选民，更加易如反掌。就算山姆本人是个回头的浪子，也不会赢得这么深沉的慈母般的恩惠，不一会儿，他就高高兴兴、风风光光地坐在了一只大锡盘面前，里面盛着荤素什锦，都是这两三天在餐桌上摆过的美味佳肴。火腿肉啦，切成块的金黄玉米糕啦，难以计数的碎饼块啦，还有鸡翅鸡腿胗肝啦，真可谓五彩纷呈，别具风味。山姆头上歪戴着棕榈叶，欣欣然坐在那里，俨然进食面前这顿美餐的君王一般，同时，赏赐给坐在右首的安迪。

厨房里座无虚席，挤满了住在各个茅屋的同伴。他们急急忙忙赶来，想听一听当天辉煌业绩的结局。于是，这成了山姆得意非凡的时刻。他详细复述了白天的经历。为了加强效果，他还必不可少地使用了各种渲染烘托手法。山姆像所有时髦而又浅薄的文学爱好者一样，决不让一桩故事在他手里失去颜色光彩。对他讲述的故事，人们报以阵阵大笑，连躺在地上和蹲在各处角落的不少孩子，也随之哄笑起来，笑得无止无休。不过，在哄闹达到高潮时，山姆依然不为所动，一本正经，只是间或翻动眼白瞥一眼观众，那眼神稀奇古怪得简直难以言传。但是，山姆却又使他的讲演不失其庄严教诲的崇高。

“你们知道，同胞们，”山姆兴致勃勃地擎着一条火鸡腿，说，“你们明白，我这个人的所作所为，为的是保护你们大伙儿——对，是你们大伙儿。谁要是想抓走我们当中的一个人，就是想抓走咱们大家。论起理来是一样的——是明明白白的。这些奴隶贩子，有谁来到咱们的人当中，东闻闻西嗅嗅，我就是挡头儿。他得跟我打交道——有啥事找我好了，弟兄们——我一定为保卫你们的权利站出来——我要阻挡他们直到最后一口气！”

“哟，可是山姆，今儿早上，你跟我谈过你要帮这个老爷的忙，抓住伊丽莎的。听起来，你的话前言不搭后语。”安迪说。

“我这会儿告诉你，安迪，”山姆以一贯凌驾于一切之上的口吻说，“不懂的事，你还是别唠叨。像你这样的小伙子，心眼倒不赖，可是不能指望你们‘蒙白’采取行动的重大原则。”

一番话，特别是“蒙白”① 这两个深奥的字眼，训斥得安迪羞愧难当。这伙人当中，大部分年轻人都认为这两个字眼解决了问题。山姆继续说道：

“这就是天地良心，安迪。起初，追赶伊丽莎，我当真以为老爷有那个意思，后来发现太太的意思刚好相反，这就更是天地良心——因为，站在太太一边，人们总是得到更多好处——因此，你看，我坚持过两种做法，最终还是坚持天地良心，按原则办事。是啊，原则呀，”山姆使劲抖了抖一只鸡脖子，说，“要是我们前后对不上茬，原则又有什么好的？这我想问问你。喏，安迪，这块骨头给你——啃得还不很干净哩。”

山姆的听众正张着嘴听他讲话，所以他不得不讲下去。

“关于前后对上茬的问题，黑人伙计们，”山姆带着一副探讨深奥问题的神气说，“前后对上茬是大多数人没有看清楚的东西。喏，你们知道，人们说，一个人今儿白天和夜里赞成这件事，可明天又反对这件事——人们自然会这样说——他说话前后不接茬。递给我一块玉米饼，安迪。我们来议论议论这件事吧。希望先生们和女士们原谅我打一个通俗的比方。比方说，我要爬到草垛上头去。我把梯子靠在这边，可上不去，所以，当然就不从这边爬喽。可是我要是把梯子靠到另一边，那是不是前后不接茬？不管梯子放在哪边，我要到草垛上去，前后是接茬的。你们大伙还不明白吗？”

“就只这一件事前后接茬啊，天晓得！”克露婶婶听得心里十分烦躁，嘟嘟囔囔地说。那天晚上的欢乐，对于她，有点像《圣经》里的比喻，是“把醋倒在碱上”②。

“对哇，就是这样，”山姆站起身来，说。他酒足饭饱，出尽风头，努力想结束他的演讲，“我的同胞们，还有各位女士们，我是个

① 这里，山姆故作高深，却把“明白”讹读为“蒙白”。

② 该书《旧约·箴言》意指：当着伤心者寻欢作乐。

讲原则的人，并为此感到骄傲。原则是现时代以及各个时代的前提。我是个讲原则的人，还尽量坚持原则。不论啥事，只要我认为牵涉到原则，就要坚持原则——就是把我活活烧死，也在所不惜——我一定会一直走到火刑柱那里，一定会，还会说：我来到这里流尽最后一滴血，是为了我的原则，我的国家，为了社会的普遍利益。”

“得啦，”克露婶婶说，“你的一条原则是今晚什么时候上床睡觉，别叫大伙儿待到第二天早上。喂，孩子们，你们一个一个最好赶快滚蛋，要是不想挨揍的话。”

“全体黑鬼子们！”山姆温厚地挥舞着棕榈叶，说，“我祝福你们，乖乖地听话，这会儿睡觉去吧。”

随着这句动人的祝福，人群散去了。

第九章　参议员也是血肉之躯

舒适的客厅里，欢乐的炉火照耀在炉前地毯和室内地毯上，在茶杯和擦得锃亮的茶壶外侧，闪烁明灭。约翰·伯德参议员正脱下皮靴，准备穿上漂亮的新拖鞋。这是他妻子玛丽·伯德趁他以参议员身份外出巡视时，为他缝制的。伯德太太喜气洋洋，关照仆人往桌子上端茶倒水，时不时地带着责备的口吻，训斥几个淘气的孩子两声，他们吵吵嚷嚷，蹦蹦跳跳地玩着各种叫不出名堂的恶作剧，这是自人类经历过大洪水以来，一直叫做母亲的大惑不解的事。

“汤姆，别动门把——这才是好小伙子！嘿！玛丽！玛丽！别拽猫尾巴——可怜的猫咪！吉姆，别往饭桌上爬——别爬，别爬！你知道吗，亲爱的，见你今天夜里回来，我们有多高兴吗？”她终于找到了跟丈夫说几句话的间隙。

“是啊，是啊，我只是顺便回家待一夜，舒服舒服。我累死了，头痛得很！”

壁橱虚掩，里面摆着一瓶樟脑。伯德太太朝瓶子瞥了一眼，仿佛要走过去，丈夫却拦住了她。

“别、别，玛丽，用不着吃药！我只要一杯你沏的滚烫的好茶，再过过温馨的家庭生活就行啦。制定法律，真是个叫人厌倦的差使。”

参议员露出了微笑，仿佛想到自己为国家做出了牺牲，而颇为得意。

“好啦，”趁端茶倒水的事不太忙乱时，伯德太太说，“参议院里在做什么？”

矮小温柔的伯德太太生性聪慧，认为自己的事情尚且多得鞭长莫及，所以平日里很少操心参议院里发生的情况。伯德先生觉得蹊跷，于是诧异得睁大眼睛说：

“没什么重要的事。”

“嗯，可是听说他们正在通过一项法令，禁止人们把吃的、喝的送给逃过来的有色人。这是真的吗？听说他们在讨论这么一项法令，不过，我看，没有一个信奉基督的立法机关会通过这项法令！”

“哟，玛丽，你弹指之间变成政治家啦。”

“哪里，你说的什么呀！你们那套政治，一句话，对我根本无所谓，不过，我觉得，这项法令简直太残忍、太不符合基督精神了。我希望根本没有通过这种法令。”

“亲爱的，是通过了一项法令，禁止人们帮助从肯塔基州逃过来的奴隶。那些不顾后果的废奴派做得也太过分了，弄得肯塔基州的兄弟们情绪非常激动。为了平息这种激动。我们州需要采取一下措施。这不仅仅是符合基督精神，也是符合其他精神的事。”

“法令规定了什么？它不禁止我们让这些可怜见儿的人住上一夜，给他点好吃的东西，几件旧衣服，然后让他们悄悄地逃命，是不是？”

“噢，正是禁止这些事，亲爱的。那样做就是包庇和教唆，知道吗？”

伯德太太是个胆小怕事、动不动就红脸的矮小妇人。她大约四英尺高的身材，肤色桃红，蓝色的眼睛透着温柔，说起话来，声音极为柔和甜美。至于胆量，据说一只半大不小的雄火鸡，只要咯咯一叫，就会吓得她溜之乎也；一条没有多大本事的、粗壮的看家狗，只要露出犬牙，就会使她服服帖帖。她整个世界里只有丈夫和儿女。她管辖他们，靠的不是命令或争论，而是央求和劝告。唯独一件事能够唤起她的行动，这同她非同寻常的温和或富有同情心的天性因果相关。不论什么残忍的事情，都会使她十分愤怒。与她生性的温柔大度相比，这更令人诧异和不解。一般而论，她是个最宽容、最容易谅宥孩子的母亲。可是有一回，她看到儿子们跟街坊上几个粗野孩子，联手用石头砸一只无人保护的猫咪，便狠狠责打了他们一顿。直到如今，孩子们还心存敬畏，忘不了这段公案。

“我告诉你怎么着了，”比尔少爷说，“我那会儿心里很害怕。妈妈朝我走过来的那副样子，我简直当是她气疯了。我还没来得及弄清出了什么事，就挨了一顿鞭子，给丢在床上，晚上连饭都没吃。后来，听见妈妈在外边哭，我心里觉得比其他什么事情都难受。告诉你吧，”他说，“打那次起，我们这群男孩子就再也没有拿石头砸过猫咪。”

赶上现在这个场合，伯德太太迅速站起身来，两颊通红，使她相貌好看了不少。她神色坚定，走到丈夫跟前，口吻斩钉截铁地问道：

“喂，约翰，你告诉我，你是不是认为这样一个法令是正确的，符合基督的精神？”

“玛丽，如果我说是这样，你不会开枪打死我吧？”

“我可从来没想到你会这么看，约翰。你没有投票赞成吧？”

“甚至也投了票，我的女政治家。”

“你不嫌害羞，约翰！咳，可怜那些无家可归、无处藏身的人哪！这是一项邪恶无耻的讨厌法令。只要一有机会，我就是砸烂这项法令的人。相信我一定会有机会，一定会有的！饿肚皮的苦人儿，如果只是因为他们是奴隶，一生受到过虐待和压榨，一个女人就不能给他们热饭吃，不能找张床住一宿，那情况就太糟糕了，可怜的人儿呀！”

“可是，玛丽，你听我说。你的心情十分对头，亲爱的，而且很有意思。正因为如此，我才爱你。可是，亲爱的，我们不能放任自己的感情，而放弃权衡判断。你必须考虑到，这不是个私人感情问题。它牵涉到重大的公共利益，而公众的激奋情绪正在高涨，所以必须抛开个人的感情。”

“喏，约翰，我对政治一窍不通，可是能够诵读《圣经》。从《圣经》我明白了：我必须给饥饿的人饭吃，给衣不蔽体的人衣穿，给孤苦伶仃的人安慰。我想按照这本《圣经》说的去做。”

“可是，在某些情况下，你这样做会给公众带来灾难——”

“遵循上帝的话，永远不会给公众带来灾难。我明白这不会带来灾难。按照上帝的话去做，从各方面说，总是最稳妥可靠的。”

“喏，听我说，玛丽，我可以为你提供一个显而易见的论据，来证明——”

“哦，废话，约翰！你就是说一整夜，也证明不了。我来问你，约翰：要是有个饿着肚子、冻得瑟瑟发抖的苦人找上门来，你能因为他是个逃亡奴隶，把他赶出门吗？喏，你能吗？”

如果要说句老实话，那么我们这位参议员不幸得很，他生就一副特别仁慈的心肠，十分平易近人，不论谁落了难，就把他赶出去，并不是他的特长。而在这场争论的特殊关头，对于他更加糟糕的是，妻子了解这一点，并且朝着这个不堪一击的弱点发动了进攻。于是，他采取了平素应付这类场面的拖延时间的办法："咝咝哈哈”一阵之后，又咳嗽几声，最后拿出手帕擦起眼镜来。伯德太太眼见敌手一方没了招架之力，便不顾一切，趁其优势步步紧逼。

“我倒愿意看着你把他赶出去，约翰——我真愿意！比方说，如果风雪中把一个女人撵出门去，或者抓住她把她关进监牢里。这你做不出来吗？干这种事，你才能大显身手哪！”

“这自然是件令人痛心的职责。”伯德先生语气温和地开口答道。

“职责，约翰！快别用这个字眼啦！你心里明白这不是什么职责，也不可能是职责！人们如果想不让自己的奴隶逃跑，得好好待承他们才行——这就是我的信条。假如我有奴隶（但愿永远不会有），我倒想冒冒险，看看他们想不想从我手下逃跑，或者从你手下逃跑，约翰。我告诉你，人们过得快活，是不会逃跑的。要真的跑了，可怜的人们哪！那是因为他们挨够了冻，受够了饿，担够了心，更不用说人人歧视他们啦。不管什么法律不法律的，我多会儿都不会歧视他们。上帝啊，保佑我吧！”

“玛丽，玛丽！亲爱的，让我给你解释一下。”

“我不想听什么解释，约翰——特别是关于这些问题的解释。你们搞政治的人有一种手段，能对一件简单明了的事来回拐弯抹角兜圈子。实际上，连你们自己也不相信这一套。我很了解你的为人，约翰。你跟我一样不相信这一套，也跟我一样干不出这种事来。”

就在这个紧要当口，黑人杂役老卡德乔从门口探进脑袋来，说是希望“太太到厨房里来一下”，我们的参议员这才总算松了口气，望着矮小妻子的身影，眼睛里夹杂着既好笑又好气的怪诞神色。之后，端坐在扶手椅里，开始浏览报纸。

不一会儿，便听到门口传来妻子的声音，语调疾速、热切：“约翰！约翰！你就到这里来一会儿吧。”

他丢下报纸，来到厨房。厨房里出现的那番景象，让他心头一跳，十分吃惊：一个苗条的年轻女人，昏昏沉沉地躺在两把椅子上。她身体冻得僵直，衣衫撕得破碎，划破流血的脚上，长袜已经褪去，一只鞋子也不见了。脸上虽然呈现出受人鄙视的黑种人痕迹，然而，人人都无法不为那悲戚的哀艳所动。她石刻般锐利冷峻的脸庞，一动不动，仿佛死了一样。一阵肃穆的寒战传遍他的全身，他倒吸了口气，默默站在那里。妻子和他们唯一的黑人家奴老黛娜大婶，忙上忙下，正设法让她苏醒过来，老卡德乔把孩子抱在膝头，也忙着脱下他的鞋袜，揉搓着孩子冰冷的一双小脚丫。

“咳，真是怪可怜的！”老黛娜动情地说，“也许是屋子里的热气叫她晕过去的。她刚才进来时，还活蹦乱跳的，问我能不能进来暖和一会儿。可我刚开口问她是打哪儿来的，她就一头晕倒啦。我看，凭她两手的样子看，她压根儿没干过粗活。”

“可怜的人儿！”伯德太太正怀着一腔怜悯说着，只见女人慢慢睁开了大大的黑眼睛，茫然望着伯德太太。突然，她脸上掠过痛苦的神情，猛地站起身来，说：“哦，我的哈利！他们把他抓去了吧？”

听到喊叫，孩子从卡德乔膝头跃下，奔向女人，两只胳膊搂住了她。“哦，他在这儿！他在这儿！”女人大喊起来。

“嗯，太太!”她发疯似的冲伯德太太说，“千万保护保护我们!可别让他们逮住他!”

“在这里，谁也不会伤害你们，可怜见儿的孩子，”伯德太太语带鼓励，“你们什么事都不会出，别怕。”

“愿上帝保佑您!”女人说着用手捂住脸，抽咽起来。见到妈妈哭泣，哈利想挤进她两膝中间。

要说用女人心肠来进行温言劝慰，谁也比不上伯德太太的本事。她费了不少唇舌，女人最后总算平静了一些。于是，在炉火附近的长靠背椅上，为她临时搭起一张床铺。不一会儿，女人抱着孩子沉沉入睡了，孩子也同样疲惫不堪，昏昏大睡起来。当妈妈的焦躁不安，连把孩子从她身边带走的最善意的做法，她都断然拒绝，甚至睡梦之中，也紧紧搂着孩子不放，仿佛即使在昏睡当中，都不可能让她失去戒备，不再搂着孩子。

伯德先生和太太回到客厅。说来奇怪，两人都没有提到刚才的话头。伯德太太只是忙着织毛衣，伯德先生则装出一副正在看报的样子。

“我不知道她到底是谁，是干什么的!”终于伯德先生放下报纸。

“她醒了觉得休息过来一点，我们再说吧。”伯德太太说。

“我说，太太。”伯德先生默默琢磨了一会儿报纸上的内容，说。

“什么事，亲爱的?”

“把你的不管什么衣服放宽了或者什么的，她都穿不进去，是吗?她的身材看起来比你高大多了。”

一丝完全可以察觉的笑意掠过伯德太太的脸。于是她答道：“那看看再说不迟。”

又是一阵沉默，接着伯德先生又开了腔：

“我说，太太!”

“嗯，又有什么事?”

“噢，不是有一件细斜纹布的旧大氅嘛，就是我午睡时，你特意用来盖在我身上的。倒不如索性给了她——她没衣服穿。”

这时，黛娜探头进来，说那女人醒了，要见太太。

伯德先生和太太走进厨房，身后跟着两个年长的男孩。这时，小男孩已妥善安置在床上睡了。

女人这时已经坐在炉火旁边的长靠背椅上，直瞪瞪地望着火苗，神色平静而又伤心，和刚才的痛苦狂乱大异其趣。

“你想见我？”伯德太太语调温和，“希望你现在心情好一些了，可怜的孩子！”

得到的唯一回答是一声颤颤巍巍的长长叹息，不过，那女人还是抬起黑眼睛盯着伯德太太，流露出可怜的乞求神情。小妇人伯德太太不禁潸然泪下。

“你什么都不必害怕，我们在这里是朋友了，可怜的孩子！告诉我你是从哪儿来的，你想干什么？”伯德太太说。

“我从肯塔基州来。”女人说。

“什么时候来的？”伯德先生接下来询问。

“今天夜里。”

“你是怎么过来的？”

“踩着冰块过来的。”

“踩着冰块过来的！”在场的人异口同声。

“是的，”女人说得很慢，“我是这么过来的，上帝保佑我，我是踩着冰块过来的，因为他们在追赶我，紧紧追赶我，没有别的法子呀！”

“老天爷，太太，”卡德乔说，“冰都碎成了一块一块，打着旋儿，在水里上上下下的。”

“这我知道——我明白这一点，”女人急切地说，“可是我过来了！我也没想到我能过来——没想到我竟然能过来，可我不在乎！要是过不来，倒不如死了好。老天爷保佑了我，要是人们不去试试，谁也不知道老天爷能帮助我们多大的忙。”女人眼里闪出了光芒。

“你原先是奴隶吧？”伯德先生问。

“是的，先生，我原是肯塔基州一个人的奴隶。”

“他待承你不好？”

“不，先生，他是个善良的老爷。”

“你家太太待你不好？”

“不，先生——不，我家太太对我一向很好。”

“那么，是什么让你离开一家好人家逃跑，经历这样危险的呢？”

女人抬起头，目光锐利地打量了伯德太太一眼，立即发现她穿着深色丧服。

“夫人，”她突然开口说道，“您失去过孩子吗？”

问得出人意料，在新伤口上又捅了一刀，因为就在一个月之前，这家人才把一个可爱的孩子安葬进坟墓。

伯德先生转过身走到窗前，伯德太太禁不住洒下了眼泪，等语调恢复平静之后，说：

“你干吗要问这个？我的小不点儿死了。”

“那您就一定同情我啦。我死过两个，一个接一个地死了，我出走的时候，都埋在了那里，只剩下一个啦。夜里，我一向跟他睡在一起，他是我的一切。不论白天黑夜，他都是我的安慰和骄傲。可是，夫人，他们想把他从我身边带走，想卖掉他，把他孤苦伶仃地一个人卖到南方去，夫人。他可是个生来没有离开过妈妈的孩子呀！这我受不了，夫人。我明白，要是他们把他卖掉，我是什么事都做得出来的。我听说签了契约，把他卖了的时候，我夜里带着他逃了出来。他们在追赶我——买他的那个家伙，还有老爷的一些人——紧紧跟在我后边，我听见他们的声音。我一下子跳到冰块上，至于怎么过来的，我也说不清。不过，起初我记得，是一个男人扶着我上了岸。”

女人既没抽咽也没哭泣，她已经到了欲哭无泪的地步。可是，周围的每一个人却以自己的独特方式，表露出由衷的同情。

两个男孩拼命地在口袋里摸索着手帕，而当妈妈的知道，他们是永远找不到的。之后，便伤心地扑到妈妈衣裙里抽抽咽咽，尽情地用衣裙擦去眼泪和鼻涕。伯德太太的脸几乎全部掩在手帕里，老黛娜诚实的黑脸膛上泪流成河，一边怀着参加野营福音布道会的激情，大喊：“主啊，可怜可怜我们吧！”老卡德乔也用袖口使劲擦着眼睛，脸上现出种种苦涩的神情，时而也用同样的语调，激动万分地响应着黛娜的哭喊。我们的参议员是位政治家，自然不能期待着他像别的肉眼凡胎一样哭泣。所以，他转身背冲着人们，朝窗外望着，仿佛在忙于清理喉咙，擦拭眼镜，还时不时擤擤鼻子。那模样，要是有什么人挑剔地观察的话，说不定会引起怀疑。

“你怎么竟然还跟我说你有个好东家呢？”他狠劲把顶到嗓子眼儿的东西咽下去，突然转过身来冲那女人喊道。

“因为他的确是个好东家，不论怎么着，我都这样说。而且，太太心肠也好，可他们身不由己呀。他们欠了账，我也说不清楚，不知怎么一来，有个家伙就把他们攥在了手心里，他们不得不顺着他的意思来。我听过他们说话，听见老爷把这件事告诉了太太。太太替我说话求情，可老爷对太太说，他这是没法子的事。而且文书也都拟好了——于是，是我带着孩子离开家，逃了出来。我明白，要是他们办成了这件事，我想活也没有用，因为，这孩子简直就是我的一切。”

“你没有丈夫吗？”

“有，不过他属于另一家人。他东家对他可真狠，几乎从来不让他来看我。他东家对我们越来越狠，还威胁说要把他卖到南边去，看起来我永远见不到他了！”

女人说这番话时，语调十分平静。一个不知内情的人也许会认为，她是个无情无义的人。然而，她那乌黑大眼睛里深嵌着的冷静的痛苦，说明事情远非如此。

“那你打算到哪儿去，我苦命的女人？”伯德太太问。

“但凡我知道怎么走，我就到加拿大去。到加拿大很远吗？”她抬起头望着伯德太太的脸，流露纯朴而又推心置腹的神色。

“可怜见儿的孩子！”伯德太太情不自禁地说。

“想必很远吧？”女人恳切地问道。

“比你想象的远得多，可怜的孩子！”伯德太太说，“不过我们一定会想办法，看能替你干些什么的。喏，黛娜，在你房间里靠厨房的一边，给她搭个铺，我来想想她明天早晨怎么办。这会儿，千万别害怕，苦命的女人，要信赖上帝，他一定会保佑你的。”

伯德太太又同丈夫回到客厅。她在炉火前的小摇椅里坐下来，若有所思地前后摆动着。伯德先生在客厅里大步来回走动，一面自言自语地发着牢骚："哎呀呀！这桩倒霉的事可真棘手！"终于，他大步走到妻子面前，说："听我说，太太，她今天夜里一定得离开这里。那个家伙明天清早就会寻迹来到这里。如果只是那个女人，她倒可以悄悄藏起来，把事情躲过去。可是那个小家伙。我敢保险，就是派一支人马来，也不能叫他鸦雀无声地待着。他一在窗户或门口探头探脑，事情就会全给暴露出来。要是现在在这里捉住他俩，对我来说，事情也糟糕透顶了。不行，他们今天夜里非离开不行。"

"今天夜里！那怎么可能？——又到哪儿去呢？"

"嗯，到哪儿去我很清楚，"参议员一边动手穿靴子，一边若有所思地说。脚伸进去一半，他又停下来，两手捂着膝盖，仿佛陷入了沉思。

"真是件倒霉透顶、棘手难办的事，"最后他说着去系靴带，"的确如此！"穿好一只皮靴之后，参议员拿起了另外一只，又坐在那里冲着地毯上的图案愣怔出神。"说长道短，反正得这么办——管它呢！"说着急忙穿上另一只皮靴，朝窗外看去。

身材矮小的伯德太太是个言行谨慎的女人，生来从未说过："我不是原来就这么跟你说过嘛！"现在，她虽然对丈夫逐渐形成的看法心里十分明白，但还是小心翼翼，不允许自己干扰丈夫的思路，只是静静地坐在椅子里，专候夫君认为合适的时候，说出他的打算。

"你知道，"他说，"我有个老当事人叫范·特伦普，是从肯塔基那边搬来的。他把自己的奴隶都解放了，在此地小河上游七英里的树林里买了一幢住宅，除非专程拜访，没有什么人会到那里去，再说，那地方也不容易一下子找到。在那里，她绝对安全，不过，叫人头痛的是，除了我，今天夜里没人能驾车到那里去。"

"为什么不能？卡德乔驾车很出色呀。"

"咳，咳，问题也在这里，得两次驾车穿过小河，第二次穿过小河时十分危险，除非有人跟我一样熟悉地形。我骑马穿过小河不下一百次了，该在哪里拐弯，知道得一清二楚。所以，你瞧，实在是没法了。今夜十二点，卡德乔得尽量悄不出声地套好马，我再把她送过去。然后，为了掩盖真相，卡德乔还得驾车把我送到前面那家酒馆，好搭早晨三四点钟的驿车到哥伦布①去。这样，别人会以为，我驾马车似乎就是为了搭乘驿车。第二天一大早，我就会开始办公。不过，看看自己的所言所为，总觉得到了那里十分尴尬。可是，这是没法子的事，由它去吧！”

“在这件事情上，约翰，你的心肠要比你的头脑仁慈，”妻子说着把自己的白嫩小手放在丈夫手上，“要是我对你的了解没有你自己更清楚的话，我还能爱上你吗？”矮小的妇人眼里闪着泪花，看起来十分漂亮。参议员心想，确定无疑，自己想必是个聪明人，才博得了这样一个美人的热情倾慕。因此，除了出去认认真真吩咐套车之外，他还能做什么呢？不过，到了门口，他又停了一会儿，然后走回来犹犹豫豫地说：

“玛丽，我不知道你是怎么想的，不过，可怜的小亨利不是还有满满一抽屉衣物嘛。”说着，他疾速转过身，随手把门关上。

妻子打开了连接自己房间的小卧室，把蜡烛放在衣柜上。接着从一个小洞里取出钥匙，若有所思地插进抽屉的锁孔里时，却突然停住了手。这时，两个跟平常男孩子一样紧跟在妈妈屁股后面的男孩子，正站在那里，一声不吭而又意味深长地瞥着她。哦，读到此处的母亲，你家里是否也曾有过一只抽屉或者一只柜子，对你来说，打开它就仿佛打开一座小小的坟墓呢？倘若没有，哦，那你就是个幸福的母亲了。

伯德太太慢慢打开抽屉，里面放着许多各式各样的小外衣，一沓兜肚和一束长袜，甚至还放着一双小鞋，大脚趾处已经磨损发皱，正在一个纸包里往外窥视。里面还有一辆玩具马车、一只陀螺、一个皮球——都是流了不少眼泪经过无数次伤心所收集起来的纪念物！她坐在抽屉旁边，两手支着伏在抽屉上方的头颅哭了起来。泪水滴进了抽屉，接着她突然扬起头来，心急火燎地挑选起最朴素、最有

① 指俄亥俄州首府。

用的衣物，放在一起，包成了一个小包袱。

“妈妈，”其中一个男孩子轻轻碰碰她的胳膊，说，“这些东西要送人吗?”

“我的宝贝孩子们，”她的声调柔和而热切，“要是我们可亲可爱的小亨利，从天堂上往下看的话，他肯定乐意我们这样做的。从心窝里说，我不能把它们送给什么普通人——送给什么幸福的人，可是，我是把东西送给一个妈妈，她比我还难过、还心碎。希望上帝同时送上他的祝福!”

在这个世界上，有一些得到祝福的人，他们的忧伤一跃而成了他人的欢乐；他们尘世的希冀用不少眼泪埋在地下，却变成了鲜花和香脂的种子，疗救凄苦悲痛的人们。坐在烛光旁边、慢慢流泪的这个纤弱的妇人，就是他们中的一个。她正在整理自己死去的儿子的纪念物，准备送给遭到遗弃的流浪者。

过了一会儿，伯德太太又打开一只衣柜，挑出一两件平时穿用的素净衣服，连忙坐在缝纫桌前，旁边放上针、剪和顶针，不声不响做起丈夫建议她做的“放开”的活计，一直忙到屋角那座老钟敲了十二下才罢手。这时只听得门口传来车轮低沉的辚辚声。

“玛丽，”丈夫说着，手里拎一件大衣走进来，“这会儿你得把她叫醒，必须动身啦。”

伯德太太赶忙把挑选出来的各种衣物放进一个普通的小箱子，上了锁，让丈夫派人送到车上去。随后又去叫醒那个女人。不一会儿，那女人披上她救命恩人的大氅，戴好帽子，披上披肩，怀里抱着孩子来到了门口。伯德先生急匆匆让她上了车，伯德太太也紧跟着来到马车梯子旁边。伊丽莎探身车外伸出手来——这只手跟对方回礼伸过来的手一样娇柔漂亮。她大大的黑眼紧盯着伯德太太的脸庞，满含着诚挚，仿佛要说话似的。嘴唇动了一两下，然而却说不出声来，于是便带着叫人永远难以忘怀的神情，用手指着上苍，瘫倒在座位里，双手捂住了脸。门关上之后，马车立即开动前驶。对于一位爱国的参议员，此情此景多么令他尴尬！就在前一个礼拜，他还一直鼓动本州立法机关通过法令，以更严厉地打击黑奴逃犯，以及教唆和窝藏逃奴的犯人！

我们这位出色的参议员，其口才之雄辩，在本州来说，固然无与伦比，即便与华盛顿那些以口若悬河博得不朽声誉的同行相比，也毫不逊色！他双手插进口袋坐在那里，轻蔑地痛斥同行们的感情用事和软弱无力，竟然把几个倒霉逃奴的身家性命放在本州巨大利益之上。那架势真可谓盛气凌人！

有关这类问题，他发起言来犹如一头雄狮，不但自己深信不疑，就是听到他发言的人，也无不为之“折服”。不过，他对逃奴的理解，仅仅局限在表面上，或者充其量不过是报纸上刊登的一小幅手拄拐杖，肩背铺盖的黑人照片，下面署着“登报者逃奴”字样的一个形象而已。至于真实存在的悲惨——哀怜乞求的眼光，软弱无力、颤颤巍巍的手，以及孤苦无助者绝望的哀鸣——所产生的感染力，他却从来没有体味过。他根本没有想象到，逃奴竟然是一个不幸的母亲，竟然是一个无依无靠的孩子，就像这个眼下戴着自己死去的儿子那顶熟悉帽子的孩子一样。因此，我们可怜的参议员既然并非铁石心肠，既然也是一个人，而且是一个地道的情怀高尚的人，那么，一眼便可看出，他的爱国情愫陷入了尴尬的境地。南方各州的好兄弟，你们不必沾沾自喜，认为自己比他高明，因为我们略有所闻，知道处在相同情况下，你们当中有许多人，做得并不比他出色多少。我们有理由相信，与密西西比州一样，在肯塔基州也有心地高尚、胸怀博大的人，他们听到人们遭受苦难的经历，决不会充耳不闻。哦，好心的兄弟，要是你们处在我们的地位，你们勇敢而高尚的心灵，是不会允许你们帮助我们的。难道期冀我们帮助你们，就是公平的吗？

无论怎么说，如果我们善心的参议员在政治上犯了罪的话，那么，那一夜的颠簸苦行也足以洗刷他的罪行了。天阴雨湿，已经持续了好长时间，而人所共知，俄亥俄州那松软肥腴的土壤，又特别适于制造泥浆，再说，那条大道还是旧时的俄亥俄州横木车道。

“请问，这是条什么样的路？”东部来的旅客这样说。在他们脑海里，除了光滑或快捷的铁路，还不习惯于跟横木车道联系起来。

那么，天真的东部朋友，且听在下为你分解。原来，在愚昧的西部地区，泥浆深不见底，道路都是用粗糙的圆木，一根紧挨一根地横排起来修成的。然后再在原来的表面铺上泥土、草皮，以及无论手头能找到的什么东西。于是，欢天喜地的当地人就把这叫作道路，立刻在上面试着赶起车来。随着时间的流逝，雨水把上面所说的草和草皮冲刷得一干二净，圆木也给冲得参差狼藉、犬牙交错、横七竖八，失去了章法，中间还夹杂着黑色泥浆的裂隙和车辙。

我们的参议员就是在这样的道路上颠簸前进。一路上还在可能的情况下，不断思考着道德问题。马车前进的情况大致是这样的：咕隆！咕隆！咕隆！咣当一声，马车陷进了污泥！参议员、女人和孩子猝不及防颠离了座位，东倒西歪撞到朝山坡一侧的车窗上。车子陷在泥里一动不动，只听得卡德乔在车外大声驱赶那两匹马。他变着花样地拉呀扯的却总不奏效，最后，参议员正等得不耐烦时，车子反而颠簸着驶出了泥坑，接着两只前轮又陷进了另一个深渊。这时，参议员、女人和孩子又给震得跌跌撞撞，扑倒在前面座位上。参议员的帽子压扁了，很不雅观地扣在眼睛和鼻子上，心里以为自己已经一命归天。孩子哭叫起来，坐在外面的卡德乔则对着马儿发了一通生动的说教。鞭子不断地噼啪作响，牲口尥着蹶儿，东奔西突，使劲向前拉着。马车又一次颠簸着跃出坑，然而后轮又陷了进去。于是，参议员、女人和孩子又被甩到后座上去。他的胳膊肘碰到了她的帽子，他的帽子却在震荡中飞了出去，被她双脚踩在下面。过了一会儿，“沼泽”总算驶了过去，马儿却停下来，一个劲儿地喘息。参议员这才找到了自己的礼帽，女人也正了正女帽，把孩子哄得止住了哭叫。然后，他们抖擞精神，毅然准备迎击前面即将出现的困难。

有一阵儿，只听得车子断断续续咕隆、咕隆、咕隆地叫着，其间，为了免于单调，还夹杂着一些左右摇晃和剧烈震动。于是，他们暗自庆幸起来，觉得运气毕竟还不那么糟糕透顶。然而，说时迟那时快，他们终于随着一阵剧烈的摇晃，都给抛了起来，然后又迅速摔到座位上。车子戛然而止，外面传来一阵大声吆喝，接着卡德乔出现在车子门口。

“回禀老爷，这个泥坑糟透了，简直没法子把车赶出来，看来得找些木桩啦。”

绝望的参议员走下车子，小心翼翼地寻找着结实的下脚地方。不料，一只脚却陷进深不可测的泥污。他想拔出脚来，结果身体失去了平衡，一下子栽进泥污，又可怜巴巴地让卡德乔把他拉出来。

然而，为了对看官诸君的筋骨一表同情，如此种种，这里不准备详述。不过，西部的游子，只要在夜半时分，兴致勃勃地从人家篱笆上拽下过木桩，来撬出自己陷在泥坑里的马车的话，那就肯定会对我们不幸的英雄寄予敬意和悲怆的同情。但愿他们默默地洒一滴泪水，然后继续行程。

深夜时分，溅满泥浆，到处滴水的马车终于驶过小溪，在一座宽敞的农舍门前停住。

费了不少力气才叫醒了里面的人，那家农舍可尊敬的主人终于出来开了门。他魁梧高大，身体净高六英尺有余，穿一件红色法兰绒猎装，是个暴跳如雷的奥逊①式人物。黄中带红的头发，浓密而又蓬乱，胡子长了好几天也没刮过。这起码来说，使这位高贵的大汉乍看之下，相貌并无惊人之处。他高擎着蜡烛站在门口，惊愕地冲着来客打量了好半天，脸上流露出阴沉迷惑而又令人可笑的神色。为了让他明白事情的原委，我们的参议员颇费了一番唇舌。不过，趁他努力了解情况之际，我们想向看官诸君对他稍作介绍。

原来，诚实的老约翰·范·特伦普过去在肯塔基州是个大地主和奴隶主。“凶狠其外，善良其内”的他，与生俱来就有同他伟岸身躯相媲美的一副高尚、诚恳而又正直的心肠。多年来，他怀着压抑不安的心情，目睹了一个对压迫者和被压迫者同样不利的制度所带来的后果。终于有一天，他那仁慈的胸怀再也无法忍受下去，便从书桌里拿出钱包，过河来到俄亥俄州，把整个乡的四分之一的肥沃

① 法国传奇《范伦丁与奥逊》一书中，粗犷凶悍、大胆而又心细的英雄人物。

良田买了下来。然后，不论男女老幼，给他所有的人颁发了自由证书，让他们打点行装，用车送到那里安家落户。而诚实的特伦普则掉转身来，沿小溪而上，在一个偏僻而舒适的农庄上，过起了问心无愧的宁静生活。

“你就是收容逃避追捕的女奴和孩子的人吗？”参议员开门见山。

“就是我。”诚实的特伦普斩钉截铁地加重了语气，答道。

“我料到是你。”参议员说。

“要是有什么人追来的话，”那好心的汉子挺了挺筋肉结实的高大身躯，说，“那好，我正等着他哪，我有七个儿子，个个都是六英尺高的男子汉，他们也正等着他们哪。请向他们致意，”特伦普说，“告诉他们，什么时候来都行——这对我们都一样。”特伦普说着，用手捋了一下盖在头上的那团乱发，放声大笑起来。

疲劳不堪、精疲力竭的伊丽莎，怀里抱着沉睡的孩子，无精打采地拖着身子来到了门口。莽汉端着蜡烛，凑到她脸前，发出了一声怜悯的叹息，接着打开了他们面前那间大厨房隔壁的小卧室的门，示意她进去。他拿起一支蜡烛，点燃之后放在桌上，这才朝伊丽莎开了腔。

“嗨，我说姑娘，你一点儿都不用怕，谁愿来谁来好了，我都应付得了，”他指着壁炉架上两三支漂亮的步枪，说，“凡是认识我的人，大都明白，要是我不吐口，想从我家里把什么人抓走，那可不是好玩的。现在，睡觉去吧，就跟你妈妈用摇篮摇着你一样乖乖睡吧。”他一边说着，一边带上了门。

“哦，这姑娘可真漂亮，”他冲参议员说，“咳，也是，漂亮的姑娘要是有时重感情的话就是逃跑的最好理由。体面女人都重感情，这我全都明白。”

参议员寥寥几句话，言简意赅地讲述了伊丽莎的经历。

“哎呀！哎呀！竟然有这种遭遇？”诚实的特伦普怜悯地说，“当然！当然啦！这是人的天性。可怜的姑娘像一头小鹿一样，让人追得乱跑——不就是因为有天生的感情，做了当母亲的不得不做的事情嘛！我告诉你说，这些事情，别的先不论，简直叫我想骂娘，”诚实的特伦普说着用长满雀斑的黄色大手背擦了擦眼睛，“告你说，老兄，有好多年我没信教，因为我们那一带的牧师，在传教时说，《圣经》里赞成这种拆散骨肉的做法——他们会认希腊文和希伯来文，我争辩不过他们，所以，连《圣经》什么的，我统统反对，一直没有信教。后来，我碰到了一个牧师，他也懂希腊文那套东西，跟他们旗鼓相当，可说的话刚好相反，于是我真的相信了，便信了教——我是信了教，真格的。”特伦普说话时，一直在起一瓶新鲜苹果酒的瓶塞，说到这个关口，给客人斟了酒。

“你还是在这里过夜，天亮再走吧，”他热情地说，“我去把老伴叫醒，让她立刻给你准备一张床铺。”

“谢谢你，我的好朋友，”参议员说，“可是我还得赶路，坐夜班驿车到哥伦布去。”

“呃！那么好吧。要是你得赶路，那我送你一程，指给你一条岔路。这条路比你们来的那条好走。那条路真难走。”

特伦普穿戴整齐，不一会儿就手提马灯，指点着参议员的车子，朝他家后面一条通向山谷的大道走去。两人分手时，参议员塞到他手里一张十块钱的钞票。

“是给她的。”他简短地说。

“好，好。”特伦普的回答也很简短。

两人于是握手告别而去。

第十章 黑奴起运

二月的那天清早，透过汤姆叔叔小屋的窗户望出去，天空一片灰暗，蒙蒙细雨，淅淅沥沥。人们的脸上也愁眉不展，映衬出他们悲痛的心情。炉火前摆着一张铺着熨衣单子的小桌，一件刚刚熨好的粗糙而洁净的衬衣，挂在炉前的椅背上。克露婶婶又在面前的桌子上摊开了一件衬衣。她小心翼翼地熨平每一个褶缝和贴边，其精细已经近乎于挑剔，还不时抬起手来，擦拭脸上沿两颊滚滚而下的泪水。

汤姆坐在一旁，膝头放着一本打开的《圣经·新约》，用手支着脑袋。然而，两人谁都一声不吭。天色尚早，孩子们都在粗糙的带轮小床上酣睡。

汤姆温情脉脉的对家室的热爱，已经到了无以复加的地步。这也是他们黑种人不幸的特殊之点。这时，他站起身来，悄悄走过去望着孩子们。

“就这一回了。”他说。

克露婶婶没有搭腔，只是在那件粗糙的衬衣上面反复熨烫，而其实衬衣已经再平不过。最后，她终于无望地突然丢下熨斗，坐在桌子旁边，放声大哭起来。

“也许我们得听天由命了，可是救主啊，我怎么能呢？要是我知道你到哪儿去，或者他们怎么待承你就好了！太太说，她要在一两年以后，设法把你赎回来；可是救主啊，凡是到了那边的人，压根儿没人回来过！他们都会给活活折磨死的！我听他们说过，在种植园里，庄园主压榨他们的情况。”

“那边同样有上帝呀，克露，就跟这里一样。”

“哼，就算有吧，”克露婶婶说，“可是上帝有时候会听任可怕的事情发生。这样看来我还是放心不下。”

“我在上帝手心里，”汤姆说，“什么过分的事情，他都不会叫它发生，这是我感谢他的一件事。是我给卖到南边去，不是你，也不是孩子们。你们在这边平平安安的，要出什么事只出在我身上，而且主会保佑我——我知道肯定会。”

哦，勇武、刚强的心灵！压制着自己的悲伤，去抚慰心爱的！汤姆叔叔说话声音浓重顿挫，苦涩哽咽了他的喉咙，然而却说得勇敢而坚定。

“咱们想想得到的恩惠吧。”他又颤颤巍巍地说，仿佛认为必须认真想一想这些恩惠似的。

“恩惠！”克露婶婶说，“在这件事上看不出有什么恩惠！这样做不对头！竟然卖掉了你，这不对头！老爷压根儿不该把事情弄成这个样子，让你去抵债。你给他挣的钱是你身价的两倍还多。他应该给你自由，好多年以前就该给你。也许他是万般无奈，可依我看这不对头。啥也不能不让我这么想。像你这样一个忠心耿耿的人，总是抛开自己的事来考虑他的事，总是把他看得比老婆孩子还重要！把人家的心头上的亲人和骨肉卖掉，来摆脱自己的难事，这种人主会对付他们的！”

“克露！要是你爱我，可别这样说话，这是我们最后一次待在一起了！我告诉你，克露，反对老爷的话，我一句都不想听到。当初，交到我手里时，他不还是个孩子吗？自然，我应该敬重他。不过却不该指望他多么看重我，可怜的汤姆。当老爷的看惯了人们替他们干事，自然不把这些太放在心上。不能指望他们放在心上，绝对不能。把他跟别的老爷们放在一块儿比一比，有谁得到过我这样的待承？有谁过过我这样的日子？更不用说，他要是有前后眼的话，是绝不会叫我摊上这种事情的。我知道他绝对不会。"

"唉，不管怎么说，这事就是有些不对头。"克露婶婶说，在她身上，一种占着支配地位的特点，就是她那顽强的正义感，"我说不清是怎么回事，但就是有不对头的地方，可我说不清楚。"

"你应该向上天的救主祈祷，他主宰万物，没有他的旨意，连只麻雀也掉不下来。"

"这也不会抚慰我的心，不过我看应该这么办，"克露婶婶说，"可是说这顶啥用哪，还是我和些面，烙些玉面饼，好好给你做顿早饭吃吧。谁知道你下顿啥时吃呀。"

为了理解卖到南方去的黑人所经历的苦难，我们必须牢记，在黑人心中，所有天然的感情都特别强烈，他们对家乡的依恋，也十分执着。从天性上讲，他们并非十分大胆而富于冒险精神，而是珍惜家庭，一往情深。加之无知无识对于陌生事物所带来的恐惧，加之被卖到南方去，对于黑人从孩提时代起，就视为最严厉的惩罚，比任何鞭打和拷问更骇人者，莫过于沿河卖到南方去了。我们曾经听到过这种感情的表露，目睹过他们枯坐闲聊，以及讲述"大河下游"的见闻时，所流露出来的毫不掩饰的恐惧。对于他们，"大河下游"是：

那从来不曾有一个旅人回来过的神秘之园。①

有一个在逃到加拿大的黑人中间传教的牧师告诉我们说，不少逃亡者坦然承认，他们是从比较仁慈的东家那里逃出来的，而且，几乎在所有逃亡案例中，他们之所以甘冒逃亡的危险，是他们看到卖到南方的绝望和恐惧使然。对于他们本身，或者对于他们的丈夫、妻子和子女，卖到南方去就是末日的来临。非洲人生来胆怯，善于

① 出自莎士比亚《哈姆雷特》第三幕第一场哈姆雷特的独白，指阴间。汉译引自朱生豪译本。

忍耐而没有冒险精神，同时，也让他们变得英勇无畏，促使他们去忍受冻饿，以及在荒郊野外的种种危险，甚至被重新抓到后所受的更严酷的惩罚。

由于谢尔比太太已经吩咐过，那天早晨克露婶婶不必在上房侍候，因此，简单的早饭这时已热气腾腾地摆在桌上。可怜的女人花费了全部心血来经营这告别宴会。她挑选了最好的鸡，杀了烹煮，按着丈夫的口味，极精细地烙好玉米饼，还从壁炉架上拿出几瓶只有在极为隆重场合才上桌的美味果酱。

“哎呀，皮特，”莫斯得意扬扬地说，“我们这顿早饭简直太棒啦！”说着，一面抓起一块鸡。

冷不防，克露婶婶扇了他一巴掌：“啧、啧，都给我滚过来，吃你可怜的爸爸在家吃的最后一顿早饭吧！”

“哎，克露！”汤姆语气柔和。

“哎，我也是没办法呀。”克露婶婶用围裙把脸捂住，“心里七上八下的，弄得我抬手动脚都窝火。”

孩子们站着一动不动，先看看爸爸，再望望妈妈，而这时，那小不点儿却爬着抓住妈妈的衣服，发号施令般专横地哭叫起来。

“乖乖！”克露婶婶说着，擦擦眼睛，抱起了小不点儿，“我的脾气过去了，我看。吃点东西吧，这可是我最好的鸡呀。来，孩子们，你们也吃点，可怜的孩子。妈妈刚才跟你们发脾气了。”

孩子们不用再劝，便以极高的兴致大吃特吃起来。也幸亏了孩子们吃，不然的话，这顿早饭全家人会动都不动。

“喏，我得收拾你的衣裳了，”早饭后克露婶婶忙忙活活地说，“跟以前一样，他们会把衣服拿跑的，我知道他们的路数，他们又下流又肮脏！喂，你防风湿病的法兰绒衣裳放在了这个角落里，可小心着点穿，没有人再给你做了。这些是旧衬衣，这些是新的。晚上，我给你补好了袜子，补衣裳的线团也放在里面。不过主啊！谁还会替你补衣裳呢？”克露婶婶又一次难过起来，脑袋靠着箱子侧面抽抽咽咽，“真不敢想啊！有病有灾的，也没人伺候你了！我真不想再行好了！”

孩子们把餐桌上的早饭一扫而光之后，也琢磨开了眼前的境况。看到妈妈哭哭啼啼，爸爸脸上悲戚，他们也用手擦着眼睛啜泣起来。汤姆叔叔把小女娃抱在膝头，让她尽情玩耍。她一会抓他的脸，一会儿拽他的头发，还不时发出震耳欲聋的欢叫声，显然是出自她内心的想法。

“嘿，可怜的小东西，你就叫欢吧！”克露婶婶说，“你也会有这一步！你会活着眼睁睁看到自己的丈夫给人卖掉，也许连你自己也给卖了。这两个男孩子，他们出息得有点用的时候，我看一准也会给卖掉。黑人养孩子管个啥用！”

说到这里，一个孩子大叫了一声：“太太来啦！”

“她什么事都管不了，还来干啥？”克露婶婶说。

谢尔比太太走进来，克露婶婶显然是粗鲁生硬的样子，给她搬来一把椅子。太太似乎没有注意到这种举动和态度，苍白的脸上露出了焦虑的神色。

“汤姆，”谢尔比太太说，“我是来——”她突然住了口，紧盯着这默默无语的一家人，坐在椅子上之后，便用手帕捂着脸，抽泣起来。

“老天哪，太太，别这样——别！”克露婶婶说着也号啕大哭了，有好一会儿，他们都哭成了一团。在他们一同挥洒的眼泪中，高贵的和卑微的眼泪中，被压迫者那所有切肤的痛苦和愤怒，统统都消弭殆尽了。哦，探访不幸者的人们，你们可曾知道，你们用金钱所能买到的一切，倘若是冷若冰霜、背着脸施舍予人的话，还不如出于真正的同情所洒的一滴真诚的泪水来得宝贵？

“我的好用人，”谢尔比太太说，“我能给你的东西，对你都没有什么好处。我如果给你钱，也只会叫人拿走。不过，我在上帝面前郑重告诉你，我一定随时打听你的消息，等到有了供我开销的钱，就马上把你赎回来。在这以前，就听信上帝吧！”

这时，只听孩子们高声叫道：“黑利老爷来了。”接着，门便被不客气地一脚踹开。黑利怒气冲冲站在门口，一来是前一天夜里骑马弄得筋疲力尽，二来是没有重新捕获猎物，余怒未消。

“过来,”他说,“你这个黑鬼子,准备停当了吗?您好,太太!”看见谢尔比太太,他摘下了帽子行礼。

克露婶婶合上箱子捆好之后,站起身来狠狠地盯着奴贩,眼泪仿佛猛地化成了颗颗火星。

汤姆驯顺地站起身,把沉重的箱子往肩上一扛,跟着新主人走了。妻子怀里抱着小女娃,陪他朝车子走去,还在哭叫的两个孩子,也尾随在后面。

谢尔比太太走到奴贩面前,想让他耽误一会儿,跟他恳切地谈一谈。太太这样谈话的时候,全家人朝套好了停在门口的车子走去。庄园上一群老老少少簇拥在车子周围,来跟他们的老伙计道别。汤姆一向受到庄园上所有的人敬重,他既是总管,又是基督教的授业者,因此,人们特别是女人们,都对他由衷地同情,悲悲戚戚,溢于言表。

“嘿,克露,你比我们还能忍哪!”一个放声大哭的女人,见到克露婶婶抑郁而平静地站在车子旁边时,说。

“我的眼泪哭干了,”她说,一面冷眼望着往这边走过来的奴贩,“在这个大坏蛋跟前,我不想哭,绝对不哭!”

“上车!”黑利冲着汤姆说。他从那群奴隶中间走过去时,人人都皱起眉头盯着他。

汤姆上车之后,黑利从车座底下掏出一副粗重的脚镣,把他的两只脚踝紧紧铐起来。

一阵压低了的义愤不平的声音,从周围人群中传出来,谢尔比太太站在走廊上说:

“黑利先生,你放心吧,根本用不着这么小心。”

“这我不晓得,太太。我在您这儿跑了一个啦,值五百块钱哪,不敢再冒险啦。”

“太太对他还能指望啥呢?”克露婶婶愤然说。这时,两个男孩子仿佛一下子明白了父亲的命运,都抓住妈妈的衣襟,拼命呜咽呻吟起来。

“我很难过,”汤姆说,“乔治少爷偏偏出门去了。”

乔治到邻近庄园一个伙伴那里去了，可能要在外面逗留两三天。由于凌晨启程，那时汤姆的不幸还没传出来，所以动身时没有听到这个消息。

“替我向乔治少爷问好。”汤姆恳切地说。

黑利扬鞭催马，汤姆一阵风似的让车拉走了。他那悲戚的痴呆目光，死死地盯着熟悉的庄园，直到看不见时，才收了回去。

这当儿，谢尔比先生也不在家。他卖掉汤姆，是因为情况紧迫，不得已而为之。他害怕黑利这个家伙，总想摆脱出来，不让他把自己玩弄于股掌之上。交易拍板之后，他起初觉得如释重负，可是太太的规劝，唤醒了他沉睡着的悔恨之情，加之汤姆的耿直无私，无形中加重了他内心的烦恼。他自言自语地说，自己有权利这么做——人人都在这样做——而且有些人连不得已而为之的借口都没有。然而，这一切都没有用处，他无法使自己的心绪安顿下来。于是，为了回避交货时这令人沮丧的一幕，他暂时躲到乡下去办事，指望回来时一切都将成为过去。

汤姆和黑利一路上风尘仆仆，嘚嘚前进，疾速越过一个个熟悉的地点，直到把庄园园界远远抛在后面，才踏上了开阔的大道。马车行驶了大约一英里，黑利猛然一拉缰绳，马车在一家铁匠铺门前停了下来。黑利拿着一副手铐走进铺子，想让铁匠稍稍改打一下。

“这副铐子对他那大块头儿太小了点。”黑利一面拿出手铐，一面用手指指汤姆。

“老天！那不是谢尔比家的汤姆吗？他不会把他给卖了吧？”铁匠说。

“不，他把他卖啦。”黑利说。

“哦，不会的！什么？真的？”铁匠说，“这有谁能料到呀！我说，你不必这样铐起他来。他这个人可最忠实、最善良——”

“是啊，是啊，”黑利说，“可你的好伙计正是想逃跑的玩意儿。那些笨家伙，根本不在乎到哪里去，那些无能的酒鬼，更是啥也不在乎。他们倒是老贴乎着你，没准儿还喜欢带他们到处转转哩。可是，这些精干的家伙，他们恨这种事恨得要命。没办法，只好把他们铐起来，他们长着腿，想跑就跑，定准是这样。”

“好吧，”铁匠拨拉着工具，说，“我说，南边那些种植园，可不是肯塔基州黑人愿去的地方。他们在那边死得快，对不？”

“噢，对呀，死得是很快，一来由于天气不适，二来由于别的什么原因。他们这么快死了，买卖才火爆啊。”黑利说。

“唉！一个安安稳稳的可爱的好人，跟汤姆一样的好人，到甘蔗园里挨打受气，谁想起来都觉得十分可怜。”

“可是，他的机会不错啊。我答应过好好待承他，给他找一个好人家当家奴。这样，要是他受得了热病和天气的折磨，就会找到黑人连想都不敢想的好差使。”

“他抛下了老婆孩子，对不？”

“对，可是到了那边，他可以再找一个呀。嘿，女人嘛，到处都不缺。”黑利说。

谈话进行的时候，汤姆正悲悲戚戚地坐在铺子外面。突然，他听到背后传来一阵疾速、短促的嘚嘚马蹄声，懵懂之间，乔治少爷已经跳上马车，猛一下抱住他的脖子，尽情地抽泣抱怨起来。

“我就是要说，这件事也太那个了！不论是谁，我才不在乎他们说什么。也真卑鄙、下流、无耻！我要是个大人，他们这样干就不行，绝对不行！”乔治低声怒吼起来。

“哦，乔治少爷！这对我很好！”汤姆说，“临别以前，不看你一眼，我心里受不了。见到你一面，我心里真高兴，说不出的高兴！”说到这里，汤姆身子动了动，乔治的目光落在了脚镣上面。

“真可耻！”他举起双手大声道，“我非把这个老家伙揍趴下不可！”

“哦，千万别，乔治少爷，也别这么大声说话，惹恼了他，对我没什么好处。”

“那好，为了你，我不揍他，可是想一想吧，这种事难道还不可耻？他们压根儿没派人去叫我，也没给我捎个信，要不是汤姆·林肯告诉我，我还不知道哩。我跟你说，在家里我跟他们统统吵翻啦！”

“恐怕这样不对，乔治少爷。”

“可我办不到！我看这件事太可耻了！瞧这里，汤姆叔叔，”他转过身子背冲着铁匠铺，神秘兮兮地说，“我把我那块银元给你带来了。”

“可我不能要你的钱，乔治少爷，无论怎样都不能要！”汤姆十分动情。

“可是，你得非要不可！”乔治说，“喏，我告诉过克露婶婶，说要给你这块银元，她劝我在中间钻个眼儿，穿上线，挂在你脖子上，不让人看见，不然的话，这个下流坯子会拿走的。告诉你，汤姆，我真想把他揍扁，来消消我心里的怒气！”

“别，别这样，乔治少爷，这样做对我没有什么好处。”

“那好，看在你的份儿上，不揍他了，”乔治一面说，一面忙着把那块银元挂到汤姆脖子上，“唉，唉，把衣服扣严，保存着银元吧。每当你看到它时，都要牢记：我会来找你，把你赎回去的。我和克露婶婶谈论过这件事。我叫她别怕，由我来操办；要是我父亲不干，我就死缠住他不放。”

“噢！乔治少爷，可不敢这样谈论你父亲啊！”

“老天，汤姆叔叔，我的话一点恶意也没有。”

“喏，乔治少爷，”汤姆说，“你得学乖，当个好男儿，要记住，有多少人把希望寄托在你身上啊。要永远亲近你妈妈，不要染上那些坏习惯，像别的男孩子那样，长大了就不理会妈妈了。我跟你说，乔治少爷，上帝赐给我们的许多好东西，是给了再给，而赐给我们母亲，却只给一次。你就是活到一百岁，乔治少爷，也永远看不到第二个这样的女人。所以，要亲近她，长大成人以后，叫她得到安慰，这才是我的好孩子——你一定做得到，对吗？”

“对，我做得到。”乔治一本正经地说。

“还有，说话要检点，乔治少爷。男孩子到了你这个年纪，往往由着劲儿使性子，这在他们是自然的事情。可是，真正的堂堂绅士——我希望你当个堂堂绅士——对父母永远不会吐出半个不敬的字眼来。你没生气吧，乔治少爷？”

"没有，真的没有生气，汤姆叔叔，你的规劝总是为着我好哇。"

"我比你年纪大，这你知道，"汤姆粗大有力的手抚摸着孩子纤细的鬈发，说话的语气却像女人一般柔和，"我看到了你身上所有的长处。乔治少爷，你哪一样都不缺：有学问，又能读书写字，还有不少优越条件，长大了一定是个了不起的、有学问的好人。在庄园上，所有的人，还有你父母，都会为你感到骄傲！像你爸爸那样，做个好东家，像你妈妈那样，当个好基督徒吧。年轻时候，就不要忘记造物主，乔治少爷。"

"我一定当真学好，汤姆叔叔，你放心，"乔治说，"我要做个出类拔萃的人，这你可别灰心。我还要叫你回到庄园上来。今天早上我跟克露婶婶说过，等我长大成人，我要翻盖你的房子，让你有一间铺着地毯的客厅。哦，你还会有好日子过哩！"

这时，黑利手里拿着手铐，来到了门口。

"我说，先生，"乔治跳下车子，倨傲凛然地说，"你这样待承汤姆叔叔，我要让我父母知道！"

"那请便。"奴贩说。

"这一辈子倒卖男女黑奴，把他们像牲口一样用链子拴起来，也该感到羞耻了！你难道不觉得下作？"乔治说。

"只要你们那些大人先生要买人口，我就跟他们没啥两样，"黑利说，"卖比买下作不到哪里去！"

"我长大以后，绝不买卖人口，"乔治说，"这年月，当个肯塔基人，我觉得羞辱。以前，我还总是为这点感到骄傲哪。"乔治端坐在马上，环顾四周，那神情仿佛认为他的观点给全州的人留下了深刻印象。

"好吧，再见啦，汤姆叔叔，要坚强一些。"乔治说。

"再见，乔治少爷。"汤姆疼爱而赞羡地望着他，说。"愿全能的上帝赐福给你！哦，在肯塔基州，像你这样的人真是太少了！"当那张率真的、孩子气的脸庞在视线中消逝的时候，他怀着汹涌起伏的心情，说。乔治远去了，汤姆还在眺望，一直到他那嘚嘚马蹄声归于寂静，一直到家乡那最后的声响或景象消逝。然而，在汤姆的胸口，还有一处热乎乎的地方，那就是乔治的小手挂上那块珍贵银元的地方。

“喏，你听着，汤姆，”黑利走到车边，把手铐丢进去后，说，“我打算一开头儿就好好待承你，我对黑鬼子一向都是这样。你听我说，首先，你对我老实，我才会对你公道。我对黑鬼子，从来不会手狠，总是尽我的力量，对他们好一点。喏，给我老老实实地待着，别玩什么花招，你心里明白，黑鬼子不管玩什么花招，我都能对付，这一点用也不管。要是黑鬼子安安静静的，不想逃跑，那在我手里还有好日子过；要是不，得，那不是我的错，只能怨他们自己。”

汤姆让黑利放心，说他目前根本没有逃跑的打算。实际上，对于一个脚上套着粗大脚镣的人来说，这种告诫完全是多余的。然而，黑利先生已经养成了一种习惯，每当他开始与自己库存的黑奴打交道时，总要稍稍作一番这类告诫。他认为，这样可以促使黑奴变得高兴一些，增强他们的信心，以避免出现不愉快的情形。

写到这里，我们暂且按下汤姆不表，回过头来追叙一下故事中其他人物的遭遇。

第十一章　黑奴的非分之想

一个细雨蒙蒙的傍晚，一位旅客在肯塔基州 N 村一家乡村小旅店门前，跃身下了马车。在酒吧间里，他看到一群聚集在一起的各色人等，都是由于天气恶劣躲进来避雨的，于是房间里呈现出在这种情况下，人们相逢所常有的一番景象。一些身材高大、瘦骨嶙峋的肯塔基人，身着猎装，以其特有的闲适和懒散，手足四仰八叉，占去了好大一块地方。房间的一角，步枪叠架在一起；周围角落里，堆放着子弹袋和猎物袋，加上猎狗和小黑奴，乱成一团。而这就是这一景象当中极突出的特点。壁炉两侧，坐着两位长腿绅士，头戴礼帽，椅子后仰，沾满泥浆的靴跟凛然跷在壁炉架上小憩——诸位看官听了：原来在西部酒店里，盛行着沉思的风气，而这种姿势有利于沉思，因此，不少旅客显然偏爱这一能提高悟性的特殊姿势。

站在柜台后面的店主，像自己的大多数同胞一样，也身材颀长，心地善良，手脚笨拙，脑袋上偌大一团头发，外加一顶高筒礼帽。

实际上，屋里面人人都头戴这样一顶礼帽，象征着至高无上的男子汉大丈夫气概。无论是毡帽也好，滑腻的水獭帽也好，还是精致的新帽子也好，都高踞于人们头上，显示出名副其实的共和独立精神。从本质上说，每顶帽子还代表了每个人的不同特点。有的随随便便把帽子歪戴一边——这是些快活、幽默、无忧无虑的人；有的独出心裁，把帽檐压在鼻子上——这是些生性精细、难以对付的人，他们乐意的时候，就戴上帽子，而且愿意怎么戴就怎么戴；还有的把帽子远远地扣到后脑勺上——这是些头脑清醒、想把眼前的东西看个一清二楚的人；还有的粗枝大叶，不知道或不在乎怎么个戴法，因此，帽子在头上东倒西歪、摇摇晃晃。这些如此等等的戴法，实在是像研究莎士比亚那样的一门深奥学问。

有好几个黑人，光着膀子，穿着宽大的裤子，正在屋子里东奔西走地忙。他们虽然异口同声，表示愿意为店主和顾客的利益效劳，然而，除了把一切搅得一塌糊涂之外，什么特别的事情都干不好。此外，在画面之中，还可见到一团噼啪作响、欢腾嬉戏的炉火，正沿着宽阔的大烟囱，欢快地奔腾而上。旅店外面的门和所有窗户，统统大敞四开，印花布窗帘，在潮湿、阴冷的狂风中，呼啦呼啦地飘扬摇曳。加上这些，你就会领略到肯塔基旅店里欢腾热闹的景象了。

今天的肯塔基人，是证明本能和癖好遗传学说的出色标本。他们的父辈都是非凡的猎手，住在森林里，以星为烛，睡在自由广阔的天幕之下。因此，直到今天，他们的子孙后代，还总是把房子当成帐篷，无论什么时候，都戴着帽子，跌跌撞撞地走来走去，像父辈在青草地上打滚，把脚放在树木上那样，把脚跷在椅子背或壁炉架上。也无论天热天冷，总是开着门窗，让他们宽阔的肺部得到足够的空气，总是带着一丝亲昵，把什么人都称作“老兄”。总而言之，他们是世上最坦诚、最随和、最快活的人。

我们的这位旅客就来到了这样一群自由自在的人中间。矮小粗壮的他，衣着讲究，一张圆脸透出和善，从外表看去，是个小心翼翼而又有些挑剔的老绅士。他十分爱惜自己的提包和雨伞，亲手拿了进来，有几个仆役想代劳接过去，他都执拗地一一谢绝。焦虑地环顾酒吧间之后，他便带着那些宝贝，退避到一个最暖和的角落，把宝贝放在椅子下面，坐了下来，一面还十分惊恐地望着用靴跟来说明壁炉架用途的可敬的高个儿汉子。只见他，正左右开弓，不断吐痰，那勇气和劲头，足以令胆怯而有洁癖的绅士们惊讶不已。

“哎呀，老兄，你好啊?”刚才提到的那个汉子一面说，一面朝新来的老绅士吐出一口烟草汁，以此表示敬意。

“很好，我看。”老绅士答道，同时惊恐地躲避着给他面子的那口来势凶猛的烟草汁。

“有什么消息?”高个儿汉子从口袋里掏出一大把烟叶和一把大猎刀，说。

“没听到什么消息。”老绅士说道。

“嚼烟草吗?”最早发话的汉子说，一边把一块烟叶递给老绅士，脸上流露出友好的神色。

“不嚼，谢谢你。我嚼不惯烟叶。”老绅士躲闪着说。

“嚼不惯，噢?”那汉子随随便便地问道，同时把那小块烟叶丢进嘴里，以便不断地提供烟草汁，让同伴们普遍受益。

每当那位高个儿仁兄朝老绅士开火时，后者都不免胆战心惊。让老绅士察觉之后，那汉子调转炮口，对准另一方向，接着便以足可攻城略地的军事才能，朝一根火棍猛烈进攻。

“那是什么?”老绅士见人群中有些人团团簇拥在一大张告示前，不由问道。

“是通缉黑奴的。”其中一个人简短地答道。

原来，这位老绅士就是威尔逊先生。他站起身来，仔细整理一下提包和雨伞，慢条斯理地拿出眼镜，架在鼻子上。之后，去看告示，只见上面写着：

> 敬告人之混血黑奴乔治在逃。该黑奴身高六英尺，头发黄褐卷曲，系肤色白皙之混血儿；生性机敏，谈锋颇健，能读书撰文，极有可能冒充白人逃跑。然，其肩背均有深创疤痕，右手烙以字母 H。
>
> 凡将其活捉或确证其已死亡者，一律赏洋四百元。

老绅士把告示从头到尾低声念了一遍，仿佛在琢磨着它的含义。方才表过，那位长腿老战士一直在围攻火棍。这时，他放下笨重的长腿，挺直腰板，走到告示前面，慢腾腾地把一大口烟草汁吐在上面。

“这就是我对那件事的看法！”他说得简单扼要，接着又坐下来。

“我说，老兄，这何苦来？”店主说。

“要是那个写告示的人在眼前，我会朝他脸上吐，”大汉说着，又重新干起切烟叶的活计，“不管是谁，要是有这么个黑奴，又找不到待承他的好办法，跑了活该。这样的告示，真叫肯塔基州丢人现眼！有人想知道的话，这就是我的全部看法！”

“是啊，这倒是实话。”店主一边说，一边记下了一笔账。

“我有一群黑奴，先生，”大汉重又对火棍发起了攻击，“可我只是对他们说：‘伙计们，’我说，‘逃跑吧！溜吧！撒丫子吧！什么时候愿意跑都成！我压根儿不去追你们！’这就是我管理黑奴的办法。叫他们知道什么时候跑，都随他们的便，这倒叫他们死了逃跑的心思。更绝的是，我还给他们准备了自由证书，备了案，为的是我一旦给人杀了不好办。这他们也清楚。我告诉你，老兄，在我们那一带，谁也没有我从黑奴身上搞到的好处多。这不，有好多次，我的黑奴赶着值五百块钱的马驹子到辛辛那提去，出手以后，给我分文不差地带回钱来。他应该这么干，这合情合理。把他当狗看，他们就有狗的德行，狗的作为；把他们当人看，他们就有人的德行。”诚实的奴隶主说得高兴，又朝壁炉放了一声精彩的礼炮，来证明这种道德感情的合理。

“叫我说，你做得完全正确，朋友，”威尔逊先生说，“告示上说的那个黑奴，是个好仆人，这没错儿。他在我的麻袋工厂里给我干了五六年活，是我最好的人手，先生。他还是个机灵鬼，发明了一架洗麻机——是架很有价值的机器，不少工厂都采用了。他的东家还攥着机器的专利权哩。”

“我敢说，”大汉说，“他攥着专利权，用它可以赚钱，可反过来，又给人家右手上烙了字。我要逮住机会，也会在他身上烙个字，让他带着烙印待一会儿。”

“这些机灵的黑奴总是冒失无礼，叫人恼火，”房间另一侧一个面相粗俗的人说，“所以才叫人家揍他们，烙上字。要是他们规规矩矩的，就不会了。”

“也就是说，上帝把他们造成了人，就难以把他们挤对成野兽。”大汉冷冷地说。

“聪明的黑奴对东家没什么好处。”那人继续说道。他十分粗鄙，体会不到自己的愚钝，所以对对手的轻蔑，根本没有察觉，“要是你自个儿派不上用场的话，那么，有本事什么的又有什么用？哼！他们的本事全用在骗你上面了。这样的黑奴，我有过一两个，都叫我卖到南边去啦。我明白，他们早早晚晚会跑掉的。”

“你最好给上帝送张订单，给你订做一批完全没有灵魂的黑奴。”大汉说。

这时，一辆轻便小马车来到旅店，打断了他们的谈话。马车外表很时髦，上坐一位衣冠楚楚、绅士模样的人，由一个黑奴驾着车。

所有的人都兴致勃勃，打量着新来的人。下雨的日子，无事闲逛的那些人，通常都这样打量新来的客人。只见那人，高挑的个头，皮肤发黑，像个西班牙人，一双能传情达意的黑眼睛，还有一头紧贴头皮的黑色鬈发，油光可鉴。他那端正的鹰钩鼻子、扁平嘴唇，以及匀称的四肢和令人艳羡的翩翩风度，立刻给众人留下了深刻印象，认为此君不同寻常。他镇定自若地走进旅店，朝侍役点点头，示意他皮箱放在什么地方，然后朝人们鞠躬行礼，手里拿着礼帽，从容不迫地朝酒吧走去，接着自报家门：谢尔比郡奥克兰镇人氏亨利·勃特勒。随即，又不动声色地转身走到告示前面，看了一遍。

“吉姆，”他冲侍役说，“在北边伯南旅店，我们遇见的那个黑人，跟这人有点相仿，对不对？”

“对，老爷，”吉姆说，“只是说不准手上烙字了没有。”

“嗯，当然啦，我也没看过。”说着，陌生人不经意地打了个呵欠。然后，他走到店主面前，让他准备个单间，因为自己要马上写点东西。

店主百依百顺领了命，当即大约六七个黑人——有老的、也有少的，有男的、也有女的，有矮的、也有高的——便一窝鹧鸪似的飞奔起来。他们出自给老爷准备房间的热情，风风火火，手忙脚乱，一会儿我踩了你的脚，一会儿你撞了我个满怀。这当儿，陌生人却安然坐在屋子中央的一把椅子上，与邻座的那人交谈起来。

从陌生人踏进门槛起，制造商威尔逊先生就以忐忑的神情望着来人，心里又好奇又不安。他似乎自己在什么地方见过这个人，而且还十分熟悉，然而记不起来了。来人的言语举动和声音笑貌，每每叫他心里咯噔一下，不由紧紧盯着那人，当那双明亮的黑眼睛冷漠地与他对视时，他立即将目光收回来。终于，他似乎顿时恍然大悟，记了起来，不由得露出诧异和惊恐神色，望着陌生人，一面朝他走过去。

“是威尔逊先生吧，”那人用刚刚认出他的口吻说，一面伸出手来，“恕我眼拙，刚才没认出来。我看你还记得我——谢尔比郡奥克兰镇的勃特勒先生。”

“记——得，先生。”威尔逊先生像在说梦话。

就在这当儿，一个黑奴进来禀报：“老爷的房间已经安排就绪。”

“吉姆，看着箱子，”那人不理不睬地吩咐了一句，又对威尔逊先生说，“我想就生意上的事跟你谈一会儿，到我屋里来，请。”

威尔逊先生梦游似的跟着他走进楼上一个宽敞房间。里面，新生起的炉火噼噼啪啪，几个仆役飞也似的穿梭来往，正在做扫尾的活计。一切布置停当，仆役离去之后，年轻人慢悠悠地锁好门，把钥匙放进口袋，接着转过脸，两手交叉在胸前，面对面望着威尔逊先生。

“乔治①！”威尔逊先生说。

“不错，是我。”年轻人答道。

“我简直难以相信！”

“看来我化妆得不错，”年轻人微笑起来，“一点核桃树汁，就把我黄色的皮肤染成了体面的褐色。另外，我还把头发染黑了，这样，你看，我就跟告示上说的人大不相符了。”

“哦，乔治！可你玩的这套把戏很危险啊。在我是不会让你这么

① 这里指乔治·哈利斯。

干的。”

“一人做事一人当嘛。”乔治还是那样骄傲地微笑着。

我想顺便提一笔，乔治从父亲一方说，是白人血统。他的母亲却是个身遭不幸的黑种女子，由于长得天生丽质，成了主子泄欲的奴隶，生下了一群不知父亲是谁的子女。从肯塔基州一家望族那里，乔治继承了欧洲人的美轮美奂的相貌，还有一颗桀骜不驯的心灵。从母亲那里，他得到只是混血儿的浅黑肤色，不过，配上那双神采奕奕的黑眼睛，也就足以弥补这点缺陷了。因此，稍稍改变皮肤和头发颜色，就把他变幻成了眼前这副西班牙人模样。加之，举止潇洒、风度翩翩，于他一向是极为自然的，所以，装扮成他大胆冒充的这个角色——绅士携仆出游的角色来，是不费举手之劳的。

威尔逊先生这位心地善良，却又异常谨小慎微的老绅士，在房间里迈着方步，走来走去，那样子诚如约翰·班扬所说："像怀里揣着一只小鹿，心头突突直跳。"他想帮乔治一把，可同时又有一种维护法律和秩序的杂乱想法，让他举棋不定。终于，他一边蹒跚地走着，一边发表了如下看法：

“嗯，乔治，我看你是想逃跑——丢开你的合法主人，乔治。这我并不觉得奇怪。可同时我很难过，乔治——是的，非常非常难过——我觉得我不得不这样说，乔治——我有责任这样说。”

“难过什么，先生？”乔治镇定自若。

“哦，可以说是，眼睁睁看着你违抗你的国家的法律。”

“我的国家？”乔治痛心疾首，大大加重了语气，“我有什么国家，我只有坟墓，但愿上帝这就把我埋进坟里去！”

“噢，乔治，不——不——不能这样。这么说罪过，违背了《圣经》上的教导。乔治，你东家心狠手辣，这没错儿——还有，他自己干的事儿应该受到谴责——我也无法替他辩解。可是你知道，天使让夏甲回到她主母那里去，帖服在她的手下①；圣徒也打发阿尼西

① 见《旧约·创世记》第十六章，耶和华的使者劝抛弃自己主母的夏甲，回到主母那里去，重新侍奉主母。

母回到他主人家去。①”

“别给我这样引用《圣经》啦，威尔逊先生，”乔治目光炯炯，“别来这一套！我老婆信基督教，只要我能到达目的地，我也打算信教。然而给一个处于我这种情况下的人引用《圣经》，反而足以叫他一股脑儿抛弃基督教。我要向万能的上帝申冤——把我的冤案交给他来裁判，问问他，我寻求自由是不是做错了。”

“有这些义愤之情再自然不过，”善良的老绅士抽咽着鼻子说，“是啊，合情合理，可我不能纵容这些情绪，这是我的义务。不错，孩子，我替你难过，你的处境很糟糕——糟糕透顶。可是圣徒说：‘人人都必须对自己的处境心安理得。’② 大伙儿都必须遵从上帝的旨意，乔治——难道你不明白？”

乔治昂首挺立，双臂紧紧抱在宽阔的胸脯上，嘴唇扭动着浮现出一丝苦笑。

“威尔逊先生，假使印第安人来了，把你当成犯人，把你从老婆孩子那里逮走，让你今生今世给他们去锄玉米地，我不晓得你是不是还觉得，自己有义务‘对自己的处境心安理得’？我倒觉得，只要你能找到一匹走失的马，那就是上帝的旨意，对不对？”

听了这番描绘，矮小的老绅士不由得瞠目结舌起来。他虽然算不上个雄辩家，但心里也明白，在这个问题上，连逻辑学家也难望其项背。因此，无话可说之际，也就缄口不语，只是站在那里小心翼翼地抚弄着雨伞，把上面的所有皱折都伸开抚平，一边泛泛而论地规劝着。

“我说，乔治，你明白我一直是你的好朋友，无论我说过什么话，都是为了你好。可这会儿，你冒的风险太大了，计划不可能全部实现。如果你给逮住的话，情况会比以往糟糕得多。他们会虐待

① 见《新约·腓利门书》，圣徒保罗令其子回归从前的主人腓利门，请求后者收留他。

② 见《旧约·出埃及记》第十六章第二十九节。原译为“各人要住在自己的地方”。此处故姑译如上，以求文意贯通。

你，弄得你半死不活，然后把你沿河卖到南方去。”

“这我都清楚，威尔逊先生，”乔治说，“我是在冒险，可是——”他猛地解开大衣，露出了两把手枪和一柄长猎刀。“哼!”他说，“我正等着他们哪！我说什么也不到南边去。绝不去！要是到了那一步，我就给自己找一块起码六英尺的净土。这将是我从生到死在肯塔基州拥有的土地了。”

“不，乔治，这种心思太可怕，真是顾前不顾后了。乔治，我为你担心，去破坏你的国家的法律。”

“又是我的国家！你有国家，威尔逊先生，可我，或者像我这样奴隶生、奴隶养的人，还能谈到什么国家？对于我们来说，还有什么法律？法律，不是我们制定的，我们不赞成这些法律，我们跟法律没有任何关系。对于我们，法律只是压榨我们，让我们低三下四。难道我没有听到过你们那些7月4日的演说吗？你们不是一年一次地告诉我们，说政府的权力来自被治理者的许可吗？听到这种说法的人，难道没有脑子吗？难道不会把桩桩事情摆在一起，悟出其中的奥妙吗？”

威尔逊先生的脑筋若有一比，可以比作一包棉花：细细软软、模模糊糊、稀里糊涂，但又不乏善意，这倒是没有什么不恰当的地方。打心眼儿里说，他的确同情乔治，对乔治那令他痛心的情绪，也依稀有所了解。然而，他还是认为，继续坚韧不拔地劝他向善，依旧是他的责任。

“你说得不对头，乔治。你瞧，作为朋友，我不得不告诉你，千万别产生这些想法。这不对头，乔治，对于像你这样的年轻人，十分不对头。”接着，他在一张桌子旁边坐下来，紧张不安地咬起伞柄。

“我说，威尔逊先生，”乔治走上前，决然在他对面坐下来，说，“现在，请看着我。我坐在你面前，无论从什么方面说，难道不是完全跟你一样，也是个人吗？看看我的脸，看看我的手，再看看我身上，”年轻人骄傲地挺起胸膛，“我跟别人一样，可为什么不算人？喏，威尔逊先生，请你听我讲一讲。我有一个身为肯塔基州乡绅的父亲，可他并不把我放在心上，所以，他死的时候，为了抵偿庄园的债务，就把我跟他的狗和马一起出了手。我亲眼见到地方官拍卖我母亲，身边带着七个孩子。当着她的面，孩子们一个个卖给了不同的东家，而我是最小的一个。她走过来跪在老东家脚下，乞求他把我们母子买下来，这样起码有一个孩子待在她身边。可他却用沉重的皮靴踢她，这我亲眼见到过。我给拴到马脖子上，准备运回他的庄园时，临别我听到了她的呻吟和哭叫。”

“那后来呢?”

“后来，东家从一个人手里把我大姐买了过来。她是个虔诚的好姑娘，加入了浸礼教派，长得跟我可怜的母亲一样漂亮，既有教养，又仪态万千。起初，东家把她买下我很高兴，因为一个亲人来到了我身边。可过了不久，我就为这事伤心难过起来。先生，因为我站在东家门口听到了她在里面遭到鞭打的声音。那时，每一记鞭子都好像打在我的心坎上，要帮她一把，我又无能为力。先生，她之所以遭到鞭笞，是因为她想过体面的基督徒的生活，而你们的法律是不允许当奴隶的女孩子过这种生活的。最后，我看见她跟奴贩的黑奴拴在一起，送到新奥尔良去拍卖。原因不是别的，就因为这个。从此她就杳无音信。咳，我在漫长的年月里长大了，没爹没娘没有姐妹，没有一个人关心我，我连条狗都不如，所得到的只是鞭笞、斥责和饥饿。因为，先生，我当时饿得连抢到块他们丢给狗的骨头都高兴。然而，我小时候整宿不合眼地哭叫，并不是由于挨饿，也不是由于遭到鞭打。不是，先生，是由于想我的母亲和姐妹，因为，在这个世界上，我没有一个亲人疼爱我了。我从来不知道宁静和舒适的滋味。在来你工厂干活以前，我没听到过一句温存的言语。威尔逊先生，你待承我很好，鼓励我向上、读书写字，让我做个有用的人，上帝知道我对此多么感激！后来，先生，我有了家室，你见过我妻子，你知道她多么漂亮。我发现她爱我的时候，我跟她结婚的时候，我真幸福，简直不相信我还活在世上。而且，先生，她不但相貌美丽，而且生性善良。然而现在她在哪？现在，哼，东家来到工厂里把我带走了，把我从朋友和我所喜欢的所有人那里带走了，然后把我踏在脚下折磨我。为了什么哪？他说，因为我忘了自己是谁，他还说要教训教训我，让我明白自己只不过是个黑鬼子！到头来，他最后又要破坏我们的夫妻关系，说什么我非得丢开她、跟另一个女人过不可。这一切都是你们的法律，给了他这样做的权力，而不怕受到天谴或众怒。威尔逊先生，瞧瞧这一切吧！所有这些使我母亲、我姐姐、我妻子和我自己伤心的事情，件件桩桩都是你们的法律，纵容授权他们在肯塔基州干的，谁也不敢说个不字。先生，这就是你所说的我的国家的法律？先生，我什么国家都没有，正如我没有父亲一样。不过我会有的。对你们的国家，我什么要求都没有，只求它别来干涉我的行动，让我平平安安地离开它。等我到达加拿大——那里的法律将承认我、保护我——的时候，那里将成为我的国家，我也愿意服从那里的法律。可是，如果有谁胆敢来阻挠我，那让他留点神，因为我已经无所顾虑，誓为自由战斗到最后一息。你说过，你们的父辈就是这样做的，那么，如果他们做得正确，在我也是正确的。”

乔治慷慨陈词，有时坐在桌旁，有时站起来在房间踱步，一双热泪盈眶的眼睛，目光炯炯有神，同时还配合着绝望的手势。一席话，使心地善良的老者实在于心不忍，掏出一块黄色的丝织大手帕，用力擦起脸来。

“让他们统统见鬼去吧！”他突然破口大骂，“我不是常常这样说嘛——这群下地狱的畜生！我实在不想骂人。好吧！走吧，乔治，远走高飞吧！不过，要当心些，孩子，千万别伤害人，乔治，除非——嗯——最好别开枪，我看。起码来说，我不忍伤害别人，这你清楚。你妻子在哪儿，乔治？”他补充了一句，一面焦虑不安地站起来，在房间里踱着步子。

“逃跑啦，先生，抱着孩子逃跑啦，天晓得她这会儿在哪里。她是朝北斗星的方向跑的。今生今世，什么时候团圆，在哪儿团圆，就难说啦。”

“不可能！从这样一个善良人家逃跑，简直叫人震惊！”

“善良人家容易欠债，而我们国家的法律又允许他们卖掉妈妈怀里的孩子来抵东家的债。”乔治愤愤不平。

“咳、咳，”诚实的先者在口袋里摸索着，说，“我看，也许我违背了自己的原则——去他的吧，我就是要违背自己的原则！”他又突然补充道，“喏，乔治。”他从钱包里掏出一沓钞票，递给乔治。

“不，善良好心的先生，”乔治说，“你已经帮了很大忙，这样会连累你。你看，我身上带着钱，够我的盘缠。”

“不，你得收下，乔治。钱到哪里都有用，只要是正正经经挣来的，再多也不算多。收下吧，收下吧，孩子！”

“那我就收下了，先生，不过有一样，日后我得还给你。”乔治拿起了那笔钱。

“喏，乔治，你这样出门在外还要多长时间？我希望别太长了，走得也别太远了。装扮得不错，可太大胆了。而这个黑人是谁？”

“是个可靠的人，他一年多前到了加拿大。可是到了那边以后，听说东家发现他逃走，大发雷霆，不断鞭打他可怜的老母亲。于是，他一路回来安慰她，想趁机把她带走。”

“带走了吗？”

“还没有。他近来一直在庄园附近侦察，还没遇上机会。这会儿，他先陪我到俄亥俄州去，把我交给帮过他忙的朋友，然后返回来接他母亲。”

“危险，太危险啦！”老者说。

乔治昂首挺胸，不屑地笑了。

老绅士迷惑不解，从头到脚打量着他。

“乔治，不知怎么回事，你变得不同寻常了。你扬着脑袋，一言一行都换了个人。”威尔逊先生说。

“因为我是个自由人啦！”乔治不无自豪，“是的，先生，我不会再叫什么人老爷了。我自由啦！”

“可要加小心！逮住逮不住你，还没准儿。”

“事情要是到了那一步，那么，在阴间，人人就都自由平等了，威尔逊先生。”乔治说。

“你的大胆，真叫我万分惊异！”威尔逊先生说，“竟敢闯到最近的旅店里来！”

“威尔逊先生，是太大胆了。不过，正是因为旅店离得很近，人们才压根儿想不到。他们肯定会到前头找我，你自己也没认出我来呀。吉姆东家不住在本郡，这一带没人认识他。再说，他东家已认了倒霉，没人追捕他，而且我想，谁也不会凭着一纸告示认出我来。”

“可你手上的烙印怎么办？”

乔治摘下手套，手上露出刚刚愈合的伤疤。

“这是哈利斯先生临别留下的，以表示对我的关心，”他轻蔑地说，“半个月以前，他忽发奇想，给我留下了这个标志，因为，他说他自己猜想，终有一天，我会逃跑的。听来也真有意思，对不对？”他说着又戴上手套。

“想到你的处境和你冒的各种危险，我真的心惊肉跳啊！”威尔逊先生说。

“多少年来，我都是在心惊肉跳中讨生活，威尔逊先生，可眼下，我的血却在沸腾。”乔治说。

“嗯，好心的先生，”一阵沉默之后，乔治接着又说，“刚才我知道你认出了我，觉得必须跟你谈一谈，不然的话，你脸上吃惊的样子，会暴露我的身份。明天一早，天不亮我就离开这里，希望明天夜里在俄亥俄州，平安无事地睡一觉。我想白天赶路，在上等旅馆里歇脚，跟州里的大人先生们一起吃饭。所以，再见吧，先生，如果听到人们抓到了我，你就会知道那也就是我的死期。”

乔治岩石般巍然站起来伸出手，那神情颇似王孙公子。矮小但又友善的老者由衷地握住手，一再道了当心之后，拿起雨伞，蹒蹒跚跚走了出去。

老者关门之后，乔治站在那里，若有所思地望着房门，脑海里似乎闪现出了一个念头，于是便急忙走过去，打开门，说：

“威尔逊先生，再跟你说句话。”

老绅士又走进屋。乔治像方才那样锁好门，心中犹犹豫豫，望着地板站了一会儿。终于，他鼓了鼓勇气，抬起头来。

“威尔逊先生，从你如何对待我当中，你自己体现了基督徒的仁慈，还有件小事，想托付给你这位善心的基督徒。”

“说吧，乔治。”

“是这样，先生。你说对了，我冒的险很大，人世上谁也不在乎我的死活，”他粗声粗气十分吃力地补充道，“我会像狗一样给人踢出去埋了，第二天，人们便会丢在脑后。只有我那可怜的妻子，那没福分的人才会悲痛欲绝呀！威尔逊先生，拜托你把这只小别针捎给她吧。这是她给我的圣诞礼物，可怜的姑娘！把这个交给她，告诉她我永远永远爱她。这行吗？这行吗？”他恳切地补充道。

“行，不成问题，可怜的人儿！”老绅士接过别针，眼里含着泪花，悲怆的声音颤颤巍巍。

“就告诉她一件事，”乔治说，“她如果办得到的话，我最后的心愿就是劝她到加拿大去。无论太太对她多么仁慈，也无论她多么爱这个家，求她千万别回头，因为当奴隶的结局永远是悲惨的。告诉她，把我们的孩子培养成一个自由人，那样，就不会像我这样受苦了。把这层意思告诉她，威尔逊先生，好吗？”

“好的，乔治，我告诉她。不过，我相信你绝不会死，振作起来，你是个勇敢的人。信赖上帝吧，乔治。我打心里祝愿你一路平安。这是我唯一能做到的事。”

“难道还有可以信赖的上帝？”乔治的语调嫉愤而绝望，猛然间使老绅士无言以对，“哦，我这一辈子，经历的事情不少，可都叫我相信，上帝不可能存在。不过，你们基督徒不明白，这些事情对我们意味着什么。你们是有个上帝，可我们有吗？”

“哦，别——快别这样说，孩子！”老者说着话，几乎抽泣起来，“快别这么想！有上帝，是有上帝。虽然他身边笼罩着阴云和黑暗，可是正义和公正却栖身于他的宝座。上帝存在，乔治，要相信这一点。我敢说，你只要信赖他，他一定保佑你。天下的事都能得到补救，今生不成，还有来世。”

纯朴的老者说话的时候，自己那真实的虔敬和仁慈，一时间使他平添了高尚和威严。乔治停下脚步，不再在房间里走动，站在那里，有一会儿陷入沉思，尔后安详地说：

“你对我说这些话，我真感激你，好朋友。我要好好考虑考虑。”

第十二章　合法交易例选

在拉玛听见号啕痛哭的声音，是拉结哭她女儿，不肯受安慰，因为他们都不在了。①

黑利和汤姆坐着马车，摇摇晃晃前行，一时间，各自都陷入了沉思。看官，两个人并肩坐在一起沉思冥想，难道不是件奇妙的事情？两人坐在同一个座位上，面部表情和动作一模一样，在眼前掠过的景物又毫无二致；然而，我们发现，同样是在沉思默想，但其所想却又千差万别，这好不叫人惊叹！

就拿黑利先生来说吧。他首先想到的是，汤姆四肢多长，肩膀多宽，身材多高；如果养得肥肥胖胖带到市场上，不知价钱能卖多少。接着想到怎样充实这批黑奴的数量，以及想象中充实进来的男女黑奴和儿童，他们的身价各是多少，还有生意上的其他类似问题。然后他想到了他自己，觉得自己可谓仁至义尽，别人都是用链子把“黑鬼子们”手脚捆起来，而他却只用了脚镣，只要汤姆老实识相，就让他的两手得到自由。他想到人们生来多么忘恩负义，就连汤姆

① 见《旧约·耶利米书》第三十一章第十五节。

对他的仁慈能否感恩戴德，也有怀疑的余地，不由得长长叹息一声。以前，他自己宠爱的“黑鬼子”愚弄过他，可是他仍然保持着一副菩萨心肠，想到这里，又不禁十分惊诧！

至于汤姆叔叔呢，他在琢磨着一本过时的古书里说的话。这些话不停地一遍又一遍浮现于他的脑际：“我们在这里本没有长存的城，乃是寻求那将来的城。① 所以上帝被称为我们的上帝，并不以为耻，因为他已经给我们预备了一座城。”② 那本古书主要是由一些“愚昧的无知无识的人”撰写的，可是，不知为什么，这些话却从古至今，对于像汤姆这样纯朴的可怜人的心灵，具有一种奇异的力量。这些话深深地唤醒灵魂，号角般地在原来绝望的黑暗之处，激发出勇气、力量和热情。

黑利先生从口袋里掏出各种报纸，聚精会神、兴致勃勃地看起了上面的广告。他读书看报，并不特别流利，习惯于背书似的小声诵读，以便让耳朵证实眼睛的推论正确与否。他正是用这种语调，慢慢诵读出下面这样一段话：

> 遗嘱执行人拍卖黑奴！兹获法院批准，定于2月20日星期二在肯塔基州华盛顿城法院门前拍卖下列黑奴：哈佳，六十岁；约翰，三十岁；本恩，二十一岁；索尔，二十五岁；阿尔伯特，十四岁。谨代表杰西·布拉契福德先生财产之债权人及继承人的利益，届时进行拍卖。
>
> 遗嘱执行人：
> 萨缪尔·莫里斯
> 托马斯·弗林特

“这我得去瞧瞧。”由于找不到人谈话，他只好冲汤姆说。

---

① 见《新约·希伯来书》第十三章第十四节。

② 同上书，第十一章第十六节。

“你瞧，我打算弄一批出色的奴隶，跟你一块儿带到南边去，汤姆，只要有好伙伴，你的日子就会过得快活，再者也有人来往了，明白不？我们先得赶到华盛顿城去，以后我就把你们关进大牢，自个儿去做生意。”

汤姆俯首帖耳，听了这一令人愉快的消息，只是心里纳闷，这些苦命的人，不知有多少有妻子和儿女。他们离开时，是否同他一样感到伤心。不过，说实在的，听到黑利无意之中草率说出来要把他关进监狱的消息，汤姆心里极为不快，因为，这个苦命人一向严格自律，在生活道路上，忠厚老实，富有正义感，并以此感到自豪。是的，我们必须承认，汤姆颇以自己的忠诚老实自豪。可怜的人，他没有多少别的东西能感到自豪了！倘若他在社会上处于较高的地位，那么，也许他永远不会沦落到这种地步。且说那一日，天色渐渐晚了，黄昏时分，黑利和汤姆两人，在华盛顿城舒舒服服安顿下来，不过，一个住在旅馆里，另一个住在监狱里。

第二天七点钟光景，法院门前的台阶周围，聚集起了混杂的一群人，其中，有的抽烟，有的嚼烟草，有的吐痰，有的骂街，也有的聊天，总之，正各得其好，各得其所地等候拍卖开始。拍卖的男男女女在另一个地方坐在一起，也在低声细语地交谈。广告上说的那个叫哈佳的女人，从相貌和体态上衡量，是个纯粹的非洲人。她也许只有六十岁，但是由于劳动繁重和疾病缠身，显得更苍老些；而且，一只眼已经失明，风湿病也闹得她走路都有点瘸。身旁，站着一个十四岁的小家伙，模样聪明伶俐，是她剩下的唯一一个儿子阿尔伯特。这孩子是她一大群儿女当中仅存的一个，其他儿女都陆陆续续给卖到南方的一个市场，离开了她。母亲颤颤巍巍，用手搂住孩子，每当有人过来端详孩子，她都惊恐不安，眼睛盯着来人。

“别怕，哈佳大婶，”他们中年龄最大的那个男奴说，“这件事我跟托马斯老爷提到过，他说可以想想办法，把你们娘儿俩一块卖出去。”

“千万别觉得我老不中用了，”她抬起战栗的双手，说，“我还能做饭，能擦地板，还有洗洗刷刷什么的。要是价钱便宜，买了我值得。跟他们说说——你跟他们说说去。”她又恳切地说。

黑利来到这群人当中，走到那个男奴面前，掰开他的嘴，往里面看看，摸摸他的牙齿，又让他站起来，先直起身子，再往后弯腰，还叫他伸胳膊曲臂，试试肌肉的力量，然后走到下一个黑奴面前，照方才的样子，检查测试了一番，最后，他走到孩子面前，摸摸他的胳膊，让他伸开手看看手指头，又让他跳了跳，看看他的灵活程度。

“不买我，他就不能卖！”老妇人心急如焚，“他跟我一块儿卖。我还挺结实，老爷，能干不少的活儿——不少的活儿，老爷。”

“在种植园里？”黑利不屑地看了她一眼，说，“这话说得好！”此刻，他仿佛查看得心满意足，便走了出来，双手插在口袋里，嘴里叼着雪茄，礼帽扣在脑袋一边，四处望着，准备开始采取行动。

“觉得他们怎么样？”一个男人问道。黑利察看黑奴时，他一直注视着黑利的行动，仿佛要在黑利察看完毕时，自己再拿主意。

“嗯，”黑利吐了一口痰，说，“我打算把年轻点儿的跟那个孩子买下来。”

“他们想把孩子跟那老婆子一块出手哩。”那汉子说。

“这就难啦！我说，她只剩下了一把老骨头，不值钱。”

“那你不想买？”汉子又问。

“谁要买谁是个傻瓜。她眼又瞎，背又驼，还害着风湿病，呆了呱唧的。”

“有的人单买老家伙。他们跟别人想法不一样，说别瞅着老，其实还能干几年活。”汉子若有所思。

“说下大天来我也不买，”黑利说，“给我饶上也不要。其实，我看过了。”

“哎，不把她跟她儿子买下来，可真叫人可怜。她好像怪心疼他似的——大概他们会把他们一块便宜卖的。”

“有钱愿意那么花，蛮好嘛。我是买那孩子在种植园干活的，我可管不了那老婆子，管不了，就算白给也不要。”黑利说。

“她一准儿会大闹一场的。”汉子又说。

“没错儿，她会。”黑利一副冷冰冰的口气。

这时，看热闹的人群当中，一阵喧哗忙乱，谈话到此为止。五短身材、手忙脚乱而志得意满的拍卖商，用胳膊肘捣着，挤进了人群。老妇人不由倒吸了一口冷气，下意识地抓住了儿子。

“紧靠着妈妈，阿尔伯特，靠紧点儿——他们会把咱俩一块卖掉。”她说。

“噢，妈妈，就怕他们不这样。”孩子说。

“不见得吧，孩子。要是他们不这样，我可怎么活？”老妇人心里七上八下。

拍卖商声音洪亮，高叫着让人们闪开路，同时宣布拍卖即将开始。人们很快让出了一块地方，竞价接着开始。名单上列着的几个男奴，迅即以高价落槌成交，说明市场活跃，需求很大，其中有两个让黑利买了去。

“过来，孩子，”拍卖商用木槌碰了碰孩子，“上去，叫人瞧瞧你手脚多么活泛。”

“把俺俩放在一块儿吧，放在一块儿吧——求您了，老爷。”老妇人紧紧搂着孩子不放。

“滚开，”拍卖商粗鲁地把她的手推开，“末了才轮到你。喏，小黑鬼儿，跳上去。”说着，他一下子把孩子推上拍卖台，只听得背后响起一声悲痛深沉的呻吟。孩子停了停脚步，朝身后望了望，然而，没有时间逗留了，他抹去晶莹大眼睛里的泪水，霎时间跳到台上。

孩子容光焕发、身材匀称、四肢灵活，上台之后立即引发了一场竞争，五六个报价同时传进拍卖人的耳鼓。他听着此起彼伏的竞价聒噪，心里焦急不安，又惊又吓，脑袋摆动着四下观望。最后，一锤定音，黑利买到了他。他让人推下拍卖台，朝新主人走去，中途略停片刻，回头望着自己可怜的老母亲，只见她四肢发抖，朝他伸出来的双手，也战栗不止。

“把我也买下吧，老爷，看在仁慈上帝的份儿上！买下我，要不，我就活不成了！”

“就是我买了你，你也活不成，麻烦就麻烦在这里，”黑利说，

“不行!”接着，转身扬长而去。

竞价可怜的老妇人，是拍卖的结尾。方才同黑利交谈的那大汉，似乎不无恻隐之心，用低廉价钱买下了她。随之，人群渐渐散去。

成为拍卖牺牲品的黑奴，多年来是在同一地方成长起来的。这时，都簇拥在绝望的老妈妈身边，她那切肤之痛，谁见了都会为之唏嘘。

“他们一个孩子都不能给我留?老爷总是说，我可以留一个的，他是这样说过。”她用心碎的语调，一遍又一遍地念叨着。

“信赖上帝吧，哈佳大婶。”最年长的黑奴悲悲戚戚地说。

“这有啥好处?”她尽情地抽泣着说。

“妈妈，妈妈，别哭!别哭!”孩子说，“听人们说，你找到了一个好东家。”

“我才不在乎——我才不管这一套哪!哦，阿尔伯特!噢，我的孩子!你是我唯一一个孩子了。老天，我怎能不伤心?”

“咄，把她轰走!你们就没人把她轰走?”黑利语气生硬，“叫她这样闹下去没好处。”

于是，那群黑奴当中年老的男奴，便半解劝半强迫地让可怜绝望的妇人松开了拉着儿子的手。领着她朝新东家的马车走去的时候，他们还尽力劝慰她。

“好啦!”黑利说道。他把新买的三个黑奴推搡到一起，掏出一捆手铐，戴在他们手腕上，又把每副手铐拴在一条铁链上，然后赶起马车，向前朝监狱驶去。

几天之后，黑利就带着他的货物，稳稳坐上了俄亥俄州的一艘轮船。这批奴隶只是开头的底货，轮船航行期间，这批货物还要增加几个不同货色，都是黑利或他的经纪人，在沿途各码头替他寄存的。

“美丽河”号，是在与它同名的那条河①里航行过的最雄威壮观的轮船。此刻，天空艳丽，轮船正欢快地顺流而下。自由美国的星

① 指俄亥俄河。按：印第安语意为“美丽”。

条旗在空中飞舞飘扬，护栏边，聚集着一群衣着考究的绅士淑女，正在船上漫步，享受那秀色可餐的美景。船上的人，个个朝气蓬勃、喜气洋洋，只有黑利那批奴隶，只有同其他货物一起放在下面甲板上，坐成一圈儿，低声交谈的奴隶，不知何故，才对给予他们的种种特权，仿佛并不领情感激。

“伙计们，”黑利意气风发走过来，“我看别垂头丧气的，高兴一点。喏，别阴沉着脸，明白不？坚强起来，伙计们！你们待我好，我也待你们好。”

被称作伙计们的奴隶，异口同声地应声说道：“是的，老爷。”这种应对，多少年来，已经成了不幸非洲人的口头禅。然而，必须承认，他们看起来并不特别高兴，心里偏偏都在思念自己再也见不到的妻子、母亲、姊妹和儿女，虽说“抢夺他们的，叫他作乐”①，也不是一下子就能成为事实的。

“我要了老婆，”货物标签上标着“约翰，三十岁”的奴隶，说着把戴手铐的手放上汤姆膝头，“这事她一点都不知道，可怜的女人！”

“她住哪儿？”汤姆问。

“住在离这儿不远的一个旅店里，”约翰说，“但愿今生能再见上她一面。”他又补充道。

可怜的约翰！想再见上一面不是人之常情嘛！他说着说着，仿佛白人一样，不禁潸然泪下。汤姆心头酸楚楚的，长出了一口气，接着无可奈何地想宽慰宽慰他。

这时，头顶上方的客舱里，正坐着一些父母和夫妇，快乐得手舞足蹈的孩子们，许多只小蝴蝶似的，在他们中间穿来穿去，一切都那么舒适和无忧无虑。

“哦，妈妈，”一个刚从下层甲板爬上来的男孩说，“船上有个奴隶贩子，他带了四五个黑奴在下边儿。”

“可怜见儿的人！”母亲说。那语调中夹杂着忧伤和义愤。

---

① 见《旧约·诗篇》第一百三十七篇第三节。

"什么事?"另一位夫人问。

"下面有几个可怜的奴隶。"母亲说。

"他们还戴着链子哩。"男孩说。

"竟然能有这种事，简直是我们国家的耻辱!"另一位夫人说。

"哎，这个问题真是公说公有理婆说婆有理呀。"一个时髦的女人说。她正坐在特等客舱门口做针线，年纪不大的儿女围着她嬉戏，"我到南边去过，依我看，不得不说那边的黑奴，这样比得到自由日子过得还好。"

"在某些方面，有些黑奴日子过得是不错，我承认，"时髦女人对答话的夫人说，"在我看来，奴隶制最可怕的地方，是对奴隶感情的蹂躏，比方说拆散人家的骨肉什么的。"

"那自然非常糟糕，"另外那位夫人说，一面拿起自己刚刚做好的婴儿衣服，仔细端量着上面的锦物，"不过，并不常有这种事吧，我看。"

"哦，常有这种事。"第一位夫人急切地说，"我在肯塔基和弗吉尼亚两个州住过多年，这种事见得太多了，叫人心里不好受。太太，假设你的两个孩子让人抢走卖了，你心里会怎么样?"

"你不能拿我们的感情跟这类人相比呀。"对方说，一边在膝头挑选毛线。

"说真的，太太，如果你这么个说法，那你就无法理解他们，"第一位夫人激动地说，"我就是在他们中间出生长大的。我清楚他们的感情跟我们一样敏锐，也许更敏锐一些。"

对方应了一声"真的吗?"便打了个呵欠，朝客舱窗外眺望起来，最后，作为结束语，又把开头那句话重复了一遍，"说到底我还是认为，他们这样比得到自由日子过得还好。"

"非洲人应当做奴做仆，应当做人下人，这毫无疑问是上天的旨意，"一个身着黑色道袍、绅士模样的牧师，坐在客舱门口，煞有介事地说，"《圣经》上说，'迦南当受诅咒，必作奴仆的奴仆。'"①

---

① 见《旧约·创世记》第九章第二十五节。

“我说，老兄，这句经文是这个意思吗？”站在旁边的一个高个子男人问。

“这当然喽！远在许多世纪以前，由于不可泄露的天机，上帝突发奇想，决定让黑种人永远受到奴役束缚，我们是绝对不能违抗这些意旨的。”

“如果这是天道的话，”高个子说，“那好，我们就一个劲儿地去收买黑人吧，对不对，先生？”他转过身对黑利说。黑利双手插进口袋，站在火炉旁边，一直在仔细地听他们说话。

“是的，”高个子接着说下去，“我们人人都必须顺应天命。黑人让人出卖，运来载去，寄人篱下，活该！那是他们前生注定的。这种看法听上去倒很新鲜，是不是，老兄？”他问黑利。

“我压根儿没想过这个，”黑利说，“我自个儿可说不出这种话，没有学问哪。我干这一行，也不还是为了糊口混饭吃；要是不对头，那我就立地放下屠刀好了。”

“可现在你自己用不着费这份心思了，对不？”高个子说，“你看，懂得经文好处有多大！如果你像这位好心的人一样，研读过《圣经》，就会很早懂得了这一点，那得少费多少心思呀！你只消说一句‘什么什么当受诅咒’——那是什么名字来着？——于是，一切都顺理成章了。”原来，此君不是别人，正是我们在肯塔基州旅店向诸位看官引荐过的那位诚实的奴隶主①。他说完之后，便坐下来开始抽烟，不动声色的扁长脸上，浮现出诡谲的微笑。

这当儿，一位面露睿智、颇富同情心的青年，高挑个头，瘦削身材，插进来开了腔。他背诵道：“‘所以无论何事，你们愿意人怎样待你们，你们也要怎样待人。’② 我看，”他又补充道，“这跟‘迦南当受诅咒’一样，都是经文呀。”

“是啊，对我们这样无知无识的人，”奴隶主约翰说，“这句经文也同样明白易懂啊。”说完，约翰继续喷云吐雾地抽烟。

---

① 按：此处指威尔逊先生。

② 见《新约·马太福音》第七章第十二节。

那青年顿了顿，仿佛还想说什么，突然，轮船停止了航行，船上的人像往常那样倾巢而出，看看船究竟在什么地方靠了岸。

“他俩都是牧师？”往外走的时候，约翰问一个旅客道。

那人点了点头。

轮船靠岸以后，只见一个黑种女人疯狂似的跳上跳板穿过人群，飞身奔到奴隶们坐的地方，上前抱住了那个货物标签上标着“约翰，三十岁”的苦命奴隶，叫了声“丈夫”，便抽抽搭搭，涕泪横流。

这里的隐情无须多表！因为，这类令人肝肠寸断的事情，弱者化为齑粉，强者得利得益的事情，听到得太多了，每天都能听到，无须多讲了！这类事情人们天天讲述，也在上帝的耳畔讲述，可是，虽然上帝并非耳聋，但他却长期缄默不语。

方才宣讲人道和上帝事业的那个青年，这时正抱着双臂，目睹这一幕的发生。他转过身来，见黑利正在身边。“我的朋友，”他声音浓重地说，“你怎么能够，而且你怎么敢于做这种买卖？瞧瞧这些可怜的人吧！就拿我来说吧，我心里很高兴，因为我要回家，回到妻子孩子身边去。这铃声是带我与他们团聚的信号，可这同样的铃声却是使这对可怜夫妻永远分离的信号。你记着，上帝为此一定会审判你的。”

奴贩一语不发，转身走了。

“喂，我说，”奴隶主碰了碰黑利的胳膊肘，“牧师也不一样，对吗？说‘迦南当受诅咒’的那位，好像跟这位说的不符，对吗？”

黑利不安地吼叫了一声。

“这还没完呢，”约翰说，“也许将来有一天，你到上帝那里去交割的时候，上帝也会不依不饶。我看，咱们大伙都有这一天。”

黑利满腹狐疑，走到轮船另一头。

“要是往后一两批奴隶，我能好好赚大钱，”他心里思忖，“我看该洗手不干了，真太危险啦。”于是，他掏出钱包算起账来。算账，这是不少大人先生们发现的专治良心不安的特效良药，黑利也不例外。

轮船傲然驶离了河岸，一切又重归于方才的怡然自得。男人聊天的聊天，闲逛的闲逛，抽烟看报的抽烟看报。女人做着针线活，孩子们玩起了游戏。轮船继续向前航行。

这一日，轮船在肯塔基州一个小镇抛锚片刻，黑利上岸到镇上谈一笔小买卖去了。

汤姆虽然戴着镣铐，但还能稍微在附近转一转。这时，他走到了轮船舷边，无精打采，站在那里朝栏杆外面眺望。不一会儿，他瞥见奴贩健步如飞，带着一个怀抱小孩的黑种女人。正往回赶。那女人穿得十分体面，一个手提小箱的黑种男人跟在她后面。她一边走，一边兴冲冲地跟替她提箱子的男人说着话，穿过跳板走上船来。起锚铃声一响，蒸汽机嘶鸣起来，引擎咳嗽似的呻吟着，于是轮船启动，沿河顺流驶去。

那女人在下层甲板的箱子和棉花包中间向前走去，然后坐下来，嗷、嗷、嗷地哄起了孩子。

黑利在船上转了一两圈，接着，走过去坐在女人身边，不动声色地低声给她说着什么事情。

汤姆望见，女人脸上霎时浓云密布，急速地回答着黑利的话，一副愤愤然的样子。

“我才不信——我才不信哩！”汤姆听见她说，“你这是骗我。”

“要是你不信，就看着这个，”黑利掏出一张纸，“这是卖身契，上面还有你东家的亲笔签名，我付的全部是现洋，给你说实话——这还有什么说的？”

“我不信老爷会这样骗我，不可能真有这么回事！”女人益发激动不安。

“你可以问问这里的人，只要识字的谁都行！”他冲一个刚好路过的人说，“你给念念这个字据，好吗，我告诉了这个女人实情，可她愣是不信。”

“噢，这是约翰·弗斯迪克签名的卖身契，”那人说，“把一个叫露茜的女人和孩子卖给了你。我看，上面写得清清楚楚哇。”

女人愤怒地叫喊，在她身旁招来一大群人，奴贩简洁地向大家讲了来龙去脉。

“老爷跟我说，他把我雇出去了，要我到路易斯维尔去，在我丈夫干活的旅店里当厨子。这是老爷亲口给我说的，我不信他会骗我。”

“可他把你卖啦，可怜的妇人，确确实实卖啦，”一个善相的男人看了卖身契之后说，“他把你卖啦，一点儿不错。”

“那么，再说也就没用了，”女人突然变得十分平静，紧紧抱着孩子坐在自己箱子上，然后转过身去，无精打采地望着河水发呆。

“到底开窍了！”黑利说，“我看女人家就是了不起。”

轮船继续朝前航行，女人心里似乎十分平静。一阵美妙爽人的夏日和风，仿佛怀着恻隐之心的神仙，吹拂着她的脸庞。而这和煦的微风却从不想知道，它所拂弄的，是黑色脸庞还是白色脸庞。女人眼前只见阳光在水面明灭闪烁，泛起金黄色涟漪，耳畔从四周传来人们交谈的欢声笑语，兴高采烈，怡然自得，而她的心里，却仿佛压上了石头，沉甸甸的。孩子从她怀里直起身子，用小手摩挲着她的面颊，蹦蹦跳跳，咿咿呀呀，似乎决心唤起妈妈的兴奋。突然，她拉了孩子一下，使劲搂在怀里，一颗颗泪珠儿缓缓滴在他惶惶惑惑、懵懵懂懂的小脸上。慢慢地，她逐渐恢复了平静，忙着侍弄孩子，给他喂奶。

那孩子虽说才满十个月，可是却与十个月的孩子不同一般，长得胖大结实，小手小腿十分有劲。他从来不安稳一会儿，害得妈妈总是忙忙活活，又要抱好他，又要小心他蹦蹦跳跳。

“这小家伙，真不错！”一个人猛然在孩子对面停下脚步，双手插在口袋里，说，“他多大了？”

“十个半月。”妈妈回答。

那人冲孩子吹了一声口哨，塞给他半块糖果，孩子急急切切一把抓过来，立刻填到他的总仓库——嘴巴里去。

“这孩子真稀罕！”那人说，“懂事啦！”说着吹着口哨走过去。即至来到船舷另一边时，他迎面看见黑利正坐在一摞箱子上面抽烟。

那陌生人掏出火柴，点燃雪茄，一面说：

“老兄，那边儿，你弄到了一个长得蛮不错的女奴呀。”

“是啊，我看她长得是还不错。”黑利嘴里吐出一口烟雾。

“把她弄到南边去？”那人问。

黑利点了点头，继续抽烟。

“到种植园干活？”那人又问。

“嗯，”黑利说，“我在填写一个种植园的订单，想把她也算上。他们说，这女人做菜很有一手，他们可以叫她掌勺，也可以叫她摘棉花。她长就一双摘棉花的手，我仔细看过。这两样哪样都能卖上好价钱。”黑利又抽起雪茄来。

“在种植园里，人家用不着那个小东西。”那人说。

“我打算一有机会，就先把他卖了。”黑利说着，又点燃了一支雪茄。

“看来得便宜点儿卖啦。”陌生人爬上那摞箱子，舒舒服服坐下来，说。

“这我不晓得，”黑利说，“可他是个小机灵鬼啊，笔管条直，又胖又壮，肌肉长得像砖头一样结实！”

“一点不假，可还得费事、花钱把他养大啊。”

“瞎说！”黑利说，“养黑孩子比养什么都容易，就跟喂条小狗一样不费事。这小东西，不出一个月就能满地乱跑啦。”

“我倒有个把他养大的好地方，再说我也想进点货，”那人说，“上礼拜，有个做饭的死了孩子，是她晾衣裳的时候，掉在洗衣盆里淹死的。我看让她把这孩子养大倒挺好的。”

一时间，黑利和陌生人都吸着烟，默不作声，谁都不愿意开口提到这场谈话那最挠头的问题。终于，那人重又开了腔：

“这个小东西，你既然想出手，我看最多你不过要十块钱吧？”

黑利摇晃着脑袋，煞有介事地吐了一口痰。

“这不行，绝对不行。”他说着又吸起烟来。

“那，老兄，你想要多少钱？”

“哼，我说，”黑利说，“我自个儿可以把他养大，或者叫别人养大。他长得特别结实，讨人喜欢，半年以后，能卖一百块钱；一两年后，要是找到合适的人家，能卖两百块，所以，就算五十块钱吧，少一分都不卖。”

“啊，老兄！你这可是漫天要价。”那人说。

“这实实在在！”黑利说一不二，摇了摇头。

“我给三十块，”陌生人说，“多一分都不买。”

“喏，我看这么办吧，”黑利重又做出决定，吐了一口痰，说，“咱们折中折中，就算四十五块，再少我可不干了。”

“好，一言为定！”那人略一迟疑，说。

“说定啦！”黑利说，“你在哪儿上岸？”

“在路易斯维尔。”那人说。

“路易斯维尔，”黑利说，“好极了，我们约莫傍晚到那儿。孩子那时就睡着了——太好了！那就可以不声不响地把孩子弄走，孩子不会哭叫——这太妙了！我喜欢神不知鬼不觉地办事，不愿意弄得哭天抹泪，满城风雨。”于是，在那人钱包里的一沓钞票转移之后，黑利又吸起雪茄来。

安详的夜色，十分明净。轮船停靠在路易斯维尔码头。女人原来怀抱孩子坐在那里，这会儿孩子已是沉沉大睡。听到人们大声叫出这一地名，女人先是在箱子之间凹陷处所形成的仿佛小摇篮似的地方，仔仔细细铺上自己的大氅，匆忙把孩子放进去，然后，纵身跳到轮船一侧，希望在簇拥于码头上的各色旅店伙计当中，能够看到自己的丈夫。她抱着这种希望，挤到前面的护栏旁边，把身子探出老远，聚精会神，使劲望着岸上攒动的人头。这时，她与孩子之间，已挤满了乘客。

“喂，你的机会来了，”黑利说着抱起睡梦中的孩子，递给了那陌生人，“别把他弄醒，要是哭起来，那女人就会闹得不可开交了。”那人小心翼翼接过婴儿包，立即淹没在奔上码头的人群之中。

吱嘎作响的轮船，重新呻吟喘息着，缓缓驶离码头，吃力地向前航行。女人回到原来座位上，只见奴贩也坐在那里，而孩子却踪影全无！

“哎哟哟！上哪去了？”她惊惶失措而又迷惑不解地嚷道。

“露茜，”奴贩说，“你的孩子卖啦。这让你早知道一点更好。你晓得，我知道你没办法把他带到南边去，所以找了个机会把他卖给一个大户人家了。他们抚养起孩子来，比你还好。”

在政治和基督教义上，这个奴贩的道行已经达到登峰造极的地步，而这也是北方某些传教士和政客们近来捧上天的东西。因此，他已经完全克服了种种仁慈的弱点和偏见。看官，你我的心肠，倘若认认真真下一番陶冶功夫，那么，也会同他的心肠一模一样。对于一个缺乏有素训练的人，女人投在奴贩身上那痛苦和彻底绝望的狂乱眼神，可能会使他心神不宁，然而，对奴贩来说，却已经是司空见惯。因为，这样的眼神，他见过不止千百次了。朋友，对于此类事情，你也能够做到见怪不怪的。最近，为了合众国的荣耀，某些人正做出努力，来实现让全体北方人都对此类事件习以为常的伟大目标。因此，奴贩虽说见到了女人愁眉苦脸、紧握拳头、哽哽咽咽得要死要活的样子，也只不过认为，这是奴隶生意所必不可避免的事情而已。心里只是暗自盘算，她会不会大哭大叫，弄得船上乱哄哄的，不可收拾。因为，他跟我们这个离奇制度的支持者一样，也是立场坚定，反对煽起骚乱的。

然而，女人并没有声嘶力竭地哭喊。这颗子弹不偏不倚，射穿了她的心房，她已是欲喊无声、欲哭无泪了。

她一阵恍惚，坐了下来。无力的两手，僵死般垂在两侧，眼睛直勾勾瞪着前方，茫茫然，什么也看不清楚，怔怔忡忡的，耳畔交织着船上种种杂沓声和机器的呻吟，似梦似幻，惊恐漠然而又可怜的内心，已经没有呐喊，没有眼泪，来表达她的极度痛苦。她相当平静。

那奴贩，考虑到自己所处的优势地位，一跃而变得仁慈起来，其程度几乎不亚于我们的某些政客。他仿佛受到了感召，在情况允许的情况下，极尽劝说抚慰之能事。

“我也晓得，露茜，这件事乍一发生时，你有点儿受不了，”他说，“可像你这样又伶俐又解事的女人，绝不会钻牛角尖的。你明白，这事非这么办不行，没法子的事啊。”

“哦，别说啦，老爷，别说啦！”女人说，语调里像是强忍住一股怒火。

“你可是个机灵的女人，”他继续说，“我想待承你好，在南边给你找个好地方，用不了多久你就会再找个男人，像你这样讨人喜欢的女人——”

“哦，老爷，快别跟我说话了。”女人说，那语气里明明含着悻悻的痛楚。奴贩觉得，自己的行事方式，不足以应付现在这种情形，便站起身来。女人也转过身去，把脑袋深深埋在大氅里。

一时间，奴贩来来回回散起步来，间或停下脚步，望望女人。

“总是丢不开这件事，”他自言自语，“不过也没闹出什么动静。就叫她苦恼一会儿吧，慢慢就好了。”

这桩交易，汤姆从头到尾看得明明白白，也完全理解它所带来的后果。在汤姆眼里，这桩交易极端可怕，极端残酷，因为——这个可怜无知的黑人哪！——他还没有学会归纳概括和开阔视野。假使他聆听过某些基督教牧师的教诲，他就不会把这件事看得如此残酷，而是看作合法奴隶贸易之中的日常事例。而这种奴隶贸易，则是一种制度的坚强后盾，正如一位美国神学家①所说，这一制度“除了具有社会和家庭生活所无法避免的缺憾之外，不具任何缺憾”。然而，如上所表，汤姆是个可怜无知的人，读书的范围又仅仅限于《圣经·新约》，因此，是无法用诸如此类的观点，使他得到抚慰和平静的。在他看来，那个像踏扁的野草一样的女人，苦命的躺在箱子上的女人，遭受到了冤屈。因此，他的心灵在流血。这个感情丰富、生机盎然而又永生不灭的流着鲜血的“东西”，美国的法律却竟然冷酷无情，把他同她身边那些包裹、棉包和箱子，划归为一类。

汤姆凑到跟前，想说什么，而她却只是呻吟不止。他满脸流着泪，诚恳地讲了上天的怜爱之心、基督的怜悯和永恒的家园。然而，她的耳朵由于痛苦，而对此置若罔闻，她那颗麻木的心，也无知无觉了。

---

① 暗指美国费城的乔埃尔·帕克博士。——原注

夜色来临。安详、静谧、璀璨的夜幕上空，照耀着无数只庄严肃穆的天使般的眼睛，熠熠发光，美丽而又宁静。但深邃的夜空中，却听不到片言只语和一丝同情的声音，也没有伸出一只援助之手。谈生意的声音和欢声笑语，一声声归于静寂，船上所有的人都进入了甜蜜梦乡，船头的波浪声清晰可辨。汤姆在箱子上伸展了一下身躯，躺在那里，耳边不时传来那悲伤至极女人的压抑抽咽和哭诉："哦，这可怎么办哪？老天！仁慈的上帝，保佑我吧！"如此等等。这低诉断断续续，最后消失而化为寂静。

夜半时分，汤姆猛地一惊，醒来了。一团黑乎乎的东西，在他身边飞驰而过，一下子到了船舷，旋即听到河面上扑通一声。别的人谁都没有听到或看到什么动静。他抬起头来——女人躺的地方，空空如也！他站起身来在四周寻找着，却一无所获。那颗可怜的滴血心脏终于停止了跳动，河水依然欢快地泛着波浪，打着漩涡儿，仿佛并没有淹没那颗滴血的心。

忍耐，忍耐吧！那些听到这类冤枉事件而心潮澎湃、义愤不平的人们。受难的耶稣，荣耀的上帝，决不会忘记被压迫者一丝痛苦的悸动和一滴眼泪的流淌。在他那宽宏大量、慷慨无私的胸膛里，满载着人世的苦难。像他那样容忍而保持耐心吧，像他那样，苦行以布施仁爱吧。因为，这样的人就是上帝，因为，"救赎我民之年已经来到"①。

天一亮，奴贩早早起身之后，便出来查看自己会喘气的货物。这一回可轮到他懵懵懂懂，东找西找了。

"那女人到哪儿去了？"他问汤姆。

汤姆学得乖巧，知道应该守口如瓶，而且觉得没有义务陈述自己的观察和猜疑，所以只是说了声"不知道"。

"不论哪个码头，夜里她定准逃跑不了。不论船在哪儿停下，我都睁开眼提防来着。这种事，我压根儿不交给别人管。"

这段话是十分推心置腹地说给汤姆听的，仿佛对他有特殊兴趣

① 见《旧约·以赛亚书》第六十三章第四节。

似的。然而，汤姆没有反应。

奴贩从船头到船尾，在箱子、棉花包和大桶之间，以及在机器周围和烟囱附近，搜索了一遍，然而，一无所获。

“喏，我说，汤姆，你放老实点，”他在徒劳的搜索之后，来到汤姆站立的地方，说，“这件事你知道一点。别不承认，我明白你是知道的。夜里十点钟，还有十二点钟，还有一两点钟时，我亲眼见她躺在这里的。四点钟的时候，她才不见了。可你一直在这儿睡觉。所以，你知道一些，不可能不知道。”

“噢，老爷，”汤姆说，“快天明的时候，有个东西，擦着我身边过去，那会儿，我半睡半醒，后来听到扑通一声，那女人就不见了，这时我也全醒了。我就知道这一点。”

奴贩并没有惊慌失措，因为，正如前面所述，他对许多你所不能习以为常的事，已经无动于衷。即便是死神的狰狞面目，也不能使他悚然惊厥。他跟死神打过不少次交道——贩卖奴隶时，迎头碰上死神，于是结识了他——他只是认为，死神是个棘手的顾客，对他很不公平，使他的货物交易处境尴尬。因此，他只是骂了那女人一声“婊子”，自认倒霉透顶，说事情如果这样下去，那他出来这趟连一分钱都赚不到。总而言之，他似乎认为自己的确是个受到了委屈的人，不过，这是无能为力的事。因为，女人所逃入的那个国度，永远不会交出逃亡者，即使荣耀的合众国一致要求，也无济于事。于是，奴贩只好手拿小账册，颇为不满地坐下，在“损耗”栏下填上了这个丢失的女人。

“这个奴贩是个可怕的人，对不对？这么冷酷无情！太可怕了，真的！”

“噢，不过有谁把这些奴隶放在心上！人人都轻视他们，一向被体面社会拒之门外。”

然而，看官，那又是谁造就的奴贩？谁最应该受到谴责？是那些聪明、练达、有教养的人士，支持这个制度的人士，还是晦气的奴隶自己呢？奴贩只是这个制度的必然产物而已！是你们煽动公众情绪，让奴贩的行业变为需要，然后，又是奴贩道德败坏，人性沦丧，以至于不以这种行业为耻。那么，你们在哪方面，优于奴贩呢？

难道说，你们受过教育，他们胸无点墨；你们高贵，他们卑贱；你们文雅，他们粗俗；你们才华横溢，他们愚昧蠢笨吗？

然而，到最后审判来临那一天，正是这些说辞才使他们情有可原，而你们罪有应得。

在结束合法奴隶贸易中所出现的这些小插曲之际，我们不得不请求世人不要认为，美国的立法者全部丧失了人性。或许，这是人们从我国政府为保护这类交易，并使之永久化，所做出的巨大努力中，而引申出来的不公正结论。

我国的大人物都在尽其所能，抨击外国的奴隶贸易。这谁人不晓？在这一问题上，我国已经涌现出一大批完美的克拉克逊①和威乐伯福斯之流的人物，凡是耳闻或目睹此点者，都会从中获益匪浅的。亲爱的看官，到非洲贩运黑人，这是何等可怕！简直不敢想象！然而，到肯塔基州去贩运，就完全另当别论了！

---

① 克拉克逊（Thomas Clarkson，1760—1846），英国废奴主义者。

第十三章　教友会村落

此刻，在我们眼前展现出了一幅十分宁静的景象。一间粉刷整洁的宽敞大厨房里，黄色的地板光滑油亮，一尘不染，漆黑的炉灶十分洁净，洋铁器皿成排成列，使人联想到无以名状的可口饭菜。生材做成的椅子锃亮闪光，虽说旧些却也结实，石板镶底的小摇椅上，铺着用各色毛绒拼缀成的雅致坐垫，还有一把尺寸稍大、犹如慈母般的旧摇椅，那样子仿佛在好客地邀人入座，衬上那些羽绒坐垫，劝诱入座之势，更加突出。这的确是一把人见人爱的舒适摇椅，就其朴素无华的享受而言，可以与你客厅里十几把铺着长毛绒或锦花锻的椅子相媲美。就在这把椅子里，坐着我们的老朋友伊丽莎。她轻轻地前后摇晃着，正在做着精细的女红，心无旁骛。是啊，正是伊丽莎，只是比起在肯塔基家乡那阵儿，面颊消瘦脸色苍白一些，无边无际的暗自悲痛，蛰伏在她长长睫毛的阴影之下，也刻画在她柔和小嘴的轮廓之中。显而易见，由于切肤之痛的折磨，她那颗少女般的心已经变得多么苍老，多么坚强。一会儿之后，她抬起乌黑的大眼睛，望着她的小哈利像只热带蝴蝶似的飞来飞去，在地板上玩耍嬉戏。见这光景，便流露出深沉的坚定和不折不挠的决心，而这在往昔的欢乐岁月里，是她身上所不具备的。

她身旁坐着一个女人，膝头放一只光耀夺目的洋铁盘，正在仔仔细细地挑选着桃干。那女人年纪大约在五十五岁到六十岁之间，可是那脸庞，虽经岁月的抚摸，却只是把它点缀得更加容光焕发。头上那顶丝带镶边的雪白绉纱帽子，是按道地的教友派式样制作的，胸前别一块叠得整洁的素白薄纱手帕，褐色斜纹布的披肩和衣裙——这些即可说明，她所属的庄园或教派。玫瑰色的圆脸，似羽绒般柔嫩和健康，令人不禁想起一只成熟了的蜜桃。由于年纪颇长而变得银丝斑斑的头发，在高耸的前额处，平滑顺溜地向后分梳着，除了“世间安宁、施爱于人”① 的字样外，时光没有在她额头上刻写下任何痕迹。前额下方，一双明净、诚实、仁爱的褐色大眼睛，炯炯发光。只要直视着这双眼睛，人们就会觉得，已经瞥见了在女人胸中悸动着的最为真诚的心底。人们对于年轻美貌姑娘的称颂之多，已经不胜枚举，然而，为什么没有人醒悟出老年妇女的美丽呢？在这个题目上，如果有谁想得到灵感，那么，我们则想向他们推荐我们善良的朋友蕾切尔·哈利德，坐在小摇椅上的哈利德。这把小摇椅总是喜欢吱吱呀呀，响个不停——它是有这个毛病。这或许是早年受过风寒，也或许是染上过哮喘病，再不然就是得过神经错乱症。反正在老妇人轻轻前后摇动时，摇椅不断发出一种压低了的“吱吱呀呀”声。若是换了别的什么椅子，这种声音是难以令人忍受的。不过，老西米恩·哈利德却声称，这对于他自己来说，可以同一切音乐相媲美，孩子们也信誓旦旦地说，他们最思念的，莫过于听到妈妈椅子所发出的声音了。原因何在呢？因为，二十余年来，从这把摇椅所得到的不是别的，而是挚爱的言语、温馨的道德规劝和慈祥的仁爱——无数次的心痛脑热，在这里得到痊愈；精神上和世俗间的困扰，在这里得到解决——这一切都是这个善良仁慈女人的功劳。愿上帝赐福给她！

“那么，你还是打算到加拿大去，伊丽莎？”她安详地望着桃干，问。

---

① 见《新约·路加福音》第二章第十四节。原译为“在地上平安归于他（上帝）所喜悦的人”。

“是的，太太，”伊丽莎语气坚定，“我一定得往前走，不敢停留。”

“到了那边儿干什么呢？你得想想这一点，闺女。”

出自蕾切尔·哈利德之口的“闺女”二字，说得那样自自然然，因为，她的脸庞和仪态，都令人认为以“母亲”称她，是最顺理成章的字眼。

伊丽莎两手颤抖起来，几滴泪珠儿溅落在针线活上，然而，她坚定地答道：

“不论找到什么活，我都干。希望能找到什么活干。”

“你明白，只要你乐意，在这儿住多久都成。”蕾切尔说。

“哦，谢谢您，”伊丽莎说，“不过——”她用手指指哈利，“我夜里总是睡不着，心里不踏实。昨天夜里，我梦见那个家伙闯到了院子里。”她战栗着说。

“可怜的孩子！”蕾切尔擦着眼睛，说，“你不必这么害怕。上帝的旨意是，不能从我们村子里偷走一个逃亡的人。我肯定你的儿子绝对不会成为第一个给偷走的人。”

这时门开了，门口站着一个胖墩墩、像蒲团似的矮小妇人，脸上喜气洋洋，笑容可掬，活像一只熟透了的苹果。她也像蕾切尔一样，一身素雅的灰褐色衣裙，丰满娇小的胸前，缀一方折叠整齐的薄纱手帕。

“露丝·斯苔德曼，”蕾切尔欢快地迎上前去，说，“你好吗，露丝？”说着亲热地握住了对方的双手。

“很好，”露丝说，一边摘下褐色的小女帽，露出了圆圆的小脑袋，一边用手帕掸去帽子上的灰尘。尽管那顶戴在头上的教友派帽子已经神气活现，她还是用胖胖的小手拍拍打打，忙忙活活地整理拾掇着它。几绺卷曲得很厉害的头发，此显彼隐，在帽子下面露了出来，也必须加以哄骗利诱，使其恢复原来的位置。这位新来的女客，年纪大约二十五岁，一直站在一面小穿衣镜前整理帽子和头发，这时才转过身来，一副喜不自胜的模样——也许大多数看见她的人，都会喜欢她的——因为，她不折不扣，是个健康、诚恳，又爱唠唠叨叨的小妇人，颇讨男人欢心。

“露丝，这位朋友是伊丽莎·哈利斯，这是我跟你讲过的那个孩子。”

“见到你很高兴，伊丽莎，高兴极了，”露丝说着握起手来，仿佛伊丽莎是她期待已久的老朋友，“这是你的可爱的儿子，我给他带了一块蛋糕来。”她伸手把一小块鸡心蛋糕递给孩子。孩子走过来，透过鬈发盯着蛋糕，腼腆地接到手。

“你的小宝贝在哪儿，露丝？”蕾切尔问。

“噢，就要来的。刚才我进来的时候，你家玛丽一把夺过去，抱着到谷仓那边儿，让孩子们看去了。”

恰在这时门开了，玛丽·哈利德抱着娃娃走了进来。玛丽是个脸上泛着玫瑰红的诚实女孩子，褐色的大眼睛长得跟她母亲一样。

“吆！吆！”蕾切尔说着走过来，一把把白白胖胖的大娃娃揽在怀里，“他可真漂亮，长得多快！”

“也真是，他长得多快。”手忙脚乱的露丝说，一面接过娃娃，给他脱去蓝色的丝织小斗篷和几层外衣，然后抻抻这里，拽拽那里，替他在身上各处整理拾掇了一番，又亲亲热热地吧嗒吻了一下，才把他放在地上，让孩子想自己的事去了。看起来，娃娃对这套程序已经习惯成自然，只见他把拇指塞到嘴里，仿佛这在情理之中似的，不一会儿，就陷入了自己的沉思冥想。一边厢，妈妈却端坐着，掏出一只蓝白线的长筒袜，兴致勃勃地动手织起来。

“玛丽，你最好把水壶灌满，好吗？”母亲柔声细语地提示。

玛丽提着水壶走到井边，很快又回来，把水壶放在炉火上。不一会儿，水壶噗噗地冒出了蒸汽，仿佛一只殷勤好客而又使人精神为之一爽的薰香炉。再说那些桃子干，也由于蕾切尔的几句温存耳语，很快由同一只小手顺从地放进火上的一只炖锅里。

蕾切尔拿出一块雪白的模板，系上围裙，先是吩咐玛丽道：“玛丽，告诉约翰，叫他预备一只鸡，好吗？”然后，不声不响，烤起了饼干。这时，玛丽随声走了出去。

“艾比嘉儿·彼得斯怎么样了？”蕾切尔一面烘烤着饼干，一面问道。

“噢，她好点了，”露丝回答，“今天早晨，我过去替她叠了床铺，收拾了房间。丽娅·希尔斯下午去了，烤的面包和馅饼，足够吃好几天的。我说好今天晚上回去，照顾她上床睡觉。”

“我明天过去，看看有什么洗洗刷刷、缝缝补补的活儿。”蕾切尔说。

“嘿！那好哇！”露丝说，“我还听说，”她补充道，“汉纳·斯坦伍德也不舒服，昨天晚上，约翰到那里去过——明天我去一趟。”

“如果你需要在那里待一天，那约翰可以到这里来吃饭。”蕾切尔提出建议。

“谢谢你，蕾切尔，明天再说吧。你瞧，西米恩回来了。”

身材高大、腰板挺直、筋肉强健的老西米恩·哈利德，身穿褐色衣裤，头戴宽边礼帽，走进屋来。

“你好吗，露丝？”他热情洋溢地问道，一边伸开宽阔的手掌，握住她那胖胖的小手，“约翰好吗？”

“哦，约翰很好，我们家里人都好。”露丝兴冲冲地回答。

“有什么消息吗，玛丽她爸？”蕾切尔正在把饼干放进烤炉里的时候，问。

“彼得·斯台宾斯跟我说，他们今夜跟‘朋友们’一块过来。”老西米恩一边在小小的后廊内整洁的水池里洗手，一边意味深长地说。

“是吗！”蕾切尔若有所思，瞥了伊丽莎一眼。

“你是说姓哈利斯来着？”老西米恩重新进来之后问伊丽莎道。

伊丽莎颤颤巍巍，回答“是的”时，蕾切尔迅速望了丈夫一眼。她最担心的是，怕外面出了捉拿的告示。

“她妈！”老西米恩站在后廊里，招呼蕾切尔出来。

“你要干什么，她爸？”蕾切尔走进后廊时，揉搓着沾满面粉的手，问道。

“这丫头的男人就在村子里，今夜就过来。”老西米恩说。

“哦，真的吗？她爸？”蕾切尔说，高兴得脸上笑逐颜开。

“确实是真的。昨天，彼得坐车到了南边另一个驿站上，见到一个老婆婆跟两个男人，其中一个叫乔治·哈利斯。从他讲的经历来看，我能断定他是谁。他还是个招人喜欢的聪明人。”

“我们现在就告诉她，好吗?”西米恩问。

“咱们跟露丝说说吧，”蕾切尔说，“喏，露丝，你过来。”

露丝放下毛线活，不一会儿来到后廊上。

“露丝，你看怎么办?”蕾切尔说，“她爸说，伊丽莎的男人就在这伙人当中，今夜就到这里来。”

教友派女信徒高兴得不由惊叫起来，打断了谈话。她拍着小手，从地板上一跳老高，两绺鬈发从教友派帽子下面耷拉出来，头发油光可鉴，覆盖在手帕上面。

“嘘，亲爱的!”蕾切尔温和地说，“嘘，露丝!你说，我们该不该告诉她?”

“现在就告诉她!真的，这会儿就告诉她。你们看，要是换成约翰，我的心情会怎么样?马上告诉她。”

“你总是琢磨着怎样爱你的邻居，露丝。”老西米恩笑容满面，望着露丝说。

“这自然，难道我们生来不就是为的这个吗?要是我不爱约翰和我的小宝贝，我就不会明白怎样替她着想啦。喏，告诉她吧——告诉她!”她规劝地把手放在蕾切尔的胳膊上，“把她带到你卧室里去，由你告诉她，我来炸鸡。”

蕾切尔由后廊出来，走进伊丽莎做针线的厨房，打开一间小卧室的门，接着温和地说：“跟我进来，闺女，我有消息告诉你。”

热血染红了伊丽莎苍白的面颊。她焦虑不安、颤颤巍巍站起身来，眼睛还盯在孩子身上。

“别，别这样，”矮小的露丝跃身过去，抓住她的手，说，“根本用不着害怕，是个好消息，伊丽莎，进去，进去吧!”于是，露丝轻轻地把她推到门前，随手关上了门，然后，转过身来，一把抱住小哈利，开始亲吻起来。

“你就要见到爸爸了，小东西。这你知道吗?你爸爸就来啦。”

她说了一遍又一遍，而那孩子只是愣愣地望着她出神。

与此同时，卧室门里边，正敷演着另外一幕情景。蕾切尔·哈利德把伊丽莎拉到跟前，说："上帝赏赐怜悯给你，闺女，你丈夫从禁锢着他的主子家逃出来了。"

突然之间，血液涌上了伊丽莎的面颊，满脸涨得通红，接着，又一拥而退，回到了她的心房。她脸色苍白，晕晕乎乎坐了下来。

"坚强一点，孩子，"蕾切尔手搭在她头上，说，"他现在有朋友们陪伴，今夜他们就带他到这里来。"

"今夜!"伊丽莎重复着，"今夜!"对她来说，这两个字已经没有任何意义，她的脑海里混沌一片，似梦似幻，刹那间，一切都成了依稀的朦胧。

醒来的时候，她发现自己舒舒服服躺在床上，身上盖着毛毯，矮小的露丝正在用樟脑油，揉搓她的两手。她迷离恍惚，睁开了眼睛，慵懒倦怠之中，感到一丝惬意，仿佛一个长期承载重负的人，一旦卸去重担，愿意休憩似的。神经的紧张，从她逃亡的一刹那起，便无时无刻不在侵袭着她，而现在，紧张消退了，一种安全和宁静的奇妙感觉，浸透了她的全身。她睁开乌黑的大眼睛，躺在那里，仿佛在静谧的梦境中一般，注视着周围人们的一举一动。她望见通往另一房间的门洞开着，里面的餐桌铺着雪白的桌布，听到嘶嘶作响的茶壶梦幻般低低絮语，仿佛在唱歌，又瞥见露丝步态轻盈，走来走去。手里托着一盘盘蛋糕、一碟碟蜜饯，间或停下脚步，把蛋糕塞到小哈利手里，拍拍他的脑袋，或者用雪白手指缠起他长长的鬈发。她还望见蕾切尔那慈母般的丰满身影，不时走到床边伸展、整理一下床单，掖掖这里，拽拽那里，表示她好心肠的关切。这使她意识到，蕾切尔那对清澈的棕色大眼睛，仿佛和煦阳光照耀在自己心里。她又望见，露丝的丈夫走进来时，她飞也似的扑进丈夫怀里，热情地低声耳语起来，不时打着手势，用细小的手指郑郑重重地指着自己的房间。后来，她看到，露丝怀里抱着她那个小宝贝，坐下来品尝茶点，望见所有的人都围着餐桌，团团而坐，小哈利在蕾切尔丰满肥胖的羽翼般胳臂的庇护下，坐在一把高膝椅子里。房间里充满人们喁喁低语的嗡嗡声，茶匙柔和的玎玲声，以及杯盘相碰的悦耳音乐声，所有这一切都交织变幻成为一个安详而令人愉悦的梦。伊丽莎睡着了。自从那个可怖的夜半时刻，她携带孩子，星餐露宿逃亡以来，她还从来没有这样沉睡过。

睡梦中，她来到一个美丽国度。在她眼里，这是一片安宁乐土：青葱翠绿的海岸、赏心悦目的岛屿，还有美丽而让人满眼生辉的大海。在那里有一座住宅，人们告诉她，那就是她的家。她看见自己的孩子，自由、幸福的孩子，在玩耍嬉戏。她听见丈夫的脚步声，觉得他越走越近，他的胳膊环抱着自己，他的泪水滚落在自己脸上，猛地她醒了！原来是在做梦。白昼的光线早已褪尽，孩子在她身边恬然入睡，烛台上的蜡烛发出昏黄光线，丈夫正在自己枕畔抽泣。

翌日清晨，欢乐的气氛洋溢在那教友会家中。“母亲”按时起了床，忙上忙下的儿女们环绕在她的周围。昨天，我们没有来得及把这群儿女引见给诸位看官。在蕾切尔温和的“你最好”，或者更为温和的“你能不能”的说话声中，他们都服服帖帖地忙来忙去，预备早饭。因为，在富饶的印第安山谷丛中，预备一顿早饭，就像在天堂采撷玫瑰叶和修剪灌木丛一样，是一件复杂而又麻烦的事情，除了母亲独出心裁的双手之外，还需要别的人手。因此，一边是约翰到井泉去汲新鲜用水，小西米恩筛着做玉米饼的玉米面，玛丽磨咖啡，一边是蕾切尔放轻脚步，静悄悄走来走去，烤制饼干。切开鸡块，同时还容光焕发，照料着整个事情的进行。这一大群帮着做饭的年轻人，如果由于热情失控而发生摩擦或碰撞，只要她轻轻说一声“得啦！得啦！”或者“我才不会呢”，就足以化解这类难题。诗人曾经描绘过维纳斯的腰带，它使众生为之翘首注目，世代不爽。而就我们而言，我们需要的是蕾切尔·哈利德的腰带，它不让世人翘首注目，但使一切和谐顺利。我们认为，这自然更切合现今世界。

这一切准备工作都在进行之际，老西米恩却只穿着衬衣，站在角落里一面小穿衣镜前，进行起刮脸这一有悖大家风范的工作。大厨房里，一切事情都在友善、静谧、和谐的气氛中进行。人人似乎都高兴地做着手头的活计，到处洋溢着相互信任和良好的协作精神，连端往餐桌上的刀叉，也发出友好的叮当作响声。炖锅里的鸡块和火腿，也吱吱吱欢快高兴地叫着，仿佛它们心甘情愿，受这种熬煎一样。乔治、伊丽莎和小哈利走出来的时候，受到了兴高采烈的热情欢迎，难怪他们以为仿佛是一场梦。

最后，大家都落了座，开始吃早饭。这时，玛丽依然站在炉火旁边烙饼。一旦烙饼泛出完美的恰到好处的金黄颜色时，便不费力气地端到餐桌上。

坐在餐桌首席的蕾切尔，其内心真正的仁慈和高兴，莫过于在这种场合了。即便是在她递给人们一盘蛋糕，倒给人们一杯咖啡时，也都满含慈祥和热情，仿佛在她敬给人们的食物和饮料中，都注入了某种生气。

乔治在餐桌旁边与白人平起平坐，这还是生平第一次。因此，起初坐下时，有些拘谨和尴尬，不过，在淳朴、仁爱、热情洋溢的款待下，他的拘谨和尴尬，也就随着和煦的晨曦烟消云散。

这里，的的确确就是“家”。这是乔治从来不解其含义的一个字眼儿。这时，笃信上帝、仰赖上苍旨意的念头，袭上并萦绕在他的心头，仿佛在一朵信赖的金色云霞的庇护下，那阴郁、厌世和渴望的无神论疑团，以及那可怕的绝望，都在栩栩如生的福音的光芒面前，消逝得无影无踪。那福音为每一张朝气蓬勃的脸灌注了生命，由满含爱心和善意的、成百上千次无知无觉的举手投足中，宣讲出来，就仿佛以圣徒名义所施舍的那杯凉水①，绝无徒劳无益之虞。

“爸爸，你要是再给人家发现了怎么办？”小西米恩往蛋糕上抹着黄油，问道。

“那我就认罚。”老西米恩不动声色地说。

“可他们要是把你关在牢里呢？”

“那你跟妈妈就不能侍弄这个农庄啦？”老西米恩微笑着回答。

“妈妈几乎什么事情都干得了，”那孩子说，“可是制定这样的法律，难道不是耻辱吗？”

---

① 故事见《新约·马太福音》第十章第四十二节。

“你可不能说当官的坏话啊，”父亲一本正经地说，“上帝给我们家产，只是叫我们行正义、发慈悲的。要是当官的叫我们为这付出代价的话，我们就得给啊。”

“哼，我恨死了那些养黑奴的老东西。”孩子说。他觉得自己的话，像现代改革家那样有悖于基督教义。

“你叫我觉得奇怪，儿啊，”老西米恩说，“你妈压根儿没这样教过你。”

“要是上帝把身遭不幸的养奴隶的人带到我门口，我会像对待奴隶那样对待他们。”

小西米恩脸色涨得通红。可是，母亲只是笑笑，说：“西米恩是我的乖孩子，渐渐长大以后，就会像他爸那样啦。”

“我希望，好心的先生，你不会由于我们而遇上困难吧？”乔治焦虑地说。

“什么都不用怕，乔治，我们给派到这个世界上来，就是为了这个啊。如果我们不为了高尚事业，去迎接困难的话，我们就不配基督徒的名义了。”

“可是要是为了我遇上麻烦，”乔治说，“我实在于心不忍。”

“那就别担心，乔治，我的朋友。我们这样做，不是为了你，而是为了上帝和人类，”老西米恩说，“白天，你必须给我悄没声息地躺着，夜里十点，菲尼亚斯·弗莱彻再把你带到下一站去——你跟你的同伴。追捕的人就紧跟在后面，我们不能耽搁。”

“情况如果这样，那干吗等到晚上？”乔治问。

“白天，你们待在这里安全，村子里人人都是教友，大家都在提防着。而且，人们觉得夜里赶路更安全一些。”

第十四章　伊万杰琳

一颗初升的星星！
照耀着世间的生命——
那过分甜蜜的面庞
连镜子也难辉映！
宛若四处飘香的玫瑰
叶片尚未伸展自如；
你这可爱的生灵，
形状的浇铸也没完成。①

密西西比河！自从夏多布里昂②以散文诗的语言把它描绘成一条奔腾翻滚于连绵互艮、渺无人迹的大荒原之间的大河，西岸繁衍着梦中也难以想象得到的稀奇花草、珍贵虫兽的大河以来，仿佛受

① 见拜伦《唐璜》第十五章第四十三节，系译者自译。

② 夏多布里昂（Chateaubriand，1768—1848），法国著名小说家。此处指夏多布里昂在他创作的小说《阿妲拉》中，对美国密西西比河一带风光的描绘。

了魔杖的点化，两岸的种种景观发生了何等样的巨变。

然而，这条充满梦幻的、怒涛澎湃的、传奇般的河流，曾几何时，又出现在一个几乎与它同样虚无缥缈、同样瑰丽壮观的现实之中。世界之大，还有哪一条河流能像它那样，在它的胸膛之上，把另外一个这样国家——一个其产品包括从热带到两极的所有东西的国家——的财富和进取精神，输送到大洋上去！它污浊的河水，急流湍湍、浪花飞溅、汹涌向前，恰似旧大陆见所未见的一个最为朝气蓬勃、最为精力充沛的民族，它在浪涛上所掀起的那一往无前的商海浪潮。唉，不过他们还输送着一种更令人毛骨悚然的商品：受压迫者的眼泪、孤苦无助者的叹息，以及可怜无知者向听而不闻的上帝所做的辛酸的祷告。上帝虽然对此听而不闻、视而不见、金口缄默，但到头来，他终将会“走出他的居所，来拯救地上的受苦人！”①

夕阳的斜晖，在大海似的宽阔河面上战栗闪耀，那艘负载沉重的轮船继续向前航行。岸上，颤颤巍巍的甘蔗和黑影幢幢的高大柏树，上面爬满了令人沮丧的一圈圈黑苔藓的柏树，在金色霞光中燃烧。

轮船上叠放着来自许许多多种植园的棉花包，把甲板和船舷堆了个满满当当，远远望去，方方正正，俨然一个灰色的庞然大物，这时，正吃力地驶往即将到达的市场。在水泄不通的甲板上，要想找到我们恭顺的朋友汤姆，是颇费手脚的。终于，在上层甲板四处堆满棉花包的一个僻静角落，我们看到了他。

一方面，由于谢尔比先生力陈汤姆的好处，使黑利心中没有了芥蒂，一方面，由于汤姆为人安详，格外讨人喜欢，所以汤姆不知不觉之间，竟然深深赢得了像黑利这样一个人的信任。

起初，黑利白天把他看管得很严，夜里也从不让他摘掉镣铐睡

① 此处疑由“看哪，耶和华出了他的居所”（《旧约·弥迦书》第一章第三节）和“要救地上一切谦卑的人”（《旧约·诗篇》第七十六篇第九节）两句连缀而成，但略有变化。

觉，然而，汤姆举止间，只是耐心忍受，毫无怨怼，露出一副心满意足的样子，这渐渐地使黑利解除了这些禁制。因此，汤姆近来享受到一种宣誓假释，允许他在船上随便走走。

一向文静而乐于助人的他，每当下面船舱里的水手遇上紧急情况，他都主动伸出手来，因而博得了所有水手的交口赞许。他费了不少工夫给水手们干活，跟在肯塔基种地那阵子一样真心实意。

无事可做的时候，他就爬到上层甲板，在棉花包之间找个隐蔽角落，匆忙研读《圣经》。我们就是在这里找到了他。

船离新奥尔良百余英里时，大河河床高出了周围的乡村地面，无际的河水夹在高二十英尺的坚固大堤中，奔腾倾泻。站在轮船甲板上的乘客，仿佛耸立在飘浮城堡的顶端，可以俯瞰周围数里之遥的农村风光。因此，随着种植园一个个在眼前掠过，汤姆的眼前也展现出一幅他即将开始的生活蓝图。

他望见远处农田里，奴隶们正在劳作，瞥见远处茅屋所形成的村庄，在许多种植园里，排成长长的行列，辉映着夕阳的余晖，都远远避开了东家那巍然的屋宇和游乐场地。伴着画面的移动，他那可怜而愚钝的心，会转而想起长满亭亭如盖的古老山毛榉的肯塔基农庄，想起东家有着宽敞而凉爽大厅的上房，上房附近，是一座遍栽各种花草和比格诺藤的小茅屋。在那里，他似乎看见了同伴们熟悉的面容，从孩提时代起，他就跟他们一起厮混长大；又看见了自己忙碌的妻子，正在急匆匆给他准备晚饭。这时，耳边又响起了儿子们嬉戏的欢乐笑声，以及膝头上那个小宝贝的咿呀学语声。然而，猛然一惊之间，一切都消隐退去，又望见了成丛的甘蔗和柏树，以及那些掠过眼前的种植园，又听到机器在吱吱嘎嘎地呻吟着。这一切都向他明白无误地昭示，那段生活一去不复返了。

遇上这种情况的你，就会给妻子写信，给孩子捎话，然而汤姆不会写信，邮政传递对于他并不存在。因此，离别的鸿沟，由于连一句亲切的话语或信号都无法传递，也就不可能使之填平。

汤姆把《圣经》翻开，放在棉花包上，耐心地用手指指着，一字一句念下去，想从中找到一丝希望，几滴泪珠却落在了《圣经》

上面。此情此景，难道有什么奇怪的吗？由于晚年才开始认字，他读得很慢，吃力地读完一节文字，再接下去读另外一节。对于他幸运的是，他聚精会神读着的这本书，念得慢一些并没有什么妨碍。相反，这本书字字珠玑，仿佛颗颗金锭，往往需要字斟句酌，才能使心灵领悟出它们价值连城的含义。此刻，汤姆正指着每一个字，轻轻地念出声来，我们不妨听他一会儿，看是怎么念的吧：

“你——们——心——里——不——要——忧——愁……在——我——父——亲——的——家——里——有——许——多——住——处……我——去——原——是——为——你——们——预——备——地——方——去。”①

昔日的西塞罗②，在安葬自己亲爱的独生女儿之后，心里充塞着的真切悲痛，正如汤姆一样，或许，他的悲痛并不比汤姆更加深切，因为他们两个毕竟都是人而已。然而，西塞罗无法停顿下来，体会琢磨这些给人带来希望的崇高话语，也不会期待着这种未来的团聚。假使他读到过这些文字，十之八九也不会信以为真。首先，他脑海里必然充斥着千般问题，怀疑手稿的真伪，以及译文的准确与否。不过，对于可怜的汤姆，《圣经》就放在手头，这正是他所需要的。显而易见，上面说的话都是神圣而真实的，他那单纯的头脑里，永远不可能出现什么疑问。这肯定真实无误，不然的话，他怎能活在世上？

说到汤姆的这本《圣经》，上面虽然没有学富五车翻译家的注疏和眉批，却点缀着汤姆自己发明的一些里程碑和指路牌。这比起学识渊博的解释来，对他更有裨益。他原来习惯让东家的孩子，特别是乔治少爷，给他诵读《圣经》，诵读的时候，凡是遇到听起来高兴或者感动他内心的段落，他都用笔蘸上墨水，用力地画上粗大的记号或横线。因此，他那本《圣经》从头到尾画满了各式各样形式不同的标记。于是，他就能很快找到他所喜爱的段落，而无需费力拼

---

① 见《新约·约翰福音》第十四章第一二节。

② 西塞罗（Cicero，公元前106—前42），罗马著名演说家。

读出这些段落之间的文字。现在，《圣经》就摆在面前，每一段落都散发出家乡某一景象的芳香，唤起往昔欢悦的记忆。在他看来，《圣经》是他今生今世唯一留下来的东西，也是来生来世的希冀。

船上的乘客当中，有一个阔绰的出身名门世家的年轻绅士。此人家住新奥尔良市，名叫圣克莱。他带着一个女儿，五六岁的年纪，身边还有一个女人，似乎与他父女二人沾亲带故，是专门照料小女孩的。

汤姆时不时地瞥见这个小女孩。她是个喜欢蹦蹦跳跳、闲不住的孩子——就仿佛一缕阳光或者一阵夏日微风，总是不肯老待在一个地方——而不是那种见过一次之后，就容易忘记的孩子。

她的体态十分标致，具有童稚的美，而没有一般儿童那种胖胖乎乎、圆圆墩墩的轮廓。身上透出缥缈不定的灵动美姿，仿佛人们在梦境中所见到的神话或寓言中的仙子。相貌也长得不同一般，这与其说是由于她五官端正，完美无缺，毋宁说是由于一种似梦似幻、真挚诚恳的独特神情所致。理想家注视着她，见了这种神情会惊异叫绝，粗鄙肤浅的人见了也会留下深刻印象，而又说不出所以如此的确切原因何在。头部的形状，颈项的回盼，以及上身的姿态，都特别庄重高雅；金褐色的长发像一片彩云，在面颊周围飘拂，深蓝色的眼睛隐藏在一抹浓浓的金褐色刘海下面，氤氲出富有灵性的深沉和庄重，这一切都使她与别的孩子迥然有异，非常出众。当她在船上轻盈地走来走去时，人人都扭过头来朝她张望。然而，这孩子又不像你所说的那样严肃有余或者多愁善感。恰恰相反，她稚气的面庞上和精力焕发的躯体上，有一丝飘忽的天真和顽皮，像夏日绿叶的影子那样，闪烁摇曳。她总是安静不下来，玫瑰红的嘴角老是似笑非笑，步伐像云彩一般时起时伏，飞来飞去，一边走路一边唱歌，仿佛在欢乐的梦境里。她的父亲和女监护人不停地忙忙活活，追踪着她的行迹，可是逮住她之后，她又似夏日的彩云，从他们手中融化跑掉了。无论她由着性子干出了什么事，都听不到一句呵斥和责骂的话。因此，她可以随心所欲，在整个轮船上游游逛逛。她总是穿一袭白色衣裙，仿佛影子似的在四处穿来穿去，身上却沾染不上丝毫污渍或斑点。轮船甲板上下，每一个角落或隐蔽地方，都印下了她那缥缈轻盈的足迹，都出现过她那长着深蓝色眼睛、耽于幻想的金黄色的小脑袋。

船上的司炉工汗流浃背地苦苦劳作着，偶然抬起头来，也往往会瞥见她那双眼睛，不无奇怪地凝视着熊熊燃烧的炉火深处，同时还颇为担心地望着他，流露出同情的神色，仿佛认为正处在可怕的险境之中。隔不多久，她那酷肖如画的小脑袋，又闪现在圆圆的舵轮舱的舷窗旁边，这时舵轮旁边干活的舵手，就会停下活计向她微笑，然而瞬刻之间，她又走开了。白天，当她从人们面前经过的时候，粗犷的声音千百次地向她祝福，罕见的温存笑意，在一张张强悍的面孔上偷偷掠过。而每当她毫无畏惧地翩翩走过危险地方时，沾满煤灰的粗大手臂会下意识地伸出来救助她，使她所经之处化险为夷。

汤姆生来就有善良黑种人的温存而易受感动的天性，一直向往纯朴和童稚，也以与日俱增的兴趣，关注着这个小姑娘。对于他，小姑娘似乎几近神圣，每当她从灰溜溜的棉花包后面探出金黄色小脑袋，用深蓝色的眼睛窥视他时，或是从货包的边沿上面俯视他时，他每每半信半疑地觉得，他瞥见了从他的《圣经·新约》里面，走出了一位小天使。

经过黑利那伙身带镣铐的男女黑奴席地而坐的地方时，她每每脸上愁云惨雾，不胜悲痛。有时，她竟然轻盈地走到他们中间，观望他们，露出迷惑不解、痛苦而又诚挚的神色；有时，还会用纤细的小手举起镣铐，然后一边走开一边沮丧地唉声叹气。有好几次，她手里捧着糖果、坚果和蜜橘，突然降临他们中间，高兴地把这些东西一一分发给他们，尔后再次离开。

汤姆观察了这个小姑娘许久之后，才壮起胆子，表达了愿与她结识的意愿。在博得儿童的好感、吸引他们接近方面，他熟悉许许多多小诀窍，因此，决定熟练地扮演好这一角色。他能用樱桃核雕刻出精巧的小篮子，能在山核桃上刻出稀奇古怪的脸谱，或者用接骨木心镂刻出跃然欲飞的古怪小人，而且，在制作大大小小的各式口笛方面，他恰似一位潘神①。他口袋里装满了杂七杂八的逗人玩意儿，是他往日为东家孩子积存起来的。此刻，他带着值得褒扬的审慎，紧缩开支似的一个一个地拿出来，作为相互结识交朋友的表示。

小姑娘尽管忙上忙下，对一切发生的事情都兴趣盎然，但这次却忸忸怩怩，费了不少力气，才使她服帖顺从。汤姆忙着施展上述那些小技艺时，有一阵儿，她像一只金丝雀，蹲在汤姆身边的箱子或货包上，后来带着一种严肃而羞赧的神情，从汤姆手中接过了他赠给她的小物件。不过，他们终于变得推心置腹了。

“小姐叫什么名呀?”最后，汤姆认为时机已经成熟，可以进而这样盘问的时候，问道。

“叫伊万杰琳·圣克莱，”小姑娘说，“不过爸爸跟别人都叫我伊娃。喏，你叫什么?”

“我叫汤姆。在肯塔基州，小孩子们喜欢喊我汤姆叔叔。”

“那我也想喊你汤姆叔叔，因为你看，我喜欢你，”伊娃说，“喏，汤姆叔叔，你这是去哪儿?”

“我也不知道，伊娃小姐。”

“不知道?”伊娃问。

“是的。我要去卖给什么人，可不知道卖给谁。”

“我爸能把你买下来，”伊娃连忙说，“要是他买了你，你的日子就好过了。今天我就去求他。”

“谢谢你，我的小姑娘。”汤姆说。

这时，轮船停靠在一个小码头上装载木材。伊娃听到父亲呼唤，便灵活地跳着跑过去。汤姆立起身走过来，表示愿意帮忙运木柴，很快就在水手们中间忙活起来。

伊娃和父亲一起站在护栏旁边，注视着轮船启动，驶离码头。水中，机轮转动了两三圈，突然，一声震动，小姑娘站立不稳，从船舷一侧跌进大海。她父亲几乎不假思索，想跟着女儿跳下去，只见背后一个人，由于瞥见早有一办事更麻利的人，跳进海里去搭救

① 潘神（Pan），古希腊神话中的牧神，善于吹奏魔笛。

伊娃，便一把把他拉住。

伊娃落水的那一刻，汤姆恰巧站在她身下的下层甲板上。他眼见伊娃拍打着水沉了下去，便即刻跳入水中。汤姆胸脯宽广、臂力过人，在水上漂浮对于他不费吹灰之力。不一会儿，小姑娘浮出水面，他一把揽在怀里，带着游向船边，把水淋淋的她递到船上的人手里。这时，船上人千百只手，仿佛一个人似的，急切地伸出来接住了她。一会儿以后，她父亲就把浑身滴水、昏迷不醒的小姑娘，抱到了女客船舱里面，像往常遇到这类情况一样，在全体女乘客之间，展开了一场好心善意的争斗，看谁能做的事情能以各种可能方式，阻挠并且推迟她苏醒过来。

次日，天气酷热而郁闷，轮船徐徐驶近新奥尔良港。船上，一阵乱乱哄哄，大家都在收拾行李，等待轮船靠拢码头。船舱里，有些人把东西归拢到一起，准备上岸。全体侍者杂役都在清扫、擦洗，把这艘光彩夺目的轮船整理停当，准备堂堂皇皇地驶进港口。

下层甲板上，我们的朋友汤姆，以手抱肩，焦急不安地坐在那里，时不时地回过身去，望望轮船另一侧的那群乘客。

那边站着标致的伊万杰琳，除了面色较前天稍微苍白之外，其余均未显出她所遭遇的那场事故的痕迹。身旁站着一个温文尔雅、身材秀美的青年，一只胳膊随随便便地倚在一个棉花包上，胸前是一只打开的大钱包。显而易见，这位绅士一望可知就是伊娃的父亲。那高贵头颅的形状，那蓝色的大眼睛，以及那一头金褐色头发，与伊娃毫无二致，然而，那神情却迥然不同。一双清澈的蓝色大眼睛，虽然其形状和色泽酷似伊娃，却缺乏那梦幻一般朦胧而深沉的神色；里面虽然流溢出澄明、勇毅和睿智，但同时也闪现出一丝完全世俗的光线。雕琢完美的嘴唇上，挂着一种傲慢而略略显出的讥讽神色：翩翩的身段，转动回顾之间，都显出潇洒、文静和怡然自得的优越气派。这时，他正在不经意地听黑利讲话，态度和善，神情中夹杂着诙谐和轻蔑。只见黑利滔滔不绝，详细解说着他们讨价还价的那件商品的质量。

“伦理和基督徒的美德，统统都收进他这个黑皮囊里了，统统!”

见黑利收住了话头，那青年才说："好吧，老伙计，用肯塔基人的话说，要我出个什么数！一句话，这桩生意要付多少钱？你想骗我多少？说出来吧！"

"嗯，"黑利说，"那家伙我要是收一千三百块钱，我自己只是刚够本，你别不信，是刚刚够本。"

"可怜的老伙计，"那青年用犀利而挖苦的蓝眼睛紧紧盯着黑利，说，"不过，我看你肯定愿意破例照顾我，让我出这个价把他买下来。"

"嗯，这位小姐好像十分喜欢他，这在情理之中。"

"噢，当然啦，你也该慈悲慈悲嘛，朋友。喏，作为基督教的善举，也为了取悦这位特别喜欢他的小姐，你起码要多少钱才能把他出手？"

"嗯，你就想想吧，"奴贩说，"只要看看他的手脚，看看他宽宽的胸膛，就知道他壮得像匹马了。再看看他的脑袋，高额头总是说明黑鬼子有心计，干什么活都成。这我早就注意到了。正跟你说的一样，单说体格吧，他那分量，长得又结实，就是个傻瓜也值不少钱哩。加上他有心计——我敢说他的心计不同一般——价钱自然就高点喽。告你说，那家伙掌管过他东家的整个农庄，做起生意来，是顶顶有才干的。"

"糟糕、糟糕，太糟糕啦！懂得太多啦！"青年说，嘴角上仍然闪现出挖苦的笑意，"这说下大天来也不行。你那些机灵鬼老是逃跑、偷马，把事情弄得一塌糊涂。我看就为了他这份机灵，也得再少要一两百块钱。"

"嗯，要不是他为人老实，你的话还有几分道理。不过，我可以把他东家跟别人的推荐信拿给你看看，来证实他是个不折不扣的虔诚黑奴——这么恭顺，这么虔诚，这么喜欢祷告的黑奴，你还从来没见过哩。嘿，在他来的那一带地方，人们还管他叫传道师哪。"

"我可能把他当个家庭牧师用，"青年的语气冰冷，"这倒是个好主意。在我们家里，宗教是个特别稀罕的物件。"

"你这是在说笑话。"

“你怎么知道我在说笑话？刚才你不是还说他是个牧师吗？又是哪次代表会议或委员会审查的？得啦，拿出文书字据来吧。”

倘使奴贩没有从对方那蓝色大眼睛里闪烁着的某种善意之中，使自己心里有了数，确知这一切的戏谑逗趣，到头来肯定达成一笔现金交易，他也许早就会有些不耐烦了。情况既然如此，他便掏出一个油渍麻花的钱包，放在棉花包上，焦急地端量着里面那些文书字据。其时，青年站在一旁，俯身望着奴贩，一副潇洒自如而又心不在焉的滑稽样子。

“爸爸，把他买下来吧！花多少钱都不要紧。”伊娃轻轻地耳语道。这时她正站在一个货包上，两只胳膊搂住了父亲的脖子，“我知道你有不少钱。我要他。”

“你干吗要他，宝贝？你是把他当成响盒、摇动木马，还是什么别的玩意儿？”

“我要让他幸福。”

“这个主意倒很新鲜，真的。”

这时，奴贩递上一份由谢尔比先生亲笔签署的文书，青年伸出修长的手指拈过来，马马虎虎地瞥了一眼。

“真是绅士派头的书法，”他说，“而且文从字顺。喏，不过关于你对宗教的说法，我到底还没有弄清楚，”他说，眼里重新出现了方才那种恶作剧的神色，“这个国家几乎让虔诚的白人给毁掉了。竞选前我们眼见的那些虔诚政客，教会和国家各部门所采取的那些虔诚措施，使得人们不知道，下一回还有谁会欺骗自己。我也不知道，现在宗教还可以上市买卖。我最近没看过报，不知道宗教是怎么个卖法。喏，你在汤姆信教这一项上想加多少钱？”

“你真是喜欢说笑话，”奴贩说，“不过你说的也有些道理。信教的也都不一样。有些个也真糟：上布道会挺虔诚，虔诚得又唱又喊。这些人，不管白人黑人，都不能算数。可有些个是真的虔诚，我常常跟别的人一样，在黑鬼子身上见到这种虔诚。他们温顺、安详、不声不吭，又老老实实，凡是认准了不对头的事，就是说下大天来，他们也不干。从这封书信里你就会明白，汤姆的老东家对他是怎么说的。”

“喏，”青年说，弯下腰认真地望着钱包，“如果你能向我担保，我当真能买到这种虔诚，上天能在我的账上特别记上一笔的话，额外花点钱，我是不在乎的。你看怎么样？”

“说真格的，这一点我担保不了，”奴贩说，“我看死后到了那边儿，各自都有各自的一本账。”

“一个人多花了钱买了宗教，可是到了最需要的时候，却不能用它抵账，这也太叫人为难了，对不对？”青年一边说着，一边点着一沓钞票，“喏，点点吧，老伙计。”他把钱递给奴贩之后，又补充道。

“好的、好的。”黑利满面笑容地说，一面掏出一只旧墨水瓶，着手填写买卖字据。他三下五除二，写好之后递给了青年。

“我不知道，如果把我分门别类地开列个清单，”后者一面浏览字据一面说，“能卖多少钱。比方说，我的脑袋形状值多少，高额头值多少，胳膊和手脚值多少，还有教育、学识、才干、诚实，以及宗教又值多少！老天！我看最后这一项只值个零头罢了。不过——过来，伊娃，”他说罢拉起女儿的手，走到船的对面，手指尖漫不经心地碰着汤姆的下巴，又善意地说，“抬起头来，看看喜不喜欢你的新东家。”

汤姆把头抬了起来。望着那张喜形于色、年轻而标致的脸，如果有谁不感到一阵喜悦，那就太没人情味了。所以，汤姆立时觉得眼里流出了眼泪，真心实意地说：“愿上帝赐你福祉，老爷！”

“好的，希望会这样！你叫什么名字？叫汤姆吧？从各方面看，你替我祈祷比我自己祈祷可能更灵验点儿。你会赶马吧，汤姆？”

“我赶马赶惯了，”汤姆说，“谢尔比老爷养了不少的马。”

“那好，我想叫你驾驾马车，可是一个礼拜最多只能喝一次酒，汤姆，特殊情况另当别论。”

汤姆似乎有些意外，感到很是委屈，说：“我从不喝酒，老爷。”

“我刚才听到有人这么说过了，汤姆，我们往后再说吧。要是你不喝酒，那对大伙都格外方便。别放在心上，老仆人，”望见汤姆仍然脸色阴沉，又善意地补充道，“我相信你是打算好好干的。”

“我当然想好好干。”汤姆说。

“而且你一定有好时光过的，”伊娃说，“爸爸对谁都好，只是老爱笑话他们。”

“你把他推荐给爸爸，爸爸十分感谢你。”圣克莱大笑着说，一边转过身走开了。

第十五章　新主及其他

我们谦卑的主人公，既然其命运的轨迹已与高贵人家结下不解之缘，那么，就有必要对这个家族，简略地作一介绍。

奥古斯丁·圣克莱，是路易斯安那州一个家道殷实的种植园主的儿子，祖上原居加拿大。这家生了一对兄弟，两人气质和品性极为酷肖，其中一个后来定居于佛蒙特州一片富庶的农庄，另一个则在路易斯安那州成了富裕的种植园主。奥古斯丁的母亲是法国雨格诺教派①的信徒，她的家族在路易斯安那州早期移民的岁月里，移居到这里。奥古斯丁父母只有他们兄弟两人。由于母亲遗传使然，奥古斯丁身体极为孱弱，幼年时，家里按照医生的嘱咐，把他送到佛蒙特州，在伯父的看护下，度过了好多年，想在那里寒冷爽人的气候中，使他强壮起来。

少年时代的他，性格上的多愁善感十分明显，可谓走向了极端。这使他缺乏男性的刚劲，而近乎于女性的温柔。然而，时光流转，这种温柔气质外面长上了一层男子汉的粗粝躯壳，因此几乎没有人知道，在他内心深处，这种气质依然活脱脱地存在着。他的聪明才智确是举世无双，但是心灵上却总是显露出追求理想和至美的偏爱，

① 法国新教派，因受迫害而大量迁徙至英国诸国。

十分厌倦日常生活中的实际事务。这也是人们才智经过衡量对比所共同产生的结果。完成大学学业后不久，他的整个身心，便在一场如火如荼、罗曼蒂克式的激情狂热之中，熊熊燃烧起来。他的时刻，那绝无仅有的时刻来临了，他的命运之星在天际冉冉升起来。这种命运之星往往徒劳地升起，而又一无所获，成了镜中之花，留存在记忆里。他的命运之星，也是枉然一梦。长话短说，他在北部一个州里，邂逅了一个心灵高贵的美丽的姑娘，赢得了她的芳心，于是两人订下了婚约。等他返回南方，操办他们的婚事时，令人万万想不到，他的信件由邮局退了回来，附着姑娘监护人的短笺，告诉他，在接到短笺之前，姑娘已另有他嫁。听到这个消息，他如痴如狂，想同许多别的人一样，横下一条心，把这件事的前因后果，从心里忘个一干二净，结果只是徒唤奈何。他一身傲骨，不屑于祈怜或寻求解释，而是立即卷进了时髦社交的漩涡。从接到那封致人于非命的短笺时刻起，不出半个月的工夫，他就成了当年社交季节第一名花以身相许的情侣。尽快地操办一番之后，他便成了这个拥有十万家产、明眸盼兮的名媛的夫婿。自然，人人都把他看成一个幸运儿。

在庞夏特兰湖畔的豪华别墅里，这对新婚燕尔的夫妇欢度蜜月，款待一群才华横溢的朋友的时候，一封字迹熟悉的信递到了他手里。交给他信之际，他正与满屋的宾朋高谈阔论，兴致至浓至极。他看到信上的笔迹，脸色陡然死一般灰白，但依然镇定自若，把当时他同坐对面女士的戏谑的唇枪舌剑，告一段落。而后不久，他便从人群中消失不见了。他踽踽独自来到房间，打开信来读，然而读信又有何用，还不如心无旁骛为好。信是她写来的。洋洋洒洒讲述了她从监护人一家那里，所受到的摧残，诱逼她同他们的儿子结为夫妇。信中还说，有好久好久，她没收到他的信；她再三再四地写信给他，写得后来都厌倦、怀疑起来。信里告诉他，由于心急如焚，她的健康受到了损害，以及最后，她是如何发现监护人对他们两人所玩弄的这场骗局的全部情况。信以充满希望和感激，以及对永不磨灭挚情的坦率表露结尾。这对于这位不幸青年来说，比死亡更加令人痛苦。他立即给她回了信：

来信收悉，但为时已晚。当时凡是听到的，我都信以为真，所以也就孤注一掷。现在我已成婚，一切成为过去。只有忘记，才是留给你我的出路。

对于奥古斯丁·圣克莱，生活当中的理想和罗曼史，就如此这般结束了。而只有现实留了下来，那闪烁明灭的蓝色波浪，偕着它白帆点点的荡漾轻舟，以及橹声和涛声消退之后的平板、贫瘠和黏湿泥浆的现实。现实就横亘在眼前，平板、贫瘠而黏湿，那如此现实的现实。

一部小说，当人们心力交瘁、告别人世的时候，自然也就是小说的结尾。这在一则故事中，是十分方便省力的事。然而，在现实生活之中，当所有使生活光艳耀目的东西消亡时，我们却并不会死去，还要循环往复地忙于吃喝、穿衣、行动、访友、买卖，以及谈话和读书等诸如此类要事，是它们构成了通称之为需要体验的“生活”，而这也是留给奥古斯丁所要体验的。

假如他的妻子是个身心健康的女人，也许她会做点什么——女人是能够做到这一点的——来修复这条折断的生命之线，再次编织成一条璀璨光明的彩带。然而，玛丽·圣克莱对生命之线的折断，甚至毫无察觉。正如上面所表，她只是个名媛淑女，空有一双美目和十万家产罢了。这些东西中，没有一样能够真正抚慰他那受到创伤的心灵。

人们发现奥古斯丁脸色死一样苍白，躺在沙发上时，他推诿道，是突然患上呕吐性头痛，才使他的心情沮丧的。她则建议他嗅闻鹿角精①，或可见效。然而，过去了一个礼拜又一个礼拜，而他的脸色苍白和头痛依然时时发作。而她却只是说，自己从来没有想到，圣克莱先生的身体这么多病，好像很容易犯呕吐性头痛似的。这对于她是一件很不幸的事，因为他无法享受到跟她相依为伴的乐趣，再

① 即氨水，在当时是用来提神的嗅药。

说他们刚刚完婚，一个人老是踽踽独行，未免不伦不类。奥古斯丁见自己要了这样一个没有观察力的女人，心里反而暗自庆幸，然而，随着蜜月光环的隐褪，彼此间也不再那么相敬如宾。这时他才发现，一个娇生惯养、事事有人侍奉的美貌姑娘，在居家生活中，可能成为一个难以对付的家庭主妇。玛丽一向缺乏丰富的感情，没有容人的肚量，仅有的那点滴感情，也汇合为极其强烈而又浑然不知的自私。这种自私，又由于其冷漠无情，只顾自己而全然不管别人的想法，而变得更叫人无可奈何。她从幼年时代起，仆从便前呼后拥，为了讨好主子，而煞费苦心，百般揣摩。可她从来没想到过，这些做奴仆的，也有自己的感情或权利。在她脑海里，甚至没有依稀隐约地想到过这一点。她父亲就生下她这一个独生女，只要世间能够办到的事，对她总是有求必应，没有二话。她刚刚成年的时候，出落得风姿绰约，多才多艺，加之又是个大笔财产的继承人，自然招引了大批异性求爱者拜倒在她的脚下，而不管自己与她般配与否。自不待言，奥古斯丁能够娶她为妻，在她眼里，是他前生造化，洪福齐天。然而，如果设想一个没有心计的女人，在感情的物物交换中，是个容易对付的债权人，那就会大错特错。因为，在强迫对方付出爱情的人当中，那最残酷无情者莫过于极端自私的女人了。而且，她愈益变得令人生厌时，也益愈妒火中烧，全力以赴地勒索爱情，斤斤计较，锱铢必争。因此，当圣克莱当初求爱时所习惯流露出来的殷勤备至消逝时，他发现，这位女苏丹对她的这个奴隶，绝对没有放任自流的意思。她或者没完没了地哭泣，怒容满面，发点不大不小的脾气，或者哀哀怨怨，意犹未尽，动辄指责呵斥。圣克莱生性温和，不愿惹是生非，便买些礼物或者奉承几句，以求换来平静。后来，玛丽生了一个漂亮的女儿，圣克莱有一段时期，心里唤醒了一丝柔情蜜意。

圣克莱的母亲心地纯洁，品格高贵。他用自己母亲的名字来命名这个女儿，真诚地幻想，她会跟母亲一模一样。然而妻子对这件事却不无嫉妒，每每提起来都带着怒意，对丈夫一心倾爱孩子，也报以猜疑和不悦，凡是给予孩子的，仿佛都是从她身上夺走的东西。

从这个孩子降生之日起，玛丽的健康便渐渐亏损。躯体上和精神上一贯的懒散生活，不断厌倦和无法满足的折磨，加上妊娠期间常见的衰弱，不出几年工夫就把一个含苞欲放的年轻美人，变成了一个病病恹恹，心力交瘁的黄脸婆。她的时光消磨在了各种疑神疑鬼的病症之上，无论从哪方面说，都觉得自己是世上最受虐待、最痛苦的人。

她的自诉症状各式各样，无穷无尽，但其中最主要的重症得算呕吐性头痛。有时一犯起病来，就三天两头躺在屋里，足不出户。自然，一切家务都由仆从料理，因此，圣克莱对于家政感到舒适惬意。由于独生女儿体质极为纤弱，没有什么人看护、照料，他担心她的健康会因母亲的无能为力而受到损害。于是，他携女出游佛蒙特州，说服堂姐奥菲丽亚·圣克莱一同返归南方家园。现在，他们正乘坐这艘轮船回南方去，笔者才趁此机会把他们介绍给诸位看官。

此刻，新奥尔良市的圆形屋顶和尖塔遥遥在望，所以还有时间引见一下奥菲丽亚小姐。

凡是去新英格兰各州①旅行过的人，肯定都不会忘记，那枝繁叶茂的糠椴，亭亭如盖，荫翳着凉爽村庄里的宽大农舍，连青草萋萋的庭院里也打扫得干干净净；肯定都不会忘记，整个四面八方，仿佛都氤氲在一种井井有条、寂静安详而又永恒不变的怡然气氛之中。一切都有条不紊，一切都不会丢失；篱笆上没有一根乱动的木桩，庭院里绿草如茵，窗户下长满一丛丛、一簇簇紫丁香灌木，看不到一丝零乱的东西。他肯定不会忘记，宽敞清洁的室内，没有闹闹哄哄的迹象，一切都异常宁静，件件东西什物都一劳永逸地摆在那里，严守其位，所有家务活动，都准时按着墙角那座古钟进行，分秒不爽。他肯定不会忘记。在所称的家庭“起居室”里摆着的那个带玻璃门的旧书橱，庄重稳固，令人肃然起敬。里面，赫然而庄重地并

① 指美国东北部六州，因英国首先移民这里而得名。

排放着罗伦①的《古代史》，弥尔顿②的《失乐园》，班扬的《天路历程》，以及司各特③的《家庭圣经》，同时，还放着大量的其他书籍，内容同样严肃而令人景仰。农舍里见不到仆役，只能瞥见头戴雪白帽子、鼻梁上架一副眼镜的主妇，每日午后跟女儿们坐在一起做着针线，仿佛什么家务都没做过，手头也没活可做似的，因为，在每天那个人们早已忘却的大清早，她和女儿们就已经“收拾停当”了。所以，在余下的时间，无论你在哪一刻见到她们，屋里都是“停停当当”。年代久远的厨房里，地板上从来没有污迹或斑点，餐桌、椅子和各种锅碗瓢勺，从来都不会零乱或打破秩序，虽然一日三餐——有时是一日四餐——要由这里供应，虽然全家人衣服的洗烫都是在这里进行的，虽然好几磅重的黄油和奶酪，也是从这里静静悄悄而又神乎其神地来到世间的。

就是在这样一个农庄上，在这样一所住宅和家庭里，奥菲丽亚小姐度过了四十五个春秋的安静生活。尔后，堂弟才约请她到他南方的庄园里去做客。她是这个大家庭的长女，但父母仍然把她看成“孩子”。邀她赴新奥尔良市的建议，对于全家来说，是件极为重要的大事。头发灰白的老父亲，从书橱里找出莫尔斯④的《美国地理志》，确定了准确的经纬线方位，还浏览了弗林特⑤的《西方南方游记》，以便在了解了南方自然条件之后再作道理。

善良的母亲好不心焦，问道：“新奥尔良是不是个可怕的坏地方？”又说：“对于她，就跟去三明治岛⑥或者别的什么异教徒的地方一样？”

消息传到了牧师家里，传到了医生家里，也传到了皮博蒂小姐的女帽店里，都知道了奥菲丽亚·圣克莱小姐正在“讨论”同堂弟

---

① 罗伦（Rollin，1661—1741），法国历史学家。

② 弥尔顿（John Milton，1608—1674），英国大诗人。

③ 司各特（Scott，1747—1821），英国注释家。

④ 莫尔斯（Morse，1761—1826），美国地理学家。

⑤ 弗林特（Flint，1780—1840），美国牧师。

⑥ 三明治岛，夏威夷群岛旧称。

一起南下，到新奥尔良去的事。自然整个村子的人，也都不愿袖手旁观，协助着“讨论”这件事的重要过程。一方面，明显倾向于废奴主义观点的牧师，心怀疑虑，不知道这一步棋，能否在某种程度上怂恿南方人，使他们抓住奴隶不放；另一方面，身为坚定殖民主义者的医生，则对奥菲丽亚小姐应该去南方的观点，深表赞许，这样也好叫新奥尔良人知道知道，说到底，他们对南方人并没为难的意思。而实际上，他认为，南方人应该得到一些鼓励。不过，等到她到南方去的决心完全公之于众之后，半个月的工夫里，所有她的朋友和邻里，都郑重其事，邀请她去吃茶点，因而，她的打算和看法，也就相应地得到查询和议论。莫丝莉小姐，由于来她家帮着置办行装，因此，每天都能获得有关奥菲丽亚小姐置装进展的重要消息。据查证可靠的消息说，辛克莱老爷——这里的邻里往往把圣克莱的名字讹读为这样——数出了五十块钱，递给奥菲丽亚，让她随便买几身自己相中的衣裙。还有消息说，已经从波士顿订做了两套丝织衣裙和一顶女帽，至于这笔额外的花销正当与否，则人言人殊，众说不一。有些人点头首肯，认为人生难得这一次，无论从哪方面看，这钱花得很值；另有些人则斩钉截铁，认为这笔钱应该捐给传教士。不过，无论哪方都一致认为，从纽约订做的那把阳伞，是方圆一带前所未见的，还认为，那身丝织衣裙，可以完全相信，也是独一无二的，而无论对它的女主人作何感想。还有一种可信的谣传，说奥菲丽亚小姐有一条抽丝刺绣的手帕，传闻甚至说，她有一块四周镶边的手帕，甚至还添油加醋地说，手帕四角都绣了花。不过，最后一点并未得到满意的证实，事实上，至今依然悬而未决。

而正如诸位现在见到的那样，身材高挑、仪态端庄、面容清癯的奥菲丽亚小姐，身穿黄褐的旅行服，正站在你们面前。她面庞瘦削，棱角分明，紧闭的双唇，仿佛一个人习惯于只有这样，才能就所有问题，明确无误地拿定主意似的。一双犀利敏锐的黑眸十分独特，顾盼之间，洋溢着搜索观察和深思熟虑，环顾四周时，仿佛寻找着什么可以照料的东西。

她举手投足，都敏锐决绝，富有活力；虽然谈锋不健，但一旦开口，她的话却非常直截了当，切中肯綮。

就做事的习惯而言，她简直是个井井有条、有板有眼和精确细密的活脱脱的化身。就遵守时间而言，她像钟表那样不可逆转，像火车头那样严格正点。凡是与此相悖的事，她自然一概不屑一顾，讨厌至极。

在她眼里，罪孽当中的最大罪孽，集邪恶之大成者，用她词汇里面非常普通而又十分重要的字眼说，莫过于“苟且偷安”。要表达她最后的轻蔑而又轻蔑的看法时，她便字字千钧地甩出“苟且偷安”这四个字来。她就是利用这些字眼，来形容那些同实现心中明确目标，没有直接和必然联系的所有做法的。凡是无所作为的人，凡是对自己该做的事不明确如何着手的人，或者凡是对手头事务，不采取最直接措施以期完成的人，都是她极端轻蔑的。但这种轻蔑，她往往不形诸言辞，而是摆出一副冷峻严酷的面孔，仿佛对诸如此类的事情，她不屑于发表什么意见。

至于精神修养，她头脑清晰，思想活跃，见解坚定，熟读历史和英国古典作品，在某些分支领域里，颇有独到见解。在神学上所抱定准则，系统条理，分门别类贴着不同的明确标签，就仿佛她盛碎布的皮箱里的捆捆布条一样，归置起来。神学信条就有如此这般多的数目，永远不可能再有增加。对于实际生活中大部分问题的见解，诸如对家政各分支以及故乡的各种政治关系的见解，等等，也是如此。而她一生中最坚定不移的原则则是良知。这是一切准则的基础，它的内涵比其他一切都更高深，更开阔。对于新英格兰妇女，良知主宰一切，涵纳一切，是由花岗岩构成的，处于最深的底层，但也可升腾飞跃，达到高耸入云的山脉的巅峰。

奥菲丽亚小姐对于“理应如此”的概念，是个坚定不移的卖身奴隶。

她通常所称的“道义之路”，一旦使她确知通往什么方向，便会赴汤蹈火，而不稍有偏离。只要确知“道义之路”的方位，便会径直跳下井去，也会爬上装着炮弹的炮口。她的正义标准涵盖一切，这么高尚，这么细密，对人类的弱点几乎绝不让步。虽然她以英勇的气概，力求达到这一标准，实际上，却从来没有做到这一步。这自然使她心头经常压着重负，往往感觉受到了羁绊而又无能为力，给她笃信宗教的性格，平添了一层严峻而又有些阴郁的色彩。

然而，既然圣克莱寻欢作乐，放浪形骸，做事既不准时，又疑虑重重，不切实际，简言之，既然他对奥菲丽亚小姐所最崇尚的习惯和见解，抱着贸然冷漠的态度，一一肆意践踏，那么，她到底怎么同他相处下去呢？

那就实话实说吧，她爱他。从他幼年时代起，她的责任就是教他教义问题，给他梳头，补衣服，总的来说，是按着他应该有的处世之道，把他抚育成人。对此，她内心也具有温暖的一面，而圣克莱往往像跟大多数人相处时那样，自己独占了这种温暖的大部分。这样，他才举重若轻，成功地说服了她，使她认识到，“道义之路”通往新奥尔良方向，她必须同他一道去照料伊娃，在他妻子不断生病期间，把桩桩事情料理妥当，免得他这个家毁于一旦。想到一个人家里无人照管，她心里便不得安宁，再说自己又喜欢这个可爱的小姑娘——有谁能够不喜欢呢？虽然在她眼里，圣克莱极像个异教徒，但她却爱上了他，听到他的笑话会放声大笑，见到他的无能，却纵容姑息，而且这种爱恋和姑息之深，已经达到熟悉她的人完全无法置信的程度。不过，要想进一步了解奥菲丽亚小姐的更多情况，看官则必须借助同她个人打交道来发现了。

这会儿，她坐在特等舱里，四周堆满了形形色色、大大小小的毡制手提包、箱笼和篮子，里面装着不同的东西，正在一本正经地整理，包扎或捆绑。

“喏，伊娃，你的东西过过数了吗？嗯，自然啦，你没过过数，孩子们都这样。这里是你的花点毡制手提包，还有蓝色镶边小盒，里面盛着你最漂亮的帽子；这是两件，加上橡皮包，是三件；还有我的针线盒，是四件；还有我的手提箱，是五件；还有我的衣领盒，是六件；再加上这个小梳头盒，是七件。哦，你把你的小阳伞弄到哪儿去啦！递给我，包上纸，再跟我的雨伞和阳伞捆在一块儿。喏，给我呀！”

“噢，姑妈，我们是回家，这有什么用？”

“为了整齐呀，孩子。要是人们打算购买东西的话，就得看管。哎，伊娃，你的顶针放好了吗？”

“说实话，姑妈，我不知道。”

“那不要紧，我检查检查你的盒子：顶针、石蜡、两卷线团、剪刀、刀子，还有卷尺，不错，放在这儿吧。你就跟你爸爸一个人来的，孩子，你们一路上是怎么过的呢？不把东西都丢了才怪哩。”

“嗯，姑妈，我真的丢了不少东西。后来，不管轮船在哪儿停下，爸爸不论什么都再买一些。”

“愿上天慈悲我们吧，孩子——这是怎么个过日子法！”

“这过法不是挺自在嘛，姑妈。”伊娃说。

“这可太叫人担心了，简直是苟且偷安。”姑妈说。

“喏，姑妈，这会儿你怎么办？”伊娃问，“箱子里满得盖不上啦。”

“一定得盖上。”姑妈说。她俨然将军一般，用力压挤着里面的东西，一跃踩住盖子。然而，箱盖处仍然留着一条小缝。

“坐上来，伊娃！”奥菲丽亚小姐满怀豪气，说，“以前盖得上，现在还能盖上。箱子非得盖紧锁好不可，没有别的法子。”

毫无疑问，由于这番坚决的话语，箱子受到恐吓，让了步。只吧嗒一声，搭扣刚好落到扣眼里，奥菲丽亚小姐转动了钥匙，然后凯旋似的放进口袋。

“现在我们准备停当啦。你爸爸在哪儿？我看是搬出行李的时候了。留神点，伊娃，看你能不能看见你爸爸。”

“哦，对啦，他在下边另一头那个先生舱里吃橘子哩。”

“他想必知道离家多么近啦，”姑妈说，“你跑过去告诉他，好吗？”

“不管什么事，爸爸从来不着急，”伊娃说，“再说还不到码头哩。到护栏这边来吧，姑妈。瞧，街上头是咱们的房子。”

此刻，轮船沉重地呻吟着，像头精疲力竭的巨兽，准备在码头旁边无数轮船当中停泊。伊娃兴高采烈，用手指点着各式尖塔、圆顶和路牌。从这些东西里，她认出了自己出生的城市。

“对，不错，亲爱的，”奥菲丽亚小姐说，“可是上天怜悯我们吧！停船了，可你爸爸在哪儿？”

现在，出现了靠岸时常见的那种杂沓纷扰的景象：侍役立即四处出击，来回走动着；男人们夹紧皮箱、毡制手提包和箱笼；女人们心急火燎，高声呼唤孩子，人人都聚集在一起，挤成了密密麻麻的一团，站在通往码头的跳板上。

奥菲丽亚小姐在最后制服的皮箱上正襟危坐，坚毅凛然。她把箱笼什物摆得整整齐齐，犹如士兵的队列，神情间流露出保卫它们到底的决心。

“我给您提皮箱吧，女士？”“我替您拿行李，好吗？”“让我照应您的行李吧，小姐？”以及“这些要拿走吗，小姐？”等等诸如此类的主动帮忙声，雨点般纷至沓来，但她却充耳不闻。她以冷峻的决心，笔管条直，坐在那里，宛若一根勇往直前、插进木板的钢针，怀里紧抱着那捆雨伞和阳伞，答话口气之决绝，甚至足以叫出租马车闻风丧胆。回答的间隙里，又望着伊娃在心里嘀咕：“她爸爸到底在想什么？他不会掉进水里去了吧？肯定是出了什么事。”正在她自己真的开始感到苦恼的当儿，他走了过来，步履与以往一样悠然自得，然后把自己正吃的一小块橘子递给伊娃，说：

“嗯，佛蒙特州来的堂姐，看来你都收拾好了。”

“我收拾好，快等了一个钟头啦，”奥菲丽亚小姐说，“我可着实替你担心来着。”

“那个人可真聪明，”他说，“好啦，马车在等我们，人们这会儿也走净了，我们可以像基督徒那样体体面面下船，不用给推推搡搡的啦。”他又冲站在身旁的车夫说，“喏，拿着这些东西。”

“我去看着他往车上放东西。”奥菲丽亚小姐说。

“噢，堂姐，那有什么用？”圣克莱说。

“嗯，不管怎么说，我想拿这个，这个，还有这个。”奥菲丽亚说，挑出三只箱子和一只毡制手提包。

“堂姐，说实在的，你不会把大青山①的规矩带到我们这儿来吧。起码应该学点南方规矩，可别扛着这么重的东西下船。人们会把你当成女仆的，再说这些东西他会轻拿轻放，像拿鸡蛋似的。”

奥菲丽亚小姐在堂弟从她手中把那些宝贝拿走时，显得非常沮丧。不过，跟他们一起坐进马车，眼看那些东西保管得很好，又十分高兴起来。

“汤姆在哪儿？”伊娃问。

“哦，坐在车外边儿，宝贝。我想把汤姆当作讲和的礼物送给妈妈，来顶替那个把车弄翻了的醉鬼。”

“哦，汤姆赶车一定很棒，这我晓得，”伊娃说，“他压根儿不会喝醉。”

马车在一座古老的宅邸前面停下来。那样式非常奇特，夹杂着西班牙式和法国式建筑风格。这种风格的建筑在新奥尔良一些地带，至今仍能见到一些，式样是摩尔人式②的，楼房方方正正，环护着一所庭院，马车驶过拱形大门，进入院内。显而易见，里面的庭院是按照人们骄奢豪华、秀丽如画的理想布置起来的。四边环护着宽敞游廊，那摩尔式拱门，硕大的石柱，以及阿拉伯式的饰物，仿佛在梦境中一般，使人想起东方人主宰西班牙的传奇时代。庭院中央，喷泉高高喷出银白色水柱，水花飞溅，无穷无尽，落入四周簇拥着浓密而馥郁紫罗兰的大理石池底。泉水清澈，犹如水晶，又有无数金黄和银白的鱼儿，仿佛许多富有生命的珠宝，在水中闪烁发光，穿梭游弋，充满一派生机。喷泉周围，是一圈铺着鹅卵石镶嵌图案的甬道，图案形形色色，极尽想象之能事。再向外边，则是一片柔滑如天鹅绒般的绿色草地，一条马车车道把这一切围在中间。两棵芬芳吐蕊的高大橘树，投下了令人惬意的浓荫，草地四周，摆满了阿拉伯式雕刻的大理石盆景，里面栽着热带的奇花异卉。高大的石

① 美国佛蒙特州的山脉。

② 指北非阿拉伯人征服西班牙时的建筑风格。

榴树，叶子晶莹剔透，花朵像火焰一样红，叶子发暗的茉莉，上面的鲜花宛如一颗颗的星星。此外，还有天竺葵，有绚丽多彩的玫瑰，繁花似锦，压得枝杆弯弯曲曲，还有金黄色的茉莉和散发出柠檬香味的马鞭花，可谓众花绽蕾，馥馥郁郁。偶尔，在什么地方还可以瞥见一株神秘兮兮的经年龙舌兰，茂盛的叶子，不同一般，恍若头发灰白的老巫师，一副不可思议而又堂而皇之的神情，傲视着四周那些容易凋谢的鲜花和馨香。环绕庭院的游廊上，悬挂着摩尔布料的帷帘，可以随意落下来遮挡阳光。总而言之，这所宅邸豪华且富有浪漫情调。

马车驶进院子以后，伊娃欢天喜地，急不可耐，仿佛一只破笼欲飞的小鸟。

“哦，你瞧它多么美丽，多么可爱！我心爱的家呀，我的爱！”她冲奥菲丽亚小姐说，“你说它美不美？”

“这地方是挺漂亮，”奥菲丽亚小姐一边下车，一边回答，“虽说在我眼里，有点古旧，有点异教情调。”

汤姆下了马车，朝四处张望，面色十分平静，欣赏着周围的景色。看官千万不能忘记，黑种人是来自世界上最灿烂辉煌的至上国度的异国人，他们在内心里澎湃着一种激情，追求所有美好、富丽和奇异的事物。但由于审美情趣没有受到熏陶，他们沉湎于这种粗放的激情时，才招致了相对冷静和准确的白种人的嘲讽。

骨子里具有诗人气质而又喜好声色之乐的圣克莱，听到奥菲丽亚小姐对他宅邸的评论，不由面露笑意。这时，汤姆正在他身后环顾四周，赞赏的心情，把他笑容满面的黑脸膛渲染得光芒四射。于是，圣克莱转身对他说：

“汤姆，我的仆人，这地方对你好像挺合适吧？”

“是的，老爷，看起来是这样。”汤姆说。

这一切都是刹那之间发生的。同时，箱笼已接二连三从车上卸下来，马车的钱也已付过，只见一大群人，男男女女，老老少少，高矮不一，从楼上楼下游廊上涌了过来迎接老爷。走在最前面的，是一个衣着华丽的一代混血青年，显而易见，是他们中间的显赫人物。他打扮得极为入时，手里优雅地挥动着一块洒上了香水的细纺手帕。

这个人物兴冲冲地，使尽浑身解数，把这群家仆赶到游廊的另一头去。

“你们都给我靠后。真替你们脸红，”他说，俨然一副说一不二的口吻，“老爷刚回来，就想打扰他们一家子人？”

听了他神气十足地说了这番十分动听的话，大伙儿都羞愧难当，都退得远远的，毕恭毕敬，摩肩接踵，站在一起。只有两个粗壮的脚夫，走过去搬运行李。

由于阿道尔夫先生井井有条的调度，圣克莱付了马车费转过身来的时候，除了阿道尔夫先生自己，其余的人全无踪影。他，缎马甲，白裤子，胸前一串金表链，十分惹眼，正冲着圣克莱温文尔雅、讨好奉承地鞠躬如仪。

“噢，是你呀，阿道尔夫，”他东家说，朝他伸过手来，“你好吗？”这时，阿道尔夫口若悬河，发表了一通即兴演说。其实，这通演说，是他花了半月时间精心准备的。

“好啦，好啦，”圣克莱一边走着，一边像往常那样漫不经心地逗着趣说，“干得可真棒，阿道尔夫。你照应一下，把行李放好。我说过话就回来跟大伙儿见见。”这么说着，便带领奥菲丽亚到通向游廊的一间大客厅里去了。

这边说话的工夫，伊娃已经小鸟似的，穿过门廊和客厅，飞奔到了一间也是通往游廊的小阁楼里去。

一个身材修长的女人，黑色眼睛，灰黑脸庞，从躺椅的靠垫上欠了欠身。

“妈妈！”伊娃欣喜若狂，扑上前抱住那女人脖子，一次又一次地拥抱她。

“好啦，小心点，孩子。别这样，弄得我头都疼了。”母亲有气无力，亲了伊娃之后，说。

圣克莱走进来后，用真正传统的夫婿方式，拥抱了妻子，接着把堂姐介绍给她。玛丽神情中流露一丝好奇，抬起大眼睛望望堂姐，慵懒而又客气地接待了她。这时，门口围上了一群仆人，其中，一个中年的一代混血女人站在前头，样子令人起敬，期待和喜悦使她身子不断战栗。

“哦，玛咪来了！”伊娃说着，飞奔到门口，投进她的怀抱，不断地亲她。

这女人并没对伊娃说，她弄得自己头疼。相反，她紧抱着伊娃，又笑又嚷，人们简直怀疑她神志不清了。伊娃从玛咪怀里挣脱出来，在人群面前飞跑着，一一握手、亲吻，那样子，后来奥菲丽亚小姐说，差点使她倒胃。

“哦，”奥菲丽亚小姐说，“你们南方孩子的行动，我可办不到。”

“是什么意思，请问？”圣克莱问道。

“你瞧，我想待每个人都好，做不出伤害人的事。可是说到亲吻——”

“亲吻黑人，”圣克莱说，“你办不到，嗯？”

“对，就是这意思。伊娃怎么能做到呢？”

圣克莱放声大笑，来到过道里。“喂，来领赏钱吧，都过来，玛咪、吉米、波莉，还有苏吉，见到老爷高兴吗？”他一边一一握手，一边说，“小心小宝贝。”一个手脚并用、在地上乱爬的漆黑小淘气，绊了他的脚后，他说：“要是我踩了谁，可别不吱声啊。”

圣克莱在人群中间散发着零钱，人们报以哄堂的欢笑，并祝福老爷平安无事。

“喏，好啦，你们都乖孩子一样地走开吧。”他说完，那群肤色深浅不一的仆人，便穿过门口，消逝在宽大的游廊里。这里，伊娃抱着一个大包，紧紧跟着人群。回家的整个路途上，她用苹果、坚果、糖果、缎带、花边，以及形形色色的玩具，把包填得满满当当。

圣克莱刚想转身回屋，一眼见到汤姆还不自在地站着，两只脚蹴来蹴去。漫不经心、倚栏而立的阿道尔夫，正在用望远镜端详汤姆，那气派准能叫花花公子哥儿脸上增光。

“去，你这个狗不理的，”东家说着打落了望远镜，“你就是这样

对待伙伴们？看起来，道尔夫①，”他手指戳着阿道尔夫显摆的那件样式雅致缎子马甲，又说，“看起来这是我那件最好的马甲呀。”

“哦，老爷，这件马甲都沾满了酒斑，像老爷这种身份的绅士，自然绝不会穿这样马甲的。我早就知道我能得到这件马甲。像我这样的穷黑人，穿起来倒挺合适。”

阿道尔夫摇头晃脑，文雅地用手指捋了捋洒上香水的头发。

“噢，原来如此，对不对？”圣克莱心不在焉地说，“喏，我要带这个汤姆给太太看看，然后你带他到厨房里吃饭。你要给我加点小心，别跟他来你那套神气把戏。你这个狗不理的，他顶你两个。”

“老爷总是喜欢说笑话，”阿道尔夫大笑着说，“见我老爷心情好，我心里也高兴。”

“到这儿来，汤姆。”圣克莱打着手势，说。

汤姆走进房间，面露渴望的神色，盯着那些丝绒地毯，以前想象不到的富丽堂皇的镜子、油画、雕像和帷幕，仿佛示巴女王来到所罗门王殿堂②前，心里惶惶不安，甚至抬起脚来不敢踏下去。

“你瞧，玛丽，”圣克莱对妻子说，“我到底给你买了个可意的车夫来。他皮肤黝黑，为人庄重，简直像驾殡车，要是你乐意，他赶起车来像是发丧那样又稳又慢。睁开眼睛看看他吧。可别再说，我出门多会儿也不想着你了。”

玛丽睁开眼睛，低眉瞥了汤姆一眼。

“我看他喜欢喝醉酒。”她说。

“不，卖主下过保证，说他是个虔诚清醒的家伙。”

“好吧，但愿他干得不错，”太太说，“虽说我不抱这么大的期望。”

“道尔夫，”圣克莱说，“把汤姆带到楼下去，小心着点，”他又说，“还记得我说的话吧。”

阿道尔夫优雅地、两脚轻轻点着地往外走，汤姆趔趔趄趄跟在

---

① 阿道尔夫的昵称。

② 故事见《旧约·列王纪上》第十章和《旧约·历代志下》第九章。

后面。

“简直是个庞然大物!”玛丽说。

“得啦，玛丽,”圣克莱在她沙发旁边的凳子上坐定，说，“发发善心，对人家说些中听的话吧。”

“你在外面又多待了半个月。”太太板着脸，说。

“嗯，你记得我写信解释过原因。”

“那封信写得又短，语气又冷淡!”太太说。

“天哪!邮差马上要动身，只能写那么多，不然连一个字也寄不出来。”

“事情总是这样,”太太说，“总有什么事使行程延长，来信变短。”

“喏，你看这个,”他又说，一面从口袋里掏出一个精致的丝绒盒子，打开了它，“这是我在纽约给你买的礼物。”

这是一幅银板相片，图像清晰，光线柔和，相片里，伊娃和父亲手拉手并肩而坐。

玛丽望着相片，并未露出满意神色。

“你坐的姿势怎么那样别扭?”她问。

“嗯，姿势可能各人有各人的看法。不过，你看像不像?”

“如果在一件事上，你听不进去我的看法，别的事情你也不会听的。”太太合上相盒，说。

“挨刀的女人!”圣克莱心里说，可是说出声来的却是，“得啦，玛丽，你就看像不像吧?别说不相干的话。”

“你一个劲儿要我看这说那的，圣克莱,”太太说，“也太不体谅人了。你明明知道，我犯呕吐性头痛，躺了整整一天，从你回来那一刻起，又是闹闹哄哄，乱乱嚷嚷，把我差一点就吵死啦。”

“你患了呕吐性头痛，弟妹?”奥菲丽亚小姐突然从坐得舒适的大扶手椅里站起来，问道。原来，她一直不声不响地坐在那里，清点着家具，估算着它们的价值。

“是啊，折磨得我苦死了。”太太说。

“用松柏果煎茶喝，对这种病有好处,”奥菲丽亚说，“起码，亚伯拉罕·佩里执事的太太奥古丝蒂以前常常这么说。她可是个了不起的护士。”

“等到我们花园里湖边上的松柏果一熟，我就专门为了煎茶，派人摘来，”圣克莱一本正经地说，一面拉了拉铃，“这会儿，堂姐，你想必要去卧室里休息休息吧。坐了一路的船，也该歇歇啦。道尔夫，”他又说，“叫玛咪到这儿来。”不一会儿伊娃欣喜若狂，又亲又抱的那个体面的一代混血女人，走了进来。她衣着整洁，脑袋上高高缠着红黄两色的头巾，这是伊娃方才赠她的礼物，还亲自缠在她头上。“玛咪，”圣克莱说，“我把这位小姐交给你伺候。她累了，想歇一歇，领她到她房间里去吧。一定得把她安顿得舒舒服服的。”于是，奥菲丽亚小姐跟在玛咪身后走了出去。

第十六章　女东家及其观点

“我说，玛丽，”圣克莱说，“你的黄金般的好日子来到了。我们从新英格兰来的这位堂姐，办事既有条理，又脚踏实地，她要把全部操心的家务，从你肩上接过去。这样，你好有时间养好身体，长得又年轻、又漂亮。移交钥匙的仪式，最好立即举行吧。”

这番话，是在奥菲丽亚小姐到达几天之后吃早饭时说的。

“这我当然欢迎，”玛丽懒洋洋的，用手支着脑袋，说，“如果她接过这副担子，我看她肯定会发现，在南方这边，当女主人的倒是奴隶。”

“哦，她当然会发现的，除此以外，还肯定会发现许多真实道理。”圣克莱说。

“一说到蓄奴的事，就好像我们是为了自己便利似的，”玛丽说，“我相信，如果只考虑自己便利，我们可以马上让他们离开。”

伊万杰琳一双严肃的大眼睛瞧着母亲脸庞，那神情又诚恳又迷惑不解，于是简单问了一句：“那你养活他们干吗，妈妈？”

“除了是场灾难，我也说不清为了什么。他们可真是我这一生的灾难。我敢说，自己生病生灾多半是由他们给闹的，而不是别的什么原因。我明白，我们家的黑奴又是最难对付的，谁家也没有碰到过这种灾难。”

“噢，算啦，玛丽，你今天早晨心情不好，”圣克莱说，“事情并不是这样，你是知道的。就说玛咪吧，这可是个好人儿，要是没有她你可怎么过？”

“玛咪是我见过的最好的黑奴，”玛丽说，“然而，她现在变得自私了，自私得可怕。这是整个黑人种族的毛病。”

“自私是一种可怕的毛病。”圣克莱煞有介事地说。

“好哇，就拿玛咪来说吧，”玛丽说，“我看她夜里睡得那么香，就是她自私。她明明知道，我犯病最厉害的时候，几乎每个钟头都需要略微照应照应，可要是叫醒她就难啦。昨天夜里，我费了不少力气才把她叫醒，这不，今天早上肯定我的病又厉害啦。”

“最近，她不是陪你熬了不少通宵吗，妈妈？”伊娃问。

“这你是怎么知道的？”玛丽声色俱厉，“我猜她是跟你诉苦来着。”

“她没有诉苦，只是跟我说，你夜里睡得很不好，一连几夜了。”

“你怎么不叫琴恩或者罗莎替她一两夜？”圣克莱说，“也好让她歇一歇呀。”

“你怎么能出这种主意？”玛丽说，“圣克莱，你真不体谅人。我胆子这么小，喘口大气都会吓着我，不熟悉的人，一伸手就非把我吓得发疯不可。如果玛咪对我还上心的话——她应该这样，那她就不该睡得那么沉，当然不该。我听说有人就有这么忠心耿耿的奴仆，可我从来没有这样的运气。”玛丽不由叹息起来。

奥菲丽亚小姐一直带着狡黠而又富于观察力的严肃神情，聆听着这番谈话，然而，此时她仍双唇紧闭，仿佛充分下定了决心，除非弄清了自己的处境和位置，否则绝不让自己参与到这场谈话中去。

“不过，玛咪也有她的好处，”玛丽说，“她生性平易，又知道尊敬人，不过骨子里还是自私。她总是为她那个男人提心吊胆，心里不安。事情是这样的：我出嫁到这边来时，我当然得把她带过来，可她男人呢，我父亲舍不得让他走。他是个打铁的，庄园上自然离不开他。我当时考虑以后，说过玛咪跟他最好彼此分手离开，他们以后不太可能有机会再在一起过日子了。现在我真后悔，当初没有一不做二不休，叫玛咪嫁给别的什么人。唉，我那时真糊涂，也太放纵她，没有坚持这个意见。当时，我劝过玛咪，别心存妄想，说她这一辈子，也只能再见他一两次。因为父亲那边的气候对我的健康不相宜，我不能到那边去。我竭力规劝过玛咪，叫她再找个男人，可是没用，她就是不愿意。玛咪真有点拗性子，这在某种程度上说，我比谁看得都清楚。”

“她有孩子吗？”奥菲丽亚小姐问。

“有，有两个。”

“恐怕是跟儿女分散，才使她伤心的吧？”

“可是，理所当然，我又不能把他们带来呀。那些小东西，脏兮兮的，我不待见他们围在我身边，再说，他们也会花费她不少时间。我看得出来，玛咪对这件事心里一直有气，她什么人都不愿意再嫁。我相信，现在虽说她知道我离不开她，我的身体非常虚弱，然而只要有可能，她明天就会回去找她丈夫。这我的确相信，”玛丽说，“他们黑人太自私了，就连他们当中最好的也不例外。”

“这想起来真叫人伤心。”圣克莱不动声色地说。

奥菲丽亚小姐死死地盯着他，望见他说这话时，脸上泛起了羞赧的潮红和强忍的烦躁，弯曲的唇边流露出了讥讽。

“不过，玛咪一直受到我的宠爱，”玛丽说，“不信，就让你们北方的仆人来看看她那一柜子衣裳吧，里面她挂的都是绸子和麻纱的衣裳，还有一件是真正细纺亚麻的哩。有的时候，为了帮她准备好出门做客，我一下午一下午地给她在帽子上镶边。至于说到挨骂挨打，她根本没尝过这个滋味，这一辈子顶多给用鞭子抽过一两回。她不是喝茶就是喝浓咖啡，还要加白糖，天天如此。这叫人真受不了。偏偏圣克莱又要下人们吃香喝辣地过好日子，他们人人都愿意怎么折腾就怎么折腾。事实上，我们家的仆人都给娇惯坏了。他们只顾自个儿，办起事来像娇生惯养的孩子，恐怕一方面也有我们的错处。这些我跟圣克莱磨破了嘴皮，现在我也腻味啦。”

“我也腻味啦。”圣克莱说，一面拿起早晨送来的报纸。

伊娃，美丽的伊娃，这阵子一直站着听母亲讲话，脸上带着她特有的深沉、迷惑而又诚挚的表情。她轻手轻脚，绕到母亲的椅子旁边两手搂住她的脖子。

“喏，伊娃，现在要干什么?”玛丽问。

“妈妈，我照顾你一夜好吗，就一夜?我明白，夜里我不能让你害怕，也不应该睡觉。有好多夜晚，我躺在床上睡不着，心里想——”

“哦，别瞎说，孩子，别瞎说!”玛丽说，“你这孩子真叫人捉摸不透!”

“可是，我可以照顾你吗，妈妈?我看着，”她胆怯地说，“玛咪身子不大舒服，她跟我说，她近来老头痛。”

“哼，这又是玛咪没事找事!她跟所有的仆人一样，为了一点点头痛或是手指头痛，就风风火火，大惊小怪。再也不能放纵她了，绝对不能!在这种事上，我是有一定之规的，”她说着朝奥菲丽亚小姐扭过头去，“你以后就会知道是非这样不行的。要是仆人们稍微有点不舒服，稍微有个小病小灾，你就姑息迁就他们，听任他们叫苦连天的话，那你手头就有干不完的活。我自己多会儿都没叫过苦——谁能明白我受的折磨有多大?我觉得自己有义务去默默忍受，我确实也是这样做的。”

听了这番长篇大论的谈话，奥菲丽亚小姐不由得圆睁起眼睛，流露出诧异神色，圣克莱听了则觉得极为滑稽，禁不住笑出声来。

“只要一提到我健康不好，圣克莱就要乐，”玛丽以一种受苦殉难者的口吻，说，“只盼他将来没有后悔的那一天!”说着，玛丽用手帕捂住了眼睛。

顺理成章，大家十分尴尬，都不作声。最后，圣克莱站起来看了看表，说他有个约会，要上街一趟。伊娃蹑手蹑脚，跟在父亲后面，屋里只剩下了奥菲丽亚小姐和玛丽两人。

“瞧，圣克莱就是这副德行!”后者说，眼见要受指责的人犯已经踪影全无，便用力把手一甩，从眼睛上拿开手帕，“这么些年来，他从来不了解我受了多少折磨，吃了多少苦。他根本不能了解，也永远不想了解。如果我是个爱诉苦、爱为了自己的病大惊小怪的人，那倒情有可原。可是，我一直把话闷在心里不说，忍呀受的，可倒好，圣克莱反而认为我什么事都能忍受啦。”

对于这番话，奥菲丽亚小姐真不知道对方希望自己怎样答话。

正当她思考着怎样措辞的当儿，玛丽却慢慢擦干眼泪，像一只阵雨过后梳理打扮自己的鸽子一样，大致抚平了自己的羽毛，跟奥菲丽亚小姐婆婆妈妈地聊起了家常，都是关于碗橱、壁橱、亚麻熨斗、贮藏室等等事情。根据双方的谅解，这些家务都要由奥菲丽亚小姐经管。所以，玛丽给了她许多的告诫、指点和嘱咐，如果换了别个不像奥菲丽亚小姐那样头脑那么清晰和有条理的人，肯定会给弄得脑袋发晕，不知所措。

“现在，”玛丽说，“我看什么事都跟你交代过了，所以，下次我犯了病，你就能够全权处理，不用找我商量。只是伊娃——得好好照应照应。”

“她是个好孩子，很好的孩子，”奥菲丽亚小姐说，“我还没见过这么好的孩子。”

“伊娃有点特别，”她母亲说，“很特别，有不少怪脾气，生性一点都不像我。”玛丽叹了口气，仿佛真有令人伤神费心思的事一样。

“但愿别像你。”奥菲丽亚小姐心里说，但她十分谨慎，没有说出口来。

“伊娃总是爱跟仆人们待在一块儿，这对有些孩子来说，我看也没什么不好。我小时候就老跟父亲家里的小黑孩子玩，这并没给我带来什么坏处。不过伊娃这孩子，不知怎么的，好像总是把跟她接近的人，都放在了跟她自己平等的地位上。孩子这脾气也真怪，我一直没能改变她这种脾气。其实呢，圣克莱可以迁就家里的无论什么人，就是不迁就他妻子。”

奥菲丽亚小姐头脑里一片空白，又一次坐在那里沉默不语。

“对待仆人，现在没别的法子，”玛丽说，“就只有硬一点，把他们压下去。从小时候起，这对我就是十分自然的事，可伊娃会把全家的仆人都给惯坏的。到了她来掌家理财的时候，她怎么办？说实在的，我说不上来。我主张要善待仆人，我一向也是这么做的，可是你得让他们明白自己的地位。伊娃就不行，想开个头，让这孩子明白下人有下人的地位这个道理，可她脑子里就是听不进去！你刚才听到她要求夜里照应我，让玛咪睡觉来着吧。这只是个例子，说明要是不管不问，这孩子会一直这个样子下去的。”

“噢，”奥菲丽亚小姐单刀直入，“我看你也觉得仆人也是人，累了应该休息吧。”

“那是，当然啦。只要不耽误家里的事，我这个人是有求必应的，不过，要把家里搅得乱七八糟，那没门儿，这你明白。玛咪可以另外找个时间，补上一觉，这根本不难做到。我还从来没见过她这样爱睡觉的人，做着做着针线，就能睡着，站着、坐着，随时随地都能睡。别担心，玛咪少不了觉睡。可是，这么个对待仆人法，就好像他们是什么奇花异草，什么瓷器花瓶似的，真是荒唐可笑。”玛丽说着，便有气无力，一头栽进宽大舒适的躺椅里，顺手拿起了一只雕刻雅致的玻璃香精瓶。

“你明白，”她接着说，带着一副贵妇人的柔弱口吻，仿佛濒于枯萎的茉莉临终前发出的最后一声叹息，又仿佛与这一样的似有似无东西的叹息，“你明白，奥菲丽亚堂姐，我并不老是说起我自己来，这我不习惯，也跟我的脾性不符，说实在的，我也没那份力气。可是有些事，圣克莱跟我看法不一样。他从来不理解我，也不体谅我，恐怕根子就在我的病上。圣克莱用心很好，这我不得不相信，可男人们打生下来就自私自利，不会体贴女人。这起码来说，是我自己的看法。”

奥菲丽亚小姐是地道的新英格兰人，极端小心谨慎，唯恐陷入别人的家庭纠纷。这时，她预感到即将发生什么事情，便满脸安详，露出严守中立的姿态，从口袋里掏出长约一又四分之一码的长筒袜，起劲地织起来。这是她保存的一剂特效良药，用以治愈瓦茨博士①所断言的，人们无所事事时，习惯于受到撒旦引诱而多嘴多舌的那种毛病。她紧闭着双唇，意思仿佛白纸黑字那样明白无误：“你也不必

① 瓦茨博士（Dr. Watts，1674—1748），英国牧师。

想撬开我的嘴，你们的事，我绝不插手。”实际上，她看起来也像一尊石狮，毫无表情。不过，玛丽并没有在乎这一点，她只要有人说话就行。说话，对于她是一种义务，仅此而已。于是，她又闻了闻香精瓶，提提精神，接着说：“你看，我嫁给圣克莱时，都因这层关系，把自己的财产和仆人带了过来，按照法律说，我怎么管理是我的权利。圣克莱有他的家产和仆人，他怎么管理，我也没二话。可是，圣克莱老是干涉我。对于某些事务，特别是对待仆人方面，他的看法荒唐而又不着边际。实实在在，他的行动仿佛说明，仆人比我还要紧，也比他要紧，让他们惹出种种麻烦，可压根儿，连根手指头都不抬。一般来看，他似乎心地善良，可有些做得叫人害怕，连我都吃了一惊。他横插了一杠子，说不论家里发生了什么事，除了他和我，谁也不能动手打人。他做起事来，连我都不敢拂逆他。喏，你一定明白，这样做的后果是什么，因为，要是有人从圣克莱身上踏过去，他连手都不会抬，可我呢，叫我受这份窝囊气，你明白，那该多么残忍。现在，你明白了吧，这些仆人都是些大孩子。”

“这种事我什么都不知道，这要感激上帝。”奥菲丽亚小姐语气简慢。

“唉，可是你会知道一些事情的。要是你在这儿待下去，就得付出代价，才能明白。你不晓得，这群下作的东西，多么叫人恼火，多么愚蠢粗心，多么四六不通、不讲道理而又忘恩负义！”

玛丽每当谈起这个话题，仿佛总是神气十足，令人想象不到，眼睛睁得大大的，好像忘掉了自己的倦怠无力。

“你不了解，也不可能了解，他们每时每分每刻都给管家的惹麻烦，处处都叫管家的手足无措。可要跟圣克莱说起这些事，却一点用都不管。他说的那一套，奇怪透顶。说什么，是我们把他们惯成这个样子的，那就该睁一眼闭一眼。说什么，他们的过错是我们引起来的，弄出了过错，再惩罚他们，太不近人情。还说什么，要是换了我们，也不见得办得更好。你瞧，这不是拿我们跟他们比嘛。”

“难道你不相信，上帝造他们时，用的是跟我们一样的血脉吗？”奥菲丽亚小姐问得一语中的。

“不，我绝不相信！这个说法可真好！他们是堕落的种族。”

“难道你不相信，他们的灵魂也永远不灭吗？”奥菲丽亚小姐益发义愤地问。

“得、得，”玛丽打了个呵欠，说，“自然，那谁也不怀疑。可是，让他们跟我们平起平坐，就好像我们可以跟他们相比似的，这你明白，是不可能的事！是啊，圣克莱跟我说过，把玛咪跟她丈夫拆散，就像把我跟丈夫拆散一样。可根本不能这样相比。玛咪不可能有我那样的感情。这根本不是一码事，当然不是。可圣克莱却矫情地说是一码事，就仿佛玛咪能像我疼爱伊娃那样，疼爱她那些小脏东西！当然，有一次，圣克莱反而不顾我体弱多病，一本正经地劝我，放玛咪回去，找个别人替她。这甚至于对我来说都有点无法忍受。我不大爱发脾气，我的一个信条就是什么事都不声不吭地忍受。这是做妻子的不幸，可我忍受过来了。不过，那一次，我发了火，从那以后，这事他没再提起来过。可从他眼神里，从他只言片语里，我看得出来，他的想法完全跟以往一样。这真叫人难受，真叫人恼火！”

一眼望过去，奥菲丽亚小姐仿佛担心自己会说出什么话来，于是便一个劲儿地织着袜子，那样韵味深长无穷，但玛丽却无法觉察得到。

“所以你明白了吧，”她接下说，“你经管的是个什么样的家，一个没有家规的家。下人们为所欲为，愿意怎么干就怎么干，想要什么就有什么，除非是我，虽说身子骨不结实，还能掌管着点。我把牛皮鞭放在手头，有时候也用上一次。可用鞭子抽人，我总是力不从心。但愿圣克莱也像人家那样，哪怕只做这样一件事——”

“什么事？”

“哦，把他带到监狱之类的地方，用鞭子打上一顿呀。没有别的法子。要不是我这么可怜，身子没有力气，这件事我相信自己办起来，劲头比圣克莱强一倍。”

“圣克莱是用什么办法管教的呢？”奥菲丽亚小姐问，“你不是说他从来不打人吗？”

"噢，你也知道，他们男人比咱们女人威严更大，办起事来更容易。再说，要是你正对他的眼睛看看，那双眼睛，真不同一般，每逢他说出话来就要算数的时候，他眼里便闪出一种光。这时，连我自己都害怕，仆人们也就会明白得小心伺候了。一旦他认起真来，只要眼珠一转，就比我平素暴风骤雨似的呵斥更管用。唉，圣克莱什么麻烦都碰不上，这也是他不替我着想的原因。不过，你来掌管的时候，就会逐渐明白，不板起脸来，就办不成事。他们太坏、太懒、太会糊弄别人。"

"又是那老一套，"圣克莱潇洒自如地走进来，说，"到头来，这些坏家伙到了上帝那里算总账时，吃不了要兜着走，特别是那些懒鬼！你看，堂姐，"他在玛丽对面的躺椅上，四仰八叉躺了下来，说，"从我和玛丽给他们树立的榜样来看，他们身上这种懒惰，简直不可饶恕。"

"得啦，圣克莱，你真坏！"玛丽说。

"是吗？嘿，我看我说的是正经话，在我是表现得相当出色了。玛丽，我一向想强调强调你的意思哩。"

"可你并不是这个意思，这你心里有数，圣克莱。"玛丽说。

"哦，那我想必是弄错了你的意思。谢谢你，亲爱的，谢谢你指点迷津。"

"你当真是想惹我，对不？"玛丽问。

"啊，得啦，玛丽，今天天气暖和起来了，我刚刚又跟道尔夫吵了嘴，弄得我精疲力竭，所以，还是求你可人意点儿，让人望着你的笑脸养养神吧。"

"道尔夫怎么回事？"玛丽问，"那个玩意儿也太胆大妄为，越来越长脸，简直叫我不能容忍。要是叫我一个人来调教他一阵子就好了。看他敢不夹起尾巴来！"

"你说的话，亲爱的，像往常一样，说得十分敏锐而又合乎道理，"圣克莱说，"道尔夫的事是这样的：他长期以来，一直装模作样，学我潇洒倜傥的样儿，后来就真的以为自己是东家了，所以我不得不叫他识相一点。"

“你是怎样叫他识相的?”玛丽问。

“噢，我不得不让他心里有数，有几件衣服我想自己穿，而他想豪华一下也不能多用我的古龙香水，我的麻纱手帕也对他做了严格限制，最多能用一打。道尔夫对这一点有些生气，我已不得不像父亲那样，劝他回心转意。”

“哦，圣克莱，你什么时候才能学会怎样对付下人呢?你这样娇惯他们，也实在太可恶了!”玛丽说。

“嗯，说到底，可怜的人儿学东家的样儿，又有什么害处?如果说我过去没有把他调教好，即至今天只知道用古龙香水和麻纱手帕的好处，我干吗不该把这些东西给他呢?”

“那么，你为什么没把他调教好呢?”奥菲丽亚小姐语气干脆而毫不动摇。

“这太麻烦啦。是我懒惰，堂姐，懒惰呀!懒惰毁的人，比你鞭打毁的人还多。要不是懒惰，我自己早就是个完美的天使了。我情愿相信你们北方佛蒙特州老博士鲍瑟伦所常说的话，懒惰是‘万恶之本’。这个问题的确令人不寒而栗。”

“依我看，你们奴隶主肩负着可怖的责任，”奥菲丽亚小姐说，“在我，无论如何是不愿意承担这些责任的。你们应当教育奴隶，对待他们，应当像对待有理性的生命、灵魂不灭的生命一样。这样，你们才能跟他们一同立于上帝面前，接受审判。这就是我内心的想法。”这位好心的女人说。整整一个上午，在她内心不断积蓄力量的激情，这时突然汹涌澎湃，迸发了出来。

“哦，得啦，得啦，”圣克莱迅速站起来说，“关于我们这里，你都了解些什么呀?”说着，他坐在钢琴前面，迅速弹奏出一支欢快乐曲。确实无疑，圣克莱颇富音乐禀赋，指法坚实有力，透着才华，手指在键盘上跳跃飞动，宛如鸟儿飞翔，轻灵而又准确。他一曲一曲地演奏，仿佛要使心情愉快起来。后来，他推开乐谱，站起来欢快地说：“太好了，堂姐，你跟我们说的话太好了，你已经尽了你的义务。总的说来，我为此更加感激你。你赠给了我钻石般的至善真理，这点丝毫没有怀疑。可是，你也看出来了，你的话迎面给了我一击，所以起初我并没有正确领悟过来。”

“可就我来说，这类谈话我看不出有什么用处，”玛丽说，“我敢担保，谁也没有我们待承下人那么好；如果有，我倒想看看是什么人。可这对下人没有什么好处，一丁点儿好处都没有。相反，他们反而越来越不像话。说到对他们规劝或者别的什么事，我们确实跟他们谈过，谈他们的义务，等等等等，直谈得我们口干舌燥，累死累活的。的确，他们高兴时也去教堂，可他们跟猪似的，讲道的话一句也听不懂。所以，在我看来，这没什么大用处。他们确实也去教堂，因此什么机会都不少。可是，像我刚才说的，他们是堕落的种族，永远是堕落的种族，简直不可救药，就是想拉他们一把，也无济于事。你明白，奥菲丽亚堂姐，我想帮过他们，可你没有，我是一生下就跟他们一起长大的，这我清楚。”

奥菲丽亚小姐觉得自己已经说得不少，因此，只是缄口不语，坐在那里。圣克莱则用口哨吹出了一支曲子。

“圣克莱，别吹口哨行不行？”玛丽说，“叫我脑袋更疼了。”

“那就不吹了，”圣克莱说，“还有什么事你不想让我干？”

“但愿你对我的痛苦稍微同情一点，你对我从来就什么感情都没有。”

“哟，我那好告状的天使呀！”圣克莱说。

“这样跟我说话我受不了。”

“那么，怎样跟你说话才成？只要是使你满意，我愿按着吩咐说话，你说怎么个说话法吧。”

一阵欢快的笑声，从院子里穿过游廊帷帘传进屋里。圣克莱过去，掀起帷帘，也放声大笑起来。

庭院里，汤姆坐在长满青苔的小石凳上，衣服上每个扣眼里遍插着茉莉花，伊娃一面开心地笑着，一面把一串玫瑰花环挂在他脖子上，然后宛若小麻雀一般坐在他膝头，依然一个劲地笑着。

“喂，汤姆，你的样子真滑稽！”

汤姆脸上带着清醒而慈祥的笑容，仿佛与他的小主人一样，正默默地享受这种乐趣。见到东家出来，他抬起眼睛，流露出既是祈求又是歉然的神色。

“你怎能让她这样？”奥菲丽亚小姐问。

“怎么不能呢？”圣克莱反问。

“噢，这我不知道，反正看起来太不像话了！”

“如果孩子逗弄的是只大狗，即使是只黑狗的话，你不会觉得有什么害处。然而，如果是个有思想、有理智、有感情、有不灭灵魂的人，你就不寒而栗，你坦白地说，是不是，堂姐？对你们的一些北方人的感情，我可说了如指掌。我们并不是由于没有这种感情，就无点滴美德可言，相反，我们的风格，与按基督教义所应行的事恰相一致：去除感情中的个人偏见。我在北方旅行时常常注意到，你们的成见比我强烈得多。你们对黑人遭到蹂躏义愤难平，但同时又像蛇虫或蛤蟆那样厌恶他们。你们不愿他们受到虐待，而自己又不想跟他们交往。你们想把他们遣送回非洲，不愿让他们待在眼睛鼻子底下，然后再派一两个传教士去，完全彻底地把自我奉献出来，致力于简简单单的提高黑人素质的事业。对不对？”

“对，堂弟，”奥菲丽亚小姐若有所思地说，“你说的可能有些道理。”

“贫贱的人要是没有孩子可怎么过？”圣克莱斜倚着栏杆，眼睛望着伊娃说。这时，伊娃牵着汤姆的手，蹦蹦跳跳离开了院子，“小孩才是真正民主的体现。现在，汤姆成了伊娃心中的英雄。在她眼里，汤姆讲的故事是奇观奇迹，他唱的歌和卫理公会赞美诗，比歌剧还动听；他口袋里装的那些奇巧小玩意儿，也成了宝库，而他，汤姆本人则成了世界上最奇妙的黑肤色的人。孩子是伊甸园的一朵玫瑰，是上帝有意赐给贫贱者的，除此之外，他们什么都没有了。”

“真奇怪，堂弟，”奥菲丽亚小姐说，“听你说话，人们很可能认为你是个传道授业者。”

“传道授业者？”圣克莱问。

“是的，宗教的传道授业者。”

“完全不是这么回事，我不是你们城里人说的传道授业者。更糟的是，恐怕连个传道实行者也算不上。”

“那么，你干吗还说这番话？”

“空口说白话比什么都来得容易，”圣克莱说，“我记得莎士比亚让他的一个人物这样说过：‘我可以教训二十个人，吩咐他们应该做些什么，可是要找二十个中的一个，履行我自己的教训，却不容易做到。’① 什么都不如分工来得好。我的长处在于说，你呢，堂姐，在于做。”

目前，以汤姆的表面处境而言，人们都一致认为，他已无有可以抱怨之处。小伊娃对他的喜爱出于高贵品性的本能感激和眷恋之情，促使她请求父亲，让汤姆在她散步或坐车需要仆人照拂时，当她的专职侍役；汤姆也因此得了一条总的命令：凡是伊娃小姐需要他的时候，可以把其他一切事情放在一旁，来照应伊娃小姐。看官可以想象得出，这条命令对于汤姆来说，远非令人不悦。他得穿戴得整整齐齐，因为圣克莱在这一点上，讲究而又讲究。他在马厩里做活计，只是一种挂名的职司，只要每日照看一下，巡视巡视，给一个下等用人分派一下任务即可。因为，玛丽·圣克莱说过，汤姆到她身边时，身上不许有半点牲口气味；由于她的神经系统根本不能经受那种折磨，绝对不能叫他干沾上不快气味的活。据她自述，只要闻到一点难闻的东西，就能叫她一命呜呼，在尘世上所受的煎熬都会马上告一段落。因此，汤姆总是一套刷得干干净净的衣服，一顶海狸帽和一双锃亮的皮靴，袖口和领口也没有瑕疵，配上一副严肃而和蔼的油黑脸膛，在他那肤色的人当中，俨然一位古代迦太基②的大主教，不由令人凛然敬佩之至。

加之，他所在的地方也十分优美——他所属的种族对此是十分关注的。因此，他暗自庆幸，欣赏着风光秀丽明媚、芬芳馥郁庭院中的花鸟和喷泉，欣赏着金碧辉煌客厅里的丝织帷幕，枝形烛台和

---

① 语出莎士比亚《威尼斯商人》第一幕第二场鲍西娅之口。译文从朱生豪译本，但为使行文贯通，稍有更动。见《莎士比亚全集》第三卷第十二页。

② 古代北部非洲一国名。

油画雕像，等等。对于他，这一切都把那些厅堂烘托成一座阿拉丁①式宫殿。

有朝一日，非洲人如果以高尚而文明的种族屹立于世界民族之林，如果终究有一天，她将在人类进化的威武话剧中，有机会显现出绰约风姿的话，那么，非洲人的生命活力，必将以其辉煌壮观之势苏醒过来，而这种辉煌壮观，则只是我们冷漠的西方民族部落依稀隐约之中所向往过的。在那遍地黄金、宝石和香料的遥远而神秘的土地上，在那棕榈摇曳、鲜花斗艳、丰腴得不可思议的土地上，必将崛起新的艺术形式和新的瑰丽风格，而黑种人一旦不再受到歧视，不再任人宰割，也许必将赋予人类生活以最灿烂辉煌的最新启示。毫无疑义，以自己的温文柔和，以自己心灵的谦恭温驯，以自己依托于至高心灵和信赖无上权力的能力，以及自己童稚情感的淳朴和宽恕的度量，他们必将如此。而且，在所有这一切之中，他们必将展示出独特的基督精神的最高形态，也许，由于上帝惩罚了他所钟爱的人，他会在经受磨难的熔炉中，挑选出可怜的非洲人，于上帝试验的所有其他王国均告失败之后，在他即将建立的新王国之中，使他们成为至高无上、庄严无比的子民，因为，在前的将要在后，在后的将要在前。②

难道玛丽——一个礼拜天上午，身着盛装，站在游廊上，正往自己纤细手腕上扣着钻石手镯的玛丽——也能想到这一点？她很可能想到了这一点，也或许，她心里想的不是这一点，而是别的什么事情，因为玛丽赞助善举。这不，她这会儿全副披挂，绸衣花边，钻戒宝石，应有尽有，正要赶赴时髦教堂，去表示自己笃信基督的虔诚。她站在那里，身材这么苗条典雅，举手投足这么缥缈恍惚，镶着花边的披肩，宛若一片迷雾，把她笼罩起来。她仪态优雅，心里暗暗高兴，自以为确实华贵不凡，与站在她身旁的奥菲丽亚小姐，恰相对照。这倒不是由于后者没有漂亮的丝绸衣裙和披肩，没有前

---

① 典出《一千零一夜》故事《阿拉丁神灯》。

② 语出《新约·马太福音》第十九章第三十节。

者那样雅致的手帕，而是由于她本身上下，透出了拘谨刚强和坦直的正义感，使她出落得一副城府颇深而又令人可以会意的样子，堪与身边那位多姿邻居的雍容华贵相抗衡。不过，邻居的雍容华贵，并非与上帝心目中的相同。那恰恰是另外一码事！

“伊娃在哪儿？”玛丽问。

“她在楼梯上停下来，跟玛咪说什么话哩。”

然而，伊娃在楼梯上同玛咪说什么呢？看官且请洗耳恭听，因为虽说玛丽听不见，看官诸君却能耳闻。

“亲爱的玛咪，我知道你头痛得厉害。”

“上帝保佑你，伊娃！近来我是老头疼，可你不必担心。”

“嗯，你能到教堂去，我很高兴，喏，”小姑娘一把搂住她的脖子，“玛咪，你带上我的香精瓶子吧。”

“什么？那个镶着宝石的漂亮金瓶子？天哪，小姐，我收下可太不合适啦。”

“有什么不合适的？你现在用得着，我用不着。妈妈头疼时总是闻它，可以叫你好受一点。不，你得拿着，不然我就不高兴了。”

“你瞧小宝贝说的！”玛咪说话时，伊娃已把瓶子塞到她怀里，亲了亲她，跑下楼梯去赶母亲。

“你停下干吗来着？”

“我只是停下来，把香精瓶给玛咪，好叫她带着上教堂去。”

“伊娃！”玛丽急得直跺脚，“你把盛香精的金瓶子给了玛咪？你什么时候才能懂点事呀！马上去要回来！”

伊娃满脸沮丧难过，慢腾腾转过身去。

“我说，玛丽，别管孩子的事，她愿怎样就怎样好了。”圣克莱说。

“圣克莱，那她日后怎样在世界上过日子呢？”玛丽问。

“老天晓得，”圣克莱说，“可她在天堂过的日子比你我都好。”

“哦，爸爸，别说啦，”伊娃轻轻碰了碰他的肘弯，说，“妈妈听了心里会不高兴。”

“喏，堂弟，你准备好去做礼拜吗？”奥菲丽亚小姐转过身来正对着圣克莱，问。

“我不打算去，谢谢你。”

“我真盼着圣克莱去做礼拜，”玛丽说，“可他身上一点宗教气味都没有。这可真不体面。”

“这我明白，”圣克莱说，“我看，你们小姐太太们去教堂，是为了学会在世界上怎样过日子。再说，你们的虔诚也会把体面洒到我们身上。如果我去的话，我还不如到玛咪去的教堂哩。在那里，起码不会叫人瞌睡。”

“你说什么？就那些乱起哄的卫理公会教徒？简直太可怕了！”玛丽说。

“我什么都受得了，唯独受不了你那死海一样的休面教堂。千真万确，让人到那里去，也太过分了。伊娃，你想去吗？留在家里，跟爸爸玩吧。”

“谢谢你，爸爸，我还是去教堂吧。”

“你不觉得非常无聊吗？”圣克莱问。

“我是觉得有点无聊，”伊娃说，“也打瞌睡，可我使劲不让自己睡着。”

“那还去干吗？”

“哦，你晓得，爸爸，”她叽叽喳喳地说，“姑姑对我说，上帝接纳我们，把一切给予我们，这你明白。其实他要我们去做的事，总共也没有多少。再说，做礼拜也不是那么无聊。”

“你这个可人意的甜蜜小宝贝！”圣克莱亲吻着她说，“去吧，我的乖女儿，也替我祈祷祈祷。”

“当然替你祈祷，我总是这样的。”孩子一面说，一面欢喜雀跃，跟随母亲上了马车。

圣克莱站在台阶上，朝她飞去一个亲吻。马车驶去，他眼里噙着大颗泪珠。

“哦，伊万杰琳①，这名字起得十分恰当，”他说，“上帝不是把

---

① 伊万杰琳（Evangeline），含有“福音”的意思。

你当作福音赐给我的吗？”

他这样感喟了一阵儿，然后吸着雪茄，看起《五分日报》①，忘记了他的小福音。难道他与别的人有什么不同？

“我说，伊万杰琳。”母亲说，“对仆人和善是对的，一向没有什么不合适的地方。不过，就像对待我们的亲人，或是我们自己这类的人那样，这就不合适了。比方说，玛咪病了，你不会愿意让她躺在你床上吧？”

“我愿意，妈妈，”伊娃说，“因为，那样一来，照应她就方便多了，再说我的床比她的好，这你也知道。”

伊娃答话中表明，她完全缺乏主仆的道德观念，玛丽对此极为绝望。

“我怎么样才能叫这孩子明白我的意思呢？”她问。

“怎么样都不行。”奥菲丽亚小姐话中有话。

有一阵儿，伊娃似乎有些难过和窘迫，所幸的是，孩子们的印象不会保留很长时间。几分钟之后，随着马车辚辚地前进，她又由于透过车窗所看到种种景象，而喜悦得放声大笑起来。

“好啦，小姐太太们，”大家舒适地坐在饭桌周围之后，圣克莱说，“今天教堂里进行的有什么节目？”

“噢，G博士发表的布道词太好了。”玛丽说，“你真该去听听，说的完全是我的看法。”

“那一定是开导人们行善，”圣克莱说，“题目想必是博大精深了。”

“嗯，我指的是自己对于社会的全部见解之类的事情，”玛丽说，“经文是‘上帝造万物，各按其时成为美好’②。G博士给我们解释了上帝怎样布置了社会的秩序和等级，还说，有些人高尚，有些人低贱；有些人生来就是为了发号施令，有些人是为了听命伺候。这顺理成章，你明白，也是十分美妙的。同时也涉及别的诸如此类的

---

① 当时新奥尔良市的一种报纸名称。

② 语出《旧约·传道书》第三章第十一节。

事情，这你也懂得。他还就人们对奴隶制的大惊小怪、荒唐可笑的表现，用这个道理进行了很好的点化，明确证明，《圣经》的观点站在我们这边，叫人心服口服地支持我们的制度。你要去听听多好。”

“噢，我不要去听，”圣克莱说，“无论什么时候，我从《五分日报》上学到的东西，都同样有好处，再说一边还可以抽支雪茄。你晓得，这在教堂里是不行的。”

“怎么，”奥菲丽亚小姐说，“难道你不相信这些观点？”

“谁？你说的是我吗？我是个没有德行的人，对这些问题在宗教上的看法，不能给我带来多少教诲。对奴隶制这个问题，如果要我说什么话，那我就公公正正地说出来：‘我们赞同奴隶制，我们弄到了奴隶，想保持住他们，还不是为了我们自己的利益，贪图自己的安闲。’说长道短，就是这么回事。那一整套圣洁的说辞，归根结底，如此而已。依我看，这一点无论拿到哪里，人人都会明白的。”

“依我看，圣克莱，你的话太不切题了！”玛丽说，“听你这样说，叫人心里吃惊。”

“吃惊，然而，实际情况就是这样。宗教竟然谈论这些问题，他们干吗不扩大一下话题，把我们年轻人中流行的贪杯和熬夜赌牌，以及各种所谓受之天命的恶习，进而证明为顺天应时的美好事物？我们倒是愿意听到他们说这些也是正当而神圣的哩。”

“那么，”奥菲丽亚小姐问，“你认为奴隶制是对还是错呢？”

“我可不愿像你们新英格兰人那样直率得叫人害怕，堂姐，”圣克莱欢欣地说，“如果我回答了这个问题，你还会问我半打其他问题，一个比一个难以回答，我不想明确说明我的立场。我这个是靠往人家玻璃房子上丢石头过日子的，决不盖起玻璃房子让人家丢石头。”

“他总是这样说话，”玛丽说，“你从他嘴里得不到满意的答复。我看，他现在这样到处乱跑，就是因为他不信宗教。”

“宗教！”圣克莱的语调使两个女人都紧盯着他，“宗教！你们在教堂里听到的那些东西，也能算是宗教？那些能弯能曲，能高能低，能迎合自私世俗社会种种坑蒙拐骗的东西，也能算宗教？那些比我自己盲目庸俗、不敬神明的天性，更肆无忌惮，更狭隘，更不正义而且更不替人着想的东西，也能算是宗教？不是！如果寻觅宗教，我必须寻觅超乎于自我之上，而不是低乎于自我之下的某种东西。”

“那么说，你不相信《圣经》证明奴隶制是合理的喽。”奥菲丽亚小姐问。

“《圣经》是我母亲读的书，”圣克莱说，“她从生到死，都靠了它的支撑。如果说《圣经》证明奴隶制是合理的，那我会觉得十分遗憾。为了证明我喝白兰地、嚼烟叶，或者开口骂人没错，可以心安理得，那么，我则需要立即证明，我母亲也和我一样。在我内心，这类事情由于根本无法使我心安理得，因而会使我失去尊重母亲所换来的安慰。再者，一个人在世上如果有什么值得尊敬的人，那的确是一种安慰。你们明白，一句话，”他突然恢复了那欢快的语气，说，“我所需要的，只是把不同的东西装在不同的箱子里。整个的社会结构，无论在欧洲还是在美洲，都是由形形色色的事物所组成的，是经不住任何理想的道德规范仔细检验的。众所周知。人们不是希求绝对的正确，而是希求其所作所为，与世上其他的人大体差不多而已。比方说，如果有谁挺胸而出，说奴隶制对我们不可或缺，没有它，我们就无法活下去，放弃便意味着我们一无所有，而且，我们自然打算保持这种制度，如果有谁这样说的话，那么，这话就既说得强而有力，又清晰而明白无误，就说出了事情的真相，而令人起敬。如果我们能够按照人们的实际行动来做出判断，那么，世上大多数人都会向我们证明这一点。然而，如果有谁拉长了面孔，用悲天悯人的腔调，引经据典的话，我反而认为，此君倒不如还其本来面目来得好。”

“你的话也太刻薄了。”玛丽说。

“噢，是吗，”圣克莱说，“假使说，出于什么原因，棉花的价格从此一蹶不振，黑奴这一整份财产在市场上不再畅销，难道你不认为，我们应该立即对《圣经》上的教义，做出另外一种解释吗？教会会突然眼明心亮，立即发现，原来《圣经》和理智所讲的样样道理，都一下子变成了另外的样子。”

"哎，不管怎么说，"玛丽说，一面躺在躺椅上，"我能出生在实行奴隶制的地方，是很感激的，我认为它没错儿，真的，我觉得它必然正确。无论如何，没有奴隶制，我是活不下去的，我这心里有数。"

"喂，你怎么个看法，宝贝？"伊娃手持鲜花进来时，父亲这样问她。

"关于什么事，爸爸？"

"噢，像北方佛蒙特州你大伯那样过活，还是像我们这样，有满屋子的仆人，这两样你喜欢哪一样？"

"噢，自然是我们这样顶快活喽。"伊娃说。

"为什么呢？"圣克莱抚摸着她的脑袋，问。

"噢，这叫你身边有更多的人可以爱呀，你明白吧。"伊娃诚挚地抬起头来望着父亲回答。

"喏，伊娃就是这个样子，"玛丽说，"说得也真古怪。"

"说得古怪吗，爸爸？"伊娃爬上父亲膝头，耳语地问。

"就人们的看法而论，是十分古怪，宝贝，"圣克莱说，"可是，吃饭的时候，我的小伊娃在哪里来着？"

"哦，我在汤姆叔叔的屋里听他唱歌来着，黛亚娜婶婶让我吃过饭啦。"

"听汤姆唱歌来着，嗯？"

"嗯，是的。他唱的都是关于新耶路撒冷、金光灿灿的天使，还有南圣地的美丽的东西。"

"肯定比歌剧还好听，是不是？"

"是的，他还打算教我唱哪。"

"学唱歌，嗯？你越来越有出息啦。"

"对呀，他给我唱歌，我给他念我那本《圣经》，他还给我解释是什么意思哩，明白不？"

"哎呀，"玛丽笑出声来，说，"这可是近来最新鲜的笑话了。"

"讲解经文，我敢担保，汤姆可是把好手，"圣克莱说，"他有宗教的天赋。今天早上，我想吩咐早点备马，于是悄悄地走到了马厩那边汤姆的小屋前，只听见他一个人正在祈祷。说实在的，我好久没有听到像汤姆那样引人入胜的祈祷了。他还替我祈祷，那股虔敬的热情，十分像个使徒。”

“也许他猜到你在听他祈祷。以前，我听说过这种把戏。”

“要当真这样，他就不太高明啦。因为他对上帝毫无保留地讲了他对我的看法。汤姆似乎觉得，我身上肯定还有值得改进的地方，诚恳地希望我皈依上帝。”

“我希望你把他的话记在心头。”奥菲丽亚小姐说。

“我看，你对我的看法也差不多一样吧，”圣克莱说，“那好吧，且看以后吧，对不对，伊娃？”

第十七章　自由人的防卫

午后的时光将尽，在教友派那家里，轻轻掀起了一阵忙乱。蕾切尔·哈利德静悄悄地走来走去，从家里储藏的物品当中，挑选出可以把体积压缩到最小限度的日用必需品，以备今夜出发的逃亡者之用。午后的阴影，向东方拉长，一轮红彤彤的太阳，若有所思地挂在地平线上，黄色的光线静静地照进一间小卧室。里面，坐着乔治·哈利斯和他的妻子。他膝头揽着孩子，手里握着妻子的手。两人神情肃然，似乎陷入了沉思，脸颊上残留着泪痕。

“是啊，伊丽莎，”乔治说，“我明白你说得都对。你是个好姑娘，比我强得多。我一定按照你的说法去办，使自己的行动称得上一个自由的人，努力地去感基督徒之所感。上帝明察，过去就是处在逆境当中，我的用意也是学好，拼命地学好。现在，我要忘记过去的一切，丢掉一切恩恩怨怨，阅读《圣经》，学着做一个善良的人。”

“等我们到了加拿大，”伊丽莎说，“我能帮助你。我做衣服拿手，精洗细烫也在行，我们总可找点活路，维持生活。”

“是啊，伊丽莎，只要你我跟孩子厮守在一起，就能活下去。哦，伊丽莎，只要一个人觉得他的妻子跟孩子还是属于他的，那该有多么幸福！可是，这些人体会不到这一点。我见到有些人跟老婆孩子在一起过日子，可还是为别的什么事，揪心烦恼，我心里常常觉得奇怪。是啊，我们虽然两手空空，一无所有，可我仍然觉得富有和充实。我仿佛觉得对于上帝几乎别无他求了。是的，虽然我天天辛辛苦苦干活，干到了二十五年，手上一文不名，头上没有片瓦，也没有一寸堪称自己的土地，然而，只要他们不插手我的事，我就心满意足，感谢他们。我一定要干活，挣了钱捎给你和孩子。说到我的老东家，我付给他的钱，已经超过了他在我身上所花钱的五倍还要多，我什么情都不欠他。”

“可是，我们这会儿还没有脱离危险哪，”伊丽莎说，“我们还没有到加拿大哩。”

“这倒是真的，”乔治说，“可是，在我看来，我好像已经闻到了那里的自由空气，使我坚强起来了。”

就在这一刻，外边房间里传来诚恳交谈的声音，接着门上啪哒响了一声。伊丽莎一跃而起，前去开门。

西米恩·哈利德出现在门口，跟他在一起的是一个教友派兄弟。西米恩向他们作了介绍，说那人名叫菲尼阿斯·弗莱彻。菲尼阿斯身材瘦长，满头红发，脸上的表情敏锐而又狡黠。他与西米恩·哈利德不同，没有那种温和安详、超脱凡世的神色，相反，从外表看来，特别机警干练，而且，颇以自己的谙练和警觉而自豪。这些特征，与那顶宽边礼帽和他刻板的谈吐放在一起，实在有些不伦不类。

“我们的朋友菲尼阿斯发现了一件与你和你同伴们有重大关系的事情，乔治，”西米恩说，“你最好听他讲一讲。”

“我是发现了一件事情，”菲尼阿斯说，“这表明，一个人在什么地方睡觉时，总是竖起一只耳朵，是有好处的，我一向都这么说。昨天夜里，我在大道那头的一个孤零零的客栈里过夜。你还记得那地方吧，西米恩，就是去年我们向一个戴着大耳环的胖女人兜售苹果的地方。是啊，我当时赶车赶得很累，吃过晚饭，我就伸开四肢，躺在了屋角的一堆袋子上面，顺手拽过一张牛皮盖上，等着店主安排好床铺。也真不该，我一下子便呼呼大睡起来。”

“竖起一只耳朵睡的，菲尼阿斯？”西米恩不急不躁地问。

“没有，连耳朵还有什么的，都睡着了，睡了有一两个钟头，因为我身子累坏了。可是，后来我稍稍清醒了一点，看到屋子里有些人，正围着一张桌子坐着，一边喝酒一边说话。我当时心里想，先别怎么动弹，看看他们正在干什么再说，特别是因为我听到他们提到教友会的什么事。‘没错，’其中一个说，‘他们是往北跑到教友村落里去了，毫无疑问。’那人说。于是我竖起了两只耳朵，只听到他们在谈论你们这伙人。我就这样躺着，听见了他们说出的全部计划。他们说，这个年轻人要送回肯塔基州他东家那里去，他东家要拿他杀鸡给猴看，好让所有的黑奴再也不敢逃跑。还说，他老婆，要由两个人带到南边新奥尔良去卖掉，钱归两人所有。他们核算了一下，卖掉她可以拿到一千六百到一千八百块钱。他们说，这孩子要给送到买下他的奴贩黑利那里。余下的就是小伙子吉姆跟他娘了，也要给送回肯塔基州他们东家那里去。他们说，在前面不远的镇上，有两个警察愿意帮助他们，把他们捉拿归案。这年轻女人要交由法官审判，其中一个五短身材的油腔滑调的家伙，要在法庭上起誓，说她是他自己的财产，由法官判给他，再带到南边去。对于我们今夜的行踪，他们知道得一清二楚，肯定会追赶我们。他们一共有六到八个人。现在，该怎么办呢？”

一席话，说得大伙儿呆呆站在那里，姿态各有不同，真值得丹青妙手描摹一番。蕾切尔·哈利德刚从烤着的一炉饼干活里腾出手来，听听消息，只见她高举着沾满面粉的双手，脸上露出极为关切的神色。西米恩似乎陷入了深思，而伊丽莎则一把搂住丈夫，抬起头来望着他。乔治紧握起拳头，眼睛里喷射着火焰，那神情与任何别的人都毫无二致，如果这个人的妻子要给拿去拍卖，儿子要送给一个奴贩，而这又是在一个基督教国家法律庇护下进行的话。

“我们这可怎么办，乔治？”伊丽莎有气无力地问。

“我知道我怎么办。”乔治说着，迈步走进小屋，检查起手枪来。

“咳，咳，”菲尼阿斯朝西米恩点头示意，说，“你明白，西米恩，这样做的后果是什么。”

“我明白，”西米恩叹着气说，“但愿事情别到那一步。”

“我不想由于我或者为了我，牵累你们哪一个人，”乔治说，“如果你们愿意把车借给我，给我指指路，我想一个人赶到下一站。吉姆力气大得很，勇猛得不怕死，不怕陷入绝境，我也跟他一样。”

“哦，朋友，”菲尼阿斯说，“不管怎样，你需要一个赶车的。你怎么跟他们打都成，这随你的便，你明白。可是这条路我略微熟悉一些，而你不熟悉呀。”

“可是，我不想连累你。”乔治说。

“连累，”菲尼阿斯面露奇特而机敏的神色，说，“你快要连累我的时候，请告诉我好了。”

“菲尼阿斯人长得聪明，办事也有一套，”西米恩说，“你听他的决断，乔治，保管没错。再说，”他一只手亲切地搭在乔治肩膀上，指指手枪，又补充道，“可不能轻易开枪啊，年轻人都是火性子。”

“我什么人都不会开枪的，”乔治说，“只求这个国家别管我的事，让我平平安安地离开。不过，”他停顿了一下，眉宇间阴云密布，面部抽搐抖动，“就是在那个新奥尔良市场上，我的一个姐姐给拍卖了。我明白卖她们是干什么去的。既然上帝赐给了我一双结实胳膊，来保卫我妻子，难道我还能袖手旁观，眼睁睁看着他们把她带走卖掉吗？不能，愿上帝保佑我！我要战斗到最后一息，也不能叫他们捉我的妻子和孩子。这你们能怪罪我吗？”

“人心都是肉长的，谁也不能怪罪你，乔治。有血有肉的人都只能这么干，”西米恩说，“愿上帝降灾于这个罪恶的世界，愿上帝降灾于作孽的人们！”

“就是换了你处在我的位置，先生，也要这么办的吧？”

“但愿我不会受到这种考验，”西米恩说，“我的自由经不住啊。”

“我觉得，处在这种情况下，我的血肉倒是蛮结实的，”菲尼阿斯伸出两只风车翅翼般的胳膊，说，“我说话算数，乔治朋友，要是你有什么要报仇的家伙，我不把他给你抓来才怪哩。”

“要是人抵抗邪恶是应该的话，”西米恩说，“那么，乔治现在完全有这种自由去抵抗。然而，我们人民的那些领袖们，却教给我们一种更完美的法子。因为，他们说，人的愤怒并不能代上帝施行正义，而是人的堕落意愿恰恰与正义相悖，除非上帝赐予，否则谁也得不到它。我们祈求上帝，不要让我们受到这种诱惑吧。”

“我但愿如此，”菲尼阿斯说，“可要是我们受到诱惑太大，那就叫他们小心点，没有别的法子。”

“这很明显，说明你不是天生的教友会会友，”西米恩微笑着说，“你的本性还牢固地占据着你哩。”

实话实说，菲尼阿斯原来是个腿粗拳头大的健壮的山里人，论起打猎，凶猛异常，弹不虚发。后来，拜倒在一个漂亮的教友会女会友的石榴裙下，受到了她的魅力的感化，才迁移到邻近这边来，加入了教友会。虽然他是个诚实、认真，办事颇有效率的会友，为人没有瑕疵可以挑剔，然而，精神修养较高的会友却能看出，他在性情磨砺上尚极其缺乏兴趣。

“菲尼阿斯会友做事一向十分任性，”蕾切尔·哈利德微笑着说，“不过，他不管怎么说，心地十分正派。”

“好啦，”乔治说，“我们还是抓紧逃命，不是更好吗？”

“我是今天早上四点钟起床的，一路全速赶到这里，要是他们按照计划的时间动身，也赶在他们前头足有两三个钟头。不管说啥，天黑以前动身，不太安全。因为前面几个村子里有些坏人，要是他们看见咱们的车子，也许会跟我们捣乱，那就比等到天黑还误事。我看，两个钟头以后动身就没危险了。我再去跟迈克尔·克罗斯打个招呼，叫他骑着那匹小快马殿后，在路上认真警戒，如果有伙人跟上来，就叫他给我们报个信。他养的那匹马，能很快赶上别的马，要是有什么危险，他可以朝前鸣枪，让我们心里有数。我这会儿出去一下，叫吉姆跟那老太婆准备停当，然后再去套马。我们动身的时间很好，不等他们追上，我们就很有可能到了下一站。所以，要鼓起勇气来，乔治朋友。我跟你们的人死里逃生，这不是头一回了。”菲尼阿斯说完后，关上了门。

“菲尼阿斯很机灵，”西米恩说，“他替你办事一定呱呱叫，乔治。”

“我心里难过的，”乔治说，“只是让你担了风险。”

“乔治朋友，求你快别这么说了。这是我们良心上必须做的事，我们只能这么做。喏，妈妈，”他转身对蕾切尔说，“快给这些朋友准备饭，总不能叫他们饿着肚子上路呀。”

蕾切尔和孩子们当下忙碌起来，烙玉米饼，煎火腿，炖鸡，还急匆匆地照应着晚饭上零七八碎的事情。一边厢，乔治和妻子在他们的小卧室里，相拥而坐，像几个钟头之后，就要永远各奔东西的一对夫妻那样，相互低诉着衷肠。

“伊丽莎，”乔治说，“那些有朋友、有房产、有土地、有钱花，以及什么都有的人，不可能像我们这样相爱，虽然我们除了彼此之外，一无所有，在我认识你以前，伊丽莎，除了我那可怜的肠断心碎的母亲和姐姐以外，没有一个人爱过我。那天上午，我亲眼见到苦命的艾米莉给奴贩带走。她走到我沉睡的旮旯里说：‘可怜的乔治，你最后一个亲人也要去了。你将来会落个什么样呢，苦命的弟弟？’我一下子爬起来，搂住她的脖子，哭哭啼啼，抽抽咽咽，她也悲声大哭起来。在漫长的十个年头里，她那些话就是我听到的最后的好言好语了。在遇到你以前，我的心都枯萎了，简直像死灰一样，冰冷冰冷。可是，你对我的爱，哎，简直就是让人死而复生！从那以后，我完全变成了另外一个人。而现在，伊丽莎，我要流尽最后一滴血，决不让他们把你从我身边抢走。有谁胆敢抢走你，那他必须先踏着我的尸体走过去才行。”

“哦，上帝，发发慈悲吧！”伊丽莎抽抽咽咽地说，“我们唯一的要求是，愿上帝保佑我们逃出这个国家。”

“难道上帝站在他们一边？”乔治与其说是对妻子讲话，毋庸说是在倾吐自己愤懑的想法，“上帝难道看不见他们所干的勾当吗？难道是上帝让诸如此类事情发生的吗？他们对我们说，《圣经》站在他们那边，毫无疑义，连全部权力都在他们那边。他们富有、健康而快乐，是教会的教徒，祈求着进入天堂。他们在人世间活得那么悠闲自在，为所欲为。而那些忠厚虔诚的可怜基督徒，那些跟他们一样甚至于比他们更善良的基督徒，却躺在他们脚下的泥淖之中。他们买卖他们，把他们的心、血、眼泪和呻吟，当成交换的商品——而上帝却竟然对他们放任不管。”

“乔治朋友，”西米恩从厨房里说，“你听听这首诗篇，也许对你有点好处。”

乔治把座位拉到门口附近，伊丽莎擦干了眼泪，也走上前来聆听。于是，西米恩念道：

“‘至于我，我的脚几乎失闪，我的脚险些滑跌。我见恶人和狂傲人享平安，就心怀不平……他们不像别人受苦，也不像别人遭灾，所以骄傲如链子戴在他们项上，强暴像衣裳遮住他们的身体。他们的眼睛因体胖而凸出，他们所得的过于心里所想的。他们讥笑人，凭恶意说欺压人的话，他们说话自高……所以上帝的子民归到这里，喝尽了满杯的苦水。他们说，上帝怎能晓得？至高者岂有知识呢？’①”

“乔治，你不是也有这种感受吗？”

“的确是这样，”乔治说，“简直就像我自己写的一样。”

“那么，请再往下听，”西米恩说，“‘我思索怎能明白这事，眼看实系为难，等我进了上帝的圣所，思想他们的结局，你实在把他们安在滑地，使他们掉进了沉沦之中……人睡醒了怎样看梦，主啊，你醒了也必照样轻看他们的影像……然而我常与你同在，你搀着我的右手。你要以你的训言引导我，以后必接我到荣耀里……亲近上帝是与我有益，我以主耶和华为我的避难所。’②”

从友善长者嘴里诵读出的这些体现圣洁信赖的诗篇，宛若神圣的音乐，悄悄吹拂着乔治受尽折磨而烦恼的灵魂。长者念完之后，乔治端坐在那里，英俊的面庞上露出了温和驯顺的神色。

“如果今世就是一切，乔治，”西米恩说，“你也许一定会问，上帝在哪儿呢？然而，上帝挑选出来的天国之民，往往是今生最贫苦的人。所以，要信赖上帝，不管在今生受到什么劫难，来世他会补

---

① 见《旧约·诗篇》第七十三篇。

② 同上。

偿你的。”

这番话如果出自锦衣玉食、放荡不羁者之口，只宜于用作告诫处于悲痛境地人们的虔诚的华丽辞藻的话，也许不会产生多大效果。然而，由于是出自一个每日为上帝和人类事业甘冒罚款和监禁风险的人之口，其分量却是沉甸甸的，使这两个孤苦无依的逃亡者，不由觉得一股宁静和力量注入他们心田里。

此刻，蕾切尔和蔼地拉着伊丽莎的手，带领她朝晚饭餐桌走去。他们刚刚落座，传来一阵轻轻的叩门声，露丝走了进来。

“我进来给孩子送来几双长筒袜，”她说，“一共三双，都是毛线的，很好，也很暖和。你知道，加拿大那边天气很冷。坚强一点，伊丽莎。”她补充道，一面轻快地走到伊丽莎那边，热情地握住她的手，把一块香种子饼塞到小哈利手里。“这种饼我给他带了一包来哩，”说着，从口袋里掏出小包，“孩子们嘴里老得吃东西，这你也知道。”

“哦，谢谢你，你真好。”伊丽莎说。

“露丝，来吃晚饭吧。”蕾切尔说。

“我可不能吃饭，我把约翰跟小宝宝留家里了，再说炉子里还烤着饼干。我一会儿也不能耽误，要不约翰就把饼干烤煳，把罐子里的白糖都给小宝宝吃啦。他办事就这个样子，”矮小的教友派女信徒高声笑着说，“所以，再见，伊丽莎，再见啦，乔治。愿上帝保佑你们一路平安。”说着，露丝一阵轻盈的碎步，走出了餐厅。

晚饭后不一会儿，一辆大篷车在门口停了下来。星光灿烂，夜色如洗。菲尼阿斯从座位上轻捷地跳下来，安排乘客。乔治一手抱着孩子，一手挽着妻子，从门里出来。他步履坚定有力，脸上安详坚毅。西米恩和蕾切尔也跟着他们出来。

“你们都下来一会儿，”菲尼阿斯冲车上的人说，“我把后面整理一下，好让女人跟孩子坐。”

“这里有两张牛皮，”蕾切尔说，“把座位弄得尽量舒服一些，坐一通宵车也够累的。”

吉姆先下了车，然后小心翼翼地帮他老母亲下车。她紧扶着吉姆的胳膊，忐忑不安地东张西望，仿佛追兵随时都能来到似的。

“吉姆，你们几把手枪都准备好了吗？”乔治的声音低沉而坚定。

“准备好啦，你放心。”吉姆说。

“他们赶上来的时候，你当然明白该怎么办吧？”

“那还用问，”吉姆说着，敞开宽阔的胸脯，深吸了一口气，“难道我还让他们把我母亲抢走？”

他们简短地说着话时，伊丽莎同她好心的朋友蕾切尔道了别，由西米恩搀着上了车。她跟孩子爬到车的后面，坐在牛皮上。老妇人是第二个给搀上车的，也落了座，接着乔治和吉姆坐在她们前面的一块粗糙木板座位上。菲尼阿斯是从前边上的车。

“再见了，朋友们。”西米恩在车外面说。

“上帝保佑你们。”车里人齐声回答。

于是，马车启动，辚辚地沿着霜冻路面颠颠簸簸，迤逦而行。

路面高低不平，车轮轧轧作响，车上的人都没有机会交谈。只听得车子咕咕隆隆，穿过一片片黝黑的无际森林和辽阔阴沉的平原，忽而上山，忽而下坡。一个钟头又一个钟头过去了，车子依然摇晃着，行行复行行。不一会儿，小哈利进入了梦乡，沉重地躺在妈妈膝头。可怜的失魂落魄的老妇人，终于忘记了恐惧，甚至伊丽莎也随着夜色消退，觉得心里一切的焦虑，也不足以让她继续睁着眼睛了。总的说来，菲尼阿斯在这伙人中间最为生气勃勃。在漫漫行程中，他一面赶车，一面用口哨吹着一些不符合教友会精神的曲子，来消磨时间。

大约三点钟光景，乔治听见从他们后面远远传来一阵疾速而坚定的嘚嘚马蹄声。他用胳膊肘捣了捣菲尼阿斯。菲尼阿斯勒住了马，侧耳听了听。

“想必是迈克尔，”他说，“我能听出他的马蹄声音来。”说着，他站起身，焦急地探着脑袋朝大道后方望去。

远方，一座小山头上，依稀勾勒出一个骑马火速飞奔而来的人影。

“喏，可不是他嘛，一点不错！”菲尼阿斯说。不知怎么一来，乔治和吉姆纵身一跃，飞出马车。三个人都默默不语站在车旁，脸扭到信使来的方向等待着。信使一路马奔而来，忽而跃入谷底，他们看不到他，却能听见那疾速而清晰的嘚嘚声，越来越响，越来越近，终于望到他出现在一个高地顶端，彼此可以喊话了。

“对，是迈克尔，”菲尼阿斯说着提高了声音，“喂，在这儿，迈克尔！”

“菲尼阿斯！是你吗？”

“是我。有什么消息——他们追上来啦？”

“就在后面，他们一共有八到十个人。他们全都灌了白兰地，醉醺醺的，还喷着唾沫星子，开口骂娘，简直像一群狼。”

他说话的刹那间，一阵微风吹过，带来了一阵依稀可辨的朝他们奔来的马蹄声。

“上车，你们——快，伙计们，上车，”菲尼阿斯说，“要是你们非打不可的话，等我送你们一程再说不迟。”说时迟，那时快，两人随即纵身跃入车内，菲尼阿斯狠劲抽了一鞭，马飞跑起来，迈克尔紧紧跟随在后面。马车咕隆隆作响，跳跃着，飞也似的滑过霜冻的路面。然而，后面骑马追赶的人的声音，也越来越清晰可辨。两个女人听到了动静，心急如焚，探出头来眺望，只见后面远处的小山头上，隐隐约约现出了一群人影，映衬着凌晨破晓时分霞光四射的天空。追兵又翻过一个山头之后，显而易见，已经瞥见了他们的马车。马车用白布罩起的车顶篷，离得很远就可以看得十分清楚，于是随风传来一阵欢庆胜利的粗野的大吼声。伊丽莎一阵厌恶，把孩子紧紧搂在怀里，老妇人呻吟着祈祷起来，乔治和吉姆绝望地一下握住手枪。追赶的人离他们越来越近，马车猛地一个急转弯，把人们带到一个陡峭的悬崖的峭壁底下。悬崖在一个孤零零的山脊或山梁上，巍然屹立，高耸入云，周围一大片空地，光滑平坦，毫无遮拦。那孑然而立的奇峰，黑魆魆、阴沉沉，挺然耸立在晨曦初露的天空中，看来是个掩蔽藏身的好地方。菲尼阿斯对这地方了如指掌，从他以打猎为生的岁月起，就熟悉了这个地方。他之所以快马加鞭地赶车，就是为了占据这一地形。

“嗨，到啦，”他猛然勒住马，从座位上跳下来，说，“出来吧，快下车，大伙儿都下车，随我到岩石后面去。迈克尔，把你的马套在车上，赶到阿马里亚家去，叫他跟他的伙计们，来跟这帮家伙讨个公道。”

一转眼，大伙儿都下了车。

“来，”菲尼阿斯说着，抱起了哈利，“你们俩每人照应一个女人。现在跑吧，使劲跑吧！”

其实根本不用催促。说时迟，那时快，一伙人转眼跨过篱笆，全速朝山上跑去。同时，迈克尔也滚身下马，把缰绳拴在马车上疾速赶走了马车。

“上来，”菲尼阿斯说。这时，大伙已经爬到山上，在星光和晨曦的交互辉映下，找到了一条崎岖但又清晰可辨的山路痕迹。“这是以往我们打猎常来的地方。上来吧！”

菲尼阿斯走在前面带路。他怀里抱着孩子，腾挪跳跃，简直如山羊一般。吉姆背着哆哆嗦嗦的老母亲，跟在后面。殿后的是乔治和伊丽莎。骑马的一群追兵赶到篱笆前面，嘴里又叫又骂，下了马打算跟上他们。被追的一伙人，爬了不一会儿，就到了一道山梁的顶端。从那里起，山路成了一条羊肠小道，每次只能过去一个人。后来，又突然来到一个一码宽的裂缝或罅隙边缘，对面是一堆与山梁截然分开的石峰，巍然挺立，足有三十英尺高，四周陡峭嶙峋，宛如城堡。菲尼阿斯轻而易举跳了过去，把孩子放在一块光滑平坦、长满鲜嫩白色苔藓的大石板上。

“你们跳过来吧，”他高声叫道，“现在，要想活命，就跳一回吧！”他在人们一个接着一个跳过裂缝时，说。这边，几块松动的石头形成了某种掩体，挡住了下面人们的视线，观察不到他们所在的位置。

“好啦，我们就在这儿吧，”菲尼阿斯一边说，一边从石头掩体上面偷偷望着那些攻击者。只见他们正闹闹哄哄，在石峰下向上爬着。“要是有能耐，就让他们来抓我们好了。不论谁想到这儿来，就得在两块大石头间，一个接一个地上来，那就会碰到你们的手枪眼上了。明白吗，小伙子们？”“这我心里还能没数？”乔治说，“不过，既然这是我们自己的事，就叫我们承担全部风险，来跟他们较量一番吧。”

“你愿意较量，这随你的便，乔治，”菲尼阿斯嘴里嚼着白株花叶子，说，“不过，我看我可以享受观战的乐趣吧。你瞧，那些家伙在下边发生了一点争执。他们朝上望着，好像要飞上鸡窝似的母鸡一样。不等他们往上爬，你忠告他们几句，不是更好吗？大大方方告他们说，要是往上爬，就是找死。”

黎明的曙光之中，下面那伙人的面目更加清晰，其中，有我们的老相识汤姆·娄克和马克斯。他们带着两个警察，还有一帮无赖，都是在前边酒馆里两杯白兰地下肚，约着前来捉拿黑奴助兴的。

“我说，娄克，这些黑鬼子都藏严实啦。”其中一个说。

“是啊，我眼看着他们就是从这儿上去的，”娄克说，“这儿有条山路，依我看该从这儿追。他们不可能再一下子跳下来，找到他们用不了多长时间。”

“可是，娄克，他们可能从石头后边朝我们开枪呀，”马克斯说，“那就糟糕啦，这你明白。”

“哼！”娄克冷笑一声，说，“总忘不了保你那条小命，马克斯！啥危险都没有！黑鬼子们都吓破了胆！”

“我搞不懂干吗不该保命，”马克斯说，“命最值钱，可黑鬼子们有时候拼起来简直不要命。”

就在这当儿，乔治出现在那伙人上方一块大石头顶上。他镇定自若，用清晰洪亮的声音说：

“先生们，你们是谁？在下面想干什么？”

“我们要捉拿一伙逃跑的黑鬼子，”汤姆·娄克说，“一个叫乔治·哈利斯，还有伊丽莎·哈利斯，跟他们两人的儿子；还有一个吉姆·塞尔顿跟一个老太婆。我们这里有警察，还有捉拿他们的拘捕证。你听见没有？你不就是乔治·哈利斯吗，是肯塔基州谢尔比郡哈利斯先生的家奴吗？”

“在下正是乔治·哈利斯。原来，肯塔基州的一位哈利斯先生，曾经把我看成他的奴隶，但是，现在我是屹立在上帝自由土地之上的自由人。我宣布，我的妻子和孩子是属于我的。吉姆和他母亲也在这里。我们有自卫的武器，并决心用武器自卫。只要你愿意，就请上来。不过，你们第一个到达我们子弹射程之内的，就是第一个亡命的，然后来一个亡一个，来一双亡一双，一直到最后一个。”

“哦，别，别这样，”一个臃肿的矮个子，一边擤着鼻子，一边往前走着，说：“小伙子，你话说得出格了。你明白，我们是执法警官，法律和权力等都在我们一边。所以，还是乖乖投降，别动武的好。这你心里有数，因为，到头来，你们还是肯定要缴械投降的。”

“你们一边有法律和权力，我心里亮堂得很，”乔治愤然说道，“你们打算把我妻子运到新奥尔良拍卖，把我儿子像牛犊似的赶到奴贩的牛圈里，还打算把吉姆年迈的母亲交到那个人面兽心的家伙手里去，他由于无法虐待她儿子，而想鞭笞虐待这位老妇人。你们打算把我和吉姆交回去，让那些你们称之为老爷的家伙们，把我们踏在脚下，压榨、鞭打、折磨我们。而你们的法律将证明你们行动的合理——殊不知，这更给你们和你们的法律蒙上一层耻辱！不过，你们现在并没有抓到我们，我们更不承认你们的法律，不承认你们的国家。我们站在上帝的晴空下，是自由的人，跟你们毫无二致。我们凭伟大的造物主起誓，一定要为自由战斗到死亡。”

乔治发表了自己的独立宣言。他屹立在岩石巅峰，身影更显凸出清晰。一抹晨曦染红了他黝黑的脸膛，刻骨铭心的义愤和绝望，燃烧着他黑色的眼睛；他扬手向着苍天，仿佛从人世间呼吁，请求上帝主持公道。

倘若是一个匈牙利青年，正在深山要塞捍卫着亡命者，从奥地利逃到美国去，那么，这一定是崇高的英雄主义壮举。然而现在是一个非洲裔青年正在捍卫亡命者从美国逃到加拿大去，受过谆谆教导、具有深切爱国情愫的我们，自然从中见不出任何英雄主义壮举。如果看官诸君看出了这种壮举的话，一切后果将由他们自己负责。孤注一掷的匈牙利逃亡者，不顾自己合法政府的一切搜捕和权威，逃亡到美国来的时候，新闻界和政治内阁拍手称快，掀起一片欢迎聒噪之声。不过，当穷愁绝望的非洲亡命者做出同样举动的时候，那就是——那又该当何论呢？

然而，尽管如此，发话者的仪态、眼神、语气和举止，一时间仍然使下面那伙人十分震惊，哑口无言。他言谈话语中流露出的果敢和坚毅，甚至叫野蛮至极的人，片刻之间瞠目结舌。唯一不为所动的是马克斯，他不慌不忙，扣动了手枪扳机，在乔治讲完话后沉默的瞬间里，朝他开了枪。

“我要叫你明白，不管你是死是活，到了肯塔基，都一样领到钱。”马克斯一边在上衣袖子上擦着手枪，一边不动声色地说。

乔治身子朝后一弹，伊丽莎一声尖叫，子弹贴着他的头发飞过去，几乎擦到他妻子的面颊，打进上方一棵树里。

“什么事都没有，伊丽莎。”乔治疾速说。

“你宣讲大道理时，最好不要叫他们看见，”菲尼阿斯说，“他们都是卑鄙的无赖。”

“现在，吉姆，”乔治说，“看看你的手枪好用不好用，跟我一块监视那条小山口。第一个露头的人，我来打，你打下一个，就这样打下去。我们不能在一个人身上浪费两颗子弹，这你明白。”

“可你要是打不着呢？”

“我打得着。”乔治镇定地说。

“好极了！这小伙子是块料。”菲尼阿斯喃喃自语，从牙缝里蹦出这句话来。

马克斯开火以后，下面一伙人站在下边，犹豫了一阵儿。

“我看你一定打中了什么人，”其中一个说，“我听到有人尖叫来着。”

“我马上上去，”娄克说，“我从来不怕黑鬼子，难道现在倒害怕起来不成。谁跟我上？”他说着跃身跳到山上。

这些话乔治听得清清楚楚。于是，他拿起手枪，检查了一下，瞄准小山路口第一个人即将出现的地方。

那伙人中，胆子最大的一个跟着娄克往山上爬。事情既然已经如此，其余的人也只好跟着往上爬起来。最后面的人催促前面的走快一些，其实，若是他们自己走在前面，也肯定不敢走快。他们不断地爬着，不一会儿，娄克粗壮的身体已经在望，几乎来到了裂缝的边缘。

乔治开了枪，子弹打进娄克肋部。虽然他中弹受伤，却不肯退撤，反而疯牛似的呐喊一声，飞身跃过裂缝，冲入乔治一伙人中间。

“老伙计，”猛地，菲尼阿斯一个箭步跳到这伙人前面，伸出长长的胳膊，迎面推了他一下，说，“这里没你的事！”

娄克应声从裂缝中跌了下去，哗啦啦从树林、灌木、圆木和碎石中间连滚带爬，跌得鼻青脸肿，哼哼唧唧，趴在三十英尺以下的地方。若不是他的衣服挂住了一棵大树树枝，中断并缓和了下落的力度，他这一跌本来是可以让他送命的。不过，他下落的力量仍然很大，使他动弹不得，浑身不自在。

“上帝保佑我们，他们完全是一群魔鬼！”马克斯说着，带头向后撤退。那劲头儿，比方才加入爬山行列时要大得多，其余的人也都跟着他，屁滚尿流地往下爬。特别是那个肥头大耳的警察，更是歪歪斜斜，擤着鼻子，使劲地呼呼喘气。

“我说，伙计们，”马克斯说，“你们给我去把娄克救出来，我得赶紧骑马回去搬取救兵。”接着，马克斯不顾人群中的不满和嘲讽，一如其言，快马加鞭奔驰而去。

“有谁见过这种胆小鬼？”其中一个说，“本来是帮他办事，可倒好，自己先溜了号，把我们这样晒在这里！”

“对呀，我们是得把那个家伙抬过来，”另一个说，“他是死是活，我才他妈的不管哪。”

那伙人随着娄克的呻吟声，跌跌撞撞，爬过树桩、圆木和灌木丛，终于找到了他。那位英雄好汉正躺那里，一会儿大呼小叫，一会儿破口骂娘。

“你叫的声音可真不小，娄克，”其中一个说，“伤得厉害吗？”

“不知道，把我扶起来，行吗？那个教友派的混蛋玩意儿，活见鬼！要不是他，我准能丢他们几个下来，叫他们也尝尝滋味。”

被击倒在地的这位英雄，费尽吃奶的力气，呻吟着给搀扶起来，一边各有一人扶住腋下，走到马匹所在的地方。

“要是你们能扶他走一英里地，回到那个酒店有多好。给我个手帕什么的，堵住这地方，别让它再他妈的流血。”

乔治从山头上望过去，看见那些人抬起娄克粗壮的身躯，往马鞍上放。有两三次都没放上去，娄克吵吵嚷嚷，狠狠摔倒在地上。

“哦，千万别给摔死了。”伊丽莎说。她同别的人一起站在那里，注视着下面的一切动静。

“干吗不呢？”菲尼阿斯说，“摔死活该！”

“因为死了以后就要受最后的审判呀。”伊丽莎说。

“是啊，”那老妇人在整个遭遇过程中，一直不停地呻吟，按照卫理公会的方式祈祷着，“这个可怜人儿的灵魂，那一来可就遭劫了。”

“哎哟，他们准是丢下他不管了，我看。”菲尼阿斯说。

情况的确如此。那伙人好像稍有踯躅，商量一阵之后，都跃身上马，扬长而去。他们望不见以后，菲尼阿斯开始行动起来。

“喏，我们得下山再赶一程了，”他说，“我要迈克尔赶到前边去，找到帮手后，再把马车赶回来，不过，恐怕要迎上他们，还得走一段路。但愿上帝命他赶快回来！天还早，走路的人一时之间不会太多，我们离驻脚的地方，也就两英里多了。昨天夜里，要不是路难走，他们根本赶不上我们。”

这伙人走近篱笆时，望见自己的马车正远远地沿着大道往回行走，旁边簇拥着一些骑马的人。

“哦，好啦，迈克尔、斯蒂芬跟阿马里亚来了，”菲尼阿斯欢呼雀跃，“现在我们有救了，就跟到了驻脚地方一样平安无事啦。”

“喂，那么停一停吧，”伊丽莎说，“帮这个可怜的人一把，他叫唤得可真厉害。”

“这只不过是基督徒的职责而已，”乔治说，“我们扶起他来带走吧。”

“然后再在教友派会家里给他治治伤，”菲尼阿斯说，“蛮不错呀，这样一来！不过，这样做，我倒不在乎。喏，我们先给他检查检查。”菲尼阿斯在过去出没在老林里打猎的生涯中，积累了一些处理外伤的粗疏经验，这时，便跪在受伤者旁边，仔细检查起伤势来。

“马克斯，”娄克声音十分虚弱，“是你吗，马克斯?”

“不是，我想不是，朋友，”菲尼阿斯说，“马克斯只顾保住自己的小命，哪会来管你哪。他早就跑啦!”

“我想我这下算是完了，”娄克说，“那个他妈的胆小鬼，没想到会把我给丢在这里一个人送死。我那可怜的老母亲没断了跟我说，我的下场就是这样的。”

“老天，你听这个可怜的人儿说的。他还有老妈妈哩，”黑人老太婆说，“真是怪可怜见儿的。”

“轻点儿，轻点儿，别乱动乱嚷了，朋友，”菲尼阿斯说，这时娄克畏缩了一下，把他的手推开了，“除非我给你止住血，要不你就没命啦。”说着，菲尼阿斯用自己的手帕和能从同伴身上搜集到的手帕，急急忙忙进行了临时性外科包扎。

“是你把我推下去的吧?”娄克有气无力地说。

“喏，你明白，要不是我把你推下去，你就会把我们推下去，”菲尼阿斯弯下腰包扎着伤口，说，“来，来，让我包扎一下伤口。我们对你可是一片好心，一点恶意都没有。我们打算把你带到一户人家去，他们会看护得你呱呱叫，就跟你亲娘一样。”

娄克呻吟一声，闭上了眼睛。在他这一类人中，精力和毅力完全是个体力问题，只要一失血，两者也随之化归乌有。这个彪形大汉现在山穷水尽，看起来也确实令人怜惜。

现在，另外那伙人也已到达，马车上的座位已经搬开，两张牛皮折成四层，铺在车厢的一侧，然后，由四个人吃力地抬起娄克的沉重身躯，放到里面。还没抬进马车，娄克便完全昏厥过去。黑人老太婆见此光景，大发慈悲，坐在车尾，让他的脑袋枕在自己膝头。伊丽莎、乔治和吉姆，在空余的地方，勉强安顿下来。于是，所有的人复又前行。

“你看他伤得怎么样?”在车前边坐在菲尼阿斯身旁的乔治问。

“嗯，只是伤势较重罢了，不过，跌下来时，又碰又挂，对他很不利。流血太多，几乎连勇气什么的全都流净了，不过，伤会好起来的，他也会从中得到一两点教训。”

“听你这么说，我很放心，”乔治说，“如果是我叫他送了命，即便是为了正义的事业，在我心头也始终是个沉重负担。”

“是啊，”菲尼阿斯说，“杀生总归是件不好的事，不论怎么个杀法，也不管是人还是畜生。我年轻的时候，打猎打得很好。告你说，有一次我打中了一只鹿。它都快死了，还用眼睛那样望着我，叫我真的差点觉得，杀死它简直是作孽。杀人那就更严重啦，就跟你妻子所说的，因为他们死了以后，还有最后审判哩。所以说我并不觉得我们教友派的人，对这些问题的看法过于严格，虽说我的教养不一样，我还是十分同意他们看法的。”

“这个可怜的家伙，你打算怎么办？”乔治问。

“噢，把他抬到阿马里亚家里去。他家里有个老奶奶斯蒂芬丝，人们都管她叫‘道嘉丝’①，是个了不起的护士。她生来喜欢护理病人，护理病人最适合她不过啦。我看可以把他交给她，护理半个来月。”

马车大约行驶了一个钟头之后，抵达了一座整洁的农舍。在那里，疲劳的旅客享受了一顿丰盛的早饭。不久，汤姆·娄克就给安顿在一张他从来没有睡过的干净、柔软的床上，给他伤口上小心翼翼地敷了药，包扎起来。娄克仿佛孩子一般，懒洋洋地躺在床上，望着病房里的白色窗帘和轻轻走过去的人影，眼睛时开时阖。讲到这里，我们想把这伙人暂且按下不表。

---

① 原为妇女慈善团体名，此处指乐善好施的女子。

第十八章　奥菲丽亚的经历和观点

在其纯朴的沉思冥想之中，我们的朋友汤姆认为，自己虽然辗转为奴为仆，但命运还算侥幸，因此时常以约瑟在埃及的命运①自比。事实上，随着时日竞进，在东家眼中，汤姆叔叔的才干日益脱颖而出，两者的命运也就益发相似。

圣克莱生性懒散，不善理财。迄今为止，家中一应供给和采办，主要由阿道尔夫一手承揽。此人，充其量来说，与其东家一样大手大脚，挥霍无度。两人之间，一直在尽其所能，破落散尽这份家业。汤姆，几十年来，总是把经管东家的财产视为自己的职分。因此，眼看东家全家挥霍浪费的开销，心中忐忑不安得难以抑制，间或以他这类黑奴往往擅长的间接方式，不动声色地提出自己的建议。

起初，圣克莱只是偶尔吩咐他去办些事情，然而，汤姆的头脑健全和出色的办事能力，却给圣克莱留下了深刻印象。于是，他越来越信赖汤姆，后来，渐渐地，干脆把全家的采买和供应，一股脑儿托付给了他。

---

① 故事见《旧约·创世记》第三十七至第五十章。约瑟因遭诸兄长忌恨，卖予米甸商人，商人复又将他卖给埃及王臣下。后来，由于救灾有功，受到王的知遇，封为丞相。

“得啦，得啦，阿道尔夫，”有一天，阿道尔夫为自己手中权力的移交，而表示不满时，圣克莱说，“别去招惹汤姆。你只知道自己需要什么东西，可汤姆懂得量入为出。要是不找个什么人掌管掌管，钱终有一天会花到头的。”

汤姆因此博得了东家的无限信赖。他这位东家，马马虎虎，把钞票递到汤姆手里时，连看都不看一眼，找回零钱来，连数都不数，就塞进口袋里。这样，汤姆要想欺诈东家，便有了种种可乘之机，也受到了各种诱惑，只是由于他无法改变的憨厚天性，加之基督教信仰的陶冶，才使他能够抵御这种诱惑。而对于他这种天性来说，寄予他身上的无限信赖，其本身就是一种契约和印信，保证他做到一丝不苟，毫无差错。

至于阿道尔夫，情况便有所不同。阿道尔夫为人轻率粗心，自我放纵，东家又不对他严加管束——因为圣克莱认为，姑息比管教做起来更加容易——以至于在他与东家之间，弄得个彼此不分，混乱不堪，连圣克莱有时候都觉得头痛。他那健全的理智告诫他，这样训练奴仆不是正当的方式，结果十分危险。因此，一种长期的自责心理，便无时无刻不与他形影不离，虽然这种心理尚未强烈到足以使他采取断然措施，来改变事情的现状。对于仆人最严重的过错，他总是轻描淡写，一带而过，因为，他自言自语地说，若是自己尽职尽责了，下属也就不至于犯下这些过错。

汤姆对待自己这位欢乐、轻捷、年轻而又英俊的东家，心情总是异样的复杂，既忠实、尊重，又抱以慈父般的关注。圣克莱一向不读《圣经》，从来不去教堂；每逢遇到自己认为好笑的人或事，总不免开句玩笑，听之任之；礼拜天晚上，不是听歌剧就是看话剧，而且酒会和晚宴，以及俱乐部的活动，也频频参加，弄得整日寝食不安。所有这一切，汤姆同别人一样，都清清楚楚看在眼里，但他却抱定一种信念，认为这都源于“老爷不是基督徒”。不过，他极不愿意向别人吐露这一信念，而是当他在小屋独处时，以自己淳朴的方式为他祷告。这并不是说，汤姆不会以自己的方式说出心里话，偶尔，他也会以经常在他这类黑奴身上见到的机敏，向东家倾诉衷肠。比方说，就在上面所表的那个礼拜天的次日，圣克莱接到邀请，去参加一个品尝各种名贵美酒的欢宴，直喝到深夜一两点钟，才有人搀扶他回家。看那情景，肯定是机体上的贪杯占了理智的上风。汤姆和阿道尔夫两人把他安顿下来睡觉。后者居然兴高采烈，显然是把这件事当成了很好的笑料。他看到汤姆大惊失色的样子，不由哈哈大笑，说汤姆乡巴佬无知。那一夜，纯朴的汤姆几乎一宵没有合眼，躺在床上替自己年轻的主人祈祷。

“喂，汤姆，你还等什么？”第二天，圣克莱穿着睡袍，趿着拖鞋，坐在书房里，问道。方才，他刚刚交给汤姆一笔钱，差遣他去办几件事情。

“还有不对头的地方吗，汤姆？”他见汤姆依然站在那里等待，又补充道。

“恐怕是这样，老爷。”汤姆面容肃然地回答。

圣克莱放下报纸和咖啡，望着汤姆。

“怎么啦，汤姆，到底是怎么回事？你的脸看起来跟死人一样严肃。”

“我觉得心里很不好受，老爷。我一向认为老爷待谁都好。”

“对呀，汤姆，难道不是这样吗？好啦，汤姆，你想要什么？看来你有什么东西没有得到，刚才你的话只开了个头。”

“老爷一直待我很好，在这上头，我没有什么可抱怨的。不过，倒是一个老爷待他不好。”

“哦，汤姆，你都想些什么？说出来吧，你是什么意思？”

“昨天夜里一两点钟的时候，我这么想来着，还把这件事仔细琢磨了一遍。是老爷待他自己不好。”

说这番话的时候，汤姆背冲着主人，一只手扶着门把手。圣克莱只觉得脸涨得通红，但还是哈哈大笑起来。

“噢，就这些，是不是？”他轻快地说。

“就这些！”汤姆说着，突然转过脸，扑腾跪倒在地上，“哦，我亲爱的年轻老爷！我担心这会断送你的一切，肉体和灵魂。圣书上说得好：‘酒终究是咬你如蛇，刺你如毒蛇！’① 我亲爱的老爷！”

汤姆的声音哽塞了，眼泪沿着面颊往下淌。

“你这个可怜的傻瓜！”圣克莱眼里噙着泪花，说，“起来吧，汤姆。我不值得你为我流泪。”

然而，汤姆不肯站起来，露出了恳求的神色。

“好啦，我再也不参与他们那些该死的无聊应酬啦，汤姆，”圣克莱说，“以我的名誉担保，我决不去啦。我早就不该去了，可不知道为什么没有做到。我一向看不起这种做法，为此也看不起我自己。那么，汤姆，擦干眼泪，办你的事去吧。好啦，好啦，”他又说，“也别祝福我啦，我现在还不是个了不起的好人，”他又说，一边轻轻地把汤姆推到门口，“我以自己的名誉向你发誓，汤姆，你再也不会看到我那样做了。”他说。于是，汤姆擦着眼泪，心满意足地走了出去。

“我决不失信于他。”圣克莱关上门之后说。

果然不错，圣克莱信守了诺言。因为粗鄙的享乐，无论以什么形式出现，对于他的天性都不具备特殊的诱惑力。

然而，与此同时，有谁能对我们担当起南方家庭当家人这份苦差事的朋友奥菲丽亚小姐所经受的重重苦恼，详细作一番描述呢？

在南方家庭中，由于主母气质和能力因人而异，所教养出来的奴仆也千差万别。

无论是在北方还是在南方，都有一些主妇具有出色的调遣才能和训导方法。她们不凭疾言厉色，就能游刃有余地让自己小小庄园的各色人等，听命于自己的意志。把他们调遣得秩序井然，气氛和谐，并且调节奴仆的特点，让他们彼此取长补短，取得平衡，从而建立起一种融洽而有条不紊的家规。

我们上面描述过的谢尔比太太，就是这样的当家人，看官诸君也许还没有忘记她。如果说这样的主妇在南方颇为少见，那是因为她们在这个世界上也颇为少见的缘故。在南方见到这种主妇的机会，

① 见《旧约·箴言》第二十三章第三十二节。

与在其他地方相同。凡是有这类主妇的地方，她们总是把那种特殊的社会环境，当成施展自己治家禀赋的大好时机。

玛丽·圣克莱却不是这样一个当家人，以往，她母亲也不属于此类。玛丽幼稚而且懒散成性，做事没有条理，更缺乏远见，因此，不可能期待着在她照应下训练出来的黑奴，会别有一番景象。她给奥菲丽亚小姐描述的即将在这个家里见到的混乱状况，一点都没有错，只是她没有归之于其正确的根源。

在摄政的第一天清晨，奥菲丽亚小姐四点钟就起了床。她把自己房间里的杂务整顿就绪之后——自从她来到后，就一直事必躬亲，这使女侍大为惊讶——便准备对自己掌管着钥匙的碗橱和壁橱，下大气力整顿一番。

那一日，储藏室、衣柜、瓷器橱、厨房和地窖，都经历了一番严酷的察验。隐藏在黑暗角落里的东西，都暴露在光天化日之下，其数量之多，足以令厨房和内室的王侯权贵瞠目结舌，引出了黑奴内阁对于“这些北边来的太太小姐们”的窃窃私语和微词。

掌厨的黛亚娜是统辖厨房部门的总领和权威，对这种她所称的侵越权限的举动，感到义愤填膺。在大宪章①时代，也没有一个封建诸侯，对国王侵害自己权益的举措，表示过如此深刻的不满。

就其本身而论，黛亚娜可说与众不同，因此不向看官略作介绍，对她便有欠公允。黛亚娜也像克露婶婶一样，骨子里天生就是一把烹调的好手，因为烹调对于非洲人来说，是其固有的天赋。不过，克露训练有素，有条不紊，干起厨房的活来，循规蹈矩，颇有条理，而黛亚娜则是个无师自通的天才，因此也如一般的天才那样，过分自信、刚愎自用、反复无常到了极点。

黛亚娜跟现代某一派别的哲学家一样，完全彻底地蔑视各类型的逻辑和理性，总是在直觉的必然性中寻求庇护。在这一点上，她不折不扣，有自己的一定之规。无论你天赋有多高，权威有多大，

① 暗指英王约翰出于无奈而签订的宪章，其宗旨在于保障人民自由权利。

也无论你怎样解释，都无法使她相信，还有什么别的办法比她自己的办法来得更好，或是她在极琐细事情上所遵循的办法，可以改变于万一。这是说老太太，玛丽的母亲，姑息迁就她的地方，而“玛丽小姐”——黛亚娜一向这样称呼她年轻的主母，即使是在她出嫁之后，也一仍其旧——也发现，顺着她要比拗着她更省心一些，于是黛亚娜就至尊至重地驾驭了整个厨房。加之她对外交手腕运用得极为娴熟，能把百依百顺的态度，同绝不能变通的具体措施合二为一，要驾驭厨房就更为易如反掌。

黛亚娜还擅长于编织类型各有不同的借口，精通这门艺术的全部秘密。的确，对于她来说，掌厨的出不了错，成了一句至理名言。在南方家庭的厨房里，掌厨的手下有不少人手，各种罪责和弱点可以一股脑儿推到他们头上和肩上。从而保全自己的清白无辜。一顿饭做好，如果哪里出了毛病，可以找出五六十条无法反驳的充分理由予以开脱，而无可否认，这又是手下五六十个人的过错所造成的，对于他们，她的训诫毫不讲情面。

不过，黛亚娜最后做成的饭菜，确是几乎无可挑剔。虽则但凡做什么事，她的方式总是特别迂回烦琐，绝不考虑时间和地点；虽则她的厨房里，仿佛刮过一阵十二级飓风一样零乱狼藉，各种厨具摆放在许多不同位置，正如一年三百六十五天那样散乱，然而，如果耐心等待，到时候她肯定会有秩有序地开出饭菜来，其式样之讲究，连美食家都挑不出任何毛病。

此刻，正处于准备做饭的初期。黛亚娜喜欢用大段的时间思考和休息，刻意把自己的一切活计都安排得从容不迫。这时，她正在厨房里席地而坐，抽着一只又短又粗的烟斗。她对此道十分有瘾，每当她在安排活计当中，觉得需要灵感时，总是点燃烟斗来，当作一炷薰香。这是黛亚娜祈求家务女神降临指点的方式。

在她周围，簇拥着一群在南方家庭里日渐增多的各色小黑奴。有的剥豌豆，有的削马铃薯，有的拔鸡毛，还有的做着其他准备工作。每隔一会儿，黛亚娜便把自己的心思放到一边，抄起身旁的布丁棒，冲着干活的小黑奴，这个捅一下，那个在头上敲一下。实际上，黛亚娜对这些毛头小黑奴的管束，非打即骂。她似乎认为，他们出生到世上来的唯一目的，用她的话来讲，就是“叫她省几步路”。她就是在这种家规的氛围中长大成人的，因此她要彻头彻尾地体现这种精神。

奥菲丽亚小姐在家里其他各个部门，完成了改革的巡视后，这时来到了厨房里。黛亚娜通过各种渠道听说了正在发生的情况，决定采取有节制的防御战略，思想上横下一条心，反对所有的新措施，对此一概不予理睬，但在实际上又不能进行公然的明显对抗。

厨房很大，窑砖铺地，一侧是旧式的长大壁炉。对于这种布置，圣克莱曾试想说服黛亚娜改成使用方便的新式炉灶，但是没有成功。她才不干哪。无论是蒲西派①还是什么派别的保守主义者，在依恋使用起来虽然不方便，但在历史悠久的事物方面，都远远无法与黛亚娜相抗衡。

圣克莱刚从北方回来的时候，就对叔父家里厨房布置的井然有序，产生了深刻印象，因此给自己的厨房添置了一大批碗橱、柜子和各种用具，想借此把自己的厨房也整顿得有条有理。他心里乐观地误以为，这在黛亚娜安排活计时，对她会有所助益，但到头来还是竹篮打水——一场空。厨房里柜子和橱子越多，黛亚娜藏东西的窟窿也越多，什么旧抹布呀，头发梳子呀，旧鞋子呀，丢掉的纸花呀，以及别的她喜欢的小玩意儿什么的，她都塞在里面。

奥菲丽亚小姐走进厨房时，黛亚娜没有站起来，只是装模作样、若无其事地抽着烟斗，一面斜着眼角，盯着奥菲丽亚小姐的一举一动，但表面上却是在聚精会神，监督周围人干活。

一上来，奥菲丽亚小姐打开一排抽屉。

“这个抽屉是干什么用的，黛亚娜？”她问。

“随便放什么东西，用起来都方便，小姐。”黛亚娜回答。是的，看起来确实如此。从抽屉里各色什物当中，奥菲丽亚小姐首先拽出一块沾满血渍的细缎桌布，显然是用它包过生肉。

---

① 指十九世纪末叶，宗教中的一个保守派别。

“这是什么，黛亚娜？你别是用太太最好的桌布包肉吧？”

“哦，天哪，小姐，不是这么回事。毛巾都不见了，才用的它。我把它拿出来准备洗一洗，才放在这里头了。”

“真是得过且过。”奥菲丽亚小姐自言自语。接着把抽屉翻过来，倒出了里面的东西。其中，她看到了一个肉豆蔻磨子和两三颗肉豆蔻、一本卫理公会赞美诗集，两三块用脏了的马德拉斯布①手帕，一些纱线和毛线活，一张烟叶和一只烟斗，几只胡桃夹子，一两只盛着一些生发油的金边瓷碟，一两只薄底旧鞋，一块用别针小心别起来、里面盛着几个不大的白色洋葱的法兰绒包，几块锦缎餐巾，一些粗麻布毛巾，几绺线和几根织补用针，还有几个破损了的纸包，从里面漏出来各种香料，洒得满抽屉到处都是。

“肉豆蔻你放在哪儿，黛亚娜？”奥菲丽亚小姐又问。那神色仿佛祈祷上帝赐给她耐心似的。

“差不多哪儿都放，小姐。那边破茶杯里放了一些，对面碗橱里也放了一些。”

“在磨子里还有一些哪。”奥菲丽亚小姐说，手里捏着那两三粒肉豆蔻。

“天哪，是的，是我今儿个早上放进去的，我喜欢东西凑手方便，”黛亚娜说，“嗨，你这个杰克！干吗不干活啦？你小心挨揍！那边儿别吵啦！”她又说，一面对准那作孽的人一棒子打去。

“这又是什么？”奥菲丽亚小姐拈起盛生发油的碟子，问。

“噢，是我擦头发的油，放在那儿方便。”

“你用太太最好的碟子盛这个呀？”

“老天！这是因为我很忙，又来不及——我本来打算今儿个就换个地方的。”

“还有两块锦缎餐巾哩。”

“也是我放的，想过两天洗一洗。”

“你这里没有专门放要洗的东西的地方？”

---

① 马德拉斯布系印度马德拉斯市生产的一种布。

“嗯，圣克莱老爷买了那个柜子后，他说就是作那个用的。可我喜欢在上面揉面做饼干，有时也放点东西，再说柜子盖儿掀起来也不方便。”

“为什么不在揉面桌子上揉面做饼干呢？”

“天哪，小姐，那上面满满当当放着盘子，不放这个，就放那个，压根儿就没有地方啊——”

“可你应该把盘子洗干净拿走哇。”

“洗我的盘子！”黛亚娜提高了调门，说。这时，她怒从心上起，她平素惯有的恭恭敬敬的神态消失了，“我倒要问，太太小姐们熟悉家务活不？要是我洗盘子放盘子，老爷多咱才能吃上饭？玛丽小姐就压根儿没跟我说过这话。”

“得啦，这里怎么还有洋葱？”

“老天，是啊！”黛亚娜说，“原来我放在那里了，我都想不起来了，是我特意留下来炖着吃的。我倒忘了，原来在旧法兰绒包里哪。”

奥菲丽亚小姐举起了漏着香精的纸包。

“我求小姐别碰它们。我喜欢东西都放在我知道的地方。”黛亚娜十分断然地说。

“可是你不愿意叫这些纸包有窟窿吧？”

“这样用起来方便哪。”黛亚娜说。

“可是，你看洒了一抽屉。”

“天哪，也真是！要是小姐乱倒东西的话，可不要洒了怎么的。小姐已经这样洒了不少啦，”黛亚娜说着不安地朝抽屉走过来，“小姐只要到楼下去，到时候我会清理，保管把什么东西都弄得整整齐齐，可是太太小姐们在身边，我什么都干不成，耽误事嘛！你，山姆，别把糖碗给娃娃啦！你要不加小心，看我砸扁了你！”

“我要把厨房检查一遍，这一次把一切都收拾整齐，黛亚娜，往后我可希望都保持这个样子。”

“老天哪！奥菲丽亚小姐，那可不是太太小姐们干的活儿，我压根儿没见过她们干这些活儿。老太太和玛丽小姐，谁都没干过，我也看不出有这个必要。”于是，黛亚娜气咻咻地在厨房里走动起来。这时奥菲丽亚小姐分门别类，把盘子摞起来，把零散放在各处糖碗里的糖，倒进一只碗里，把要洗的餐巾、桌布和毛巾都挑出来，然后亲自动手，洗净、擦干、放好，那速度之快，劲头之足，完全惊呆了黛亚娜。

“老天哪！要是北边来的太太小姐们这样干活，那她们还算啥太太小姐呀，”她在奥菲丽亚小姐听不到的地方，对一些下属说，“到了大扫除，我能跟不管什么人一样，把东西弄得整整齐齐的，可我不待见太太小姐们在眼前，简直是耽误事，更不用说她们把什么都放在了我找不到的地方了。”

说句公道话，黛亚娜也隔三岔五地改革整顿一番。她管这些叫“大扫除时间”。那时候，她就会以极大的热情，把抽屉和柜子在地板或桌子上，都给来个大翻个。这样，平素的乱糟糟的状况，会增加七八倍的混乱。然后，她就点燃烟斗，悠然自得地整理起来，一样一样查看着这些东西，一边发表着议论，让小黑奴们使劲擦着锡器，总要不遗余力地忙乱好几个钟头。别人询问起来，她都一概解释为她正在“大扫除”。这种解释，让人们个个心满意足。“她不能让厨房里这么乱下去，要让小黑奴们保持得整齐一些。”因此，不知何故，黛亚娜心里总不由得泛起这样一种幻觉：她自己是整洁的灵魂，只有那些小黑奴，以及家里其他所有的人，才是这方白玉生瑕的祸首。当所有锡器都擦得一干二净，饭桌抹得雪白放光，一切不顺眼的东西都搬到窟窿或角落里去以后，黛亚娜便穿上漂亮衣裙，戴上干净围裙，缠上高高的、光彩夺目的马德拉斯布头巾，让所有到处乱窜的“小黑奴”滚出厨房，因为她想保持住厨房的清洁。说实话，这些周期性的时刻，往往给全家人造成很大不便，因为黛亚娜那时节会染上一种毛病，对擦干净了的锡器格外喜爱起来，执意不准在任何场合使用，至少在“大扫除”期间的热情尚未消退之前不能使用。

不出几天，奥菲丽亚小姐对家中各个部门进行了彻底改革，呈现出井然有序的气象。然而，她在这些部门所付出的一番苦心，若没有奴仆的合作，就像西西弗①和丹奈斯诸女②的苦役一样，将全部付诸东流。有一天，她无计可施，向圣克莱诉说起来。

“在这个家里，根本没办法奢求件件事情都井井有条!”

“的确没办法。”圣克莱说。

“这样得过且过的管理，这样的浪费，这样的混乱，我从来没见过!”

“我相信你是没有见过。”

“如果你当家主事，是绝不会这么无动于衷的。”

“亲爱的堂姐，索性让你一下子都明白过来吧。我们当东家的也分成两类，一类是压迫者，一类是被压迫者。我们生性善良，不愿意厉颜疾色，所以拿定了主意，无论有多少不方便，也在所不惜。如果我们贪图自己方便，在家里养了一帮拖沓、懒散而又没有教养的黑奴，自然，我们就不得不自食这种苦果。我目睹过一些特殊情况，有些人单靠了特别的手腕，不采取严厉措施，就把家中治理得井井有条。可我不是这样的人，因此，早就下定决心听其自然。我不忍心用鞭子处罚这些可怜鬼，把他们剁成肉酱。这他们心中有数。自然，他们也就明白，大权揽在了他们自己手里。”

“可是，没有时间观念，没有秩序，东西都没有固定位置，就这么得过且过地发展下去，可怎么得了!”

“亲爱的佛蒙特来的堂姐，你们那些北极的同乡，对时间价值的看法，也太离谱了！一个人不知怎么打发的时间，要是多出一倍的话，那么，时间对他到底还有什么用处？至于说到条理和秩序，倘若除了躺在沙发上看报之外而无所事事，早饭和晚饭早一个钟头或晚一个钟头吃就都没有多大妨碍。再说，黛亚娜给我们做的也是第一流的饭菜，汤、青菜炖肉、烤鸡、甜点心，还有冰淇淋等，应有

---

① 典出希腊神话。西西弗（Sisyphus）原系国王，由于多行不义，死后被打入地狱，每日将巨石滚上山顶，之后巨石又落下，如此日复一日，没有止境。

② 典出希腊神话。埃及国王之弟生五十个女儿（He Danaides），因生前杀害丈夫，死后均被罚以苦役：将水注进漏槽，如此永无休止。

尽有，而这都是在厨房的混乱之中，黑灯瞎火做出来的。依我看，她的管理方法真是了不起。不过，上帝保佑我们！要是我们下到厨房，看到他们抽烟，到处乱蹲，看到他们准备饭菜时慌手忙脚的样子，我们就吃不下多少饭了。好堂姐，你就免了，别管这种事吧。这比天主教的苦行赎罪有过之而无不及，绝不会有什么益处，而只能惹你生气，叫黛亚娜无所措手足。由她去怎么办就怎么办吧。”

“可是，圣克莱，你并不了解我所发现的情况。”

“是吗？难道我不了解擀面杖放在床底下，肉豆蔻磨子跟烟叶一块放在她口袋里，有六十五只糖碗，全家各个洞洞里都放着一只，她今天用餐巾明天用一块衬裙洗盘子？可结果是她能做出香喷喷的饭菜，煮出一流的咖啡来。你应该用她的功绩，像衡量勇士和政治家那样来衡量她。”

“然而，这么浪费，开销又这么大！”

“噢，那好！把能锁起来的东西都锁起来好了，你带着钥匙。然后一点一点地发给他们，其他琐碎的事一概不问，可这并不是最好的办法。”

“这正是我不放心的地方，圣克莱。严格来说，我总觉得这些仆人不诚实。你能肯定他们都靠得住？”

望着奥菲丽亚小姐发问时，脸上流露出的严肃而又焦虑的神情，圣克莱不由自主地大笑起来。

“哦，堂姐，这真是妙不可言——诚实！居然还这样指望他们！诚实！咳，他们当然不诚实。他们为什么要诚实呢？到底什么东西才能使他们诚实呢？”

“那你为什么不训诫他们？”

“训诫！哦，无稽之谈！照你说我该怎样训诫？我不像个训诫人的人！至于玛丽，如果我让她来管理，她肯定会精神头十足，把整个庄园的黑奴都给折磨死，可她也无法去掉他们的欺诈心理。”

“就没有诚实的了吗？”

“嗯，偶尔也有个把，造物主把他们塑造得那样纯朴，那样厚道，那样忠实。这种顽强的品性，连最邪恶的势力也无法摧毁它。

不过你看，一个黑孩子打从在妈妈怀里吃奶的时候起，眼里看清，心里也感觉到，除了欺骗之外，别无出路。跟自己的父母和主母，以及在一起玩耍的少爷和小姐相处，也只有欺骗一途。狡猾和欺骗成了不可或缺的必然习惯。指望他出息成别的样子，是不公道的，他也该因此受到惩罚。至于说到诚实，黑奴处在半童稚的依赖别人的地位上，决不可使他们认识到财产的权利，或者懂得，东家所有的东西，并不是他自己的，尽管他们能把这些东西弄到手。依我看来，我不知道他们怎样才能做到诚实。像汤姆这样的人，简直是个道德上的奇迹！”

“那他们的灵魂会落个什么下场呢？”奥菲丽亚小姐问。

“这可就不关我的事了，”圣克莱说，“我说的是今生今世的事情。事实上，人人都明白，我们为了自己的利益，今生今世已经把黑种人统统赶到魔鬼那边去了，至于他们在另一个世界上会怎么样，就顾不得许多了。”

“真是可怕极了！”奥菲丽亚小姐说，“你们难道不替自己感到羞耻？”

“像我这样的人却不以为然。说到底，跟我们一样的人还多着哩，”圣克莱说，“就跟在大路上跟着走的人差不多。睁眼看看全世界的高贵者和低贱者，情况还不是一个样：为了上层阶级的利益，下层阶级的机体、灵魂和精神，都给耗尽榨干。英国如此，其他地方也复如此。然而，所有的基督徒之所以对此表示震惊，只是因为我们的做法与他们稍有不同而已。”

“在佛蒙特州，情况可不是这样。”

“哦，在新格英兰，以及在各个自由州里，你们的情况比我们好一些。这我承认。不过，这会儿打铃了，所以，堂姐，把我们的地域性偏见暂时放到一边，先出去吃饭吧。”

那天傍晚时分，奥菲丽亚小姐正在厨房里。几个黑孩子大嚷起来：

“天哪，普露来啦，像从前那样，老是嘟嘟囔囔的。”

这时，一个瘦骨嶙峋的高个子黑女人走进厨房，头上顶着一篮子甜面包和热面包卷。

“哟，普露，你来啦。”黛亚娜说。

普露脸上露出特别阴郁的神色，说话声音沉闷而烦躁。她放下篮子，蹲下来把肘弯支在膝头上，说：

“天哪！我怎么还不死呀！”

“你为什么想死？”奥菲丽亚小姐问。

“那就不受罪啦。”那女人生硬地说，眼睛依然盯在地上。

“你干吗喝得醉醺醺的，自找苦吃呢？”一个整洁的二代混血女仆琴恩问，耳朵上摇晃着一副珊瑚耳坠。

那女人愠怒无礼地瞥了她一眼。

“总有一天，也许你也会落到这一步的。我巴不得看到你有这一天。到那时，你也会跟我一样，喝上几口，忘掉痛苦。”

“得啦，普露，”黛亚娜说，“咱们瞧瞧你的甜面包吧。这位小姐给你钱。”

奥菲丽亚小姐拿出两三打面包。

“那个架子上面的破罐子里还有几张面包票，”黛亚娜说，“喂，杰克，爬上去拿下来。”

“面包票？做什么用的？”奥菲丽亚小姐问。

“我们从她东家那里买面包票，她再给我们送面包来换面包票。”

“我回到家，他们就点我的钱和面包票，看看我有没找对零钱，要是我找不对，会揍死我的。”

“这你活该，”那个服饰整齐的女仆说，“谁叫你拿他们的钱灌黄汤来着？她就是这么个样子，小姐。”

“可我愿意这样——我活不成——借酒浇愁呗！”

“偷东家的钱喝酒，把自己糟蹋得人不人、鬼不鬼的，”奥菲丽亚小姐说，“这就是你的罪过。你也太愚蠢了。”

“很可能是这样，小姐。可是，我还要喝，是啊，还要喝。老天哪，我巴不得死了才好，是啊，但愿我死了。这样，就一了百了了！”说着，老妇人那僵硬的身躯慢慢腾腾站了起来，把篮子重新顶在脑袋上。临走，又瞥了一眼那个仍然在摇晃耳坠的第二代混血女仆。

“你摇头晃脑的，戴着耳坠就觉得挺漂亮，连谁都不放在眼里了。好哇，那不要紧。你将来也会跟我一样，也会变成受尽折磨的可怜老太婆的。但愿老天会让你看到这么一天。那时候，看你会不会喝呀、喝呀，喝得打进地狱里。那你也活该。呸！”老妇人恶狠狠大叫一声，走了出去。

“老不死的讨厌畜生！”正在厨房给东家准备刮脸水的阿道尔夫说，“要叫我是她东家，揍得她更狠。”

“你千万别那么干，”黛亚娜说，“瞧瞧她的脊梁被打得那副惨相，连件衣服都穿不上了。”

“叫我看，这样下三流的人，就不该叫她到大户人家来，”琴恩小姐说，“你认为怎样，圣克莱先生？”她问阿道尔夫，同时卖弄风情地摇晃着脑袋。

我们必须交代一笔，阿道尔夫除了盗用他东家的东西之外，还习惯使用东家的姓氏和住址。在新奥尔良黑人圈子里，他出头露面时的头衔，就是“圣克莱先生”。

“我当然同意你的看法，伯努瓦小姐。”阿道尔夫说。

伯努瓦是玛丽·圣克莱娘家姓氏，琴恩则是她的一个仆人。

“伯努瓦小姐，恕我冒昧问一声，这副耳坠是不是明天晚上参加舞会戴的？可真让人着迷！”

“喏，圣克莱先生，我真不晓得，你们男人会放肆到什么地步！”琴恩说着，又摇晃了一下漂亮的小脑袋，让那副耳坠重又闪烁明灭起来，“要是你再不断盘问我，明天一晚上我就不跟你跳舞了。”

“哦，你不会那么无情无义的！我倒很想知道，你是不是会穿上那套粉红的薄纱衣裙。”阿道尔夫说。

“你们说什么来着？”罗莎问。她是个聪明活泼的第二代混血小姑娘，说话时，刚从楼上蹦蹦跳跳走下来。

“喏，在说圣克莱先生有些放肆来着！”

“以我的名誉担保，”阿道尔夫说，“这件事由罗莎小姐公断好了。”

“他总是鲁莽得很，这我清楚，”罗莎跷起一只纤足平衡着身子，说，一面恶狠狠地望着阿道尔夫，“他总是气得我什么似的。”

“哦，小姐们，小姐们，你们两个可真叫我伤心得厉害，”阿道尔夫说，“不定哪天早上，你们会发现我死在床上。这你们可要负责任喽。”

“听听这个可怕的家伙说的话！”两位小姐无所顾忌地笑着说。

“得、得，都给我滚开，你们！我不能让你们挤在厨房里，”黛亚娜说，“胡闹一气，碍手碍脚的。”

“黛亚娜大婶，因为不能参加舞会生了气啦。”罗莎说。

“你们那些淡肤色的舞会①，我才不参加哪，”黛亚娜说，“装模作样冒充白人。可你们到底跟我一样，是黑人呀！”

“黛亚娜大婶天天都搽头油，让头发直挺挺的，想梳直了哩。”琴恩说。

“可到了还是鬈发呀。”琴恩不怀好意，把青丝般的长发抖落下来，说。

“喏，在上帝眼里，鬈发也好，直发也罢，啥时候不都是一样的吗？”黛亚娜说，“我倒想叫小姐来评评理，是你们这一对值钱，还是我这样的一个人值钱。都给我滚出去，你这两个贱货，不许你们待在我身边！”

这时，有两层原因打断了这场谈话。一则，圣克莱的声音从楼梯顶上传来，问阿道尔夫去厨房端剃须水，是不是想在那里待一宿。再则，奥菲丽亚小姐从饭厅出来，说：

“琴恩和罗莎，你们为什么在这里浪费时间？进去烫你们那几件薄纱衣服吧。”

同烤面包的老妇人谈话期间，我们的朋友汤姆一直待在厨房里，后来跟随老妇人走到大街上。他望见她一边继续赶路，一边偶尔低低呻吟一声。终于，她把篮子放在一个门口台阶上，动手整理起围在肩上的褪了色的旧披肩来。

---

① 暗指由混血儿举办的舞会，因其肤色浅淡而名之。

“我替你拿着篮子，送你一段路吧。”汤姆说，心中不无怜悯之情。

“干吗你拿？”女人说，“我什么忙都不需要帮。”

“你好像有病，或者有什么心事什么的。”汤姆说。

“我没病。”女人说话简慢。

“我想，”汤姆恳切地望着她，说，“我想能说服你把酒戒了。难道你不明白，喝起酒来你就毁了，身体和灵魂都毁了？”

“我明白自己会被打进地狱里去，”女人阴郁地说，“你用不着跟我说这个。我坏——我作孽——我会给打进地狱。哦，天哪！我恨不得这就进地狱才好哩！”

说这番可怕的话时，女人神情阴郁沉闷，急切而又认真，汤姆听了不由战栗起来。

“哦，愿上帝怜悯你！苦命的人儿。你听说过耶稣基督吗？”

“耶稣基督——他是谁？”

“哦，他就是主啊。”汤姆说。

“记得人们说过主啊、审判哪，还有地狱什么的。这我听说过。”

“或是，难道就没有什么人给你说过，我主基督热爱我们这些有罪过的可怜人，是为我们死去的吗？”

“这我可都没听说过，”女人说，“打我老头子死，就压根儿没人爱过我。”

“你在哪儿长大的？”汤姆问。

“在北边肯塔基。有个白人养活着我，让我生孩子供应市场，孩子们稍一长大，就把他们卖了。末了，那个白人又把我卖给一个倒卖黑奴的人，我老爷就是从他那里把我买下来的。”

“你是怎么染上喝酒这个坏习惯的？”

“不喝心里难过呀。我被卖到这边儿后，又生了一个孩子，心里满以为，这下可以把孩子养大了，因为老爷不倒卖黑奴。那小东西长得很漂亮！开头，太太好像也很喜欢那孩子，他从来不哭一声，胖胖的，招人爱。可是太太后来生了病，由我来伺候。这样，我也染上了热病，奶一下子全断了。孩子眼看着瘦得皮包骨头，可太太不愿意给孩子买牛奶。我断了奶告诉了她，可她不听，说她知道别人吃什么，我就可以喂孩子什么。孩子越来越瘦了，一天到晚一个劲儿地哭哇、哭哇、哭的，只剩下了皮跟骨头。太太生了气，说孩子性子拗，说还不如死了好。她夜里不让我跟孩子睡，说孩子吵得我睡不着觉，什么活也干不了了。她让我在她屋里睡，我不得不把孩子放到阁楼上去。有一天夜里，孩子就活活哭死了，这是真的。于是我就喝起酒来，肚里有了酒，耳朵里就听不见孩子哭的声音！是这么着。我不喝不行了！就是打到地狱里去，也得喝！老爷说我以后得进地狱，可我跟他说，我现在已经进了地狱啦！”

“哦，可怜的老妇人！”汤姆说，“难道就没有什么人跟你说过，我主耶稣热爱你，是为你而死的？他们就没有告诉你，他能保佑你，最后进入天堂安息？”

“我还像个进天堂的人？”女人说，“天堂不是白人去的地方吗？你想他们会让我进去吗？我倒愿意下地狱，离得老爷太太远一点的好，真的。”她说着，又像往常那样呻吟一声，顶起篮子，闷闷不乐地走了。

汤姆转过身来，忧心忡忡地朝回走去。在院子里，他遇见了小伊娃。她头戴一顶喇叭花冠，两眼炯炯放光，一副兴高采烈的样子。

“哦，汤姆叔叔！你原来在这儿哪。我找到了你，真高兴。爸爸叫你把小马套好，带我坐着那辆崭新的小马车去玩玩，”她说着一把抓住汤姆的手，“可你怎么啦，汤姆？你看上去耷拉着脸。”

“我心里难过，伊娃小姐，”汤姆忧伤地说，“不过我这就去给你套马。”

“可是你一定得告诉我，汤姆，到底是怎么回事。我刚才望见你跟爱发脾气的老普露说话来着。”

汤姆把那老妇人的遭遇向伊娃讲述了一遍，言辞简明而真挚。伊娃没有像别的孩子那样大呼小叫，大惊小怪，或者哭哭啼啼。她的面颊泛起了苍白，一片深沉而真诚的阴影，爬上她的双眸。她把两手放在心窝，深深地叹了一口气。

第十九章　奥菲丽亚的经历和观点（续）

“汤姆，别套马，我不想出去了。”她说。

“为啥不出去了，伊娃小姐？”

“这类事情在我心里沉甸甸的，汤姆，”伊娃说，“在我心里沉甸甸的。”她认真地重复了一遍。“我不想出去了。”说着，她转身背向汤姆，走进上房。

几天以后，另外一个女人代替老普露送来了甜面包。当时，奥菲丽亚小姐也在厨房里。

“老天！”黛亚娜问，“普露怎么啦？”

“普露再也不来啦。”那女人说起话来神秘兮兮的样子。

“为啥？”黛亚娜又问，“她还没死，对不？”

“我们也说不准，反正她给丢到地窖里了。”女人说着话，瞟了奥菲丽亚小姐一眼。

奥菲丽亚小姐挑选好面包，黛亚娜跟着女人走到门口。

“普露到底怎么样了？”她问道。

女人似乎想说，又有些勉强，最后压低声音，神秘地回答道：

“好吧，你可别跟别人说。普露又喝醉了，他们把她丢到地窖里，让她在里边待了一整天。后来，听说身上满是苍蝇——她死了！”

黛亚娜不由扬起双手，一转身正好瞥见伊万杰琳幽灵般的身体紧贴着自己身边。她两只神秘的大眼睛，由于惊恐瞪得溜圆，嘴唇和面颊上没有一丝血色。

“上帝保佑我们！伊娃小姐要昏过去了！我们怎么让她听到这些话呀！她爸定准会气得发疯。”

“我昏不过去，黛亚娜，”孩子镇定地说，“我为什么不该听到这些话呢？我听听总没有可怜的普露亲身受罪那么难受吧。”

“老天哪！这些话不能叫你这样可爱的娇贵小姐听到呀。不能叫你们听说这些事，听了还不吓死你们！”

伊娃又叹口气，迈着抑郁的步伐，缓缓到楼上去了。

奥菲丽亚小姐焦急地打听了那女人的遭遇。黛亚娜唠唠叨叨，说了一通，汤姆又补充了他那天上午从女人那里打听来的细节。

“真恨得人牙根痒痒的——简直太可怕了！”她一走进圣克莱躺着看报的房间，便大声说。

“请问，又发生了什么令人发指的事啦？”他问。

“又发生了什么事？哼，那些人居然把普露用鞭子活活打死了！”奥菲丽亚小姐说，接着原原本本把事情来龙去脉讲了一遍，其中最令人震惊的关节，讲得特别详细。

“我原来就想到早晚会有这种结局的。”圣克莱说毕，又继续看报。

“原本就想到！难道你就不想过问过问？”奥菲丽亚小姐问，“莫非你们就没有市政管理委员或什么人，过问干预这种事？”

“这类情况，人们统统觉得，光考虑到财产权益就足以防止发生了。可是，如果人家偏要毁掉自己的财物，我拿他们有什么办法？听说那个女人贪杯偷东西，因此要唤起同情，就没有多大希望了。”

“这残酷到了极点——太可怕了，圣克莱！老天爷肯定要报复你们。”

“亲爱的堂姐，事情不是我做的，我对这件事也毫无办法制止。要是有办法，我当然会出面制止的。要是心灵卑贱的野蛮人由着自个儿性子干，我有什么办法？他们都握着绝对控制黑奴的权力，专横跋扈，不计后果。干预什么用处都没有，实际上，这类事情也没有什么法律可依。我们所能做的，只不过是视而不见，听而不闻罢了。由它去吧，这是留给我们的唯一的办法。”

“你怎么能视而不见，听而不闻？怎么能对这类事情由它去呢？”

“亲爱的姑娘，你指望怎么办？这样一大批卑贱懒散、缺乏教养、令人恼火的黑奴，不讲任何条件地给交到与世上大多数人相同的人们手里。他们既不体谅别人，又不具备自我节制能力，甚至对本身的财产权益，都缺乏开明人士的那种关注，世界上大多数人的情况，其实都是这样。自然，在一个如此组织起来的社会里，高尚善良的人就只有硬起心肠，闭眼不看了。我不能把自己遇到的可怜黑奴个个都买下来。在这样一个城市里，我不能侠肝义胆，替每件冤案都一一伸张正义。充其量，我所能做到的，就是不问不管啦。”

刹那之间，圣克莱英俊的面庞笼罩上乌云，看起来心里烦躁不安，然而突然又泛起了一丝欢乐的微笑，说：

“算了吧，堂姐，别再像个赌气的命运女神站在那里了。你只是透过幕布瞥了一眼，瞥见了在整个世界上以这种或那种形式，所发生情况的一个例证而已。如果我们去探究和窥察人世的一切黑暗，那我们对一切都会心灰意冷。这就好比在近处仔仔细细察看黛亚娜的厨房一样。”说完，圣克莱靠在沙发上，又忙于埋头报纸。

奥菲丽亚小姐坐下来，掏出了毛线活，义愤之情使她脸色铁青。她不断地织呀、织呀，然而，内心的想法不由令她怒火燃烧，终于她大声嚷了起来：

“我可告诉你，圣克莱，如果你能这样泰然处之，我绝对不能。你维护这样一种制度，简直令人不齿。这就是我心里的话！”

“又怎么啦？”圣克莱抬起头来问，“又想那件事啦，唉！”

“我说你维护这样一种制度，令人不齿！”奥菲丽亚心情愈益愤懑地说。

“我维护它，亲爱的小姐？谁说我维护它来着？”圣克莱问。

“你当然维护它——你们肯定会维护它的，你们全部南方人。不然的话，你们养奴隶干吗？”

“难道你当真天真可爱到了认为，世上绝没有人做过自己认为错误事情的程度？难道你没有，或说你从前没有做过自己认为不太对头的事情？”

“要是我做了，那我希望悔过。”奥菲丽亚小姐说，起劲地挥动着毛线针。

“我也这样，”圣克莱剥着橘子皮，说，“我一直在悔过哩。”

“那为什么还继续这样做呢？”

“你悔过以后，好堂姐，你难道就没有继续错下去的时候吗？”

“嗯，那只是在受到很大诱惑的时候。”奥菲丽亚小姐说。

“那好哇，我现在就受到了很大的诱惑，”圣克莱说，“这就是我的困难所在。”

“可是我总是决心不再那么做了，并且想法摆脱诱惑。”

“咳，这十来年，我也断断续续地在下决心不那么做了呀，”圣克莱说，“可不知怎么回事，并没有把诱惑摆脱。你的所有罪孽都摆脱了吗，堂姐？”

“圣克莱堂弟，”奥菲丽亚小姐放下毛线活，正色答道，“依我看，你责备我的缺点，完全应该。你说得都没错，这我也明白，再没什么人比我更明白。不过，在我眼里你我之间毕竟有点不同。我仿佛觉得，如果我日复一日，继续做自己认为错误的事情，我会毅然砍掉自己的右手。不过，话说回来，我的所做和所言，还是不大一致。你责备我，我一点也不奇怪。”

“哦，得啦，堂姐，”奥古斯丁说着席地坐了下来，脑袋枕在她膝头上，“别那么当真吧！你晓得我一向是个莽撞无礼、银样镴枪头的孩子，喜欢惹你发火，没有别的，喜欢看到你认起真来。我当然明白，你好得要命，好得厉害。可这类事情，叫人想起来就讨厌。”

“可这是个正经话题啊，我的小伙子，圣克莱。”奥菲丽亚小姐以手抚他前额，说。

“正经得要命，”他说，“可我——嗯——天气这么炎热，从来不愿讨论正经问题。加上蚊子什么的，让人不可能升华到道德的崇高境界，我认为，”圣克莱说完，突然兴高采烈起来，“现在我总算找到了一种理论，明白北方民族何以比南方民族更富道德修养了。我洞察了整个问题。”

“哦，圣克莱，你可真会胡搅蛮缠，叫人哭笑不得。”

“是吗？嗯，我也许是这个样的，不过，这一回我要认起真来了。可是，你先得递给我那个蜜橘篮子。我如果要认真探讨这个问题的话，你就必须‘给我葡萄干增补我力，给我苹果畅快我心’。①这你是明白的。喏，”圣克莱拽过篮子，说，“现在开始阐释我的理论吧。话说在人类历史进程中，当一个人有必要占有束缚二三十个同类的时候，出于对社会舆论的体面眷顾，就要求——”

“你这是认起真来啦？我可看不出。”奥菲丽亚小姐说。

“别忙，我马上切入正题，请洗耳恭听。简短直截说，堂姐，”他说，英俊的脸庞一变而为诚挚和严肃，“有关奴隶制这一抽象问题，我认为只有一种看法。依靠它发财致富的种植园主，取悦种植园主的教士，以及依靠它而进行统治的政客等，都可以歪曲和曲解语言和伦理学。在这方面，其独出心裁之淫巧，足以使人们瞠目结舌。他们能够极尽他人所不能，强迫自然和《圣经》替他们效劳。然而，归根结底，无论是他们还是世上别的人，都一点也不相信这套说辞。总之一句话，这套说辞秉承了魔鬼的衣钵，而且，依我看来，这对魔鬼怎样按自己的方式为所欲为而言，是一个相当不错的例证。”

奥菲丽亚小姐停下了手中的毛线活，似有惊讶之意，而圣克莱显然对她的惊讶自鸣得意，于是接着说下去：

“你听了似乎有些惊奇，不过，如果你想透彻地了解我的看法，我想索性和盘托出来。这个该死的制度，这个神人诅咒的制度，到底是怎么一回事？撕去它的一切画皮，直捣其根源和中心，这个制度到底是怎么一回事？噢，还不是因为我的兄弟夸西②无知、软弱，而我聪明、刚强，还不是因为我既有知识又有办法，所以我就能窃取他的东西，归为己有，而我自己认为多少合适，就只给他多少嘛。

---

① 见《旧约·雅歌》第二章第五节。

② 夸西（Quashy），原指西非洲黑人，此处泛指黑人。

凡是自己认为的重活、脏活和不愿干的活，都让夸西去干，由于我不愿意干活，所以夸西必须去干。由于太阳烧灼我的皮肤，所以夸西必须待在日头下面。夸西挣钱，而我花钱。凡有水洼的地方，夸西必须躺下来，而我则水不湿鞋地从上面走过去。夸西今生今世不是按自己的意志办事，而是必须按我的意志办事。而到头来，还要看我的方便不方便，才能决定夸西能够进入天堂与否。这就是我所理解的奴隶制。我敢断言，像我们法典当中的奴隶法，世上没有一个人还能够解读出什么别的蕴义来。更不用奢谈奴隶制的什么弊端了！岂有此理！奴隶制这件事本身就是一切弊端的核心！我们这片土地之所以没有像所多玛和蛾摩拉①那样，在这种制度下毁灭，只是因为具体实施的宽松，与这种制度相比有天壤之别而已。出于恻隐之心，出于羞耻之感——因为我们均为女人所生，而非野兽，所以，我们有许多人没有，也不敢于充分运用我们野蛮法律所赋予自己的权力，而且我们也不齿于这样做。而那些走向极端、多行不义的人，其行事也仅仅是在法律赋予他们的权限之内罢了。”

圣克莱突然站起身来，急匆匆地在屋里来回踱着步子，每逢心情激动时刻，他均如此。这时，他那如希腊雕像般古朴而俊秀的脸上，仿佛由于内心澎湃的热情而燃烧起来，蓝色的大眼里射出道道光线，下意识的诚挚之情，不由使他挥动起双手。奥菲丽亚小姐以前从未见过他的这种神情，只是哑然坐在那里，缄口不语。

“我向你宣告，”他蓦地在堂姐面前停下脚步，说，“关于这个问题，人们无论怎样谈论，或者有什么感受，都毫无用处，不过，我向你宣告，有多少次我曾经考虑过，假使整个国家天塌地陷，把一切不义和痛苦都掩藏起来，不见天日的话，那么，我甘愿与它一起毁灭。每逢我乘船游南闯北或是收账时，心里总在琢磨，为什么我所遇到的野蛮残暴、卑鄙下流、令人厌恶的家伙，只要坑、骗、赌挣到了钱，我们的法律就允许他们尽其所能买卖男女老幼黑奴，在

① 典出《创世记》第十九章。所多玛和蛾摩拉原为古代中东两罪恶城市，后遭天谴毁灭。

他们头上作威作福。每逢我见到这些下流痞霸占着孩子、姑娘和女人时，我都想诅咒我们的国家，诅咒人类！”

“圣克莱！圣克莱！”奥菲丽亚小姐说，“千万别再说啦。我这一生中，即使在北方也没听人这样说过话。”

“在北方！”圣克莱说，脸上表情突然为之一变，又恢复了自己那种随随便便的口吻，“哼！你们北方人冷酷无情，遇上什么事都无动于衷！凡是看破了的事，我们都要前前后后诅咒一遍，可你们不行。”

“喏，可问题是——”奥菲丽亚小姐说。

“噢，是啊，没错儿，问题是——是个他妈的糟糕的问题。你怎么处于这种罪孽和痛苦境地呢？喏，我想用你礼拜天教导我的那些美好言辞来回答这个问题。我是因了一般的遗传处于这种境地的。我的仆从是我父亲的，还有，是我母亲的。不过现在成了我的仆从。他们以及他们繁衍的后代，有可能成为我的一笔数量可观的财产。你知道，我父亲当初是从新英格兰来的，跟你父亲完全一样，是个道地的罗马天主教老教徒，为人正直、充满活力、心地高尚，意志坚如钢铁一般。你父亲在新英格兰落了脚，征服了巨石悬崖，在大自然当中闯出了生路；而我父亲在路易斯安那定居下来，征服了男女黑奴，强迫他们养活自己。我母亲，”圣克莱说，一面站起身踱到房间一头的一幅肖像面前，脸上肃然起敬而又动容地昂首凝视，“她多么圣洁！请不要这样望着我，你是明白我的意思的！她也许是肉眼凡胎，但就我观察所及，她身上没有一丝人类弱点和过错的痕迹，凡是现在仍然健在而又记得她的人，无论是奴隶还是自由人、仆人、相识还是亲眷，都说不出别的话来。是啊，堂姐，这些年以来，我没有完全丧失宗教信仰，都应归功于母亲。她是《圣经·新约》的直接象征和化身。这一个活脱脱的事实，只能用《圣经·新约》的真理加以解释，除此，没有别的途径。哦，母亲！母亲！”圣克莱十分激动，攥紧双手说，突然又克制住感情，反身回来，坐在一张无靠背躺椅上，接下去说：

“我和哥哥阿尔弗雷德是孪生兄弟。你知道，人们说孪生子应该彼此相似，可我们俩方方面面都截然相反。他黑色眼睛里放射着光芒，头发漆黑，有一副刚毅而俊雅的罗马人相貌，棕色的皮肤富有光泽。我却是碧眼金发，希腊人的体形和浅淡的肤色。他生气勃勃，善于观察；我却耽于幻想，喜欢安静。对朋友，对同类，他慷慨大方，对下属，倨傲、专横跋扈，对稍有违拗他的意志者，则毫不留情。不过，我们两人都实事求是，在他，是出于骄傲和勇气，在我，则出于某种抽象的理想。我们像一般兄弟那样，彼此手足情深，偶尔有些龃龉，偶尔有些亲密，但平素可说情意甚笃。他深得父亲宠爱，我则深得母亲娇宠。

“在一切可能出现的问题上，我身上带有一种病态的敏感和锐利，而他和父亲却对此毫不理解，绝不会有同感。不过，我母亲对此能够理解并抱着同感。因此，遇到我跟阿尔弗雷德发生口角，父亲每每对我怒目而视，这时我就到母亲房间，坐在她的身边。我还记得她的模样：两颊苍白，深邃的眼睛，透出温柔和严肃，一身洁白的衣裙。她总是穿着白色衣裙；每当我在《启示录》里，读到身着精致洁白亚麻布衣服的圣徒故事时，总不由想到母亲。她富有种种天赋，特别是音乐天赋，经常坐在风琴前，演奏庄重的古老动听的天主教乐曲，唱起歌来，那歌喉与其说是凡胎女人倒不如说是天使的歌喉。我那时就会躺在她膝头上哭泣、梦想或者感受无法形诸言辞的事物，哦，那无穷无尽的事物！

“在那些岁月里，奴隶制问题还没有像现在这样弄得沸沸扬扬，谁也梦想不到它会有什么害处。

“父亲天生一副贵族气派。在我眼里，他生前想必在列神列仙之中，就位居显赫，把他原来宫廷的桀骜不驯带到尘世。因为，虽则他原本出身于贫寒家庭，而非贵族家庭，然而，这种气派却与生俱来，在头脑中根深蒂固。我哥哥一出生，便与他气派一模一样。

“不过，你明白，全世界的贵族，只要超出了自己社会界线之外，便全无恻隐之心可言。在英国，这条界线的划定有所不同，在缅甸有所不同，在美国也有所不同，然而，没有哪个国家的贵族逾越这条界线。一个人所属阶级的艰难困苦和不义，在另一个阶级自然是不同的一码事。父亲的分界线则是肤色界线。在与他平等的人当中，没有哪个人比他更伸张正义、更慷慨无私。然而，他把肤色划分出种种可能的层次之后，则把黑人视为人兽之间的中间环节，根据这一假说，把自己所有的正义感或者慷慨无私，也划分为不同的等级。我敢说，假若有人坦率而公正地问他，黑人到底有没有不朽的灵魂，他会顾左右而言他，说一声‘有’。不过，父亲这个人并不大把灵魂说放在心上。他丝毫没有宗教感情，只是对上帝怀着崇敬，言之凿凿地视上帝为上层阶级的首脑。

“是啊，父亲手下大约有五百个黑奴，是个绝不变通、强迫命令而又拘泥于细节的实干家。一切的一切都由制度推动着，由丝毫不爽的准确和一丝不苟维系着。喏，如果你考虑到，所有这一切都是由一群懒惰、愚蠢、得过且过的苦力来实现，而他们一生中，又都是在缺乏学会做事，却只会像你们佛蒙特人所说的‘偷懒’的种种可能动机中长大成人的话，那么，可想而知，对于像我这样敏感的孩子来说，父亲庄园上发生许许多多事情，自然是可怕而且令人痛心的了。

“除去这一切之外，父亲还有一个监工斯塔布。请你原谅，此人身材高大、蜂腰粗拳，是佛蒙特州的一个不肖子孙。他经受过残酷和野蛮的正规训练，已经出道施展本领。母亲不能见容于他，我也不能。可偏偏得到了父亲的默许，于是成了庄园上的一霸。

“我那时尚在幼年，可像现在一样，挚爱人间的一切事情。这挚爱无论以何种形式出现，都是探究人性的一种激情。人们常常见到我在小茅屋里混在种田黑奴之中。自然，他们都万分喜欢我。各种各样的抱怨和冤屈都会传进我的耳朵，我再转告给母亲，于是我们母子组成了一个申冤委员会。我们制止并平息了不少残酷事件的发生，为我们做了这么些好事而额手称庆。后来，由于我常常热情得过了头，斯塔布便跟父亲诉起苦来，说他管辖不了这些奴隶，不得已，要辞去职务。父亲待母亲十分温存而宽容，然而，又是个自己认为是必要的什么事，就决不动摇的人。于是，他在我们和种田奴隶之间插进来一条腿，像岩石一样，屹然不动。他用极为尊重委婉却又十分明确的言辞对母亲说，家里的奴隶由她全权管理，但是他不允许她干预种田奴隶的事情。他对母亲的尊重和恭敬胜于所有的人，但即便是圣母玛利亚妨碍了他制度的推行，他仍然会这样不依不饶。

“时常，我听见母亲同他谈一些事情，想方设法唤醒他的同情之心。这时，他听着那些最哀婉动人的请求，脸上却带着最令人寒心的礼貌和镇定神情。‘说一千道一万是这么个问题，’他总是说，‘要么我得跟斯塔布分手，要么得留着，对不？斯塔布是准时、诚实和有效率的灵魂，是一把道道地地的干事的好手，就一般而论，也还讲些情面。我们无法做到完美无缺，要是留下他，我就必须维护他那一整套管理办法，虽则偶尔也有不当的情况。一切的管理都包含着某种必须的严厉。一般规则难以适用于特殊情况。’对于父亲，最后这句格言似乎认为是解决大部分暴虐事件的灵丹妙药。说完这些话，父亲一般都是把脚往沙发上一跷，像了结了一桩生意的人那样，睡个午觉或者拿起报纸浏览。这要视情况而定。

“实话实说，父亲恰恰显露出了政治家的非凡才能。他能像掰橘子那样，轻而易举，把波兰领土分割为数块，或者像任何人一样，不事声张而又有条不紊地踏平爱尔兰的国土。最后，母亲灰心丧气，只好善罢甘休。不过，只有到了最后审判日，人们才能明白，像她那样高贵敏感的品性，一旦陷入对于这些品性来说，似乎是不义和残酷的深渊，而周围人们并不如此看待时，会感受到似乎被抛进怎样孤独无助的境地。对于她这些品性，处于我们这样地狱般的世界上，真可谓漫长而又痛苦的一生。除了用自己的观点和情感教导子女之外，她还能有什么作为？是啊，你讲教导讲了不少，可是，孩子毕竟是根据先天的禀赋长大成人的，仅只是这样罢了。从襁褓时代起，阿尔弗雷德就有一副贵胄派头。他长大成人的期间，下意识之中，他的全部同情之心和论辩章法，都顺乎贵族的套路，母亲的规劝统统成了耳旁风。至于我呢，那些规劝都深深镌刻在我的内心里了。从外表形式上看，母亲从不在什么事情上背拗父亲，或者说直接有异于他，然而，她却用自己诚挚深邃的天性影响了我，点燃了我的灵魂。这就是即使最卑贱的人类灵魂也具有其尊严和价值的那种观念。夜晚，每每她指着天上星星，对我说：‘瞧那儿，圣克莱！这些星星永远消逝以后，地上最贫贱的灵魂仍然会活着，就像上帝那样，长生不灭！’这时，我总会心存敬畏，望着她的脸色。

“她收藏着一些精致的古油画，其中，特别有一幅，画的是耶稣治愈盲人的事迹。这些油画非常高雅，在我内心铭刻下了深刻印记。‘瞧这儿，圣克莱，’她总是说，‘这个盲人是个乞丐，又穷又讨人嫌，但是，耶稣给他治病时，并不是离他远远的。他把他叫到跟前，把自己的手放在他手上。别忘了这个，孩子。’假使我是在她教导下长大成人的，我简直猜不出，她会把我激发成多么热情的人。我也许能成为圣徒、改革家或者殉难者。可是，呜呼！呜呼！我只有十三岁的时候，就离开了她，从那以后再没有见过她！”

圣克莱以手托腮，许久没有作声。过不一会儿，他又抬起头来，接下去说：

“所谓人类美德这一整套货色，简直可怜、可鄙、一文不值！大半说来，只是经纬度和地理方位，作用于人的天性禀性的问题，在大部分情况下，仅仅是巧合罢了。比方说，你父亲定居的佛蒙特州的那个小镇里，事实上人人都自由而且平等。于是，他成了正式教徒，当了教会执事，在适宜的时候，又参加了废奴协会，把我们看得比异教徒好不到哪里去。然而，无论怎么看，他在气质和习性上，完全与我父亲同出一炉。这一点，我在他身上五六十处不同地方，能够看出他泄露出天机，还是那一模一样的刚愎自用、专横跋扈、发号施令的气质。在你村子里，如果让人们信服圣克莱老爷不自以为高他们一等，那绝对是不可能的。这你非常清楚，事实上是，虽然他适逢民主时代，怀抱着民主理论，但他从骨子里说，还是一个贵族，正如我统辖着五六百名黑奴的父亲一模一样。”

在圣克莱描绘的这幅景象面前，奥菲丽亚小姐觉得很想加以驳斥，于是放下手中的毛线活准备开口时，圣克莱却截住了她的话头。

“得啦，我想说的每一句话，我都心中有数。我并不是说他俩在实际上相似，而是说，他们其中一个碰巧处在了事事有悖于其天性的环境，另一个则处于事事顺乎其天性的环境之中。于是，一个成了执拗任性而又专横的旧式贵族，另一个则成了执拗任性的旧式恶霸。倘若两人都在路易斯安那州拥有种植园，他们之相似，就恰似一个铸模里铸出的两颗子弹一样。”

“你可真是个不尽孝道的儿子！”奥菲丽亚小姐说。

“我这并不是对他们不敬，”圣克莱说，“你明白孝敬并不是长处，不过，话还得回到我说的正题上来。”

“我父亲去世时，把全部家产都交给我们孪生兄弟两人，由我们俩随意分割。阿尔弗雷德在与地位同他平等的人打交道时，是上帝创造的这个世界上心灵最高尚、行事最慷慨的人，在遗产问题上，我们处理得简直令人羡慕，没有说过一句兄弟间不该说的话，也没有伤害手足之情。我们着手共同经营种植园。阿尔弗雷德表现出来的活力和才干，比我强两倍之多，于是成了热心的种植园主，一个极为成功的种植园主。

“不过，经过两年的试验，我心服口服地看出，我当不了合伙人的角儿。我们有七百名之多的一批黑奴，但我无法一一亲自认识他们，对他们的利益也毫无兴趣可言。贩卖、驱遣他们，给他们住的、吃的，让他们干起活来也和牛马一样，受到军队那样的严格管束。加上怎样把他们的生活的普通享用降低到最小限度，还得让他们能够干活这个问题，经常萦绕在脑际，以及需要多少工头和监工，需要多少始终唯一奏效的皮鞭等，所有这一切都使我无法容忍，感到憎恶和讨厌。而每当想起母亲对可怜人灵魂的评价时，我更觉得可怕！

“如果对我说黑奴喜欢这一切，那简直是无稽之谈！直到今天，一听到你们北方某些以恩人自居的家伙们，出于为我们罪孽辩护的热情，而编造的那些羞于出口的连篇废话，我就一肚子气。这我们大家心里都很明白。说有什么活着的人，心甘情愿干一辈子活，从早到黑，一直在东家眼皮子底下，没有权利发挥自己的自由意志，老是干着一成不变的单调可怕的同一种苦活，而只是为了一年弄到两条裤子和一双鞋子穿，只是为了领到一份口粮、一间住房，以便能继续干活，别给我来这一套！如果有谁认为，人们这样生活，一般说来，能与其他方式的生活同样舒适，那我倒想请他尝一尝个中滋味。我愿意把他买来替我干活，而又在良知上心安理得！”

“我原来一直以为，”奥菲丽亚小姐说，“你们，你们大家，都赞同这类事情，认为符合《圣经》精神，是正大光明的哩。”

“岂有此理！我们还没有下作到这种地步。阿尔弗雷德虽然是从来没有过，铁了心的暴君，也不至于矫情到同意这种辩解。不会，他居高临下，目中无人，也只是祭起‘弱肉强食’，堂而皇之地作为根据。他说——而且我认为很有道理——对于下层阶级，美国种植园主的所作所为，与美国贵族和资产阶级相比，只是形式不同而已。我认为，这就是说，为了自己的好处和利益，而掠夺他们的骨和肉，精神和灵魂。对于上述两种人，他都进行了辩护，而且，在我看来，他起码辩护得没有破绽。他说，没有对大众的或名义上或实质上的奴役，就不可能有高度的文明。他还说，必须有一个只有动物本能的下层阶级劳其筋骨，上层阶级才能借此获得闲暇和财富，进一步拓展并改善其智慧，成为下层阶级的主导灵魂。他就是这样论证的，因为，正如我方才所说，他是个天生的贵族。不过，我对此种说法不能苟同，因为我天生是个民主派。”

“这两类情况到底怎么个比较法呢？”奥菲丽亚问，“英国的劳工不能买卖，不能交换，不能施以鞭刑，也不能拆散他们的骨肉。”

“但他们得服从雇主的意志，就跟卖身于他一样。奴隶主可以把不听话的奴隶打死，而资本家可以把劳工饿死。至于家庭保障问题，很难说哪一类更坏，是眼看着孩子给卖掉更坏，还是眼看着他们在家里饿死更坏呢？”

“可是，证明奴隶制并不比其他丑恶情况更坏，绝对开脱不了奴隶制的罪责呀。”

“我打这个比方并没有开脱的意思。没有，不过，我们的奴隶制，在侵犯人权方面，却来得更大胆、更露骨，明目张胆地买个黑人，就像买牲口一样，看看牙口，弄弄关节，试试步伐，然后交款把他买下来。而且，在人的躯体和灵魂的交易中，贩子、饲养者、交换者以及掮客，应有尽有，把整个过程以更加显而易见的形式，摆在文明世界的眼前，虽然，归根结底，两类情况的实质相同，也就是说，为了一部分人的好处和进步，来掠夺另一部分人，而置后者的利益于不顾。”

“我还从来没有从这个角度来考虑过这个问题哩。”奥菲丽亚小姐说。

“嗯，我到美国一些地方旅行过，浏览过许多有关他们下层阶级状况的文件。因此，我确实觉得，阿尔弗雷德指出，他的奴隶比英国大部分人口生活更为舒适这一点，是无法否认的。你要明白，你决不能从我方才说的话里进而认为，阿尔弗雷德是个棘手的主人，因为他事实上不是。他对下属暴虐无情，若是有人反对他，他会像打死兔子那样，一枪把他击毙在地，毫无自责之心。然而，大体说来，对于自己奴隶的食宿方便，还是引以为荣的。

“我跟他合伙的时候，曾力主他为黑奴的教育采取某些措施，为了取悦于我，他确实请过牧师，叫黑奴礼拜天学习教义问答，虽然我相信，他在内心深处，觉得这没有什么益处，就好比让牧师感化狗马一样。可事实上是，黑人从诞生那一刻起，便受到种种丑恶影响，心灵已经麻木，兽性占了上风。他们一周当中有六个整天都在操持劳役，不动脑筋，要想靠礼拜天仅有的几个钟头取得多大收益，是不可能做到的。美国制造业工人和我国种植园奴隶的主日学校教师也许可以证明，无论在此在彼，其效果完全是一样的。然而，在我们这里却存在着某些惊人的例外情况：与白人相比，黑人对于宗教情感更易于接受，这是他们的天性所在。”

“哦，”奥菲丽亚小姐问，“那你怎么放弃了种植园的生涯呢？”

“嗯，我们凑凑合合合作了一段时期，后来，阿尔弗雷德看得清楚，我根本不配当种植园主。为了适应我的看法，他在方方面面都采取了整顿、改革和完善措施，但我依然感到不满意。这在他看来，是荒唐可笑的，而实际上，一句话说到底，我是痛恨奴隶制度。它剥削男女黑奴，使愚昧、野蛮和邪恶永远保留下来，而其唯一的目的却是让我捞钱！

“另外哪，我总是在细枝末节上挑挑剔剔。由于我自己是个最懒散的人，对于懒汉也是惺惺惜惺惺，做得太过出格，所以，看到得过且过、可怜兮兮的黑奴往棉花篮子底下塞上石头，好使分量重一点，或者在麻袋里装上泥土，上面盖上棉花的时候，似乎觉得，倘若我处于他们的位置，也完全会依样画葫芦，于是，就不可能、也不愿意因此而鞭笞他们。这样一来，种植园的规矩自然也就走到尽头。我和阿尔夫①之间的关系，由此发展到与多年以前我和尊敬的亡父之间的关系相同的地步。于是，阿尔夫对我说，我像女人那样感情用事，绝对经营不了事业，劝我接受银行股票，住到新奥尔良的邸宅里写诗，由他来管理种植园。我于是同他分了手，住到了这里。”

“那么，你为什么不解放你的黑奴呢？”

“嗯，我不想这么做。用他们捞钱，我办不到。可让他们帮着花钱，这你明白，总不至于那么见不得人吧。有些个是管家的老仆人，我留恋他们，年轻一些的又是老仆人的子女。像现在这个样子，他们心里都很满意。”他停顿下来，在房间踱着步，若有所思的样子。

“在我一生中间，”圣克莱说，“有一段时期，我立下过志向，打算在这个世界上要有所作为，不能随波逐流、浑浑噩噩，了此一生。我曾经依稀朦胧地渴望成为解放者，把我祖国的瑕疵和污垢荡涤净尽。依我看，所有的青年在某一阶段，都会产生这样的狂放热情。可是，后来——”

“后来你为什么不付诸实行呢？”奥菲丽亚小姐问，“你不能手扶着犁向后看哪。”②

“唉，是这样的。后来的情况，与我所料大相径庭，正如所罗门③一样，我对人生感到心灰意冷了。我认为，这对我们两人砥砺智

① 阿尔弗雷德的昵称。

② 典出《新约·路加福音》第九章第六十二节。意为“犹豫不决”。

③ 所罗门，即以色列王所罗门大帝（公元前1033—前975），他在世时，对高贵而无意义的生活感到厌倦和失望。

慧是一桩不可或缺的插曲，也未可知。然而，无论怎么说，我反正没有成为社会实践家和改革者，相反，倒成了一块随波逐流的木头，从那以来，一直潮涨潮落地游荡着。每逢见到阿尔弗雷德，他都训斥我。我承认，他干得比我出色，因为，他确实干出了点名堂。他的生活是他见解的合乎逻辑的结果，而我的生活却萍踪不定，为人所不齿。”

“亲爱的堂弟，你这样接受考验，心里能够满足吗？”

“满足！我方才不是告诉过你，我不齿于这种生活吗？不过，还是回过头来说正经的吧。我们方才在讨论黑奴的解放来着。我认为，自己对于奴隶制的感受并不是罕见的，我发现，许许多多人在内心深处，跟我的想法完全雷同。整个大地在它的重压之下呻吟着。如果说奴隶制对于奴隶不道德的话，那么，对于奴隶主只能是更其不道德。无论什么人都能看得清清楚楚，一大批莽撞、卑贱和邪恶的人，生活在我们中间，不仅对他们是一种罪恶，对于我们也是一种罪恶。英国的资本家和贵族不可能有我们这样的体会，因为他们不像我们一样，同自己所鄙视的阶级混杂在一起。黑奴住在我们家里，与我们的子女相伴相随，他们在塑造我们子女思想观念方面，所起作用比我们还要迅速，因为孩子们一向愿意接近他们，他们是容易与之打成一片的种族。伊娃要不是个超乎常人的安琪儿，肯定会学得没有出息。我们不让黑奴受到教育，对他们的邪恶充耳不闻，以为孩子们不会受到影响，这与我们听任天花在黑奴中间流行，反而以为孩子们不会传染上完全相同。然而，我们的法律却斩钉截铁，绝对禁止对黑人设立卓有成效的全面教育制度，而且这些法律做得十分巧妙，因为一旦着手全面教育一代黑人，整个奴隶制度必然土崩瓦解。如果我们那时候不给他们自由，他们会夺取自由的。”

“你看结局如何呢？”奥菲丽亚小姐问。

“我也说不清楚，但有一件事是肯定的：全世界的人民大众正在团结起来，世界末日迟早会来到。这在欧洲，在英国，以及在这个国家，情形都是如此。以前，我母亲经常对我说一个太平盛世即将来临，那时基督君临世上，百姓安享自由和幸福。小时候，她教我祈祷：‘愿你的国降临。’① 有时候，我心里想，这些苦难骨肉的叹息、呻吟和骚动，就昭示了她所说的盛世的来临。然而，有谁能活到基督降临那一天呢?”

“圣克莱，我有时认为，你距天国已经不远了。”奥菲丽亚小姐放下毛线活，急切地望着堂弟，说。

“谢谢你的好意，不过，就我而言，可谓忽而天上，忽而地下。从理论上说，已经抵达天国之门，而从实际上说，却跌入了尘埃。不过，吃午茶的铃响了，我们去吃茶吧。现在，你不能再说，我一生都没有严肃正经地谈过一次话了吧。”

吃着茶，玛丽隐约想起了普露的遭遇。“依我看，堂姐，”她说，“你一定认为我们都是未开化的野蛮人吧。”

“我认为这件事十分残酷，”奥菲丽亚小姐说，“但并不认为你们都是未开化的野蛮人。”

“那好，”玛丽说，“我心里清楚，跟这些人相处简直是不可能的。他们坏透了，根本不该来到世上。对于这类事情，我一点也不惋惜。他们只要规规矩矩的，就不会发生这种事情。”

“不过，妈妈，”伊娃说，“那个苦命人很不幸，所以才喝起酒来的呀。”

“哦，胡扯！好像这也能成为理由似的！我心里也不好受，经常不好受。我觉得，”她忧伤地说，“自己经受的痛苦比她大多了。唯一的理由是因为他们太坏了。他们有些人，不管多么严加管束也不管用。我还记得，父亲有个十分懒惰的黑奴，为了躲避干活，就跑到沼泽地里隐藏起来，偷鸡摸狗，什么叫人害怕的事都干得出来。那家伙三番五次给抓住用鞭子抽，可什么用都不管。最后一次他实在待不下去便偷跑了，到头来死在了沼泽地里。这你没有办法解释得通，因为父亲待他的奴隶，一向十分和善。”

“有一回，我把一个黑奴弄得服服帖帖，”圣克莱说，“这个黑奴，所有的监工和东家都想把他管教过来，却都没有成功。”

---

① 见《新约·马太福音》第六章第十节。

“你!”玛丽说，“好哇，听到你竟然做过这种事情，我倒很高兴。”

“嗯，那家伙块头不小，浑身是劲，是在非洲出生的。他身上似乎有一种异乎寻常的争取自由的原始本能，是一头道地的非洲雄狮。他们管他叫西皮奥，谁都奈何不了他。他在监工手上辗转卖来卖去，最后阿尔弗雷德把他买了下来，因为他觉得能够把他治服。后来，有一天，他把监工打翻在地，远远地躲到了沼泽地里。那时正是我们分手以后，我到种植园看望阿尔夫。他对那家伙十分恼火，我说那应该怨他自己，还跟他下了赌注说我能制伏那个家伙。最后，我们达成了协议。如果我能抓住他，就可以拿他做试验。于是他们集合起了六七个人，拿着枪牵着狗去缉拿他。你们可能明白，如果司空见惯了的话，人们追捕一个人就跟追捕一头鹿似的同样干劲十足。不瞒你们说，我当时也有点跃跃欲试，虽说一旦抓到了他，我只是个仲裁人而已。

“嗯，那些猎狗汪汪叫着，我们骑着马一路奔腾而去，终于惊动了他。他跑呀蹦的，简直像一头公羊，有一阵儿，把我们远远甩在后面。不过，最后还是在一片茂密的甘蔗地里追上了他，他不得已只好做最后一搏。你别说，他跟猎狗动起手来还真顽强。他抬手把猎狗摔得东一条西一条，赤手空拳活活打死了三条。后来一声枪响，他受伤应声倒地，几乎趴在我跟前，鲜血淋淋的样子。那可怜的家伙抬起头来望着我，眼神中既含有刚毅，又流露出绝望。猎狗和人们一拥而上，都叫我挡了回去，说他已经成了我的阶下囚。在胜利的冲动之下，我所能做到的，只是不让他们开枪打死他，同时又坚持做成这笔交易，于是，阿尔弗雷德把他卖给了我。喏，我接手之后，不出半个月就把他调教得唯命是从，听任摆布了。”

“你到底对他怎样来着?”玛丽问。

“嗯，做法十分简单。我把他带到我自己的房间里，替他准备了一张非常舒适的床铺，包扎了伤口。由我自己护理他，直到他能站起来走路为止。过了些时候，我撰写了自由证书给他，对他说，随便到哪里去都行。”

“他走了吗？”奥菲丽亚小姐问。

“没有。那个傻家伙把证书扯成两半，说什么也不肯离开我。我还从来没有过这么刚强的好仆人，诚实得像钢铁一样值得信赖。后来他皈依了基督教，变得像赤子一样温驯。他替我管理湖边的邸宅，干得棒极了。刚发生霍乱那一阵子，他就死了。老实说，他是为了我而献出生命的，因为，那时我病得差点丧了命。家里的仆人心里慌乱不安，都纷纷离开了我，只有西皮奥始终在身边护理着我，使我重新获得新生。然而，可怜的西皮奥！他紧接着也染上了霍乱，而终于无法挽回他的生命。不论什么人死去，我都没有这样伤心过。”

圣克莱讲述着这段往事，伊娃慢慢凑到他身边去。她不由张开了小嘴，眼睛睁得圆圆的，那神色诚挚而又全神贯注。

父亲刚一讲完，她便突然搂住他的脖子，潸然流着眼泪，抽抽咽咽大哭起来。

“伊娃，亲爱的孩子，你怎么啦？”见到孩子那纤小的身躯，由于情绪激动而战栗抖动着，圣克莱问，“这个孩子，”他又说，“不该听到这类事情。她胆子太小。”

“不，爸爸，我不是胆小，”伊娃说。她突然以这类孩子所特有的坚毅，使自己平静下来，“我的胆子不小，只是这类事情叫我心里难受。”

“你这是什么意思，伊娃？”

“我也说不清楚，爸爸。我心里有好多想法。也许有一天我会给你说清楚的。”

“那好哇，就接着想下去吧，亲爱的。但有一件，别再哭天抹泪，惹爸爸担心啦，”圣克莱说，“喏，你瞧，爸爸给你挑了多么好的一只桃子！”

伊娃接过桃子，不由破涕为笑，虽则嘴角仍在神经地翕动着。

“过去看看金鱼吧。”圣克莱说着，牵起伊娃的手，走到游廊上去。不一会儿，透过丝织帷帘，传来一阵欢声笑语。伊娃和圣克莱正在庭院的小径上相互追逐嬉戏，彼此向对方投掷着玫瑰花。

如此表叙高贵人家的冒险经历，不无忽略我们卑微朋友汤姆之虞。不过，倘若诸位看官跟随我们到马厩顶上的阁楼里，也许能从中略知他的情况于一二。这是个相当体面的房间，摆着一张床、一把椅子和一个粗糙的小木几。木几上摆着汤姆的《圣经》和赞美诗集。此刻他正襟危坐在木几旁，面前摆一块石板，心无旁骛，正在完成一件使他煞费脑筋的工作。

原来，汤姆思念家人的心情愈益强烈，便向伊娃要来一张信纸，想利用自己由乔治少爷教会的寥寥几个字眼，大着胆子写一封家信，现在，正埋头在石板上打着家信的初稿。汤姆遇到了不少麻烦，因为有些字母的模样他已忘得一干二净，还有些确实记得的字母，也说不清哪个该用在哪里了。正当他气喘吁吁使劲写着的时候，伊娃小鸟一般轻轻飞进来，伏在他椅子的靠背上，越过他的肩头，偷偷望着。

“嗨，汤姆叔叔！你写得可真滑稽呀！”

“我想给我可怜的老伴写封信，伊娃小姐，还有我那些孩子们，”汤姆用手背擦擦眼睛，说，“可不知怎么回事，我怕是写不成了。”

“我愿意帮你的忙，汤姆叔叔！怎么写字，我也学了些，去年的时候，所有的字母我都能写，现在怕是忘了。”

于是，伊娃把自己满头金发的小脑袋，紧紧凑在汤姆脑袋旁边，两人展开了一番严肃而又急切的讨论。其中，每个人都同样认真，又差不多都同样缺乏知识。经过对每个字眼的不少商榷和推敲，两人都信心十足，写下来的东西渐渐像封信的样子了。

“好啦，汤姆叔叔，看起来真的十分漂亮了，”伊娃盯着石板，满心欢喜地说，“你妻子跟你可怜的孩子们，看了会多么高兴啊！咳，你不得已离开了他们，简直太不像话！我是说，想求求爸爸，让你以后再回去。”

“太太说过，等凑齐了钱，就送过来把我赎回去，”汤姆说，“我相信她一定会这么办的。乔治少爷也说，他要来把我赎走，还给了我这块银元当作信物。”说着，汤姆从衣服底下掏出了那块珍贵的银元。

“噢，那他一准会来的！”伊娃说，“我真高兴呀！”

“所以我想写封信，告诉他们我在哪儿，你知道不？再跟可怜的克露说我很好。她实在伤心啊，苦命的人儿！”

“喂，汤姆！”就在此时，圣克莱的声音从门口传进来。

汤姆和伊娃两人都吃了一惊。

“你们在干什么？”圣克莱走过来，望着石板问道。

“嗯，这是汤姆叔叔的信，我正帮着他写哩，”伊娃说，“写得挺好吧？”

“我不想让你们俩灰心，”圣克莱说，“不过，我倒觉得，汤姆，还是由我来替你写这封信。等我坐车外出回来再写。”

“他写这封信很要紧，”伊娃说，“因为他原来的主母要送钱过来赎他，你知道吗，爸爸？汤姆叔叔告诉我他们这么说来着。”

圣克莱心中暗自思忖，这恐怕只是好心的奴隶主说给自己仆人听的话，目的在于减轻他们害怕被卖掉的心情，完全没有满足由此激发出来的那种企盼的打算。不过，对于这一点，他嘴里却一言不置，只是吩咐汤姆备马套车到外面走走。

那天晚上，圣克莱替汤姆按照适当格式写好信，万无一失地送到邮局去。

在家政管理上，奥菲丽亚小姐依然操持劳苦，毫不懈怠。举家上下，从黛亚娜一直到年纪最小的小鬼头，都异口同声说奥菲丽亚小姐确实“古怪”得很。这是南方奴仆使用的一个字眼，意思是指他们的主人不大对自己的意思。

圣克莱家中的上层人物，也就是说阿道尔夫、琴恩和罗莎等人也都认为，奥菲丽亚小姐根本算不上千金小姐，千金小姐从来不像她那样忙这忙那的。还说她一点风韵都没有，却料想不到竟然是圣克莱的亲戚。甚至连玛丽也扬言说，见到奥菲丽亚堂姐一个劲儿地忙，感到特别累得慌。而事实上，奥菲丽亚小姐的勤勉确是无尽无休，倒给人们埋怨她以口实。从天亮到天黑，她缝呀补的，那精神头就同受到了紧急情况逼迫一样。天黑之后，把针线活卷好放到一边，到外面散散步，回来后便拾起总是放在手边的毛线活，又一如既往，生气勃勃地织起毛线来。说句真心话，看她干活简直是件苦差事。

第二十章　托普茜

一天清晨，奥菲丽亚小姐正忙着处理家务，只听得圣克莱在楼梯脚下呼唤她。

“下来，堂姐，我想让你看一样东西。”

“是什么东西？”奥菲丽亚小姐手里拿着针线活，一面下楼一面问道。

“我替你管辖的部门添置了一样东西，你瞧。”圣克莱说着，把一个年纪约八九岁光景的黑人小女孩拉了过来。

小女孩的肤色，在黑种人当中属于最黑的一类。两只炯炯有神的圆眼睛，犹如玻璃球闪闪放光，迅速而又心神不安地扫视着室内的所有东西。新老爷客厅里布置得豪华，使她惊诧地半张着嘴，露出一排熠熠发光的白色牙齿。毛茸茸的鬈发梳成了各式小辫，向四面八方披散开来。脸上的神情夹杂着机警和狡猾，显得十分奇特，而在这上面又奇怪地勾勒出沉痛的悲哀，宛若一层面纱，庄重而又严肃。身上只穿着一件用麻袋拼成的又脏又破的衣服，拘拘束束地抱着两手站在那里。总之，她的外表透出些许怪异，活像一个小精灵。这正如奥菲丽亚小姐后来所说的，是“野蛮异常”，故而这位善心的小姐心里十分错愕。于是她转过身来问圣克莱道：

“圣克莱，你把这个小东西带到这里来，到底是为了什么？”

“自然是让你教育她，按照应有的规矩训练她呀。我觉得，她在黑人里头是个十分有趣的标本。过来，托普茜，”他又说，同时吹了一声口哨，仿佛人们唤狗时所做的那样，“给我们唱支歌，再给我们跳跳舞吧。”

女孩那双玻璃球似的黑眼睛闪烁着光芒，露出滑稽可笑的恶作剧的神色，用清脆高亢的声音唱起了一首奇怪的黑人歌曲。同时，手舞足蹈击着节拍，忽而旋转，忽而拍手，忽而两膝相碰，动作之快，如痴如狂，嗓子里飞出与当地黑人音乐大异其趣的滑稽喉音。最后，她翻了一两个筋斗，把歌曲结尾那个类乎汽笛的荒诞不经的音符拖得很长。随即，又突然落在地毯上，交叉起手来站在那里，装出一本正经的样子，脸上泛起了温驯和严肃。这种神情，只是偶尔被她从眼睛中射出的狡黠的斜视目光所打断。

奥菲丽亚小姐一言不发，站在那里，惊异得不知如何措手不足。

圣克莱本来是个善于恶作剧的人，这时，见到奥菲丽亚小姐失措的神色，似乎十分得意，于是又冲孩子说：

“托普茜，这是你新主母。我把你交给她了，你可要放老实点儿。”

“是，老爷。”托普茜一面说，一面假装出严肃的一本正经的样子，恶作剧的眼睛里闪闪发光。

“你要学好，托普茜，明白吗？”圣克莱说。

“嗯，明白，老爷。”托普茜眼睛又一次闪现出光芒。一双手仍然虔诚地交叉着。

“喏，圣克莱，这到底是什么？”奥菲丽亚小姐问道，“你家里这种可恶的小家伙有这么多，一抬脚都会踩着他们。我早晨起床时，看到门后睡着一个，桌子底下伸出一只黑脑袋，门口踏垫上还躺着一个。他们挤在栏杆中间，挤眉弄眼、龇牙咧嘴，做出各种怪相，还有的在厨房的地上摸爬滚打。你又把这一个弄了来，到底干什么？”

“让你去教育呀！不是跟你说过了吗？你总是宣扬教育，我想给你一个刚抓到的标本作礼物，让你用她试一试，按部就班地把她教育成人。”

“她我可绝对不要，我现在忙得还不亦乐乎哪。”

“这就是你们基督徒的作为，统统都是这样！你们组成什么团体，派个可怜的传教士到这些异教徒中间，去待一辈子。可是，我倒想看看，你们当中有什么人把一个异教徒带到家里去，亲自担起让他们皈依基督的任务！根本不会有人这样做的。一论起这种事，不是他们太脏，太讨厌啦，就是太麻烦啦，等等，不一而足。”

“圣克莱，你清楚我没有从这方面着眼过，”奥菲丽亚小姐的口气显然缓和了下来，“嗯，也许这真是一件当传教士的工作。”她说，一面颇有好意地望着女孩。

圣克莱一语中的。奥菲丽亚小姐良知原本十分警觉，这下正触到痛处。“不过，”她又说，“把这个孩子买来，我实在看不出有什么必要。你家里的已经不少，足够我赔上全部时间和能耐去对付的了。”

“那么，好啦，堂姐，”圣克莱把她拉到旁边，说，“我说了一套不中听的话，应该向你赔不是。你毕竟十分善良，我的话毫无道理。嗯，事情是这样的，这孩子的主人和主母是一对酒鬼，开了一家低级饭馆。我天天路过那里，不愿意再看到她大声哭喊，也不愿再看到他们打骂她。再说，这孩子一副聪明有趣的样子，也许能调教得有点出息，所以买下来给你。现在，你就按正统的新英格兰方式，把她调教长大，看她究竟能变成什么样子。你知道，我在这方面一无所能，倒希望你来试一试。”

“嗯，那就尽我所能吧。”奥菲丽亚小姐说着朝她的新下属走过去，仿佛人们怀着善意朝一只黑蜘蛛走过去似的。

“她太脏了，还几乎光着屁股。”她说。

“那就带她到楼下去，叫人给她洗洗，穿上衣服。”

奥菲丽亚小姐于是把她带到了厨房里。

“真搞不明白，圣克莱老爷又弄个小黑鬼来干啥！”黛亚娜不无恶意地打量着新来者，说，“我可不愿叫她跟在我屁股后头，不愿意！”

“啧，啧！”罗莎和琴恩极端憎恶地说，“叫她滚开，离我们远远的！老爷再弄这么个下贱的小黑鬼来到底为了啥，我真搞不懂！”

“去你的！比你也黑不到哪里去，罗莎小姐，”黛亚娜觉得罗莎最后那句话，是在影射自己，于是说道，“你好像觉得自个儿是白人似的，其实，你不是黑人也不是白人。我倒愿意不是黑人就是白人哩。”

奥菲丽亚小姐明白，这伙人谁也不愿意担当给新来小女孩擦澡和穿衣的差使，无奈之中，只得自己动手。琴恩不情愿地帮了一把，还露出一副十分无礼的神色。

对于有教养的人，给一个遭到遗弃、受尽凌辱孩子洗澡的种种详情，也不宜尽闻。事实上，这个世界有成千上万的人，其生死之惨状，即使其同类仅仅听到人们说起来，也是神经上所承受不了的一种震惊。奥菲丽亚小姐善良刚毅，处事实际而果断，以大无畏的彻底精神，事无巨细，给孩子洗完了澡，尽管令她每每作呕。当然，我们必须承认，她那副神情远非和蔼，因为她的天性只能让自己做到忍耐这一步。她看到孩子肩背上的鞭痕和老茧，看到孩子迄今生长于斯的奴隶制所留下的不可磨灭印记的时候，内心油然生出怜悯之情。

“你瞧，”琴恩指着伤痕说，“这不说明她是个小淘气吗？我看，我们跟她可得费费精神了。我恨死了这些小黑鬼儿！这么叫人讨厌！老爷竟然买下她来，真弄不明白。”

称作“小黑鬼儿”的，听到这番议论后，只是出于习惯露出了压抑的悲哀神色，熠熠闪光的眼睛，犀利地偷偷审视着琴恩耳朵上戴的耳环。最后，给女孩穿上了一套囫囵的体面衣服，头发剪得紧贴头皮。这时，奥菲丽亚小姐才不无满意地说，与方才相比较，孩子有点像个基督徒了。于是，一套教导女孩的计划在她心里渐渐成熟起来。

奥菲丽亚小姐坐在女孩面前，开始询问起来：

“你几岁了，托普茜？”

“不知道，小姐。”女孩笑着露出了全部牙齿。

“不知道你几岁了？就没有人告诉你过吗？你妈妈是谁？”

“压根儿就没有妈妈。”孩子又笑了笑，说。

“从来没有妈妈？你这是什么话？你是在哪里出生的？”

“压根儿就没有出生过。”托普茜执拗地说，又一次咧开嘴笑了笑。那样子活像小精灵似的，假如奥菲丽亚小姐神经脆弱，她很可能以为，自己从下界捉来一个黑不溜秋的小妖怪。不过，奥菲丽亚小姐神经坚强，性格爽快，头脑清晰，于是以严厉的口气说：

“你不该跟我这样说话，孩子，我不是跟你闹着玩的。你跟我说，你是在哪里出生的，你爸爸妈妈是谁。”

“压根儿就没有出生过，”孩子加重语气重申了一遍，“压根儿没有爸爸妈妈，谁都没有。是一个黑奴拍卖商把我养大的，跟老多孩子在一块儿。苏老大婶常常照顾我们。”

显然，孩子讲的是实话，琴恩不禁急促地笑了一声，说：

“天哪，小姐，有一堆堆这样的孩子哩。他们很小的时候，拍卖商就买下来，养大了再弄到市场上去。”

“你跟你老爷太太在一起多长时间了？”

“不知道，小姐。”

“是一年多，还是不到一年？”

“不知道，小姐。”

“天哪，小姐，这些下贱黑人，他们说不清，他们根本不知道时间，”琴恩说，“他们不知道一年有多长，不知道自己的年龄。”

“你听过上帝的事吗，托普茜？”

女孩惶惑不解，像往常那样只是咧着嘴笑。

“你知道是谁造的你吗？”

“就我知道的，没有什么人造我。”孩子略微一笑，说。

这种造人的说法，似乎使女孩感到有趣，于是她眼睛里闪动着光芒，又说：

“我猜我是长出来的，没有什么人造我，我想。”

“你会做针线吗？”奥菲丽亚小姐问道。她心里觉得，自己应该转而问些看得见、摸得着的事情了。

“不会，小姐。”

“那你会做什么？你替你老爷太太干过什么？”

“打水，洗盘子，擦叉子，还有招待客人。”

“他们对你好吗？”

“想起来很好。”孩子一面狡黠地打量着奥菲丽亚小姐，一面答道。

这番令人鼓舞的会谈之后，奥菲丽亚小姐站起身来，只见圣克莱正倚在她的椅子后背上。

“你发现了一块处女地，堂姐，把你的见解付诸实行吧，并没有多少需要拔除的东西。”

奥菲丽亚小姐对于教育所持有的观念，与自己的其他观念相同，都是固定的，一成不变的，属于一百年前盛行于新英格兰的那种类型。至今，在铁路未通、风气未开的偏远地区，仍然保留着这些观念。它们可以尽量地表述为这样几句话：教导孩子认真听别人讲话，教授教义问答、缝纫和识字。倘或说谎，即予以打罚。现在，虽然由于有关教育的观点不断涌现，这类观念已远远落在了后面，然而，我们不少人仍然能够记得并且能够证实，就是在这种制度下，我们的祖母抚育出了相当出色的男人和女人，这是不容置疑的事实。无论怎么说，奥菲丽亚小姐除此别无他知，因此，便竭尽勤勉，全身心地投入到对这个异教徒的教育上面。

于是，奥菲丽亚小姐在家里当众宣布，女孩应该当成她的丫头看待。由于女孩在厨房里绝对受不到青睐，奥菲丽亚小姐决定限制她的活动范围，教育主要在自己卧房进行。她以看官诸君也会首肯的自我牺牲精神，决定迄今为止由自己包揽，决不屑于让家中女佣插手帮忙的活计，诸如把自己床铺收拾得舒舒服服，把卧房打扫得干干净净等活计，不再亲手去做，而是指点着托普茜来完成。这样忍痛割爱，做出巨大牺牲，咳，真是天大不幸！倘或看官诸君有谁遭此经历，肯定会对奥菲丽亚小姐自我牺牲之巨深有体察的。

第一天早晨，奥菲丽亚小姐将托普茜领进自己卧房。她神情庄严肃穆，开始了铺床艺术及奥秘的教程。

不过且慢，先看看托普茜吧。她洗得干干净净，心爱的小辫子剃了个精光，身穿一件清洁长衣，外套浆得刮净的围裙，毕恭毕敬站在奥菲丽亚小姐面前，脸上带着死了人似的严肃神色。

“喂，托普茜怎样收拾我的床铺，我想给你做个样子看。我对床铺十分讲究，你一点都不能马虎。”

“是，小姐。”托普茜深出一口气，脸上既悲惨又诚实的样子。

“喏，托普茜，你看这里。这是床单的镶边，这是正面，这是反面。记住了吗？”

“记住啦，小姐。”托普茜又出了一口气，说。

“好的。喏，下面的单子必须包住枕垫——像这个样子；然后把它全部掖到床垫下面，掖好弄平——像这个样子。看清了没有？”

“看清啦，小姐。”托普茜全神贯注地答道。

“不过，上面这层单子，”奥菲丽亚小姐说，“一定得这样抻开，在脚头掖紧抻平——像这个样子，镶边窄的一头掖在脚下。”

“是，小姐。”托普茜的回答一如此前。不过，想补叙一笔的是，在奥菲丽亚小姐回过身来，热情操作示范的当儿，这位好心的千金小姐没有看到，她的小门徒飞手抻过一副手套和一条缎带，灵活地塞入袖筒，然后规规矩矩交叉起来，像方才那样站在那里。

“喏，托普茜，你试试看。”奥菲丽亚小姐拉下床单，坐下来说。

托普茜表情严肃，动作敏捷，从头至尾演练了一遍，奥菲丽亚小姐十分满意。托普茜抻平床单，拍打得皱折全无，整个过程之中，都表现出女导师所谆谆教导的那种严肃和认真。然而，正当她即将结束演练时，不幸一时大意，缎带的一头飘飘悠悠，从一只袖子里耷拉出来，引起了奥菲丽亚小姐的注意。她猛然伸手，抓住了缎带。“这是什么，你这个调皮捣蛋的孩子，原来是你偷的！”

缎带被从托普茜的袖口里拽出来，然而她却毫不惊慌失措，只是带着下意识的无辜，十分惊讶地说：

“天哪，这不是菲丽①小姐的缎带吗？它怎么挂到我袖子里去

① 奥菲丽亚的简称。

了呢?”

“托普茜，你这个调皮的丫头，别跟我说谎啦，是你偷了缎带!”

“小姐，我敢保证没有偷，直到这会儿，我连见都没有见过。”

“托普茜，”奥菲丽亚小姐说，“说谎是罪过，难道你不明白?”

“我从来没有撒过谎，菲丽小姐，”托普茜露出富有美德的严肃神情，说，“我刚才说的都是实话，没有别的。”

“托普茜，你要是这样说谎，我就得打你了。”

“天哪，小姐，就是抽我一整天，我还是这么说，”托普茜嘟嘟囔囔地说，“我压根儿没见过，一准是挂到我袖子里去了。菲丽小姐一准是放在了床上，裹到了单子里，所以挂到了我袖子里去。”

听了这番赤裸裸的谎言，奥菲丽亚小姐十分气愤，一把抓过孩子，来回摇晃。

“别再跟我来这一套!”

这一摇晃，把那副手套从托普茜另一只袖子里摇落到地上。

“你看!”奥菲丽亚小姐说，“现在你还说没偷过缎带吗?”

这会儿，托普茜承认偷了手套，但仍然否认偷缎带一节。

“喂，托普茜，”奥菲丽亚说，“要是你全部坦白承认了，我这次就不打你。”受到这种胁迫，托普茜终于承认偷缎带和手套的事，同时哭丧着脸，信誓旦旦，表示悔过。

“那好，说出来吧。从你到家里来，我知道你还偷过别的东西，昨天我让你在家里到处跑了一天，喂，要是你还拿过东西，就告诉我，我不打你。”

“天哪，小姐！我拿了伊娃小姐脖子上戴的那条红色的东西。”

“这你也拿了，你这个坏东西！喏，还有什么?”

“我拿了罗莎的耳环，那副红的。”

“马上给我拿出，两件东西都拿出来。”

“天哪，小姐，拿不出来了，都烧啦。”

“烧啦！编造得真好！去拿来，不然就得打你。”

托普茜流着泪呜呜咽咽，大声争辩说她拿不出来：“都烧啦，是这样。”

“你烧它们干什么?”奥菲丽亚小姐问。

“因为我坏，我真坏。不知怎么回事，我太没出息啦，可又没办法改。”

正在这时候，伊娃天真烂漫地走进屋来，脖子上挂着那一条珊瑚项链。

“怎么，伊娃，你是从哪里找到项链的?”奥菲丽亚小姐问。

“找到?哦，我整天都戴着呀。”伊娃说。

“昨天你戴着吗?”

“戴着哇。有趣的是，姑姑，我戴了一夜哪。睡觉的时候，忘了摘下来啦。”

奥菲丽亚小姐茫然不知所措。就在同一时刻，罗莎头顶一篮刚烫过的亚麻衣服走进屋来，那对珊瑚耳环在她耳朵上摇摇晃晃。见此光景，奥菲丽亚小姐更其迷惑不解!

“我简直不知道拿这孩子怎么办!”她灰心丧气地说，“你说拿了这些东西，到底为了什么，托普茜?”

“哦，小姐说我一定得坦白，除了这，我想不起别的东西来啦。”托普茜揉着眼睛说。

“不过，我没有叫你承认没做过的事呀，”奥菲丽亚小姐说，“这就跟别的谎话一样，也是说谎啊。”

“天哪，是这样吗?”托普茜天真而又惶惑地问。

“天哪，这个调皮鬼压根儿就没句实话，”罗莎悻悻地望着托普茜说，“要我是圣克莱老爷，不打她个皮开肉绽才怪。这我做得出来，叫她尝尝滋味!”

“不，不，罗莎，”伊娃带着有时也能做出的威严命令的神色，说，“你不能这么说，罗莎，我听不得这种话。”

“天哪!伊娃小姐，你太善良啦，不知道怎么对付黑鬼子。告诉你吧，除了狠狠揍他们，没别的办法。”

“罗莎!”伊娃说，“嘘!别再说这种话!”伊娃眼睛放射出了光芒，脸颊上的颜色也愈益加深。

一时间，罗莎吓得不敢出声。

“伊娃小姐身上有圣克莱家族的血统，这很清楚。说起话来，总像她爸爸。”罗莎说着走出了房间。

伊娃小姐站在那里望着托普茜。

这两个孩子站在那里，代表了社会的两个极端。一个孩子出身高贵，白皙的皮肤，金黄色头发和深陷的眼睛，眉宇之间流露出灵性和雍容，一举一动，透着王孙贵胄气派；另一个则皮肤黝黑，既机灵又高深莫测，对人卑躬屈膝而又断事敏锐。她们两个是不同种族的代表。一个是撒克逊后裔，世世代代享受着文明的陶冶，占据着主宰地位，拥有受教育的权利，无论在体质抑或道德及说话方面，都卓越无比；另一个则是非洲人后裔，祖祖辈辈受尽压迫，愚昧驯顺，辛勤劳苦而又处境邪恶！

或许，这类想法也搅动了伊娃的心田，不过，孩子的思想依稀朦胧，都是些混混沌沌的直觉。在伊娃高贵的天性中，这一类思想正在酝酿，躁动，但还没有力量形诸言辞。奥菲丽亚小姐数落着托普茜调皮冥顽的行径时，伊娃露出了迷惑和忧伤的神情，却亲切地说道：

“可怜的托普茜，你干吗偷东西呢？现在，人们会好好照顾你啦。凡是我的东西，不等你偷都会给你，真的。”

女孩从生下来，这还是第一次听到温言好语，伊娃语调和态度的和蔼，异样地震撼了她那粗野的心灵，那双犀利放光的圆眼睛里，似乎闪动着泪花。然而，随之而来的却是习惯了的、龇牙咧嘴的短促笑声。不！一个除了辱骂别无所闻的女孩，对于超乎寻常的善意，格外难以置信。托普茜对于伊娃的话，心里只是感到好笑和莫名其妙——她根本不相信这些话。

可是，又该拿托普茜怎么办呢？奥菲丽亚小姐觉得事情实在棘手，她的教育准则似乎行不通。她觉得需要花些时间加以考虑；同时为了争取时间，又把托普茜关进了一间黑洞洞的壁橱里，以便好就这个问题进一步调整自己的思路。再说，奥菲丽亚小姐对于人们设想中壁橱具有某种捉摸不定的道德力量，也还抱着一线希望。

“不靠打骂，”奥菲丽亚小姐对圣克莱说，“怎么把这孩子调教过来呢？我简直搞不清楚。”

“好哇，那就打吧，打到你满意为止。我交给你全部权力，愿意干什么就干什么吧。”

“孩子不挨打，就长不大，”奥菲丽亚小姐说，“从来没见过孩子不挨打就成大器的。”

“嗯，那当然，”圣克莱说，“你看怎么好，就怎么办好啦。不过，我只有一点建议：我见过这孩子被火棍打过，也被铁铲和火钳打过，什么顺手就抄过来用什么打，直到打得躺在地上爬不起来。这孩子对这种打法，已经习以为常了，所以我看，要打你就得狠劲地打，不然，她不大会记住的。”

“那拿她可怎么办呢？”奥菲丽亚小姐问道。

“这对你就提出了一个十分严肃的问题，”圣克莱说，“希望你能找出答案来。对于一个只能用鞭子来驾驭的人，到底该怎么办？而其实，鞭子也不管用了——这种情况在南方这一带，是屡见不鲜的！”

“说真的，我也不知道该怎么办，我还从来没见过这样的孩子哩。”

“这样的孩子在我们这里有的是，还有这样的成人男女奴隶哪。到底该怎么管束住他们呢？”圣克莱说。

“这我真的说不上来。”奥菲丽亚小姐说。

“我也说不上来，”圣克莱说，“这种骇人听闻的残酷暴行，时不时地在报纸上登载出来，比方说，普露那类事件。这到底是怎样发生的呢？在不少情况下，这是双方心肠逐渐变得狠毒的一个过程，奴隶主越来越心狠手辣，而奴隶则越来越无情无义。打罚和虐待正如鸦片酊一样，随着敏感度的减弱，不得不把剂量加倍。这一点，早在我当上东家的时候，就看得一清二楚，于是，我暗自下了决心，决不引发这一过程，因为我知道，这永远没有收场的时候。起码来说，我下这个决心，是为了维护自己的道德品性。可结果呢，我手下的仆人都像是娇惯坏了的孩子；不过，我认为，这总比我们双方都变得野蛮粗暴来得好些。关于在教育上我们应负的责任，你已经说得不少了，堂姐，我倒真想让你在一个孩子身上试一试，在我们千百万孩子的一个标本身上试一试。”

“这样的孩子都是你们制度所造成的。”奥菲丽亚小姐说。

“这我明白。他们是这个制度造成的，可他们又确实存在，那拿他们该当如何呢？”

“嗯，你让我做个试验，这我一点也不能恭维你。不过，既然这是一项义务，那我只好尽自己所能，坚持不懈地去试一试了。”奥菲丽亚小姐说。于是，自此以后，奥菲丽亚小姐便以令人艳羡的热情和精力，对这个新的教育对象，注入了自己的心血。她把女孩的作息时间安排得有条不紊，着手教她识字、做针线。

对于前一种技艺，女孩聪敏异常，仿佛凭着魔法学会字母，很快就能阅读浅显的读物。至于做针线，却是一项比较困难的任务。那轻巧如猫、灵活似猴的女孩，讨厌关在屋子里做针线，于是要么把针折断，偷偷扔出窗外或者藏到墙缝里，要么把线扯断，弄成脏兮兮的一团，要么以眼疾手快，干脆把线轴一下子丢出去。动作之快，简直可以与一个老到的魔术师相比，对于脸部表情的控制，也不亚于魔术师。虽然奥菲丽亚小姐觉得，绝对不可能接连出现这么多事故，然而，除非她整天不干别的，只对女孩加以监视，否则便发现不了女孩的这些伎俩。

很快，托普茜在家里成了引人注目的人物。她在各种滑稽表演、做鬼脸、出洋相上的天赋，在舞蹈、滚爬、唱歌、吹口哨，以及模仿各种心之所感的声音方面的天赋，似乎取之不尽，用之不竭。在玩耍的时间，她总是把家中每一个孩子都吸引到她跟前，个个羡慕惊讶得张着大嘴，连伊娃小姐也不例外。正如鸽子有时受到闪闪发光毒蛇的诱惑一样，伊娃小姐被女孩那粗野邪恶的举动所吸引住了。对于伊娃竟然喜欢和托普茜混在一起，奥菲丽亚小姐心有不安，于是请求圣克莱出面制止。

“哎！别去管她吧，”圣克莱说，“托普茜对她也有好处。”

“不过，这样一个坏孩子——你就不怕她把伊娃教坏了吗？”

“她教不坏伊娃。她也许能教坏一些孩子，可是邪恶在伊娃心里就像白菜叶子上的露珠，一下子就滑掉了，连一滴也渗不进去。”

“千万别这么十拿九稳的，”奥菲丽亚小姐说，“要是我的孩子，决不让他跟托普茜玩，这我心里有数。”

“是啊，你的孩子不必跟托普茜玩，”圣克莱说，“可我的孩子可以。要是伊娃能学坏，好几年前就学坏了。”

起初，托普茜受到了上等奴隶的轻视，为他们所不屑一顾。可是，他们不久就觉得有理由来修正这种看法了。人们很快发现，凡是对托普茜施以侮辱的人，无疑都立即会遇到一些麻烦。不是一副耳环或者什么心爱的装饰品不知去向，就是一件衣服突然给弄得一塌糊涂；再不然，就是其人偶然踢翻一桶热水，或是当他身着盛装的时候，一盆脏水不知其所以然地从头顶上猛泼下来，弄得个落汤鸡似的。在所有这些场合，任你怎样盘问，也找不出这种捣乱行为的始作俑者。托普茜受到了传讯，三番五次站到了全体家庭法官面前，但都以最令人折服的、天真无辜的严肃神色，经受住了对她的盘问。无论什么人，都猜得出这些勾当是谁干的，却又找不到点滴直接证据来确证这种推断。奥菲丽亚小姐极为主持正义，觉得没有证据是不能随便做出处理的。

再者，这些捣乱行为，其时间又总是选择得恰到好处，这就给滋事者进一步打了掩护。比方说，对罗莎和琴恩这两位室内女侍进行报复的时间，总是选择在她们失宠于太太的时候——这是经常出现的情况——选择在她们的抱怨自然不能博得同情的时候。总而言之，托普茜很快就让家里人明白，人们不宜去管她的事，因而，也就没人过问她的事了。

在种种体力活计中，托普茜机灵且又充满活力，无论教她做什么事，其领悟能力之快，令人惊讶不已。只教了她几次，就能把奥菲丽亚小姐的卧房，收拾得熨熨帖帖，连这位挑剔的小姐也找不出毛病来。只要她高兴，谁也赶不上她收拾得那么平整，枕头摆得那么规规矩矩，打扫整理得那么完美无瑕。不过，她高兴这么做的时候却并不多见。如果说，经过三四天细致耐心的监督之后，奥菲丽亚小姐乐观地认为，托普茜已经步入正轨，自己无须监督，而可以径自走开，忙于处理别的事务的话，那么，托普茜就会在一两个钟头之内，闹它个天翻地覆。她不仅不整理床铺，还会把枕头套扯下来，让自己长着鬈发的脑袋钻进枕头中间，把脑袋弄得奇形怪状，沾满了朝四面八方伸展着的羽毛，以此来取悦自己。她还会爬到床柱顶上，倒挂下来，把床单、被单丢得满屋都是，把奥菲丽亚小姐的睡衣套在枕垫上，推出各式各样的好看的表演：唱歌呀，吹口哨呀，以及对着穿衣镜扮出鬼脸呀，等等，不一而足。总之，正如奥菲丽亚小姐所言，是整个地“掀起了一阵大骚乱”。

有一回，奥菲丽亚小姐撞见托普茜把她那块最好的印度产广东绉纱猩红披肩，当成头巾裹在脑袋上，正面对镜子，气度非凡地进行着排演。因为这一次，奥菲丽亚小姐出于她生平之中绝无仅有的粗心大意，把钥匙忘在了抽屉里。

“托普茜！”她实在无法忍耐时总是这样说，“你怎么这个样子？”

“不知道，小姐——大概是我太淘气了！”

“我简直不知道拿你怎么办，托普茜。”

“天哪，小姐，你得打我呀，我原来的太太老是打我。不挨打，我就不愿干活。”

“唉，托普茜，我不想打你。只要你用心，你能干得挺棒的。可你为什么不愿干活呢？”

“哦，小姐，我挨惯了打，恐怕挨打对我有好处。”

于是，奥菲丽亚小姐只得如法炮制。然而，托普茜却一如既往，大喊大叫，央告求饶，闹了个鸡犬不宁。可是，半个钟头以后，托普茜蹲在阳台突出的地方，身旁簇拥着一群崇拜她的“小家伙”的时候，她又对整个事件表示出全然不屑一顾的样子。

“呸，菲丽小姐也配打人！连只蚊子也打不死。瞧瞧我原来的老爷是怎么个打法，打得简直是血肉乱飞，人家那才叫在行哩！”

托普茜一向把自己的过错和恶行当成卖弄的资本，显然以为这些都是某种特殊的荣耀。

“哼，你们这些小黑鬼儿，”她总是对自己的听众说，“都是有罪的人，明白不？是啊，你们是，人人都是，连白人也是有罪的人——菲丽小姐就这么说来着。可叫我看，黑人是罪过最深的人，可是，唉，你们的罪过，谁也比不上我。我坏得任谁都拿我没办法。从前，我老是惹得原来的太太骂我，一骂就是半天。叫我说，我可算是天底下最坏的人了。”说到这里，托普茜会一个跟头儿，轻快地翻到更高的地方，笑容满面地坐在那里，显然是在夸耀自己的与众不同。

到了礼拜天，奥菲丽亚小姐总是认认真真，忙着教托普茜教义问答，而托普茜对文字的记忆力又不同一般，对所学东西能够倒背如流。这使女教师深受鼓舞。

“你盼着这对她会带来什么好处呢？”圣克莱问。

“哟，这总归是对孩子有好处的。这一向是孩子们应该学习的东西，你是明白的。”奥菲丽亚小姐答道。

“也无论孩子们懂不懂？”圣克莱又问。

“哦，眼下孩子们都不会弄懂的，不过日后长大了，就明白过来啦。”

“我学的东西到现在还没明白过来哩，”圣克莱说，“而且，我小时候你给讲解得十分透彻，这点我还是能证明的。”

“嘿，你总是学得很好，圣克莱。那时，我对你寄予很大希望。”奥菲丽亚小姐说。

“噢，现在不寄予希望了？”圣克莱问。

“要是你还跟当年小时候那样就好啦，圣克莱。”

“我也是这样想，真的，堂姐，”圣克莱说，“好啦，继续教托普茜教义问答吧，或许能够收到一些效果，也未可知。”

他们谈话的当儿，托普茜一直规规矩矩地交叉着双手，宛若一尊黑色雕像站在那里。此刻，见到奥菲丽亚小姐朝她打的手势，于是接着往下背诵：

“由于造物赐予我们第一代祖先以运用自己意志的自由，他们便从自己被创造出来的那个‘州’① 里，坠落了下来。”

托普茜眼睛射出了光芒，露出欲求其解的神色。

“你背的是什么，托普茜？”奥菲丽亚小姐说。

“请问，小姐，那不是说肯塔基州吗？”

“什么州不州的，托普茜？”

“他们从那儿坠落下来的那个州哇。常听老爷说，我们是从肯塔基州来的。”

圣克莱忍俊不禁，哈哈大笑起来。

“你得给她把意思讲解清楚才行，不然她就瞎猜了，”他说，“这句话似乎还有移民的意思哩。”

“得啦，圣克莱，别作声，”奥菲丽亚小姐说，“你一个劲儿地笑，我还能做成什么事？”

“好吧，我保证不打搅你们练习了。”圣克莱说完，便拿起报纸，坐到客厅里去，等候托普茜背诵结束。她们进行得非常顺利，只是托普茜偶尔奇怪地颠倒了一些重要字眼的位置，而且，尽管她自己努力想再颠倒过来，但仍然一再出现这类错误。圣克莱虽然三番两次做出保证，不去打搅她们，心里还是对这些错误幸灾乐祸，觉得好玩。每逢觉得自己需要消遣一下的时候，便把托普茜叫到面前，让她重复那些听起来刺耳的段落，而对奥菲丽亚小姐的不满置之不理。

“圣克莱，如果你这样搅乱下去，你看，我怎么教孩子学点东西呢？”她总这样反问。

“好、好，太不应该——再不这样啦。可我真的喜欢听这个小淘气在这些大字眼上别不过嘴来！”

“可你肯定了她背错的地方啊。”

“那又有何妨？对她来说，这个字眼和那个字眼没什么两样。”

“你要我教她学好，那就别忘了她是个有理性的人；你对她会产

① 此处原文为 state，具有“状态、状况”和“州”双重含义，托普茜误解为第二种含义。

生什么影响，也要检点一些。”

“嘿，可真没意思！是啊，我应该检点一些，可正像托普茜自己所说的那样：‘我太坏了！’”

对托普茜的训练，大体上以这种方式，持续了一两年。她像一种慢性瘟疫日复一日，耗散着奥菲丽亚小姐的心血。渐渐地，她对于这种折磨也习以为常了，仿佛患者有时对神经痛或呕吐性头痛习以为常一样。

对这个孩子，圣克莱抱以浓厚的兴趣，正如人们对鹦鹉或猎狗耍的把戏感兴趣一样。每逢托普茜因自己的过失在家里别的地方遭到人们白眼，总是躲到他椅子后面避难，而圣克莱又总是采取或此或彼的办法，为她息事宁人。她从圣克莱那里得到了不少零星的五分硬币，便用它们买来坚果和糖果，满不在乎地慷慨分给家里所有的孩子们。因为，说句公道话，托普茜还是心地善良、慷慨大方的，除了为自己开脱的时候，对人毫无恶意。现在，圣克莱已经完全把托普茜介绍进入了我们的芭蕾舞团，以后轮到她的时候，她还将与其他表演者时时联袂登台献艺。

第二十一章 肯塔基

花开两朵，各表一枝。现在，倘若稍花点时间，回过头来，瞥一眼肯塔基州庄园上汤姆叔叔的小屋，看看他抛舍下的人们中间所发生的事情，诸位看官也许不无兴致。

时值夏日黄昏，大客厅里门窗洞开，迎接着和煦的微风怡然自得地吹拂进来。谢尔比先生通往客厅的宽敞门厅里。门厅横穿整座住宅，两端各有阳台相连。他悠闲自在，往后靠在一把椅子里，两只脚搭在另一把椅子上，正在体味饭后雪茄所带来的享受。谢尔比太太坐在门中，一刻不闲地刺绣。她仿佛有什么心思似的，正在寻找机会，开口对丈夫谈一谈。

“克露接到汤姆来信了，”她说，“你知道吗?”

“哦，是吗？看起来，汤姆在那边遇上知音了。老伙计现在怎么样?”

“叫我看，他准是给一个好人家买了去，”谢尔比太太说，“主人待他挺好，又没有多少活干。”

“嘿！很好，我听了很高兴，非常高兴，”谢尔比先生由衷地说，“我看，汤姆可能会习惯在南方住下去，不大可能回到北方这边来啦。”

“刚好相反，他在信里还焦急地询问，”谢尔比太太说，“他赎身的款项什么时候才能筹措到手哩。”

“我也没有把握说得准，”谢尔比先生说，“做生意是一步走错，步步皆输，就好像穿过沼泽地一样，刚跳出一个泥塘，又掉进另一个泥塘，无尽无休。一会儿拆了东墙补西墙，一会儿拆了西墙补东墙。来不及抽口烟转过身，这些该死的借据又到期了。催债的信函和电报，铺天盖地涌到了手上。”

“那我看，亲爱的，我们还是能想想办法把债务结清的。比方说，把马都卖掉，再卖掉一个农庄，不就结清了吗？”

“咳，你好糊涂啊，艾米莉！你在肯塔基州的女人当中，数一数二，可要说懂得做生意，你还没那个头脑。妇道人家永远不懂得，也不能懂得。”

“可是，起码来说，”谢尔比太太说，“你可以让我了解一点真相啊。起码可以给我一张债务和债权的清单，让我想办法帮着紧缩一下开支吧。”

“哎哟，烦人不烦人？别再给我添乱了，艾米莉！我也说不清楚，只知道个大概的情形。不过我的事可不像克露做馅饼那样，能够弄得方方正正，有边有沿的。我跟你说过，生意上的事，你一窍不通。”

谢尔比先生想强调自己的看法，但又没有别的好办法，只好提高了嗓门。这是绅士们与妻子讨论生意时所使用的一种极为方便而又令人信服的办法。

谢尔比太太轻轻叹了一口气，不再说话了。其实，虽然丈夫称她是个妇道人家，但她头脑清晰、精力充沛、做事务实，无论从哪方面说，都具有一种高于丈夫的人格力量。因此，承认她有能力经管生意，倒不像谢尔比先生所言，是一种极为荒唐可笑的假设。她处心积虑，想兑现自己许给汤姆和克露的诺言，所以，眼看让人气馁的气氛，不断在身边加深，便不禁叹息起来。

“依你看，难道我们就没有什么办法来筹措那笔款项了吗？苦命人克露婶婶！她可是一个心眼儿地指望着哪。”

“事情果真没办法，我心里也不好受。不过，我看当初答应这件事，就有点草率。现在肯定办不到了，所以最好跟克露交个底，叫她自己拿主意。汤姆一两年后会再讨个老婆，她呢，也最好再找个主。”

“谢尔比先生，我教导过我的仆人，说他们的婚姻跟我们的婚姻一样，都是神圣的。我无论如何也想不到，要给克露出这么个主意。”

“那就太遗憾了，太太。你的道德说教，是超出他们处境和前景之上的，只能给他们增加负担。我向来是这么看的。”

“可这只是《圣经》上的道德伦理呀，谢尔比先生。”

“得啦，得啦，艾米莉，我不想干预你的宗教观念，只是对于处于这种地位的人来说，这些观念太不相宜了。”

“当然相宜，”谢尔比太太说，“而这也是我打灵魂深处，痛恨整个奴隶制的原因。告诉你吧，亲爱的，既然跟这些孤苦无助的人许下了诺言，我就决不为自己开脱。要是没有别的办法，我想招学生教音乐，收益肯定不少，我自己能挣出这笔钱来。这我心里有数。”

“你该不会这样贬低自己吧，艾米莉？无论如何，我也不同意你这样做。”

“贬低自己！这跟我对孤苦无助的人们不守信用，难道不是同样地贬低自己？不，根本不会贬低自己！”

“咳，你总是这么敢说敢为，异想天开的，”谢尔比先生说，“不过，你这种堂·吉诃德式的行动，我劝你还是要三思而后行。”

此时，克露婶婶在走廊一头走过来，谈话也就告一段落。

“打搅您啦，太太。”克露说。

“噢，是克露呀，有什么事？”太太站起身，走到阳台一头，问道。

“不知太太愿意不愿意来看看这些‘诗呀’什么的。”① 无论家里孩子们怎样纠正和劝说，她却一如既往，坚持这样使用语言。

“老天哪！”她总是说，“我看不出有啥不一样，两个字眼都一样

① 此处克露将poultry（家禽、鸡鸭）讹读为poetry（诗）。

嘛。反正‘诗呀’是个好字眼，”于是，克露仍然管“鸡鸭”叫“诗呀”。

谢尔比太太不由露出了微笑。她望见一群鸡鸭趴在地上，克露面带严肃和关切地站在一旁。

“我捉摸着，太太愿不愿吃鸡丝馅饼哩。”

“我无所谓，克露婶婶，真的。按你的意思随便做吧。”

克露待在那里，心不在焉地抚摸着小鸡，显然心思并没放在鸡身上。终于，她学着黑人在提出没把握的请求时，所经常做出的那个样子，急促笑了笑，说：

“老天呀，太太，老爷跟太太不用为那笔款子发愁，干吗留着手上现成的东西不用呢？”克露又笑起来。

“我不懂你的意思，克露。”谢尔比太太说。从克露的神情，她猜出来，毫无疑问，克露一字不漏，全部听到了自己和丈夫之间的谈话。

“哦，老天，太太！”克露又一次笑了起来，“别人都把黑奴给雇用出去挣钱！可不能把这些人白养在家里，把家当吃光啊！”

“那好，克露，你说我们把谁雇用出去？”

“天哪！我也没有啥想法。只是听山姆说，在路易斯维尔有一家人们管它叫高店铺①的，说人家那里想找个糕点师傅，还说一个礼拜给四块哩。他是这么说来着。”

“说下去呀，克露。”

“哦，老天，我琢磨着，太太，让萨莉自个儿管点事，也该是时候了。她在我手下学了不少时候了，说起来呢，她的手艺都快跟我差不多了。要是太太放我去，我可以帮着凑齐这笔款子。我做出来的蛋糕和馅饼，摆到哪家高店铺里去比，我都不怵头。”

“是糕点铺，克露。”

“老天爷哪，太太！这有啥不一样的？有些字眼也怪了，老是咬

---

① 此处克露将 confectioner（糕点铺）讹读为 prefectioner（英文无此词）。

不清音！”

“可是，克露，你就舍得离开孩子？”

“天哪，太太！儿子们都大啦，能干日常的活了，干得还挺不错。萨莉照料小不点儿就成。这女娃用不着多么照应她。”

“路易斯维尔远着哪。”

“老天！那怕啥？沿着河往南走就是。兴许离老头子更近了吧？”克露望着谢尔比太太说。后一句话露出了询问的口吻。

“不，克露，离他还有好几百英里哪。”谢尔比太太说。

克露的脸色变得十分沮丧。

“别伤心，你去了不就离他近了，克露？好，你去吧，挣的每个子儿都得存起来，留着赎你男人用。”

霎时间，克露的黑色脸膛上露出喜悦的神色，仿佛在灿烂的阳光照射下，乌云变成银白色一样，脸上闪闪发光。

“天哪！太太心肠太好啦。我刚才也在琢磨这件事。你看，我一不要添衣裳，二不要买鞋子，啥都用不着，能把每个子儿都省下来。可一年到底有多少礼拜呀，太太？”

“五十二个。”谢尔比太太回答。

“老天！有这么些吗？一个礼拜四块，哎哟，那总共多少钱？”

“两百零八块。”谢尔比太太说。

“哎哟！”克露惊喜地说，“那么，凑齐这笔钱得用多长时间，太太？”

“那也得四五年呢，克露。不过，不要紧，你不必全凑齐了，我也添上一些。”

“我可不想眼瞅着太太去教学生什么的。这一点，老爷说得是，这无论怎么说，都不成。只要我有两只手，就不愿家里有什么人落到那一步。”

“别担心，克露，对家里的名声，我不会不管不顾的，”谢尔比太太笑着说，“你打算哪天动身？”

“嗯，我原来也没什么打算，只是山姆要赶着马驹子到河边去，说我可以跟他一块走，这样，才收拾好了东西。要是太太答应，我明儿早上跟山姆一块动身，不过，还得请太太开个路条和介绍信。”

“好吧，克露，如果谢尔比先生不反对，这事我一定办妥。我得跟他说说。”

谢尔比太太往楼上走的同时，克露婶婶兴高采烈，回到自己小屋里去做准备。

“老天哪，乔治少爷！我明儿就去路易斯维尔了，你还不知道吧？”她对乔治说。这时，乔治刚刚踏进小屋，一眼看到她在整理小不点儿的衣服，“我琢磨着该看看小妹妹的衣服，都收拾利索了。可我要走了，乔治少爷，一个礼拜能挣四块钱，太太都给存着，好把老头子再买回来！”

“啊！”乔治说，“这个活儿可真不错！可你怎么去呢？”

“明儿跟山姆一块去。这会儿，乔治少爷，我琢磨着请你坐下来，给我老头子写封信，把这事全都告诉他，行不行？”

“当然行啦，”乔治说，“汤姆叔叔接到我们的信，一定会高兴的。我先回上房拿信纸跟墨水，然后，你瞧，克露婶婶，也把新添的马驹什么的都告诉他。”

“对呀，对呀，乔治少爷。去拿吧，我给你弄点炖鸡什么的吃。你跟你苦命的婶婶在一块吃饭的时候不多了。”

第二十二章 “草必枯干——花必凋谢”①

时光流转，日复一日。对于你我大家如此，对于我们的朋友汤姆也是如此。就这样，一晃过去了两年。虽然与至亲至爱的人各奔东西，虽然时常怀着不可能实现的希冀，然而，确切地说，他并未感到明显的痛苦。因为，人类情感丝弦构成的竖琴，完美无缺，除非根根琴弦一齐折断，否则不可能完全损坏它的和谐。回顾往昔岁月，细细体味起来，尽管仿佛是我们的失落和磨难，但我们肯定记得，悄然而逝的每寸光阴，都给我们带来欢娱和慰藉。于是乎，我们虽说不上幸福圆满，但也不是痛苦不堪了。

在他仅有的书库②中，汤姆读到了“无论在什么景况，都可以知足”③ 的那个人④的故事。在他心目中，这是合乎天理的有益教导，与他在阅读同一本书的过程中，所养成的沉思默想的牢固习惯，恰相吻合。

上章表过，汤姆发出的家信，已经及时接到了回音。回信由乔

---

① 见《新约·彼得前书》第一章第二十四节。

② 此处指《圣经》。

③ 见《新约·腓立比书》第四章第十一节。

④ 此处指耶稣门徒保罗。

治少爷代笔，小学生的字迹圆润流利，十分漂亮，所以汤姆说，他“在屋子另一头”，都能看得清清楚楚。信里写着看官耳熟能详的，关于家中各种令人高兴的消息，还告诉他，克露婶婶已经给雇用到路易斯维尔一家糕点铺去了。她在那边糕点行业中，凭自己的手艺，可以得到一笔可观的进项。信里还告诉汤姆，这些钱都要积攒起来，凑齐替他赎身的款项，还说，莫斯和皮特长大了，小不点儿在萨莉和全家人照料下，已经能到处乱跑了。

汤姆的小屋暂时落了锁，不过，乔治又说，等汤姆回来时，准备装饰一下小屋，添置些家具什么的。信里对此说得绘声绘色。

接下来，信里开列了乔治在学校学习的各项科目名称，每科目都以一个花体大写字母开头。还告诉汤姆，从他走后，庄园上新添的四匹马驹叫什么名字。在这一段里，还提到他父母身体健康，等等。信的行文自然简明扼要，但是，汤姆却认为，这在现代文章中，是令人叹为观止的典范。因此，他百看不厌，甚至同伊娃探讨，看有无可能镶上镜框，挂在屋里。但这样镶起来，唯一的困难是不能同时看到信的正反两面。

伊娃年龄日增，汤姆同她的关系也日见亲密。在这个忠实仆人柔善易感的心中，她究竟占据着什么地位，很难说得清楚。他既把她看作尘世上纤弱生命，来加以爱护，又把她当成超凡圣洁的仙子，对她几乎到了崇拜的地步。凝望着她的时候，犹如意大利水手凝望自己的耶稣像一样，神色中交织着崇敬与慈爱。迎合她的绮丽幻想，以及满足她的千百种单纯愿望，那些像彩虹一样，萦绕于童年时代的愿望，成了汤姆主要的乐趣所在。每逢清晨去集市上，他的目光，一成不变地盯在鲜花摊上，想给伊娃买几束稀有罕见的鲜花；也总要挑选个把滋味最鲜的桃子或橘子，放在口袋里，回去的时候给她吃。快回到家里时，汤姆老远就会望见，她那可爱的小脑袋，在大门口探头探脑地张望，一面孩子气地问：“汤姆叔叔，今天又给我带来了什么呀？”一看她这副样子，他心里便喜不自胜。

伊娃呢，轮到自己可以帮助汤姆的时候，也是友善备至，热情毫不亚于汤姆。小小的年纪，读书解字已经十分出色，加之耳朵灵敏，善辨音乐，想象明快，颇富诗意，以及对伟大高尚事物，常怀一颗本能的同情之心，使她诵读起《圣经》来，其美妙动听，是汤姆一生中所仅见。起初，诵读《圣经》，只是为了取悦她的这个谦卑朋友，可是，自己的诚挚天性，很快就伸出了触角，萦绕住了这部堂皇的经书。伊娃爱上了《圣经》，因为它在她内心唤起了奇异的渴望，以及强烈而又模糊的情感，富有激情、善于想象的儿童所宝贵的那些情感。

《圣经》之中，她最喜欢《启示录》和《预言书》①。那些依稀神奇的形象和热情澎湃的语言，给她的印象更加深刻，不由使她想弄清其中所蕴含的意义，但又百思不得其解。她和自己纯朴的朋友，一个上了年纪同时又是年幼无知的孩童式的朋友，内心都有如此这般的感受。他们所理解的，只是书里提到了即将显现的光辉灿烂的时代——一个异常神奇的未来。他们的灵魂，为此感到欢欣鼓舞，但又不知其所以然的个中道理，不过，精神科学不同于物质科学，人们在精神科学中所不理解的事物，并非一成不变地毫无益处。因为人的灵魂，在永恒过去和永恒未来两个朦胧的永恒之间苏醒过来的时候，由于发现自己是个异域陌生人，而不由惊骇得战栗不止。光线仅仅照耀到他周围一小片地方，因此，他必然渴望着去索解未知。在他面前，从那云蒸雾绕的灵感光柱里，所传出来的杂沓声音，以及所呈现出来的幢幢影像，一一在他期待的心灵里回响着呼应着。其神秘莫测的形象，宛如以无人认识的象形文字镌刻而成的符咒和瑰宝。于是，他把这些珍藏在内心，企盼着有朝一日，透过帷幕去理解它们。

故事叙述到这里，圣克莱全家已经暂时迁移到庞夏特兰湖畔的别墅。炎炎夏日，把人们驱赶到了湖滨；凡是能够离开这个闷热而肮脏都市的人们，都纷纷去到那里，沐浴凉爽宜人的和煦海风。

圣克莱的别墅，是一座东印度式的别墅，周围回绕着竹制轻便走廊，四面与花园和游乐场相通。花园里，各种热带的珍奇花卉芬

---

① 一些先知预言的总名。

芳馥郁；有几条小径蜿蜒曲折通向湖滨。湖水，在阳光照耀下，一顷碧波泛着银光，此起彼伏。好一幅时时刻刻都在变动不居，而时时刻刻又都益发美丽的画面！

此刻，正值日落时分。耀眼的金黄色晚霞，把整个地平线渲染得璀璨夺目，湖水也变成了另外一面天空。湖面上泛起玫瑰色和金黄色的涟漪，只有白帆小舟天使般地四处荡漾游弋。灿烂辉煌之中，点点金黄色的星星，闪烁明灭俯瞰着自己在湖水中不断颤抖的倒影。

这是一个礼拜天的傍晚。在花园一角的棚架下面，汤姆和伊娃正坐在长满青苔的小石凳上。伊娃膝头上，放着一本打开的《圣经》。她念道：

> 我看见仿佛有玻璃海，其中有火掺杂。①

“汤姆叔叔，”伊娃突然停止了诵读，用手指着湖面，“喏，那不就是嘛。”

“是什么？伊娃小姐？”

“你没有看见吗？就在那儿，”孩子指着宛若玻璃似的湖水，说。水面起起伏伏，反射着天空金色的霞光，“那就是‘玻璃海，其中有火掺杂’呀。”

“是呀，伊娃小姐。”汤姆说着唱了起来：

> 哦，假如我有黎明的翅翼，
> 我将飞往迦南的海滩上；
> 光明的天使将接我回去，
> 回到新耶路撒冷的故乡。

“你说，新耶路撒冷在哪儿，汤姆叔叔？”伊娃问。

“哦，就在那些云彩上面啊，伊娃小姐。”

---

① 见《新约·启示录》第十五章第二节。

“那么说，我是看见啦，”伊娃说，“看看那些云彩！就像是珍珠镶嵌成的大门；再往远处看，在很远很远的地方，全是黄金铸成的。汤姆，唱唱‘光明天使’吧。”

汤姆于是唱起一首卫理公会的著名圣歌：

我望见一队光明的天使，
享受着天国的福祉；
他们身着无瑕的白衣，
手持战无不胜的棕榈。

“汤姆叔叔，我见过天使。”伊娃说。

对此，汤姆毫不怀疑，至少，他并没有感到意外。伊娃如果对他说，她去过天堂，他会觉得这是完全可能的事。

“他们有时在梦里走到我面前来，那些天使。”于是，伊娃的眼睛变得如醉如梦，低声哼道：

他们身着无瑕的白衣，
手持战无不胜的棕榈。

“汤姆叔叔，”伊娃说，“我要到那儿去了。”

“去哪儿，伊娃小姐？”

孩子站起身，用手指了指天空。一缕晚霞，用尘世间没有的光明，辉映着她那金黄色的头发和嫣红的脸庞。她的眼睛诚挚地仰望着天空。

“我要到那儿去了，”她说，“到光明的天使那边去，汤姆叔叔，不久就要去了。”

老仆人那颗真诚的心里，突然一阵悸动。汤姆心想，在不足半年的时间里，自己是多么经常地注意到，伊娃的小手瘦削了，皮肤苍白透明了，呼吸短促了。以前，她在花园里奔跑嬉戏，一连几个钟头都没事，而现在很快就感到了疲乏，没有力气。自己也常听奥菲丽亚小姐说起伊娃咳嗽，无论什么药物都没有治愈。就是此时，伊娃潮热的面颊和小手，也是肺痨似的滚烫。然而，她话里的意味，直到这时他才有所领悟。

世上有过伊娃这样的孩子吗？是的，有过，但他们的姓名总是在墓碑上才能看到。他们的音容笑貌、他们脱俗的圣洁眼神，以及他们不同寻常的谈吐和举止，是埋在渴望心里的珍宝。你在多少个家庭里能够听到这样的传奇，说家里健在的人的所有善良和宽厚，与一个去世的亲人独具的挽救力相比，都无足轻重啊，仿佛天上有一批专司下凡人间、作短暂逗留的特殊天使来感化亲近刚愎任性的人类心灵，然后，同他们一起飞回天堂。因此，当你看到孩子眼里放射出深沉的灵光时，当他们利用比普通孩子更甜蜜、更智慧的语言，来揭示自己幼小的灵魂时，那就没有希望挽留住孩子了。因为，天堂的印玺已经盖在他们灵魂上面，灵魂的眼睛里射出了不朽之光。

亲爱的伊娃，你则更其如此！你是居于天堂的美丽星星！你正在摆脱尘世，然而，对你疼爱有加的人们，却茫然不知。

奥菲丽亚小姐急促的呼唤声，打断了汤姆和伊娃的谈话。

“伊娃——伊娃！哦，哦，孩子，下起露水来了，快别待在外面啦！”

伊娃和汤姆赶快回到屋里。

在护理技艺方面，奥菲丽亚小姐老到而娴熟。她是新英格兰人，对于这种起势缓和却又暗暗加剧的疾病最初到来的迹象，看得一清二楚。它裹挟了许许多多最美丽、最可爱的生命，生命的纤维似乎连一根还未折断，死亡已经在他们身上刻下了自己的印记。

她早已注意到，伊娃稍微有些干咳，脸上日益放光。即使伊娃眼睛中的色泽，以及由于发烧所出现的那种缥缈的快活神情，也没有骗过她的眼睛。

她想把自己的忧虑告诉圣克莱，可是，他却一反常态，焦躁不安地悻悻然驳回了她的猜疑，那种无忧无虑的和蔼神情，全然不见了。

“别说不吉利的话了，堂姐，我不爱听！”他总是说，“你难道看不出，孩子只是在长个儿吗？孩子长得快，力气总是小一些。”

“可她咳嗽呀！”

“哼！咳嗽算得了什么？根本不是病。她也许有点伤风。”

“噢，伊丽莎·琴恩，还有艾伦和玛丽亚·桑德斯，不就是这样子病死的吗？”

“得！别再来这一套，都是奶妈们瞎编出来吓人的。你们老有经验的人，真是聪明绝顶，连孩子咳嗽一声，或者打个喷嚏，就能断定顷刻之间会有灾难临头。只要好好照顾她，不叫她晚上出去受凉，不要玩得太累了，她自然会好起来的。”

圣克莱嘴上虽这么说，可是心里却越来越心神不定、忐忑不安。日复一日，他忧心如焚，密切注意着伊娃。这从他不断念念有词的絮聒中，可见一斑。比如说“孩子身体不错”“咳嗽没什么大不了的”“只是像孩子们常犯的，肚子有点小毛病”，等等，不一而足。不过，他陪伴伊娃的时候，比以往多了起来，带她坐车外出兜风的次数，也比以往有增无减；每隔几天，就带回一个药方或一些滋补药品。“倒不是说，”他说，“孩子需要，而是说，反正对她什么害处都没有。”

必须交代一笔，在圣克莱内心引起更刻骨痛心的，不是别的，正是孩子思想与情感的日趋成熟。诚然，伊娃仍旧保留孩子沉湎于幻想的资质，但同时不知不觉中，却时常吐露一丝深奥而又包含着超凡智慧的奇特言语，听上去仿佛是从神灵那里得来的启示。遇到这种时候，圣克莱便突然感到一种慌乱，一把把她搂在怀里，仿佛这亲密的搂抱会拯救她一样，他也会随之心潮澎湃，热切地决心把她留下来，永远不让她离开人世。

伊娃把全部身心都投入到爱与善的事情中去了。她天生一副慷慨宽厚的心肠，而此时人人都注意到，身上又增添了一种令人感佩的、女性的体贴入微。她仍然喜欢同托普茜和其他黑种孩子一起玩耍，可是现在，与其说她是游戏的参与者，毋宁说是旁观者了。她会一下子坐上半个钟头，笑容满面地观看托普茜玩出的滑稽表演。随后，一丝阴影爬上了她的面庞，眼睛雾一般扑朔迷离，思绪飘到了很远的地方。

“妈妈，”有一天，她突然对母亲说，“我们干吗不教仆人们识字呢？”

“这问得真奇怪，孩子！人们从来都不这样做。”

“他们干吗不教呢？”伊娃说。

“因为他们识字什么用处都没有，不能帮他们干活干得更好。他们生来就是干活的。”

“可是，他们该念念《圣经》，妈妈，好知道上帝的旨意呀。”

“噢，他们需要的时候，可以让别人念给他们听啊。”

“叫我看，妈妈，《圣经》必须是每人自己念才成。有不少时候，他们需要念，而又没别人念给他们听。”

“伊娃，你这孩子真怪。”母亲说。

“奥菲丽亚姑姑就教会了托普茜识字呀。”伊娃接下来说。

“是啊，可是你看见有多少好处了吗？托普茜是我见过的最坏的孩子！”

“哦，还有玛咪哪！”伊娃说，“她可真喜欢《圣经》，盼着自己能够念哪！我要是不能给她念的时候，她可怎么办？”

玛丽一边忙着倒出抽屉里的东西，一边答道：

“噢，自然啦，伊娃，除了给仆人们念《圣经》，你渐渐会有别的事情需要你考虑的。我这倒不是说你做得有什么不合适，我自己身体好的时候就这么念过。可是到你穿戴整齐出去应酬的时候，就没时间念了。你瞧！”她又说，“等你出门交往的时候，我把这几件首饰送给你。一次我参加舞会，戴的就是这些首饰。你不知道，伊娃，当时我引起了很大的轰动。”

伊娃接过首饰，从里面拿出了一条钻石项链，沉思的大眼睛盯在上面一动不动。然而，显而易见，她心里想的是别的什么东西。

“你怎么这样不动声色啊，孩子！”玛丽说。

“值好多好多钱吧，妈妈？”

“当然喽。是爸爸派人到法国买来的，相当于小小一笔家产哪。”

“我要是有这些首饰，”伊娃说，“能用它们来做自己愿意做的事，该多么好！”

“你能用它做什么呢？”

“我把它们卖掉，在几个自由州里买一块地方，把家里的黑人都接过去，雇用老师教他们念书写字。”

伊娃的话被妈妈的笑声打断了。

“成立一所寄宿学校！你还教他们弹钢琴，在绒线上画画吧？”

“我想教他们自己念《圣经》，自己写信，也能看懂别人写给他们的信，”伊娃毅然决然地说，“我明白，妈妈，他们不会做这些事，心里很难过。汤姆难过，玛咪难过，好多黑人都难过。我觉得这种情况不对头。”

“得啦，得啦，伊娃，你只是个孩子！这些事情你不懂，”玛丽说，“再说，你的话叫我听了头痛。”

玛丽的头痛总是招之即来，每逢谈话不十分合自己意，就立刻把它祭出来。

于是，伊娃偷偷溜了出去。从此以后，她勤恳发奋教玛咪识字。

第二十三章　亨利克

大约就在这一段时期，圣克莱的哥哥阿尔弗雷德带着十二岁的大儿子探望圣克莱一家，在湖滨住了一两天。

这对孪生兄弟之间，构成了一幅绝无仅有的美妙图画。造物主非但没有把他们塑造得相似，反而，在各个方面，使他们截然相反；然而，一条神秘莫测的纽带，又维系着他们的手足之情，使之超出于普通的兄弟情谊之上。

他们常常手挽着手，徜徉在花园里甬路和小径上。圣克莱一双蓝蓝的眼睛，金黄色头发，举止灵活而又翩然飘逸，眉宇之间神采飞扬；阿尔弗雷德则一双黑色的眼睛，手脚结实，态度坚毅，罗马人的相貌中，透着恃强的傲岸。他们兄弟二人，总是斥责着对方的见解和行为，但两人之间的形影不离，又未尝因此有所稍减。而事实上，正是这种矛盾对立，才像磁石两极的相互吸引一样，把他俩联结在一起。

阿尔弗雷德的长子亨利克，生就一双深黑色的眼睛，仪表堂堂，颇有王孙贵胄气派，是个生气勃勃、充满活力的孩子。从刚刚引见那一刻起，他似乎就被堂妹伊万杰琳的娴静典雅所完全吸引。

伊娃有一匹鬃毛雪白的心爱小马，骑起来像摇篮一样舒适安全，如它的小女主人似的温文柔顺。此刻，这匹小马已经由汤姆牵到后面走廊附近，同时，一个年纪约十三岁的混血男孩，也牵来一匹阿拉伯种的黑鬃小马。这黑鬃小马，是花了一大笔钱，刚刚从国外给亨利克买来的。

对于新买的这匹小马，亨利克童稚的心里，颇感自豪。他迈步向前，从自己小马童手里接过缰绳，仔细察看一番之后，皱起了眉头。

“怎么回事，多道，你这条小懒虫！今天早上，你没有把马刷干净！”

“刷干净啦，少爷，”多道语气十分驯顺，“它自己又弄泥土到身上了。”

“你这个混蛋，住嘴！”亨利克说着，奋力挥起了马鞭，“看你还敢嘴硬不？”

混血的马童，相貌长得十分漂亮，闪光的眼睛，衬托着高耸突出的前额，上面覆盖着卷曲的头发，高矮与亨利克不相上下，可以看出，他身上具有白人的血统，因为，他急切地想要辩解时，面颊很快变得通红，眼睛里也闪出了炯炯目光。

“亨利克少爷！——”

他刚想开口说话，不料亨利克的马鞭劈头盖脸抽了下来。亨利克抓住他一只胳膊，用力按到他跪倒在地上，直打得他连亨利克自己也气喘吁吁，方才罢休。

“好哇，你这个不知好歹的狗东西！这回知道了吧？往后我说话，不许回嘴！把马牵回去，好好刷刷干净。我要教训教训你，叫你知道自己吃几碗干饭！”

“少爷，”汤姆说，“我估计他想说的是，从马厩里把马牵来的路上，小马想打个滚儿。这马蛮有精神，所以把泥土弄到身上了。我明明见他洗刷马来着。”

“没人问你话，你就别张嘴！”亨利克说完，一个转身走上台阶，跟身着骑装站在那里的伊娃交谈去了。

“亲爱的堂妹，真对不起，这个笨蛋让你等了好半天，”他说，“咱们坐在这个座位上，等他们出来吧。你是怎么啦，堂妹？别这么不高兴了。”

“你干吗对多道那么厉害，那么残忍?”伊娃问。

“厉害——残忍!”亨利克说，丝毫不掩饰自己的惊讶，“你什么意思，亲爱的伊娃?”

“你这么个做法，我不愿意让你叫我亲爱的伊娃。”伊娃说。

“亲爱的堂妹，你不了解多道。要收拾他，只有这个办法。他满嘴瞎话和借口，唯一的法子就是马上把他压下去，不许他开口。这也是爸爸收拾黑奴的办法。”

“可汤姆叔叔说，这件事是碰巧了，没有的事，他从来不说。”

“那他就是个不寻常的老黑鬼!”亨利克说，“多道的瞎话只要一张嘴，来得快着哪。”

“要是你这样待他，他会吓得说谎的。”

“哟，伊娃，你要真是这么喜欢多道，我要嫉妒了。”

“可你打了他——他不该挨打。”

“哼，现在不打，早晚也该挨打的。伤些皮肉，对多道来说，没什么大不了的。我告诉你，他可是个地地道道的人精。不过，要是让你心乱，以后再也不当着你打他啦。”

伊娃并不感到满意，不过，她发觉，让自己俊秀的堂兄理解她的心情，是徒劳无用的。

不一会儿，多道又牵着马来了。

“好，多道，你这一回干得蛮漂亮，”他家少爷神色略微文雅地说，“喏，过来，牵住伊娃小姐的马，我扶她坐到鞍子上去。”

多道于是走过来，站在伊娃的马驹旁边。他脸色十分难过，眼睛好像刚刚哭了一场似的。

对于诸般为女士殷勤备至的事情，亨利克十分看重自己绅士派头的机敏。转瞬之间，他就让自己艳丽的堂妹安坐在马鞍之上，然后收起缰绳，递到她的手里。

然而，伊娃却低下脑袋，朝着多道站立的一侧，等他松开缰绳之后，说:“真是个好孩子，多道，谢谢你了。”

多道十分惊异，抬起头来望着那张甜蜜而稚气的脸庞，两颊泛出血红色，泪水涌进眼睛。

“过来，多道。”小主人语气十分专横。

多道在主人上马时，紧紧勒住了马。

“给你五分钱买糖吃，多道。”亨利克说，“去买吧。”

于是，亨利克跟在伊娃身后，沿着甬路慢慢策马前行。多道待在那里，望着这两个孩子的身影。一个给了他钱，另一个给了他更加企盼的东西——和蔼口气中吐出的和蔼话语。多道离开妈妈刚刚几个月，是东家看他生得一副俊俏面孔，才从奴隶货栈买了下来，这样，也好与那匹漂亮的小马相互般配。而现在，他正在少爷手下接受训练。

亨利克打人的场面，也为圣克莱两兄弟从花园的另一角所亲眼看见。

圣克莱面色通红，但只是以平素的讥讽而又随随便便的语气说：

“我看这就是我们所谓的共和主义教育吧，阿尔弗雷德?”

“亨利克发起火来，简直是个小魔王。”阿尔弗雷德说，一副无所谓的样子。

“大概你认为这种做法对于他来说，可以有所促进吧。”圣克莱干涩地说。

“我即使不这样想，也拿他没办法。亨利克脾气暴躁，一点就着。他母亲和我早就不去管他了。不过，多道也是个八面玲珑的机灵鬼，无论怎么打，都伤不着他。”

“共和主义教义问答的开头一句话就是：‘人人生而自由平等!’这就是你教他懂得这句话的办法吧。”

“啧啧!”阿尔弗雷德说，“又是那句托马斯·杰弗逊①带着法国看法的闲扯淡。让这样一句话至今在我们当中流传，简直荒唐透顶。”

“大概是这样。”圣克莱话中有话。

---

① 托马斯·杰弗逊（Thomas Jefferson，1743—1826），系美国第三任总统，上面引文出自他起草的《独立宣言》。

"因为，"阿尔弗雷德说，"显而易见，人人并不是生而自由，也不是生而平等的，所以，情况并非如此。就我看来，这种共和主义说教，大半是闲扯淡。应该享有平等权利的，是那些受过教育、聪明智慧、高尚而富有的人，而不是那些下等人。"

"那就是说，你能让下等人接受这种观点的话，"圣克莱说，"可是在法国，这些人还一度当过政呢。"

"当然喽，那就必须像我这样，不断地、坚定地把他们压下去。"阿尔弗雷德说，同时一只脚狠狠踏在地上，仿佛踩上什么人似的。

"可是，一旦他们站立起来，你就会人仰马翻，"圣克莱说，"比方说圣多明戈①，不就是这样?"

"啧啧!"阿尔弗雷德说，"在这个国家，我们必须加以提防，必须反对现在闹得沸沸扬扬的那套教育黑人、提高他们地位的说法，下层的人绝对不能受到教育。"

"这祷告也来不及了，"圣克莱说，"他们是非受教育不可的，我们所要想的，只是怎样教育。我们这个制度正在教给他们野蛮和残忍。这就折断了全部人性纽带，使他们变成没有理智的野兽。他们一旦占了上风，我们就会明白这一点。"

"他们永远占不了上风!"阿尔弗雷德说。

"对呀，"圣克莱说，"使劲烧热蒸汽，关上安全阀，然后坐在上面，那就等着瞧瞧有什么结果喽。"

"那好，"阿尔弗雷德说，"咱们就等着瞧好了。只要锅炉结实，机器运转正常，我才不怕坐在安全阀上。"

"在路易十六②时代，达官贵人是这么想的，现在的奥地利和庇护九世③的想法，也毫无二致。早晚有一个天气宜人的早晨，锅炉爆炸，你们都会给炸得飞上天去，在那里相逢的。"

---

① 圣多明戈，原为西班牙在加勒比海的属地。1844 年人民奋起而获得独立，建立多米尼加共和国。

② 路易十六（1754—1793），法国国王，在法国大革命中，被送上断头台。

③ 庇护九世（1792—1878），当时的罗马教皇。

“那就让时间作证好了。”阿尔弗雷德朗声大笑起来。

“我告诉你，”圣克莱说，“我们的时代，如果揭示出了什么法则，而又具有神律那样威力的话，那就是大众必然崛起，下层阶级必将变为上层阶级。”

“又在胡扯你们的红色共和主义了，圣克莱！你干吗从来没巡回演说去呀——你一定能够成为知名巡回演说家的。去你的吧，我真希望，在你们肮脏大众的千年太平盛世到来之前，早已告别人间了。”

“肮脏也好，不肮脏也罢，反正时机一到，他们会来治理你们，”圣克莱说，“而且，他们会成为你们造就出来的统治者。法国贵族当年只准人民穿无套裤子，于是他们就尝够了无套裤统治者进行统治的滋味。海地的人民——”

“哦，得啦，圣克莱！好像我们对可恶可鄙的海地还没有说够似的。海地人不是盎格鲁-撒克逊人；如果是的话，那情况就截然不同了。盎格鲁-撒克逊人，是主宰世界的民族，将来也会如此。”

“嗯，现在，我们的奴隶身上已经注入了相当多的盎格鲁-撒克逊人的血液，”圣克莱说，“在他们中间，有不少人身上非洲人的血缘很少，只是在我们精细坚毅和高瞻远瞩之外，增加了少许热带人的热情与奔放。有朝一日出现了圣多明戈那种局面，盎格鲁-撒克逊的血液将占据领先地位。他们是白人子孙，脉管里燃烧着我们所有的倨傲情感，绝不愿意总是给人们买来卖去。他们一定会直起腰来，提高自己种族母亲的地位。”

“废话！简直瞎扯一气！”

“不见得，”圣克莱说，“有句古话，大意说‘诺亚的日子怎样，将来的日子也要怎样，人又吃、又喝、又耕耘、又盖造，不知不觉洪水就来了，把他们全都灭了。’”

“总而言之，圣克莱，我看你的才干满可当个卫理公会的巡回牧师，”阿尔弗雷德大笑起来，“你大可不必替我们担心，诉讼之中，物主常操九成胜算。我们大权在握，而这个臣属的种族，”他毅然跺了一脚，说，“则处于底层，永远处于底层。要管理好自己的火药库，我们有充沛的精力。”

“受到亨利克那样训练的子孙，将是你们火药库的伟大卫士，”圣克莱说，“那样淡漠，那样泰然自若。常言说：‘无法律己，焉能律人？’”

“麻烦也就出在这里，”阿尔弗雷德若有所思地说，“毫无疑问，要求我们的制度把孩子训练好，是相当棘手的。它完全姑息孩子，让他们随意发泄自己的火暴脾气。本来我们在南方的气候下，脾气已经够火爆的了。怎样管束亨利克，我觉得很难办。这孩子慷慨大方，一副热心肠，可惹恼了他，也完全是个一点就着的炮仗。我觉得应该把他送到北方去受教育。那边更加尊崇的是服从，而且到了那边，接触与自己平起平坐的人的机会也多一些，接触下人的机会少一些。”

“既然训练儿童是人类的主要任务，”圣克莱说，“那么，我则以为，我们的制度运作得并非十分完好，值得认真考虑考虑。”

“对于某些事务，确是不十分完好，”阿尔弗雷德说，“但对于别的事务，却又十分完好。它使男孩子变得刚强勇敢，而卑下的种族则易于使他们养成恰恰相反的情操。我看，亨利克由于明白了扯谎和欺骗是奴隶的普通象征，现在对诚实的美好，已经更敏于领悟了。”

“这自然是对此问题的一种类乎基督精神的看法！”圣克莱说。

“类乎不类乎都无所谓，但这是事实，而且跟世间其他事物相比，其‘类乎’的程度，分不出高低来。”阿尔弗雷德说。

“或许是这样吧。”圣克莱说。

“哎，谈来谈去什么用都没有，圣克莱。我敢说，在这条老路上，我们兜了大约有五百个圈子了。下盘十五子棋①怎么样？”

两兄弟于是跑上走廊的台阶，在一张轻巧的竹几两边坐下来，中间摆上棋盘。他们布子时，阿尔弗雷德说：

“我告诉你，圣克莱，假如我抱着你那种想法，我不能束手什么

① 十五子棋（backgammon），西方双人棋戏。

都不干的。”

“我相信你不能，你是实干的那类人，可是干什么呢？”

“什么？当然是把你的奴隶当个样子，改善他们的处境呀。”阿尔弗雷德露出了些轻蔑的微笑。

“整个社会这个庞然大物压在奴隶身上，你却要我改善他们的处境呀，还不如索性把埃特纳火山①不偏不倚压在他们身上，然后再叫他们在下面站立起来。面对整个社会的行动步伐，一个人是一无所成的。要想有所成就，教育必须是国家施行的教育，或者有一批同道，可以形成一股潮流。”

“你先掷骰子吧，”阿尔弗雷德说。说着，兄弟两人聚精会神地下起棋来，不再作声，直到走廊下面传来了嘚嘚的马蹄声，才开始说话。

“孩子们回来了，”圣克莱说着站起身来，“你瞧，阿尔夫！你见过这么美的图画吗？”果然不错，正是一幅美轮美奂的图画！他们骑马过来时，容光焕发的、前额高耸、鬈发油黑的亨利克，正侧着身子，对漂亮的堂妹兴高采烈地笑着。伊娃穿一身蓝色骑装，戴一顶蓝色便帽。运动给她的两颊平添了一缕艳丽的色彩，更突出了她那特别细腻光泽的皮肤和金黄色的头发。

“老天哪！多么光彩照人的小美人啊！”阿尔弗雷德说，“我跟你说，圣克莱，将来她不叫一些人为她心碎才怪哪！”

“一点不错。上帝知道，我是多么担心哪！”圣克莱的语气猛然变得辛酸起来。说着三脚两步走下台阶，把她扶下马来。

“伊娃，我的宝贝！没把你累坏吧？”他紧紧搂着她，问道。

“没有，爸爸，”孩子答道。然而，她那短促的气喘吁吁的呼吸，着实让她父亲吃了一惊，“你怎么骑得这么快，亲爱的？你知道这对你的身体不好呀。”

“我精神很好，爸爸，玩得一高兴就忘记了。”

圣克莱把她抱进客厅，放在沙发上。

---

① 意大利西西里岛一活火山。

"亨利克，你得好好照料伊娃呀，"他说，"跟她骑马，可不能骑得太快。"

"我来照料她吧。"亨利克说着坐在沙发旁边，握住了伊娃的手。

很快，伊娃觉得好多了。她父亲和伯父重又下起棋来，只剩下两个孩子待在一起。

"你知道吗，伊娃，我心里真难受，爸爸只在这儿待两天，以后要过很长时间才能再见到你！要是我跟你在一块儿，我一定乖乖儿的，一定不跟多道发脾气，还有别的什么的。其实我，倒不是有意跟多道过不去，只是，这你也看出来了，我的脾气急。我对多道还是不错的，常常给他五分钱。你瞧，他穿得还不赖吧。总的说来，我觉得多道过得挺舒坦。"

"要是在这个世界上，你身边没有一个人爱你，你能觉得过得挺舒坦吗？"

"我？当然不能。"

"你让多道离开了所有的亲人，现在没有一个人爱他，这谁也高兴不起来的。"

"嗯，我觉得实在没办法啊。我总不能把他妈妈也弄来吧？再说，我自己对他爱不起来，谁都对他爱不起来，这我知道。"

"你干吗爱不起来呢？"伊娃问。

"爱多道！噢，伊娃，你总不能叫我爱他吧！我可以非常喜欢他，可是，你不能爱自己的奴仆哇。"

"我就爱他们，一点不错。"

"这可太稀奇了！"

"《圣经》上不是说过，我们必须爱所有的人吗？"

"哦，又是《圣经》！那当然啦，这一类的话，那上面说过不少哩。可有谁按照去做呢？你明白，伊娃，谁也不会这样做。"

伊娃没有说话，有好一会儿，眼睛呆呆的，一副若有所思的样子。

"甭管怎么说吧，"她说，"亲爱的堂哥，你为了我，就爱可怜的多道，待他好一点吧！"

“为了你，我什么人都能爱，亲爱的堂妹。因为，我的确觉得，你在我碰上的人当中，是最可爱的人!”亨利克说得真诚恳切，漂亮的脸上泛起了红晕。伊娃天真烂漫地听着，脸上的神色没有一丝变化，只是说了一声：

“你这样想，我非常高兴，亲爱的亨利克！希望你不要忘了。”

开饭的铃声丁零零响起来，他们的谈话也就此结束。

第二十四章　预兆

两天之后，阿尔弗雷德·圣克莱和圣克莱依依告别。伊娃由于年幼堂兄的陪伴，十分兴奋，玩得力不胜支，健康状况急转直下。终于，圣克莱同意聆听医生的劝诫了。然而，这却是他一直回避的问题，因为，那样一来，就等于承认了一件难以接受的事实。

可是，有一两天的工夫，伊娃非常不舒服，只好关在家里，闭门不出，派人请医生来。

孩子健康和体力的日渐衰退，丝毫没有引起玛丽·圣克莱的注意。因为，她确信自己又罹患了两三种新的疾病，正全神贯注地研究着，想要弄个水落石出。玛丽信仰中的第一要义就是：谁也没有也不可能有她受的病痛之苦那么多，因而，对于她身边的什么人，竟然能够生病的说法，她总是愤然予以拒斥。逢到这种场合，她总是确凿无疑地说，只不过是偷懒或者精力短少而已；倘若他们体味过她所经受的折磨，就立即会明白其间的天壤之别了。

有好几次，奥菲丽亚小姐想唤醒她对伊娃的母爱，但结果均无成效。

“我看不出孩子有什么病，”她总是说，“蹦蹦跳跳、打打闹闹的。”

“可是，她咳嗽呀。”

“咳嗽！你用不着给我提咳嗽的事，这一辈子，我都咳嗽。我跟伊娃这么大的时候，人们都以为我生了痨病。玛咪一夜一夜地不睡觉，陪着我。哦，伊娃的咳嗽没什么大不了的。”

“可是，她身子虚弱，喘气也短了呀。”

“天哪！我多少年来都是这个样子，她只是有点神经衰弱罢了。”

“可是，她夜里总是出那么多汗呀。”

“噢，我也出汗，都十来年了。一夜又一夜，我经常出汗，衣服都能拧出水来，睡衣上没有一丝一线是干的，床单也湿得玛咪不得不拿出去晒干！伊娃的汗，哪像我那样多啊！”

于是，有一阵子，奥菲丽亚小姐便对此闭口不谈了。然而现在，眼看着伊娃躺倒，病得不轻，而且请来了医生，玛丽又突然之间，来了个大转弯。

她说自己早就看出来了，心里明白自己注定是世界上最苦命的母亲。喏，这不是，自己健康糟糕就够受的了，还要眼睁睁看着自己独生的宝贝女儿步入坟墓。于是，玛丽以这种新的痛苦为契机，夜夜把玛咪吵醒，吵吵嚷嚷，骂骂咧咧，日甚一日。

“亲爱的玛丽，快别这样说！”圣克莱说，“她这病情，你不该这么快就失去信心哪。”

“你没有一个做母亲的感受，圣克莱！你一向理解不了我的心！现在也理解不了。”

“可你别这样说话，就好像她的病情没办法挽回似的！”

“我可做不到像你那样，心不惊肉不跳的，圣克莱。眼看着你独生女儿病到这么吓人的份儿上，要是你不心疼，我还心疼哩。我生病受罪到这副样子，又来了这么大一场打击，我实在受不了啦。”

“是这样子的，”圣克莱说，“我心里早就有数，知道伊娃身子纤弱，长得又这么快，消耗了她的体力，她的病情十分严重。可是，这一回只不过是由于天气炎热，加上她堂兄来，过度兴奋，消耗体力太多，才病倒的罢了。医生说，还是有希望的。”

“好哇，当然喽，要是你能看到有希望的一面，那就请便吧。活在世上，要是像人们那样无知无觉，可真是一种福气。我恨不能自己也这样无知无觉，不然，只能叫我心肠寸断！但愿自己也像别人那样无忧无虑！”

那些“别人”，自然也完全有理由发出这同样的祈求来。因为，玛丽以自己新的痛苦作为理由和借口，对她身旁的每一个人，都百般折磨。无论谁说了什么话，无论在哪里做了或者没做什么事，都只是新的证据，说明周围的人心狠而又麻木，都不体谅她自己特有的痛苦。可怜的伊娃听到了她说的一些话，眼泪几乎都哭干了。她怜惜妈妈，为自己给妈妈带来这么大的痛苦而感到伤心。

一两个礼拜之后，伊娃的症状大见好转。但这只是她那无情疾病间歇出现的一种假象，即使处于死亡的边缘，也往往蒙骗住焦虑不安的心。尽管如此，人们又一次在花园里、在阳台上，听到了伊娃的脚步声；她又一次玩耍嬉戏，放声大笑了。她的父亲欣喜若狂，宣称她不久就会像别的孩子那样健壮起来。唯独奥菲丽亚小姐和医生，没有因为这种迷惑人心的休战状态，而振奋自信。此外，还有一颗心，也同样确定无疑地认识到了这一点，这就是伊娃那颗小小的心房。在人的灵魂之中，有些时候，那么平静、那么清晰地诉说着其不久于人世的，究竟是什么东西呢？是日渐衰颓的生命力的神秘本能，抑或是永恒在即时，灵魂中澎湃着的情感悸动？无论是什么，在伊娃心中，都有一种宁静和甜美，确定无疑地预感到，抵达天国的时日，已经为期不远。这种预感，宛若落日的余晖那样宁静，又仿佛明朗静谧的秋色那样甜美。伊娃的一颗小小心灵，就怡然憩息于其中，只是偶或被她的忧愁，她对如此珍爱过自己的人们满怀的一腔忧愁所惊扰。

虽然这孩子受到过温存照料，虽然生活带着慈爱和财富所能赋予的光辉灿烂，刚刚在她面前展现开来，然而，濒于死亡的她，却对此无悔无恨。

在她和自己纯朴的老朋友一起阅读过多少遍的那本经书中，她见到过的热爱儿童的基督形象，在她幼稚心田里扎了根。而当她望着他神思飞动时，他便不再是一个形象，不再是一帧遥远过去的图画，而变成了一种无所不在的活生生现实。他的慈爱，以一种超凡的和煦萦绕住她那颗童稚的心，于是她说，自己现在所奔向的地方，正是他的身旁，也正是他所居住的家。

然而，对于她即将告别的一切，她的心里又充满恋恋不舍的悲痛眷念，尤其是对于她的父亲。伊娃虽然没有明晰地思考过，但仍然有一种直觉，感到与他人相比，父亲对她更是关心有加。她也爱自己的母亲，因为她是一个多么至亲至爱的人！她在母亲身上所目睹的种种自私自利，只能使她惶惑与悲伤，因为，她具有孩子的毫无保留的信念，认为自己的母亲，是不可能言行失误的。在母亲身上，有些事情伊娃永远说不出个究竟，可是，她总能把疑团抚平，认为她毕竟是自己的妈妈，更何况她又是如此珍视疼爱自己。

同样，她也眷恋那些喜欢自己的忠实奴仆。她是他们的白昼和阳光。孩子们一般不善于归纳综合，但伊娃却是个异常早熟的孩子。奴仆们生活于其中的那个制度所带来的弊端，她都耳闻目睹，件件桩桩，深深铭刻在心底，令她沉思求索。她依稀模糊地企盼着对他们要有所作为，不仅祝福并挽救他们，还要祝福并挽救所有处于他们境地的人，但这种企盼，却同她那纤细身躯的软弱无力，形成了令人悲叹的对照。

“汤姆叔叔，”有一天，她正在给这个朋友诵读《圣经》时，说，“我能明白耶稣为什么替我们殉难了。”

“为了什么呢，伊娃小姐？”

“因为我也是这么想的。”

“你想的是什么，伊娃小姐？我没听懂。”

“这我就不清楚了。不过，那次你和我坐轮船来南方的时候，我在船上遇到的那些人，他们有的失去了妈妈，有的失去了丈夫，有的妈妈哭着找孩子。这你还记得吧？当我看见那些苦命人的时候，当我听说可怜的普露死去——哦，多么可怕！——的时候，还有许多遇上这类事的时候，我心里都在想，要是我死了就能消除一切苦难，那我心甘情愿地去死。可能的话，汤姆叔叔，我愿替他们去死。”孩子把自己瘦削的手放在汤姆手上，热诚恳切地说。

汤姆望着孩子，不由悚然敬畏起来。当她听到父亲呼唤，轻轻离开之后，汤姆一面望着她的身影，一面反复地擦着眼睛。

“想把伊娃小姐留在世上，是没法子的了，”一会儿之后，汤姆遇到玛咪时，说，“她额头上，有上帝的印记哩。”

“哦，不错，不错，”玛咪扬起手来，说，“我多咱都是这么说的。她压根儿不像个长命的孩子，眼神老是那么深沉。我跟太太提起过多次了。眼下快要成真了，我们大伙儿都看得出来，可爱的、有福气的小羊羔啊！”

伊娃轻快地跑上走廊的台阶，到父亲那里去。这是一天的傍晚，阳光在她背后幻化出耀眼的斑斓。身着白色衣裙的她，秀发金黄，桃腮泛艳，眼睛由于她脉管里燃烧着缓缓的低热，而出奇的明亮。她继续不断地向前走去。

圣克莱的呼唤，是想把自己刚刚给她买的一尊小雕像拿给她看。然而，当她走过来时，她的外表却使他突然感到一阵心酸。世界上存在着一种美，它是那样强烈地牵动人心，而又是那样纤细脆弱，连望一眼都于心不忍。她的父亲一把把她揽在怀里，几乎忘记了要告诉她的事情。

“伊娃，宝贝，你近来好些了，不是吗？”

“爸爸，”伊娃突然坚毅刚强地说，“我老早就有些事情想告诉你。趁我身体还不太虚弱，我现在就想告诉你。”

伊娃在圣克莱膝头坐下来时，他浑身一阵战栗。她头靠着他的胸前，说：

“再不告诉你，爸爸，就来不及了。我向你告别的时间就要到了。我要一走永远不再回来了！”伊娃说着抽泣起来。

“哦，我亲爱的小伊娃！”圣克莱浑身颤抖地说，但话说得却十分轻松，“你心里有点紧张，情绪也不太好，千万别光想这些不高兴的事啦。你看，我给你买了一个小雕像哩！”

“不，爸爸，”伊娃说，一面轻轻推开小雕像，“别欺骗你自己了！我根本没有好转，我心里明明白白，我不久就要走了。我不是紧张，也不是情绪不好。要不是你和亲人们，爸爸，我会觉得幸福圆满的。我想走，也盼望着走哇！”

“哦，宝贝孩子，是什么弄得你小心眼里这么悲伤啊？能够让你幸福的东西，你一样都不缺，都给了你呀。”

“可我还是愿意到天上去。我只是为了亲人们，才愿意活下去的。人间有许许多多的事情叫我难受，叫我看了害怕，但愿自己能到天上去。不过，我不想离开你——这弄得我的心都快碎了。”

“什么事情叫你难受、叫你害怕呢，伊娃？”

“噢，就是那些做过的事情，人们天天做着的事情啊。我替家里那些苦命人难过；他们都非常爱我，对我都很好、很和蔼。爸爸，我希望他们都能得到自由。”

“怎么，伊娃，我的孩子，难道你不觉得，他们现在过得很好了吗？”

“哎，爸爸，万一你出什么事，他们会怎样呢？像你这样的人简直太少了，爸爸。阿尔弗雷德伯伯不像你，妈妈也不像你；就看看普露家的老爷太太吧！人们所做的、能够做的事情，多么可怕呀！”伊娃战栗起来。

“宝贝孩子，你太敏感啦，悔不该让你听见这种事。”

“哦，这正是叫我心里不安的地方啊，爸爸。你想叫我生活得幸福，一点痛苦都没有，一点罪都不受，甚至一点伤心的事都不叫我听见，可是，别的苦命的人一辈子有的只是痛苦和悲伤。这似乎太自私了。我应该知道这些事情，应该替他们难过！这些事情在我心里总是沉甸甸的，越坠越深，翻来覆去地想过好多遍了。爸爸，就没有什么办法让所有黑奴都获得自由吗？”

“这可是个难题，宝贝。像现在这样，自然不好，好多人都这样看，我自己也是这么看的。我衷心希望，在这个国家里没有一个奴隶，可又不知道怎样才能做到这一点！”

“爸爸，你真是个好人，又高尚又善良，说起话来，又总有办法说得人家爱听。你就不能到各处劝说人们改正这个错误吗？我死了以后，爸爸，你心里要想着我，为了我去做这件事。要是我做得到，我就一定会去做的。”

“你死了以后，伊娃，”圣克莱动情地说，“哦，孩子，快别跟我这么说吧！你是我在世上所有的一切。”

“可怜的老普露的孩子也是她所有的一切，可是，她不得不听着孩子哭，一点办法都没有！爸爸，这些苦命的人疼爱他们的孩子，跟你疼爱我没有什么两样。哦！为他们行行好吧！可怜的玛咪也疼爱自己的孩子们，一提起他们来，就掉眼泪，这是我亲眼见的。还有，汤姆叔叔也疼爱他的孩子们，爸爸，这样的事情时时都在发生啊！”

“好啦，好啦，宝贝，”圣克莱抚慰地说，“只是别再自己伤心，别再说死的事情啦。你说的事，我都一一照办。”

“那你答应我，亲爱的爸爸，只要——”她停顿了一下，犹犹豫豫地说，“只要我一走，就让汤姆叔叔获得自由吧！”

“好的，宝贝，无论什么事，我都答应。只要你提出来，我一定做到。”

“亲爱的爸爸，”孩子把自己滚烫的面颊贴在父亲脸上，说，“但愿我们一起走，就好了！”

“到哪儿去，宝贝？”圣克莱问。

“到救世主的家去呀！那里多么宜人，多么宁静啊！所有的人都互相爱护，”孩子不知不觉地说着，仿佛在说自己常去的地方，“你难道不想去，爸爸？”她问道。

圣克莱把她搂得更紧了，然而却说不出话来。

“你一定会到我那里的。”孩子的声音平静而又肯定，她常常在不知不觉中，用这种口吻说话。

“我一定找你去，我忘不了你。”

在他们周围，肃穆的夜色，黑影憧憧，越来越浓。圣克莱默默无言地坐在那里，怀里拥着伊娃那小小的纤细身躯。他已经看不到那双深嵌的眼睛，只能听到那幽灵似的声音。他仿佛处在最后审判的梦幻里，顷刻间，往事全部展现在他的眼前：母亲做祷告、唱赞美诗的情景，自己幼时渴望向善的希冀，从那时到此刻，多年来的庸碌无成与愤世嫉俗，以及人们所谓的体面生活。人们在转瞬之间，能够想到大量的许许多多事情。圣克莱回顾体验了不少往事，然而却没有说话。夜色越来越浓了，于是，他把孩子抱回她的卧室里去。等仆人们整理好床铺，他便吩咐他们出去，怀里抱着孩子来回摇着，嘴里哼着催眠曲，一直等到孩子进入梦乡。

第二十五章　小福音使者[1]

这是一个礼拜天的下午。圣克莱躺在走廊的竹制躺椅上，抽着雪茄消遣。玛丽斜靠在卧室窗户对面的沙发上。窗户朝走廊开着，沙发上方，一顶透明薄纱罩帐围得严严实实，以驱除蚊虫的骚扰。由于是礼拜天，玛丽懒洋洋地拿着一本装订精致的祈祷书，装模作样地读着。而实际上，她只是手里捧着打开的书，一阵一阵地打着瞌睡而已。

奥菲丽亚小姐经过查寻之后，终于打听到了一个卫理公会的小礼拜堂，可以坐马车到达那里。此时，她忘记汤姆驾车出门参加礼拜去了，与他们同行的还有伊娃。

“嗨，圣克莱，”玛丽打了一会儿盹之后，说，“我得派个人到城里把老大夫波西请来，我肯定是心脏出了毛病。”

“嗯，何必请他呢？给伊娃看病的大夫，医道好像也不错嘛。”

“治要紧的病我总信不过他，”玛丽说，“我觉得自己的病是越来越重啦！这两三天夜里，我一直在琢磨自己的病，疼得很厉害，身上觉得跟以往很不一样。”

---

① Evangelist，“福音使者”的意思。本书中，伊娃的全名也用此字以寄意。

“哦，玛丽，这是由于你心情不好，我看不是心脏的毛病。”

“当然你会认为不是的，”玛丽说，“我早就觉察到这一点了。要是伊娃咳嗽，或是略微有什么小毛病，你准会大惊小怪，可你心里从来就没有我。”

“要是心脏病特别对你合适，那自然我就相信了，”圣克莱说，“我刚才不知道是这么回事。”

“哦，我只是希望，你别到时候连后悔也来不及了！”玛丽说，“不过，你相信也好，不相信也好，是对伊娃的担心害怕，对我们宝贝孩子的不胜操劳才得上心脏病的。我早就怀疑有心脏病了。”

玛丽提到的“不胜操劳”，是很难予以说明的。圣克莱不声不响，在心里对自己做出了这样的评论，然后又像个硬心肠的丈夫那样，接着抽起雪茄来。终于，一辆马车驶到走廊前面，伊娃和奥菲丽亚小姐下了车。

奥菲丽亚小姐径直走进自己的卧房，把女帽和披肩收拾起来放好。她办事一向如此，不做好这些事，对任何话题绝对不容置喙。这时，伊娃听到圣克莱呼唤，已经走进来，坐在他的膝头上，把他们参加礼拜的情形，讲给他听。

不一会儿，从奥菲丽亚小姐的房间里传来一阵尖叫声。这个房间与他们坐在里面的房间相通，也与走廊相通。他们又听得奥菲丽亚小姐正在怒气冲冲，呵斥着什么人。

“托普丝①又搞了什么新的鬼花头？”圣克莱问，“我肯定这场吵闹是她引起来的！”

片刻之后，奥菲丽亚小姐义愤填膺，把那个犯了过失的女孩拖了出来。

“喏，到这里来！”她说，“我非给你家老爷说说不行！”

“这次是怎么回事？”圣克莱问。

“怎么回事？我可是再也不愿意为这孩子白费心血了。简直完全不能容忍，凡是有血性的人，谁都受不了！这不是，我刚才把她锁

① 托普茜的昵称。

在屋子里，找了一本赞美诗叫她念。可她呢，竟然找到了我放钥匙的地方，走到我的衣柜那里打开，拿出一块缀帽子用的花边，把它切成一块一块的，给洋娃娃当衣裳穿！我一辈子也没遇到这种事！”

“我不是给你说过嘛，堂姐，”玛丽说，“你早晚会晓得，这些玩意儿，你不给他们点颜色看看，就长不出出息来。要是按我的心意儿，”她责怪地望了圣克莱一眼，“就把她拉出去，叫人用鞭子狠狠抽一顿，恨不得抽得她爬不起来才好哩。”

“这我一点都不怀疑，”圣克莱说，“女人那令人艳羡的管教办法，我心里有数！要是依着她们的意，还不把马儿或仆人打个半死啊！我见过十好几个这样的女人，更不用说男人啦。”

“像你那副遇事没有主心骨的德性，什么事都办不成。”玛丽说，“堂姐通情明理，现在看得跟我一样明白了。”

奥菲丽亚小姐充其量只能气愤到一个彻头彻尾的管家人所应有的份上，她的怒火全是由于那孩子的狡诈和浪费所引起来的。其实，不少女看官恐怕也不能不承认，倘若处于奥菲丽亚小姐的地位，自己也非生气发火不可。然而，玛丽的话她却不能接受，因此火气反而减弱了一些。“说什么我也不能那样对待这孩子，”她说，“不过呢，圣克莱，我还真不知道怎么办好。我教导了一遍又一遍，说得口干舌燥，打过她，也想尽办法惩罚过她，可她还是原来那样。”

“到这儿来，托普茜，你这个小猴头！”圣克莱喊着叫女孩到他那边去。

托普茜走了过去。圆圆的黑眼睛一眨一眨闪闪发光，里面交织着害怕和她平素那古怪的滑稽神色。

“你干吗要这样呢？”圣克莱问，心里对她那表情也不由觉得好笑。

“也许是我心眼儿太坏了吧，”托普茜假惺惺地说，“菲丽小姐也这么说来着。”

“奥菲丽亚小姐为你费了这么多心血，你看不出来吗？她说自己已经尽了一切努力了。”

“天哪，是这样，老爷！我原来的太太也总这么说。她打起我来要厉害得多了，还常常揪住我的头发，把我的脑袋往门上撞哩。可这对我压根儿没好处！我想，就是他们把每一绺头发都揪下来，也不会管用。我太坏了！天哪！我不过是个小黑鬼罢了！”

“哼，那我只好不管她的事了，”奥菲丽亚小姐说，“我再也操不起这份心了。”

“那好，我只想问一个问题。”圣克莱说。

“什么问题？”

“嗯，如果你们的福音毫无力量，连一个异教孩子，而且是待在家里、由你自己管教的孩子，都拯救不了，那么，派遣一个倒霉的传教士，带着福音到成千上万这样的人中间去，又有什么用处？恐怕在你们千百万异教徒当中，这个孩子算得上个好样板吧。”

奥菲丽亚小姐并没立即做出答复。一直站在一旁，默不作声观察着这一幕的伊娃，这时悄悄朝托普西打了个手势，示意她跟着她出去，原来，走廊的一角有一个玻璃房间，是圣克莱当书房用的。伊娃和托普西就是钻到这里面不见了。

“伊娃这是在干什么呢？”圣克莱说，“我倒想去看个究竟。”

说着，他踮着脚尖走过去，撩起了玻璃上的门帘，向里面望着。不一会儿，他一根手指贴在嘴唇上，悄悄朝奥菲丽亚小姐打了个手势，叫她过来看。只见两个孩子坐在地板上，脸的侧面向他们。托普西仍然是平素那副满不在乎、滑滑稽稽、无动于衷的神气，可是对面的伊娃，却动情得满面绯红，大眼睛里噙着泪花。

“你怎么这样淘气呢，托普西？你干吗不想学好呢？你就谁也不爱了吗，托普西？”

“压根儿不知道爱，我爱糖果这样的东西，没有别的。”托普西说。

“可是，你爱你爸爸妈妈呀。”

“压根儿没有爸爸妈妈。这你晓得，我也跟你说过，伊娃小姐。”

“哦，我知道，”伊娃伤心地说，“可是，你就没有兄弟、姐妹、姑姑，或者——”

“没有，谁都没有。我什么东西、什么人都没有。”

“不过，托普茜，只要学好，你就会——”

“我学得再好，也只能是个黑鬼，”托普茜说，“要是能剥层皮，变成白的，我倒乐意。”

“你就是长得黑，人们也爱你呀，托普茜。只要学好，奥菲丽亚小姐就爱你。”

托普茜生硬而急促地笑了一声。这是她表示不相信的一贯方式。

“难道你不这样看吗？”伊娃问。

“不这样看。我是个小黑鬼，我叫她受不了！她宁可叫只癞蛤蟆碰她，也不叫我碰她！谁也不爱黑鬼子，黑鬼子啥也不会干！我才不在乎哩。”说着，托普茜打起了呼哨。

“哦，托普茜，可怜的孩子，我爱你呀！”伊娃突然一阵心潮澎湃，把自己白皙瘦削的手搭在托普茜肩头，“我爱你，因为你没有爸爸妈妈，也没有亲人，因为你是个受到虐待的苦命孩子！我爱你，希望你学好。我身体很不好，托普茜，我觉得自己活不了很长时间了，看到你这么淘气，我心里真难受。希望你为了我，当个好孩子吧。我跟你在一块儿，待不多久了。”

黑女孩那双犀利的圆眼睛里，阴翳着蒙蒙泪水，大颗的晶莹泪珠，一颗颗重重地落在白皙的小手上。是啊，就在那一刻，一丝真诚信仰的光线，一缕超凡之爱的光线，照射进了她那异教灵魂的黑暗之中！她脑袋伏在两膝之间，抽抽咽咽地痛哭起来。而美丽的伊娃，这时正弯着腰，站在她面前。那景象，宛若光明天使救渡罪人的一幅图画。

“可怜的托普茜！”伊娃说，“耶稣普爱众生，你知道吗？他愿意爱我，也愿意爱你。他像我那样爱你，只是爱得更深更深，因为他出类拔萃。他一定会帮助你，做个好孩子。最后，你能够进天堂，永远当一个天使，就像你是白人一样。你就想想吧，托普茜！你也能成为一个光明天使，汤姆叔叔唱的赞美诗里的天使。”

“哦，亲爱的伊娃小姐，亲爱的伊娃小姐！”托普茜说，“我想学好，我想当个好孩子呀。可以前，我对这个一点也不在乎。”

在这当儿，圣克莱放下了门帘。“这使我心里想起了母亲，”他

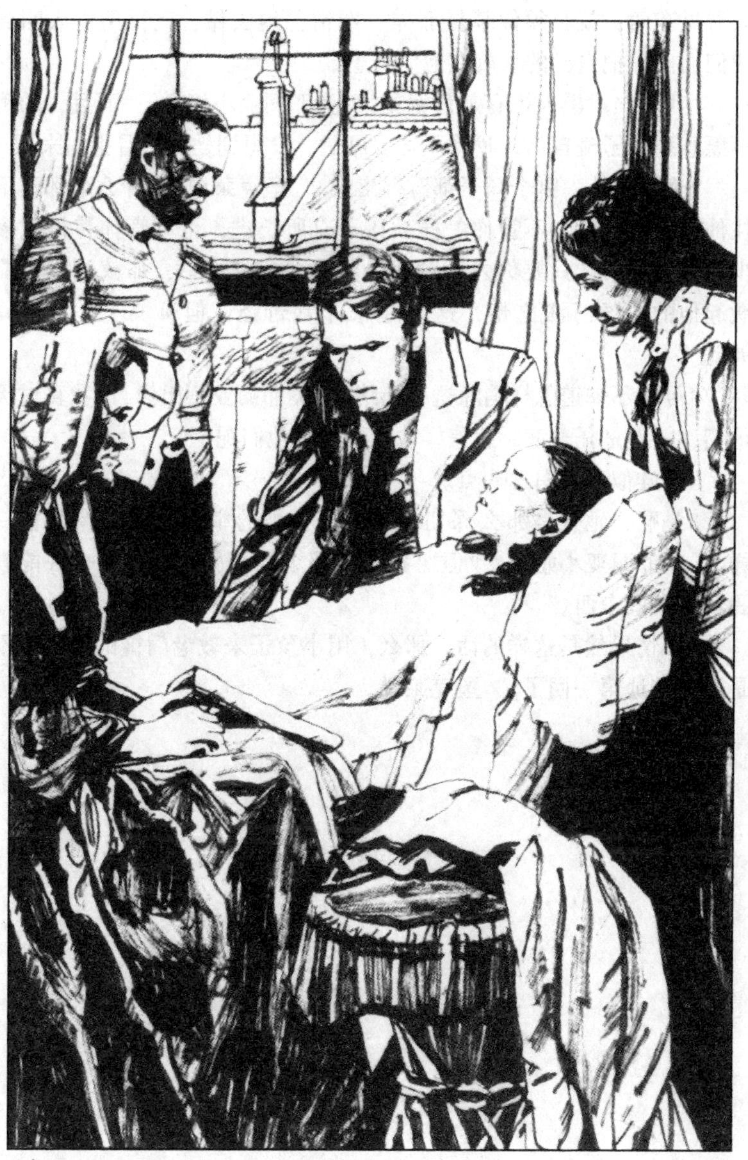

对奥菲丽亚小姐说，“她告诫我的话很有道理。她说，如果你想让盲人看见东西，就必须像基督那样一厢情愿地去做，就得把盲人叫到我们面前，把自己的手放在他们身上。”

“我一向对黑人抱有某种偏见，”奥菲丽亚小姐说，“而且，的确不愿意那孩子碰自己，我受不了。可是，没想到她竟然看得出来。”

“你别不信，哪个孩子都看得出来。”圣克莱说，“什么事都瞒不住他们。我相信，不管你怎样教孩子有所长进，也不管你替他做多少具体的好事，只要你内心对他仍然深恶痛绝的话，那就绝不可能激起他的一丝感激之情，这看起来非常奇怪，但事实上，又的确如此。”

“可我不知道怎样消除这种情绪，”奥菲丽亚小姐说，“我真讨厌他们，特别是托普茜。我怎样才能不讨厌他们呢？”

“伊娃似乎明白这一点。”

“是啊，她爱得那么深切！说到底，她的举动，简直像基督一样，”奥菲丽亚小姐说，“但愿我像她那个样子就好了。她也许能教我学到一些东西。”

“事情果然是这样的话，那么，用小孩子来教老门徒的事，也不是开天辟地第一回了。”圣克莱说。

第二十六章　死亡

正值黎明之际的生命，
被死亡的幕布掩盖，
遮断了我们的视线，
千万不要哭泣悲哀。

伊娃的卧室十分宽敞，与家里所有别的房间一样，也和宽阔的走廊相连。其中，一侧与父母的卧房互通，另一侧则与奥菲丽亚小姐占用的卧房相通。房间的布置陈设，满足了圣克莱的眼光和情趣，其风格与房间主人伊娃的性格特别谐调一致。窗户上挂着玫瑰红和纯白相间的薄纱窗帘，地板上铺着从巴黎订做的地毯，上面的图案是圣克莱自己设计的：四周一圈玫瑰花蕾和绿叶花边，中央一簇盛开的玫瑰花。竹制床架、椅子和躺椅，做工式样特别雅致、花哨。床头上方，一个雪花石膏托架上，立着一尊美丽天使的雕像。他双翼下垂，手托一顶桃金娘叶编织成的王冠。托架下，一顶银白条纹的玫瑰红薄纱轻帐罩住了床铺，以备驱赶蚊虫之用。处在那种天气里，这是每处就寝地方都必须添设的东西，不可或缺。优雅竹制躺椅上，堆着许多玫瑰色锦缎靠垫，从上方雕像的手里也挂下一顶与床铺上相同的薄纱蚊帐。屋子中央，一张编织奇特的轻便竹桌子，摆着一只巴罗斯①花瓶，形状宛若一朵含苞待放的白色百合花，瓶里总是插满鲜花。桌上还放着伊娃的书籍和小件饰物，此外还有一个造型优美的写字架。这是伊娃的父亲见她想提高书写水平时给她买来的。房间里有一壁炉，大理石的炉架上，供一尊耶稣接纳儿童的优雅的小雕像，两侧各有一只大理石花瓶。每日清晨，汤姆都怀着骄傲和愉悦，往里边插上花束。四壁点缀着精美油画，画的是神态各异的稚童。简而言之，举目望去，视线所到之处，无不看到童年、美与宁静的图像。在清晨朝霞的辉映中，伊娃睁开她那小小的眼睛，每每看到令她心旷神怡、逗起她美妙思绪的东西。

在转瞬即逝的时间里，那使伊娃精神振作的诱骗力量，正在迅速消退。人们听到她在走廊里轻快脚步声的次数越来越少，反而越来越频繁地发现她靠在开着的那扇窗户旁边的小躺椅上，那双深嵌的大眼睛，出神地盯着湖水的涨落。

一天，将近后半晌的光景，她正这样斜靠在躺椅上，《圣经》半开半合，光洁透明的小手指无精打采地放在书页之间，突然听到从走廊传来母亲尖厉的声音。

“怎么，你这个窝囊废！你这是又作了什么孽呀！把花给我摘下来了，嗯？”接着，伊娃听到一记令人痛心的耳光声。

“天哪，太太！花是给伊娃小姐摘的。”伊娃听到一个声音说。她心里明白，这是托普茜的声音。

“伊娃小姐！说辞倒蛮漂亮！你以为她要你摘的花，你这个没有出息的黑鬼子！给我滚开！”

转眼之间伊娃离开躺椅，来到走廊里。

“哦，别这样，妈妈！我喜欢这些花，请给我吧，我要这些花！”

“什么，伊娃，你屋里都摆满了花呀。”

“花再多我也不嫌，”伊娃说，“托普茜，把花拿到这里来。”

一直绷着脸，耷拉着脑袋站在一边的托普茜，这时走过来，把

① 巴罗斯（Paros），爱琴海中岛名，以产精细白色瓷瓶著称。

花递给伊娃。递花的当儿，她一反往常的怪异放肆和兴高采烈，神色犹豫而羞赧。

“这束花真漂亮!”伊娃望着花说。

这的确是十分与众不同的一束花：一枝猩红艳丽的天竺葵，还有一枝带着晶莹闪光绿叶的日本白色山茶花。捆束在一起的时候，显然是注意到了色泽的对比，每一片绿叶也都是细心琢磨之后，才安排配置好的。

伊娃说话的时候，托普茜露出了喜悦的神色。“托普茜，你把花配置得真好，”伊娃说，“喏，这只花瓶里什么花都没有，我希望你天天给它插上花。”

“唉，这可怪了!”玛丽说，“你到底干吗要这束花呢?”

“这你就别管了，妈妈。你就答应让托普茜替我插花吧，行不行?”

“当然行，只要你高兴就成，宝贝！托普茜，听见小姐说的话啦？要小心伺候着。”

托普茜略一屈身行礼，眼睛望着地上；她转身走开时，伊娃瞥见一滴泪珠儿从她脸颊上流下来。

“你明白了，妈妈，可怜的托普茜愿意为我做点事，这我心里有数。”伊娃对妈妈说。

“哼，废话！只不过是她喜欢恶作剧罢了。她知道不该摘花，可偏偏要摘，就是这么回事。不过，你要是喜欢她给你摘花，那就摘去吧。”

“妈妈，我看托普茜跟以往不一样了，她正想学着当个好孩子。”

“她要想学好，还得老长时间哩。”玛丽心不在焉地大笑起来。

“噢，妈妈，你明白可怜的托普茜的处境，她时时处处都不如意。”

“到这里以后就不这样了，我敢说。尽管劝说她，教导她，为她做了任何人在世上能做到的事情，可她还是那么讨人嫌，永远叫人讨厌。这个小东西，简直不可造就!”

“不过，妈妈，把她养大跟把我养大可不一样。我有好多亲人，有好多东西教我学好，让我感到幸福，可她到这里来以前，一直是怎么养大的呀！”

“很可能是这样，”玛丽打着呵欠说，“哎哟，天怎么这样热啊！”

“妈妈，托普茜要是信奉基督，就会跟我们大伙一样，变成天使。你相信这一点，是不是？”

“托普茜？你想得可真荒唐！除了你，谁也不会想到这一点。但愿她能变成天使。”

“可是，妈妈，难道上帝不是她的天父吗？就跟是我们的天父一样！难道耶稣不是她的救主吗？”

“嗯，也许是吧。我相信上帝创造了所有的人，”玛丽说，“我的香精瓶在哪儿？”

“怪可怜的，咳，真可怜见儿哪！”伊娃向外眺望着远方的湖水，仿佛自言自语地说。

“可怜什么？”玛丽问。

“噢，不管什么人，原本都是能够变成天使，跟天使们在一起生活的，可是，却越来越下作，而谁也不来帮助他们！唉，真可怜见儿的！”

“可我们有什么法子？操这份心没用，伊娃！我不明白该怎么办，但我们自己处境优越，应该感恩知足啦。”

“我很难这样想，”伊娃说，“一想到有苦命的人没有什么优越环境，我心里就不好受。”

“这就太奇怪了，”玛丽说，“我相信，我学到的教义是让我对自己的优越处境感恩知足的。”

“妈妈，”伊娃说，“我打算剪掉一些头发，多剪一些。”

“为了什么？”玛丽问。

“妈妈，我想趁自己还能亲自办到的时候，赠送给亲人们一些头发。你叫姑姑来替我剪剪，好不好？”

玛丽提高了嗓门，呼唤隔壁房间里的奥菲丽亚小姐。

奥菲丽亚小姐进屋时，伊娃从枕头上略微抬起头来，摇散了一头棕黄色鬈发，十分顽皮地说：

“过来，姑姑，来给羊剪毛呀！”

“这是怎么回事？”圣克莱问。他手里拿着在外面给伊娃买的一些水果，这时恰好走进来。

“爸爸，我只是想叫姑姑替我剪掉一些头发。头发太多，弄得头皮热乎乎的。再说，我也想送一些给别人。”

奥菲丽亚小姐手持剪刀，走上前去。

“当心，看别弄坏了发型！”伊娃的父亲说，“剪掉底下那些不露在外面的好了。伊娃的鬈发是我的骄傲。”

“哦，爸爸！”伊娃伤心地说。

“是这样。我想让鬈发保持得漂漂亮亮的，到时候我好带着你到你伯父的种植园那里，去见你堂哥亨利克哪。”圣克莱喜形于色地说。

“我多会儿也不去那儿啦，爸爸，我要到一个更美的国度里去。哦，千万别不相信我！难道你看不出来，爸爸，我身子一天比一天衰弱吗？”

“你为什么一定要我相信这样一种残酷的事情，伊娃？”父亲问道。

“只不过因为这是事实，爸爸，而且，你要是这会儿就相信了，说不定还会跟我一样感到高兴哩。”

圣克莱紧闭起嘴唇，站在那里，黯然神伤地望着那些长长的美丽鬈发。鬈发从孩子头上剪下来，一绺一绺地放在她的膝头。她拿起鬈发，一本正经地看着，缠在瘦削的手指上，同时，不时焦虑地望着父亲。

“这正是我预料当中的情况！”玛丽说，“也是损害我身子健康的东西。虽说别人都看不出来，可它一天天带我走向坟墓。这我早就看出来的。圣克莱，事后你一定会明白我说得不错。”

“这肯定会让你感到很大的安慰！”圣克莱语气干涩而愤然。

玛丽仰靠在躺椅上，一方细手帕捂住了脸。

伊娃清澈的碧眼，时而望望父亲，时而看看母亲。这是一半摆脱了尘世羁绊灵魂的那种静谧而会心的凝视。显而易见，她觉察领悟到了父母两者之间的区别。

她朝父亲打个手势，他走过来。坐在了她身边。

“爸爸，我的体力一天天衰弱，我明白自己得走了。我还有些话要说，有些事要做——有些事我应该去做，可是，在这一点上，我说一句话你都那么不愿意听。然而，事情必然会这样，是没法子推迟的。千万请你允许我现在说出来吧！”

“我的孩子，我允许！”圣克莱一手捂着眼睛，一手抓住伊娃的手，说。

“那么，我想跟我们家里所有的人一起见一面，我有些话得跟他们说一说。”伊娃说。

“好的。”圣克莱强忍着苦涩说。

于是，奥菲丽亚小姐派了人出去传话，不一会儿，所有奴仆都召集到屋子里来。

伊娃仰靠着枕头，头发在脸周围披散下来。潮红的两颊，与她煞白的肤色，以及她五官和四肢瘦削的轮廓，形成了令人痛心的对照。一双精灵般的大眼睛，真挚地望着每一个人。

一阵突如其来的悲切，攫住了那些奴仆的心。那张灵动的面孔，那些剪下来放在身旁的绺绺长发，她父亲背转过去的脸孔，以及玛丽的呜呜咽咽，转瞬间掀起了多愁善感黑人的感情波澜。他们进来时，都你望着我、我望着你，悲声叹气，摇头哀婉。室内那片深沉的静默，仿佛在进行葬礼一般。

伊娃欠起身子，诚挚地望着周围的每一个人，许久许久。大家都面带忧惧，一副悲伤的模样，不少女人用围裙捂住了脸。

“亲爱的朋友们，我打发人叫你们都到这里来，”伊娃说，“是因为我爱你们，我爱你们所有的人。我有些话要跟你们说，希望你们永远不要忘记……我就要离开你们了，几个礼拜以后，你们再也不会见到我了——”

说到这，从在场的所有人中间，爆发出的阵阵呻吟、抽泣和恸哭声，打断了孩子的话，使她那微弱的声音，完全被淹没了。她略等了一会儿，随即用制止大家抽泣的口吻说：

“如果你们也爱我，就绝不能再这样打断我，要听我讲话。我想跟你们谈一谈你们灵魂的事……你们当中恐怕有不少人对灵魂满不在乎，只考虑今生今世。可是，我想让你们记住，还有一个美丽的世界，耶稣居住的世界。我就要到那里去了，你们也能够到那里去。那个世界属于我，也同样属于你们。不过，如果你想去那里的话，就绝不能懒懒散散、马马虎虎、混混沌沌地过日子。你们必须成为基督徒。你们必须记住，你们每一个人都能变成天使，永远变成天使……你们如果想做基督徒，耶稣肯定会佑助你们。你们必须向他祈祷，必须诵读——”

孩子自己停顿下来，怜悯地望着他们，接着忧心如焚地说：

“天哪！你们不识字啊，苦命的人们！”说着，伊娃把脸埋在枕头里抽咽起来。这时，正在往地板上跪下去的听众中，传来一阵阵的抽咽，又使她振作起来。

“这没有什么关系，”她抬起脸，噙着泪花，愉快地微笑着说，“我替你们祈祷过了，而且我知道，即使你们不识字，耶稣也会佑助你们。你们大家都要尽各人的所能，天天祈祷，求耶稣佑助你们，一有可能，就请别人给你们诵读《圣经》，我相信能够在天堂跟你们大家相会的。”

“阿门。”汤姆和玛咪，以及几个年长的卫理公会教徒口中喃喃地呼应着。那些不大解事的年轻人，一时之间也彻底受到感动。把头弯在两膝之间，一个劲儿地呜咽抽泣。

“我知道，”伊娃说，“你们都爱我。”

“是的，哦，是的！我们当真爱你！愿上帝保佑你！”众人不由自主地应声答道。

“是啊，我知道你们爱我！你们无论什么时候，没有一个人待我不好，所以我想给你们一点东西。当你们看见它的时候，就永远忘不了我。我想把自己的一绺头发，分发给你们。这样，每当你们望着它时就会想起，我爱过你们，而现在进了天堂，还有，我想在那里跟你们大伙儿见面。”

奴仆们簇拥在那小人儿身旁，泪水涟涟，哭声不断。当他们从她手里接过那绺头发，在他们心目中，仿佛是她爱心最后标志的那绺头发时，那场面简直不可能见诸笔墨。他们跪下来，抽咽着，祷告着，亲吻她的衣裙；上了年纪的奴仆，则按照心肠慈善的黑人方式，向她诉说亲切的话语，里面夹杂着祷告和祝福。

奥菲丽亚小姐担心，这一切激动人心的场面，会对她的小患者产生不利影响。于是，每当一个仆人拿到礼物之后，便示意他们离开房间。

最后，所有的奴仆都走了，只剩下了汤姆和玛咪。

"喏，汤姆叔叔，"伊娃说，"这一绺漂亮的给你。哦，一想到将来能在天堂里见到你，汤姆叔叔，我多么高兴啊！我肯定能见到你的。还有玛咪，亲爱的、善良好心的玛咪！"她说着话，一把搂住了她的老奶妈，"我知道你也会进天堂的。"

"咳，伊娃小姐，没有你，我真不晓得怎样活下去，不晓得！"一心为了主人的女仆说，"兴许就好像把啥东西都从这个家里弄走似的！"玛咪说着不由心中悲痛万分。

奥菲丽亚小姐轻轻地把她和汤姆推出房门后，心里以为人们都走了，然而，她转过身子时，却发现托普西还站在屋里。

"你是从哪儿冒出来的？"她猛然间问道。

"我刚才就在这里，"托普西抹着眼泪说，"哦，伊娃小姐，我原来是个坏女孩，可是，你不能也给我一绺头发吗？"

"能，可怜的托普西！真的，我给你。拿着，往后每当你看到头发，就会想到我爱你，想叫你学着当个好姑娘！"

"哦，伊娃小姐，我是在学呀！"托普西诚恳地说，"可是，天哪，学好可真难啊！兴许是我怎么也习惯不了吧？"

"耶稣知道了这件事，托普西，他替你难过，一定会佑助你的。"

托普西用围裙捂着眼睛，一声不吭地由奥菲丽亚小姐送出门去。她一面走，一面把那绺宝贵的鬈发藏在怀里。

人们都走了之后，奥菲丽亚小姐这才把门关好。这位令人尊敬的女人，目睹着这种情景，自己也拭去了不少眼泪，但她最为关注的，还是这种激动人心的场面，对她照料的小病人所可能带来的后果。

在整个过程中，圣克莱一直用手遮住眼睛，动也不动地坐在那里。及至人们都散去了，他仍然这么坐着。

“爸爸。”伊娃把手搭在父亲手上，声音轻柔地说。

他突然吃了一惊，身上战栗了一下，却没有应声。

“亲爱的爸爸!”伊娃又叫了一声。

“我不能，”圣克莱站起身来说，“我不能眼看这样子下去。全能的上帝对我太残忍了!”圣克莱在吐出这些字眼的时候，确实流露出悻悻的强调口吻。

“圣克莱！上帝难道没有权利按自己的意志，来安排子民的命运吗?”奥菲丽亚小姐说。

“也许有吧，可是这绝不会让事情更加容易忍受呀。”他转过身去说，一副苦涩、痛苦，而又欲哭无泪的神情。

“爸爸，你让我心都碎了!”伊娃站起来，一头扎进他的怀抱，“你不该这么想!”接着，伊娃呜呜咽咽，放声痛哭起来。这使大家惊诧仓皇，她父亲的思绪也立即转而想到了别的事情。

“乖乖，伊娃，乖，宝贝！嘘！嘘！是我的不是，我有罪。你愿意我怎么想、怎么做都成，只是别让你自己伤心，别这么哭了吧。我听天由命了，刚才说的话真是罪过。”

不一会儿，伊娃就像一只疲惫的鸽子，躺在了父亲怀里；父亲低下头，诉说着能够想起来的温言细语，使她平静下来。

玛丽一骨碌爬起来，飞快冲出屋门，回到自己的卧房，陷入了一阵歇斯底里的大发作之中。

“你还没有给我一绺鬈发呢，伊娃。”父亲凄然地微笑着说。

“头发都是你的，爸爸，”伊娃露出了笑意，“是你和妈妈的；还有，亲爱的姑姑要多少，你就得给她多少。我只是亲自把头发分送给那些苦命的人，因为你明白，我去了以后，他们也许会被人们忘记，因为我希望，这会帮助他们记住……你是个基督徒，不是吗，爸爸!”伊娃心存疑虑地问道。

“你干吗问我呢？”

“我也不知道。你为人太好了，我想你一定是基督徒的。”

“怎样才算得上个基督徒呢，伊娃？”

“最要紧的是热爱基督。”伊娃说。

“你热爱他吗，伊娃？”

“我当然热爱。”

“可你从来没有见过他呀。”圣克莱说。

“这又有什么两样？”伊娃说，“我信奉他，相信几天以后，我就能见到他了。”孩子稚气的脸上，快乐得热情洋溢，容光焕发。

圣克莱不再说话。这是他曾经在母亲身上目睹过的那种感情，可是，却没有引起他心弦的共鸣。

从那以后，伊娃的病情急转直下，死亡已成定局，没有任何怀疑的余地，连最盲目轻信的希望，也破除了迷障。她的漂亮卧室已经公开承认为病房，奥菲丽亚小姐夜以继日，承担起了护理的责任，堂弟一家人感到她充任护士，比以往任何时候都更加可贵。她的手和眼睛都受到过良好的训练，有助于整洁和舒适的各种技艺，也极为娴熟和老到；她时间观念极强，头脑镇定、思路清晰，医生的各种处方和医嘱，记得准准确确、丝毫不差，因此，她就是圣克莱的一切。对于她那些小小的癖性和固执，有些人曾经耸肩摊手，认为这很不如南方习俗的那种无忧无虑和潇洒倜傥。这些人现在也都承认，她恰恰是他们所需要的人选了。

汤姆叔叔待在伊娃房间里的时候很多。这孩子常常给折磨得烦躁不安，心神不定，让人抱着她才有所减缓。汤姆最大的乐趣就是把她纤弱的躯体抱在怀里，时而靠在枕头上，时而在房里踱来踱去，又时而走到外面的走廊上。当湖面送来新鲜的海风，伊娃在清晨又十分有精力时，有时他会抱着她在花园橘树下漫步，或者坐在他们坐过的石凳上，给她吟唱他们喜欢的古老赞美诗。

伊娃的父亲也常常这样做，但是，他身体比较单薄，累了时伊娃总是对他说：

“噢，爸爸，叫汤姆叔叔抱我好了。苦命的人！这叫他高兴啊。

你不明白，这是他眼下唯一能做到的事，他总想替我干点什么呀！”

“我也想啊，伊娃！”她父亲说。

“噢，爸爸，你什么事情都能干，你就是我的一切啊。你念书给我听，你陪我熬夜，可汤姆只能干这一件事，还有唱赞美诗。而且，我也清楚，他抱起我来比你更不费力气，他抱着我很有劲儿！”

其实，想给伊娃做点事的人，不仅仅限于汤姆一人。家里所有的仆人都表示了这种意愿，他们都在以各自的方式，尽其所能。

可怜的玛咪心里也渴望看护她的心肝宝贝，然而，由于玛丽扬言说，自己的神志很不好，不可能得到休息，而且，按照她的法度，别的人谁也别想休息，因此，不论白天还是黑夜，玛咪根本找不到机会，去看护伊娃。夜里，玛咪总要给玛丽叫起来二十余次，不是给她揉腿或是找手帕，就是给她冷敷头部或是看看伊娃房间的嚷嚷声是怎么回事，再不然就是光线太强，放下窗帘，或者是光线太暗，拉起窗帘。白天，她想去分担看护她小宝贝的责任时，可玛丽又好像十分精明，不是让她在家里到处奔忙，就是让她在自己身边来个马不停蹄，因此，她只能偷闲见上伊娃一面或是瞥上她一眼。

“眼下，我觉得自己的职责，是格外保重身体，”玛丽总是这样说，“我本来身子就十分虚弱，又担负着照料和看护宝贝孩子的全副担子。”

“的确是这样，亲爱的，”圣克莱说，“我还以为堂姐替你挑了这副担子哩。”

“你们男人说话都一样，圣克莱，就好像当妈的处在这种情况下，能够不替孩子担忧似的。不过，人人都是这样看的，谁也不体谅我的苦衷！我可不像你，能够一推六二五，推得干干净净。”

圣克莱脸上露出了笑容。看官，你必须原谅圣克莱，他竟然发笑，也是事出无奈。因为，那个小精灵的告别航程是那样令人欣慰而又宁静，她那一叶小小的方舟，是由那么甜美馥郁的和风吹拂着驶入天国海岸的，因此无法意识到死亡的迫近。孩子没有感受到一点痛苦，只是有一种静谧而柔和的乏力，在几乎无知无觉中逐日加深，而且，她又是那么美丽，那么幸福，那么充满爱心和信赖，任何人都无法抗拒那仿佛在她身上飘逸而出的天真和祥和的令人欣慰的影响。圣克莱发觉，一种奇异的宁静贯穿了他的全身。这不是心存希冀——这是不可能的，也不是听任命运的摆布；而只是一种休憩于现在之中的平静。它是那么美不胜收，让他简直不愿意考虑未来；它又宛若我们在秋天璀璨夺目而又温驯和煦的树林里，所感受到的那种灵魂的静谧，色彩艳丽的潮红挂在树梢，最后的流连忘返的鲜花，依然在溪畔怒放。对此，我们更加兴高采烈，因为我们知道，这一切景色，不久必将烟消云散。

对于伊娃的幻想和预感领悟最深的，莫过于把她拥在怀里的、忠心耿耿的汤姆了。对于他，她诉说了那些她不想扰乱父亲心境的话语；对于他，她透露了灵魂在永远摆脱肉体羁绊之前，所感受到的那些神秘的预兆。

最后，汤姆终于不愿意在自己房间里睡觉，而是躺在外面走廊上，准备随叫随到。

“汤姆叔叔，你是怎样活到可以像小狗一样，不论在哪里也不论在什么地方，都能睡觉的呢？”奥菲丽亚小姐问，“我还以为你是个有条不紊的人，喜欢像基督徒那样，躺在床上睡觉哩。”

“是这样，菲丽小姐，”汤姆神秘兮兮地说，“您说对了，不过现在——”

“喏，现在又怎么样了呢？”

“咱们说话声音别太高，圣克莱老爷可不愿意听见这个。不过，菲丽小姐，得有个准备新郎①来，这你明白呀。”

“你这是什么意思？”

“您还记得吧，《圣经》上说：‘半夜人喊着说，新郎来了。’②这就是我天天夜里盼着的事，菲丽小姐。我不能在听不着的地方睡觉，不能啊。”

“噢，汤姆叔叔，你怎么这样想呢？”

---

① 此处指耶稣。

② 见《新约·马太福音》第二十五章第六节。

“是伊娃小姐告诉我的。上帝会派使者给灵魂报信的。所以，我定准得睡在这里，等这个有福气的孩子进入天国时，他们会把天国大门打开，那时，我们就能看一眼天国的荣耀了，菲丽小姐。”

“汤姆叔叔，伊娃小姐今晚是不是告诉过你，她觉得比往常好些了？”

“没有。不过，今儿早上，她冲我说，她离天国更近了。是他们跟她说的，菲丽小姐，就是那天使，‘那破晓前的号角声’。”汤姆从一首人们喜爱的赞美诗中引用了这句话。

奥菲丽亚小姐和汤姆的这番话，是在一天夜里，十到十一点钟之间说的。那时，她把夜里的一切事情都安排停当，出去闩外面门的当儿，看见汤姆四仰八叉躺在外面走廊上。

奥菲丽亚小姐并不是个神经质或者多愁善感的人，然而，汤姆那庄严肃穆和真挚诚恳的神色，却使她心里悚然一动。那天午后，伊娃一反平常，显得兴高采烈，十分快活。她从床上坐起来，把自己的小饰物和宝贝东西看了一个遍，然后吩咐把它们送给哪些亲人。比起过去几个礼拜以来他们所见到的，她的举动更加活泼，说话声音也更加自然。那天晚上，她父亲来过，说伊娃自从生病以来，似乎她今天特别像她平素那副样子；他跟她亲吻道了一夜平安之后，对奥菲丽亚小姐说：“堂姐，我们毕竟可以挽留住她了，她肯定是比以前好点啦。”他离开时，内心里所感到的轻松，是好几个礼拜以来所没有的。

然而，到了半夜时分那奇异而神秘的时刻！到了脆弱的现在与永恒未来之间的幕布变得越来越薄的时刻，报信的使者从天上降临了人间！

房间里传出来什么动静，最初是一个急促的脚步声，是奥菲丽亚小姐在走动。她那天夜里决定通宵不睡，守护她的小病人；到了半夜交更的时候，她觉察出了有经验的护士所意味深长地称作的“某种变化”。外面的那扇门立即打开，在外面值夜的汤姆，顷刻之间惊觉起来。

“去叫医生，汤姆！一刻也不能耽误。”奥菲丽亚小姐说完便穿过房间，嘭、嘭、嘭地砸起圣克莱的门来。

“堂弟，”她说，“请过来一下。”

这句话犹如砸在棺材上的泥块，砸在他的心窝上。他们这是怎么回事？他转瞬间从床上爬起来，走进伊娃房间，俯下身子盯着睡梦中的伊娃。

他到底看到了什么，令他的心脏停了摆？堂姐弟之间又为什么相对无言？当你看到自己亲人脸上流露出同样表情时，你就会明白，那无法形诸笔墨的表情，令人绝望而又确凿无疑地向你诉说着，你的亲人已经不复属于你了。

然而，孩子的脸上没有一丝一毫恐怖的印记，有的只是一种高尚而且几乎近于庄严的表情。在那童稚灵魂之中，依稀现出了灵光熠熠的品格，永恒的生命已经破晓。

他们两人死死盯着伊娃，是那样的沉默，连时钟的嘀嗒声，都似乎太过吵闹。不一会儿，汤姆带着医生回来了。医生走进屋，望了一眼，也像其余的人一样默默无言。

“是什么时候有了变化的？”他向奥菲丽亚小姐低声耳语，问道。

“大约夜里交更的时候。”只有这样的回答。

医生进屋时，吵醒了玛丽。她手忙脚乱，从隔壁走进来。

“圣克莱！堂姐！哎哟！是怎么回事啊！”玛丽急匆匆地开口说。

“嘘！”圣克莱声音沙哑，“孩子快死了！”

玛咪听说这句话，飞奔着去把仆人们叫起来。顷刻间，全家上下都下了床，灯影晃动，脚步杂沓，一张张焦急的面孔，在走廊上挤作一团，热泪滚滚地透过玻璃门往里面张望。然而，圣克莱却什么都没听见，什么话都不说，他只瞥见了睡梦中的小人儿脸上的那种神色。

“咳，但愿她能醒过来，再跟我说句话！”他说着伏在她身上，冲着她的耳朵说了一声，“伊娃，宝贝！”

蓝色的大眼睛睁了开来，一丝微笑掠过伊娃的面颊，她想抬起头来说些什么。

“还认识我吧，伊娃？”

“亲爱的爸爸，”孩子用尽了最后的力气说，同时用胳膊搂住他的脖子。可是不一会儿，胳膊又耷拉下来，圣克莱抬头之际，瞥见孩子脸上掠过一阵肉体痛苦的抽搐。伊娃两只小手向上扬着，挣挣扎扎，想要透过气来。“咳，上帝，多么可怕！”圣克莱痛苦地转过身，抓住了汤姆的手，几乎没有意识到自己在做什么，“哦，汤姆，我的仆人，这简直要我的命啊！”

汤姆捧着主人的手，泪水潸然从他黝黑的脸膛上滚滚而下。他仰起脑袋，像往常那样乞求上苍保佑。

“求求老天，快点结束这种痛苦吧！”圣克莱说，“这让我心肝俱裂呀。”

“哦，上帝保佑！这就过去了，这就过去了，亲爱的老爷！”汤姆说，“您瞧瞧孩子。”

孩子躺在枕头上，像疲惫不堪的人一样气喘吁吁，清澈的大眼睛翻上去不动了。哦，那双常常讲述天堂境况的眼睛，在诉说什么？尘世，以及尘世的痛苦已经远去，那张脸上所流露出的胜利的光辉，是那样庄严，那样神秘，甚至遏制住了人们悲痛的呜咽。他们屏住呼吸，鸦雀无声地簇拥在伊娃身旁。

“伊娃！”圣克莱轻轻叫了一声。

伊娃没有听见。

“哦，伊娃，给我们说说，你都见到了什么？见到的是什么呀？”她父亲问。

一丝灿烂光辉的微笑在伊娃脸上掠过。她时断时续地说：“哦，是爱——快乐——宁静！”她一声叹息之后，便由死亡迈入了永生！

“再会吧，亲爱的孩子！辉煌而永生的大门，已经在你踏进去之后关闭。我们再也见不到你那张甜蜜的面庞了。哦，那些目睹着你升入天堂的人多么悲惨！他们醒来时，只能见到日常生活中那片凄凉灰暗的天空，而你，却永远、永远地去了。”

第二十七章 “世界的末日”[1]

伊娃房间里，小雕像和图画罩上了白色的纱巾。里面，只能听到压低了的喘气声和轻轻的脚步声；窗帘落下来，屋子里半明半暗，肃穆的阳光，偷偷地从窗户里照进来。

床铺也点缀成白色，垂着双翼的天使雕像下面，躺着一个入睡的身躯，一个永睡不醒的小姑娘！

她躺在床上，身上裹着生前经常穿戴的那身素白衣裙，玫瑰色的阳光透过窗帘，在死亡般的冰冷上面，洒下一片温暖的光辉。沉重的眼睑轻柔地垂在圣洁的脸庞上，头部略微偏向一侧，仿佛是在自自然然地安眠，然而，脸上每一条肌理纹路，都氤氲出崇高而圣洁的氛围，那种狂喜与安息的氛围。它昭告人们，那绝不是尘世或短暂的睡眠，而是耶和华“必叫他安然睡觉”② 的绵延不断的神圣安息。

亲爱的伊娃，像你这样的孩子根本不会死去！既没有死亡的黑

---

① 此处是约翰·昆·亚当斯在1848年2月21日弥留之际所说的话：“这是世界的末日。我心满意足了。”约翰·昆·亚当斯（John Q. Adams，1767—1848），美国第六届总统。

② 见《旧约·诗篇》第一百二十七章第二节，但有省略。

暗，也没有死亡的阴影，你仿佛金碧辉煌朝霞中的晨星那样，光辉灿烂地消逝了。那属于你的，是兵不血刃赢来的胜利，是没有钩心斗角而赢来的王冠。

圣克莱交叉两臂，站在那里凝视的当儿，心里就想到这一些。啊，谁能说出来他心中想的是什么呢？从他在伊娃死去的房间里，听到人们说“她走了”那一刻起，一切都化为愁云惨雾，变成了一种沉重的而又“依稀朦胧的痛苦”。他听见周围说话的声音，人们问他什么事，他也回答了他们。可是，当人们问他打算什么时候举行葬礼，打算把她葬在什么地方时，他不耐烦了，说他不管这些事。

灵堂是阿道尔夫和罗莎布置起来的。他们平素尽管轻浮、幼稚，性情反复无常，但内里却心肠柔善，很重感情。奥菲丽亚小姐掌管大局，事无巨细，都要有条不紊，干净利索，然而，是他们的双手才使各种布置平添了柔和而富有诗意的点缀。这就从灵堂里驱除了阴森可怕氛围，那种往往成为新英格兰葬仪特征的氛围。

灵堂的架子上依然摆着鲜花。白嫩娇弱而又芬芳馥郁的鲜花，配着低垂的秀美绿叶。伊娃的小桌子上，铺着白色桌布，放着她最喜爱的花瓶，里面单独插了一枝白玫瑰。帷幔的皱折和帘幕的悬挂，都是由阿道尔夫和罗莎，以黑人对匀称简练所特有的欣赏眼光，再三精心安排的。即便是这会儿，圣克莱站在灵堂里沉思的时候，矮小的罗莎又携着一篮白色鲜花，蹑手蹑脚走了进来。望见圣克莱，她后退了一步，毕恭毕敬停下脚步。不过，发现他并没留意到自己时，她又走过去，把鲜花安放在死者四周。圣克莱看到她时，犹如在梦境里一般。只见她把一枝娇艳的栀子花放在伊娃小手里，又以令人钦羡的审美趣味，把其余的鲜花安放在小床的周围。

房门又一次打开来，托普茜两眼哭得红肿，围裙下掖着什么东西，出现在门口。罗莎连忙打了个手势，示意她不要进来，但她仍然朝屋迈了一步。

“你给我出去，”罗莎坚定不移，厉声耳语道，“这里没你的事！”

“啊，就让我进来吧！我带了一枝花来，多么美的花呀！”托普茜举起一枝半开的茶花，“就让我把这枝花放进去吧。”

“给我滚！”罗莎的口吻更加断然。

“别叫她走！”圣克莱突然顿着脚说，“她怎么不能进来？”

罗莎转眼间退了出去，托普茜走上前去，把花放在死者脚头；突然之间，她号啕大哭着，一头栽在床边地板上，放声哭泣呻吟起来。

奥菲丽亚小姐匆忙走进房间，想把她拉起来，不让她出声，可是毫无用处。

“哦，伊娃小姐！哦，伊娃小姐！但愿我也跟你死了才好哩，那才叫好哇！”

托普茜哭得凄凄惨惨，刺人肺腑，圣克莱大理石般蜡白的脸上涨得血红，从伊娃咽气之后，第一次他眼里涌出了泪水。

“起来吧，孩子，”奥菲丽亚小姐语气缓和下来，“快别这么哭啦。伊娃小姐进了天堂，现在成了天使啦。”

“可我见不到她了，”托普茜说，“再也见不到她了！”托普茜又抽咽起来。

有一会儿，他们都默然无语，呆站在那里。

“她说过，她是爱我的，”托普茜说，“她是说过！哎哟哟，我的天哪！现在没人爱我了，谁也不爱我了啊！”

“说得很对呀，”圣克莱说，“不过，你来试一试，”他冲奥菲丽亚小姐说，“看能不能安慰安慰这个苦命的孩子。”

“我只盼着我压根儿没出世就好了，”托普茜说，“我根本不愿来到世上，根本不愿意，到世上来又有啥用处啊。”

奥菲丽亚小姐轻轻地而又坚定地把她拉起来，领她走了出去。然而，在这当儿，她自己眼里也噙着几滴泪珠。

“托普茜，你这个可怜见儿的孩子，”她一边领着托普茜往自己卧房走，一面说，“别丧气吧！我虽说不如可爱的小伊娃，但我能够爱你。我希望从她身上学到一些基督的仁爱。我能爱你的，这没错儿，我要努力帮你长大，变成一个信奉基督的好姑娘。”

奥菲丽亚小姐的语气，比自己说的更意味深长，而最意味深长的，还是流下她面颊的诚挚的泪水。从那一刻起，她对那个孤苦无依的孩子，在心灵上产生了一种此后永不消逝的影响。

“哦，我的伊娃，你逗留在人世的时间虽然短暂，可是却做了那么多好事，”圣克莱心里想，“我自己虚度了这么些年月，又怎样向上帝交割呢？”

一时之间，房间里回响起轻轻的耳语和脚步声，人们一个接着一个，偷偷进来瞻仰死者。不久，一口小棺材抬了进来，葬礼宣告开始。这时，门口来了几辆马车，一些陌生人进来落了座。接着出现了白色披肩和缎带，以及黑纱，还有哭丧人穿的黑色丧服；人们诵读了《圣经》经文，做了祈祷。苟活在人间的圣克莱，踱着步子，挪动着身躯，仿佛一个流尽了全部泪水的人。后来，他眼里只瞥见了一样东西，瞥见了棺材里那只长满金发的小脑袋。再后，他瞥见人们在上面罩上了白布，合上了棺材盖。于是，他被安排着站在别人身旁，跟随人们来到花园尽头的一块小小的地方，伊娃的小小坟墓就设在那里，就设在她往日常常跟汤姆一起交谈、唱歌、诵读《圣经》的长满青苔的石凳近旁。圣克莱站在旁边，茫然朝下望着，眼见小棺材渐放渐低，耳中依稀听到人们肃然说出的话语：“复活在我，生命也在我。信我的人，虽然死了，也必复活。”① 这时，人们开始往墓穴中填土。土填满了，他却没意识到，人们在他眼前掩埋起来的，竟是他的伊娃。

不，事情不是这样的！不是他的伊娃，而只是她那光辉永恒躯壳的脆弱种子。等我主耶稣降临的那天，她一定会以这一形体来到人间！

不久，人们都走了，哭丧人回到了那个再也见不到伊娃的地方。玛丽的房间遮得很暗，她躺在床上，呜咽着，哭号着，遏制不住内心的悲痛，连声呼唤着她的所有仆人，来伺候照料她。仆人们自然没有时间哭泣，再说，她们为什么要哭呢？这悲痛只是玛丽自己的悲痛，而且她深信，世上没有、不可能有、也永不会有什么人，能

---

① 见《新约·约翰福音》第十一章第二十五节。

像她那样悲痛的了。

“圣克莱没有掉过一滴眼泪，”她说，“他根本不同情我。他眼睁睁看着我这样受到折磨，还无情无义，心肠又这么硬，简直不知道是怎么回子事。”

人们在很大程度上说，都是自己眼睛和耳朵的奴隶。因此，对伊娃的死，仆人们当真以为，太太最为悲伤了。特别是玛丽的歇斯底里痉挛开头发作几次，延请了医生，而且，她最后扬言自己快要死了时，仆人们更以为如此。紧接着，大家东奔西跑，拿热水袋的拿热水袋，烘法兰绒衣服的烘衣服，按摩的按摩，忙乱得不亦乐乎，注意力都转到了她的身上。

不过，汤姆内心却有另一番感受，使他更加贴近老爷。不管圣克莱走到哪里，他都若有所思、黯然神伤地跟到哪里。当他看到面色苍白、一言不发的圣克莱干坐在伊娃屋里，眼前捧着她那一小本打开的《圣经》，而又茫然无视其中的一字一句时，在汤姆看来，那双呆板、滞涩、没有泪水的眼睛所流露出来的痛苦，比玛丽的全部呻吟和痛苦，都更为深切。

几天以后，圣克莱全家搬回到了城里。由于悲痛而寝食难安的圣克莱，渴望着换换环境，转移一下自己的思绪。于是，他们告别了那座小小坟墓所在的别墅和花园，回到新奥尔良来。圣克莱匆匆忙忙，穿街走巷，想以奔波忙碌和地方的改变，来填补内心的罅隙。在大街上或是咖啡馆里见到他的人，只是从他礼帽上缀着的黑纱，才得知他失去了亲人。因为，他在这些场合，总是浏览着报纸，有说有笑，不是议论政局，就是洽谈生意，又有谁能够看出，这种笑容可掬的外表，只不过是空虚的躯壳，而在下面掩藏着一颗犹如沉默而黑暗的坟墓般的心呢？

“圣克莱先生这种人生性古怪，”玛丽以抱怨的口吻对奥菲丽亚小姐说，“我以前常常想，在这个世界的人，他如果还爱什么东西的话，那就是我们亲爱的小伊娃了，可谁承想，他就这么轻易地忘了她。我怎么也不能让他谈起伊娃的事。我当初还真当是他比谁都难过哩！”

"人们常跟我说，死水不见底嘛。"奥菲丽亚小姐语带深意。

"哦，我可不信这些话，只是说说罢了。人们心里怎么想，都会显露出来，不这样是不行的。可是，重感情又是一种极大的不幸，但愿我跟圣克莱一样就好了。感情折磨得我好苦哇！"

"定准是这样，太太。圣克莱老爷瘦得像影子一样了。人们说，他啥东西都不肯吃，"玛咪说，"我晓得他没有忘了伊娃小姐，也晓得谁都忘不了她。有福气的小亲亲呀！"玛咪抹着眼泪，说。

"不过，无论怎么说，他从来不体贴我，"玛丽说，"连句同情的话都没跟我说过。他应该明白，当妈妈的总比男人难受得多呀。"

"心里的苦楚，只有自己才知道。"奥菲丽亚小姐说得一本正经。

"我也是这么看的呀。我明白自己的苦楚，别人谁都看不出来。伊娃以前倒是看得出来，可她又走了！"接着，玛丽靠在躺椅上，闷闷不乐地抽咽起来。

玛丽是那种性格令人可叹的人，在她的心目中，无论什么东西，一旦失去不再复还，便具有了它所永远不具备的价值。无论手头有什么东西，她只是一味地吹毛求疵，然而，一旦从身边不见了，却又没完没了地感喟夸赞。

客厅里谈话进行的同时，在圣克莱书房里，也进行着另一场谈话。

一直心神不安地跟随着主人的汤姆，几个钟头之前，见到主人走进书房，等了半天，总不见出来，于是最后决定进去看看。他轻轻走进去，只见圣克莱在书房另一端的躺椅上躺着。他脸朝着下面，眼前不远处摊着伊娃的那本《圣经》。汤姆走上前去，站在沙发旁边，心里颇有犹豫。就在这当儿，圣克莱猛然站了起来。汤姆一张诚实的脸上，满布悲痛，流露出无限的恳求、关心和同情，不由打动了主人的心。他把手放在汤姆手上，额头伏在上面。

"哦，汤姆，我的仆人，整个世界就像鸡蛋壳一样空虚呀。"

"这我明白，老爷，我明白，"汤姆说，"哦，不过，还是盼老爷往上天看看吧，看看亲爱的伊娃小姐所在的地方，看看我主耶稣居住的地方吧。"

“啊，汤姆！我是往上天看来着，可糟糕的是，往上天看的时候，我什么也看不着。但愿能看到，该有多好。”

汤姆沉重地叹了一口气。

“就好像只有儿童和像你这样诚实的苦命人，才能看到我们看不到的东西，”圣克莱说，“这到底是怎么回事？”

“‘你将这些事向聪明、通达人就藏起来，向婴孩就显出来，’”汤姆喃喃背诵道，“父啊，是的，因为你的美意本是如此。”①

“汤姆，我不相信，我无法相信，我已经养成了怀疑的习惯，”圣克莱说，“我想信奉这本《圣经》里的话，可我做不到。”

“亲爱的老爷，请向善良的主祈祷吧。‘主啊，我信奉你，求你助佑我去除不信吧。’”

“人间万象，有谁能彻底悟解呢？”圣克莱眼睛做梦似的扑朔迷离，嘴里自言自语地说，“仁爱和信仰这套美妙的说辞，恐怕只是人类变动不居感情的一种幻想吧？根本没有赖以存在的真正基础，随着短暂的一息，便烟消云散了吧？是不是根本没有伊娃？没有天堂？也没有基督？什么都没有呢？”

“哦，亲爱的老爷，有的！这我清楚，肯定有的，”汤姆两膝跪倒在地上，“老爷，千万、千万要信奉这一点呀！”

“你是怎么知道有什么基督的，汤姆？你从来就没见过主啊。”

“我是用灵魂感受到他的存在的，老爷，现在仍然能感受到他！哦，老爷，我给卖掉，跟老伴和孩子们分别的时候，心肝都快碎了，觉得什么都没有了，可是，善良的主出来支持了我，他说，‘不要害怕，汤姆’，于是，就给一个苦命人的灵魂带来了光明和喜悦，使我内心一片宁静。我非常高兴，我爱所有的人，我愿意做主的奴仆，奉行主的旨意；主让我去哪儿，我就到哪儿去。我知道这样做不是来自我自个儿，因为我好抱怨，是个可怜虫，这样做来自主的支使。我知道主也愿意佑助您的，老爷。”

汤姆说话的时候，泪如泉涌，声音哽咽，时断时续。圣克莱头

---

① 见《新约·马太福音》第十一章第二十五至第二十六节。

靠在汤姆肩头，紧紧攥住那只忠厚而有力的黑手。

“汤姆，你真是爱我呀。”他说。

“要是在眼下这个得到祝福的日子里，能看到老爷变成基督徒，我就是丢了性命也情愿。”

“可怜的傻仆人哪！”圣克莱半支起身子说，“像你那颗善良、诚实的心所给予的爱，我配不上。”

“哦，老爷，不光我爱您，慈悲的耶稣我主也爱您哩。”

“你这是怎么知道的，汤姆？”圣克莱问。

“用灵魂感受到的，老爷！‘基督的爱不是凡人所能测度的’①。”

“真是不可思议！”圣克莱转过脸去，说，“一个生活在一千八百年前的人的事迹，竟然现在还能牵动人心。不过，他绝不是常人，”他又突然补充道，“没有一个人能有这么持久的活生生的力量！哦，我是多么想信奉母亲的教导，能像小时候那样祈祷呀！”

“麻烦一下，老爷，”汤姆说，“伊娃小姐以前念这一章念得真好听。请老爷也给我念念吧。现在，伊娃小姐去了，很难找到人念了。”

这是《约翰福音》第十一章，讲的是拉撒路起死回生的动人故事。圣克莱高声诵读着，常常停下来，把那个哀婉故事所唤起的感情按捺下去。汤姆双手合十跪在他面前，平静而兴趣盎然的脸上，洋溢着慈爱、信赖和崇敬。

“汤姆，”主人说，“这些对你都是真的喽！”

“我看得清清楚楚，老爷。”汤姆回答。

“我真希望自己有你那样的眼睛，汤姆。”

“我也希望，亲爱的主给你这样的眼睛！”

“可是，汤姆，你知道我的知识比你丰富得多，如果我对你说，我不相信这种《圣经》，又怎么样呢？”

“哦，老爷！”汤姆说，同时扬起手来，打了一个不敢苟同的手势。

---

① 见《新约·以弗所书》第三章第十九节。

“不会动摇你的信仰吗，汤姆？”

“一点儿都不会。”汤姆说。

“喏，汤姆，你想必清楚，我懂的东西很多很多。”

“哦，老爷，你不是刚才念过，他将这些事向聪明、通达的人就藏起来，向婴孩就显现出来吗？所以说，老爷眼前说的话，自然不是当真的吧？”汤姆焦虑不安。

“不，汤姆，不是当真的。我并不是不相信，也觉得有理由相信，可还是信不起来。我这个坏习惯很讨厌，汤姆。”

“老爷只要祈祷祈祷就没事了！”

“你怎么知道我不祈祷呢，汤姆？”

“老爷祈祷吗？”

“汤姆，要是我祈祷的时候有人听，我就祈祷；可是，我祈祷时，总是对着空无一人说话。噢，来，汤姆，你祈祷祈祷，让我看看。”

汤姆心潮澎湃，仿佛长期壅塞的滚滚流水奔腾倾泻进了他的祈祷之中。显而易见，汤姆认为有人在听他祈祷，而无论到底是有还是无。事实上，圣克莱觉得自己也给他那信仰和感情的浪潮漂浮起来，一直漂到汤姆似乎看得清晰逼真的天堂大门口，仿佛使自己离伊娃更近了。

“谢谢你，我的仆人，”圣克莱等汤姆站起来后说，“我喜欢听你讲话，汤姆。不过，现在你去吧，让我自己待一会儿，以后再找时间谈吧。”

汤姆默默无言地离开了书房。

第二十八章　团圆

圣克莱氏的府宅上，光阴一周又一周地悄悄逝去了。那叶方舟覆没于其中的生活浪涛，恢复了往昔的静静流淌。冷酷无情而又索然寡味的日常现实生活的轨迹，依然向前推移着，那么傲慢，那么冷漠，而又那么全然无视人们的感情！然而，人们仍然必须吃喝、入睡和醒来，仍然必须买卖、问答、讨价还价。总而言之，尽管生活趣味已经完全消逝，人们还得追求那千般万种依稀朦胧的希冀；尽管生活的巨大乐趣化归乌有，人们仍然习惯地过着那种麻木不仁、刻板机械的生活。

原来，于无知无觉中，圣克莱一生的全部兴趣和希望，已完全萦绕于女儿身上了。为了伊娃，他经管自己的财产；为了伊娃，他计划安排自己的时间，他做这做那，都是为了伊娃。给她买些什么东西，给她房间做些什么改进、改变、安排或布置，长期以来成了他的生活习惯，而现在她走了，又仿佛没什么可想，没什么可做了。

诚然，还存在着另外一种生活。这种生活，一旦信奉了它，就会在否则毫无意义的时间密码面前，显现出富有意义的庄严本相，把这些密码化为神秘而宝贵的秩序。圣克莱十分清楚这一点。他常常在对人生感到厌倦的时刻，听到那纤细、稚气的声音，召唤他到天上去，瞥见那只小手为他指点人生迷津。然而，痛悼带来的懒散的重负压在他身上，他无法站立起来。在他的天性当中，有一种能使他从自己的见识和本能出发，来理解事务，而这种理解，比起许多平平庸庸、讲求实际的基督徒来，更为深刻，更为清晰。对于道德伦理的细微差别和深奥关系的领悟天赋和感受能力，往往是那些毕生对此漠然置之人们的特征所在。因此，穆尔①、拜伦②和歌德③等人，在描述真诚宗教情感时所说过的话，往往比终生受其支配的人流露出更多的智慧。在他们心目当中，无视宗教是更可怕的叛变行为，是更为十恶不赦的罪孽。

圣克莱从不矫情，认为自己受到了什么宗教义务的约束。他品格细腻精微，对基督教义的要求，有一种出自本能而又深刻的理解。因此，他具有先见之明，避免去做受到自己良心谴责的事情，这样，万一他决心满足这些要求时，自己心里就会坦然无愧。人类的本性是多么自相矛盾，尤其在信仰方面，更是如此，甚至认为与其承担某种义务而失败，毋宁干脆不去承担。

然而，从许多方面看，圣克莱仍然像变成了另外一个人。他认真、诚恳地诵读小伊娃的《圣经》，更加清醒、更加切合实际地思考自己同奴仆的关系。这都足以使他对自己过去和现在的生活历程极不满意。回到新奥尔良之后不久，他便着手解决汤姆获得自由的问题，采取必要的法律步骤，一等履行了必需的手续，事情便可告完成。与此同时，他对汤姆的依恋，也与日加深。茫茫世界上，除了汤姆，没有任何东西能够使他那么频繁地想起伊娃来。他总是坚持要他时刻待在自己身边，虽然人们难以迎合和触及他内心深处的感情，对于汤姆，他却几乎是高声倾诉了。任何人望见汤姆一刻不离年轻主人，脸上又流露出慈爱和忠心的表情，都丝毫不会奇怪的。

“喏，汤姆，”圣克莱在为他的解放着手履行法律手续的第二天说，“我想让你成为一个自由人了，你收拾一下箱子，准备动身回肯

① 穆尔（Thomas Moore，1779—1852），爱尔兰诗人和无神论者。
② 拜伦（George G. Byron，1788—1824），英国诗人和无神论者。
③ 歌德（Goethe，1749—1832），德国诗人和无神论者。

塔基去吧。”

汤姆脸上突然闪耀出喜悦的光彩，一边向上天扬起双手，一边加重语气地说了声：“感谢我主!”这使圣克莱颇为不满，不愿意看到汤姆这么高兴离开他。

“你在我这里日子过得还不错吧，用得着这样欢天喜地吗，汤姆?”他声音干涩地问。

“不，不，老爷！不是这么回事，是我要当自由人！我是为了这个高兴。”

“那么，汤姆，在你来说，你不觉得在这里比得到自由日子更好过吗?”

“不，确实不，圣克莱老爷，”汤姆精神焕发，“不，确实不。”

“我说，汤姆，凭着干活，你是不可能挣到我给的这些衣服，我让你过的舒服日子的。”

“这些我全明白，圣克莱老爷。老爷对我一向很好，可是，老爷，我宁可穿破衣服，住破房子，宁可样样破破烂烂，可样样都是我自个儿的，也不愿意样样顶好，可都是人家的。我宁可这样，老爷，我寻思着这是常理，老爷。”

“也许是这样，汤姆。这样，一个多月以后，你就要动身离开我了，”他颇为不悦地补充道，“可是，有谁说得清楚，你不该离开我哪。”他的语气欢快了一些，于是，站起身在屋里走动着。

“老爷遇上不顺心的事，我是不会走的，”汤姆说，“老爷想让我跟他在一起待多久，就待多久，也好有个照应。”

“我遇上不顺心的事，你就不走，汤姆?”圣克莱凄然望着窗外……“可是，我什么时候才能顺心呢?”

“等到圣克莱老爷成了基督徒就顺心了。”汤姆说。

“那么说，你当真想等到那一天了?”圣克莱微微一笑，从窗户那边转过身把手搭在汤姆肩头，“啊，汤姆，你这个心肠柔顺的傻人儿哪！我不会让你等到那一天的。回家到你老婆孩子身边去吧，替我向他们问好。”

“我相信这一天终会到来的，”汤姆眼里噙着泪水，诚恳地说，

“主还给老爷安排了使命哪。”

“使命，嗯?”圣克莱说，“那好，汤姆，你看是怎样的使命，说说给我听。”

“噢，像我这样的苦命人也还有主的使命哪，圣克莱老爷有学问、有家产又有朋友，他能为主干多少事啊!”

“汤姆，照你看来，需要替主做好多事情呀。”圣克莱微笑起来。

“我们替主的儿女做事，就是替主做事啊!”汤姆说。

“这种神学真妙，汤姆。我敢说，比B博士的传道还要妙。”圣克莱说。

这时，仆人传话说，来了几位客人，谈话也就随之告一段落。

对于伊娃的死，玛丽·圣克莱的悲痛极为深切。她是那种自己感到痛苦，也有巨大能力使人人都与她一起痛苦的女人，因此，她的贴身女仆就更有理由，为失去幼年女主人伊娃感到惋惜。她那讨人喜欢的举止，她那委婉的阻拦，往往是女仆们的一面挡箭牌，阻挡住了她母亲对她们的专横跋扈、自私自利的苛求。特别是可怜的玛咪，由于割断了与自己家庭的血缘纽带的联系，一向把这个美丽的小生命当作心中的安慰。而如今，她心肝俱裂，日夜哭泣，过分的悲伤，使她侍奉起太太来，不如以往那样得心应手和聪明机敏，因此，无人庇护的她，屡屡遭到暴风骤雨般的诟骂。

奥菲丽亚小姐也感受到了这种损失，但在她那善良、诚挚的心里，这种损失却结出了永恒生命的硕果。她比以往更加和蔼和温善，虽然勤勉尽责一仍其旧，却流露纯净和安详，仿佛一个人在内心权衡之后，颇有收益似的。她更为勤奋地培育托普茜，主要是以《圣经》来加以诱导。不再害怕碰到她身上，或者表现出难以抑制的厌恶，因为心里觉不到一丝厌恶了。现在，她以伊娃第一次在自己眼前使用过的那种温和手段，来看待托普茜，只是把她视为一个具有永恒生命的人，上帝送来由她带领着走向荣耀与美德的人。自然，托普茜并没有立刻变成圣哲，但伊娃的生与死却使她发生了显而易见的变化。那变化，那种冷淡漠然不见了，代之而来的是，她现在有了情感、希望、追求，以及向善的努力。虽说这种努力还不经常，而且往往时断时续，但中断之后仍然能够重新开始。

一天，奥菲丽亚小姐派人去叫托普茜，她慌里慌张过来时，正往怀里揣着一件东西。

“你在干什么，你这个调皮鬼？我定准你是偷了什么东西。”奥菲丽亚小姐派去叫她的专横矮小的罗莎说，同时，狠狠地一把抓住了她的胳膊。

“去你的吧，罗莎小姐！”托普茜挣脱出来说，“这压根儿不关你的事！”

“你给我老实点儿！”罗莎说，“我看见你藏什么东西来着，我知道你那些鬼花活。”罗莎又抓住了她的胳膊，硬要朝她怀里伸手，托普茜这下恼怒了，又踢又打，认为是在为争取她所谓的权利而英勇拼搏。这场争斗的喧嚣和纷攘，使奥菲丽亚小姐和圣克莱两人来到现场。

“她偷东西来着！”罗莎说。

“我没有，没有！”托普茜气得呜呜咽咽，大声嚷道。

“不管是什么东西，都给我拿出来！”奥菲丽亚小姐断然说。

托普茜犹豫着，听到第二次命令，才从怀里掏出用她自己旧长筒袜脚缝成的一个小布袋。

奥菲丽亚小姐把布袋里的东西倒了出来。其中有一个伊娃给她的小本子，里面按一年每天的顺序抄写着一段《圣经》经文，另外还有一个纸包，里面包着伊娃在向大家告别的那难忘的一天里，赠给托普茜的一绺头发。

见此光景，圣克莱不由大受感动。那个小本子裹在从丧服上撕下来的一块黑纱里面。

“你为什么用这个裹住本子呢？”圣克莱捡起黑纱，说。

“因……因……因为这就是伊娃小姐。哦，千万别把它们拿走，求求您啦！”托普茜说着一屁股坐在地上，用围裙捂住脑袋，放声大哭起来。

这可真是一桩既可怜又好笑的怪事：小小的旧长筒袜、黑纱、抄经文的本子，还有一绺美丽、柔滑的鬈发，以及托普茜那副极度沮丧的神情。圣克莱微笑起来，但眼里却噙着泪水，说：

“得啦，得啦，别哭啦，这些东西会给你的！”然后，他把东西放在一起，丢到托普茜膝头，便拉着奥菲丽亚小姐往客厅走去。

“我看你当真能把这个小东西教育成人，”他用大拇指朝肩膀后面指了指，说，“凡是能替人真正感到悲伤的人，就都能变好。你得试一试，替她做件好事。”

“这孩子近来大有长进，”奥菲丽亚小姐说，“我对她寄托着很大的希望哩。不过，圣克莱，”她把手搭在他胳膊上说，“有一件事我想问一问，这孩子将来归谁？是归你呢，还是归我？”

“怎么，我不是已经把她给了你嘛。”圣克莱说。

“可没有履行法律手续。我想按法律把她归在我的名下。”奥菲丽亚小姐说。

“哎哟！堂姐，”圣克莱说，“这样，废奴协会会怎么看呢？如果你成了奴隶主的话，他们会因你这种倒退行为，指定一天来绝食的！”

“哎，别胡扯了！我让她归到我的名下，是因为我可以有权利把她带到北方自由州去，给她自由。这样我就不会白白花费心血了。”

“哦，堂姐，这种‘作恶以成善’① 的想法太荒唐了！我可不能纵容你。”

“我不想跟你开玩笑，只是让你考虑一下其中的道理。”奥菲丽亚小姐说，“除非我把这孩子从一切奴隶制度下的逆境和厄运中解救出来，否则的话，我就是费力使她成为基督徒，又有什么用？所以，你要是愿意让她归我所有，那你就给我写一张赠书或者什么法律证明。”

“好的，好的，”圣克莱说，“我一定写。”接着，他坐下来，翻开报纸看起报来。

“可我要你现在就办。”奥菲丽亚小姐说。

“忙什么？”

---

① 见《新约·罗马书》第三章第八节。

“因为，现在说到就得办到嘛，”奥菲丽亚小姐说，“喏，来吧，这里有纸、笔和墨水，你写个证明就成。”

一般说来，圣克莱像大多数他这样的胸怀的人一样，对立即采取行动，由衷地感到恼恨。因此，奥菲丽亚小姐的干脆利索使他颇为不悦。

“哎，你这是怎么啦？”他说，“难道你不相信我的话？你这样逼迫人家，人家还当是你跟犹太人学过徒哪！”

“我想把这件事落实了，”奥菲丽亚小姐说，“要是万一你有个好歹，或是破了产，托普茜就会给人轰出去拍卖，那我就没有办法了。”

“你看得还真长远。那好吧，既然落在了北方佬手心里，除了乖乖听命，还能怎样哩。”圣克莱很快起草了一纸赠与证书，末尾用草体大写字母签了名，名字最后一个字母是花体。由于他精通法律文书格式，写来全不费功夫。

“你看，现在黑字不是落到白纸上了吗，从佛蒙特来的小姐？”他把证书递给她时说。

“我的好堂弟，”奥菲丽亚小姐面带笑意说，“要不要找个证人？”

“咳，可真烦人！找吧，喏，”他推开了通向玛丽房间的门，“玛丽，堂姐要你的亲笔签名，你把名字签到这下面好了。”

“这是什么？”玛丽一边浏览证书，一边问，“简直是荒唐！我还当是堂姐与人为善，不待见这类事情，”说着，心不在焉地写下了自己的名字，“不过，堂姐要是喜欢这件东西，随便拿去好了。”

“喏，你瞧，她连灵魂带肉体都归你了。”圣克莱把证书递给她，说。

“无论是以前，还是现在，她都不归我，”奥菲丽亚小姐说，“除非上帝，谁都没权利把她给我，不过，我现在可以保护她了。”

“那么，她现在通过法律的障眼法，属于你了。”圣克莱转身回到客厅，坐下来继续看报。

很少跟玛丽待在一起的奥菲丽亚小姐，小心翼翼地放好证书，然后也跟着他来到客厅里。

“圣克莱，”她坐下来，织着毛线突然问，“万一你死了，你给仆人们做过什么准备吗?”

“没有。”圣克莱说着，一面继续看报。

“那么说，你现在一味纵容迁就他们，到头来可能是件残忍的事情。”

圣克莱自己也常常考虑到这件事情，可是，他依然草率地答道：“是啊，我想往后做点准备。”

“什么时候?”奥菲丽亚小姐问。

“哦，就是这几天。”

“你如果先死了怎么办?”

“堂姐，你这是怎么啦?”圣克莱放下报纸，望着她，“你这么着急替我安排死后的事，你是看出来我有黄热病或者霍乱的症状吧?”

“‘人生在世，随时都在死亡之中。’”① 奥菲丽亚小姐说。

圣克莱站起身，丢掉报纸，心不在焉地走到通往走廊洞开的门口，想以此结束这场令他不快的谈话。他机械地重复着“死亡”这两个字。他斜倚着栏杆，眺望着喷泉中时起时落的闪光熠熠的水柱，仿佛透过依稀朦胧的雾气，瞥见了庭院里花草树木和盆景。他又一次重复起那个人人耳熟能详，而又具有令人十分恐怖力量的字眼“死亡!”简直不可思议，世上竟然会有这样一个字眼，他自言自语：“就这么一回事。而我们又常常把它忘掉。今天人们活着，觉得温暖、美好，充满了希望、需要和追求，而明天就会走了，完全彻底地永远化归乌有了!”

这是一个天气温暖金光万道的傍晚。他踱到走廊的一头，只见汤姆用手指头一个接一个地指着上面的字眼，正全神贯注地忙着念《圣经》，一面真诚地喃喃着，读给自己听。

“要我念给你听吗，汤姆?”圣克莱说着，随随便便地在他身边坐下来。

---

① 见英国国教《祈祷书》葬仪祷告文。

“要是老爷高兴，那敢情好，”汤姆十分感激，“老爷念得总是明白多了。”

圣克莱接过《圣经》，瞟了一眼汤姆念到的地方，于是开口念起汤姆用粗笔标出的那一段来。经文是这样的：

“当人们在他荣耀里，同着众天使降临的时候，要坐在他荣耀的宝座上。万民都要聚集在他面前。他要把他们分别出来，好像牧羊的分别绵羊、山羊一般。”① 圣克莱念得有声有色，一直念到最后一节：

“王又要向那左边的说：‘你们这些被诅咒的人，离开我，进入那为魔鬼和他的使者所预备的水火里去！因为我饿了，你们不给我吃；我渴了，你们不给我喝；我做旅客，你们不留住我；我赤身裸体，你们不给我穿；我病了，我在监狱里，你们不来看顾我。’他们也要回答说：‘主啊，我们什么时候见你饿了，或渴了，或做旅客，或赤身裸体，或病了，或在监里，不伺候你呢？’王要回答说：‘这些事你们既不作在我这兄弟中一个最小的身上，就是不作在我身上了。’”②

后面这段经文似乎打动了圣克莱，因此一连念了两遍，第二遍念得很慢，仿佛在心里琢磨着这些话的含义。

“汤姆，”他说，“这些人受到这么严厉的折磨，就好像跟我一样：过着养尊处优的体面生活，从不关心他们，打听打听他们有多少兄弟饿了、渴了、病了，或是在监狱里。”

汤姆没有应声。圣克莱站起身，若有所思地来回在走廊里踱着步子，仿佛忘记了自己的思绪。他是那样专注，吃茶点的铃声响了，汤姆提醒了两次，他才有所觉察。

吃茶点的时候，圣克莱一直心不在焉，沉浸在自己的思绪之中。茶点过后，他、玛丽和奥菲丽亚小姐几乎一言不发地走进客厅。

玛丽倒在罩着丝织蚊帐的躺椅上，立即酣然大睡起来。奥菲丽

---

① 见《新约·马太福音》第二十五章第三十一至第三十二节。

② 见《新约·马太福音》第二十五章第四十一至第四十五节。

亚小姐默默地忙着打毛线活。圣克莱坐在钢琴前面，弹奏着一支有低音伴奏的柔和而忧郁的曲子。他似乎沉浸于深沉的梦幻，正在用音乐对自己独自说着话。过了一小会儿，他打开一只抽屉，拿出一本纸张发黄的乐谱，翻阅起来。

“喏，”他对奥菲丽亚小姐说，“这是我母亲的一本乐谱，是她亲自抄写的。你来看看，是仿照莫扎特①的《安魂曲》整理抄写的。”奥菲丽亚小姐随即走了过去。

“这是她经常唱的曲子，”圣克莱说，“我现在都能听见她唱歌声音。”

他弹了几节庄严的和弦，接着唱起了那首宏丽的古拉丁文的《最后审判日》的曲子。

正在外面走廊上谛听的汤姆，这时，也被歌声吸引到门口来，一本正经地站在那里。他自然不明白歌词的含义，但那曲调和圣克莱唱歌时的神情，却深深感染了他，特别是圣克莱唱到悲伤时，他更是如此。倘若汤姆懂得那美妙歌词的意思，就更会一往情深地引起他的共鸣：

你忍受尘世的轻蔑和背叛，
哦，耶稣，这究竟为了哪般？
你不抛弃我，即使岁月黑暗；
你匆匆忙忙的双脚已经磨破，
灵魂上了十字架，为的是寻找我，
但愿不要辜负了你的辛苦劳作。

圣克莱把深沉哀婉的情绪灌入到了歌词里。经年岁月的重重幕布已经揭开，他似乎又听到母亲的声音在带着他歌唱。歌声和钢琴声两者仿佛获得了生命，带着同情生动地烘托出了乐曲的感伤。而最初，这却是性情灵动的莫扎特为自己死后所谱的安魂曲。

---

① 莫扎特（W. A. Mozart，1756—1791），奥地利作曲家。

圣克莱唱完，用手扶着头，在钢琴前面坐了一会儿，然后站起身在地板上来回踱起步来。

“最后的审判是一种多么崇高的见解！”他说，“世代以来的一切冤屈都得到了昭雪！一切道德问题，都以一种无可辩驳的智慧得到了解决！这的确是一幅神奇的景象！”

“这对我们来说，简直是一幅可怕景象。”奥菲丽亚小姐说。

“我看对我应该是这样，”圣克莱停下来沉思了一会儿，“今天下午，我给汤姆念的《马太福音》那一章，解释了最后审判的事，受到很大震动。人们都以为那些不能进天堂的人，是由于犯下了什么大罪，其实不是这样。那遭受到天谴的是因为没有积德，这似乎把一切可能有害的行为，都包括进去了。”

“也许，”奥菲丽亚小姐说，“不行善的人不可能不做有害的事。”

“要是有的人自己的良心和所受的教育，以及社会的需要，都召唤他去树立一个高尚的目标，他没有树立；要是在他能够干一番事业时，他只是从人类挣扎、痛苦和受欺凌中游离出来，变成了旁观者，”圣克莱心不在焉却又充满深情地说，“这样的人，应该怎样看待呢？”

“那我要说，”奥菲丽亚小姐说，“他就该立即悔过自新。”

“你总是讲求实际，说到点子上！”圣克莱的脸上绽出了微笑，“你从来不给我时间，让我全盘考虑考虑，总是一下子让我碰到现实问题。你所想的是一种永远的现在。”

“只有现在才跟我有关系。”奥菲丽亚小姐说。

“亲爱的小伊娃，我可怜的孩子！”圣克莱说，“她那颗纯朴的心灵，曾经让我向善来着。”

自从伊娃死后，圣克莱还是第一次说到她。这会儿，他说话时，显然是抑制着强烈的感情。

“我对基督教的看法是，”他又说，“我认为，一个人如果不竭尽全力，来反对这个成为我们整个社会基础的可怕的不公正制度，必要时甚至不惜牺牲生命的话，那他就不是一贯笃信基督教。我的意思是说，我当然接触过不少的开明基督徒，他们根本没有这么做过。坦白地说，笃信宗教的人们在这个问题上的麻木不仁，他们对令我毛骨悚然罪行的置若罔闻，比任何其他因素，更使我对基督教产生了怀疑。”

“你既然明白这一切，”奥菲丽亚小姐问，“那你为什么不去做呢？”

“哦，因为我的那份仁慈，只是躺在沙发上，诅咒教会和传教士没有殉道和忏悔的精神罢了。你明白，看清楚别人应该殉道什么的，是很容易的。”

“那么，你现在是不是要改变做法呢？”奥菲丽亚小姐问。

“往后的事，只有上帝知道了，”圣克莱说，“我现在比过去胆子大了，因为我失去了一切，一无所有的人什么危险都是敢冒的。”

“你打算怎么办？”

“我希望，一旦搞清了我的职责，我就去履行，”圣克莱说，“首先从我自己的仆人做起，对于他们，我至今什么都没做过。将来有一天，我也许可以为这个奴隶阶级尽些力量，拯救我的国家免于耻辱，免于她目前以虚伪姿态立于文明民族之林所带来的耻辱。”

“一个民族竟然能自动解放奴隶，你认为这可能吗？”奥菲丽亚问。

“这我不知道，”圣克莱说，“这是一个出现伟大奇迹的时代。英雄主义和公平无私，正在世界各处兴起。匈牙利的贵族，以巨额的金钱损失为代价，解放了千百万农奴。也许在我们中间，会出现不以金钱衡量正义和荣誉的慷慨人物。”

“这我很难想象得出。”奥菲丽亚小姐说。

“即使我们明天就起来解放这千百万的奴隶，谁又愿意去教导他们，指点他们怎样运用自由权利呢？在我们这里，奴隶们永远振作不起来，以便有所作为。实际情况是，我们自己十分懒惰、讲究实际，不愿意向他们灌输做人所必不可少的蓬勃勤奋的观念。他们必须到劳动成为风尚、成为普遍习惯的北方去。现在请告诉我，在你们北方各州，是不是有基督的博爱精神，足以容忍他们受到教育、得到提高这一过程呢？你们一掷千金，给在外国的传教团，可是，你们能容忍把异教徒送到你们的城镇和乡村去吗？愿意花费脑力、金钱和时间，把他们提高到基督徒的水平吗？这就是我想弄明白的事。如果我们解放了奴隶，你们愿意教育他们吗？在你们城里，又有多少家庭愿意接纳黑种男人和女人，教育他们，容忍他们，设法让他们皈依基督呢？如果我想叫阿道尔夫当个店员，有多少商人愿意雇用他？再不然，如果我愿意让他学门手艺，又有多少师傅愿意收他这个徒弟呢？如果我想让琴恩和罗莎上学，在你们北方各州那里，有多少学校愿意录取她们呢？有多少家庭愿意给她们安排住房呢？而不论在南方，还是在北方，她们的肤色跟不少白人都差不许多。你看，堂姐，我只是要求对我们公正一些。我们处境很糟糕，我们对黑人的压迫更明显一点，可是，北方那种违背基督精神的偏见，几乎同样是一种严酷的压迫啊。”

“嗯，堂弟，我明白情况是这样的，”奥菲丽亚小姐说，“我明白自己过去就是这样，后来我懂得了我有义务去克服这种偏见，但我相信自己已经克服了。而且我明白，在北方也有不少好人，他们在这个问题上，只需人们指点出他们的职责，就会身体力行的。自然，在我们家里收留异教徒，比起派遣传教士到他们中间去，需要做出更大的自我牺牲，但我相信我们还是做得到的。”

“你做得到，这我相信，”圣克莱说，“只要你认为是职责范围内的事，我倒认为你都能做得到！”

“嗯，我也不是不同寻常的好人，”奥菲丽亚小姐说，“别的人只要跟我看法一样，也都做得到。我打算离开这儿的时候，把托普茜带回家去。我相信家里人起初一定感到不解，不过，我相信他们会跟我取得一致见解的。再说，我也知道，在北方有不少的作为，正如你所说的那样。”

“是啊，不过到底是少数。如果我们着手大规模解放奴隶，我相信不久就会听到你们的反应。”

奥菲丽亚小姐没有答话。短暂停顿之后，圣克莱脸上愁云密布，露出了梦幻似的表情。

“不知怎么回事，今天夜里老是想起我母亲来，”他说，“有一种奇怪的感觉，仿佛她就在我身边似的，让我一个劲儿地回想起她往日常常说的话。真奇怪呀，是什么东西，让我们有时这么生动地回忆起往事哪！”

圣克莱又在房间里溜达了一会儿，然后说：

“我想到街上走走，听听今天夜里有什么消息。”

他拿起礼帽，走了出去。

汤姆跟随他走到院子外的通道上，问自己是不是随侍出去。

“不必了，我的仆人，”圣克莱说，“我过一个钟头就回来。”

汤姆在走廊里坐下来。夜里，月光皎洁，汤姆望着喷泉时起时落的水花，听着淙淙的水声，心里不由想起了家，想到自己即将成为自由人，想回家就能回到家里去。还想到，他应该怎样干活，好赎回妻子儿女。当想到那双手不久就会听由自己支配，可以干活赎回全家自由时，他喜悦地摸了摸自己强壮胳膊上的肌肉。然后想到了自己高尚的年轻主人，一想到他，便总是习惯成自然地为他祈祷。接着，他的思绪又飘到美丽的伊娃身上。他相信，她现在跟天使们在一起了。这样想着想着，仿佛感到，容光焕发、头发金黄的她，正在喷泉涌出的水花中向他眺望。后来，他进入了梦乡，梦见伊娃像以往那样，蹦蹦跳跳，朝他奔过来。她头发上戴着茉莉花环，脸上露出喜悦，眼睛兴奋得闪闪发光。再定睛细看，她又仿佛从地下升起来似的，脸颊比以往苍白，眼里射出深沉而圣洁的光辉，头上仿佛罩着一个金黄色光环。接着，从眼前消逝了，笃笃的敲门声和大门外的人声鼎沸，把汤姆惊醒了。

他匆忙打开大门，只见几个人压低了声音，脚步沉重地用百叶窗抬进一个人来，上面裹着斗篷。灯光照在那人脸上，汤姆不由一阵震惊和绝望，大声狂叫起来。狂叫声在各处走廊回响着，那几个人抬着百叶窗朝客厅门口走去，客厅的门敞开着，奥菲丽亚小姐还坐在里面织着毛线。

圣克莱方才走进一家咖啡馆，想去看看晚报。他看报的当儿，里面两个喝得半醉的男人打起架来。圣克莱和另外一两个人，想把他们两人拉开。不料，两人中有一个持一把猎刀，圣克莱正想夺过来，肋部却挨了致命的一刀。

全家上下，一片痛哭哀号，哭叫之声到处可闻。仆人们有的疯狂地撕扯自己头发，有的在地上打滚，还有的悲痛恸哭，疯疯癫癫到处乱窜。只有汤姆和奥菲丽亚小姐心里显得稍微镇静一点，玛丽则歇斯底里大发作似的全身痉挛。在奥菲丽亚小姐的吩咐下，人们连忙准备了一张躺椅，把血流不止的圣克莱抬到上边。由于疼和失血，圣克莱已经昏厥过去。但是，经过奥菲丽亚小姐使用补剂之后，他才苏醒过来。他睁开眼睛，死盯盯望着他们，然后又诚挚地望着客厅四周，眼光游移不定，怀念地望着每一样东西，最后落在他母亲的画像上面。

这时，医生进来做了检查。从他脸上的神情可以看出，已经没有了任何希望，可是，他仍然自己为他包扎伤口。他、奥菲丽亚小姐和汤姆从容不迫地包扎着，周围是惊慌仆人们的一片哭泣、抽咽和哭叫。这时，他们已经聚集在走廊门口和窗子旁边。

“现在，”医生说，“必须叫这些人统统出去。能不能复原，全靠保持安静了。”

圣克莱睁开眼睛，目不转睛地望着那些不幸的黑人。这时，医生和奥菲丽亚小姐正在极力催促他们走开。“苦命的人们!”圣克莱说着，脸上掠过了一丝痛苦的自责自谴的表情。阿道尔夫硬是不愿意离开。恐惧吓得他失去了理智，他一骨碌躺在地上，谁劝他都不肯起来。其余的仆人听了奥菲丽亚小姐催促他们的解释，明白自己主人的安危，取决于他们保持安静和听从吩咐与否，都顺从地离开了客厅。

圣克莱已经几乎不能说话，只是闭着眼睛躺在那里。然而，显而易见，他在为痛苦的思绪困扰着。过了一会儿，他用手搭在跪在他旁边的汤姆的手上，说：“汤姆，你这个苦命的人!”

“你说什么，老爷?”汤姆恳切地问。

“我快不行了，”圣克莱扶着汤姆的手说，“祈祷吧。”

“要是你想请牧师——”医生说。

圣克莱连忙摇摇头，又一次更加恳切地对汤姆说：“祈祷吧!”

汤姆全身心地为即将超度的灵魂祈祷起来。那灵魂仿佛透过抑郁的蓝色大眼睛，正在惨然而镇定地望着汤姆。这完全是一种伴着大哭与眼泪所奉献出来的祈祷。

汤姆祈祷过后，圣克莱伸出胳膊，抓住汤姆的手，挚爱地望着他，然而什么话都没有说出来。他闭上了眼睛，仍然抓着汤姆的手，因为，在永恒天国的大门内，黑人的手和白人的手，是平等地握在一起的。他轻轻地喃喃自语，时断时续：

> 哦，耶稣……
> 你不抛弃我，即使岁月阴暗；
> 你匆匆忙忙的双脚已经磨破，
> ……为的是寻找我。

显然，那天傍晚他唱过的歌词，正在他心灵里回旋。这是对大慈大悲上帝祈求的话语。他嘴唇断断续续嚅动着，破碎的部分赞美歌词从他嘴里吐出来。

“他神志恍惚了。”医生说。

“不!是我终于到家了!”圣克莱强打精神说，“到家!终于到家了!”

费劲说出来的话，使他全身没了一点力气。渐渐袭来的死亡的灰白色，笼罩在他脸上，但是，随之而来的，却是宛如从慈悲天使双翼下，氤氲出来的一种美妙的宁静神情，犹如疲惫孩子酣睡时候的表情。

他这样躺了一会儿，之后，大家才明白死神的有力胳膊已经挽住了他。在灵魂超度之际，他突然睁开眼睛，闪烁出喜悦和识辨出来的光芒，叫了一声“母亲!”便溘然长逝了。

第二十九章　没有保障的人们

我们常常听说，黑人奴隶由于失去了仁慈的主人而伤心沮丧，这完全可以理解。因为，在上帝创造的这个世界上，再也没有比遭到这种变故的奴隶更毫无保障和孤苦伶仃的了。

死了父亲的孩子，仍然有亲友和法律的保障。他还是个人，能够有所作为，还有公认的权利和地位，而奴隶什么都没有。无论从哪个方面看，法律都把他看作一包没有任何权利的商品。他是一个灵魂永生的人，但所赋予他的一切希冀和需求，却只有通过主人那至高无上、不负责任的意志，才能得到认可，而一旦主人亡故，那就一切都不复存在了。

知道仁慈、宽厚地运用这种不负责任的权力的人，寥寥无几。这是人人都清楚的事，而黑人则最为清楚。他们知道，遇上专横跋扈主人的机会，十次中总有九次，遇上善良体恤主人的机会，十次中不足一次。因此，对于善良主人的痛悼既深且长，是极为自然的。

圣克莱吐出最后一息时，全家大小无不恐惧惊愕。他被命运击倒，太过突然，还正当他处于年轻力壮、前程似锦的时候！家中，每一个房间里和每一处走廊上，都回荡着绝望的饮泣和厉声的哭叫。

长期任情纵性而神经系统衰弱的玛丽，根本无法经受住这次可怕的打击；丈夫最后咽气的时候她一次又一次地昏厥过去。神秘的婚姻纽带把他们结合在一起的丈夫，甚至没有机会道句惜别的话语，便与她永诀了。

奥菲丽亚小姐性格特别坚强而富有自制能力，一直守候在堂弟身旁。她目不旁视，心无旁骛，尽心尽责，尽到了可能尽的点滴人事。当可怜的汤姆倾其全力，为濒死主人的亡灵祈祷的时候，她也全身心地跟着一起做了温柔而感人的祈祷。

张罗圣克莱最后安息的事宜时，他们在他胸前发现了一个弹簧开关的朴素的小像盒，正面是一个高贵、美丽的妇人肖像，背面的水晶片下，夹着一绺黑发。他们又把盒子放回到那没有生机的胸膛上。由泥土中来，再回到泥土中去。这些早年梦幻中令人忧伤的遗物，曾经使如今冰冷的心，充满了多少温暖！

汤姆的整个心灵里，满怀着对永恒天国的向往。他在死去的圣克莱周围张罗后事时，根本没有想到，突如其来的打击，使他陷入了孤苦无助的奴役。对于主人的死，他内心宁静如水，因为，从他祈祷着向天父心怀倾诉的那一刻起，内心便涌现出了一种平静而信赖的答复。在他仁爱品性的深处，他能够觉察到一种充实的圣洁之爱，因为有一则古老的神谕是这样写的："住在爱里面的，就是住在上帝里面，上帝也住在他里面。"① 汤姆既抱着希望和信赖，心里也就感到了平静。

然而，当葬礼伴着一行行黑色丧服，一次次祈祷，以及人们庄严肃穆的神情过去之后，阴冷而混浊的日常生活的浪涛，又滚滚涌了回来，人们心头终于又现出了那个永恒的难题："下一步该怎么办呢？"

这个难题也涌现在了玛丽的心头。那时，她穿着宽大的晨服，身旁簇拥着焦虑不安的奴仆，坐在一把大安乐椅里，正在浏览绉纱和毛葛的样品。奥菲丽亚小姐心里也涌现出了这个问题，她开始考虑返回北方老家的事情。奴仆的心里，也带着默默无言的恐惧，涌现出了这个问题。他们十分清楚，自己沦落到了无情无义、性格专

① 见《新约·约翰》第四章第十六节。

断的太太手里。人人心里都很明白，给予他们的怂恿，不是来自太太，而是来自老爷。而现在，老爷已经故去，太太则由于遭到悲痛的刺激，脾气更加激怒，能够设想出各种颐指气使的折磨来，于是再没有人保护他们了。

葬礼之后，又过了大约半个月的时间，有一天，奥菲丽亚小姐正在自己房间里忙碌着，只听得有人轻轻敲门。她打开门，望见罗莎站在那里。这个漂亮、年轻的二代混血姑娘，看官以前就经常见到。这时，她头发蓬乱，两眼哭得红肿鼓胀。

“哦，菲丽小姐，”她扑腾一下跪在地上，抓住奥菲丽亚小姐的衣裙，说，“千万、千万请小姐替我到玛丽小姐那边去一趟！千万替我求求情！她想把我送出去吃鞭子，你瞧这里！”她说着递给奥菲丽亚小姐一张字条。

这是玛丽用娟秀的意大利体写的一张便条，上面吩咐鞭笞站站长，把递送便条者责打十五皮鞭。

“你闯下了什么祸？”奥菲丽亚小姐问。

“菲丽小姐，我脾气很坏，您是知道的，我也太不对了。我试了试玛丽小姐的衣服，她看见了，扇了我一个嘴巴，我连想都没想就回了嘴，十分莽撞。她说要压压我的气焰，永远不再叫我那样高人一等。于是就写了这个条子，叫我拿着去。这还不如叫她一下子打死我好哩。”

奥菲丽亚小姐站在那里，琢磨字条上的话。

“您不知道，菲丽小姐。”罗莎说，“要是玛丽小姐或您用鞭子抽我，我倒不怎么在乎。可叫一个男人来打我，又是个可怕的汉子，这真丢人现眼哪，菲丽小姐。”

奥菲丽亚小姐心里很清楚，把女人和年轻姑娘抛头露面送到鞭笞站，去遭受狠心的鞭打和羞辱的教训，是南方的普遍习俗。站上那些男人，下流、卑鄙到了竟然以亲手打人为生的地步。她以前也听说过这种事，但只是到了她眼见罗莎那纤弱的身上痛苦得几乎抽搐起来时，才体会到了其中的含义。做女人的正义感和新英格兰人的强烈自由感，使她两颊涨得血红，一颗义愤的心痛苦地悸动着。

然而，她以习惯成自然的谨慎和自制能力，驾驭住了自己。她毅然揉搓着手里的字条却只对罗莎说：

“你坐下，孩子，我去找你家太太。”

“真可耻！真可怕！真残忍！”她在往客厅里去的路上，自言自语地说。

她在客厅里见到了玛丽。她正坐在安乐椅上，玛咪站在一旁给她梳头，琴恩坐在她前面地上，忙着替她揉脚。

“你今天觉得身体怎么样？”奥菲丽亚小姐问。

得到的回答只是玛丽的一声长叹，然后又闭起了眼睛。过了一会儿，玛丽才回答：“哦，我也说不清楚，堂姐。我看我的身子永远就是这样了！”接着，玛丽用镶着一寸黑边的麻纱手帕拭起眼睛来。

“我到这里来，”奥菲丽亚急促地干咳了一声，人们在提到难办的话题时，一般都是这副样子，“我到这里来，是想跟你谈谈可怜的罗莎的事。”

玛丽的眼睛，这会儿瞪得大大的，灰黄的脸涨得通红，尖刻地回答道：

“噢，她怎么啦？”

“她犯了过错，心里很难受。”

“噢，原来是这么回事，是吗？她以后还有更难受的时候哩！这丫头片子也真不知天高地厚，我再也忍不下去了，我得压一压她的气焰，叫她服服帖帖的！”

“你能不能换个办法惩罚她，换个不那么叫她丢人的办法？”

“我就是想让她丢人嘛，原本我就是这么想的。她从生下来就凭自己娇弱、好看，自己有一副大家闺秀的模样，不把人放在眼里，连自己是什么人都给忘了。我这回要教训教训她，就不信治不服她！”

“不过，弟妹，你想一想，要是你把年轻姑娘的娇弱和羞耻感都给毁了，那她很快就会堕落下去。”

“娇弱！”玛丽轻蔑地笑了起来，“她这类人还配这个好字眼！看她那个神气劲儿，我就是要叫她知道知道，她跟那些破衣烂衫的黑婊子没有什么两样！叫她别再给我来这一套！”

“你这样残忍，是要遭上帝报应的！”奥菲丽亚小姐悻悻然。

“残忍？我倒想知道什么才是残忍！我在字条上只吩咐打十五鞭子，还说要打得轻一点。我敢说，这绝没什么残忍可言！”

“没有残忍可言？”奥菲丽亚小姐说，“不管哪个姑娘，肯定都觉得这样还不如马上死了好哩。”

“有你这种想法的人也许是这样吧。不过，这些东西已经习惯了，只有这个办法，才能叫她们守规矩。一旦叫她们觉得，可以仗着娇弱来显神气什么的，她们都会欺侮你，我手下的仆人一直就是这副样子。从现在起，我要治一治她们，叫她们都明白，要是自己不加小心，不管谁，我都把她送出去挨鞭子！”玛丽一面说，一面不屈不挠地向四周望着。

琴恩听了，耷拉下脑袋，哆嗦起来，觉得这番话是专门对着她说的。奥菲丽亚小姐又坐了一会儿，仿佛吞下了混合炸药，马上就要爆炸似的。后来想到，与这种性情的人争辩，毫无用处，于是断然闭上嘴，振作起来，离开了客厅。

回去告诉罗莎：自己对她什么忙也帮不上，实在是叫人难为情的事。不久，一个男仆过来说，太太吩咐他把罗莎带到鞭笞站去，随即也不管她是流泪还是求情，把她急忙带到了那里。

几天之后，汤姆正站在阳台旁边，心里想着什么，阿道尔夫走到了他旁边。阿道尔夫自从老爷去世以后，一直垂头丧气，心里没有一丝高兴。他清楚，自己一向是玛丽的眼中钉，不过，老爷在世时，他还不大放在心上。如今，老爷去世了，他整天提心吊胆，在战战兢兢之中混日子，不知道下一步自己会遭到什么倒霉的事。玛丽同律师几经磋商，在通知了圣克莱的哥哥之后决定，除了她个人的财产和自己想要的用人之外，把财产和所有仆人统统卖掉，然后回到她父亲的种植园去住。

“你听说没有，汤姆，咱们都要给卖掉啦？”阿道尔夫说。

“这你怎么听说的？”汤姆问。

“太太跟律师说话的工夫，我躲在帘子后边来着。不出几天，咱们都得给送出去拍卖了，汤姆。”

“就按主的旨意办吧。”汤姆交叉起双臂，沉重地叹息了一声，说。

“咱们再也找不到别的这么好的主人了，”阿道尔夫心里惴惴不安，“不过，我宁愿给卖掉，也不想在太太手心里碰运气了。”

汤姆内心澎湃起伏，转身走开了。对自由的希冀，以及对远方妻儿的思念，在他忍辱负重的心灵之前出现了，正像家乡教堂尖塔和可爱房顶的影子，出现在一个几乎已经驶进港口、偏偏又沉了船的水手面前一样，那在污浊浪尖上所望到的，只不过是最后告别的一瞥而已。他胳臂紧紧捂住胸口，咽下辛酸的泪水，开始祈祷起来。这个可怜的老人，对自由抱着一种特殊的不可言喻的偏爱，他越是说“愿你的旨意行在地上”①，心里越是感到痛苦。

他去找了奥菲丽亚小姐。她从伊娃死去以来，对汤姆一直怀着敬重心情，十分和善。

“菲丽小姐，”他说，“圣克莱老爷答应过，给我自由，还跟我说，已经在着手办理手续。眼下，要是菲丽小姐在太太面前提提这件事，她也许愿意把这件事办完了，这也是圣克莱老爷许下的心愿啊。”

“我一定替你提提，汤姆，我尽量去做，”奥菲丽亚小姐说，“不过，要是这事圣克莱太太说了算的话，我可不敢替你抱多少希望。不管怎么说，我试试看吧。”

这是罗莎出事几天后的事情，当时，奥菲丽亚小姐正忙着收拾，准备回北方去。

她心里慎重地考虑又考虑，觉得上次同玛丽的谈话，也许言辞过激，操之过急了，决定这次尽量婉转随和一些。于是，这位好心的小姐鼓起精神，拿起毛线活，决定到玛丽屋里，尽可能和颜悦色地拿出自己娴熟的全部外交手段，协商汤姆的问题。

她看到玛丽四仰八叉地斜倚在躺椅上，一只胳膊靠在枕头上支

---

① 见《新约·马太福音》第六章第十节。

着身子。琴恩刚从外面买东西回来，正拿出几种黑色薄衣料样品让玛丽过目。

“这一件还可以，”玛丽挑出来一块，说，“只是说不准戴孝期间合适不合适。”

“天哪，太太，”琴恩滔滔不绝地说，“去年夏天，德班农将军死了以后，他太太穿的就是这种料子，戴孝时穿可真不赖！”

“你看怎么样？”玛丽问奥菲丽亚小姐。

“我看这是个风俗问题，”奥菲丽亚小姐说，“这种事，你的眼光比我强。”

“实话实说吧，”玛丽说，“我还没有一件穿得出去的衣服哩。再说，由于我想解散这个家，下礼拜就走，所以现在就得选定料子。”

“你这么快就走？”

“是啊，圣克莱的哥哥写信来了，他跟律师都认为，用人和家具最好送去拍卖，房子留给律师照管。”

“有件事我原来就想跟你谈谈，”奥菲丽亚小姐说，“圣克莱答应过，让汤姆得到自由，也已经着手办理法律手续了。我盼着你运用你自己的影响，成就了这件事。”

“哼，我才不干这种事！”玛丽尖刻地说，“汤姆是家里卖价最高的用人，这个损失无论如何赔不起。再说，他要自由干吗？现在他日子过得够舒服的了。”

“可是，他真心诚意要求自由，他老爷也答应过的。”奥菲丽亚小姐说。

“他当然要求自由，”玛丽说，“他们这些黑奴一个个都要求自由。这帮贪心不足的东西，没有得到的东西都想要。喏，我的原则是，无论在什么情况下，都反对解放黑奴。黑人受到主人的管教，日子过得挺好，又都体体面面的。可是，要是把他们解放了，他们就会变得懒惰，喝酒，不愿干活，一个个堕落成下流的无用东西。这种事我见过好几百次啦。解放他们绝对没有好处。”

“可是，汤姆生性稳重、勤勉，是个虔诚的人啊。”

“哎，用不着你来告诉我！他这类人我见过够一百个了。要是有人管着，干得还不错。不过如此罢了。”

“可是，你想一想，”奥菲丽亚小姐说，“你把他拍卖的话，他要是遇上个不好的主子可怎么办?”

“嘿，都是些闲扯淡!”玛丽说，“好奴隶遇上不好主子的事，一百回里难得有一回。不管人们怎么说，主人大半还都是好主子。我在南方活了这么大，还没听说一个主子对待奴隶不好哩。已经够好的了，我才不会在这上头担心呢。”

“可是，”奥菲丽亚小姐使尽力气说，“就我耳闻，让汤姆得到自由，是你丈夫最后的一个心愿，也是亲爱的小伊娃临死前，他对她许下的心愿。我看，你不该随意无视他这个心愿吧。”

听了这番呼吁，玛丽用手帕捂住脸，一面抽抽嗒嗒，一面狠狠地闻着香精瓶。

“谁都跟我过不去!”她说，“谁都不体谅我的苦处。我万没想到，你居然也让我想起这些事，叫我心里不安生。也太不体贴人了!可有谁能替我想想？我受过的苦可真少见哪！我多么难哪！只有一个独生女儿，可偏偏又被从手里夺了去；别人难以称我的心意，好不容易找到个称心如意的丈夫，也给夺走了！你一点儿也不替我想想，反而总是随随便便，动不动就当着我的面提起这些事来，可你又明白这些事叫我多么伤心！我知道，你的用意是好的，可也太不体谅人了，太不体谅人了!”说着，玛丽又呜咽起来，哭得上气不接下气，叫玛咪打开窗子，拿过樟脑瓶，湿敷头部，解开衣服。于是，屋子里出现了一片混乱，奥菲丽亚小姐也借此逃回自己房间里去了。

她立即明白过来，再谈下去毫无益处，因为玛丽能够无止无休地歇斯底里发作。在那以后，无论什么时候提起她丈夫和伊娃对黑奴的心愿，她总觉得是歇斯底里发作的好机会。因此，奥菲丽亚小姐只好尽其所能，为汤姆做了另外一件事：她替汤姆给谢尔比太太写了一封信，把汤姆的难处告诉她，敦促他们派人来解救汤姆。

第二天，汤姆和阿道尔夫，还有五六个别的仆人就给领到了一家奴隶货栈。在那里等候货栈奴贩的方便，一俟凑足一批黑奴，他就进行拍卖。

第三十章　奴隶货栈

一个奴隶货栈！这样一种地方，也许会在一些看官心目中勾画出种种令人毛骨悚然的景象。在他们想象中认为，这是一所肮脏、阴暗的破败房子，是一座“丑陋不堪、空旷无边、暗无天日”① 的、阴森可怖的地狱深渊。不过，你错了，天真的朋友！在那些岁月里，人们作孽的技艺，已经习练得天衣无缝而又斯斯文文，不会叫社会上体面的人们触目惊心了。在市场上，黑奴这类商品卖的价钱很高。因此，黑奴的膳食丰盛，身上洗得干干净净，看护照应得又周到，到了拍卖的时候，个个都身强体壮，穿戴整洁，油光可鉴。在新奥尔良，一座奴隶货栈，从外表上看，十分整洁，与别的房子差不许多。每天，在货栈外面的凉篷下，你都可以看见那里站着一排排黑种男人和女人。这就标志出里面还有等待着拍卖的这类商品。

这时，你就会得到盛情邀请，到里面去查验货品。接着，你就会看见一大群丈夫妻子、兄弟姐妹、父亲母亲，还有年幼的子女，“可以单个零买，也可以整群批发，全看买主的方便”。想当初，人的不灭灵魂，是上帝之子基督在山摇地震、坟墓崩裂之际，拼着一腔热血，经过种种苦难才拯救出来的；而如今却可以买卖、出租或

① 见《新约·马太福音》第六章第十节。

抵押，甚或在交易需要的情况下，只要买主高兴，还可以用来交换杂货或者布匹。

在玛丽和奥菲丽亚小姐谈话之后的一两天里，圣克莱庄园上的汤姆、阿道尔夫和大约五六个别的黑奴，就给转交到XX街上的一家奴隶货栈，在老板斯凯哥斯仁爱善良的关怀下，等待着第二天进行拍卖。

跟大多数人一样，汤姆手里也提着一只装满衣服的大提箱。他们给领进一个长长的屋子里过夜。里面聚集着许多黑种男人。他们年龄不同，高矮不齐，肤色各异，都在咆哮大笑，浑浑噩噩地寻着开心。

“哈哈，这就对了，高兴起来，孩子们，高兴起来吧!”老板斯凯哥斯先生说，“我这里的人，总是开开心心的！噢，我看到你了，山宝!”他赞扬地对一个身体结实的黑人说。那人正在耍着一些下流的滑稽把戏，逗引出了汤姆进屋时听到的那片喧嚣。

不难想象，汤姆没有心情去跟那伙人一起凑热闹。因此，他只是把手提箱尽量放得离喧闹的人群远一些，脸靠着墙壁，坐在了箱子上面。

经营黑奴商品的贩子们，竭尽全力，肆无忌惮而又全面系统地在黑奴中间渲染欢乐的气氛，是用来消弭他们的思想，使他们对自己处境麻木不仁的一种手段。一个黑奴，从在北方市场上卖掉，一直到抵达南方为止，要经过一系列训练，其唯一的目的只是让他们变得冷漠无情和凶狠野蛮而已。奴贩在弗吉尼亚州或是肯塔基州购买了一批黑奴，就把他们带到一个方便而有利于健康的地方，往往是有温泉的地方，去养肥他们。在那里，他们由于每天吃得饱饱的，难免有人心里愁闷，于是，便经常在他们中间弹琴，还叫他们每日跳舞。凡是心里思念妻子、儿女和家乡过于殷切，无法高兴而又拒绝寻欢作乐的人，都要受到注意，认为是脾气抑郁而危险的人，都要受到毫无责任感的狠心奴贩那邪恶心灵所能加于他们的一切折磨。因此，他们不得不自始至终，装出灵活、机敏和洋洋得意的模样，尤其是在雇主面前，就更要如此。这样做，一来希望能觅到一个善良的主子，一来害怕万一卖不出去，会遭到奴贩的摧残。

“这个黑鬼子在那边儿干什么呢？”等斯凯哥斯先生出去后，山宝朝汤姆走过来，问道。山宝肤色漆黑，大大的块头儿，活泼而且善辩，此外，各种把戏和鬼脸，也都样样在行。

“你在这儿干啥呢？”山宝走到汤姆面前，打趣地戳戳汤姆的肋骨，问，“在想心事，嗯？”

“我明天就要给拍卖了！”汤姆说。

“给拍卖？哟嗬嗬！伙计们，你们看有意思没有？我还真想给这样拍卖了嘿！你看，我把他们逗乐了不是？你说啥，明个儿你们这帮人都要给拍卖？”山宝说着，随随便便把手搭在阿道尔夫肩膀上。

“请不要碰我！”阿道尔夫厉声说，一面露出极大的厌恶，挺直了身子。

“天哪，伙计们，这是个白黑鬼子，还真有点奶油味儿，你们知道吗，洒了香水啦！”他走到阿道尔夫跟前，用鼻子闻了闻，“哦，老天！他到烟草铺里去倒不赖，他们能用他熏鼻烟哪！乖乖，够整个烟草铺用的，当真是这样！”

“我告诉你，离远点儿，成不？”阿道尔夫动怒了。

“天哪，咱们脾气还真火暴，白黑鬼子嘛！瞧瞧咱们吧，喏！”山宝滑稽地模仿着阿道尔夫的神情，“蛮有派头，蛮斯文的哩！我看咱们准是大户人家来的。”

“正是，”阿道尔夫说，“想当初我家老爷能把你们这伙人都当破烂买下来。”

“天哪，你瞧是不是，”山宝说，“咱可是个斯文的人哩！”

“我原是圣克莱家里的人。”阿道尔夫不无骄傲地说。

“噢哟，是吗？那他们把你赶出来，可他妈的太走运了。我寻思着，他们是跟破茶瓶、破罐子一块儿，把你给卖掉的！”山宝挑衅地龇着牙。

听了这番奚落，阿道尔夫怒发冲冠，一下子扑到对手身上，一边骂骂咧咧，一边朝他两肋猛击。其余的人都狂笑着大声喧嚷起来。喧嚣声中，老板来到门口。

“怎么啦，伙计们，规矩——守点儿规矩！”他说着，挥动着一根粗大皮鞭走进来。

大伙儿朝四面八方逃开，只有山宝自恃受到老板的赏识，是个享受特殊权利的小丑，仍然原地未动。每当老板的鞭子朝他打来时，他都嬉皮笑脸地躲闪过去。

“天哪，老爷！这不怨我们！我们老实巴交规规矩矩的，是你刚弄来的那些人的事。他们真叫人气得慌，总是惹我们的火儿！”

听到这里，老板冲汤姆和阿道尔夫来了。他不问青红皂白，一个人踢了几脚，扇了几个耳光，又吩咐人们乖乖儿地睡觉，便离开了房间。

在男奴睡觉的房间里上演着这一幕的时候，看官也许会感到好奇，想看一眼分给女奴的房间里的情形。在这里，有数不清的女人正在四仰八叉地以各种姿势睡觉。她们从黑檀到纯白各种肤色都有，从小孩到老婆子，年龄也各有不同。这时，都已沉沉入睡。其中，一个十岁的聪明伶俐的小女孩，由于妈妈昨天给卖掉而没人看护，今夜，已经哭叫着进入梦乡。还有一个疲惫不堪的黑人老婆子，一生劳苦，胳膊细细的，手上长满老茧，正等着明天当破烂拍卖，因为反正卖不了几个钱了。周围躺着四五十个女人，用各色毯子和衣服蒙着脑袋。可是，在远离这些人的一个角落里，却坐着两个相貌不同一般的女人。其中一个是穿着体面的一代混血女人，年纪四五十岁的样子。她目光柔顺，神情和蔼亲切，头上高高隆起的头巾，是用上好的马德拉斯暗红手帕裹成的，衣着剪裁合身整洁，料子很好，说明曾经得到过主人的细心照料。身旁，是她十五岁的女儿，紧紧依偎在她的怀里。从她更为白皙的肤色可以看出，她是个二代混血姑娘，虽然母女二人相貌的相似十分明显。她黑色眸子里也露出同样柔顺的目光，稍长的眼睑，一头浓艳的棕黄色鬈发；身上的衣服也很整洁，一双白腻而纤细的手，说明她很少尝过奴隶苦役的滋味。母女二人也要随圣克莱家的那批黑奴，明天一起拍卖。她们的主人是纽约基督教会的教徒，拍卖所得款项也要汇到他那里去。他收到这笔钱后就要参加他自己的、也是这母女二人的救主圣餐礼拜，就此把这件事置于脑后。

我们姑且称母女二人为苏珊和艾米琳吧。她们原是新奥尔良一个和蔼虔诚夫人的贴身女仆，受到过夫人悉心而虔诚的教诲和训练。她教她们读书写字，还孜孜不倦地晓之以宗教伦理。因此，处在她们的境况下，这种命运是再幸福不过的。然而，女保护人的财产，由她的独生子掌管着。由于他粗心大意，挥霍无度，以至于欠了一大笔钱，最后宣告破产。最大的债权人则是纽约令人肃然起敬的B公司。该公司于是写信给他们在新奥尔良的律师，那律师也就查封了其不动产。其中，最值钱的东西，就是这母女二人和一批种植园上的奴隶。然后，律师写信通知了纽约。教友B，也就是刚才所表的基督徒，是自由州的一个公民，对于这件事他心里觉得惴惴不安。自然啦，他不愿意贩卖奴隶和人的灵魂，可是，这里面又牵扯到三万元钱的债务。为了原则而不要这笔款项，损失又未免太大。于是，经过再三权衡，再加上征求人们的意见，那些明明知道会顺着他心意的人们的意见后，教友B给律师写了一封信，请他照自己认为最合适的途径，酌情处理完毕后，把款项汇来。

信递送到新奥尔良的第二天，苏珊和艾米琳就被送到这家奴隶货栈，等候次日上午进行大拍卖。这时，从铁棂窗户里偷偷射进来的月光，只能使我们看到她们身上依稀的闪光，可是，却能听到两人的谈话。母女俩都在哭泣，声音很低，以免彼此听到。

“妈妈，你把脑袋靠在我膝头上，看能不能睡一小会儿。”女儿装出镇静的样子，说。

“我哪有心思睡觉啊，艾姆①。我睡不着，这可能是我们待在一起的最后一夜了！”

“哦，妈妈，快别这么说了！也许我们会给一块卖掉哩，有谁能说得清！”

“要是别人处在这种情况下，我也会这么说的，艾姆，”那女人说，“可我这么担心会失掉你，所以只往坏处想。”

---

① 艾姆，艾米琳的昵称。

“咦，妈妈，那个人不是说过嘛，我们俩都长得不错，可能卖个好价钱哪。”

苏珊想起了那人的神情和说过的话，心里感到一阵恶心。她还记得，他是怎样查看艾米琳的手，怎样撩起她的鬈发，又是怎么说她是一流货色来着。苏珊受过基督徒的训练，是在诵读《圣经》日课中长大的，与所有当基督徒的母亲一样，都害怕自己的女儿去忍屈受辱地讨生活。可是，她没有任何希望，得不到任何保护。

“妈妈，要是在什么人家里，你能找个做饭的差使，我当个贴身使女或裁缝什么的，我看我们都会过得很好，一定能。我们都尽量高兴一些，精神一些，告诉人家我们都能做什么，也许会过得很好的。”艾米琳说。

“明天，我想叫你把头发都朝后梳直了。”苏珊说。

“那干吗，妈妈？那样我就不漂亮了。”

“是啊，不过那样你就会卖到好人家去。”

“这我可不明白！”孩子说。

“要是看到你普普通通，体体面面的，不像个爱打扮的样子，大户人家就更愿意把你买下来。他们做事我比你更清楚。”苏珊说。

“那好，妈妈，我就这样。”

“还有，艾米琳，如果明天以后，我们万一谁也再见不到谁，如果我给卖到北边种植园去，你给卖到别的什么地方去，千万不要忘了你的教养和太太教导过你的话，要带着《圣经》和《赞美诗》。如果你忠实于救主，那么，救主也忠实于你。”

这可怜的女人如此灰心丧气地诉说着。因为她明白，一到了明天，不论是什么人，野蛮残暴也好，不信上帝、没有怜悯心也罢，只要有钱，就能买走女儿，成为拥有女儿肉体和灵魂的主子。到了那时候，孩子还怎样忠实于救主呢？女人搂着女儿，心里想到了这一切，想到了但愿女儿没有这么漂亮、动人。对于她，想到自己如何纯洁、虔诚地受到教养，想到自己长大后的命运，多么优越于一般黑人，简直是一种灾难。可是，除了祈祷，她无计可施。而且，许许多多这样向上帝的祈祷，已经从这两间整整齐齐、体体面面的黑奴牢房飞向了上帝。这些祈祷，上帝并没有忘记，将来终有一天会得到证实。因为《圣经》上写着："凡使这信我的一个小子跌倒的，倒不如把一个大磨石拴在这人的颈项上，沉在深海里。"①

柔和静谧而肃穆的月光照进来，把窗上铁栜的影子印在那些疲惫的进入梦乡的人们身上，一动不动。母女二人一起唱起了一首粗犷而又忧伤的挽歌，像黑奴们在葬仪上唱的赞美诗那样普通的挽歌：

哦，哭泣的玛丽在何方？
哦，哭泣的玛丽在何方？
已经抵达美好地方。
她死去进了天堂，
她死去进了天堂。
已经抵达美好地方。

歌词是用特殊的抑郁而又甜蜜的歌喉唱出来的。曲调宛若在对天国的向往销声匿迹后，那种对尘世绝望的哀叹，携着悲凄的韵律，一节又一节地唱着，飞出黑暗的牢房。

哦，保罗和赛拉斯在何方？
哦，保罗和赛拉斯在何方？
已经抵达美好地方。
他们死去进了天堂，
他们死去进了天堂，
已经抵达美好地方。

唱吧，苦命的人们！黑夜十分短促，而天亮后你们即将永远分别了！

然而，现在已是黎明时分，所有的人都翻身从地板爬了起来。

---

① 见《新约·马太福音》第十八章第六节。

尊贵的斯凯哥斯先生欢欢快快地忙活着，因为有一批货物今天要准备拿出去拍卖。他生气勃勃地监督着奴隶们梳洗打扮，传话给每个人，责令他们都得换上笑脸，装出高兴的模样。现在，奴隶们站成了一圈，接受最后的检阅，然后向交易所进军。

斯凯哥斯先生头戴棕榈小帽，嘴里叼着一支雪茄，正绕那圈人走来走去，想趁告别之前，再把货物点缀一下。

“这怎么一回子事？”他走到苏珊和艾米琳面前，问，“你的鬈发呢，丫头？”

女孩子胆怯地望着母亲。母亲从她那类黑人常有的做事的机敏，答道：

“昨天晚上我告诉她，要她把头发梳得平平整整的，别让鬈发耷拉下来。这样看起来不更体面嘛。”

“嘿。真讨厌！”货栈老板专断地说着，朝女孩转过身去，“你给我马上卷起头发来，卷得真正漂亮一点儿！”他把手里的藤条啪地甩了一下，又说，“还得赶快给我回来！”

“你去帮她卷一卷，”他又对母亲说，“那些鬈发能多卖一百块哩。”

富丽堂皇圆屋顶笼罩着的大理石地板上，穿梭走动不同民族的人们。圆形大厅的四周，都是供讲演者和拍卖商使用的讲坛或拍卖台。遥遥相对的两个台子上面，现在已由两个颇有才华的绅士所占领。两人兴致勃勃，正用英语和法语混杂的语言，强迫赏识他们各色货物的行家提高投标价码。另外一边的第三个台子还空着，周围簇拥着一群黑奴，等待着拍卖时刻的到来。在这里，我们认出了圣克莱家的仆人汤姆和阿道尔夫，以及别的仆人。这里还站着苏珊和艾米琳，也在神色焦虑而颓丧地等待着轮到拍卖的时候。在这种情况下，总有各色看热闹的人围在黑奴周围。他们有的想买，还有的不想买，但都在随随便便，动动这里，瞧瞧那里，对黑奴的气色和其他各个方面议论一番，仿佛骑师们评论马的优劣一样。

“哟嗬，阿道尔夫！是什么风把你给吹来了？”一个花花公子拍着一个穿着整齐的青年，问。那青年这时正用单片眼镜察看阿道尔夫。

“嗯，我正少个听差用，听说圣克莱家的一批奴隶要上市，就想不如索性看看他家的——”

“圣克莱家的奴隶，他要买才怪哩！个个都给惯坏了，跟恶魔一样莽撞！”对方说。

“大可不必担心，”方才那人说，“要是我把他们弄到手，过不了多久我就会叫他们神气不起来了，叫他们知道知道，他们现在要对付的主子，跟圣克莱先生不是一类。信不信由你，我要把这个家伙买下来，我喜欢他的体形。”

“那你要养活他，就得把钱都花光了，你就瞧着吧。他可真他妈的能挥霍！”

“是吗，那么，我这个小祖宗也得知道知道，跟着我就不能挥霍。只要往鞭笞站送他几次，他就完全服帖了！不信，你就看我能不能叫他明白自己的身份！哼，我要叫他整个儿地改邪归正，你就等着瞧吧。我要买他，这没错儿！”

这当儿，汤姆一直站在那里，望眼欲穿地观察着拥挤在他周围的无数张面孔，想找到一个他愿称之为老爷的人。而且，倘若你万一处于需要在两百个人当中，挑选一个将要绝对掌握你生死予夺之大权的主子的情况下，看官，你也许会同汤姆一样发现，使你愿意痛痛快快给买去的人，为数实在少得可怜。汤姆看见了不少的人。其中，有的身材高大，结实粗鲁；有的个子矮小，干瘪而又多嘴；有的长得瘦削，精明而冷酷；还有的平平庸庸，身材仿佛树桩一样，这类人形形色色，不一而足。他们挑选起同类来，就像拾柴火那样无动于衷，捡起来就由着性子，或是丢到火炉里，或是丢到篮子里。然而，汤姆却没看到圣克莱那样的人。

拍卖开始前不久，一个五短身材、筋肉宽厚的男人，用胳膊肘捣着人们挤了进来。他穿着一件敞开胸口的花格衬衫和一条比衬衫还脏还旧的马裤。他十分活跃，仿佛要成就一笔生意似的走到那群黑奴面前，按部就班地察看起来。汤姆从瞥见他走来的那一刻起，心里立即升起一股厌恶和恐惧；及至他走近了时，这种感受也越发加剧。他个头虽小，但浑身力气显然很大。圆圆的宛如子弹似的脑袋，浅灰色的大眼睛，配上两条浓重的茶褐色眉毛和满头晒得焦黄的、又粗又硬的头发，坦白地说，哪一样都不招人喜欢。由于咀嚼烟叶而肿胀的一张粗糙大嘴里，以卓绝的毅力，时不时地、犹如爆炸似的往外吐着烟汁；一双长满雀斑的毛茸茸的大手，黝黑而且肮脏，手指上还留着邋邋遢遢的长指甲。此人随心所欲，对奴隶进行了人身检查。他抓住汤姆的下颌，把嘴掰开察看他的牙齿，又叫汤姆挽起袖子，看他的肌肉，最后还让汤姆转转身，跳上几跳，看看他走路有没有力气。

"你在哪儿长大的?"除了察看之外，他还简单扼要地发问。

"在肯塔基，老爷。"汤姆说着朝人群外边望去，仿佛在寻找救兵一般。

"你干过什么活?"

"掌管过老爷的农庄。"汤姆说。

"说得倒有鼻子有眼的。"那人简慢地说着，走了过去。他在阿道尔夫面前停了一会儿，接着在阿道尔夫擦得黑油的皮靴上，喷出了一口烟汁，嘴里轻蔑地哼了一声，继续朝前走去。这次，他在苏珊和艾米琳面前停下了脚步，伸出脏兮兮的大手，把艾米琳拽到跟前，摸了摸她的脖子和胸脯，又摸了摸胳膊，看了看牙齿，接着一把又把艾米琳推到母亲怀里。母亲容忍的神色告诉人们，那令人毛骨悚然的陌生人的举手投足，都使她十分痛苦。

艾米琳吓了一跳，立即哭叫起来。

"给我闭嘴，你这个臭丫头!"那奴贩说，"在这里不准哭天抹泪的，拍卖马上开始了。"于是乎，拍卖果然开始了。

阿道尔夫一锤定音，以高标价卖给了方才扬言有意买他的那个年轻绅士，圣克莱家其余的黑奴也随之卖给了不同的竞拍人。

"喏，你站上来，伙计!听见了吗?"拍卖人对汤姆说。

汤姆迈步来到台子上，朝周围忐忑不安地望了几眼。一切都似乎化作了一片常见的、难以分辨的喧哗。拍卖人吆三喝四，用英语夹杂着法语介绍汤姆的种种长处之后，紧接着用法语和英语喊出的竞价声也迅即爆响起来。转瞬之间，只听咚的一声，木槌最后落了下来，拍卖人宣唱他的价格，说到最后“元”字的声音还在空中清晰地回荡时，汤姆的拍卖即告成交。他又有了主人。

汤姆给推下了台子，子弹头脑袋的小个子男人，狠狠抓住了他的肩膀，把他推到一边，厉声说：“站在这里，你！”

汤姆脑子里还几乎没有回过神来，然而，竞价还在继续进行着。一阵时而法语、时而英语的呐喊嚷叫之后，木槌又一次落下来，苏珊拍卖成交了。她走下拍卖台，停住脚步，依依不舍地朝后望着，女儿向她伸出了双手。苏珊满面愁容，盯住买她那个人，一个面带慈祥的体面中年人。

“哦，老爷，求求您把我女儿买下来吧！”

“我倒是想买，但恐怕买不起！”那个绅士说着，一面又痛苦而颇感兴趣地看着艾米琳。只见她走上台子，惊恐胆怯地向四周张望。

红晕痛苦地爬上了她平素没有血色的面颊，眼睛里射出了热烈的光焰。母亲见到女儿从来没有像现在这样美丽，只有痛苦叹息。拍卖人见到有利的机会来了，连忙法语和英语夹杂地详细介绍起来，滔滔不绝，于是，竞价扶摇直上。

“只要竞价不离谱，我会努力争取的。”面带慈祥的绅士说，一面挤进人群，竞起价来。一会儿之后，竞价超过了他钱包里的金额。他沉默下来，可是，拍卖的人越发地卖力了。竞价声渐渐零落起来，只剩下了一个贵族派头的老绅士和我们那个老相识子弹头脑袋。老绅士竞价了几个回合，不屑地瞄着对手，然而，子弹头脑袋无论在韧性方面，还是藏在钱包里的钱数方面，都胜他一筹。竞价持续了不一会儿，木槌便一下子落了下来。子弹头脑袋从肉体到灵魂都拥有了艾米琳，除非上帝出来佑助她！

她的主人是勒格里先生，是红河一带的一个棉花种植园主。她被推搡着来到汤姆和另外两个奴隶站立的地方，一边哭哭啼啼，一边走了。

面带慈祥的绅士心里很是过意不去，不过，这种事情不是天天都能看到嘛！人们在这些拍卖之中，总能见到母女痛哭的场面！这又有什么办法哪！他于是赶着自己买的奴隶朝另一方向走开了。

两天之后，纽约信奉基督教的B公司律师把钱汇给了该公司。而他们将来总有一天要向“出纳员”① 交代账目的。那就让他们在汇票背面，写上“出纳员”所说的那句话吧：“因为那追讨流人血之罪的，不忘记困苦人的哀求。”②

① 此处指上帝。

② 见《旧约·诗篇》第九篇第十二节。

第三十一章　途中

你眼目清洁不看邪僻，不看奸恶。行诡诈的，你为何看着不理呢？恶人吞灭比自己公义的，你为何静默不语呢？

——《旧约·哈巴谷书》第一章第十三节

红河。一艘破旧的小轮船沿河而上。汤姆颓然坐在底层。对于手脚戴着沉重镣铐的他，此刻，那压在心头上的镣铐，却更为沉重。在他那天空上面，无论是月亮，还是星星，一切光明都消失殆尽，一切都仿佛眼前掠过的树木和河岸，匆匆离他而去，不复返了。肯塔基老家、妻子、儿女和宽厚的主人；富丽堂皇的圣克莱氏府宅，长着圣洁眸子、满头金发的伊娃，欢乐、英俊、倨傲，表面似乎玩世不恭，而心肠永远和善的圣克莱，还有那些怡然自得、闲适安逸的岁月，等等，等等，都化成了泡影！而剩下来的还有什么？

在奴隶制所赋予的命运当中，其最悲惨的遭遇莫过于一个多愁善感的黑人，在礼仪之家所形成的那种气氛的感染熏陶下，养成了高尚的趣味和情操，到头来却仍然难免厄运，变成粗鄙残暴至极者手中的卖身奴隶。这就仿佛原先摆设在优雅华丽的客厅中的一把椅子或者一张桌子，一旦腿穿松动或表面剥离，最终还是沦落到肮脏污浊的酒吧间，或者鄙俗、淫秽的下流场所里去。然而，两者之间又有很大的不同：桌椅浑然无知无觉，而人却有七情六欲。尽管法律规定：黑人“依法被视为、公认为，以及裁决为一项动产”，但也绝不能就此泯灭他的灵魂，那颗拥有包括记忆、希望、爱恋、恐惧和追求等等在内的秘密小天地的灵魂。

在新奥尔良的几个拍卖厅里，汤姆的主子西蒙·勒格里先生，先后买了八个黑奴。他把他们成双作对地用手铐铐起来，赶到停泊在码头旁边随时准备起航开往红河上游的“海盗号”轮船上。

把黑奴安顿停当，轮船也启碇之后，他又以其特有的那种讲究效率的神气，过来对他们巡视了一遍。走到汤姆对面，他停下了脚步。那天拍卖的时候，汤姆穿的是自己最考究的一套绒面呢子衣服，配着浆得挺括的衬衣和油光闪亮的皮靴。勒格里看在眼里，不由干脆利索地表示了他的意见：

“给我站起来！”

汤姆应声站起身来。

“摘下硬领巾来！”随即，汤姆动手去摘，然而镣铐限制了他的手脚的活动，于是，勒格里伸手帮忙，狠狠地把硬领巾从他脖子上扯下来，装进自己口袋。

这会儿，勒格里又走到方才他已经翻了一遍的汤姆的皮箱旁边，从里面捡出汤姆在马厩里干活时经常穿的旧裤子和破上衣，一面替汤姆解开手铐，一面指着货箱之间一个角落里，说：

“给我到那儿去，换上这身衣裳。”

汤姆顺从地换了衣服，很快转身回来。“把靴子脱下来。”勒格里先生说。

汤姆脱下了靴子。

“喏，”前者说话之间，丢给汤姆一双黑奴平时穿的又粗又笨的鞋子，“穿上这双鞋。”

就在汤姆匆忙换衣服之际，也并没有忘记把自己的宝贵的《圣经》拿出来，揣在口袋里。他没有忘记还真是万幸，因为，勒格里先生重新给汤姆戴上手铐以后，便慢条斯理地翻起他口袋里的东西来。他掏出了一块丝织手帕，塞在自己口袋里后，又掏出了几个小玩意儿。勒格里瞥了一眼，嘴里不屑地哼了一声，一下子越过肩头丢在身后面的河水里。汤姆之所以珍藏这些小玩意儿，原来主要是由于伊娃当初拿着它们，玩得很开心的缘故。

可是，仓促之间，汤姆却忘记把那本卫理公会赞美诗拿出来了。这时，勒格里正捏在手里翻着看。

“哟嗬，瞧不出来，倒挺虔诚的嘛！那你叫什么名字？是个教徒喽，嗯？”

“是的，老爷。”汤姆坚定地回答。

“好哇，过不了多久，我就会叫你不当教徒了。在我的地盘上，我可不待见你们这些嚎叫着又是祈祷、又是唱歌的黑鬼子，你给我记着点儿。哼，你可得多加小心，”他说着跺了跺脚，灰色的眼珠子朝汤姆恶狠狠瞪了一眼，“眼下，我就是你的上帝！明白不？我说上东，你不能上西。”

这位默不作声的黑人，从内心深处什么地方说了一声“不！”同时，冥冥之中传来一个声音，就像以前伊娃常常给他诵读那样，仿佛在背诵一本古老的先知书里的话：“你不要害怕，因为我救赎了你，我曾以我的名召称，你是属于我的！”①

然而，西蒙·勒格里却什么声音都没有听到，也永远不可能听见那个声音。他只是在汤姆阴沉的脸上瞪了一会儿，便接着走开了。他随手提走了汤姆那只装着许多整洁衣服的箱子。来到前甲板上，立即有许多船上的水手围上来。他们哈哈大笑着，嘲弄黑鬼子竟然花大钱想冒充绅士。于是很快，那些衣物便你一件，我一件地卖个精光，最后，连空箱子也给拍卖了。他们纷纷散开时，都觉得十分好笑，特别是想到汤姆把衣服保管得这么仔细时，就更其如此。但最令人开心的，还是拍卖箱子的情形，这引出了不少玄机妙语。

这桩小生意做完之后，西蒙又溜溜达达走到汤姆跟前。

“我说，汤姆，我把你多余的行李都给处理了，你看，这下可轻

① 见《旧约·以赛亚书》第四十三章第一节。

松了吧？你身上这套衣裳可要仔细点儿地穿啊，要过很久你才能领到衣裳哩。我乐意叫黑鬼子们留点神，在我的种植园里，一身衣裳能穿年把哩。”

接下来，西蒙走到了艾米琳坐着的地方。她与另一个女人锁在一起。

“噢，我的宝贝儿，”他拧了她下巴一下，“别这么无精打采的。”

姑娘望着他的时候，不由自主地流露出来的惊慌、恐惧和厌恶的神色，并没有逃过他的眼睛。于是，他狰狞地皱起了眉头。

“别给我来这一套，丫头！我跟你说话的时候，你脸上得高兴着点儿，听见没有？还有你，你这个黄脸老婆子！”他狠劲推了一下那个与艾米琳锁在一起的混血女人，“别跟我哭丧着脸！我告诉你，你得高兴一点儿！”

“大伙都听我说，”他向后退了一两步，说，“你们看着我，看着我，直直地看我的眼睛，直直地看，喏！”他每停顿一次，都跺一下脚。

这会儿，每双眼睛都仿佛受到了蛊惑一般朝西蒙瞪大了的灰中泛绿的眼珠子望去。

“喏，”他攥紧了仿佛铁匠锤子似的又粗又大的拳头，“瞧见这个拳头了吧？来掂掂分量！”他说话间一拳打在汤姆手上，“瞧瞧我拳头上的筋骨！哼，我告你们说，我这拳头跟铁一样结实，都是打黑鬼子打出来的。一拳不打个趔趄的黑鬼子，我还没碰上过一个。”他说着拳头又挨近汤姆的脸前劈下来。汤姆眨眨眼，向后退了退，“什么他妈的监工不监工的，我一概不要，我自己来监工。我告你们说，事事我都长着眼哪。谁都给我指到哪儿去到哪儿，听见没有？还得干脆、利索，我一开口就得干，只能跟我这样共事。你们看不到我什么时候手软过。所以，你们要好好留点神，我是一点都不留情的！”

两个女人不由倒吸了一口冷气。大伙都神情沮丧地颓然坐在那里。这时，只见西蒙转身到船上酒吧间里喝酒去了。

“我对付黑鬼子们，一上来都是这样，”他对方才站在身旁听他演讲的一个绅士派头的汉子说，“我的办法是开头就来个下马威，叫他们心里明白，以后得放老实点儿。”

“是吗？”陌生人说道，一面像博物学家那样好奇地打量着他，仿佛在研究一个罕见的标本。

“对，是这样！我可不是那种文绉绉的种植园主，心善手软，老是上可恶的监工的当！喏，你摸摸我的骨关节，瞧瞧我的拳头。说实在的，先生，上面的肌肉简直像石头，都是在黑鬼子身上练出来的，你摸摸。”

陌生人伸出手指摸了摸，接着简短地说：

“真够硬的，我看，”他又说，“你的心肠也练得这么硬了吧？”

“咦，当然可以这样说啦，”西蒙开怀地大笑起来，“我看我的心肠比哪个都不软。告你说，谁都骗不了我！黑鬼子们哭哭咧咧也好，拍我的马屁也好，都骗不了我，这是实话。”

“你这批奴隶很不错嘛。”

“是不错，”西蒙说，“人家告诉我汤姆不同一般。我为他付的价码高了点儿，想叫他赶赶马车，管管事儿。可他从前受到了黑鬼子不该受的好待承，满脑子见鬼的想法，只要丢掉了这些想法，他一定能干得蛮好！那个黄脸婆子可叫我上当不轻。我看她身上有病，不过，我还得叫她干活，把本钱赚回来。她也许能干个一年两年的。我可不对黑鬼子们行善，用完了再买，这就是我的干法。这样麻烦少一些，而且我定准，到头来花的钱还会少一些。”西蒙呷了一口酒。

“一般来说，他们能用多少年？”陌生人问。

“嗯。说不准。这要看他们体格怎么样了。身强力壮的能用六七年，劣等货色两三年就完蛋了。当初我才干的时候，总是为他们鸡毛蒜皮的事操心，想叫他们挺下去，病了给他们请医生，冷了给他们衣裳、毯子什么的，老是想叫他们体面一点儿，舒服一点儿。天哪，这啥用处都没有。只是替他们白花钱，还惹来一身的麻烦。现在，你瞧，不管有病没病，都叫他们拼命干活。死了一个，就再买一个。这样，你别说，在哪方面都更省钱省事。”

陌生人转身离开，坐到了另一个绅士旁边。那人听着他们这番谈话，心里一直感到一种无法抑制的不安。

“我可别把那家伙当成南方种植园主的代表。”他说。

“希望不会这样。”年轻的绅士加重了语气。

“他是个卑鄙下流、残忍成性的家伙！”另一个说。

“可是，你们的法律仍然允许他畜奴，而且数目不限，都置于他绝对意志的压榨之下。这样，奴隶们的安全就得不到丝毫保障。这个人确实十分下作，但不能就此说这样的人为数不多。”

“嗯，”对方说，“在种植园主当中，也有不少关怀别人的好心人。”

“是的，”年轻人说，“但在我看来，正是你们这些关怀别人的好心人，才应该对那些恶棍的惨无人道的行径负责。因为，倘若没有你们的认可和影响，整个的奴隶制度连一刻也站不住脚。除了像他那类的人，”他用手指了指背朝他们而站的西蒙，“如果根本没有种植园主的话，整个奴隶制度就会土崩瓦解。是你们的德高望重和仁至义尽，特许并保护了他的残暴。”

“你对我的品格自然是言重了，”种植园主微笑起来，“不过，奉劝老弟不要这么高声讲话，因为船上别的人也许不像我这样能容忍不同的看法。你最好等到了我的种植园里，再随意指责我们吧。”

年轻绅士脸色微微一变，随即露出了笑容。不久，两人忙着玩起十五子棋来。与此同时，在船下层，艾米琳和那个与她锁在一起的混血女人也正在交谈，她们自然是在相互诉说自己身世的详情。

“你原是谁家的人？”艾米琳问。

“噢，我原来的老爷是艾利斯先生，住在利维街上。你也许见过他家的房子。”

“他待你好吗？”艾米琳又问。

“他病倒以前，待我挺好的。后来，他病倒在床上，时好时坏的有半年多，连脾气也变得急躁不安了。好像成心跟人过不去，白天夜里谁也别想安生。而且性子很怪，谁也伺候不熨帖他。再往后，一天比一天爱生气，让我一夜夜捞不着觉睡。这下可把我累坏了，眼睛怎么也睁不开。有一天夜里我睡着了，天哪，他跟我发起火来，说要把我卖给一个最厉害的主子。不过，临咽气的时候，他还是答应给我自由哩。”

“你有什么亲人吗？”艾米琳又问。

“有，我有个丈夫，当铁匠。平常老爷总是把他雇给人家。他们卖我卖得这么快，连见他一面都没来得及。可我还有四个孩子哩。老天哪！”妇人用双手捂住了脸。

无论是谁，每当听到别人诉说悲惨遭遇的时候，自然不免心里为之震动，想说些表示安慰之类的话。艾米琳也想说话安慰安慰那女人，可又想不起说什么好。说些什么呢？不过，两个怀着惴惴不安的心情，仿佛一致同意，绝对不能提到如今成了他们主子的那个可怕的人。

诚然，即使在最为黑暗的时刻，也不能丧失宗教信仰。混血女人是卫理公会教徒，虽说愚昧无知，却有一颗真挚而虔诚的灵魂。艾米琳受到过教育，比她聪明得多。在忠实虔诚太太的照料下，她学会了读书写字，还勤奋地学习了《圣经》。然而，尽管如此，当他们发现自己显然已经遭到上帝的遗弃，落入了残忍暴力的魔掌时，即使对最坚定不移的基督徒的信仰来说，这难道不也是一种考验吗？对基督年幼无知而又可怜的小儿女来说，这会多么强烈地动摇他们的信仰啊！

轮船，满载着悲伤继续向前航行。它顶着混浊汹涌的红色浪涛逆流而上，蜿蜒曲折地穿过了红河急急转弯的河道。从两旁掠过去的，千篇一律，都是令人乏味的陡峭的红土堤岸。人们忧伤的眼睛，困倦地望着堤岸发呆。最后，轮船在一座小镇旁边抛了锚。于是，西蒙便带领那批奴隶登岸而去。

第三十二章 黑暗之处

地上黑暗之处，都布满了强暴的居所。①

一辆粗糙的马车，行驶在更加粗糙而崎岖的道路上。汤姆和他的同伴，疲惫不堪，跟在后面跋涉着。

马车里坐着西蒙·勒格里。那两个依然锁在一起的女人和行李，都给安置在马车后部。一行人正朝着西蒙遥远的种植园进发。

这是一条荒凉、偏僻的道路，时而蜿蜒曲折，穿越悲凉、贫瘠、风声呜咽的松林，时而沿着圆木堤路，穿越一望无垠的沼泽。沼泽里，海绵似的泥泞地面上，柏树耸立，怆然悲凄，覆盖着一长串一长串阴森可怖的黑色苔藓；断桩败枝，狼藉满地，任其在泥水中腐烂着。不时还可看到形状可怖的摩卡辛毒蛇，在中间爬来爬去。

对于一个出门做生意的异乡人来说，即使他盘缠丰裕、鞍辔齐整，倘若走到这类荒僻的道路上，也足以使他感到十分寂寞，而对于一个身陷奴役地位的人来说，他每迈出沉重的一步，都更远离人们所爱慕和企盼的事物，内心也就觉得更为凄凉和沉闷。

① 见《旧约·诗篇》第七十四篇第二十节。

凡是目睹过那些黑人脸上阴沉沮丧表情的人，目睹过在他们凄凉旅程中，那些忧伤的眼睛盯着种种景象从他们身旁掠过去的人，心里都会想到这一点。

然而，西蒙却是一副得意扬扬的样子，继续驱车向前，还不时从口袋里摸出酒瓶啜一口酒。

“我说，你们怎么了？”当他转过身，瞥见身后人们烦闷的神色时，问，“唱个歌儿吧，伙计们，唱起来吧！”

人们只是你望望我，我看看你。这时，西蒙又喊了一声“唱起来吧！”接着啪的一声抽了一下手中的鞭子。汤姆开口唱了一支卫理公会赞诗：

耶路撒冷，我幸福的家园，
你的名字对我永远亲切！
我的痛苦何时才能去而不返，
你的欢乐何时我才能——

“给我闭嘴，你这个黑鬼子！”西蒙咆哮起来，“你那些像死人似的卫理公会破歌儿，你还当是我愿意听呀？告你们说，唱起来，现在唱个真正热热闹闹的，快！”

一个黑奴唱起了一支在奴隶们中间十分普通的、不传达任何意思的歌：

老爷见我抓浣熊，
哟嗬，伙计们，哟嗬！
一弯的月牙儿，他笑得肚子疼，
吆！吆！吆！伙计们，哟嗬！
吭唷！吆！哟嗬——嗬！

唱歌的人好像在随心所欲地唱着，不管有没有意思。只求大致上押韵就行。每隔一段时间，大伙都跟着唱起合唱部分：

咗！咗！咗！伙计们，哟嗬！
吭唷！咗！哟嗬——嗬！

奴隶们以强颜的欢笑唱得热闹非凡。然而，无论什么绝望的恸哭和热烈激切的祈祷言辞，其所蕴含的悲痛，都不如这种狂放的合唱更为深切。就仿佛那颗受到威胁和禁锢的麻木而可怜的心灵，在语义朦胧的音乐圣殿之中，找到了避难的场所，发现了一种用以向上帝祈祷的语言。歌声中蕴含着西蒙所无法耳闻的祈祷。他只是听到了奴隶们喧嚷的歌唱，心中不免十分得意，因为他到底让他们“打起了精神”。

“喏，小宝贝，”他转身把手搭在艾米琳的肩头，说，“我们就要到家了。”

方才，勒格里责骂着咆哮的时候，艾米琳十分惊骇；然而，当他把手搭在自己身上，像这会儿如此说话时，她仿佛觉得，她宁愿让勒格里打她一顿。他目光中流露出来的神色，使她厌恶作呕，身上不寒而栗。她不由自主地紧靠着身边的混血女人，好像她是自己母亲似的。

“你压根儿不戴耳环吧。”他用粗糙的大手捏着她小小的耳垂，说。

“不戴，老爷。”艾米琳低眉顺眼、浑身战栗着回答。

“那好吧，等到家里以后，你要是乖乖儿的，我就给你一副。你用不着害怕得什么似的，我可不想叫你干什么重活。你跟我在一块儿会很快活的，过得就像个贵妇人似的，只是得乖乖儿地听话。”

勒格里喝得已经半醺，态度变得十分和蔼可亲。而且，大约就在这个时候，种植园的界篱已经在望。庄园的主人原来是一个家境殷实、趣味高雅的绅士，曾花费了不少心血来整饬自己的田地。他去世以后，由于无力偿还债务，庄园就以低价变卖给了勒格里。而勒格里却像他做任何事情一样，只是把它当成了赚钱的工具。到处是一片凋敝荒凉的景象，显而易见，是原来主人所花心血付诸东流所造成的结果。

房前，原来是一片修剪得十分平滑的草坪，处处点缀着观赏的灌木，如今长满了邋遢的乱成一团的杂草，到处竖起了拴马桩子，周围的草皮踏得不复存在，地上丢着破木桶、玉米棒，还有其他凌乱不堪的废弃什物。支撑花木的柱子，当成了马桩，弄得四处东倒西歪，柱上还残留着发了霉的茉莉花和忍冬花。以往的大花园里，现在遍地杂草丛生，透过杂草，间或瞥见一枝孤独的奇花，凄然地探出头来。过去的温室里，现在没有了窗户，倾颓的架子上，摆着几个鲜花干枯而又无人问津的花盆，里面直立着花茎，枯萎的叶子告诉人们，它们一度曾是盛开的花卉。

马车驶上了两旁楝树巍然耸立、遍是杂草的石子小路。楝树形状瑰丽，枝繁叶茂，仿佛是不为无人修理所压倒而稍有改变的唯一东西了。这犹如高尚的心灵，由于深植在善的土壤中，遇上挫折或腐败，却益发欣欣向荣，益发坚强不屈。

房子宽敞、漂亮，是按照南方流行的造型修建的。两层的楼房，到处都有宽阔的走廊环护，房门都直通走廊，下层由砖柱支撑起来。

然而，房子看起来既荒凉又不舒适。有些窗户钉着木板，有些玻璃已经破碎，百叶窗的合页只剩了一个。这一切都说明，房子年久失修，住起来很不舒适。

地面上，凌乱狼藉，到处是碎木板、稻草屑、腐烂的旧桶和旧箱子。听到马车车轮的辚辚声，三四只气势汹汹的恶狗从梦中惊醒，很快窜了出来。跟在后面的衣衫褴褛的仆人，费了九牛二虎之力，才制止住了它们，没有咬住汤姆和他的同伴。

“你们看清了吧!”勒格里阴郁而满意地摩挲着狗，一面转身对汤姆和同伴们说，“要是你们想跑，那就得尝尝这个滋味。养大这几条狗，就是追捕黑鬼子的。它们能把你们一顿吃个干净。往后可要留神了！噢，山宝!”他对一个破衣烂衫、头戴掉了遮沿的帽子、过分殷勤的奴隶说，“情况怎么样?”

“蛮好、蛮好的，老爷。”

“昆宝，”勒格里又对一个起劲引起主子垂青的奴隶说，“我吩咐你的话，按照去做了吗？”

“做了，怎么会不做呢？”

这两个黑人就是种植园上的头目。勒格里就像训练自己的叭喇狗一样，有条不紊地把他们训得野蛮而且残暴，并且经过长期的实践，使他们的本性转变得与叭喇狗差不多一样的凶恶和乖戾了。人们常说，黑人监工总比白人监工更专制、更残忍。我们认为，这种说法完全抹杀了黑人的本性。这只不过说明，黑人与白人相比，在心灵上受到了更大的摧残和贬低而已。这种事不仅在黑人中间是这样，在全世界各个受到压迫的民族之间，也是这样。只要有机可乘，奴隶总会变成暴君。

正如我们在历史上看到某些当权者一样，勒格里也借助分散权力控制着种植园。山宝和昆宝彼此之间恨得咬牙切齿，所有种植园的奴隶，又把他俩恨得咬牙切齿。由于使用了让他们之间狗咬狗的伎俩，勒格里便十拿九稳，能够通过三者的此一方或彼一方，得悉庄园上发生的所有事情。

无论什么人，都不能没有任何交往地生活，所以，勒格里便怂恿他的两个黑人帮凶，跟他保持一种粗俗的亲密关系。不过，这种亲密随时都可以给他俩或此或彼惹来麻烦。因为，即使稍有冒犯，两个人中的一个就会在勒格里点头许可下，随时替他对另一个施行报复。

此刻，站在勒格里身旁的这两个人，仿佛完全证明：残暴的人甚至比野兽还要卑下。他们那粗鄙、笨拙而黝黑的相貌，那在对方身上滚动的疾恶如仇的目光，那野蛮粗暴的从喉咙里咕哝着说话的声音，以及那随风飘舞的破烂衣服，与庄园上所有事物的邪恶和污浊的格调，达到了令人钦羡的和谐一致。

“喏，山宝，”勒格里说，“你给我把这帮家伙带到下处去。噢，还给你弄来一个女人，”他说着把混血女人同艾米琳解开，把前者推搡到山宝面前，“我答应过给你弄个女人来的，你记得吧。”

那女人吓了一跳，抽身后退，突然说道：

“哦，老爷，我的男人留在新奥尔良了。”

“那又怎么样？你——你到了这里，就不要男人了？别再说了，去吧！”勒格里说时挥起了皮鞭。

“过来，小情妇，”他冲艾米琳说，“你跟我进屋吧。”

这时，只见一张阴雨密布、桀骜不驯的脸膛，在屋子窗口朝外眺望了片刻。勒格里开门的当儿，一个急速的女人声音，专横地说了句话。站在一旁，以焦虑的目光望着艾米琳走进屋去的汤姆，看见了那张脸，接着又听到了勒格里怒气冲冲地说：“闭上你那张臭嘴！我愿干什么就干什么，关你什么事！”

汤姆没有再听到别的话。因为他很快便跟随山宝到下处去了。下处是由一排简陋的棚屋形成的一条小街，坐落在种植园远离上房的一带地方。棚屋凄然悲凉，一片蛮荒的气象。见是这副样子，汤姆的心不由沉了下去。他原本一直在安慰自己，觉得或许能有一间小屋。尽管简陋，但可以收拾得整洁而且安静，有放《圣经》的壁架，还可以在劳动之余，好有个自己歇脚的去处。他察看了好几间棚屋，都只是一些粗糙的空空如也的躯壳，里面什么摆设都没有，只有一堆沾满泥土的稻草，乱七八糟地摊在地板上。而地板也不过是人们无数只脚踩硬了的光秃地面而已。

“哪一间是我的？”他询问山宝。

“不知道，兴许这间就成，”山宝说，“也许里面再住上个人。眼下，每间房子里都住了不少黑鬼子，要再来人我就没法子了。”

住在棚屋里精疲力竭的人们，直到夜色十分浓重，才成群结队地回来。他们无论是男是女，都穿着肮脏破旧的衣服，一副抑郁难过的样子，根本没有心情对这些新来乍到的人高兴地瞥上一眼。小村落里即时你吵我嚷，沸腾起来。人们在手推磨子旁边，声嘶力竭、咕咕哝哝地争夺着，因为他们那点点硬邦邦的玉米，要用磨子磨成面粉，才能烙成饼子，充当他们唯一的一顿晚饭。每天，天刚刚破晓，他们便下了地，在监工挥舞的皮鞭下，被迫劳动着。目前正值大忙季节，时间不等人，因此，使用了种种手段，逼迫每一个奴隶拼命地卖力干活。“当真是这样，”悠闲的人们会不负责任地说，“摘棉花并不是个苦差事。”难道果真如此吗？一滴水滴在头上并没有多大妨碍，然而，若是一滴接着一滴、一会儿接着一会儿，老是单调乏味，连续不断地滴在同一地方，就会像宗教法庭的苛刑一样，使人受到极端残酷的折磨。劳动本身并不让人们觉得痛苦，可是，如果以毫不留情的一成不变的刻板，来强制人们无时无刻地干活，而又甚至不知道，用人的自由意志来减轻其枯燥乏味，这样，劳动就会令人觉得痛苦了。当那些人拥过来的时候，汤姆想在人群中间找到友善的面孔，然而徒劳无益。他看到的只是脸色阴沉、愁眉苦脸和残忍成性的男人，以及灰心丧气的虚弱女人，或者说，根本不像女人的女人。强者推搡着弱者，人类粗野的、兽性的自私自利，摆脱了羁绊，根本不能在他们身上指望得到一丝善意。他们所受到的待遇完全是禽兽的待遇。因此，也在人类所能做到的范围内，几乎堕落到禽兽地步。磨玉米面的响声一直持续到深夜，因为与磨面的人相比，磨子为数甚少。虚弱困顿的人总是给身强力壮的撵走，直到最后才轮到他们的份上。

“哎嗨！”山宝走到那混血女人跟前，丢给她一袋玉米，“你他妈的叫啥名儿？”

“叫露茜。”女人说。

“听着，露茜，你眼下是我女人了。你磨这些玉米，把晚饭吃的饼子烙好，听见了吗？”

“我不是你的女人，多咱也不是！”女人由于绝望突然胆子大起来，针锋相对地说，“去你的吧！”

“我真想给你一脚！”山宝说时，威胁地抬起了脚。

“要是你愿意，就弄死我好了。死得越快越好！但愿死了才好哩！”女人说。

“我说，山宝，你把干活的人都给毁了，看我不告诉老爷去。”正忙着推磨的昆宝说。他已经撵跑了两三个等着磨玉米粉的女人。

“那我就告诉老爷，你不让女人来推磨，你这个老不死的黑鬼子！”山宝说，“你甭管闲事。”

一天的旅途劳顿，汤姆饥肠辘辘，差一点饿昏过去。

“喂!”山姆丢下一个粗麻袋,里面盛着一配克①玉米,“喏,黑鬼子,接着,省着点儿吃,一个礼拜后,你才能再领到呢。”

汤姆等到很晚,才在磨房找到一席位置。磨完以后,看见两个精力衰竭的女人正吃力地磨玉米,不由感到可怜,便替她们磨了。接着在方才不少人烙玉米饼的地方,把即将熄灭的木柴拨拢在一起,开始给自己做晚饭。这是一桩新鲜的事,虽然不大,却是件慈善举动,在那两个女人心里产生了一丝回应,她们没有表情的脸上,掠过了女人的善意神色。于是,她们替他和面、烙饼子。汤姆则坐在火光旁边,掏出了《圣经》,他需要得到安慰。

“那是啥?”其中一个女人问。

“《圣经》。”汤姆回答。

“老天爷?从离开肯塔基,就没见过一本了。”

“你是在肯塔基长大的?”汤姆颇感兴味。

“是啊,而且受过不错的教养。从来没想到落到这么个下场!”那女人叹息一声。

“到底是啥书?”另一个女人问。

“噢,是《圣经》。”

“老天哪!到底是啥?”那女人又问。

“哎哟!你连听都没听过?”方才那个女人说,“在肯塔基的时候,我常常听太太念上一段。我的天哪!可在这里,除了挨打受骂,什么也没听见过了。”

“不论怎么着,念一段听听吧!”前面那个女人看到汤姆聚精会神看《圣经》的样子,好奇地说。

于是汤姆念道:“凡劳苦担重的人,可以到我这里来,我就使你们得到安息。”②

“这些话真好听,”那女人说,“是谁说的?”

“救主。”汤姆说。

---

① 配克,英美度量衡的计量名。

② 见《新约·马太福音》第十一章第二十八节。

“我真盼着能找到救主，”那女人说，“我愿意去。看样子我多咱也得不到安宁了。我身上酸痛，一天天身子发抖，可山宝总对我吆三喝四的，说我摘得慢。夜里熬到快半宿才能吃上晚饭。好像还没翻个身、闭闭眼，赶床的号就又吹了，早上接着再干。要是我知道救主在哪里，我要告诉他这些事。”

“他就在这儿，他无所不在。”汤姆说。

“天哪，你别用这个骗我了！我清楚救主不在这儿，”那女人说，“说说不顶什么用。还是回去，能睡就睡一会儿吧。”

两个女人起身到棚屋里去了。汤姆一个人坐在冒烟的火堆旁边，红色火光在他脸上闪烁明灭。

紫红色天空上，升起一轮明媚、银白的月亮，无声、静谧地向下望着。与此同时，上帝也在俯视着人压迫人的悲惨场面，俯视着这个孑然一身的黑人。他交叉着双臂坐在火堆旁边，膝头摊开《圣经》。

“上帝在这儿吗？”啊，怎样才可能使未得到开化的心灵，面对着可怕的暴政和受不到谴责的显而易见的不义，保持其信仰的坚定不移呢？在汤姆那颗纯朴的心里，掀起了一场剧烈的斗争。那置人于死地的受到虐待的心思，那未来一生悲惨生活的预兆，以及那过去所寄全部希冀的破灭，都在他心灵的眼前凄然地翻腾起伏，仿佛在行将淹没的水手面前，自己妻儿亲人的尸体，在波涛汹涌的浊浪之中浮沉！哦，在这里，还能够不费吹灰之力，坚信并忠于基督教信仰的“信有上帝，且信他赏赐那寻求他的人”① 的伟大律令吗？

汤姆郁郁不快地站起，趔趔趄趄地走到指派他的棚屋里。地上已经挤满了困倦的进入了梦乡的人。污浊的气味，几乎使他走出屋来。但是，夜里霜雪浓重凛冽，他的四肢劳顿，于是，他把自己仅有的一条破毯子裹在身上，躺在稻草里，酣睡起来。

睡梦之中，一个柔和的声音传进耳鼓。他坐在庞夏特兰湖畔花园里的一张长满青苔的石凳上，伊娃低垂着一本正经的眸子，正替

---

① 见《新约·希伯来书》第十一章第六节。

他诵读《圣经》。他听到伊娃念道：

“你从水中经过，我必与你同在；你蹚过江河，河水必不漫过你；你从火中经过，必不被烧，火焰也不着在你身上。因为我是耶和华，你的上帝；是以色列的圣者，你的救主。”①

渐渐地，仿佛在一曲圣乐之中一样，这些话消逝远去了。伊娃抬起深湛的眼睛，慈爱地望着他，里面射出的温暖和安慰的光芒仿佛照进了他的心灵。她展开了熠熠生辉的翅翼，仿佛架着圣乐飞翔，从翅翼下飘出了星星般的金色的斑斑点点，随即，她便隐去了。

汤姆一觉醒来了。难道是梦吗？就算是吧。然而，这个生前便如此渴望抚慰安顿受苦人的甜蜜小天使，谁说死后上帝禁止她完成这种使命呢？

这个信仰十分美丽：
认为死者的灵魂
会成为天使，带着翅翼，
永远盘旋于我们脑际。

① 见《旧约·以赛亚书》第四十三章第二节。

第三十三章　凯茜

看哪，受欺压的流泪，且无人安慰；欺压他们的有势力，也无人安慰他们。

——《旧约·传道书》第四章第一节

汤姆没过多久便熟悉了自己新的生活，了解了自己希望和担心的所有事情。不论做什么活计，他都十分精通而且效率颇高。再者，无论从习惯还是信念上说，干起活来又总是手脚勤快、忠厚老成。他生性恬静、息事宁人，希望凭借不懈的勤奋，使自己至少摆脱一部分他的处境所带来的厄运。他所经受的凌辱和苦难足以使他心灰意冷，但仍然决心辛辛苦苦地干下去。他怀着教徒的忍辱负重，把自己托付于主持正义的上帝，企盼着将来在他面前呈现出一条生路。

对于汤姆的精明强干，勒格里嘴里不说，却已了然于胸。他把他视为一等奴隶，然而心里却暗自讨厌。这是因为恶与生俱来便容不下善。每每当他残暴地对付孤苦无依的奴隶时，他清楚地看出，汤姆也留神到了这一点。人们的意见正如空气一样，不声不吭，也能感到它的存在，而且，即便是一个奴隶的看法，也能惹恼主子。对于与他一起遭受折磨的人，汤姆总是以各种方式表达出和善的感情，流露出怜悯之心，尽管这对奴隶们来说，还是见所未见。可是，勒格里却把这一些都不无嫉妒地看在眼里。他把汤姆买到手，本来打算将来当个监工，在自己短期出门的时候，把庄园上的事托付给他。而且，在他看来，干这份差使首要、次要和再次要的条件，就是狠毒。于是勒格里拿定了主意，既然汤姆自己不狠毒，他就得立即叫他狠毒起来。就在汤姆来到庄园几个礼拜以后，勒格里便决定着手对他进行狠毒训练。

一天早晨，正当奴隶们集合起来准备下地，汤姆惊异地在人群中间，看见了一个外貌引他注意的新奴隶。那奴隶是个身材苗条的女人，高挑的个儿，手脚特别纤弱，衣服整整齐齐，打扮得十分体面。从面相上看，她年龄约在三十五岁到四十岁之间，生就一张叫人见过一面就再不能忘记的面孔，只要看上一眼，就能知道她有过一段迷狂、痛苦而又浪漫的往事。她高耸的前额、清秀的眉目、端正匀称的鼻子、玲珑的小口，以及轮廓秀美的头部和颈项，这一切都表明，她当初想必是个大美人儿。但是，脸上已经深深刻下饱经痛苦、骄傲和辛酸的皱纹，脸上灰黄难看，两颊深陷，五官棱角分明，整个身体消瘦枯槁。然后，五官之中，最惹人注目的还是那双眼睛，大大的，黑黑的，上面覆盖与眼睛一样黑的长睫毛，目光忽闪不定，眼神那样悲凄，那样绝望。脸上每一条皱纹，至少嘴唇的每一次翕动，以及一举手一投足，都呈现出桀骜不驯的神情，然而，眼睛里却闪露出深切、呆滞、犹如黑夜的痛苦。这种痛苦表情这样无可奈何，这样一成不变，与她全部举止所流露出来的目空一切的骄傲表情，形成了极其强烈的对照。

她是从哪里来的或者是什么人，汤姆说不清楚。他知道的第一件事，是在黎明的朦胧的灰色晨曦中，望见她昂着脑袋，骄傲地从他身边走过去。不过，人群中别的奴隶都认识她，因为簇拥在她四周的那些破衣烂衫、饥饿冻馁的可怜人，都频频回首望着她，克制自己显而易见的兴奋。

“到底还是成了这副样子，太叫我高兴了！”一个奴隶说。

“嘿！嘿！嘿！”另一个奴隶说，“你就尝尝干活多有意思吧，小姐。”

“咱们瞧着她干活吧！”

“夜里不知道她会不会跟我们一样挨揍！”

“要是看见她趴下挨鞭子，我才高兴哩，真的！”另一个说。

那女人没有理睬这些奚落，只是朝前走着，神色未变，仍然是一副悻悻然的轻蔑样子，仿佛什么都没听见。汤姆一向在有教养的高雅人们中间生活，从她的风度和举止，他本能地认为她属于那一类人物。然而，他却不知道，她是怎样或者为什么沦落到这种屈辱的田地的。虽然女人在下地时，一路上紧挨着他，却既不望他一眼，又不同他说话。

汤姆很快干起活来，不过，由于那女人离他并不太远，他常常瞥上她一眼，看她干活。他一眼就看出来，她由于生来机敏灵巧，干起活来比许多人都更不费劲。她棉花摘得很快、很干净，带着一副蔑视的神气，仿佛既鄙视这种活，又鄙视她被打入其中的这种委屈和耻辱境地。

那一日，汤姆有一段工夫，挨着那个和他一批买来的混血女人干活。显然，她感到十分痛苦。只见她前仰后合、哆哆嗦嗦，仿佛马上就要跌在地上。这时，汤姆往往听见她的祈祷声。于是，他走到她身边，悄悄从自己麻袋里抓出几把棉花塞给她。

“哦，别，别！”女人惊异地说，“这是给你找麻烦呀！”

就在这个时候，山宝走了过来。他似乎特别看不起这个女人，啪地甩了一下鞭子，粗暴地用刺耳的声调问：“怎么回子事，露丝？① 捣鬼，是不？”说着，用沉重的牛皮靴子踢了女人一脚，又朝汤姆劈头盖脸抽了一鞭子。

汤姆没有吱声，又摘起棉花来，可是，那个原已疲惫到极点的女人，却昏了过去。

“我叫她醒过来，”监工狰狞地龇牙笑起来，“我给她点比樟脑丸还管用的药吃！”他从上衣袖子上摘下一根别针，对准女人脑袋深深

① 露茜的昵称。

扎进去。女人呻吟一声，探起了身子，“滚起来，你这个畜生，干活，听见了吗？要不，我叫你再尝点厉害的！”

有一会儿，女人受了刺激，似乎有了一种不自然的力气，急切地拼命干起来。

“你就这样给我干吧，”监工说，“要不，今晚你就活不成了，我看。”

“我现在就不想活了！”汤姆听见她说，接着又听她说，“哦，天哪，怎么老不死呀？哦，老天，你干吗不帮帮我们哪？”

汤姆不管会惹来什么麻烦，又走过去，把麻袋里的棉花都放到女人的麻袋里。

“哦，可不能这样！你不晓得他们怎么整你哩。”女人说。

“我挺得过来！”汤姆说，“比你挺得住。”他又回到自己的地方。这只是转眼之间的事情。

上文表过的那个陌生女人，干活的当儿，已经离得汤姆很近，听见他说的话，这时，她突然抬起黑眼睛，盯了他一会儿之后，把一些棉花塞进他的麻袋里。

“你对这里什么都不了解，”她说，“不然，你是不会这样做的。只要住上一个月，你就谁也不会帮忙了。小心自己皮肉受苦还来不及哩！”

“上帝保佑，太太。”汤姆说，下意识地对农田伙伴使用了这个以往与他相处的高贵人们专用的尊称。

“上帝从不降临这里的。”那女人愤愤然了，当她干净利落地摘棉花时，她又瘪起嘴唇，露出了轻蔑的微笑。

然而，监工隔着棉田看见了她的行动，于是，挥舞着皮鞭，朝她奔过来。

“怎么？怎么？”他胜券在握，“你也在捣鬼？快干活！你这会儿是在我的手下，小心一点，要不就会皮肉受苦的。”

猛然间，那双乌黑眼睛里射出一片闪电。她直起腰，转过身来，鼻翼翕动着，愤怒鄙夷地瞪了监工一眼。

“吃屎的玩意儿!”她说，“看你敢碰我一指头！我还有权力，让狗撕了你，用火烧死你，把你剁成肉酱！只要我说句话就成!”

“那你妈的到这儿来干啥?”监工显然胆怯了，沮丧地朝回退了一两步，“我也没什么恶意，凯茜小姐!”

“那离我远点!”女人说。其实，监工似乎更愿意在棉田那头照应什么事情，于是调头走开了。

那女人又立即摘起棉花来，干活之敏捷，使汤姆深为惊叹。她仿佛凭着一种魔法干活。一天尚未过去，篮子里的棉花已经满满当当，冒出了尖儿堆在里面，还有好几次，她把大把大把棉花放到汤姆的篮子里。傍晚之后过了很长时间，那群疲惫不堪的奴隶，才头上顶着篮子，鱼贯来到用作贮存棉花的房子里过称。里面，勒格里正忙着同两个监工说话。

“那个汤姆净捣乱，不断把棉花塞到露茜篮子里。要是老爷不管着他点儿，黑鬼子们早晚会觉得不公平!”山宝说。

“嘿！好哇！这个他妈的黑鬼子，”勒格里说，“该收拾收拾他了，对不对，孩子们?”

听到话中有话，两个黑人龇牙咧嘴笑起来。

“哎，就是嘛！老爷一个人就收拾得了他！连魔鬼都赶不上老爷哩!”昆宝说。

“嘿，孩子们，最妙的法子是叫他揍别人，来打掉他那些怪念头。对，收拾收拾他!”

“天哪，老爷叫他丢掉怪念头可不易啊!”

“我非得打掉他的怪念头!”勒格里一边在嘴里转动着雪茄，一边说。

“还有那个露茜，是个最讨厌、最丑陋的婆娘!”山宝得寸进尺。

“你小心点，山姆①。我可要怀疑你干吗恨起露茜来了。”

“嗯，老爷明白，她不听老爷吩咐。老爷叫她跟我，可她偏不。”

“看我揍得她乖乖地跟你，”勒格里吐了一口痰，“只是眼下活儿

① 山宝的昵称。

紧迫，犯不上这时候跟她过不去。她身体单薄。可是这些单薄的女人，你就是打她们个半死，也改不了她们那一套！”

“就是嘛，可露茜真是讨厌、懒惰得很呀，到哪里都绷着个脸，啥也不干，汤姆还护着她。”

“是吗，嗯？那好哇，那就叫汤姆打她一顿，叫他高兴高兴，也叫他演习一下。他可不像你这两个鬼小子，在女人跟前，总是端着架子。”

“哈哈！嘿！嘿！嘿！”两个黑炭似的恶棍放声大笑。实际上，那魔鬼似的笑声，恰到好处地表现出勒格里形容他们的残忍性格。

“嗯，不过，老爷，汤姆跟凯茜小姐他俩往露茜篮子里放过棉花。我看他俩棉花的斤秤也在里边，老爷。”

“由我来过秤好了！”勒格里加重了语气。

两个监工又一次发出了魔鬼般的笑声。

“这么说，”勒格里又说，“凯茜小姐也摘了一天棉花？”

“她摘起棉花来，就跟魔鬼和他所有手下小鬼一样快！”

“那她是得到魔鬼的帮助了，我看。”勒格里咆哮着骂了一句脏话，动身到过秤的房间去了。

疲乏困顿、无精打采的奴隶，迈着缓慢的步伐，迤逦曲折地来到过秤房间。他们伛偻着身子，不情愿地递上篮子去过秤。

勒格里在一块石板上记着棉花的分量，旁边贴着奴隶们的名单。

汤姆的一篮棉花过了秤，得到了认可。他焦急地瞥着他表示过友善的那个女人，希望她也顺利过关。

她趔趔趄趄，无力地走上前去，交上篮子，勒格里分明看到分量足够，却装出生气的样子说：

“什么，你这个偷懒的畜生！又少秤了！给我站到一边去，过一会儿我收拾你！”

那女人绝望地呻吟一声，坐到一块木板上。

人称凯茜小姐的女人，这时也走过来，神情傲慢、满不在乎地递上篮子。往上递篮子的当儿，勒格里以讪笑的探询目光，望了她一眼。

她黑色的眼睛一动不动地盯着勒格里，嘴唇微微动了动，说了一句法国话。说的什么话？谁也听不明白，不过，就在她说话时，勒格里脸上的神情为之一变，露出魔鬼般的凶煞。他半扬起手来，仿佛要打她一顿似的，但她对这一手势万分鄙夷，转身走开了。

“喏。”勒格里说，“汤姆，你过来。我明白，我买下你来，不是叫你干普通活的。我想提拔提拔你，叫你当个监工。今儿夜里，你就动手开始吧。喏，你来抓住这个女人，给我揍一顿。你见的也不少了，知道怎么办了。”

“我请求老爷原谅，”汤姆说，“希望老爷千万别让我干这个吧。这我不习惯，多咱都不习惯，也不能干这个，没门儿。”

“等我收拾完了你，你就有机会学会好多不会干的事情啦。”说着，勒格里抄起牛皮鞭子一下抽在汤姆脸上，接着鞭子雨点一般落下来。

“喏！”他住手歇了一歇，问，“还说不会干吗？”

“是的，老爷，”汤姆抬起手，擦了擦顺着脸往下淌的鲜血，“我愿意没白没黑地干活，只要活着，还有口气，我就干活。不过，这件事，我觉得干得不对头。老爷，我多咱都不干，多咱都不干！”

汤姆说话，声音一向柔顺温和，举止习惯上也十分谦恭，因此，勒格里认为他怯懦，很容易慑服。汤姆说完最后一句话时，每一个人都无不感到一阵惊诧。那个苦命的女人合着手，叫了一声：“哦，主啊！”大伙面面相觑，屏住呼吸，仿佛等待着即将来临的一场暴风雨。

勒格里瞠目结舌，呆若木鸡，但最后终于吼叫起来：

“什么？你这个挨刀的黑畜生！胆敢跟我说，我叫你干的事不对头！琢磨什么事对头不对头，跟你们这些该死的牛马哪个相干？我非得刹住你这种气焰不可！咦，你觉得你是干什么吃的？兴许你觉得是个大人物汤姆老爷吧？还敢开口对我说什么对头什么不对头！看起来，你认为打那个女人是错的喽！”

“我是这么想的，老爷，”汤姆说，“这个苦命人害着病，身子虚弱。要打她，就太残忍啦。这是我多咱都不愿干的事，不愿动手干的事。老爷，要杀你就杀了我吧。可我永远不会抬手打这里的什么人，我宁可自己先死了。”

汤姆说话的语气十分温和，然而，那种坚定的决心，却是显而易见的。勒格里气得浑身发抖，泛着绿色的眼睛里闪出凶狠的目光，连胡须都气得倒卷起来。他像一头凶残的野兽，在吞噬猎物之前，还想戏弄它一番。于是，他克制住立即拳脚相加的强烈冲动，悻悻然对汤姆连珠炮似的挖苦起来。

“好哇，你这个虔诚的狗东西！终于降临到我们有罪的众生中间来了！真是一个不折不扣的圣人、大人物，对我们这些罪人来谈论我们的罪孽了！可真是个法力无边的圣贤哪！喂，你这个下流坯，你假装虔诚，难道你就没有在你那《圣经》听说过“做仆人的要顺从你的主人”① 这句话吗？我难道不是你主子吗？你这个该死的黑皮囊的东西，不是我花一千二百块现洋买下来的吗？你现在连身体带灵魂，不都是我的吗？”说着，他用笨重的皮靴狠狠踢了汤姆一脚，“说话呀！”

在肉体的极度痛苦中，在残酷压迫的摧残下，这个问题像一道喜悦和胜利的光芒，穿透了汤姆的灵魂。突然，他挺起了腰板，随着血泪交融在一起，沿着脸膛滚滚流下，他真挚地仰望着上苍，朗声说道：

“不！不！不！我的灵魂不是你的，老爷！你没有买下它来，你是买不到的！它已经由一个能保护它的人付钱买下来了。无论如何，无论如何，你都无法伤害我。”

“我无法伤害你！”勒格里轻蔑地笑道，“咱们等着瞧，咱们等着瞧！喏，山宝、昆宝，给我把这狗东西好好收拾一顿，要他挨不过这个月去！”

于是，那两个高大的黑人抓住了汤姆，脸上露出了魔鬼般的喜悦，那样子恰似冥神的化身。两人把毫不反抗的汤姆拖出去时，那个可怜的女人吓得厉声尖叫，所有的人仿佛统一行动，一下子都站了起来。

---

① 典出《新约·歌罗西书》第三章第二十二节。

第三十四章　二代混血女人的经历

看哪，受欺压的流泪，且无人安慰；欺压他们的有势力，也无人安慰他们。

——《旧约·传道书》第四章第一节

夜深了。汤姆独自一人躺在破旧凋零的轧棉花的屋子里。他身上流着血，嘴里不断地呻吟着。屋里，四周满是破旧机器的碎片和一堆堆破棉花，还有日存月积的垃圾。

夜里潮湿得令人窒息，混浊的空气中，飞动着成堆的蚊子，更增加了他伤口的叫人不得安宁的疼痛。而更叫人难耐的，还是那火焰般燃烧着的焦渴。这使他机体上所遭受的痛苦到了无法承受的程度。

“哦，仁慈的上帝！求您俯视着我，赐给我胜利，战败一切磨难的胜利吧！”可怜的汤姆在痛苦中祈祷着。

在他背后，传来了脚步声，马灯的光线照射在他的眼睛上。

“是谁呀？哦，看在仁慈的主的份儿上，请给我点水喝吧！”

进来的人正是叫凯茜的那个女人。她放好了马灯，从一个瓶子里倒了些水，抬起他的头，喂他水喝。汤姆急不可待地喝了一杯又一杯。

“愿喝多少都行，”她说，“我知道口渴的难受滋味。我夜里出来给你这样的人送水，已不是头一回了。”

“谢谢你，太太。”汤姆喝完水之后说。

“快别叫我太太吧！我跟你一样，是个苦命的奴隶，比你还下贱的奴隶！”她辛酸地说，“不过，这会儿，”她说着话走到门口，拽进一领草褥，上面铺着用凉水浸湿的亚麻布片，“我可怜的人，看能不能把身子挪到这上面去。”

汤姆浑身的伤口和肿包，身子僵硬，花了很长时间才挪到草褥上去。不过，到了草褥上之后，伤口一触到冰凉的布片，就确实觉得好受多了。

这个女人，由于长期救护给残暴打伤的人，习练得熟悉不少治伤的方法，所以，又接着给汤姆伤口敷上不少药物。这样一来，汤姆不久觉得松快了一些。

“喏。”女人抬起他的头，放在一卷破棉絮上，当枕头枕着，“我只能替你做这些了。”

汤姆向她道了谢。女人在地板上坐下，弯起两腿，胳膊抱在膝头，愣愣地盯着前方，脸上露出辛酸痛苦的表情。她的女帽推到脑后，漆黑的波浪形长发，覆盖在她那独特而忧郁的面颊两旁。

“这什么用都没有，我可怜的人，”她终于打破了沉默，“你想这样做，根本没用。你很勇敢，也占不了理，可是，你这样赌气，毫无用处，绝赌不赢。你是在魔鬼手心里，他法力无边，还得认输！”

认输！人的软弱和肉体的痛苦，以前难道没有倾诉过吗？汤姆心里悚然一动：这个眼神狂乱、语声悲戚的苦命女人，在他看来，正是他此前一直与之较量的那种诱惑的象征。

“哦上帝！哦上帝呀，”他呻吟着说，“我怎么能认输呢？”

“呼唤上帝也没有什么用处，他永远听不到你的呼吸，”女人不动声色地说，“我不相信有什么上帝，如果有的话，那他是站在反对我们的一边了。无论是苍天还是人世，全部跟我们作对。一切的一切都在把我们推向地狱。我们为什么不去呢？”

汤姆听了这些阴郁、不敬神明的话，闭上了眼睛，身上不由战栗起来。

“喏，”女人说，“你对这里什么都不了解，可我了解。我在这儿待了五年了，连人带灵魂都踏到这家伙的铁蹄下。我跟痛恨魔鬼一样痛恨他！喏，这是地处沼泽的一座孤零零的种植园，离着别的最近的种植园也有十英里。如果他把你活活烧死、烫死、剁成肉酱、让狗咬死或者吊起来用鞭子打死，也没有一个白人作证。这里既没有上帝的戒条也没有人间的法律，你或者我们当中任何一个人，都得不到戒条或法律的半点好处。这个家伙！他无恶不作。如果我把在这里耳闻目睹的事情讲出来，别人听了都会汗毛倒竖、牙齿打战。然而，反抗毫无用处！难道我愿意同他同居吗？我不是受过高尚教育的女人吗？而他呢？老天在上，他以前是个什么东西？现在又是个什么东西？可是，我却跟他同居了五年，日日夜夜都在诅咒着自己每时每刻的生活！现在，他又弄来一个女人，是个年纪不大的姑娘，刚刚十五岁。她告诉我，她受到过虔诚的教养。她家好心的太太教过她诵读《圣经》，把《圣经》也带到这里来了。真见她的鬼！”女人狂野而又悲凉地大笑起来。陌生的鬼哭狼嚎似的笑声，在凋敝的破屋里回荡着。

汤姆交叉起双手，一切都是那么阴森可怖。

“哦，耶稣！救主耶稣！难道你完全忘了我们这些苦命的人？”他终于大声呼喊起来，“保佑我们吧，主啊，我遭到了灭顶的灾难！”

女人板着面孔继续说下去：

“而这些跟你在一起干活的下流坯又是些什么东西？你还竟然为了他们去经受折磨？他们一旦有机会，一个个都会跟你作对。他们彼此相互之间，也是以卑鄙对卑鄙，以残酷对残酷，无所不用其极。你遭受折磨，不让他们受到伤害，什么用都没有。”

“苦命的人们，”汤姆说，“是什么让他们变得这么残酷呢？如果我认输，我就会习惯这样，一点一点地变得像他们那样。不，不，太太！我已经失去了所有的东西：妻子、儿女、家庭，还有我善良的主人。要是他多活一个礼拜的话，就会让我获得自由。我已经失去了在这个世界上的一切，都一去不复返了。而现在，我不能再失去天堂。不说别的，我可不能作孽呀!”

“不过，上帝是不能把罪孽记到我们账上的，”女人说，“他决不会责怪我们，因为我们是不得已而为之的，他只会责怪那些驱使我们作孽的人。”

“是啊，”汤姆说，“不过，那也不会让人们不去作孽呀。如果我变得像山宝那样狠心，那样罪过，追究起原因来，也没有多大的不同。我所怕的正是作孽这种事啊。”

女人茫然吃惊地盯着汤姆，仿佛一种新的想法在她心中留下了印象。于是，她沉重地叹息一声，说：

“哦，仁慈的上帝！你说得有道理！哦，哦，哦!”她呻吟着跌在地板上，仿佛在压倒她的极大精神痛苦之下挣扎着。

有一会儿，两人都默然无语，彼此的呼吸都清晰可闻。后来，汤姆用微弱的声音说：“劳你驾，太太!”

女人猛地站起来，脸上又恢复了平素那严峻而忧郁的神情。

“劳你驾，太太，我刚才看见他们把我的上衣丢到那个旮旯里了，口袋里还装着我那本《圣经》呢。请太太给我拿过来，好吗?”

凯茜走过去拿了回来。汤姆立即翻到一段用浓笔画上横线的一段经文。书页已经破旧磨损，讲的是那耶稣生前遭受鞭笞，而使我们得救的最后一幕的情景。

“请太太念念这段经文吧，这比水还有好处。”

凯茜不动声色而又傲慢地接过《圣经》，浏览了那段经文。接着，用柔和的声音朗读了那段痛苦而又荣耀的记述，其语调格外优美动听。

朗读的时候，她的声音往往战栗抖动，又时而完全念不出声音来。这时，她便带着极为镇定的神色干脆停顿下来，待控制住情绪后，再接着往下念。当她读到“父啊，赦免他们，因为他们所做的，他们不晓得”① 这句令人回肠荡气的话时，她索性丢掉《圣经》，脑

① 见《新约·路加福音》第二十三章第三十四节。

袋藏在浓密的头发里，身子剧烈抽搐着，呜呜咽咽哭起来。

汤姆也在哭泣，时而低低地吐出一口气来。

“要是我们能做到这一点，该多好哇！”汤姆说，“救主做起来那么自自然然，而我们却要费这么大力气才能做到。哦，主啊，佑助我们！哦，神圣的救主耶稣，佑助我们吧！”

“太太，”汤姆过了一会儿说，“你无论在哪一方面都比我高出一头，这我到底是心里有数的。但有一件事，太太也许能跟可怜的汤姆学一学。你说上帝站在跟我们作对的一边，因为他叫我们挨打受骂，到处被驱遣，可你看他的儿子，我们神圣荣耀的救主，他的遭遇是怎样的呢？他不是一生贫困吗？我们有哪个人沦落得像他那样卑贱呢？上帝并没有忘了我们，这我敢肯定。如果我们同他一起忍耐，《圣经》上说，也必然和他一同作王。可是，我们若不认他，他也必不认我们。①他们不都受难过吗，救世主和他的门徒？《圣经》上说，他们怎样挨石头砸，怎样让锯子锯，怎样穿着绵羊和山羊皮颠沛流离，贫穷、受苦、受难。②受到折磨并不是让我们认为上帝跟我们作对的道理，而是正好相反，只要我们紧紧跟随着他，不自暴自弃，去作孽的话。”

“可是，他为什么把我们置于不得不作孽的境地呢？”女人问道。

“我看我们能不作孽。”汤姆回答。

“那等着瞧吧，”凯茜说，“明天他们又会冲着你来了。你有什么办法？我了解他们，见过他们的所作所为。一想到他们会怎样折磨你，我就受不了。他们到头来会叫你认输的！”

“救主耶稣，”汤姆说，“你一定会关爱我的灵魂吧？哦，救主啊，关爱它吧，别让我认输！”

“天哪！”凯茜说，“以前，这些呼号和祈祷我都听到过，然而，他们这些人都给压垮、制服了。只有艾米琳想坚信下去，还有你也想，可又有什么用？你不认输，就会慢慢死去的。”

---

① 典出《新经·提摩太后书》第二章第十二节。

② 典出《新约·希伯来书》第十一章第三十七节。

“那么，我宁可死了的好，”汤姆说，“他们折磨多长时间都行，可他们挡不住有一天我会去死。我死了，他们就再也折磨不了我了。我明白自己已经拿定了主意。我知道救主一定会佑助我，让我经受住磨难的。”

女人没有回答，只是坐在那里，用乌黑的眼睛全神贯注地盯着地板。

“也许这条路倒是对头的，”她喃喃自语，“可是那些认了输的，就没有希望了！什么希望都没有了！我们出生在污浊里，越变越讨厌，最后甚至讨厌起我们自己来。我们盼望一死，可又不敢弄死自己！什么希望都没有了！什么希望都没有了！什么希望都没有了！可这个姑娘，跟我当初是一般年纪啊！”

“现在，你看看我，”她疾速地对汤姆说，“看看我这副模样！咳，我想当初也是在舒适环境中长大的呀。小时候，我第一件记得的事，就是在优雅的客厅里玩耍。那时，我打扮得像个洋娃娃，小伙伴和客人们都夸奖我。客厅窗户外面，是个花园，我常跟兄弟姐妹在橘子树底下玩捉迷藏。后来，进了一家修道院学校，学了音乐、法语和刺绣等功课。十四岁上，我回来参加父亲的葬礼。他死得很突然，处理财产的时候，人们发现，所剩下来的财产，几乎不足以抵债了。债主们编造财产清单时，把我也列了进去。我母亲是个黑奴，而我父亲却一直打算给我自由。可是，这件事没来得及办，于是，我就给列到了清单上面。我一向明白自己的地位，可又从来不多考虑这些。无论是谁，都想象不到一个结实健壮的大活人，会一下子就死去了。临死之前四个钟头，父亲还没病没灾的哩。他在新奥尔良，是第一批患上霍乱的人。葬礼后那天，父亲的妻子携带她的子女到她父亲种植园去住了。我当时觉得他们待承我十分奇怪，可是还不知道到底是怎么一回事。他们请了一位年轻律师，留下来处理善后事宜。他天天到家里来，待在那里，对我说话非常客气。有一天，他带来一个年轻人，在我心目中，这个年轻人是我平生见过的最英俊的男人。我永远忘不了那个夜晚的情景。我跟他一起在花园里散了步。我当时百无聊赖、愁肠百结，他对我那么善良，那么温柔，跟我说，我去修道学校以前，他见过我，而且早就爱上我了，愿意和我交朋友，充当我的保护人。总之，他虽然没有跟我提起，他花了两千块钱买下了我，我成了他的财产，但我心甘情愿地成了他的人，因为我爱他。爱过呀！”女人停顿了一下，“哦，我多么爱那个男人啊！我现在还是那么爱他！只要还有这口气，我将永远爱他！他是那么漂亮，那么高贵，那么文雅！他让我住进一座华丽的住宅里，里面有仆人，有马匹，有车辆，有家具，还有衣服。他给了我金钱能买的一切东西，不过，我并不珍视这些，我只是关心他。我爱他，胜过爱上帝和我自己的灵魂。他想我怎样，我就怎样，即使想不服从，也办不到。”

“我只要求一件事，要求他和我结婚。我心里想，如果他像自己说的那样爱我，如果我在他心中占着那么重要地位，他就肯定愿意和我结婚，让我得到自由。可是，他叫我相信，那是不可能的。他又对我说，如果我们忠诚相爱，那就是在上帝面前做了夫妻。如果他说的是真的，我难道不是那个男人的妻子吗？我难道不真诚吗？整整七年当中，难道我不是一直看着他的脸色，观察他的举动，只是为了取悦他而呼吸、而活着吗？他害黄热病那阵子，我一连二十个日日夜夜看护着他。就我一个人，所有的药都是我喂他吃，所有的事都由我来做。病后，他管我叫他的好天使，还说，是我救了他的命。我们生了两个漂亮孩子。大的是个男孩，我们起名叫小亨利。他简直是他爸爸的翻版，眼睛那么漂亮，前额那么高耸，上面覆盖着飘逸鬈发，连气质和禀赋也完全和他爸爸一样。他说，小艾利丝长得像我。他常常跟我说，我是路易斯安那最美丽的女人，他因为我和两个孩子感到骄傲。他喜欢我把孩子们打扮整齐，带着他们和我，坐上敞篷马车出去兜风，听听人们对我们说的那些赞美的话。他还常常不断地在我耳朵旁边，学舌告诉我人们赞扬我和儿女的动听话语。嘿，在那些岁月里，真幸福啊！我当时觉得，我是最幸福的了。可是，后来，倒霉的日子降临了。他有一个表哥从新奥尔良来了。他对表哥特别要好，极为看重他。不过，从第一次见到那个人起，不知怎么回事，我就很怕他。我心里很有把握，觉得他会给我带来不幸，他带亨利出去，常常深夜两三点钟才回来。我一句话都不敢说，因为亨利容易生气，所以不敢吱声。他还带亨利逛了赌场，亨利是一旦干起来就再也不肯住手的人，很快我发现他的心离开了我。他从来没说起来过，但我看得出来，我渐渐地就明白了。我的心都碎了，可是我一句话都说不出来！这时候，他想跟那女人结婚，可赌场的欠债又妨碍着他们，于是，那个恶棍出钱把我和亨利的子女买了下来，好还清债务——他把我们卖掉了。有一天，他对我说，因一笔生意要到乡下去，两三个礼拜才能回来。说话的时候，也比平素温和，还说，一定会回来的。可是他骗不了我，我明白时候到了。我变成了个石头人，既说不出话，也掉不下眼泪来。他吻了我，又吻了两个孩子，吻了好多次，后来便走了。我瞧见他骑到马上，一直望着他，直到看不见他的背景。接着，我跌倒在地上，昏了过去。

“后来，那个该死的恶棍来了。他是来接管我们的。他跟我说，他已经买下了我和孩子们，还拿出文书叫我看。我当着上帝诅咒了他，还说自己宁死也不跟着他。

“‘那请便好了，’他说，‘不过，你要是不乖乖儿的，我就把你两个孩子卖到你再也看不到的地方去。’他还对我说，从他第一次见到我，就盘算着把我弄到手。还说，他有意识地引诱亨利去赌场，让他债台高筑，然后心甘情愿地把我卖掉，同时，又让亨利爱上另外一个女人。又说，他既然费了不少心机，就不会由于我使点性子流几滴眼泪之类的事情，而放弃希望。这点我心里应该有数。

“我只好就范，因为我的行动受到限制，孩子掌握在他手里。不论什么时候我在什么地方违背了他的意志，他总是说要卖掉他们。这样，他想怎么样，我都得服服帖帖的。咳，过的这是什么日子呀！整天伤心断肠，还得不断地爱、爱、爱，而其实只是痛苦罢了。肉体和灵魂都被自己痛恨束缚着。我原来爱给亨利朗读，给他弹钢琴，跟他跳华尔兹舞，给他唱歌，可是，无论给这个恶棍做什么，简直都是累赘，然而，又不敢拒绝他的任何要求。他对孩子们十分蛮横、凶狠。艾利丝是个怯懦的小东西，可是，小亨利却跟他爸爸一样，胆大而又容易激怒，从来没有什么人能稍稍制服他。他总是找小亨利的碴儿，跟他争吵，因此，我终日都是提心吊胆的。我劝小亨利对他要尊重些，设法不让他俩接近，因为我对孩子疼得要命。可是，这样也没什么效果。他到底把两个孩子卖掉了。有一天，他带我坐车出去，回到家后，就哪里也找不到孩子了！他告诉我，他把他们卖了，还让我看那些以他们血肉换来的钱。那时，我似乎抛弃了一切善良的念头，大吵大嚷，诅咒上帝，也诅咒人类。有一段时间，我相信他确实有点怕我。可是，他并没有就此住手。他告诉我，孩子是卖掉了，但是我能不能再跟他见面，都由他说了算。还说，要是我不安安静静的，孩子们就要吃苦头。咳，一个女人，要是你把孩子捏在手心里，你就可以任意摧残她了。于是，他弄得我服服帖帖，不再吵闹，还吊我的胃口，说也许他能把两个孩子再买回来。就这样又过了一两个礼拜。后来有一天我出去走走，路过鞭笞站的时候望见一群人围在门口，听见一个孩子的哭声。突然，我的小亨利从两三个抓着他的人手里挣脱出来，哭叫着跑过来，一把抓住我的衣服。那几个追过来，恶狠狠地破口大骂。其中，有一个我永远忘不了那副尊容的人对孩子说，他这样是跑不掉的，必须跟他一起到鞭笞站去，在那里受一次永远忘不掉的教训。我想哀告祈求他们，他们只是哈哈大笑。我那可怜的儿子一面哭叫一面盯住我的脸，紧紧抓着我。最后，他们把孩子拉走的时候，连我的衣服边都撕去了半块。他们把孩子架进鞭笞站时，他还大声叫着：‘妈妈！妈妈！’旁边有个男人，看来十分可怜我。我答应只要他调解一下，我就把身上所带的钱全部给他。他摇摇头说，那个人方才说了，那个男孩由他买下以后，一直冒冒失失，不听使唤，他要好好教训他，以后永远别这样了。我听了掉头就往回跑，路上每跑一步，都觉得听见孩子的叫喊。我回到家，上气不接下气地跑到客厅里，找到了勃特勒。我把这件事告诉给他，求他去调解调解。他只是一笑置之，对我说这是孩子活该这样。他就是该给治一治了，而且越早越好。‘我还能指望什么？’他反问着我说。

“一刹那间，我脑子里仿佛有什么东西啪的一声震裂了，只觉得头晕目眩，怒不可遏。只记得看见桌上放着一把锋利的猎刀，只记得模模糊糊抄起来，朝他身上丢过去，接着，眼前一团漆黑，就什么都不知道了，一连好多天没有感觉。

“我醒来的时候，自己躺在一间漂亮屋子里，但不是我自己的房间。一个黑老婆婆照料着我，医生也进来检查病情，对我极尽看护照料之能事。不久，我得知那个恶棍走了，把我留在那里等待着出卖。这就是他们这么悉心护理我的原因。

“我不愿意好起来，只盼望自己一病不起。但是，尽管如此，我热度消退，恢复了健康，最后又能起床了。从此，他们让我每日打扮起来。不少绅士来到我屋里，站在那里抽着雪茄打量我，一面问这问那，讨价还价。我那时一声不吭，满脸不高兴的样子，因此没有人想买我。他们威胁我说，要是我不高兴着点儿，不努力装出可人意的模样，就用鞭子打我。最后，有一天进来一个叫斯图尔特的绅士。他好像对我有些同情，看出我沉重的心事，于是单独来看过不少次，终于说服了我把心事告诉他。最后，他把我买下来，答应尽一切努力打听孩子们的下落，把他们赎回来。他找到了我的小亨利干活的旅店，可人家告诉他，小亨利已经卖给红河上游的一个种植园主。从此，我再也没听到小亨利的消息。后来，他又打听到我女儿的下落，一个老太太收养了她。他出了一大笔钱买她，可是人家就是不愿意卖。勃特勒也得知他是为了我的缘故，才想赎回她的，于是捎信给我，说我再也见不到她了。斯图尔特船长待我十分温柔。他经营着一座出色的种植园，最后把我带到那里去。一年以后，我生了一个儿子。咳，那个孩子！我多么爱他呀！那小东西长得多像小亨利呀！然而，我已经下了决心，是的，我下了决心：永远不再让一个孩子长大成人！小家伙才四周的时候，我把他搂在怀里，一面亲吻着他，一面失声痛哭，然后，我给他灌了鸦片酊，又紧紧抱着他，让他在睡梦中死在了我的怀里。我哭叫着，心里多么难过啊！可是，又有谁能梦想到，我不是弄错才给孩子灌了鸦片酊的呢？不过，这是直到现在为止，使我感到欣慰的几件事情之一。一直到今天，我仍然不后悔，起码来说，他是摆脱了人间的痛苦。可怜的孩子，除了一死，我能给他什么好东西呢？过了不久，又流行起霍乱，斯图尔特船长患病死了。唉，想活着的人个个都死了，而我呢，我，我又给卖掉了，接着又几经转手，我姿色憔悴了，脸上起了皱纹，又得了一场热病。最后，这个恶棍买了我，把我带到了这里。喏，我就这样到了这里！”

女人不说话了。她急匆匆诉说个人经历的时候，语气既激动又狂乱，有时仿佛是讲给汤姆听，有时又仿佛是在自言自语。她的话具有一种那么感情澎湃、压倒一切的力量，一时之间，汤姆听得心神恍惚，甚至忘记了自己伤口的创痛。他用胳膊肘支撑起身子，望着她在那里焦虑不安地走来走去。行动之间，她那漆黑的长发也在肩头沉重地摆动着。

“你告诉我，”她停顿了一下，说，“天上有个上帝，他俯视着人世，什么事情都看得清楚。也许是这样吧。修道院的修女以前常跟我说起最后审判日的事，说到了那一天，一切都能分出青红皂白了。那时，就能讨回公道了吧！”

“可是，人家觉得我们受的折磨无所谓，我们儿女受的折磨也无所谓！都是不起眼的小事。然而，我走在大街上的时候，我一个人心里的苦难，仿佛都是足以使整个城市塌陷下去似的。我巴不得一座座房子都压到我身上，脚下的石头也都陷下去。是的！到了最后审判日，我一定在上帝面前挺身出来作证，控诉蹂躏我和孩子肉体和灵魂的那些人！”

“我当姑娘的时候，认为自己笃信宗教，热爱上帝，常常祈祷。而现在，我却成了一个迷途的人，无论白天黑夜，都受到魔鬼的追逐和折磨。他们驱赶着我不断往绝路上走，早晚有一天，我会豁出一切的！”她说着攥紧了手，浓黑眼睛里闪出一道疯狂的光芒，“我要把他送回老家去，还得要抄近道走。就算是他们在一天夜里，因此把我活活烧死也无所谓！”一声狂狂的长笑传遍了凄凉空荡的小屋，最后变成了歇斯底里的抽泣。她一下子滚在地板上，浑身抽搐挣扎着，呜呜咽咽哭了起来。

“还有什么要我替你做的吗，苦命的人？”她走近汤姆躺着的地方，问，“再给你些水喝，好吗？”

说话的时候，她的语气和举止当中，都透着娴雅、怜悯和温柔，与方才的疯狂形成了奇异的对照。

汤姆喝了水，挚爱而又怜惜地望着她的脸。

“哦，太太，我希望你到他身边去，他能给你生命的泉水。”

“到他身边去！他在哪儿？他是谁？”凯茜问道。

“你刚才念给我听的那个人，就是救主。”

“我小时候，常常在神龛上见到他的画像，”凯茜说，那双漆黑的眼睛木然不动，陷入了悲戚的梦幻之中，“可是，他没有在这儿呀！这里什么都没有，只有漫长而又漫长的绝望！咳！”她用手捂住胸口，呼了一口气，仿佛要举起一副重担似的。

汤姆好像还想说话，但她打了一个斩钉截铁的手势，没让他说出来。

“别说了，苦命的人，能睡着就睡着一会儿吧。”接着，凯茜把水放在汤姆够得着的地方，又为使他舒适尽其所能地稍稍收拾了一番，便离开了小屋。

第三十五章　念物

尽管微不足道，却给我们心灵
带来它想永远摆脱的沉痛，
这些事物可能是一个声响、
一朵鲜花、一阵风和一片海洋，
触动了神秘环绕我们的电光。
——《恰尔德·哈洛德游记》第四章①

勒格里府宅的起居室又宽又长，壁炉也十分宽敞。墙壁上以前贴的高贵华丽的壁纸，由于墙壁潮湿，如今已经变脆剥落，褪了颜色。像在密闭的旧宅里常常闻到的那样，里面弥漫着一股特别的、令人作呕的不洁气味，夹杂着阴湿、垃圾和腐烂东西相混在一起的臭味，壁纸剥蚀脱落，上面溅着啤酒和葡萄酒的块块斑渍，还用粉笔写着备忘录，底下是串串长长的数字，仿佛有人在上面做过算术练习题似的。壁炉里摆着一只木炭烧得正旺的火钵。天气虽然不算寒冷，但到了夜晚，硕大的起居室里，仿佛总觉得湿气浓重，冷飕

① 见英国诗人拜伦（Byron，1788—1824），该长诗第四章第二十三节。

飕的。更何况勒格里也还需要点燃雪茄的火种，需要烧水勾兑混合甜酒。木炭猩红的火舌，把屋内混乱不堪、破败凋敝的景象，照得十分清楚。四处杂乱无章地丢着马鞍、马勒、各种挽具、马鞭、大衣和各色衣物，连上文所表过的那几条恶狗，也按其所好，随遇而安地在杂物中间安下了营寨。

勒格里正在给自己勾兑一大杯混合甜酒，手拿一个裂了缝、缺了嘴的大水罐往里面倒开水，一面嘴里叽里咕噜地直嚷嚷。

“这个遭天杀的山宝，搅和得我跟新来的伙计们闹了这么一大场！这会儿，那家伙一个礼拜也干不了活，可又是最紧迫的季节哩！”

“是啊，就跟你一样。”椅子后面传来一个声音，是叫凯茜的那个女人在说话。她是在勒格里自言自语时，偷偷溜进屋子的。

“哼，你这个母夜叉！你到底回来了，对吧？”

“是的，回来啦，”她冷冰冰地说，“还是那样，自己想回来就回来！”

“你说谎，你这个婊子！我说到做到。你得给我老老实实的，要不就住到下处去，跟他们一块过日子干活。”

“我一千倍一万倍地愿意这样，”女人说，“宁可住在下处最肮脏的窟窿里，也不想让你踩在脚底下。”

“不过，不管怎么说，你还是在我脚底下呀，”他转过身来，残暴地咧嘴笑起来，“这起码叫我心里感到安慰呀。所以，还是坐到我怀里来吧，宝贝，要乖乖儿的。”他说着抓住了她的手腕。

“西蒙·勒格里，你给我当心点！”女人说，突然露出了严厉的目光。那疯狂迷乱的眼神，几乎让人感到惴惴不安。“你害怕我了，西蒙，”她一板一眼地说，“你害怕得有理！当心点，我有魔鬼附身！”

最后几句话，是她贴近他的耳朵边，低声从牙缝里挤出来的。

“滚开！我打心里相信你魔鬼附身了！”勒格里一把把她从身边推开，不安地望着她。“话又说回来，凯茜，”他说，“你干吗不能像从前那样跟我相好呢？”

“像从前那样！”她悻悻地说。她说不下去了。令她窒息的无限冤屈涌上心头，使她一时之间，无语凝咽。

对于勒格里，凯茜一直有着一种左右他的力量，一个坚强而热情的女人左右残忍至极男人的那种力量。不过，在骇人听闻的奴役桎梏下，她近来的脾气变得越来越躁动不安。这种躁动发作起来，有时语无伦次，简直像疯了一样，使得勒格里对她心存了几分畏惧。因为，他像所有愚昧无知的粗鲁人一样，对于神经错乱的人，往往怀着迷信的心理，十分恐惧。勒格里把艾米琳带回家来之后，在凯茜破碎的心里，那积郁着的所有女人善良本性的余烬，又一下子复燃起来。她袒护艾米琳，跟勒格里吵了个不亦乐乎。暴跳如雷的勒格里，指天赌咒地说，如果凯茜不息事宁人的话，就把她赶到地里去干活。凯茜傲慢而轻蔑地扬言，她就是愿意下地，于是，正如方才所表，她到地里干了一天活，用以表明，对于这种威胁，她完全不屑一顾。

整整一天，勒格里心里都暗暗感到不自在，因为他无法摆脱凯茜左右着他的那股力量。当她把自己的篮子放在秤上过秤时，他希望两人之间做出某种让步，因此，便用半是妥协半是不屑一顾的口吻同她说话。而她的回答，却流露出了极为愤愤不平的蔑视。

对待可怜的汤姆的残暴行径，更使她心里恼怨万分。她尾随勒格里来到起居室，并没有特别的用意，仅仅是要来斥责他的暴虐。

“我说，凯茜，”勒格里说，“你给我人模狗样一点，好不好？”

“你还配说人模狗样！你刚才干什么来着？你呀，就是在这个大忙季节里，为了发发你那鬼威风，也想不到不去伤害一个干活的能手！”

“说实话，挑起这场风波来，我简直是个傻瓜，”勒格里说，“不过，那小子想要由着他的心意儿干，得要治治他。”

“我看你制不服他！”

“制不服？”勒格里怒气冲冲地站了起来，“我倒想看看，我怎么制不服他？我要打断他身上每一根骨头，他只能认输！”

就在这时门开了，山宝走进来。他迈步上前，鞠了一躬，拿出了一个纸包。

“这是啥，你这个狗东西？”勒格里问。

“是个魇魔法的玩意儿，老爷。”

“一个啥？”

“是黑鬼子们从巫婆那儿弄来的东西，能够鞭打不疼。他用一根黑绳挂在脖子上来着。”

勒格里跟大部分目无神灵的恶棍一样，十分迷信。他接过纸包，忐忑不安地打开了。

纸包里掉出一块银元，还有一绺长长的美丽闪光的鬈发。那绺鬈发好像活的一般，缠在了勒格里的手指上。

“活见鬼！”他突然怒气冲冲狂叫起来，跺着脚恶狠狠地拽那绺头发，仿佛烧着了他似的，“这是从哪儿弄来的？拿走，烧了，给我烧了！”他尖叫着，把头发从手指上扯下来，一下子丢进了炭火，“你给我拿这来干吗？”

山宝站在那里，张着大嘴，一副惊呆了的模样，刚想离开房间的凯茜，这时止住了脚步，极为惊异地望着勒格里。

“多咱也不许把你那些鬼东西拿到我这里来！”他冲山宝摇晃着拳头，山宝从窗户里退到门口。勒格里又捡起那个银元，狠劲从窗户里丢出去，投入到黑暗之中，窗玻璃也砸得粉碎。

山宝趁机溜出去了，心里十分庆幸。山宝走了之后，勒格里对方才自己的一阵惊慌失措，似乎有点面子上过不去。他倔强地坐在椅子上，闷闷不乐地啜起那杯混合甜酒来。

凯茜打算趁他不注意离开房间。她悄悄离开之后，便如前表，去照料可怜的汤姆去了。

那么，勒格里究竟是怎么回事呢？他为人乖戾，熟悉种种残暴行径，一绺普普通通的美丽鬈发，又何至于使他惊魂不定呢？要回答这一点，笔者不得不带领看官，去回忆一下他的身世。他，目无神明的勒格里，现在虽然冷酷无情、罪孽深重，但当初也有一段时间，在母亲怀抱里，享受过轻轻摇摇的爱抚。他躺在摇篮里，听过祈祷和虔诚的赞美诗，他如今那冷酷的前额，当初也洒上过洗礼的圣水。幼年时代听到安息日的钟声，就有一个金发妇人牵着他的手去膜拜祈祷。在遥远的新英格兰，那个母亲用永久的不倦的慈爱和耐心的祈祷，训导过她独生的儿子。勒格里的生身父亲，是个无情无义的人，那个温柔的妇人在他身上白白付出了得不到珍视的无限爱情，而勒格里却步了父亲的后尘。他性情狂暴，难以驾驭而又跋扈专横，对于母亲的一切教导极端蔑视，更听不进她的劝诫。因此，早年就抛开了母亲，到海上闯荡，以求发财。此后，他仅仅回来过一次。那时，他那拥有一副必须有所爱恋的心肠的母亲，怀着除他别无所爱的希冀，一心扑在他身上，企盼着用感人肺腑的祈祷和规劝，让他从罪孽的生活中解脱出来，以便使他的灵魂永远获益。

那是勒格里得到赦免的最后宽限日期。那时，善良的天使在召唤他，那时，他差一点被感化说服，上苍的宽恕已经拉住了他的手。他思想上温和下来，内心掀起了一片斗争的波澜，然而，罪恶还是操住了胜券。他以其粗暴本性的全部势力，与自己良知的信念展开了搏斗。他开始酗酒，张口骂人，比以往任何时候都更加狂暴，更加残忍。一天夜里，他母亲在绝望的痛苦之中，最后跪在了他身边，而他一脚踢开了母亲，让她趴在地板上，不省人事。然后，嘴里骂着粗鲁的脏话，跑回船上去。后来，他再一次听到母亲的消息，是一天夜里。那时，他正同一群酒肉朋友狂饮烂醉，一封信递到了他手里，他拆开信，一绺长长的金色鬈发，从里面抖落出来，缠住了他的手指。信上告诉他，母亲已经亡故，弥留之际，她饶恕了他，并且替他祝福。

邪恶者有一种可怕的亵渎神明的妖术，能将最温馨、最圣洁的东西，变成阴森可怖的憧憧幻影。他苍白而慈爱的母亲那临终前的祈祷和宽恕的仁爱，在他那作孽的魔鬼般的心灵里，仅仅变成了一纸死亡判决书，同时说明，骇人的审判和上天的震怒，正在追索着他。勒格里烧了那绺头发，烧了那封信。当他看到它们在火苗里吡吡作响、噼啪燃烧的那一刻，他想到了永恒的地狱之火，内心不由战战兢兢。他试想用滥饮、狂欢和诅咒来驱逐这种记忆，然而，在黑沉沉的深夜里，在其肃穆的静谧迫使丑恶灵魂受到面对面的谴责的深夜里，他常常瞥见苍白无力的母亲出现在自己床边，感到手指上轻轻地缠上了那绺头发。这时，他一阵冷汗便顺脸而下，总是吓得从床上一跃而起。你们当中，凡是听过同一本福音书上说上帝就是爱，以及上帝乃是烈火的人，心里一定感到迷惑不解，不过，难道你们不明白，对于决意作恶的人来说，至纯至高之爱，不是成了可怕至极的折磨，成了最为不幸之绝望的钤印和裁决吗？

"见他妈的鬼！"勒格里一面呷着甜酒，一面自言自语，"他是从哪儿弄来的那玩意儿？简直真像——哟！我还当是忘记了那档子事了哪。我真该死，竟然以为能忘记了什么事，没门儿啊，真该死！我孤单死了！得把艾姆①叫来。她讨厌我，这个猴丫头！这我不管，反正得叫她来！"

勒格里迈步走出起居室，来到一个通到楼上的宽敞通道里。这里原来是华丽的盘旋楼梯，现在楼梯上乱七八糟地堆着木箱和目不忍睹的破烂，肮脏而又令人郁闷。黑暗之中，楼梯盘旋而上，谁也不知道通向什么地方！灰白的月光，透过门上破碎的扇形玻璃照进来，不洁净的空气中，寒气袭人，仿佛是一座地窖。

勒格里停在楼梯脚下，听见有人正在唱歌。歌声在那座令人窒息的旧房子里回荡，听起来仿佛幽灵低诉，给人以异样的感觉，这也是由于他的神经已经过于敏感的缘故。听，唱的是什么？

一个狂乱而凄切的声音，唱着一首黑奴当中流行的赞美诗：

> 哦，想将来真悲切、真悲切、真悲切，
> 坐在基督的审判席上，哦，真悲切！

"这丫头，真见鬼！"勒格里说，"我真想掐死她！艾姆！艾姆！"他刺耳地呼唤着，然而，回答他的只是从四壁反射回来的一声嘲弄般的回音。那甜美的声音继续唱道：

---

① 艾米琳的昵称。

在那里，父母儿女将离别！
在那里，父母儿女将离别！
永远不再见哪，将离别！

最后两句副歌回荡在空空荡荡的大厅里，清越而又高亢：

哦，想将来真悲切、真悲切、真悲切，
坐在基督的审判席上，哦，真悲切！

勒格里不再呼唤了。他想必羞于承认，自己已经吓得额头上渗出了豆大的汗珠，心头也在疾速地扑扑直跳。他甚至在依稀之中，仿佛瞥见一个白色发亮的东西，在面前闪现。一想到他故去的母亲的形象，万一突然出现在他的面前，他便不寒而栗。

“我到底明白了一件事，”他蹒蹒跚跚回到起居室坐定之后，自言自语地说，“从今往后，我不管那个小子的事了！我要他那见鬼的纸包干什么呢？我看自己是中了邪了，没错儿！直到这会儿，我身上还一直冒汗发抖哩。他是从哪儿弄来那绺头发呢？不可能是那一绺！那绺我把它烧了，我记得很清楚。要是头发能复活，不就成了笑话？”

喂，勒格里！那绺金黄色的头发确实有魔法保护。其中每一根都是使你恐惧和懊悔的符咒，都为全能的上帝用来束缚你那残暴的双手，不许它们对孤苦无依的人们做出极端的恶行！

“哎嗨！”勒格里跺着脚，对那几条狗打了一声呼哨，“你们起来几个，跟我做个伴儿！”然而，那几条狗只是睡意蒙眬地睁开一只眼睛瞧瞧他，接着又闭上了眼睛。

“我还是把山宝跟昆宝叫到这儿来，让他们唱个歌、跳个他们那些见鬼的舞，来赶走这些可怕的想法吧。”勒格里说着，戴上礼帽，来到走廊上，吹起一支喇叭来。平常，勒格里传唤他的两个黑监工，吹的就是这只喇叭。

每当勒格里心里高兴，便时常把他的这两个头人召到起居室里。

等他们喝了威士忌活跃起来之后，再按照自己当时的兴致，叫他们两个唱歌、跳舞或者打架。

夜里，大约一两点钟的光景，凯茜照料可怜的汤姆完毕回来的路上，听到从起居室里传来一阵叫闹咆哮和唱歌的声音，中间还夹杂着狗吠，以及其他起哄的喧嚣。

她迈上走廊的台阶，望了望起居室里面。唱得酩酊大醉的勒格里和那两个监工，正唱着歌，打着呼哨，把椅子掀翻在地，还在彼此之间装出各式各样滑稽而又可怕的鬼脸。

她把纤细的小手搭在遮光帘上，死死地盯着他们，漆黑眼睛里流露出无限的痛苦、蔑视和强烈的愤恨。“为人间除掉这样一个坏蛋，难道算得上是作孽吗？”她自言自语问道。

她赶忙转身走开了。然后，绕道走进一个后门，悄悄爬上楼梯，轻轻地敲了敲艾米琳的房门。

第三十六章　艾米琳和凯茜

凯茜来到屋内，只见艾米琳心慌意乱，脸色煞白，坐在屋里远远的角落。她推门进来时，姑娘神经质地惊跳起来，等看清来人之后，才疾速扑过来，握住她的手臂，说："噢，凯茜，是你呀？你来了，我真高兴！我还怕是——哦，你不知道，楼下吵得真吓人，闹了一个晚上啦！"

"我怎么不知道？"凯茜不动声色地说，"我都听够啦！"

"噢，凯茜，你说，我们就不能逃出这个地方吗？我不在乎什么地方，比方到满是毒蛇的沼泽里去，哪儿都成！难道不能从这里逃到别处去吗？"

"除了死路一条，哪儿都逃不了。"凯茜说。

"你以前试过？"

"见过不少人想逃了，可到头来又怎么样呢？"凯茜说。

"我宁可到沼泽里去吃树皮。毒蛇我倒不怕，所以，情愿跟毒蛇在一起，也不想让他靠近我！"艾米琳恳切地说。

"以前也有不少的人有你这种想法，"凯茜说，"可是，你在沼泽里待不下去，那些猎狗会搜寻到你，把你弄回来，那样——那样一来——"

"他会怎样？"姑娘气喘吁吁地盯住她的脸，问。

“你最好问他不会怎么样，”凯茜说，“他以前跟那些西印度群岛的海盗，把他这一行学到家。要是把我亲眼见到的事情，把他有时候当笑话说给我听的事情，讲给你听的话，那你连觉都睡不好。我在这里听到的惨叫，一连好几个礼拜都忘不了。在下去旁边老远的地方，你能看见那里有一棵焦黑的枯树，地上盖着一层黑灰。不管你去问谁，看他们敢不敢给你讲出实情来。”

“啊！你这是什么意思？”

“我不愿意讲给你听，连想都不愿意想。只是，我想告诉你，要是那个苦命的人，像开头那样别扭下去，明天会出什么事，只有上帝才知道。”

“真可怕！”艾米琳脸上毫无血色地说，“喔，凯茜，千万请告诉我，我该怎么办！”

“照我的样子办。尽自己的最大力量吧，迫不得已时，也只好认了，不过要用仇恨和诅咒来弥补。”

“他叫我喝他那讨厌的白兰地，”艾米琳说，“我对酒讨厌极了——”

“那你还是喝了的好，”凯茜说，“我原来也讨厌喝酒，可如今没有酒，我就活不下去。人总是要喜欢点什么东西——你喝了酒，遇上事就不那么叫人害怕了。”

“妈妈经常对我说，永远也不要碰这种东西。”艾米琳说。

“妈妈告诉你！”凯茜愤愤然加重了语气说着“妈妈”这两个字，声音有些颤抖，“妈妈说的话顶什么用？我们是给人家花钱买来卖去的东西。谁买了我们，灵魂也就归谁。这就是世道，你听我说，喝白兰地吧，你能喝多少就喝多少。这样，日子会轻松一些。”

“哦，凯茜！可怜可怜我吧！”

“可怜你！这么说，我不可怜你喽？我难道没有女儿吗？可现在，天晓得她在哪里，成了谁家的人啦。也许，她也正走以前她母亲走过的路，她的孩子也得走她的路哇！这种灾难没个头也永远没个头！”

“我恨不得自己根本没有到世上来过！”艾米琳搓着手，说。

“我老早也这样想过，”凯茜说，“这种想法，在我已是见怪不怪了。我要是有胆量，早就不想活了。”她望着外面漆黑的夜色，说，脸上露出了凝然的怔怔的绝望。每逢心情平静时，她脸上总是习惯地带着这种表情。

“自杀可是罪过的呀。”艾米琳说。

“我也说不明白，可这比起我们活在世上天天做的那些事情来，也罪过不到哪里去呀。不过，我在修道院那阵儿，修女们给我讲的那些话，总叫我怕死。如果死了对我们来说，就到了头的话，嗨，那——”

艾米琳转过身，用手捂起脸来。

房间里这场谈话进行的当儿，勒格里在楼下起居室里喝得烂醉如泥，沉沉睡去了。平素里，勒格里不经常喝醉。他生来粗壮如牛，喜欢也经得起长期的酒精刺激。这在一个身体单薄的人来说，想必早已搞垮身体，神志错乱了。不过，他内心还潜藏着一种深刻的戒备心理，提防自己不要时常屈服于酒的引诱，以免失去自制的能力。

然而，那天夜里，为了驱逐在他内心苏醒过来的那些痛苦和懊悔的念头，他心急如焚，不免姑息了自己，比平常喝得过了量。于是，他一把自己的黑奴仆役打发走，便一头重重地跌进房间的高背长椅上，酣然大睡起来。

哦！丑恶的灵魂，你好大胆！竟敢闯入充满憧憧阴影的梦境！闯入与神秘报应的冥府近在咫尺、世界依稀朦胧的梦境！勒格里做了一个梦。在昏沉不安的睡梦中，他看见一个戴着面纱的人影，把冰冷而柔和的手放在他身上。虽然脸上蒙着面纱，他仍然仿佛认出了那人影是谁，因此，一阵寒栗传遍他的全身。后来，他仿佛那绺头发缠在手指上，接着，又慢慢缠住了自己的脖子，越缠越紧，叫他透不过气来。随即，他又仿佛听到不少人在他耳边轻轻耳语，他不由打了一个寒噤。后来，自己仿佛站在可怕深渊的边沿上，只吓得灵魂出窍，抓住上面的东西拼命挣扎，又只见好多双黑手伸过来拽他，凯茜打哈哈地走过来，在后面推他。最后，那个庄严的戴着面纱的人影又出现了，一把扯去面纱，果然是他母亲！只见她转身移开了他，他只觉得在一片混乱的尖叫呻吟声中，在魔鬼咆哮的笑声中，自己一个劲儿地掉下去、掉下去、掉下去——勒格里这时悚然醒了过来。

玫瑰色的晨曦静悄悄地照进了房间。外面，渐渐泛白的天空上，晨星眨着神圣庄严的明亮眼睛，正在俯视尘寰中的这个罪人。哦，每个新生的一天都那么清新，那么庄严，那么美丽，仿佛在对残忍无情的人说："看哪！你又得到了一次机会！朝永恒的荣耀努力吧！"无论说什么话，操什么语言的人，这种声音都听得十分清晰，唯独这个凶狠的坏蛋听不到。他一觉醒来不是发誓就是赌咒。每日清晨，那奇迹般的姹紫嫣红的万道金光，对于他有什么意义！那上帝之子当作自己神圣象征的启明星，对于他又有什么意义！禽兽般的他，对这一切都视而不见。他踉踉跄跄走过去倒了一杯白兰地，一口气喝下去半杯。

"我这一夜真他妈的糟糕！"他对刚刚从对门走进来的凯茜说。

"这样的夜晚，你往后还会有，多着哪。"凯茜声音干涩地说。

"你什么意思，你这个婊子？"

"将来终有一天，你会明白的。"凯茜回敬了一句，口吻一如方才，"喏，西蒙，我要给你提个醒。"

"你提醒，见鬼去吧！"

"我想劝你，"凯茜一面动手收拾房间，一面泰然自若地说，"你别跟汤姆找碴儿了。"

"这跟你有啥相干的？"

"有什么相干？说老实话，我也不知道有什么相干。不过，如果你花一千二百块钱把他买了来，再把他弄死，只是为了表示你不把他放在眼里的话，那就根本不关我的事。我反正已经尽了力来照料他了。"

"你照料了他？我的事，你干吗来瞎掺和？关你什么事？"

"对啦，什么事都不相关。我不止一次地照料过你的奴隶，给你省下了几千块钱，可得到的回报就是这种话。棉花上市时，要是你的收成不如别人多，恐怕你下的赌注也赢不了吧？恐怕汤姆金斯会对你大耍威风，你得娘们似的乖乖拿出钱来吧？我倒想等着瞧你那副模样哩!”

像不少种植园主那样，勒格里只有一个野心，就是在收获季节，棉花来个大丰收。他在这季的收成上已经给几个种植园主打了赌。现在，城里棉花上市迫在眉睫，因此，凯茜便使出女人的法宝，哪把壶漏偏提哪一把。

“嗯，那就到此为止，不找他的碴儿了，”勒格里说，“不过，那个黑鬼得请求我宽恕他，答应往后放聪明点儿。”

“这他不会答应的。”凯茜说。

“不答应——嗯?”

“是啊，不会答应。”凯茜说。

“我倒想知道知道为啥呢，太太。”勒格里流露出极大的轻蔑。

“因为他做得没错儿。这他心里明白，绝不会认错的。”

“谁他妈的在乎他明白不明白什么！这个黑鬼子，我高兴叫他怎么说，就得怎么说，要不——”

“要不你就会在棉花收成上赌输了！在大忙季节，你打得他下不了地。”

“可是，他非认输不行，自然他得认输。黑鬼子怎么样，我还不明白？今儿早上，他一定跟条狗似的，向我求饶。”

“他决不会的，西蒙，你不了解他这种人。你可以一刀一刀地剐了他，你却听不到他首先吐出一句认错的话来。”

“那咱们就等着瞧好了。他这会儿在哪儿?”勒格里说着，跨出门去。

“在轧棉花的破屋里哪。”凯茜说。

勒格里虽然当着凯茜的面，嘴上说得很硬，从屋里走出去的时候，仍然一反平常，心里有些疑虑。昨天夜里所做的梦，以及凯茜深谋远虑的建议，都大大影响了他的思想。他决定不让任何人目睹他与汤姆的碰头，还决定，如果这一次无法借助欺凌把他压服的话，那就把报复的时间推迟到农活不忙的季节，到那时再来发泄心头之恨。

破晓时分，肃穆的曙光，启明星那天使般的灿烂光辉，从汤姆栖身小屋的粗陋窗子里爬进来，沿着那星光，仿佛传来了这样的庄严话语："我是大卫的根，又是他的后裔，我是明亮的星辰。"凯茜神秘莫测的规劝和暗示，远远没有使他心灵沮丧，到头来反而使他十分振奋，仿佛听到了上天的召唤一样。他只以为，天色的破晓，便是他大限的日期的降临。于是，他想到了内心经常向往之的，无所不有的神奇景象：那永远璀璨辉煌的彩虹映照下的巨大白色宝座，那些歌声如潮的众多白衣天使，以及那些王冠、棕榈和竖琴，等等，等等。当他想到，这一切景象都将在太阳落山之前，突然在他面前显现的时候，他的心怀着喜悦和企盼的圣洁悸痛，不由怦怦跳个不停。因此，他听到迫害者走近的脚步声时，他没有战栗，也没有发抖。

"喂，伙计，"勒格里不屑地踢了一脚，问，"今儿个觉得怎么样？我能教你一两手，记得不？这顿揍挨得还痛快吧，汤姆？恐怕不如昨晚上精神好了吧。这会儿，你不能给我这个罪人再讲点道了吧——嗯？"

汤姆没有回答。

"给我滚起来，你这个畜生！"勒格里又踹了汤姆一脚。

一个皮开肉绽、虚弱无力的人，要想站起来，是难以做到的。见到汤姆努力想站起来，勒格里残忍地狞笑起来。

"你今儿个早上怎么这样灵活呀，汤姆，怕是昨个夜里伤了风吧？"

这时，汤姆已经站了起来，正坚忍不拔、不动声色地面对着主子。

"还能站起来，真见鬼！"勒格里从头到脚打量了汤姆一遍，"我看你还没挨够揍吧。嗨，汤姆，马上跪在地上，为你昨个夜里使性子，给我认个错儿。"

汤姆屹然不动。

"跪下，你这个狗东西！"勒格里一鞭子打在汤姆身上。

"勒格里老爷，"汤姆说，"我不能认错。我只是做了自己认为有道理的事情，要是到了节骨眼上，我还会那么做的。不管后果怎么样，我决不干没人性的事儿。”

“好哇，可是你不晓得后果怎样的，汤姆老爷。别寻思着你想的东西有啥了不起。我告诉你说，没啥了不起，压根儿就没啥了不起。要是把你捆在树上，四周点起火来慢慢烤死你，喜不喜欢？那可够自在的，对不对，汤姆？”

“老爷，”汤姆说，“各种可怕的事情，你都干得出来，这我心里明白，不过，”他巍然挺起胸脯，双手合十道，“不过，你杀死了我的肉体以后，就再也不能怎样我了。啊，我死了以后得到的将是永生！”

永生！那个黑人说话时，“永生”这两个字如雷光闪电，以千钧之力震撼着他的灵魂，同时，也震撼了那个作孽多端的人的灵魂，仿佛蝎子蜇了他似的。勒格里对着汤姆咬牙切齿，气愤得无言以对，而汤姆却像一个摆脱了奴役的人，说话的声音十分清晰，流露出喜悦的情感：“勒格里老爷，既然你买下了我，我就是你诚恳忠实的仆人。我要把自己双手的劳动、我的时间和力气，全部奉献给你。然而，我决不能把自己的灵魂奉献给肉眼凡胎的人。不论是死是活，我都要信奉救主，把他的意旨放在最重要的位置。这你不必怀疑，勒格里老爷，我一点儿也不怕死。我宁可死了的好，你可以用鞭子抽我，饿死我，或者烧死我，但这只能早一点儿送我到向往的地方去。”

“不用等到那时，我就会叫你认输！”勒格里气势汹汹地说。

“我有人帮助，”汤姆说，“这你永远办不到。”

“谁他妈的帮你？”勒格里轻蔑地说。

“全能的上帝。”汤姆说。

“见你的鬼去吧！”勒格里一拳把汤姆打翻在地。

就在那一刻，一只冰冷但又柔软的手搭在了勒格里手上。他转过身来，看到原来是凯茜。然而，一碰到这只手，他便记起了前一天夜里所做的梦来。于是，夜不成寐时的种种可怕景象，又一一闪过他的脑际，同时，伴随着一种悚然的恐怖。

“你怎么这样傻?”凯茜用法语说,“别管他嘛!让我一个人照顾他,等好了再下地。这不是我刚才给你说过的吗?”

人们传说,鳄鱼和犀牛虽然裹着刀枪不入的盔甲,但身上都有一处使它们致命的地方。而残忍成性、不计后果和不信神明的恶人,其致命之处,则在于对鬼怪的迷信和惧怕。

勒格里回过头去,决定目前暂不追究这件事。

“好吧,你愿怎么办都成。”他执拗地对凯茜说。

“你给我听着,”他冲汤姆说,“我眼下不想对付你了,因为农活正忙,我要所有的人统统去干活,不过,我绝对忘不了这档子事。我先给你记一笔,以后再找你这张老黑皮算账。你可小心着点!”

勒格里转身扬长而去。

“你等着吧,”凯茜阴沉着脸望着勒格里,“跟你算账的日子还在后头哩!可怜的人,你怎样啦?”

“上帝派了天使来,这一次堵住了狮子的嘴了。”汤姆说。

“的确是这样,就这一次,”凯茜说,“不过,你现在惹恼他了,他会天天盯着你的,就像条狗似的,在你嗓子眼里吸血,一滴一滴地叫你活不成。他这个人,我摸得透。”

第三十七章　自由

> 无论他是多么庄严肃穆地被奉上奴隶制度之神坛的，但一俟他踏上英国的神圣土地，那神坛和神祇便会土崩瓦解，一齐化为灰烬，他也就会在全世界不可抗拒的解放大潮中，摆脱奴役，得到救赎和新生。
>
> ——柯伦①

如今，汤姆虽然沦落到迫害他的人手中，但为了回过头来追叙乔治·哈利斯和妻子的命运，我们不得不暂时按下汤姆不表。

且说乔治夫妇一行，来到路边一家农舍，受到了好心人的招待。汤姆·娄克也被抬到这个教友会教徒家里，躺在一张一尘不染、干净整齐的床上。虽然有道嘉丝大婶慈母般的照料，他仍然翻来覆去，不断地呻吟。道嘉丝大婶觉得，他这个病人简直像一头病倒的北美野牛，是那样难以驯服。

请诸位设想一下道嘉丝大婶的模样吧。她，高挑的身材，神采奕奕，是个雍容端庄的女人。一顶洁白的薄纱帽子，遮住了满头中

① 爱尔兰法官柯伦（Curren，1750—1817）的《英国法律》一书。

间分缝的银丝，隆起的前额下面，深嵌着一双善解人意的灰色眼睛。胸前别一块折叠整齐的雪白丝绉手帕，穿一身光彩夺目的棕黄色丝织衣裙，当她在房间里轻手轻脚走动时，便安详地发出窸窸窣窣的声音。

“见鬼！”汤姆·娄克一把扯下了被单。

“娄克，请不要说这种粗话了。”道嘉丝一面不动声色地重新抻平被单，一面说。

“好，不说了，老奶奶，是我说溜了嘴呀，”娄克说，“可是热得人家真难受，真他妈热啊！”

道嘉丝从床上撤下一条盖被，把床单再一次抻平，四周包得严严实实，弄得个娄克宛如一个蝶蛹，说：

“我说，孩子，别光是骂骂咧咧，发誓赌咒的吧，也该注意你的礼貌呀。”

“真见鬼！”娄克说，“我注意这些干啥？我才不管这一套，真该死！”说着，娄克来了个鹞子大翻身，把盖好抻好的床铺弄了个天翻地覆，那副神情简直叫人害怕。

“我看那个男的跟那个女的也住在这儿吧。”他停了一会儿，郁郁不快地说。

“是住在这儿。”道嘉丝说。

“他们最好还是赶到大湖①那边去，”娄克说，“越快越好。”

“他们也许会赶到那里去的。”道嘉丝大婶安详地织着毛线，说。

“你听着，”娄克说，“我们在桑达斯基那边儿有眼线，替我们监视着船只。反正我现在不在乎说出来了。我恨不能他们能逃出去，惹一惹马克斯这只癞皮狗。他这个挨千刀的！”

“娄克！”道嘉丝说。

“我告诉你，老奶奶，你要把人家包得太严实了，我可要炸了，”娄克说，“说到那个女的，叫他们给她化化妆，变变模样。她的化影图形贴在了桑达斯基那边儿。”

---

① 此处指美国与加拿大交界处的伊利湖。

“这件事我们不会忘记的。”道嘉丝以特有的镇定神情说。

我们按下汤姆·娄克不表之前，想顺便交代一笔：他在那家教友会家里，躺了三个礼拜，除了别的伤痛之外，又害上了风湿病，但到底又从床上站起来，身体复原，而且人也变得更加深沉、更加聪明了。追捕黑奴的营生从此洗手不干，在一个新的移民村庄里定居下来。在那里，他更适当地发挥了才干，专门捕猎熊、狼和其他森林野兽，后来居然在那一带小有名气。每逢提到教友会教徒，娄克的口吻总是毕恭毕敬。“都是些好人哪，”他总是说，“他们想叫我信教，可实际上没有办成。不过，老实说，老兄，他们照顾病人真是蛮不错的，这没二话可说。炖的肉汤、做的小玩意儿也棒极了。”

想到娄克透露过有人在桑达斯基寻查他们这一行人，于是大家认为，为慎重起见，以分批出发为好。吉姆和他老母亲作为先头，单独由人护送出发。一两夜之后，乔治和伊丽莎也携带儿子，坐马车秘密赶到桑达斯基，在一个好客的人家下榻，准备度过大湖这最后一段旅程。

现在，已经黑夜阑珊，自由的灿烂晨星正在前面冉冉升起。自由！这电闪雷鸣般的字眼！它究竟意味着什么？除了是一个称谓，一个华丽的辞藻之外，还有什么更多的含义？哦，美国的男女同胞，当你们听到这个字眼时，能不心潮澎湃吗？为了它，你们的父辈流过血，你们更加英勇卓绝的母辈，甘愿让自己最宝贵、最优秀的儿子为之献身。

自由，对于一个民族来说，是光荣和宝贵的，对于一个人来说，难道就不光荣和宝贵了吗？整个民族的自由，不就是其所有个人的自由吗？对于坐在那里两手交叉在宽阔胸膛之上、脸上带着非洲血统色彩、眼睛乌黑而炯炯有光的那个青年来说，自由意味着什么？对于乔治·哈利斯来说，它又意味着什么？对于你们的父辈，自由就是一个民族之所以成其为民族的权利，而对于他，自由是一个人之所以成其为人而不是牛马的权利，是把结发妻子称为妻子，并使她不受非法欺凌的权利，是保护并教育子女的权利，是拥有自己的家、自己的宗教和自己的人格，而不听命于别人意志的权利。乔治手托两腮，抑郁地望着妻子时，这万千的思绪都在他胸中翻滚沸腾着。这时，窈窕婀娜的她，正在改换装束，换上了男人衣服，认为她这样逃跑最为安全。

“喏，就剪了吧，”她站在镜子前面，说着摇散了满头卷曲的青丝，“我说，乔治，剪了还真是可惜呢，”她抚弄着头发说，“全剪掉真有点可惜吧？”

乔治露出苦笑，没有回答。

伊丽莎转身对着镜子，剪刀闪闪发光，绺绺长发从头上落了下来。

“喏，行了，”她拿起了头发刷子，“只要再修剪得漂亮一点儿，就行了。”

“你瞧，我不像个英俊的少年吗？”她回身对丈夫笑着说，同时，脸上泛起了一片红晕。

“你无论怎样打扮都很漂亮。”乔治说。

“你怎么这样没精神呢？”伊丽莎一条腿跪下，手搭在乔治手上，问，“听说，还有二十四个钟头就到加拿大了。只用一天一夜就能渡过大湖，到那时——嗨，到了那个时候！——”

“嗯，伊丽莎！”乔治把她拉到怀中，“对，不错！眼下，我的命运到了绝处逢生的关头，目的地近在咫尺几乎在望，可万一到头来又成了泡影，可怎么办？那样的话，伊丽莎，我决不想活下去了。”

“别怕，”妻子满怀希望地说，“仁慈的主既然护送了我们这么远的路程，那就是说，他愿意让我们摆脱困境。我好像觉得他跟我们在一起哩，乔治。”

“你这个女人可真有福气，伊丽莎！”乔治狠劲搂住伊丽莎，“不过，哦，你说说看！我们能够得到这种巨大恩典吗？经年累月的苦难，当真会到头了吗？我们会得到自由吗？”

“肯定会的，乔治，”伊丽莎仰望上苍，希望和激情的热泪在乌黑长睫毛上熠熠发光，“我内心感觉到了这一点。就在今天，上帝会引领我们摆脱枷锁。”

“你的话我相信，伊丽莎，”乔治说着，忽然站起身来，“我相信。来吧，我们动身吧。好的，动身吧。”他伸出胳膊扶着伊丽莎，爱慕地端详起来，“你真像个英俊的少年，头上短短的鬈发十分合适。戴上帽子吧。这样——向一边歪一点儿。以前，我还从来没见到你这么漂亮过。不过，马车该到了——不知史密斯太太给哈利穿戴好了没有？”

房门开了。一个娴雅端庄的中年妇女，领着一身女孩打扮的小哈利走了进来。

“他装扮得真像个漂亮的小姑娘，”伊丽莎说话时，让哈利转了一圈，“我们管他叫哈丽叶特，明白吗？这名字不是挺好听的吗？”

孩子眼见妈妈穿着奇怪的新衣服，不由板起小脸，陷入了沉默，眼睛不时透过漆黑的鬈发偷偷瞧着她。

“哈利不认得妈妈了吧？”伊丽莎朝孩子伸出了双臂。

孩子羞怯地依偎着伊丽莎。

“算了吧，伊丽莎，你明明知道孩子不跟你一道走，干吗还逗他呢？”

“我也明白这样逗他不聪明，”伊丽莎说，“可是叫他离开我，心里受不了。那好吧——我的大氅呢？噢，在这里呢，可男人总是怎样穿大氅啊，乔治？”

“得这样穿。”丈夫把大氅披在肩膀上，说。

“噢，是这样啊，”伊丽莎模仿着乔治的样子，“我还得脚步重一点，步伐大一点，露出点帅劲来吧。”

“也别太难为自己了，”乔治说，“有时也能见到羞怯的小伙子的。我看你扮个那样的小伙子，倒有点力气。”

“还有这副手套哩！我的天！”伊丽莎说，“你瞧，我戴上它手都找不着啦。”

“我劝你一定戴着手套，”乔治说，“你那双娇嫩的小手准会让你露出破绽来。喏，史密斯太太，你是由我们照拂的姑妈，可别忘了。”

“我听说，”史密斯太太说，“已经派了人到那边去，提醒所有班轮的船长，要留神带着小男孩的一对夫妇。”

"是啊!"乔治说,"好吧,要是我们见到这样的人,也会告诉他们的。"

一辆马车驶到门口,善意接待过这对逃亡夫妇的全家人,都蜂拥围上去,同他们道别、祝福。

一行人是按照汤姆·娄克的提示化装的。史密斯太太是加拿大一个移民区的体面妇人,恰好在他们要逃到那里去的时候,自己正准备渡过大湖回那边去,于是答应装扮成小哈利的姑妈。为了让孩子喜欢她,这两天来孩子一直由她一人照料。由于她对孩子格外疼爱,加之给他买了大量糕点和糖果,现在孩子已经与她十分亲密。

马车驶入码头。两个青年下了车,走过跳板登上轮船。伊丽莎风度翩翩,挽着史密斯太太,乔治照看着箱笼什物。

乔治站在船长办公室门口为一行人购买船票时,听到身边有两个说话。

"我察看了船上的每一个人,"其中一个说,"在船上没见到他们。"

说话的人是轮船上的职员,跟他一起说话的,是我们结识了一段时间的马克斯。他以其独特而可贵的坚忍不拔,一路赶到桑达斯基来,想找到他捕猎的对象。

"你很难看出那个女人跟白人有啥不一样来,"马克斯说,"那个男的肤色很浅,是个一代混血儿,手上有个烙印。"

乔治伸出去接船票和零钱的手微微颤抖了一下,但仍然镇定自若,转过头去朝说话者脸上随便瞟了一眼,接着,慢条斯理朝伊丽莎等待他的船的另一头走去。

史密斯太太领着小哈利,来到了女客舱僻静的地方。这个乔装打扮的小姑娘,那黑黑的肤色中透出来的俊美,赢得了女客们的纷纷赞扬。

起航的铃声响了。望见马克斯跨过跳板回到岸上,乔治不由感到十分欣慰。及至轮船起航,义无反顾地开出了一段距离,他的心里才一块石头落地,长长地出了一口气。

那天天气极好。蓝色的伊利湖上红日当空,波光潋滟,浪花飞舞，一派光辉灿烂。清新的和风从岸边吹拂过来，庄严傲岸的轮船，勇往直前地破浪前进。

哦，在人的心灵里，存在着一片多么无法形诸笔墨的天地呀！就在乔治偕同自己羞涩的伙伴，在轮船甲板上从容漫步时，有谁能想到，他满腔的热血在沸腾呢？即将来临的巨大幸福，那么美妙，那么绚丽，仿佛不可能成为现实似的。那一天，他无时无刻不感到惴惴不安，而在心里有所戒备，恐怕万一有什么变故，把幸福从他身边夺去。

轮船依然在行驶。几个钟头过去了，终于，那天边的英国海岸一览无余，清晰地屹立在前方。那海岸拥有巨大的神奇力量，只要一踏上去，所有奴隶制度的咒语都会烟消云散，而无论这种咒语是用什么语言宣布或者经什么国家权力批准的。

轮船靠近了加拿大小镇阿默赫斯堡。乔治和妻子手挽着手，站在甲板上。他的呼吸变得急促而沉重，眼前一片模糊，默默地紧握住那只搭在他胳臂上颤抖的小手。铃声再次响起，轮船靠了岸。他迷迷茫茫中认出了自己的行李，把他们一行人集合在一起，然后离船登岸。这一小伙人伫立在岸边，一时谁也没有说话。船上的旅客走净了，夫妇二人这才眼含热泪，不停地拥抱起来。然后，抱起神情迷惘的孩子，双双跪倒在大地上，向上帝献出了自己赤诚的心！

仿佛是冲破了死亡封锁获得新生，
墓穴中的寿衣变成了天堂的锦衣，
摆脱了罪恶的领地和情欲的纷争，
奔向了获救者纯净的自由，
死神和地狱的枷锁全部离析分崩。
当上帝仁慈的手转动了金钥匙，
并且说，你灵魂已经自由，应该欢乐，
那时，世俗的人们就获得了永恒！

不久，在史密斯太太带领下，他们一家三口便来到了一个善良好客的传教士家中下榻。他是基督教会慈善机构派来的牧师，在这里收容那些不断从大湖对岸逃来避难的、无处栖身的逃亡者。

第一天获得自由所带来的温馨，有谁能够说得清楚呢？自由的感觉，与人的五官感觉相比，难道不是一种更加崇高、更加美好的感觉吗？无论是言语和行动，还是呼吸和出入，都不再受到监视，都摆脱了危险；上帝赐予人的权利也得到了保证，获得自由的人从此在睡梦中都可以得到安生。这种福祉，又有谁能说得清楚呢？孩子进入梦乡的睡脸，对于历过千辛万苦而记忆犹新的母亲，是多么益发地美好和珍贵呀！获得了如此巨大的幸福，又怎能让人入睡哪！然而，这一对夫妇，在这里地无一垅、房无一间，手头的钱也花得分文不剩，除了天空的飞鸟和地上的鲜花，他们一无所有。尽管如此，他们依然高兴得无法入睡。“哦，剥夺人类自由的人们，看你们将来如何向上帝交割！”

第三十八章　胜利

感谢上帝，使我们得胜。[1]

在我们中间，不是有不少人在疲惫的人生历程之中，觉得与其苟活于世，还不如死去更令人释然吗？

然而，一个殉道者，即使面对着死亡这一可怖的机体痛苦，也恰恰能从其厄运的恐惧中，得到强有力的感奋与激励。他胸怀激荡，心潮澎湃，热血沸腾，能使他渡过苦难的危机关头，因为那正是永恒的荣耀和安息躁动于母腹的时刻。

然而，活下去，在卑微低贱而又令人痛苦和恼怒的奴役中，日复一日地销蚀下去，每一根神经都受到蹂躏和压抑，每一份情感力量都渐渐消融殆尽，这种耗费生命的长期的心灵殉道，这种内在生命的逐时逐日、逐点逐滴的缓慢的枯萎，这对男男女女的内心，才是真正意义上的彻底考验。

当汤姆直面迫害他的人，听到他发出的威胁，内心认为自己的时限已经来临的时候，他的心里反而无所畏惧地激荡起来。他觉得，

① 见《新约·哥林多前书》第十五章第五十七节。

望着只差一步之遥的耶稣和天堂，自己经受得住折磨和烈焰，经受得住一切的一切。可是，一旦耶稣的形象隐去，一旦目前的激情消退，他那疲惫青肿的四肢的疼痛，便又重新出现，他那遭到极端屈辱和遗弃，以及毫无出头之日的感觉，便又复现在他的心里。于是，那一天便十分令人厌倦，难以度过。

汤姆的创痛还远远没有痊愈，勒格里就硬叫他下地照常去干活。于是，接踵而来的便是一天又一天的痛苦和劳顿，加上勒格里极自己那颗卑鄙残忍、怀有敌意的心之所能，而施加的不义和侮辱，其痛苦和劳顿就益发加重。对于我们来说，凡是经过痛苦考验的人，即便是受到痛苦，而又常常得到附带的安慰的人，心里一定明白，处在这种环境之中，人的脾气总会变得十分暴躁。因此，对于同伴们一贯的粗暴无礼，汤姆不再觉得诧异。不仅如此，他还发现，自己一生中养成习惯的那种温和开朗性格，由于同一种环境的侵蚀，也受到急剧压抑，濒于瓦解的边缘。他以前满以为可以趁闲暇工夫诵读《圣经》，但是在这里却没有闲暇可谈。大忙季节的高峰时期，勒格里干脆逼着所有人手天天干活，连礼拜天也不放过。为了什么呢？这样，他可以多收获些棉花，也可以赢回赌注。倘或累死几个奴隶，可以再购买身体更强壮结实的奴隶。起初，汤姆劳苦一天回来之后，往往在炭火的闪光下，诵读一两节《圣经》。不过，在受到那次野蛮待遇后，他回到住处往往感到精疲力竭，头晕眼花，无法诵读《圣经》，只想同其他奴隶在极度衰竭中一齐躺下来休息。

那迄今为止一直支持着他的宗教信仰和恬适，竟然为心灵的震荡和沮丧情绪所替代，这难道值得大惊小怪吗？在神秘人生当中，最令人苦闷的问题经常萦绕在他的脑际：灵魂受到蹂躏和摧残，邪恶稳操胜券，而上帝却保持沉默。有多少个礼拜，有多少个日月，汤姆在内心深处，与沮丧和忧愁展开了角逐。他记起了奥菲丽亚小姐寄往他在肯塔基的亲人的信件，由衷地企盼着上帝前来解救他。然后，天天地盼哪等啊，依稀希望看到谢尔比先生派人来替他赎身。当见不到有什么人来时，便努力压制这些愤懑的想法：为上帝做仆是徒劳无益的，因为他已经忘记了你。他有时候能见到凯茜，有时候趁给传唤到上房的机会，与闷闷不乐的艾米琳见上一面，但同谁都很少交谈。事实上，他没有时间跟任何人讲话。

一天晚上，他沮丧颓唐不堪，坐在几块即将熄灭的木柴旁边，烤着当晚饭吃的粗糙的玉米饼子。他往火里添了几根灌木树枝，想让火烧旺一些，然后从口袋里掏出了破损的《圣经》。里面，那些画了记号的一段段经文，以往经常令他的灵魂激荡，都是远祖、先知、诗人和圣哲，在古代所说的用来鼓励人们的话语，都是在滚滚红尘中，永远伴随着我们的上帝见证人的声音。这些话语难道失去了力量，还是自己昏花的眼神和麻木的感觉，对这伟大启示的点化不再能回应了呢？他沉重地叹口气，把《圣经》放回口袋。一声粗暴的狂笑唤醒了他，他抬眼望去，勒格里正站在他对面。

“嗨，老伙计，”他说，“你好像觉得，你那套宗教也不管用了吧！我原就琢磨捉摸着，早晚会叫你那榆木脑袋明白过来的！”

这一番奚落，比冻饿和叫人赤身露体更难以忍受。汤姆没有理睬。

“你真是个笨蛋，”勒格里说，“我当初买你，就打算好好待承你。你本来能比山宝跟昆宝还舒服，日子过得还自在。那样，你不但不会每隔一两天尝尝拳脚的滋味，还能有自由耀武扬威地到处逛逛，揍揍别的黑鬼子们，有时候还可以喝点威士忌甜酒暖暖身子哩。算啦，汤姆，你该想到要老老实实了吧？把那本破书丢到火里，改信我的宗教好了。”

“救主不答应的！”汤姆热诚地说。

“救主不肯帮你的忙，这你明白。要是肯帮忙，就不会叫我买你啦！宗教这玩意儿，都是骗人的胡诌，汤姆。我全都明白。你最好跟我干，我不是一般人，我能干出点名堂来！”

“不，老爷，”汤姆说，“我不能改变。救主可能护佑我，也可能不护佑我，我都皈依他、相信他，坚持到最后！”

“那你就更蠢了！”勒格里蔑视地冲汤姆吐了口唾沫，踢了他一脚，“这不打紧，我会叫你认输屈服的，等着瞧吧！”于是，勒格里转身扬长而去。

沉重的负荷把灵魂压抑到最低限度，但仍然能够忍受的时候，每一根孤注一掷的机体和道德神经，都会即刻付出努力，以摆脱这一重负。因此说，无限深沉的痛苦往往昭示着欢乐和勇气的回潮。现在，汤姆的情况正是这样。残忍主子的目无神灵的奚落，使他此前已经沮丧的心情陡然降到了最低潮。虽然他那只忠实的手仍然握住永恒的岩石，但只是麻木绝望地握着岩石。汤姆呆若木鸡，坐在火堆旁边。蓦然间，周围一切都消失不见了，只见一个头戴荆棘冠冕，遍体鳞伤，血流如注的人影浮现在面前。他敬畏而又惊异地凝视着那张带着崇高的坚忍的面孔。那双哀婉的眼睛使他内心深处激荡起来，自己的灵魂苏醒过来。他怀着澎湃的激情，伸出双手，匍匐在地上。当那影像渐渐幻化，锐利的荆棘化作道道荣耀的光芒。就在难以置信的绚烂光辉之中，他瞥见那张面孔，在热情洋溢地俯视着他，耳听一个声音说：

“得胜的，我要赐他在我宝座上与我同坐，就如我得了胜，在我父的宝座上与他同坐一般。”①

汤姆不知道他在那里躺了多长时间。他醒来时，火已经熄灭，冰凉袭人的露珠浸湿了自己的衣服。然而，那场心灵的危机已经过去，他在充溢肺腑的喜悦之中，不再感到冻饿、屈辱、失望和不幸。在心灵深处，他从那一刻起，便失去并告别了对现世生活的一切希望，而把自己的意志义无反顾地奉献于无所不在的上帝。汤姆仰望着默然无所的、永生不灭的星辰，那些俯视众生的天使，孤寂的夜空回荡起了一首赞美诗的胜利喜悦的歌声。那是他在以往欢乐岁月里，经常唱的赞美诗，但从来没有像现在这样充满激情。

大地消融像白雪一样，
太阳也将停止闪光；
但上帝却召唤我来到这里，
他将永远在我身旁。

---

① 见《新约·启示录》第三章第二十一节。

当尘世的生命走到尽头，
肉体和感觉也化归乌有；
欢乐而祥和的生活，
我们将在天国里享受。

当我们在天国里度过了万年，
宛若太阳一般光辉灿烂；
我们将一如既往赞美上帝，
就像我们当初进入天堂乐园。

凡是熟悉我国黑奴人口宗教历史的人，都肯定明白，我们所叙述种种情况，在黑奴中间绝非罕见。我们也听他们亲口讲述过十分动人、十分令人感佩的故事。心理学家告诉我们，当人们情感和幻想处于主导并支配地位的情况下，他们能强制外部感官为它们服务，把内心幻想变为可以触及的形象。谁能测度得出，无所不在的圣灵会怎样利用众生的这些能力，或者圣灵以什么方式来鼓舞孤凄沮丧的人们？倘或被人遗忘的黑奴相信，耶稣对他现身训示过，谁又能提出什么异议？耶稣不是说过，他在世世代代中的使命，就是让心灵受伤的人得到弥补，让遭到残暴的人得到自由吗？

当黎明的灰暗唤醒沉睡的奴隶下地干活时，在衣衫褴褛、身体战栗的苦命人中间有一个步履轻捷的人。因为他对万能上帝永恒之爱的坚定信仰，比他脚下所踏的大地更加坚实。哼，勒格里，现在拿出全部力量来较量一下吧！极度的痛苦悲伤、屈辱匮乏和一无所有，只能加速他们变成上帝的王子和祭司的过程！

从这时起，这个受压迫人的卑下心灵，便笼罩上了不可侵犯的宁静氛围，无所不在的救主使之变成了一座圣洁殿堂。现在，尘世上恩恩怨怨的血泪已经成为过去，希冀、恐惧和欲求的一波三折已经成为过去；现在，长期以来屈服、流血并挣扎着的人类意志，已经与神旨合为一体。现在，人生的航程看来已经所剩无几，永恒的福祉已经清晰如画，近在咫尺。因此，他在人生中所遭到的最大苦痛，也不能丝毫加害于他。

人人都注意到了他外表改变。欢愉和机警似乎重又回到他身上，任何侮辱和伤害都无法破坏的一种宁静，又占据了他的心灵。

“汤姆是他妈的怎么一档子事？”勒格里问山宝，“几天前还垂头丧气来着，眼下又像蛐蛐那样活蹦乱跳了。”

“不知道，老爷，兴许是想逃吧。”

“倒想瞧瞧他逃，”勒格里狞笑着说，“对不，山宝？”

“兴许倒想瞧瞧哩，哟！哈！哈！”那个黑妖怪讨好地笑起来，“天哪，那才怪有意思的！看着他陷在泥巴里，在灌木林中给赶得乱跑，猎狗咬住他不放！天哪，我逮住莫莉那一回，简直叫我笑破了肚子。我琢磨，要是我不把狗撵走，它们准会把她咬个稀巴烂的。到现在，她身上还有疤哪。”

“看起来，她到死也得带着这些伤疤喽，”勒格里说，“我说，山宝，你那眼得尖一点。要是那黑鬼子胆敢逃跑什么的，就追他回来。”

“老爷，这事交给我办，您就瞧好吧，”山宝说，“我对付得了这个滑头。哈、哈、哈！”

说这番话时，勒格里正要骑马到邻近一个小镇上去。那夜，回来的路上，他想掉转马头，到下处去转转，看看一切是否平安无事。

夜色美好，月光如洗。秀美楝树的影子，如用石墨清晰地绘在草地上。空气中凝结着晶莹透明的静谧，要想打破这种静谧，简直是亵渎神明。勒格里离开下处还有一段路程，猛听得有人歌唱。这是一种非同寻常的声音，他勒马倾听起来。只听一个悦耳的男高音唱道：

当我在霄汉的宫阙
清楚地看到我的姓名，
那时我将向恐惧告别，
擦干自己流泪的眼睛。

倘若尘世朝我发起进攻，
向我射来支支地狱毒箭，
我将笑对撒旦的怒气冲冲，
直面那鄙视我的人间。

哪怕忧伤疯狂泻倾，
悲苦的风暴阵阵袭来，
但愿我能平安返回家中，
回归上帝、天堂和万有世界。

“噢嗬！”勒格里自言自语，“他原是这么想的，是吗？这些卫理公会见鬼的赞美诗，我恨透啦！嗨，你这个黑鬼子。”他突然策马闯到汤姆面前，扬起马鞭，“该睡觉啦，干吗还吵吵嚷嚷的？闭上你那张老黑嘴，给我进去，你！”

“好的，老爷。”汤姆起身进屋时，脸上即刻露出了愉快的神情。

汤姆显而易见的高兴心情，激得勒格里怒不可遏。他跃马奔到汤姆面前，在他脑袋肩膀上一顿猛抽。

“喏，你这个鬼东西，”他说，“尝了鞭子滋味，看你还那么自在不！”

不过现在，鞭子不再如以往那样落在汤姆的心上，而只是落在了他外表的肉体上。汤姆极为驯顺地站在那里，然而，勒格里无法向自己掩饰，他对这个卖身奴隶的权威，不知怎么回事，已经不复存在。汤姆走进小屋，勒格里也蓦地掉转马头的时候，那些往往赋予罪恶的阴暗灵魂以良知启迪的清晰闪电，划过了他的心头。于是，他完全明白过来，是上帝站在他和受罪人之间，护佑了后者。因此，他开口咒骂起了上帝。这个恭顺寡言，无论奚落威胁，还是鞭笞暴行，都不受到干扰的黑人，在勒格里内心唤起了一个声音，正像往昔他的救主在他魔鬼般心灵里唤起的声音，同样说道：“拿撒勒人耶稣，我们与你有什么相干？时候还没有到，你就叫我们受苦吗？”①

对于自己身边的可怜的苦命人，汤姆整个灵魂里，都奔腾着怜悯与同情。对于他，一生的悲伤，现在似乎已经过去。他仿佛希望，从上天赐予自己那宁静和欢乐的奇异宝库中，倾倒出一些，来减轻他们的悲苦。诚然，这样的机会寥寥无几，但是，在下地和回来的路上，在干活期间，总能碰到一些场合，能伸出手来，给精疲力竭、灰心丧气或丧失勇气的人一点帮助。起初，这些身体拖垮、心灵变得残暴的苦命人，对这种举动几乎不能理解。可是，当这种帮助一周又一周、一月又一月地继续下去时，他们久已沉默的麻木心弦，终于开始受到触动。渐渐地，不知不觉地，这位默默无语而又耐心的奇特黑人，随时准备分担别人的重负，而自己又无求于任何人；总是谦让别人，而自己等到最后；总是自己索取得最少，而又首先把自己仅有的一点，分给需要的人。在寒冷的夜晚，他总是把自己的破毯子送给冻得瑟瑟发抖的女人，以便让她增加一点温暖；在地里，又总是甘冒自己棉花不够斤秤的极大危险，把棉花放到别人的篮子里。他虽然受到他们共同的暴君主子冷酷无情的摧残，又总不同别人一起谩骂诅咒主子一句。就是这样一个人，终于开始在他们身上具有了一种奇异的力量。农忙季节过去，礼拜天又准许他们支配了。这时，他们许多人便聚在他身边，听他讲述耶稣的事迹。他们总愿意在什么地方聚会，听他讲道、唱歌和祈祷。可是，连这也得不到勒格里的恩准。有好几次，这样的聚会都叫勒格里起誓赌咒地粗暴轰散了。于是，这些福音只好一个人一个人地分别传送。对于这些遭到遗弃的苦命人，人生只是一个通往黑暗未知世界的旅程。然而，当他们有些人听说慈悲的救世主和天堂时，谁能说清他们那淳朴的欢乐呢？传教士们说，在地球上一切种族当中，没有一个种族在接受福音时，像非洲人那样诚挚和驯顺。其基础便在于毫不置疑地信奉和依赖这一基本原理，而这一点，与其他种族相比，对于非洲人来说，倒更是一种天赋的本性。在他们中间往往见到这种情

① 见《新约·马太福音》第八章第二十九节。

况：一颗随着微风飘荡的真理的种子，偶然落进最无知的心田，却能结出丰硕的果实来，使得拥有更高雅、更成熟文化的种族，都为之感到羞愧。

那个可怜的一代混血女人，由于遭受到了雪崩般的残暴和迫害，她那纯朴的信仰，几乎已经被摧残折磨殆尽。后来，在下地和放工途中，由于这位低声慢语的传道士，把赞美诗和《圣经》的一些经文，断断续续吹进她耳朵里去，她的精神又觉得昂扬起来。即便是那个精神有些错乱、心里恍惚的凯茜，也因受到了他的纯朴和谦和的影响，而得到了抚慰，心境平静了下来。

凯茜一生遭到过种种痛苦的摧残，已经疯疯癫癫，灰心绝望。时常下定决心，找一个复仇的时刻，亲手向这个欺凌她的人雪恨，向一切自己目睹和身受的不义和暴行，讨回公道。

一天夜里，汤姆小屋里的人都进入了梦乡。蓦然间，他透过挡窗户的圆木间的小孔，瞥见了她的面孔。汤姆颇感意外，只见她打了个哑巴手势，招呼他出去。

汤姆走出门来。正值夜半一两点钟的光景，岑寂的月光映照着大地，阒无人声。目光落到凯茜乌黑的大眼睛上，汤姆望见，里面闪动着狂乱的、异样的光，与她以往那种呆痴而绝望的眼神很不相同。

"到这边来，汤姆老爹，"凯茜说。她把小手放在汤姆手腕上，使劲把他朝前一拉，仿佛那小手是钢铸铁打的一般，"你过来，我有个消息告诉你。"

"什么消息，凯茜小姐?"汤姆焦急地问。

"汤姆，你想得到自由吗?"

"上帝降临时，小姐，我就自由啦。"汤姆说。

"哎，你今天夜里就能自由，"凯茜突然精力蓬勃地说，"跟我来。"

汤姆踟蹰不决。

"来呀!"她低声说，乌黑的眼睛盯着汤姆，"过来吧！他睡着了——睡得很沉。我在他白兰地里放了麻醉药，所以他睡得这么熟。要是多放点多好，那就用不着你了。来吧，后门没上锁，里边有把斧子，是我放的。他卧室的门开着，我给你领路。我真想自己动手，可惜我胳膊没有力气。来吧！"

"可千万不能这个样啊，小姐。"汤姆语气坚定地说。他停下脚步，一把拽住了正往前赶的凯茜。

"可得替那些苦命的着想啊，"凯茜说，"我们可以让他们统统得到自由，到沼泽里找个什么小岛住下来。听说以前有人这么办过。不管怎样生活，总比在这里好。"

"不行！"汤姆坚定不移地说，"不！罪过绝不会有好下场。我宁可砍断我的右手也不干！"

"那我来干好了。"凯茜转身想走。

"哦，凯茜小姐！"汤姆一下跪在凯茜面前，"看在为你死去的亲爱救主面上，别这样把你宝贵的灵魂出卖给魔鬼！这样做除了罪过，是没有什么好结果的，救主没有召唤我们去报复，那就必须忍耐，等着他安排的时间到来。"

"等待！"凯茜说，"我难道没有等待过？我等得不是头又晕心又烦了吗？他叫我受过多少罪？他让千百个苦命人受过多少罪呀？他不是让你满腔的鲜血都快流尽了吗？这是我的天职，人们在召唤着我！他的时限到了，我要叫他七窍流血！"

"不、不、不！"汤姆抓住她捏紧的不断剧烈抽搐的小手，"不，你这个可怜的迷途羔羊，你万不可这样。亲爱而慈悲的救主，除了自己流血，从来没让别人流过血。他在我们与他为敌的时候，抛洒了一腔热血。救主啊，保佑我们跟随他的步伐，爱我们的敌人吧。"

"爱！"凯茜眼里射出了凶狠的光芒，"爱这种敌人！血肉之躯是做不到的。"

"是啊！小姐，是做不到，"汤姆仰望着上苍说，"可是上帝赐给了我们爱，而这就是胜利。当我们不顾一切逆境，能够爱所有的人，为所有的人祈祷时，战斗就会结束，胜利时刻就要到了。哦，荣耀归于上帝！"这个黑人仰望着上苍，眼泪潸然，声音哽咽。

而你，哦，黑非洲！你这个最后受到召唤的民族！你被召唤去戴上荆棘的冠冕，去遭受鞭笞，去流血流汗，去背上痛苦十字架的民族！这就是你的胜利，而且，你将因此在基督的天国降临人间时，与基督一起为王。

汤姆深沉的热情、柔和的语气和泪水，终于像甘露一样，滋润了这个苦命女人的狂野不羁的心灵。一丝温和笼罩住她眼睛中那可怕的火焰。她垂下脑袋，汤姆感觉得出，她手上的肌肉已松弛下来。这时她说：

“我不是告诉过你，恶魔附在我身上了？哦，汤姆老爹，我祈祷不出来，要是能祈祷该有多好。从我孩子给卖了以后，我从来没有祈祷过！你的话想必说得不错，我明白肯定不错，可是，每逢我努力祈祷时，我只能痛恨和诅咒。我无法祈祷呀！”

“可怜的人儿！”汤姆怜悯地说，“魔鬼撒旦想要得到你，像筛小麦一样挑选了你。我替你向救主祈祷吧。哦，凯茜小姐，归服亲爱的救世主耶稣吧。他降临人间就是为了救治伤心的人，安慰痛苦的人啊。”

凯茜默然无语地伫立在那里，大颗泪珠从她低垂的眼睛里滚落下来。

“凯茜小姐，”汤姆默默地打量了她一会儿，带着犹豫不决的口吻说，“只要是你能从这里逃出去，只要是能办到的话，那我倒建议你跟艾米琳一块逃走。就是说，你不犯罪让人流血，能够逃出去的话。不然的话，那可不成。”

“你不想跟我们一起逃走，汤姆老爹？”

“不想，”汤姆说，“以往我倒想过。可是上帝分派给我使命，要我留在这些可怜人中间。我要跟他们待在一块儿，把我的十字架背到最后。不过，你们情况不同，你们简直是待在油锅里，根本受不了。能逃还是逃的好。”

“我看除了死，根本逃不出去，”凯茜说，“唉，飞禽走兽都能在什么地方安家，连毒蛇鳄鱼都能在什么地方安安静静栖身，而我们却什么地方也找不到。就是到最阴森的沼泽里，他们的猎狗也能跟踪发现我们。人人跟我们过不去，处处跟我们过不去，连猎狗也跟我们找别扭。我们又能往哪里逃？”

汤姆默默站了一会儿，最后说：

“救主在狮洞里拯救过但以理，他在烈火中拯救过自己的儿女，他在海上行走，命令海风停下来。① 他现在仍然活着。我坚信他能救出你们来。想想办法吧，我会尽力为你们祈祷的。”

一个长期为人忽视的念头，当作无用的石块给踏在脚底的念头，突然之间，又像发掘出来的宝石一样，重新发出了熠熠的光辉！人类心灵的法则，是怎样的不可思议！

其实，凯茜以前也几个钟头几个钟头地盘算过，有哪些可能逃出的办法，都因为不切合实际，或没有希望，而放弃了。然而，就在这一瞬间，一个计划，一个简单而又在细节上可行的计划，闪现在她的脑际，使她的希望立即复炽起来。

“汤姆老爹，我想试试这个办法！”她猛然间说。

“阿门！”汤姆说，“愿上帝佑助你们！”

---

① 典出《旧约·但以理书》第六章和第三章，以及《旧约·马太福音》第十四章。

第三十九章 计策

恶人的道好像幽暗，自己不知因为什么跌倒。①

勒格里那栋房宅的阁楼，与别的大部分阁楼一样，也空空旷旷，笼罩着孤寂凄凉。里面，灰尘遍地，挂满了蜘蛛网，地板上横七竖八地堆放着废旧木头。当初，在房子显赫辉煌的岁月里，住着这所房子的那家殷实人家，从国外购买了大量精致家具。如今，有些已经搬走，剩下来的不是孤孤单单摆在破旧的空房里，就是放在这间阁楼里。一两只包装这些家具的大箱子，靠阁楼的墙壁摆在那里。墙上，有一扇小窗户，透过肮脏不堪的昏暗玻璃，射进了一丝摇曳不定的阳光，照在那些一度煊赫一时的高靠背椅子和积满灰尘的桌子上。总之，这间阁楼是个不可思议的阴森地方。不仅如此，在迷信的黑人中间，还不乏关于它的种种传闻，这就在阴森之外，更增添了对它的恐惧。大约几年之前，一个惹恼了勒格里的黑种女人，就被囚禁在这里，达数礼拜之久。至于发生了什么事情，我们说不出来，反正黑奴们经常暗地里交头接耳。我们说得出的只有一点：

① 见《旧约·箴言》第四章第十九节。

有一天，那个不幸女人的尸体从这里抬走掩埋了。从那以后，据说，这间破旧的阁楼里，便常常回响着发誓赌咒和残暴的鞭子声音，同时，还夹杂着哀号和呻吟。一次，勒格里无意中听到人们正议论这类事情，于是大发雷霆，发誓说，往后谁再传播阁楼里的事情，就把谁锁起来，丢到里面待上一个礼拜，以便有机会了解了解里面有什么东西。这点暗示就足以让人们闭口不谈此事，然而，这件传闻的可信度，自然丝毫没有受到动摇。

渐渐地，全家上下没有一个人敢于谈起这件事，竟至发展到没人敢走阁楼楼梯，甚至于连通往楼梯的过道也没人敢走了。这件传闻也因而慢慢无人提起。凯茜却由此突然想到，可以利用勒格里对这件事反应如此强烈的迷信想法，来达到自己和难友获得自由的目的。

凯茜睡觉的房间，刚好在阁楼正下方。一天，她没有跟勒格里打招呼，突然间想起一个主意，便张张扬扬地把自己卧室里所有家具和零用东西，搬到很远的一个房间里去。她叫了几个下等仆役帮忙。他们正兴致勃勃、七手八脚地奔跑忙乱得不亦乐乎的当儿，勒格里骑马外出回来了。

"喂，你这个凯丝①！"勒格里问，"出了什么事？"

"没出什么事。只是我想换个房间。"凯茜执拗地说。

"到底为了啥？"勒格里又问。

"我愿意嘛。"凯茜说。

"你愿意，见你的鬼去吧？为啥？"

"我有时候也想睡点好觉啊。"

"睡觉！那么，有啥耽误你睡觉了？"

"如果你想听的话，我看我倒能够告诉你。"凯茜不动声色地说。

"说出来吧，你这个婊子！"勒格里说。

"噢，也没什么大不了的。恐怕也不会让你心里不安吧！只是半夜以后，从十二点到天亮，一直听到有人哀号扭打，在阁楼地板上

---

① 凯茜的简称。

滚来滚去的!”

“上面阁楼里有人?”勒格里心里惴惴不安,但仍然强装出笑容问,“是什么人,凯茜?”

凯茜抬起锐利的乌黑眼睛,望着勒格里的脸,那目光直刺勒格里的骨髓。这时,她说:“对呀,西蒙,是什么人呢?我倒希望你能告诉我。恐怕你也是不知道喽!”

勒格里嘴里骂了一句,一边厢又举起了马鞭朝她抽了过去。可她轻快地躲到了一边,接着冲进门去,又回过头来说:“如果你在那屋里睡,就什么都明白了。也许你还是试试的好!”说着一下子关上门上了锁。

勒格里咆哮着、咒骂着,扬言要把门砸烂。然而,后来显然是改变了初衷,便怀着一颗忐忑的心,来到起居室里。凯茜心里明白,她这一箭射中了要害。从那以后,她总是以最巧妙的言辞,继续不停地对他施加这一连串已经开了头的影响。

她在阁楼的一个孔洞里,塞上了一只旧瓶子的瓶颈。这样,哪怕稍微有一点风,它就会发出最凄凉悲戚的哀号;风大的时候,会进而完全变成尖利的惨叫。这在迷信而又容易受骗上当的人听起来,会轻易地认为是恐怖和绝望的悲鸣。

这些哀号,也不时地传进仆人们的耳鼓,于是乎,原来关于鬼的那个传闻,又活脱脱复现于人们的记忆当中。家里到处充斥着令人不寒而栗的一种迷信的恐怖。尽管谁也没有胆量向勒格里提起,他自己却发现,这种恐怖,像空气一样包围了他。

与这个目无神灵的人相比,再没有任何人能像他那样,彻头彻尾地相信超乎自然的事物。基督徒的平安心境,是靠信奉一位聪明睿智、统领一切的天父来维持的。他的存在,使空虚的未知世界充满了光明和秩序。然而,对于违抗上帝统治的人来说,那片幽灵的国度,诚如一位希伯来诗人所说,则是“黑暗和死荫之地”①,混混沌沌,没有秩序,黑暗即是光明。对于这种人,无论人间还是阴界,

① 见《旧约·约伯记》第十章第二十一节。

都是鬼怪出没的地方，到处充满了魑魅魍魉，黑影憧憧，阴森可怖。

与汤姆的接触，唤醒了在勒格里内心沉睡的道德观念，但结果却受到了他那挥之不去的邪恶势力的抵抗。尽管如此，每当一句话、一次祈祷，或者一首赞美诗，引起他疑神疑鬼的恐惧时，也会在他黑暗的内心世界，产生一阵激荡和混乱。

凯茜对他产生的影响十分奇异而独特，而他，又是她的主子、她的暴君，以及折磨她的人。他也明白，她完全彻底地把握在他的手心当中，这是没有办法挽救或弥补的。然而，实际上却是，一个恶贯满盈的人，在日常生活中，若与刚强女性的影响须臾不可分离，那么，他就无法不在很大程度上，受到这种影响的控制。他当初买下她来的时候，正如她所说，自己是个娇生惯养的女人，所以，他能蹂躏她，把她踩在自己暴戾的铁蹄之下。然而，时间、绝望和低贱的影响，却使她那颗女人的心变成铁石一般，唤醒了可怕的仇恨火焰。因此，从某种程度上说，她成了能够左右他的人。他有时欺凌她，有时却又惧她三分。

而这种影响，在她变得神经有些错乱，言谈话语都染上了一层奇特可怖的扑朔迷离色彩之后，益发令人恼火，益发无法摆脱了。

从那以后，过了一两天的一个夜里，勒格里正然坐在破败的起居室里。一旁，木炭的火焰明灭闪烁，屋里充满摇曳不定的火光。那夜，风雨交加，在摇摇欲坠的旧房子里，掀起千军万马的、难以形诸笔墨的呼啸。窗户叮咚咣当，百叶窗啪啪作响，风声喧嚣，吼叫着呼呼钻进烟囱，不时吹起一阵烟雾和灰烬，仿佛有一队幽灵接踵而至。勒格里结完账目，这时已经看了几个钟头的报纸，凯茜躲在一个角落里，抑郁地望着炉火。勒格里丢下报纸，望见桌上放着一本旧书。他记得，那天晚上早些时候，凯茜读过这本书。于是，他拿起书，开始翻阅起来。那是一本血腥谋杀、鬼怪传奇和妖魔显灵的故事集，装订和插图十分粗糙，可是一旦读了开头，便会受到奇怪的吸引。

勒格里嘴里呸、呸之声不断，却又一页页读下去。最后，他读到了什么地方，便骂了一声，把书丢下。

“你不信鬼，对不，凯丝?”他手拿火钳，在炉火里拨着，问，“我还当是你很聪明，不害怕什么动静哩。”

“信不信又有什么关系?”凯茜仍然神情抑郁。

“从前，一块共事的那些家伙，时不时地用海上的传说来吓我，”勒格里说，“可压根儿就没吓倒过我。我告诉你，我这人胆子大，才不信那些瞎说八道哩。”

坐在房角阴影里的凯茜，目不转睛地盯着他。眼睛里闪露出的那奇异光芒，总是使勒格里心头不安。

“那些动静没什么大不了的，是耗子和刮风弄出来的，”勒格里说，“耗子弄出来的动静，真他妈难听。从前，我在船舱里有时就听得见。刮风的话，天哪！听什么声音都像。”

凯茜心里明白，自己的目光引起了勒格里的不安，因此，一句话也没有回答，只是坐在那里，像方才那样，带着奇异的幽幽神情凝视着他。

“嗨，你这个女人，说话呀，你是不是这样想的?”勒格里问。

“难道耗子能下楼，来到过道，走出上了锁的门，然后再顶上一把椅子?”凯茜说，“它们走啊走啊，一直走到你床前，这样子伸出手来。”

凯茜说话时，闪光的眼睛依然盯着勒格里，而后者，却像一个处在梦魇中的人，瞪着眼睛望着她。说到最后，她把一只冰冷的手放在他手上，他大骂一声，纵身向后退去。

“你这个女人！你什么意思?没这种事吧?”

“嗯，没有，当然没有。我说过有这种事来着吗?”凯茜露出了嘲弄般的、令人不寒而栗的微笑。

“可是——你——当真看见过?得啦，凯茜，到底是怎么一档子事，你说!”

“要是你想知道，”凯茜说，“那你自己在这里睡好了。”

“它是从阁楼上下来的，凯茜?”

“它——你指的是什么!”凯茜说。

“哦，就是你说的——”

“我跟你什么也没有说呀。”凯茜执拗而抑郁地说。

勒格里忐忑不安，在屋内来回乱走起来。

“我倒要看看是怎么一档子事。今儿个夜里我就去，带上手枪——”

“好哇，”凯茜说，“到那个屋里去睡觉吧。我真想看看你敢不敢去。对呀，你可以开枪！”

勒格里跺着脚，气势汹汹地破口大骂。

“别骂人呀，”凯茜说，“万一叫别人听见。你听！那是什么声音？”

“是啥声音？”勒格里吃了一惊。

一只摆在屋角的笨重的老荷兰钟，开始慢条斯理地敲十二响。

不知何故，勒格里既没有吱声，也没有移动，一丝淡淡的恐惧击中了他。凯茜以犀利而轻蔑的目光，站在那里望着他，心里数着钟敲了几响。

“十二点了。哦，我这会儿再听听。”她说着转身开门，站到了过道里，仿佛在倾听什么。

“听！那是什么声音？”她伸出一根手指。

“还不是风的声音，”勒格里说，“你听不见风刮得多他妈厉害！”

“西蒙，到这里来，”凯茜小声说，抓住勒格里的手，把他带领到楼梯脚下，“你说这是什么声音？听！”

一声尖厉的狂叫，刺耳地在楼梯上响起来，是从阁楼里发出来的。勒格里两只膝盖哆嗦成一团，脸上吓得失去了血色。

“你还是掏出手枪来吧！”凯茜的揶揄，使他全身血液都凝结起来，“你看，这会儿，该把情况弄个明白了。我看你最好上去一趟。他们又出来闹了。”

“我不上去！”勒格里咒骂一声。

“干吗不上去？依你看，是没有鬼这种东西的！来吧！”于是凯茜大笑着，咚咚咚走上了旋转楼梯，又回过来望着他说，“上来呀。”

“我看你就是魔鬼!”勒格里说,“下来,你这个妖婆——下来,凯丝!你不能上去!”

然而,凯茜疯狂地哈哈大笑着,一路飞奔而上。勒格里听见她打开通往阁楼的门。一阵狂风吹熄了他手中擎着的蜡烛,同时传来一声声阴森可怕的厉叫,声音似乎钻进了他的耳朵。

勒格里惊慌失措,一头扎进起居室。不一会儿,凯茜也紧接着进来。她恍若一个复仇的鬼魂,煞白的脸上流露镇静和冷酷,眼里闪出的目光,还像方才一样令人心惊。

“我看这下你满意了吧。”她说。

“你真该死,凯丝!”勒格里说。

“怎么呢?”凯茜问,“我只是上去关门。你看,西蒙,那个阁楼是怎么回事?”她说。

“那不关你的屁事!”勒格里说。

“噢,是吗?那好吧,”凯茜说,“不管怎么样,反正我很高兴不在那下面睡觉了。”

那天夜晚,凯茜料到风会刮起来,所以事先上去,打开了阁楼的窗户。一打开门,那风自然就从楼上刮下来,吹熄蜡烛。

凯茜为勒格里设下的机关,由此可见一斑。这使得他到后来宁愿头往狮子嘴里钻,也不敢到阁楼去察看了。与此同时,夜深人静的时候,凯茜又小心翼翼地慢慢在阁楼里储存起了食物,储存得足够维持一段生活之用。她还把自己和艾米琳的大部分衣服,一件件转移到那里。这样,一切准备宣告完毕,只等适宜的机会来实现她们的计划。

凯茜还利用勒格里心情高兴的间隙,哄骗他带领自己去坐落在红河岸边的镇子上去。她的记忆力之清晰,几乎磨炼到了异乎寻常的程度,记下了路上的每一个转弯,心里也估量出了路上所花的时间。

在采取行动时机成熟的此刻,看官诸君,也许愿意一睹幕后以及最后逃跑的情况吧。

现在,正是接近黄昏时分。勒格里骑着马出门到邻近一座农场去了。好几天来，凯茜的脾气变得不同寻常地温和起来，小鸟依人般的。勒格里和她之间的关系，看来十分融洽。此时，我们看到她和艾米琳在后者的卧室里，正忙于收拾整理东西，系成了两个小包袱。

“喏，这些就你拿的啦。”凯茜说，“现在，戴上帽子，我们动身吧，时间正合适。”

“哦，他们还能看清楚我们哪。”艾米琳说。

“我就是打算想叫他们看清楚的，”凯茜镇定地说，“难道你不明白，他们无论如何都要追赶我们吗？这件事只能这么办，我们从后门逃，路过下处。山宝或者昆宝就一定能看见我们。他们来追，我们就躲到沼泽里去；他们追不到我们时，就会回家报告大事不好，再把猎狗放出来什么的。趁他们跌跌撞撞，你拥我、我推你的时候——他们办事总是这副德性——你我再沿着通到上房背面的小河溜回来，在河里蹚着水回到后门正对面。这样，猎狗就嗅不出来，因为水里存不住气味。全家人都会跑出去追我们，这时我们就穿过后门，到阁楼上去。我在大箱子中间摆了一张挺舒服的床铺。我们得在阁楼上待好长一段时期，因为你不知道，他肯定会为追捕我们闹个天翻地覆，会纠集别的种植园的老监工，来个大搜捕，会把沼泽里每一寸土地都搜查一遍。他常跟别人夸口，说谁从他手里也逃不掉。那他就慢慢地找吧。”

“凯茜，你盘算得真周到！”艾米琳说，“除了你，有谁还能想出这种办法来呀？”

凯茜眼里既没有喜悦也没有兴奋，有的只是绝望和坚毅。

“来吧。”她说着向艾米琳伸出了手。

两个逃亡者悄悄溜出上房，趁着越来越浓的暮色，从下处旁边闪身而过。西方天空上，嵌着一弯新月，宛若银色玉玺，稍稍推迟了夜幕的降临。不出凯茜所料，他们将要走到环绕着种植园周围的沼泽边沿时，只听得一声呐喊，让她们停下来。不过，这不是山宝而是勒格里的声音。他一边破口大骂，一边追赶她们。听到呐喊声，艾米琳软弱的神经崩溃了。她抓住凯茜的胳膊，说：“哦，凯茜，我快昏过去了!”

“你要是昏过去，我就要你的命!”凯茜掏出一把闪光的小匕首，在姑娘眼前晃了晃。

这一转移注意力的办法立即奏效，达到了目的。艾米琳没有昏厥过去，反而能够随同凯茜一同钻到了一块迷宫般的沼泽里去。里面幽深漆黑，勒格里没有助手，要想追上她们，根本毫无希望。

“嘿、嘿!”勒格里残忍地吃吃地笑道，“不管怎么说，她们都掉进陷阱里去了，这两个婊子!她们跑不了啦，看她们在里面受罪吧!”

“喂、喂!山宝!昆宝!都给我来呀!”勒格里一面叫喊，一面来到下处。这时，刚好男女黑奴刚刚收工回来，“有两个女人跑到沼泽里去啦。哪个黑鬼子能把她们捉回来，我赏给五块钱。把猎狗放出去!把小虎、怒神还有别的猎狗，统统放出去!”

这个消息立即引发了一片骚乱。不少男奴一跃而出，殷殷勤勤，主动表示愿意效力。这或者出于得到悬赏的希望，也或者出于阿谀奉承的奴性，奴隶制所造成的最悲惨结局之一的奴性。有些朝这边跑过去，有些从另一边跑过去。有些人去拿松节火把，有些人解开猎狗。猎狗嘶哑的狂吠，给这番热闹场景平添了不少声色。

“老爷，要是咱们逮不住她们，能开枪吗?”山宝问。这时，他的主子给他递过来一支来复枪。

“你要是愿意，冲凯茜开枪好了!她的时辰到了，该回老家见鬼去啦。可是，别冲那丫头打枪，”勒格里说，“喂，小的们!拿出精神头来，干得漂亮一点。抓到她们的人，赏五块大洋，不管怎样，你们每个人也犒赏一杯酒喝。”

于是，这一伙人手持烈焰熊熊的火把，人喊马嘶犬吠，吱呀怪叫着直奔沼泽而去，远远地，还跟着上房的全体仆役。结果，当凯茜和艾米琳偷偷抄后路回来的时候，整个宅院都空空荡荡，没有一个人，追赶人群的呼啸和喊叫，还在夜空中回荡。凯茜和艾米琳穿过起居室的窗户望出去，瞥见手持火把的那队人马，正沿着沼泽边沿疏散开来。

“你瞧那边！”艾米琳边说边为凯茜指划着，“搜捕开始啦！你瞧，那些火把在飞舞哪！听，猎狗还在叫哪！你没有听到？我们要是还在那里，可就没机会逃了。哦，行行好，我们快藏起来吧，快点儿！”

“没有必要慌慌张张的，”凯茜语气十分泰然，“他们全都出去追人去了——今天晚上，可真有意思！我们一会儿再上楼。同时，”她说着慢慢腾腾地从勒格里匆忙中丢下的上衣口袋里，掏出了一把钥匙，“同时，我们再拿些盘缠。”

她打开写字台的抽屉，拿出一沓钞票，很快点了点数目。

“哦，可别这样做。”艾米琳说。

“别这样做！”凯茜说，“为什么不能？你是愿意我们饿死在沼泽里，还是愿意用这些钱当路费，到自由州去呢？有钱什么事都办得到，姑娘。”她一面说，一面把钱揣到怀里。

“这是偷窃。”艾米琳沮丧地小声说。

“偷窃！”凯茜奚落般地大笑起来，“那些偷窃了别人肉体和灵魂的人，用不着对我们说教。这些钱，哪一张不是偷来的，不是从饿着肚皮、流血流汗的苦命人那里偷来的？为了他捞钱，苦命的人就得累到死的那一天。他还竟然奢谈偷窃！噢，算啦，我们还是到阁楼上去吧。我在那里存了一些蜡烛，还有些书可以消磨时间。他们绝对不会到上边找我们去的，这你放心好啦。要是他们上去，我就装鬼吓唬他们。”

艾米琳来到阁楼上，见到一只硕大的木箱。木箱原是装运大件家具用的，现在则放在那里，开口冲着墙壁，或者倒不如说冲着屋顶。凯茜点燃了一盏小灯，两人从屋顶钻进了箱子，就在里面栖下身来。里面，还铺着两床褥子和几个枕头，旁边的一只箱子，里面储存着为数不少的蜡烛和食物，以及旅途上她们需用的衣服。凯茜早已把衣服整理成两个小得出人意料的包袱。

“好啦，”凯茜一面说着话，一面把小灯挂在箱壁的挂钩上。这是她专门为了挂灯钉在箱壁上的，“目前，这就是我们的家，你觉得怎么样？”

“你敢肯定他们不会到阁楼里来搜查吗?”

“我倒想看看西蒙·勒格里敢不敢这样,”凯茜说,“不会的,他躲开这里才高兴哪。说到那些仆人,他们个个都宁肯待着不动吃枪子,也不敢上这里来看一眼的。”

艾米琳心里坦然了一些,于是把身子靠在枕头上。

“刚才你说要我的命,凯茜,是什么意思?”艾米琳问得十分天真。

“我的意思是怕你昏过去,”凯茜说,“还真管了用。不过,我现在告诉你,艾米琳,无论以后出现什么情况,你都得有信心不昏过去才成,再说,也没有这个必要。假如我没有制止你,那个坏蛋现在也许把你逮到手里了。”

艾米琳全身战栗起来。

有一会儿的工夫,两人谁都没有说话。凯茜埋头忙着读一本法文书,艾米琳受不住筋疲力尽的滋味,打起了瞌睡,睡了一觉。后来,人们的高声喊叫、马蹄的嘚嘚声和猎狗的狂吠声把她吵醒了。她愣怔一下,有气无力地大叫了一声。

“没事儿,是搜捕的回来了。”凯茜镇定自若,“别怕。从这个小孔里往外看看。你看他们不是都在下边吗?西蒙今天夜里是没了指望。瞧他那匹浑身是泥的马,都是在沼泽里狂奔时溅到身上的。那些猎狗也脏兮兮的,一副垂头丧气的样子。嗨,我好心的老爷,这样的追捕,你还会一次一次地没完哪,可猎物并没有在那里。”

“哟,千万别说话!”艾米琳说,“要是让他们听到,可怎么好?”

“要是他们稍微听到点动静,肯定特别想躲开,”凯茜说,“根本不碍事,我们想怎么吵闹都随便,这样结果只能更叫他们害怕。”

终于,午夜的沉寂笼罩了整幢房子。勒格里嘴里骂着自己活该倒霉,信誓旦旦地说着明天要进行狠狠的报复,才就寝上了床。

第四十章　殉道者

不要说上苍遗忘了正义！
　　生活失去了通常乐趣——
破碎的心脏鲜血流淌，
　　受尽人间欺凌走向死亡！
上帝记下了每日的黯然，
　　每滴苦涩眼泪也记录在案！
万年天国的福祉将偿还
　　他的儿女在这里的一切辛酸。

——布莱恩特①

漫长的跋涉总有尽头，凄苦的黑夜总会变成黎明。光阴的涓滴，毅然决然，一刻不停地永恒逝去，永远催生着邪恶者的白昼化为无尽无休的黑夜，也催生着正义者的黑夜升华为永恒的白昼。在奴役的峡谷之中，我们跟随着我们卑微的朋友，跋涉了相当长的一段路程。起初，经过了享受安逸舒适、宠惠尤加的、鲜花盛开的片片田

① 布莱恩特（William Bryant，1794—1878），美国诗人。

野，随即经受了那与亲人生离死别的令人心碎时刻。后来，我们同他一起，在阳光和煦的岛子上等待着。那里，慷慨无私的人们用朵朵鲜花，掩盖起了他身披的镣铐枷锁。最后，我们又随着他，经历了那人世间最后一线希望。尔后在深夜破灭的时刻，我们又瞥见，在尘世黑暗的幽深渊薮里，那肉眼凡胎无法目睹的天上仙界，用灿烂星光燃烧起了耐人寻味的新的辉煌。

此刻，启明星高挂在层峦叠嶂的顶峰，一阵阵超越凡世的和煦微风吹拂之处，预告着白昼的大门即将开启。

凯茜和艾米琳的逃跑，使脾气原本乖戾粗暴的勒格里被激怒到无以复加的地步。不出人们所料，他的暴怒便自然落到无人保护的汤姆头上。勒格里在奴隶们面前，急匆匆地发布这个消息时，汤姆眼睛里蓦然射出的光芒，以及他突然高扬起来的两手，都让勒格里看在眼里。他见到汤姆没有参与到纠集前去追赶的人们中，自己心里原来打算强迫汤姆参与进来，然而最近，由于他命令汤姆去参与任何非人道行动时，领略过他那宁折不屈的精神，所以不愿意在匆忙之间停下来同他发生任何冲突。

因此，汤姆同几个向他学会祈祷的黑人，滞留在人群后面，为逃亡者的潜逃奉献自己的祈祷。

当受到挫败、心灰意冷的勒格里回到家里时，在他心灵之中，对这个奴隶所抱的长期酝酿着的仇恨，便可怕地聚集起来，一发而不可收。自从把这个人买来以后，难道他不是一直坚定有力而又不表示反抗地与自己作对吗？尽管默默不语，难道他内心深处不是有一个精灵，仿佛地狱之火，在熊熊燃烧吗？

“我恨他！”那天夜里，勒格里坐在床上，说，“我恨他！他难道不是归我所有吗？难道我对他不是想干啥就干啥吗？我不晓得谁能阻拦我！”勒格里攥紧拳头晃了晃，仿佛手里有什么东西，能够捏成齑粉一样。

不过，汤姆忠厚老实，又是个难能可贵的仆人。虽然勒格里为此更加痛恨，然而，这种考虑对他来说依旧是某种掣肘。

第二天清早，他决定目前什么话都不说，只是从邻近几个种植园里纠合了一些人，手牵猎狗，肩扛大枪，把个沼泽团团围将起来，打算着手有条不紊地搜查一遍。如果搜查成功，那千好万好；倘若不然，他就会咬紧钢牙，热血沸腾，把汤姆传唤到面前，那时非把那家伙治得服服帖帖不可，再不然——他内心传来一阵可怕的耳语，心里同意了耳语所出的主意。

你们断言，主子的利益就是奴隶的有力保障。可是，当一个人的脾气愤怒得发狂时，他会心甘情愿，眼睁睁把自己的灵魂出卖给魔鬼，以达到自己的目的，还哪里会顾及别人的肉体？

“喏，”第二天，凯茜透过阁楼的小孔观察着说，“搜捕今天又快开始啦！”

上房前的空地上，三四个骑马的人在奔腾跳跃，一两群怪模怪样的猎狗正跟牵着它们的黑人挣扎着，它们之间相互狂吠乱叫。

那群人中，有两个是附近种植园的监工，其余的都是勒格里在附近镇子上酒馆里的相识，由于对这次搜捕感兴趣，才赶来的。一个个凶神恶煞，恐怕再也找不到比他们更面目狰狞的人了。勒格里十分慷慨大方，正用白兰地挨个招待他们，还有不同种植园派遣来执行这项任务的黑人，因为每逢这样请人帮忙，目的就是要在黑人中间，办得尽量像过什么节日一样热闹。

凯茜耳朵贴在小孔上。晨风正冲着上房吹过来，她听得见人们大部分的谈话内容。她听着听着，阴郁而严峻肃穆的脸上，泛起了尖刻的讥讽神情。只听得他们在划分地段，研究着猎狗的长处，下达如何开枪的命令，以及捕捉之后怎样处置，等等。

凯茜抽身回来，合起两手，向上望着，说：“哦，伟大全能的上帝！是啊，我们都是有罪的人。可我们又比世上的人多做了什么坏事，应该受到这样的对待呢？”

她说着话，脸上和口吻之中流露出恳切的真挚。

“如果不是为了你，孩子，”她看着艾米琳说，“我真想出去，随便让他们什么人开枪打死我才谢天谢地哩。自由对我到底有什么用处？它能把我的孩子还给我，还是能让我恢复我原先的样子？”

稍带稚气纯真的艾米琳，对凯茜阴沉心情感到有些害怕。她似乎惶惑不解，所以没有答话，只是握住凯茜的手，轻轻抚摸着。

“别这样！”凯茜想要抽回手来，“你要这样，我会喜爱上你的，可我决心永远不再喜爱什么东西了！”

“可怜的凯茜！”艾米琳说，“千万别这样想了！如果救主给我们自由，也许会把你女儿还给你的。起码来说，我就跟你女儿一样。我明白，我再也见不着妈妈了！不管你爱不爱我，凯茜，我都爱你！”

温柔的、孩子般的情绪感染了凯茜。她坐在艾米琳身旁，搂着她的脖子，抚弄着她那棕色的柔发。艾米琳望着那双此刻噙着泪水的柔和目光，惊异于她的眼睛的美丽。

“哦，艾姆，”凯茜说，“我切盼着自己的孩子，如饥似渴地切盼着，盼得连眼力都不行了！你瞧，这里！”她拍打着胸脯说，“这里凄凄凉凉，空空落落的！假使上帝把孩子还给我，那我就能向上帝祈祷了。”

“你一定得信奉他，凯茜，”艾米琳说，“他是我们的天父啊！”

“可他对我们怒气冲冲，”凯茜说，“气得离开了我们。”

“没有，凯茜！他会对我们慈悲的！我们把希望寄托在他身上吧，”艾米琳说，“我总是怀着希望的。”

搜捕持续了很长时间。热闹而彻底，然而一无所获。勒格里困顿沮丧，翻身下了马。凯茜带着极为讥讽和欢欣的神情，往下望着他。

“喂，昆宝，”勒格里四仰八叉地躺在起居室里，说，“你给我把那个汤姆弄到这里来，赶快！这个老不死的，是这整个事儿的后台。我要在这张老黑皮身上，知道事情的底细，或者知道这事儿的原委。”

山宝和昆宝虽然彼此相互忌恨，但对汤姆的痛恨却都到了刻骨铭心的地步，因此，在这件事情上，两人可谓心心相印。想当初，勒格里对他们说过，购买汤姆，是为了在自己出门的时候叫他当总监工，这就惹得两人十分恼怒。而后，眼看汤姆受到主子的白眼和反感，这种恼怒，在两人奴颜婢膝的心性中，就更是有增无减。因此，昆宝信誓旦旦地迈步离开，去执行命令。

汤姆怀着某种预感，听到了传唤。因为，他了解逃亡者的全部逃跑计划，以及她们目前藏身的地方，也了解他要对付的这个人，生性可怕，握着专横的大权。然而，他对上帝怀着强烈信念，宁肯丧命，也绝不出卖无依无助的人们。

他把篮子放在田垅旁边，仰望上苍，说："我把灵魂荐于你手中！你救赎了我，哦，真理的上帝救主！"接着，便驯顺地让昆宝粗鲁残暴地抓住了他。

"嗨，嗨，"大块头的昆宝一面拖着他走，一面说，"这一下你算碰到枪眼上了！我敢说，老爷火气正大！你怎么也跑不掉了，这会儿！告你说，你逃不脱了，没错！还帮着老爷的黑鬼子们逃跑，看你还有脸见老爷！会把你怎么样，咱就等着瞧吧！"

这些粗鲁话，汤姆一句也没有听到耳朵里去！相反，一个更高的声音在说："那杀身体以后，不能再作什么的，不要怕他们。"①这个可怜人身上的神经和骨肉，都随着这些话在震颤，宛若受到了上帝手指的触摸，觉得千万条灵魂都集于一身。他沿路走着，旁边的花木树丛和奴隶们的小屋，以及他受到屈辱的整个景象，都打着旋儿，一阵风从他身旁掠过去，仿佛田野景色掠过疾驶而去的车子。他的心在悸动，天国之家已经在望，解脱的时刻近在手边了。

"好哇，汤姆！"勒格里走上前来，狠劲抓住汤姆外套的领子，在一阵无法释然的狂怒中，咬牙切齿地说，"我非宰了你不行，明白不？"

"这很有可能，老爷。"汤姆语气十分平静。

"我刚刚——下了——决心，汤姆，"勒格里凶狠而又冷酷得叫人可怕，"除非你把那两个女人的事告诉我！"

汤姆默然不语地站在那里。

"聋了吗？"勒格里跺着脚，像一头激怒的狮子咆哮起来，"给我说！"

---

① 见《新约·路加福音》第十二章第四节。

“我没什么可说的，老爷。”汤姆语气缓慢而镇定，说话慢慢吞吞。

“你敢给我说不晓得，你这个黑皮老基督徒？”勒格里说。

汤姆默不作声。

“说呀！”勒格里的声音如雷电霹雳，一面又狂怒地打着汤姆，“晓不晓得？”

“我晓得，老爷，可是什么也不能说出来。让我死了吧！”

勒格里长长地喘了一口气，强压着怒火，抓住汤姆胳膊，把脸几乎贴在汤姆脸上，用令人恐怖的声音说：“你给我听清了，汤姆！你当是上一回我放过了你，我说话就算数啦。可这一回，我铁了心，不管赔多少钱。你一直拗着我，眼下我要制伏你，再不然就宰了你！不是这样，就是那样。我要数数你身上有多少滴血，让你的血一滴滴往外流，流到你认输！”

汤姆抬头望着主子，说：“老爷，要是你生病有灾或是快死了，我愿意救你一命，把自己心里的血都给你。要是我这个可怜老头子的滴滴鲜血，能够拯救你宝贵的灵魂，我愿在所不惜，把滴滴鲜血都奉献出来，正像救主把自己的血赐给我一样。哦，老爷！别把这个大罪带给你的灵魂吧！这与其说伤害了我，倒不如说伤害了你！你尽管作恶吧，我的苦难很快就会过去；可是，你要是不悔罪，你的苦难是没边没沿的！”

仿佛在暴风骤雨的间隙里，听到一般奇异的仙乐，这场情感的迸发，一时间使得人们哑口无言。勒格里惊慌失色，呆望着汤姆。屋内鸦雀无声，连那只旧钟的嘀嗒声，也清晰可辨。它在默默地计算着对这颗铁石心肠发出慈悲的最后期限，以及考验时间。

然而，这只是转瞬间的事情。勒格里稍一踟蹰，心里浮现出一丝犹疑不决的悔改冲动，接着，他那邪恶的念头，又以七倍的疯狂复现在心中。他暴跳如雷，一下子把汤姆打翻在地。

残忍的血腥场面，既震惊我们的听觉，又震惊我们的心灵。人敢于做出事情，别人却不忍去听。同胞和教友所遭受的苦难，即使在密室中也无法讲述给我们，因为这会让我们的灵魂痛苦不堪！然而，呜呼，我的国家呀，这些事情却是在你法律的荫庇下做出来的！哦，基督呀！你的教会目睹这些场面，却一言不发！

然而，古时候有一个人，他个人的苦难却把屈辱羞耻人的残酷刑具，变成了荣耀、盛誉和永恒生命的象征。凡在他的精神所在的地方，屈辱的鞭笞、流血和欺凌，都使基督徒最后的抗争，变得同样的荣耀。

漫漫长夜之中，怀着勇毅和仁爱精神，在破败小屋里忍受殴打和残暴皮鞭的那个黑人，难道孤立无援吗？

不是的！他身边站着只有他自己才能瞥见的一个人，站着一个“仿佛上帝之子”的人。①

那诱惑者也站在他身边。前者愤怒障目，专横跋扈，无时无刻不在强迫后者，以出卖无辜的人们来逃避痛苦。可是，那颗勇敢而真诚的心，却屹立在永恒的岩石上，岿然不动。正像他的救世主一样，他明白，要拯救别人，就无法拯救自身。因此，即使最极端的暴行，除了使他祈祷或者表示神圣信念之外，也绝对不能让他开口讲话。

“他快不行了，老爷。”受折磨者的坚忍，使山宝不由自主地受到了感染。

“给我打下去！一直打到他认输才算一站！打呀！打呀！”勒格里怒吼道，“我要叫他每一滴血都流干，只要他不交代出来的话！”

汤姆睁开眼睛，望了望主子。“你这个倒霉的可怜虫！”他说，“除了这个，你还能干什么？我以自己全部的心灵，饶恕你！”汤姆完全昏厥过去。

“我看他终于完蛋了，”勒格里走上去，望着汤姆，“没错儿，他完了！哼，他到底闭上嘴了，真叫人解恨！”

是的，勒格里，这没有错。可是，谁又能使你灵魂中的声音闭上口呢？你那灵魂里，没有悔悟，没有祈祷，也没有希望，里面那永远无法扑灭的火焰，已经熊熊燃烧起来了！

---

① 此处及上文均指耶稣。

然而汤姆还没有死去。他所说的神奇话语和他所做的虔诚祈祷，震撼了那两个变得残暴的黑人的心灵，他们成了对他施加暴行的工具。因此，一等勒格里走开，两人便把他抬下来，愚昧无知地让他苏醒过来，仿佛那是对他的一种恩惠。

“说正经的，咱们干的事儿，可真是罪过呀！”山宝说，“但愿记在老爷账上，别记在我们账上就好了。”

两人替他清洗了伤口，又用废弃的棉花为他预备了一张简陋的床铺，让他躺在上面。其中一个，又溜回上房，向勒格里讨一杯白兰地，假装说是身子累了，自己想喝点酒，然后端回来，灌进了汤姆喉咙里。

“哦，汤姆！”昆宝说，“我们刚才对你真有罪呀！”

“我心里完全饶恕了你俩！”汤姆有气无力地说。

“噢，汤姆，你告诉我们，耶稣是谁？”山宝问，“就是那个今儿个夜里一直站在你旁边的那个耶稣！他是什么人？”

一番话又唤醒了那个不断衰竭、不断昏厥的灵魂。他诉说了有关神奇耶稣的几句令人感到激励的话，讲到了他的生死，他的永世长存，以及他救赎众生的力量。

两个粗野的黑人哭泣起来。

“我怎么从前压根儿没听说过呢？”山宝说，“不过，我真的信了！没法子不信哪！救主耶稣，慈悲慈悲我们吧！”

“可怜的人儿！”汤姆说，“要是你们能皈依耶稣，我愿意忍受一切的苦难！哦，救主！我祈求你再赐给我这两个灵魂吧！”

于是，祈求得到了满足！

第四十一章　少爷

两天以后，一个青年驾着轻便马车，在那条夹着楝树的林荫大道上，辚辚前行。他匆匆忙忙，把缰绳甩到马颈上，纵身跳下车来，问询种植园的主人。

此人正是乔治·谢尔比。如果想要了解他怎样来到这里，就必须回过头来，表述一番过去的情况。

奥菲丽亚小姐写给谢尔比太太的那封书信，不巧在一个偏僻的邮局里耽误了一两月，才投递到目的地。这样，收信人接信之前，汤姆自然已经消失在遥远的、江河岸边的沼泽里，杳无踪迹。

谢尔比太太怀着深切的关怀，读了信里提到的消息，可是，马上采取什么行动，却是办不到的。当时，她正守候在患病丈夫的床边，丈夫发着高烧，神志谵妄，病情十分危急。在这一段岁月里，少爷乔治也由一个孩子长大成了身材修长的青年，是谢尔比太太须臾不可离的可靠助手，也是她自己经营他父亲这份事业的唯一依靠。在信里，奥菲丽亚小姐十分留心，附带把圣克莱一家事务的代理律师的姓名，一并告诉了他们。因此，遇上了哪种紧急情况，最好的办法便是致函律师，加以查询。发信后不出几天，谢尔比先生溘然长逝。这自然给他们造成巨大压力，在相当长的时期内，无力顾及其他事情。

谢尔比先生对妻子的能力充满信心，临终指定她为处理自己财产的唯一遗嘱执行人。这样，她手头要处理的事务，立即堆积如山，而且纷繁复杂。

素以精力充沛著称的谢尔比太太，于是着手工作，想在纷乱如麻的事务中理出头绪来。有一段时期，她和乔治都埋头于收账和查账，变卖家产，偿还债务。因为，对于谢尔比太太来说，无论将来后果如何，她立志要把一切事务，都处理得眉目清楚、一目了然。就在这期间，他们接到了奥菲丽亚小姐提到的那个律师的回信。信中说，他对所查询的事情，一无所知，只知道该人在公开拍卖时给卖了出去，除了是他收的款项，其余的情况概无所闻。

事情到了这一步，无论是乔治还是谢尔比太太，内心都无法释然。因而，半年之后，前者由于要沿河南下替母亲办事，便决意亲自去新奥尔良，作进一步察访，以期发现汤姆的下落，好赎回他来。

一晃几个月过去了，查找仍无结果。真是无巧不成书，后来，乔治在新奥尔良碰上一个人，正好知道乔治要打听的消息。于是，我们的主人公便口袋里带上款项，乘轮船到红河一带去，决心找到他的老朋友，把他再买回来。

很快，人们把他让进上房，在起居室里与勒格里见了面。

勒格里见这个陌生人的时候，态度粗暴无礼。

“据我所知，”青年说，“阁下在新奥尔良买了一个名叫汤姆的伙计。他原在家父的农庄上干活，我这次来，是想看看能不能把他买回去。”

勒格里眉头阴云密布，气冲冲地大声说道：“没错儿，我是买了这么个家伙，在价钱上，可真他妈吃了大亏！是个顶顶莽撞无礼、顶顶不听吆喝的狗东西，胆敢放走了我手下的黑鬼子！他让两个女人跑掉了，一个值八百到一千块钱哩！他承认了这件事，我叫他说出她们在哪儿，他上前来说他晓得，但不能说出来。他就是不说，我他妈狠揍了他一顿。我看他是想死，不过不知道他死得成不？”

“他在哪儿？”乔治急不可耐地问，“请让我见他一面。”青年的脸涨得发紫，眼里射出了烈火，不过，还是小心从事，暂时没有说什么话。

“他在那个小屋里。”牵着乔治那匹马的小家伙说。

勒格里踢了那孩子一脚，接着骂了一句，乔治什么没有再说，转身朝那地方大步走去。

从受到致命伤害的那一夜算起，汤姆已躺了两天。他每一根受到痛苦的神经，都摧残得麻木了，因此不再感到痛苦。他大半时间只是昏迷不醒，静静地躺着，因为一个结实有力的躯体，按其规律，是不会将禁锢于其内的灵魂，立即释放出来的。有些凄凉孤单的苦命奴隶，曾经趁着漆黑的夜色，从自己很少几个钟头的休息时间中，抽空偷偷去过他那里，来报答他平素那么慷慨地给予他们以爱抚的恩情。诚然，他们这些可怜的弟子，所能给予他的，除了一杯凉水，几乎没有别的东西，然而，物轻谊重，充满了他们全部的爱心。

滚滚泪珠滴在汤姆那张诚实但却无知无觉的脸上。那是混沌愚昧，心中没有信仰的可怜人，最近表示忏悔的泪珠。汤姆弥留时刻的仁爱和耐心，唤起了他们的忏悔心情，促使他们替他向新近发现的救世主苦苦地祈祷。对于这位救主，他们虽然除了他的名字之外，所知寥寥无几，但人们愚昧心灵的希冀，却总是有所收益，得到救主的点化。

悄悄溜出藏身之处的凯茜，也偷听到了他为她和艾米琳所付出的牺牲。前一天深夜，她因此不顾让人发觉的危险，去看望他。那个仁慈的灵魂，在临终前用尽气力所倾吐的一番拨动了她的心弦。于是，漫长的绝望冬季和冰封的岁月，得到化解，这个阴沉绝望的女人呜咽着做了祈祷。

乔治一踏进小屋，便感到头晕恶心。

“这怎么可能，怎么可能呢？”他跪在他身边说，“汤姆叔叔，我非常、非常可怜的老朋友！”

说话声中，有什么东西钻进了那个濒于死亡的人的耳朵。他轻轻回转过头来，含笑地说：

耶稣能使即将死去的人的床铺

变得像鸭绒枕头那样柔软。

青年弯下身俯视自己苦命朋友时，不由潸然泪下，流下了那褒扬他的男子汉气概的泪水。

“哦，亲爱的汤姆叔叔！你醒醒啊，就再说上一句话吧！你看看，乔治少爷看你来了，你的小少爷乔治。你难道不认识他了吗？”

“乔治少爷！”汤姆睁开眼睛，有气无力地说，“乔治少爷！”说着，便神志恍惚了。

慢慢地，他心灵深处又仿佛对这景象明朗起来。无神的眼睛闪出光辉凝视着，脸上笑容满面，粗硬的双手合拢在一起，泪水顺着面颊流下来。

“感谢上帝！我只……我只……我只盼望着这个呀！他们没有忘了我。这叫我的灵魂暖烘烘的，我这颗苍老的心里也很受用！这会儿，我死而无怨了！哦，感谢上帝吧，我的灵魂！”

“你不会死的！你不应该死，也不该想到死！我赎你来了，还要把你带回家去的。”乔治心潮澎湃地说。

“哦，乔治少爷，你来得太晚了。救主已经赎了我，就要领我回家了。我也盼着回去呀。天堂比肯塔基还好着哪。”

“哦，你千万不能死！你死了会让我活不下去的！想到你受过的苦，想到你躺在这间小破屋里，我的心都碎了！可怜的仆人！”

“可别说我是可怜的人吧！”汤姆神情肃然，“我以前是个可怜的人，可现在一切都过去了。我正在天国的门前，就要走进天国去了！哦，乔治少爷！天国降临了！我赢得了胜利！是救主耶稣赐给我的！荣耀归于他的圣名！”

这几句断断续续吐出来的话，具有如此的力量，如此的激情，以及如此的神威，乔治心里不禁悚然敬畏，只是沉默地坐在那里注目凝视。

汤姆又握住了他的手，接着说：“这会儿，你先别告诉克露，多可怜的人哪！你是怎样找到我的——这对她来说，简直太可怕了！就只告诉她，你见到我回了天国，谁也等不得了。再跟她说，救主时时处处都站在我这一边，凡事都轻松愉快。还有，咳，我的两个儿子和那个女娃子！我一次次地想到他们就伤心啊！叫他们随着跟我来——随着跟来！替我向老爷、亲爱的善良太太，还有那边所有的人问声好！你不知道，我爱那边所有的人，爱四面八方的每一个人！——倒不是别的，只是爱呀！哦，乔治少爷！当个基督徒，有多么了不起呀！"

就在这当儿，勒格里转悠到小屋门口，朝里望了望，摆出一副无动于衷的执拗神色，然后调头扬长而去。

"这个老恶魔！"乔治义愤地说，"想到总有一天，小鬼也会来找他算账，那才去掉了心病哪！"

"哦，别——哦，你可别这么说！"汤姆抓住他的手，说，"他也是个可怜的人哪！这想起来太可怕了！哦，只要是他能忏悔，上帝现在就能宽恕他的。不过，恐怕他永远不会忏悔啦！"

"但愿他不会！"乔治说，"我才不愿见到他升天堂哩！"

"嘘，乔治少爷！你这样说，我听了难受！快别这样想啦！他没有真正伤害着我——只不过替我打开了天国的大门罢了。除了这，还有什么？"

这时，与少爷相见给这个濒死黑人突然增添的那股旺盛力量渐渐衰竭下去。他蓦地陷入了昏迷，闭上眼睛，脸上掠过了那种神秘而崇高的变化，说明天国已经临近。

他气喘吁吁，换气又深又长，宽阔的胸脯吃力地一起一伏，脸上露出了得胜凯旋的神情。

"谁——谁——谁能把我们和基督之爱分开呢？"他说话时，那声音显然是在与机体的衰弱抗争中所发出来的。然后，他含笑遽然长眠了。

乔治神情肃穆而又敬畏，一动不动地坐在那里。在他心目中，那间小屋仿佛变成了圣地。他合上了死者无神的眼睛，从他身旁站起来时，心里只有一个念头，他纯朴的老朋友所表达过的那个念头："当个基督徒，有多么了不起呀！"

他转过头，只见面色阴沉的勒格里站在后面。

汤姆死去的那一幕当中的悲痛氛围，制止住了这个热血澎湃的青年，没有任凭刚烈的天性发作起来。对于乔治，勒格里的出现只是令人厌恶而已。因此，只是内心一阵冲动，想尽量不同他说话，离开他躲得远远的。

他犀利而乌黑的眼睛死死盯着勒格里，手指着死者，简慢地说："你从他身上已经得到了你能得到的一切，这具尸体要我付多少钱？我想带走，厚葬起来。"

"死了的黑鬼子咱不卖，"勒格里语露执拗，"不过，埋在哪儿，啥时埋，这都随你的便。"

"伙计们，"乔治用命令式的口吻对两三个望着死者的黑人说，"帮我一下，把他抬到我的马车上去，再给我弄一把铁锹来。"

其中一个黑人一路跑着去找铁锹，剩下的两个协助乔治把尸体往马车上抬。

乔治既不同勒格里交谈，也不看他一眼。勒格里没有阻拦乔治对黑人的吩咐，只是努力装出一副若无其事的样子，吹着口哨站在那里。后来，又板着面孔，跟随他们来到门口停着马车的地方。

乔治把自己大氅铺在马车里，然后又移开座位，腾出地方来，才让人们小心翼翼把尸体安放在里面。这时，他才转过头来，紧盯着勒格里，尽量把口气放得缓和一些，说：

"我还没有告诉过你，我对这桩残暴事件持什么看法。这不是谈这些事情的时间和地方。不过，先生，这桩无辜受害血案，我一定要为它伸张正义并公之于众。我要到离这儿最近的地方法官那里去揭发你。"

"去吧！"勒格里鄙夷地打了一个响指，"我倒想看看你去告发。不过，你到啥地方找证人去呢？你又怎么证明呢？喏，你给我说说呀！"

顿时，乔治明白了这一挑衅的威力。在谋杀现场，找不到一个白人，而且，在所有南方法庭，有色人的证言，又完全微不足道。那一刻，他仿佛觉得，自己满腔的义愤，为讨还公道而发出的呐喊，能够震得苍天崩碎坍塌，却又徒唤奈何。

“挑明了吧，为了死个黑鬼子，何苦来这么张扬啊！”勒格里说。

这句话，宛如一颗火星投在火药库上。谨小慎微不是这个肯塔基青年的一项基本美德，只见他扭过身，愤然挥动拳头，把勒格里打了个嘴啃泥。他站在勒格里身旁，低头盯着他，那副怒火中烧而又无所畏惧的凛然神情，完全是与他同名的那位了不起的英国降龙卫士圣·乔治①的转世。

不过，对有些人来说，挨挨别人的打，反而不无好处。倘若有谁把他们狠狠地打翻在地，他们对那人便会立即产生敬意。而勒格里，便属于这类人物之列。因此，他爬起来，弹落衣服上的泥土，目送着渐渐驶走的马车时，脸上露出了显而易见的敬意。一直到望不到马车时，他也没有再开口说话。

驶出种植园的地界后，他们在乔治原来留意到的一个干爽沙丘上挖了墓穴。沙丘上方，长着几株树木，遮蔽阴凉。

“要不要拿掉大氅，老爷？”墓穴挖好之后，那两个黑人问。

“不，不要，就跟他葬在一起吧！我只能给你这点东西了，苦命的汤姆，你接过去吧。”

他们把他放进墓穴，两个黑人接着默默无声地往里填土，堆成了一个坟丘，又在上面植上了青青的草皮。

“你们可以走了，伙计们。”乔治说着，朝每个黑人手里塞了一个两角五的硬币。然而他们踟蹰着，迟迟不愿意离去。

“求求少爷，把我们买下来吧——”一个黑人说。

“我们待少爷，一定没有二心。”另一个说。

“在这里，真受不了啊，少爷。”第一个说，“买吧，少爷，把我们买下来吧，求你了！”

“我买不起，买不起，”乔治左右为难，挥手让他们走开，“我办不到啊。”

两个苦命人神情沮丧地默默离去了。

---

① 圣·乔治（Saint George，约公元四世纪），英国传奇英雄，在古老戏剧和艺术中，他被描写为杀死毒龙的勇士，是中世纪英格兰的保护神。

“求永恒的上帝作证!”乔治跪在自己可怜朋友的墓前说，“哦，上帝作证，从现在这一刻起，我将尽一切努力，把奴隶制度这个祸根从我们的国土上荡涤殆尽!”

我们这位朋友最后安息的地方，没有墓碑作为标志。而他，也绝不需要墓碑！他的救主知道他在什么地方安息。当救主在荣耀中降临时，他会使他复活，永生不灭，并同他一道降临人间。

不必怜悯他吧！这样的生与死，不是为了换得我们的怜悯！上帝的最大荣耀之处，不在于丰富的无限威力，而在于不顾个人安危，去经受苦难的仁爱！那些他召唤了去与自已相伴，并跟随自己耐心地背负十字架的人们，是得到赐福的人们。关于这些人，《圣经》上写的是：“哀恸的人有福了，因为他们必得安慰。”①

① 见《新约·马太福音》第五章第四节。

第四十二章　真正闹鬼的传说

说来非常奇怪，这些日子里，在勒格里种植园上的仆役们中间，盛传着关于鬼的种种传说。

他们窃窃私语、确凿无疑地说，深更半夜听到有脚步声从阁楼梯上下来，在宅院里四处游荡。虽然上楼通道的门都上了锁，结果还是白费手脚。鬼魂或者是配了一把钥匙放在口袋里，也或者是利用了自古以来鬼魂就拥有从钥匙孔里进进出出的优惠权。总之，鬼魂一如既往，仍然像以前那样，游游逛逛，自由自在，叫人心里不得安生。

至于这个鬼魂外表是什么样子，权威人士之间意见也存在着分歧。这是由于在黑人中间，十分流行的那种习惯做法的缘故。其实，就我们所知，白人当中，情况也是如此。也就是说，逢到遇上鬼魂的场合，人们往往千篇一律闭上眼睛，再用毯子、内衣，或者无论什么顺手拿来可以遮盖的东西，一下子把头捂起来。自然，这谁心里都清楚，我们肉长的眼睛虽然看不到了，可是，我们灵魂的眼睛，这时却不同寻常地活跃、机敏起来。于是，便流传着许许多多鬼魂的全身画像，都一而再、再而三地发誓，证明自己的画像没有错误。但是，正如在普通画像上经常出现的情况那样，关于鬼的这些画像，彼此在细节上也无一处相同，仅只在鬼族的共同家族特征上，才趋于一致：它们都披着白色尸衣。这些可怜的黑人没有熟读过古代历史，也不知道莎士比亚已经鉴定过鬼的这种服饰。他说：

披着尸衣的死人

在罗马街衢吱呀乱叫。①

因此他们在这一点上的雷同，也是灵物学上的一大奇观，应该提请有关人士的普遍注视。

然而，情况尽管这样，私下里我们依旧有理由相信，确实有个披着白色尸衣的高挑身影，在鬼魂经常出没的时刻，绕着勒格里的宅邸溜达。它穿过重重的房门，在上房周围飘荡，一会儿出现，一会儿隐没，沿着死寂的楼梯，走进吓死人的阁楼。而第二天早晨，人们又发现，通道的门跟以往一样，还是关着，锁得牢牢的。

对于人们的交头接耳，勒格里哪能无所耳闻，而且，正是由于他们费尽心机，想瞒着不让他知道，这种传说，才更使他悚然心惊。于是，他的白兰地比平素喝得更多了。白天，他昂着脑袋，一副神气活现的样子，骂人的声音也比以往更高。然而，夜里却常做噩梦。他躺在床上，浮现脑际的影像，令人极不愉快。汤姆尸体抬走的那天夜里，他骑马到附近小镇上，狂喝滥饮了一场，很晚，才拖着疲乏的身子回来。他锁好门，拔出钥匙，便上了床。

对于一个恶棍，自己的灵魂毕竟是个阴森可怖、令他忐忑不安的东西。尽管他机关算尽，想使它安静下来，也无济于事。谁能说明，灵魂起于何处，止于何处呢？谁能知道它可能想到什么事情呢？它想到了自己做过的令他不寒而栗、浑身哆嗦的事情。然而，这些事情是永远无法弥补的了，正如灵魂的永生不灭一样！他心里本来就有一个不敢单独面对的鬼魂，却锁上门把别的鬼魂拒于门外，这是何等的愚蠢！鬼魂的声音尽管抑制在心底深处，上面又覆盖着堆积如山的俗务，但仍然是兆示末日来临的一声号角！

---

① 见《哈姆雷特》第一幕第一场。

然而，勒格里还是锁上房门，用椅子顶上，又在床头点燃一盏通宵达旦的马灯，把手枪放在手头。他察看了窗户的窗钩和扣栓，骂了一声“我不在乎魔鬼和他所有手下的小鬼”便入睡了。

是啊，他入睡了，而且睡得很沉，因为他累了。可是后来，睡梦中现出了一个影子，有一个恐怖可怕、令人毛发倒竖的东西，悬挂在他上方。他认出来，这是他母亲的尸体，可又是凯茜拎着它，叫他看；耳边又传来乱哄哄的尖叫和呻吟。尽管如此，他明白自己是在睡梦里，于是挣扎着想醒过来。他半睡半醒之中，确实相信有什么东西走过来，听到正在开门，可是，手脚动弹不得，终于，他猛然一个翻身，看到房门的确打开了，一只手正在捻灭马灯。

天气阴霾，月光朦胧。他看见了！有个白色的东西，轻轻飘了进来！他听到了尸衣那低沉的窸窸窣窣声。那个白色东西站在他床边，一只冰冷的手搭在他手上，听到一个声音用低微可怕的耳语，说了三声：“来吧！来吧！来吧！”他躺在床上，吓得浑身冒着冷汗，不知道那个东西是在什么时候又是怎样走出去的。他跃身跳下床来，拉了拉房门。房门还是关着，上了锁的。他跌倒在地上，陷入了昏迷。

自此以后，勒格里酗酒益发比以前厉害。喝起酒来不再谨慎小心，而是肆无忌惮、无所顾虑了。

不久，这一带乡村便传说着，勒格里患了病，将不久于人世。过度的饮酒使他患上这场可怕的疾病，仿佛把来世报应的恐怖阴影带到了现世中来。谁都无法忍受他病房里的恐怖气氛。他大喊大叫，梦呓胡言，说的那些景象，让听见的人几乎失去了心跳。临终之前，他床边还站着一个严酷无情的白色身影，对他说：“来吧！来吧！来吧！”

极为巧合的是，就在勒格里面前出现白影子的当天夜里，一些黑人瞥见，有两个白影子轻飘飘地穿过林荫道，朝大路上走去。第二天，人们发现上房的屋门大敞四开。

直到日出时分，凯茜和艾米琳才在靠近小镇的小树丛里，停下来歇了歇脚。

凯茜穿一袭黑色衣裙，打扮得宛若克里奥尔①西班牙贵妇人的模样。头上一顶黑色的小女帽，厚厚的绣花面纱，把脸颊盖得严严实实。事先已经说定，在逃亡期间，她装扮一个克里奥尔妇人的角色，艾米琳当她的女佣。

由于幼年是在上流社会长大的，凯茜言谈、举止和仪态，都与设想的主意不谋而合。她原先的华丽衣着，现在还留着不少，另外还有几副珠宝首饰，使她乔装改扮起来颇为有利。

她在城郊见有出卖皮箱的，便停下来，买了一只漂亮的箱子，吩咐那人给她一路送过去。如此，身边有个用车推着皮箱的伙计，后面跟着手拿毛毡提包，以及各种小包的艾米琳，她便以雍容显赫的贵妇人的身份，来到一家小客栈里。

住下之后，第一个给她留下深刻印象的就是乔治·谢尔比。他住在客栈里，等候下一班轮船。

凯茜原来在阁楼的小眼里看见他过，见他抬走了汤姆的尸体，也心里暗自高兴地看见他与勒格里之间的那场争执。后来，她在夜幕降临，化装成鬼魂，轻飘飘地出来走动的时候，也偶尔听到黑人们的议论，因而明白了他是何人，以及他与汤姆的关系。因此，当她得知他同自己一样，也在等候下班轮船时，心里很快产生了信赖。凯茜的仪态、举止和谈吐，以及在花钱上，显而易见的慷慨大方，没有在旅馆里引起什么人的怀疑。对于在花钱这类关节方面，出手阔绰的人，别人从来不会寻根究底地问个仔细。当初，凯茜替自己准备钱的时候，就预见到了这一点。

黄昏临近时分，听到一艘轮船靠了岸。乔治·谢尔比以所有肯塔基人生来就有的殷勤礼貌，搀着凯茜登船，一番周折之后，为她找到一个不错的豪华舱房。

沿红河航行期间，凯茜一直托病待在舱房里，足不出户，由自己忠实驯顺的女佣侍奉。

船抵密西西比河后，乔治听说那位陌生夫人的旅程与自己行程

① 指生于美国南部的西班牙后裔。

一样，都要逆水上行，于是建议与她搭乘同一班轮船，还给她订了豪华舱房。因乔治体恤她身体单薄，愿意为她尽量出力帮忙，其心地之善良，可见一斑。

啊，你看！这一行人又安全地改乘了出色的“辛辛那提号”轮船。在强大无比的蒸汽机的带动下，正沿河逆流破浪前行。

凯茜病情大大好转，能在护栏旁边坐坐，也能去餐厅就餐了。船上乘客都说，这位夫人当年想必十分娇艳妩媚。

从第一眼瞥见凯茜的面孔后，乔治心里便飞速闪过一个念头，模模糊糊觉得有些面熟。这种事几乎人人都遇到过，也为此有时感到纳闷。因此，他总是不由自主地朝她望过去，无时无刻不在端详着她。无论是在吃饭，还是坐在舱房外面，她时常发现青年的目光凝视着她，而当她脸上露出敏于察觉的神情时，那青年便礼貌地收回目光。

凯茜心里不安起来，认为他对自己产生了什么疑团。最后，她决定完全相信他的慷慨磊落，把自己身世的来龙去脉全部透露给他。

乔治听了，由衷地对逃出勒格里种植园的每一个人都表示同情。他只要一想到或者谈到那个地方，心中便不耐烦。他以自己这种年龄和地位的人所持有的不计一切后果的勇气，向凯茜保证，他一定竭尽全力，保护她们渡过难关。

凯茜豪华舱房的隔壁，住着一个名叫都德的法国太太。她身边陪伴着一个娇美的小女儿，是个十二岁左右的女孩。

这位太太从乔治的谈话中，推断出他是肯塔基人，仿佛愿意同他进一步结识。这种打算，由于得力于她秀美的小女儿，终于如愿以偿。因为那个女孩儿，十分漂亮，在半个月的沉闷航程中，她不啻一个消遣解闷的小玩意儿。

乔治的椅子经常摆在她舱房门旁，凯茜则坐在护栏附近，所以能够听到他们的谈话。

都德夫人对于肯塔基的情况，询问得十分详细，并说，自己早年在那里住过。使乔治出乎意料的是，他发现她原先居住的地方，肯定就在自己家乡附近。她所打听的情况说明，她对自己家乡一带的人和事知之不少，这使他极为吃惊。

“在你家乡附近，”有一天，都德夫人对他说，“你认识的人有姓哈利斯的吗?”

“有个老头姓那个姓，住在离我父亲的庄园不远，”乔治说，“可我们跟他没什么来往。”

“我看他是个大奴隶主吧。”都德夫人说，语气中流露出自己不愿让人看出来的关切神情。

“是的。”乔治对于她的神情，仿佛感到十分惊讶。

“你听没听说他有——也许，你听说过，他有个混血奴隶，叫乔治的吧?”

“哦，当然听说过，叫乔治·哈利斯，我跟他很熟悉，他娶了我母亲的一个女佣。不过，现在逃到加拿大去了。”

“是吗?”都德夫人疾速应声说，“感谢上帝!”

乔治眼里闪出了探索的目光，但没有说话。

都德夫人手支着头，哭了起来。

“他是我弟弟。”她说。

“夫人!”惊讶的乔治加重了语气说。

“是的，”都德夫人骄傲地抬起头，擦干眼泪，说，“谢尔比先生，乔治·哈利斯就是我的弟弟!”

“这叫我简直摸不着头脑了。”乔治把椅子往后推了一两步，望着都德夫人说。

“他小的时候，我给卖到南方去了，”她说，“买我的是个生性慷慨的好人。他把我带到了西印度群岛，让我获得了自由，又跟我结了婚。他是最近才去世的，我原打算到肯塔基，去看看能不能找到我弟弟，把他赎回来。”

“我听他说起过有一个被卖到南方去的姐姐，叫艾米莉。”乔治说。

“是啊！一点不错！我就是那个姐姐!”都德夫人说，“快说说，他是个什么样——”

“是个蛮不错的小伙子，”乔治说，“尽管不幸身上带着奴役的枷锁。他又聪明又有操守，是个数一数二的人。你不知道，”他说，

“我认识他，是因为他跟我们家一个女佣结了婚。”

“那姑娘怎么样？”都德夫人语气急切。

“好极了，”乔治说，“是个美丽、聪明、温和的姑娘，又笃信上帝。是我母亲几乎把她当成女儿，小心翼翼地培养长大的。她读书写字，绣花缝纫，都很不错，唱歌也很出色。”

“她是在你们家出生的吗？”都德夫人问。

“不是，是父亲有一次去新奥尔良买回来的，给母亲当礼物的。那时候，她大约八九岁的样子。父亲从来没跟母亲说过，他买她花了多少钱。前些日子，我们查看他原先的字据时，找到了那张卖契。不错，他出的价码太高了。恐怕是由于她特别漂亮的缘故吧。”

乔治背朝凯茜坐着，讲述这些细节时，没有看到她脸上那聚精会神的表情。

听他讲到此处，她的脸色由于关切而变得煞白。她碰碰他的胳膊，问：“你知道卖主人家的姓名吗？”

“交易人好像是一个叫西蒙斯的人。起码，我记得卖契上写的是这个名字。”

“哦，天哪！”凯茜说着，跌在客舱地板上，失去了知觉。

这时，乔治惊慌失措，都德夫人也张皇不已。虽然两人都猜测不到凯茜昏迷的原因，然而，两人仍然掀起了一阵骚动，不过，处于此种场合，这也在所难免。仁义而热心肠的乔治，碰翻了一只水壶，打碎了两只高脚杯。客舱里的不少女客，听说有人昏迷过去，都拥挤在豪华客舱门口，尽其所能，把那里堵了个水泄不通。总而言之，凡此种种的情形，都在预料之中。

可怜的凯茜！她一苏醒过来，便一头扑在舱壁上，呜呜咽咽，像个孩子似的哭了起来。凡是当母亲的，或许能够也或许不能够明白，她心里在想什么吧！不过，从那一刻起，她便确信，上帝对她发了慈悲，自己能够与女儿团聚了。几个月之后，她果然见到了女儿。那时——且慢，我们不能寅吃卯粮，暂且叙述到这里吧。

第四十三章　牧场

本书的其余关节，就要表达完毕。且说乔治·谢尔比，他一则像别的年轻人一样，对两人的传奇般的遭遇感兴趣，一则常怀仁慈博爱之心，于是，不惮烦劳，把伊丽莎的卖身契寄给了凯茜。上面所著日期和姓名，都同她自己所记得的情况完全吻合。这就使她觉得确凿无疑，认定卖身契上的姑娘就是自己女儿，而现在，有待她做的，便是寻访逃亡者行踪的蛛丝马迹了。

如此一来，命运的出人意料的巧合，便把她和都德夫人维系在一起。她们当即日夜兼程赶赴加拿大，开始了查访无数摆脱奴隶制度的逃亡者所栖身过的各个收容站。在阿默赫斯堡，她们找到了乔治·哈利斯和伊丽莎初抵加拿大时藏身于其处的那个传教士，通过他才追踪乔治一家来到了蒙特利尔市。

这时，乔治和伊丽莎获得自由满五年了。在一个知名的机械师的工厂里，乔治谋到了一份固定职业，挣的工资足以养活全家。同时，家里又添了一个女儿。

小哈利，现在已是个英俊聪明少年，在一所有名的学校念书，学业知识迅速长进。阿默赫斯堡收容站的牧师，乔治刚刚登陆时在他处栖身的那个令人尊敬的牧师，对都德夫人和凯茜所讲述的情况，兴趣盎然，于是在前者请求下，答应陪同她们去蒙特利尔寻访亲人。

一切费用由都德夫人开销。

于是，故事场景转换到了蒙特利尔市郊的一座整洁的小公寓里，其时正是黄昏时分。壁炉里，火苗噼噼啪啪，欢乐地燃烧着；铺着雪白桌布的茶桌已经摆好，做好了吃晚饭的准备。房间一角，有一张铺着绿色桌布的桌子，是一张放有纸笔的宽大写字台，上方的书架上，摆满了经过精心选择的书籍。

这就是乔治的书房。想当初，他热心进取，在千辛万苦、灰心沮丧之中，偷闲学会了读书写字的本事，现在，仍然使他孜孜以求，把全部闲暇时间花在自己进修方面。

这一刻他正在书桌旁边，从自己阅读的一卷家庭藏书中，做着摘记。

“来，乔治，”伊丽莎说，“你一整天不在家，快放下书，趁我泡茶的时候，说说话吧。快放下。”

小伊丽莎也支持妈妈的动议，蹒蹒跚跚跑到爸爸面前，想把书从他手里夺下来，从而自己坐到他膝头上去。

“噢，你这个小调皮儿！”乔治缴械投降了，因为处在这种情况下，男人总得这么办才好。

“这就对啦，”伊丽莎动手切着一方面包，说。她看起来年龄大了几岁，腰肢丰满了些，仪态也比以前更像主妇了。然而，跟别的女人一样，显然感到幸福与满足。

“哈利，我的孩子，你今天那道算术题做得怎么样了？”乔治用手摩挲着儿子的脑袋，问。

哈利长长的鬈发没有了，但他那眼睛和眼睫毛，以及他那英俊而高耸的前额，却依然如故。他脸上透红，得意扬扬地回答道：“我全部算完了，全是自己做的，爸爸，谁也没帮我！”

“对呀，”父亲说，“要靠自己，儿子。你的机会比你可怜的父亲好。”

这当儿，有人轻轻叩门，伊丽莎应声去开门。她欣喜的一声“哦，原来是你呀”的叫喊，引起了丈夫的注意。接着，阿默赫斯堡的牧师被请了进来。跟他一起来的，还有两个女人，伊丽莎一一请她们坐下。

诸位，如果要把真实情况说出来的话，那个纯朴的牧师本来安排了一个小小的程序，整个事情都要按程序进行。来这里的路上，大家还小心谨慎地劝告彼此说，除非事先有变动，否则不能一下子就开门见山，泄露出去。

因此，使那个好心牧师惊愕的是，他挥手示意让她坐下，掏出手帕擦了擦嘴，正要按着顺序先来一番开场白时，都德夫人却一下子搂住乔治的脖子，打乱了全盘计划，接下来又说："哦，乔治！你难道不认识我啦？我是你姐姐艾米莉呀！"这样，事情立刻便全部暴露出来。

凯茜比较平心静气坐了下来。若不是小伊丽莎突然闯到她面前，她原来是能扮演好她的角色的。小伊丽莎，从身段体态、面貌轮廓和满头鬈发上看，无不与她当年分离的女儿一模一样。那小东西一直盯着她的脸，凯茜抱起她来，紧紧搂在怀里，说了一句在当时自己信以为真的话："宝贝，我是你妈呀！"

实际上，这件事要完全有条不紊地进行，确实不容易。不过，好心的牧师最后还是让大家安静下来，说出了他原打算用以开演这幕戏的开场白。他讲得非常成功，使身旁的所有的听众一齐抽泣起来。这足可以令古今的演说家心里感到欣慰了。

大家跪在一起，好心的牧师祈祷起来，因为，人们心潮澎湃、激动不已时，只有将爱倾注于万能上帝的胸怀，心情才能平静下来。然后大家站起身来，重新团聚的一家人，互相拥抱着，对于上帝，心里充满了圣洁的信赖。是他，利用意想不到的方式，从千难万险之中，让他们得到了团圆。

在进入加拿大的逃亡者当中，有一位传教士的笔记，记载了比小说更为离奇曲折的真实事件。当盛行的奴隶制度，犹如秋风横扫落叶一样，吹散一个个家庭，弄得人们妻离子散的时候，事情怎能不会这样离奇曲折呢？这条避难的海岸，仿佛是永恒的海岸，往往使多年来彼此痛悼，认为对方已经死去的人们，在这里再次欢聚。每一个初到这里的人，都受到难以形诸言辞的诚挚欢迎，因为，他们或许会带来仍然湮没于奴隶制度阴影中的母亲、姐妹、妻子或儿女的消息，也未可知。

在这里，当逃亡者置酷刑和死亡于不顾，心甘情愿地寻原路回到充满恐怖与危险的黑暗大陆，希望把自己姐妹、母亲或妻子救出来时，所敷演出来的那些英雄壮举，在传奇当中为数更多。

一位传教士告诉我们，有一个青年曾两次遭到抓获，并为他的英勇行动，受到可耻的鞭笞，终于又逃了回来。我们听人念过他写给朋友的一封信，信里说他打算第三次回去，好救出他的妹妹。好心的看官，这人是个英雄还是罪犯？难道你不会为自己的姐妹，做出这样的牺牲吗？你能责备他吗？

闲言放在一边，回头再表我们的朋友。由于突如其来的巨大喜悦，他们正在擦着眼里的泪水，心情逐渐恢复了平静。这时，全家人热热闹闹，坐在桌子周围，确确凿凿，关系已经十分亲密，只有凯茜一直把小伊丽莎抱在膝头，不时用力搂她一搂，使小东西很是奇怪，同时，还固执地拒绝小东西随着自己的意思，往嘴里塞糕点。这又使孩子迷惑不解，但凯茜说，自己有比糕点还好吃的东西，所以不想吃糕点。

过了一两天，凯茜的变化确实不小，连诸位看官恐怕也快认不出她来了。脸上绝望的枯槁的神色，换成了温柔和信赖的表情。她好像一下子投入了家人的怀抱，而自己也十分珍爱那两个孩子，仿佛是她企盼已久的人。她的爱，似乎自然而然地更多地倾注在小伊丽莎身上，而不是自己女儿身上。因为小伊丽莎与她失去的女儿，在外貌和体态上丝毫不差。那小东西成了母女之间用鲜花编成的一条纽带，通过她，母女才熟悉起来，相爱起来。伊丽莎由于经常诵读《圣经》，使自己的虔诚坚定不移、一以贯之，因此成了母亲那颗疲惫破碎心灵的正确指南。凯茜也立即全身心地接受种种有益影响，变成了虔诚而又温柔的基督徒。

一两天之后，都德夫人把自己的情况更详细地讲给了弟弟听。她丈夫死后，给她留下一笔可观的遗产。自己想慷慨地拿出来，供全家人分享。她问乔治利用这笔遗产为他做什么最好时，乔治回答：

“让我念书去吧，艾米莉，这一直是我的心愿，其余的你都不用操心了。”

经过充分的酝酿，他们决定全家去法国住几年。于是，他们便带着艾米琳，一起扬帆前往法国。艾米琳妩媚的姿色，赢得了轮船大副的倾心；轮船到达港口不久，她就做了他的妻子。

乔治在法国一所大学里攻读了整整四年，靠着自己不懈热情的孜孜以求，受到了完备的教育。

最后，法国发生了政治动乱，全家人才再次到美国来避难。

作为一个有教养的人，乔治此时的感情和见识，在他致朋友的一封信中，表达得最为充分：

> 对于自己的前程，我也感到有些困惑。诚然，正如你所说的那样，在这个国家，我可混入白人的生活圈子。我的肤色很浅，我妻子和家人的肤色，也几乎难以辨别。嗯，也许在人们默许的情况下，我可以这样做。不过，说句心里话，我根本无意于这样。
>
> 我内心的怜悯之情，不是寄予我父亲的种族，而是寄予了我母亲的种族。对于我的父亲，我只不过是一条好狗或者一匹好马罢了；但对于我的母亲，我才是一个孩子。虽然那次残忍的拍卖使我们分散，一直到她去世，我再也没有见到她，但我明白，她是一直深深爱着我的。我从心底深处明白这一点。每当我想起她身受的全部苦难，想起我早年经受的折磨，想起我英勇妻子的不幸和奋争，想起我那在新奥尔良奴隶市场上卖掉的姐姐，虽然我不希望自己带有什么违背基督教义的感慨，但我这样说，是可以谅宥的，我决不愿意充当美国人，或者把自己与他们等同起来。
>
> 与我共命运的是受压迫、受奴役的非洲种族。因此，倘若我还希求什么的话，那就但愿自己肤色再黑两分，而不是再白一分。
>
> 我心灵的渴望和希冀，就是取得一个非洲国家的国籍。我

想找一个将来分明是能够自己独立生存下去的民族，可是，我到哪里去寻找呢？当然不是到海地去寻找，因为在海地，人们没有采取行动的渊源。一条小溪不可能高过它的源泉。构成海地民族性格的那个种族，是个衰竭、柔顺的种族，自然而然，一个臣属的种族，要想成就什么业绩，就需要好几百年了。

那么，我到哪里去寻找呢？我在非洲的海岸上，见到了一个共和国，一个由杰出超群的人民构成的共和国，他们在许多情况下，都是依赖自己的努力和自我教育的力量，独自摆脱奴役状态的。这个共和国经历了初期的软弱状态之后，终于变为一个得到全世界公认的国家，得到了法国和英国的承认。我想到那里去寻找自己的人民。

现在，我清楚，你们都会反对我去的，但是在提出反对之前，请先听听我的申辩。我在法国逗留期间，曾怀着深刻的关切，探索过我的人民在美国的历史。我关注过废奴派和殖民派之间的斗争，作为远在他国的旁观者，得到了一些直接参与者所永远无法获得的印象。

我承认，这个利比里亚曾经被我们压迫者玩于股掌之上，为了达到种种目的，利用它在我们之间进行挑拨离间。无疑，这种阴谋可以种种不正当的方式，用作延迟我们的解放的手段。然而，对我来说，问题是有没有超越人类各种阴谋的上帝？难道上帝不能摧毁他们的阴谋，并由此为我们缔造一个国家？

当前，一个国家的诞生，是旦夕之间的事情。一切有关共和国的生存和文明等重大问题，都已得到解决，近在眼前。因此，它现在的创建无须再去寻寻觅觅，所需要的，只是付诸行动。让我们团结一心，用尽我们全部力量，来为这一新事业尽自己之所能，那么，一个辉煌的非洲，就会呈现于我们和我们子孙的面前。我们的国家将沿着非洲海岸，掀起文明和基督精神的浪潮，在那里培育起一些强大的共和国来。它们将犹如热带植物，迅猛成长，永存于未来的世世代代之中。

你认为我是在抛弃自己受到奴役的兄弟吧？我认为不是这

样的。倘若在我生命的一时一刻，我忘记了他们，那就让上帝也忘记了我吧！然而，在这里，我能对他们有什么作为呢？我能打碎他们的枷锁吗？不能，作为个人，我无能为力，但是让我去做一个国家的一员吧。这个国家将在各国的会议上，拥有一席发言之地。那时，我们才能说出我们的意见。一个国家拥有辩论、抗议和呼吁，以及陈述自己种族事业的权利，然而，个人却没有。

如果将来欧洲变成各自由国家组成的大议会——我深信，上帝一定会做到这一点的，如果农奴制度、一切的非正义的、压榨性的社会不平等现象，都被铲除净尽，如果他们仿效法国和英国，承认我们的地位，那么，我们将会在国际大会上，为我们受奴役、遭苦难的种族所进行的事业发出呼吁，陈述我们的观点。那时，自由开明的美国将不会不愿意从自己盾牌上抹去左边的、使它羞见于各国的线条①，而这对于它和受奴役者，都是一种祸根。

然而，你肯定会对我说，在美利坚共和国，我们这个种族，同爱尔兰人、德国人和瑞典人一样，都享有杂居的平等权利。即便是这样，我们仍然应该自由地相处和共同居住，在完全不考虑种姓和肤色的条件下，依靠个人的价值来出人头地。而否认我们这种权利的人则说明，他没有忠于自己公开宣扬的那些人类平等原则。特别是在这个国家，应该允许我们拥有这种权利。我们应该拥有比普通人更多的权利，也就是说，一个受到损害的种族，应该拥有要求得到补偿的权利。然而，我却不要求这种权利，我要的是属于我自己的国家和民族。我认为，非洲种族拥有尚需借助文明和基督精神进一步展现出的独特之点，而这些特点，倘或与盎格鲁-撒克逊人有所不同的话，那就是在道德伦理方面，甚至属于更高的一类。

在斗争和冲突的开始时期，掌握世界命运的权力，赋予了

---

① 喻指种族歧视。

盎格鲁-撒克逊民族。这个民族的坚忍不移、朝气蓬勃的素质，完全宜于肩负这一使命。然而，作为基督徒的我，则期待着另一时代的兴起。我相信，我们站到了新时代的边缘，那震荡着各国的剧痛，我希望只是兄弟情义和世界和平诞生时刻的分娩阵痛。

我深信，非洲的发展，从本质上说，是符合基督精神的一种发展。他们倘或不是一个占主宰地位、发号施令的种族，起码是一个充满仁爱、宽宏大量而又乐于饶恕的种族。经历了受天召唤来到不义和压迫的熔炉里的磨炼，他们应该更加深刻地牢记，那仁爱和宽恕的崇高原理。只有通过它，他们才能获取胜利，而他们的使命，也正是在整个非洲大陆传播这一原理。

坦白地说，这种原理，在我个人身上十分浅薄。在我的脉管里，足足有一半是孟浪暴躁的撒克逊血统，但我身旁始终有一个雄辩的传播福音的使者，那就是我美丽妻子本人。我彷徨之际，她那更加温柔的精神，每每使我迷途知返，在我眼前不断展示出，基督对我们种族使命的召唤。我要作为符合基督精神的爱国者，作为基督教牧师，奔赴我的国家，上帝为我挑选的光荣的非洲！对于她，我在心里有时使用那些美丽的预言："你虽被撇弃，被厌恶，甚至无人经过，我却使你变为永远的荣华，成为累代的喜乐。"①

你一定会说我是个狂热派，会说我对自己想从事的事业，没有仔细考虑过。不过，我考虑过了，也计算过所付出的代价。我去的利比里亚，不是传奇中的福地，而是一个艰辛劳动的所在。我期待着用双手去劳动，努力地劳动，不顾种种困难和挫折地劳动，一直到我去世。这才是我为了什么到那里去，在这一点上，我肯定不会失望的。

你们对于我的决心，无论作何看法，但请不要对我丧失信心，而要认识到，我无论做什么，都将自己整个的赤诚之心，

---

① 见《旧约·以赛亚书》第六十章第十五节。

奉献给了我的人民。

乔治·哈利斯

几个礼拜之后，乔治便偕同妻子、儿女、姐姐和岳母，乘船前赴非洲。如果我们没有估计错误的话，人们还将得到他的消息。

至于其他的人物，除了对奥菲丽亚小姐和托普茜交代一笔，再专用一章的篇幅向乔治·谢尔比道别之外，作者再没有什么可以讲述。

奥菲丽亚小姐把托普茜带回了佛蒙特州的老家。新英格兰人以“我们的人”这个词语来称呼的那伙办事有条不紊的严肃人，很是吃了一惊。“我们的人”起初觉得，托普茜的到来，对于他们料理得头头是道的居家生活，既多余，又不相配。然而，奥菲丽亚小姐诚心诚意，恪尽了自己的教养职守，收效全面，成绩斐然，孩子很快赢得了家人和邻居的喜爱和垂青。到了成人年纪时，根据她个人的要求，托普茜受到洗礼，成了当地教会的教徒，而且，显露出了自己的颖慧、才干和热情，渴求对人世多行好事。因此受到推荐并经批准后，前往非洲一个教会充当了传教士。而且听说，她的幼年成长过程中，那使她花样翻新、永远静不下来的活力和机敏，现在已经更安全、更有益地用于对自己国家儿童所进行的教育中去。

附记：此外还有一则令母亲们欣慰的消息：由于都德夫人进行过多次寻查，结果于最近发现了凯茜的儿子。由于精力充沛，他先于母亲几年逃亡，由北方受压迫的朋友所收容，并受到了教育。不久，他也将前赴非洲去找寻家人。

第四十四章　解放者

乔治·谢尔比在信中只给母亲写了寥寥几行，告诉她自己哪天回去。关于老朋友死去的情景，他不忍心去写。他也写过几次，但每次都写得喉咙哽塞，末了总是把信纸撕碎，擦眼睛，跑到什么地方使心情平静下来。

那一天，谢尔比宅邸里上上下下，一片欢乐忙乱的景象，期待着年轻的乔治少爷的归来。

谢尔比太太舒舒服服坐在客厅里。一炉用核桃木生起来的火，喜气洋洋，驱散了暮秋傍晚冷飕飕的凉意。晚饭餐桌上，摆好了锃明剔亮的碗碟和雕花玻璃杯。主持布置工作的，正是我们以前的朋友老克露。

她一身印花布做的新衣服，系着洁白围裙，浆洗挺括的头巾高踞在脑袋上，洗得十分干净的黑色脸膛上，燃烧着得意的笑容。她绕着桌子上的摆设，没有必要地精细调整着，流连不去。这只不过是她想同太太略谈几句的一种借口而已。

“天哪，喏，这样，他看起来不挺顺眼的吗?”她说，“这儿，我把他的座位摆在他喜欢的地方，摆在炉火旁边。乔治少爷总爱暖和地方。哦，坏事啦，萨莉怎么没拿出那把最好的茶壶来呢?那把新的小茶壶，就是乔治少爷圣诞节送给太太的那把。我去把它拿出来!

嗯，太太接到乔治少爷来信了吧？”

“接到了，克露，可是只有几行，说有可能的话，今天夜里到家，别的什么都没说。”

“兴许也没提到我那老头子的事来吧？”克露还在不安地摆弄茶碗。

“没有，没有提到。他什么都没有说，克露。只说一切等到家再谈。”

“这可真是乔治少爷的脾气，总是啥事都得自己说给别人听。我一直忘不了少爷这个脾气。在我眼里，简直不明白，白人为啥那么有耐性，非得把自己做了的事都写出来，写信这活多么慢、多么累人哪！”

谢尔比太太脸上露出了笑容。

“我心里琢磨着，我老头认不得两个儿子跟女娃子了。天哪！波莉都成了大姑娘了，心眼好，又活泼，这没错儿。她到上房来了，正看烙锄头饼哩。我烙的是我老头子爱吃的那种饼，他被带走的那天早上，我给他吃的就是这个！”

听到说起这件事，谢尔比太太叹了口气，心上压了块石头。从接到儿子来信以后，她一直惴惴不安，唯恐儿子拉起的沉默幕布后面隐藏着什么事情。

“太太拿到那些票子了吧？”克露焦急地问。

“拿到了，克露。”

“因为我想把‘高店铺’老板给我的那些票子，给我老头子看看。‘噢，克露，’他说，‘我真希望你多待些日子。’‘谢谢老爷了，’我说，‘我也愿意待下去呀。只是我老头子快回来了，再说我家太太，也不能再离开我啦。’这就是我跟他说的话。人可真好，这个琼斯老爷。”

克露十分固执，要求一定把她干活挣来的钞票保存起来，让丈夫看看，也是她有才干的纪念。谢尔比太太毫不犹豫，为了让她高兴，答应了她的要求。

“他肯定认不得波莉了，老头子一定认不得了。天哪，他们把他弄走都五年了！那时她还挺小，也就是刚能站稳。记得她学走路时，不断跌倒，弄得老头子光笑。我的天哪！”

这时，传来了辚辚的车轮声。

“是乔治少爷！”克露婶婶一下冲到窗口。

谢尔比太太刚跑到过道门口，就被儿子抱住了。克露婶婶心里焦急，不断朝外面的浓浓夜色张望。

“哦，可怜的克露婶婶！”乔治停下脚步，动情地双手捧起了她一只结实的黑手，“我就是变卖掉全部家当，也会把他赎回来的，可是他去了天国。”

谢尔比太太一声悲叫，可是，克露婶婶却没有说话。

一行人走进餐厅，克露引以骄傲的钱仍然丢在桌上。

“喏，”她拿起钱来，用颤抖的手攥着，送到太太面前，“我多咱再也不想看见，或者听人家说起这些钱了。我早料到会这样的，给卖到那些老种植园里，会被弄死的！”

克露转过身，骄傲地往屋外走去。谢尔比太太悄悄跟着，抓住她一只手，拉她坐在一把椅子上，自己也坐在她身边。

“我的好克露，你的命真苦哇！”她说。

克露头靠着太太的肩膀，抽抽咽咽哭起来：“哦，太太！你别见怪，我的心都碎了，可不为别的啊！”

“这我清楚，”谢尔比太太眼泪扑簌扑簌直往下掉，“可我治不了，只有耶稣才能治愈。他医治伤心的人，愈合他们的创伤。”

一时之间，谁都没有说话，哭成了一个团儿。最后，乔治坐在悼亡者身旁，握住她的手，简洁而又动情地复述了她丈夫死去时那种获胜的场面，又转达了他充满仁爱的遗言。

此后，过了大约一个月的光景。有一天上午，谢尔比庄园上所有的仆人，都被召集到横贯上房的大厅里，听年轻主人训话。

出乎大家的意料，他手拿一叠契书来到大伙面前，里面有庄园上每个奴隶的自由证书。他在全部到场的人抽泣、流泪和欢呼声中，一一念着他们的名字，把自由证书颁发给他们。

不过，不少人仍然簇拥在他周围，诚恳地哀求他，千万别把他们打发走，露出焦灼的神色，把自由证书退还给他。

“我们像现在这样够自由的啦。要什么有什么，不愿意离开少爷和太太，还有庄园上其余的人!”

“诸位好朋友，”乔治一等人们安静下来，立即开口说，“你们不必离开我。庄园上和以前一样，还需要那么多人手干活。上房里也一样，还需要那么多用人。不过现在，你们无论男女，都是自由人了。我要根据我们商定的，你们干活，我付工资。好处是，万一我欠了债，或者我死了，这些事情都是可能发生的，在这种情况下，你们不会让人抓走，给卖掉了。我打算继续经营这个庄园，教会你们也许要花些时间才能学会的东西。学会怎样使用我给你们的自由人的权利。希望你们好好干，愿意学这些东西。我向上帝保证，我一定忠实可靠，愿意教导你们。喏，朋友们，请抬起头来，为你们获得自由的福气，感谢上帝吧!”

一个老得头发灰白、眼睛失明的令人尊敬的老黑人，这时站起身，抬起颤抖的手来，说：“让我们向救主表示感谢吧!”人们一齐跪下来时，老人唱起了一首感恩的赞美诗。从忠厚老人心底唱出的这首赞美诗，比在洪亮的琴声、钟声和礼炮声烘托下升入天堂的赞美诗，更加动人、更加感人肺腑。

大家起立之际，又有一个黑人唱起了卫理公会的一首赞美诗，其副歌是：

> 大赦之年已经来临，
> 回家吧，得到救赎的罪人。

“还有一件事，”乔治打断了人群中互相道贺的声音，“你们都还记得上了年纪的好心的汤姆叔叔吧?”

于是，乔治把汤姆死去时的情形，以及他对庄园上所有人的充满爱心的告别，简要地讲述了一遍。然后又说：

“正是在他墓前，朋友们，我面对上帝做出了决定：我将永远不再蓄养一个黑奴，但凡有办法，我就让他自由；无论是谁，将不会由于我的缘故，而冒离乡背井、亲人分散的危险，并像他那样孤苦伶仃地死在种植园里。因此，在你们由于自由而欢欣鼓舞时，应该想到这归功于苍老但又善良的心，善待他的妻子和儿女，以报答他的情谊。每当你们见到汤姆叔叔的小屋时，都要想到你们的自由。让它成为纪念他的一块丰碑，使你们牢记，应该追随着他的步伐，像他生前那样，具有诚实、忠厚、皈依基督的精神。”

第四十五章　尾白

作者不断收到全国各地的来信，询问这个故事是真人真事与否，对于这些询问，本人打算借此给予总的答复。

从很大程度上说，故事中的种种情节是确凿可靠的，其中许多情节的发生，不是为作者就是为作者私人朋友所目睹。这里所介绍的人物，大多以作者或其亲友观察过的人为原型，许多话都是作者亲耳听见或别人向她转述的逐字逐句的原话。

伊丽莎的外貌和赋予她的性格的刻画，都源自现实生活。汤姆叔叔的坚贞不移和虔诚忠厚，是从她个人所得悉材料的几个方面，加以塑造的。某些最富悲剧性和传奇性，以及某些最骇人听闻的情节，也有类似的真实事件相对应。母亲踏着冰块跨越俄亥俄河一节，是尽人皆知的事实。第十九章中“老普露”的故事，是作者的一个胞兄弟亲眼之所见，那时，他在新奥尔良一巨贾商号当店员，专司收账。也是从他提供的素材来源中，演绎出了种植园主勒格里这一人物。有关勒格里，作者的胞兄弟在谈及自己一次外出收账，来到他种植园上时，这样写道：“他的确让我摸了摸他的拳头，简直像铁匠的锤子或者像一块铁头。他对我说都是‘打黑鬼子打出来的’。我告别他的种植园以后，长长地出了口气，恍若逃离了恶魔的穴窟。”

类似汤姆悲苦命运的实例，实在难以罄书，在全国到处都有健在的目击者，可以予以证明。不能忘记，在南方各州，凡是有色血统的人，一律不能在控告白人的讼案中，出庭作证，这是他们规定的一条法律原则。由此不难想见，一个白人主子，当他的暴戾使他不顾其经济利益，而又遇上了以其人格和德操足以与他的意志相抗衡的黑奴时，这类事件自然能够发生。实际上，除了主子的品格之外，黑奴的生命一无保障可言。偶尔，令人不忍细察的恐怖事件，也会强行公之于世，而人们所听到的对这类事情的评论，往往比事情本身更让人恐怖。人们说："这类事件很可能偶有发生，但绝不能以此来囊括整个实际情况。"倘若新英格兰的法律这样规定，一个师傅可以间或折磨学徒致死，而又可能不诉诸正义的话，那么，能不能以同样的泰然心境，来看待这类事件呢？还能不能说，"这些事件绝无仅有，绝不能以此来囊括整个实际情况"呢？这种不正义的现象，是奴隶制度所固有的，没有它，这种制度就不能存在下去。

俘获"珍珠号"船之后，发生了一系列事件。其中，对漂亮的一代和二代混血姑娘所进行的无耻公开拍卖，已经闹得臭名昭彰。这里拟摘引这个案件的一位被告辩护律师霍拉斯·曼先生的一段话。他说："由七十六人组成的一伙人，于1848年，试图从哥伦比亚特区乘'珍珠号'纵帆船逃走。事后，我充当了他们几个首领的辩护人。他们当中，有几个身体健康的年轻姑娘，其身段和相貌特别动人，受到了行家的高度赞赏。伊丽莎白·拉塞尔就是其中的一个。她立即落入了奴贩的魔爪，行将遭到解往新奥尔良市场的厄运。凡是见过她的人，无不为她的命运而动恻隐之心。于是，他们拿出了一千八百元钱，为她赎身，而有些人在捐赠之后，已经所剩无几。然而，那妖魔似的奴贩却毫不通融。她还是给押往新奥尔良去。不过，上帝发了慈悲，走到半路，她便死去了。这伙人中，还有两个姓埃德蒙森的姑娘，在即将运往那同一市场之前，姐姐来到人肉货栈，乞求拥有她们的那个恶棍，以上帝仁爱的名义，饶了她们两个牺牲品。他哄骗她们说，她们会得到多么漂亮的衣服，多么精致的家具。'是啊，'那姐姐说，'这一辈子倒是不错了，可下一辈子会怎么样呢？'结果，她们也给运到了新奥尔良，不过后来人以高额赎金给赎出并带了回来。”据此，说艾米琳和凯茜的经历有不少类似事例，不是显而易见了吗？

出于公义，作者也必须声明，所赋予圣克莱的光明磊落和慷慨无私，也并非没有凭据。下面这则轶事可以证实。几年之前，一位南方的少年绅士来到辛辛那提，身边带着一个心腹仆人，是从小便在绅士身边侍候他的。这个年轻仆人想利用这一机会获得自由，逃到一个教友派教徒那里寻求保护，而那位教徒在这类事务中，又颇有声望。主人极为生气，他待这个黑奴一向十分宽厚，深信仆人对他有笃实的感情，于是认定，仆人肯定受到了骗诱，才背弃了他。他怒火中烧，去这个教友派教徒家里造访，然而，他生性极为坦率和公正，很快就被对方的论点和陈述，说得心平气和。这是此类事件的另一面，是他从来没有听到也从来没有想到过的。他当即向那个教徒表示，如果他的这个奴隶当着自己的面，说他要求自由的话，他一定给他自由。于是，主仆二人见了面，年轻的主人问内森，无论在哪一方面，他对主人所给的待遇，是否有什么不满意的地方。

“没有，老爷，”内森说，“你待我一向很好。”

“那么，你为什么想离开我呢？”

“老爷万一有个三长两短，我会落到谁手里呢？还是当个自由人的好。”

年轻主人仔细考虑了一会儿，回答道：“内森，如果我处于你的位置，我自己也会这样想的。你得到自由啦。”

他迅即为他开具自由证书，在那教徒手中存了一笔款项，要他节支慎用，帮助内森开始新的生活。还给内森留下一封充满睿智的善意忠告信。这封信曾一度由作者亲手收藏。

作者希望，对南方人在不少情况下所特有的高尚、慷慨和人道精神，已经做到了公正对待。这使我们免于对人类产生彻底的绝望。不过，作者仍然要向任何一个了解世情的发问：这样的人无论在什么地方都是司空见惯的吗？

在作者生平中，有许多年不去阅读有关奴隶制度的文字，也回避这个话题，认为探讨这一课题太令人伤心，而且，突飞猛进的启迪和文明，终将铲除这一制度。然而，自1850年的法案颁行以来，作者极为意外和惊愕地听说，笃信基督的善良人们，事实上也在赞扬把逃亡奴隶押解回去，重新遭受奴役，认为这是优秀公民必须尽的义务。作者在北方各自由州的四面八方，从善良、体恤和可尊敬的人们那里得悉，正在考虑和讨论基督徒在这方面应尽什么样的义务。作者只能认为，这些人和基督徒根本不了解奴隶制度；如果他们了解的话，就绝不可能提出这个问题进行讨论。由此，作者便产生了用活生生的戏剧现实手法，把这个问题公之于世的冲动。她努力把其好好坏坏的各个方面，表现得确切公正。就其好的一面，她也许获得了成功；然而，唉！在另外一方面，谁又说得清楚，处于死亡幽谷和阴影之中，还有什么东西有待于交代呢？

正是对于你们，长在南方的高尚慷慨的男女同胞们，作者才发出了呼吁，因为，在受到更加严峻考验的情况下，你们那宽宏大量、品格纯正的美德，就更为高山仰止。在你们灵魂深处，在你们私下的交谈中，难道没有察觉到，这个受到诅咒的制度所带来的痛苦和邪恶，在本书里还远远没有也不可能全部反映出来吗？情况难道不的确如此吗？人难道只是被赋予全部权力而又不承担责任的生物吗？奴隶制度难道不是通过否认奴隶在法律上的一切作证权利，而使每一个奴隶主变成了目无法纪的暴君吗？难道有谁还会推断不出，这会造成怎样的实际后果吗？我们承认，如果说在你们这些体面、公正和善良的人士中，存在着一种舆论的话，那么，在那些残忍下流的恶棍之中，难道不会存在着另外一种舆论吗？残忍下流的恶棍，根据奴隶法，不是可以与最优秀、最纯粹的人士拥有同样多的奴隶吗？体面公正、心地高尚而富恻隐之心的人，难道在这个世界的什么地方占大多数吗？

如今，依照美国法律，奴隶贸易应视为海盗行径。然而，奴隶贸易却是美国奴隶制度的一个无法避免的附带产物，它的井然有序，一如过去沿非洲海岸所行的那种奴隶贸易。它所带来的辛酸和恐怖，难道说得完道得尽吗？

对于这些痛苦与绝望，作者只是轻轻描摹，勾画出了一个淡淡的影子似的画面。而此时此刻，这些痛苦与绝望正在把千万人的心撕碎，使千万个家庭离散，把一个敏感而又孤苦无依的民族，逼向了疯狂与绝望。那些依然健在的人们都知道，由于这种交易的逼迫，做母亲的竟然杀死自己的亲生骨肉，然后以死来寻求，从比死亡更可怕的悲哀中获得解脱。在能够刻画、能够讲述，以及能够设想出来的悲剧当中，没有一样可以与在美国法律的荫庇下，在基督十字架的荫庇下，沿我们海岸每日每时敷演着的那些可怕的一幕幕现实所相提并论的。

现在，男男女女的美国人，这难道是一桩可以视为儿戏、可以为其狡辩、可以缄口不言而搪塞过去的事吗？凡是在冬天晚上靠着熊熊的炉火，读过此书的马萨诸塞州、新罕布什尔州、佛蒙特州和康涅狄格州的农夫们，缅因州的坚强而慷慨的水手和船主们，这对于你们，难道是一桩应予支持和鼓励的事吗？勇敢而慷慨的纽约州的人们，富裕欢乐的俄亥俄州的农夫们，还有你们，那些粗犷草原上各州的人们，请回答，这对于你们，难道是一桩值得保护和支持的事吗？还有你们，美国的母亲们，在自己儿女摇篮旁边，学会热爱并同情整个人类的母亲们，凭着你们对于儿子所付出的圣洁母爱，凭着你们在他美丽无瑕的童年里所得的欢悦，凭着你们在他成长岁月里，用以指点他的那种呵护的爱怜和温情，凭着你们为他的教育所感到的焦虑，凭着你们为他灵魂的永远获益所做的祈祷，凭着这一切而学会热爱并同情整个人类的母亲们，我吁请你们，对那些与你们一样，具备这一切情感，却没有保护、指导或教育亲生子女的法律权利的黑人母亲们，表示你们的怜悯之情吧！凭着你们儿子身染疾患的时刻，凭着你们永远无法忘记的、他濒死之前的那双眼睛，凭着你们听了之后，既无法帮助又无法挽救，而只能使你们心肝寸断的那些最后的哭喊，凭着那凄凉空荡的摇篮和那静寂无声的保育金，而学会热爱并同情整个人类的母亲们，我吁请你们，对那些由于美国奴隶贸易的使然，而失去子女的黑人母亲们，表示你们的怜悯之情吧！请问，美国的母亲们，这难道是一桩应该维护、同情、三缄其口、漠然置之的事吗？

你们难道要说，这与自由的各州毫无关系，且又不能有所作为吗？上帝作证，但愿如此！然而，事情却并非如此！自由各州的人们，曾经包庇、纵容并参与到里面去，因此，在上帝面前，比南方罪孽更深，因为他们不能以教育和风俗的不同为自己开脱。

自由各州的母亲们，如果当初心怀正义，自由各州的子孙就不会变成奴隶主，就不会变成臭名远播、心狠手辣的奴隶主子；自由各州的子孙就不会默许奴隶制度在全国肆虐传播，就不会像现在他们的所作所为那样，把人的灵魂和肉体当成金钱的等价物，来进行商品交易。目前，在北方各个城市里，商人还拥有一批批的奴隶，在进行倒卖。奴隶制度的全部耻辱罪名，难道仅仅落在南方头上吗？

除了谴责南方的同胞兄弟之外，北方的人们，北方的母亲们，以及北方的基督徒们，是还可有所作为的，他们还必须注意自己身上的罪恶。

不过，个人能够有什么作为呢？有关这点，每个人都能够做出判断。有一件事是每一个人都能够做到的，那就是，要做到胸怀正义。每个人周围都环绕着一种交互影响的氛围，而对于人类的巨大利益，拥有强烈、健康和公正感受的男男女女，则可以不断地造福于人类。因此，要留心你对这个问题，是否抱有同情！它是与基督的同情心和谐一致，还是由于人情世故的悖理，而使之动摇并受到腐蚀了呢？

北方的男女基督教徒们！进而言之，你们还有一种权力：你们可以祈祷！你们信赖祈祷吗？还是说，祈祷只是变成了使你们流传下来的一种浑浑噩噩的传统了呢？你们为国外的异教徒祈祷，那也为本国的异教徒祈祷吧。而且，还应该为那些心情沮丧的基督徒祈祷。因为，他们在宗教修养上提高的机会，只是贸易贩卖中的偶然事件。在大多数情况下，除非上天赋予给他们以殉道的勇气和胆量，否则，操守基督教义的道德伦理，是不可能办到的事情。

然而，更进一步而言，在我们自由各州的口岸上，正涌现出家破人亡、妻离子散后所遗留下来的可怜的人们。这些男人和女人，是靠了奇迹般的天意，才从奴隶制度浊浪中逃出来的。由于他们是从一个把基督教义和道德伦理的一切原则，都变得混乱不堪、乌烟瘴气的制度下逃出来的缘故，所以，他们知识贫乏，而且在很多情况下，其道德信念也动摇不定。他们去到你们那里，为的是寻求保护，为的是寻求教育、知识和基督教义。

你们对这些不幸者，负有什么责任呢，哦，基督徒们？每一个美国基督徒，不是都要对非洲种族负起责任，努力补偿美国民族所带给他们的冤屈吗？教会和学校的大门，不是应该为他们敞开吗？自由各州难道应该起来把他们赶走吗？基督的教会难道应该默默听任人们对他们的嘲弄，躲避他们伸出来的求援之手，而且通过保持缄默来纵容把他们赶出边界的那种残暴吗？果真必须如此的话，那将是一个悲惨的局面，果真必须如此的话，那么，当美国想到各民族的命运掌握在大慈大悲的上帝手里时，它就肯定有理由战栗不止了。

你们会说："我们这里不需要他们，让他们回非洲去吧！"

深谋远虑的上帝，已经为他们在非洲安排了一个避难的场所。这的确是令人瞩目的伟大壮举，然而，基督的教会绝没有理由来摆脱自己对这个遭到遗弃的种族的责任，因为这是她的事业所要求于她的。

让利比里亚充斥着一个愚昧无知、毫无经验，而又处于半野蛮状态的种族的人，刚刚摆脱了奴役枷锁的人，只能好几代地延长那伴随着新事业开创之初而来的斗争和冲突。但愿北方的教会能以基督精神，来接纳这些受折磨的可怜人，使他们享受到基督教共和社团和学校教育的利益。待到他们在某种程度上，达到了道德和智力的成熟，再协助他们返回自己的海岸，在那里把自己在美国学到的东西付诸实践。

在北方，有一部分相对来说为数较少的人，一直在从事这项工作。结果，在我国已经出现了一些代表性人物。他们原是奴隶出身，但已经迅速地获得了财产，赢得了荣誉，并且争得了受教育的机会。他们的天才，鉴于其背景条件，自然已经显著地得到了发挥；他们诚实、善良和温和的道德品质，鉴于其生来所受的影响，也在一定程度上成绩斐然，令人刮目相看。他们为了赎买尚处于奴役之中的同胞和亲友，进行过英勇的奋斗，经受了自我牺牲。

作者曾在各奴隶州的边界上，居住过多年，有不少难得的机会，来观察他们中间原来是奴隶出身的人。他们一度在她家当过仆人；由于没有学校录取他们，她在不少情况下，都是让他们进入家塾，与自己的子女一起接受教育。她还掌握了加拿大逃亡黑奴中的传教士的见证，与她个人所历所受完全吻合。因此，有关黑人的能力，她所得出的推论，其令人欢欣鼓舞，达到了最高程度。

一般而言，获得解放的奴隶，处于首位的愿望便是受到教育。为了让子女读书学习，他们甘愿付出一切代价，做出一切牺牲。就作者目睹之所及，以及他们的教师的见证来看，他们十分聪慧，敏于领悟。辛辛那提州慈善人士开办的学校所取得的成绩，便充分证明了这一点。

据当时在俄亥俄州雷恩学院执教，现居住辛辛那提市的卡尔文·埃利斯·斯托教授①，所提供的有关获得解放的奴隶情况的材料，作者拟缕述下列事实，用以说明黑人即使得不到特殊的帮助和鼓励，也能显露他们的才干。

这些人均系辛辛那提市居民，下面只写出其姓氏的首写字母：

“B：家具商；在本市居住二十年；拥有资产一万元，均为自己所得；浸礼会教徒；

“C：纯黑人血统；掠自非洲，卖于新奥尔良；获自由十五年，自付赎金六百元；农民，在印第安纳州拥有农庄数座，折合现金一万五千到两万元，均为自己经营所得；长老会教徒；

“K：纯黑人血统；房地产经纪人，拥有资产三万元；年龄四十余岁；获自由六年，为全家人交付赎金一千八百元；浸礼会教徒；曾继承主人一笔遗产，由于经营得法，遗产有所增益；

“G：纯黑人血统；三十岁左右；煤炭经纪人，拥有资产一万八千元；两次自付赎金（其中一次被骗）达一千六百元；资产均为自己经营所得，其中大部分系为奴时向主人租用时经营生意所得；漂

① 即作者的丈夫。

亮且具绅士风度；

“W：四分之三黑人血统，理发师兼侍役；肯塔基人；自付及为家人付赎金计三千余元；拥有资产两万元，均为自己经营所得；浸礼教会执事；

“G. D：四分之三黑人血统；粉刷匠；肯塔基人；获自由九年，自付并为他家人付赎金计一千五百元；最近过世，享年六十岁；拥有财产六千元。”

斯托教授指出：“上列各人，除G外，其余都与我结识有年，故所提供材料，均系个人实际所知。”

作者清楚记得，父亲家中曾雇用过一个洗衣服的老年黑人妇女。她嫁给了一个奴隶的儿子，是个非常富于活动能力和才干的年轻女人，凭借个人的勤劳、节俭和坚持不懈的自我牺牲，为丈夫获得自由积存赎金九百元，当即交付至主人手里。到丈夫去世时，还欠赎金一百元，结果人财两空。

上述只是可引证的大量事例中的几个例证，但已经可以说明，奴隶在获得自由之后所表现出来的活力、坚忍、诚实和自我牺牲精神。

不过，我们不要忘记，这些人是直面重重不利和挫折时，为自己赢得可观财富和社会地位的。俄亥俄州的法律规定，有色人种没有选举权，而且一直到最近，甚至在与白人的诉讼案中，还没有出庭作证的权利。这些情况，不仅仅局限于俄亥俄一州。在合众国各州，我们都能目睹到，昨天刚刚砸碎奴役锁链的人，以令人无比景仰的自我奋进的力量，在社会上异军突起，占据了令人高度敬佩的地位。神职人员潘宁顿，以及编辑人员道格拉斯和沃德等人，就是有口皆碑的例证。

倘若说，这个受到迫害的种族，在挫折和不利条件下，还取得了如此巨大成就，那么，基督教会如果按照其救主的精神来对待他的话，那么，他们的成就会更其巨大！

世界当前所处的时代，是各国都在骚动不安的时代。一种巨大的外在势力，如同地震一般，在波涛汹涌地让整个世界翻腾起来。美国难道安全吗？每一个国家，只要内部存在着没有得到伸张的严重的不正义现象，便都包含着最终产生动乱的因素。

那么，在操不同语言的各个民族中，这一掀起无法形诸言辞的巨大势力，引起人类争取平等和自由的势力，究竟是什么？

哦，基督的教会，请仔细研究一下时代的征兆吧！难道这不是上帝的精神力量？他缔造的天国即将来临，他的意志必将如同在天堂上一样，也将在人世间得到实施。

然而，他来的日子，谁能担当得起呢？① 因为那日“如炼金之人的火……②我必速速作见证，警戒那……亏负人之工价的，欺压寡妇孤儿的、冤枉寄居的……③凡……行恶的，必如碎秸④”。

对于一个内部存在着如此严重不义的国家，这些话语，难道不是十分可怕吗？基督教徒们，每逢你祈求基督天国降临时，你们难道会忘记，那个预言已把报复之日，与他的子民得到救赎之年，可怕地联系在一起了吗？

不过，上帝还赐予了我们宽限的日子。无论北方或是南方，在上帝面前都有罪孽，而基督教会对上帝之所欠，则更为沉重。合众国的得救，不能依靠相互勾结，来袒护不义和残暴，从而共同犯下滔天罪行，而只能依靠忏悔、正义和仁慈。因为，磨石沉入海底固然是一条亘古不变的法则，然而，不义和残忍必将给一个国家带来全能上帝的怒斥，这条更强有力的法则，也同样万古长存！

［温馨提示：下面还有两则附录］

---

① 见《旧约·玛拉基书》第三章第二节。

② 见《旧约·诗篇》第七十三篇。

③ 见《新约·希伯来书》第三章第五节。

④ 同上书，第四章第一节。

附

1. 斯托夫人生平、著作年表
2. 名家评论
3. 作者小传
4. 译者小传

《汤姆叔叔的小屋》
斯托夫人生平、著作年表

1811年6月11日	生于美国北部康涅狄格州利奇费尔德市，兄妹十一人（一说：兄妹十三人），父亲莱门·比彻（1775—1863）是当时著名的加尔文教派牧师。
1816年	母亲罗克萨娜·富特·比彻（1775—1816）去世。
1820年	父亲莱门·比彻发表反对蓄奴制度的布道词。
1823年—1832年	入当年由大姐凯瑟琳·比彻（1800—1878）成立的哈特福德女子学院学习，毕业后留校任教，由于受到大姐的指导，显露出了创作

	才能。
1832 年	随家人迁居至俄亥俄州辛辛那提市，父亲莱门·比彻出任雷恩神学院院长，在这里斯托夫人结识了在这所学院任教的卡尔文·埃利斯·斯托教授（1802—1886）。
1836 年	与斯托教授结婚。
1836 年—1850 年	斯托夫妇的前六个子女出生，正是在与俄亥俄州一河之隔的辛辛那提，斯托夫人了解到了奴隶制度的残忍。其间，斯托夫人还与人合编了《儿童基础地理》一书，更重要的是当夫妇二人得知他们的仆人吉拉是个逃亡奴隶时，便设法通过“地下铁道”帮助她逃了出去。另外，斯托夫人朋友兰金给她讲述的一个年轻女奴怀抱婴儿越过结冰河面逃走的故事，后来也成了《汤姆叔叔的小屋》的一个场景。
1850 年	斯托夫人儿子查理死于霍乱。
1851 年	斯托教授任教于鲍登学院，夫妇二人遂迁往缅因州布伦威克，一直在那里居住到 1853 年。
1852 年	在《民族时代报》上连载《汤姆叔叔的小屋》。
1853 年	《汤姆叔叔的小屋》正式出版。
1854 年	《〈汤姆叔叔的小屋〉题解》问世，以大量的材料证明了《汤姆叔叔的小屋》中所揭露的现实。同年，应邀访问英伦三岛，并游历欧洲。其后，又分别于 1856 年和 1859 年两度重访英国和欧洲。
1853 年—1864 年	由于斯托教授在马萨诸塞州安多佛神学院任教，夫妇二人迁居马萨诸塞州安多佛。

1856 年	发表《德雷德：阴暗的大沼地的故事》。
1859 年	发表《牧师求婚记》。
1862 年	发表《奥尔岛上的明珠》。
1863 年	父亲莱门·比彻去世。
1864 年	斯托教授退休。
1867 年	出版《宗教诗选》。
1864 年—1873 年	全家迁往康涅狄格州哈特福德市奥克霍姆邸宅，同时又在佛罗里达州曼达林购置别墅。
1869 年	撰写《老镇上的人们》。
1870 年	发表《粉色和白色的暴政》。
1871 年	发表《粉色和白色的暴政》和虚构的维护女权论文《我妻子和我》。
1872 年	发表《山姆·劳森的老镇炉边故事集》。卡尔文·斯托教授的童年回忆录为这部短篇小说集和小说《老镇上的人们》提供了素材。
1873 年	发表《棕榈叶》，书中描写了斯托夫人晚年经常居住的佛罗里达州的宁静生活。
1873 年—1896 年	迁至哈特福德市森林大街至去世。
1874 年	美国著名作家马克·吐温一家迁至森林大街对门，两家经常互访往来。
1886 年	丈夫斯托教授去世。
1896 年	逝世于哈特福德。

《汤姆叔叔的小屋》名家评论

构成那次巨大战争——南北战争导火线的，想不到竟是这位身材矮小的、可爱的夫人。她写了一本书，酿成了伟大的胜利。

——美国总统　林　肯

斯托夫人的《汤姆叔叔的小屋》是文学史上最伟大的胜利。

——美国著名诗人 亨利·朗费罗

《汤姆叔叔的小屋》搅动了美国表面的艺术，顿时引起一场骚动，并宣告一个特殊时辰来临。

——美国学者　詹姆斯

斯托夫人所作的《黑奴吁天录》(《汤姆叔叔的小屋》的另一译名）描写了黑奴受地主虐待之苦况，辛酸入骨，读者为之泪下，于是激起南北战争，而黑奴才获得自由了。

——中国作家　苏雪林

第一次听到了美国女作家斯托夫人的小说《黑奴吁天录》，美国南部黑奴们的悲惨命运和他们勇敢抗争的故事，心激动不已，紧握着眼泪湿透的手绢，在枕上翻来覆去，久久不能入寐。

——中国作家　冰　心